Madame de Sévigné, *Lettres de l'année 1671*

Saint-Simon, *Intrigue du mariage de M. le duc de Berry*

Musset, *La Confession d'un enfant du siècle*

Annie Ernaux, *Les Années*

L'écriture de soi

L'œuvre littéraire et l'auteur

L'œuvre littéraire et le lecteur

La collection *Clefs Concours - Khâgnes Littérature*
est dirigée par **Laure Himy-Pieri**.

Direction scientifique des *Clefs-concours* : **Philippe Lemarchand**.

Édition : Annwenn Jégou.

ISBN : 978-2-35030-816-6

CLEFS CONCOURS KHÂGNES LITTÉRATURE

Anne Boiron
Franck Bessonnat
Adrien Bresson
Claude Sabatier

Madame de Sévigné, *Lettres de l'année 1671*
Saint-Simon, *Intrigue du mariage de M. le duc de Berry*
Musset, *La Confession d'un enfant du siècle*
Annie Ernaux, *Les Années*

L'écriture de soi

L'œuvre littéraire et l'auteur

L'œuvre littéraire et le lecteur

Atlande

Les auteurs

Anne Boiron, normalienne agrégée de Lettres modernes, a soutenu en décembre 2020 sa thèse intitulée : "Mme de Maintenon dans ses lettres : de l'éducation des filles à la découverte de soi". Elle a également codirigé un numéro de la revue *Atlantide* intitulé "Regards genrés : des hommes sous le regard des femmes". Elle est actuellement professeure au lycée Le Corbusier à Poissy.

Adrien Bresson, ancien étudiant de l'École normale supérieure de Lyon, est professeur agrégé de Lettres classiques. Doctorant de l'Université de Lyon-Saint-Étienne en langue et littérature latines, spécialisé dans la recherche sur l'écriture de soi, il est membre du comité scientifique de la revue Écriture de soi-R et directeur de la collection scientifique Tr@boules aux éditions Chemins de Tr@verse. Après avoir enseigné dans le second degré et avoir assuré des missions en CPGE, Adrien Bresson est désormais chargé de cours à l'Université de Lyon-Saint-Étienne, mais encore préparateur d'agrégation (lettres modernes et classiques) au CNED. Il est également l'auteur d'ouvrages pédagogiques (Cahier d'activités de latin. Grands débutants et continuants). Il a récemment réalisé, avec la collaboration de Jérémie Pinguet, une nouvelle édition des Rayons perdus de Louisa Siefert, poétesse lyonnaise du XIXe siècle.

Franck Bessonnat, normalien (ENS d'Ulm) et agrégé de Lettres classiques, a été enseignant au lycée (École internationale bilingue, Paris) puis à l'université de Stanford, aux États-Unis. Il est aussi intervenu en CPGE, à Paris également, au lycée international Honoré de Balzac, en tant qu'enseignant-interrogateur. Actuellement, il enseigne à l'université Jean Moulin, à Lyon. En collaboration avec le CNED, il est aussi préparateur aux différentes agrégations de Lettres. Il travaille avec différents éditeurs — Atlande, Ellipses, Les Belles Lettres —, chez lesquels il publie régulièrement et prépare actuellement différents travaux à paraître. Dans cette même collection, il a publié une étude sur Diderot parue dans le volume *Khâgnes 2022*. Du point de vue de la recherche, il s'intéresse à l'épopée biblique, plus spécifiquement aux *Euangeliorum libri IIII* de Juvencus, première épopée biblique en langue latine.

Claude Sabatier est professeur agrégé de Lettres modernes et docteur ès lettres. Il a exercé au lycée en forêt de Montargis puis en classes préparatoires au lycée Dessaignes de Blois. Actuellement au quartier Henri IV du prytanée national militaire de La Flèche, il enseigne en khâgne, et en prépas scientifiques. Il a soutenu sa thèse à Nanterre, en 2012, sur "*Les Chroniques politiques* de Zola de 1863 à 1872 et leur réinvestissement dans *Les Rougon-Macquart*", rédigé des articles, notamment pour *Les Cahiers naturalistes*, sur l'intertextualité, les aphorismes et maximes dans les *Chroniques*, et participé à des colloques sur *La Fortune des Rougon* ou Zola et le journalisme. Dans le cadre de la publication des *Œuvres complètes* de Zola par Classiques Garnier, il a assuré l'édition scientifique des *Chroniques politiques* de Zola, volume 1 (1863-1870) et volume 2 (1871-1872) parus en 2016 et 2020. Il est l'auteur d'un essai biographique sur l'auteur-compositeur-interprète Henri Tachan, *À propos de Tachan* (2002), coup de cœur de l'académie Charles Cros en 2003. Pour le Clefs concours d'Atlande prépas scientifiques 2023 sur le thème du travail, il a assuré la partie sur *Par-dessus bord* de Michel Vinaver.

SOMMAIRE

ÉTUDE THÉMATIQUE

INTRIGUE DU MARIAGE DE M. LE DUC DE BERRY
DE SAINT-SIMON

LA CONFESSION D'UN ENFANT DU SIÈCLE D'ALFRED DE MUSSET

ÉTUDE ANALYTIQUE

ÉTUDE THÉMATIQUE

LES ANNÉES
D'ANNIE ERNAUX

ÉTUDE ANALYTIQUE

Étude thématique

OUTILS

NOTICE

Un système de circulation entre fiches est proposé en cours de texte. Exemple : (v. L'écriture de soi).

Les renvois à la bibliographie sont indiqués entre crochets. Concernant par exemple l'œuvre de Madame de Sévigné, [CORDELIER, 1967] renvoie à l'ouvrage de J. Cordelier de 1994 cité dans la bibliographie. Les lettres suivant la date (a ou b) permettent de différencier les ouvrages ou articles publiés par l'auteur la même année suivant leur ordre d'apparition dans la bibliographie.
Les références bibliographiques citées en cours de texte sont des références annexes ne figurant pas dans la bibliographie.

Les citations des œuvres au programme sont référencées suivant les éditions suivantes :

Lettres de l'année 1671, Gallimard, Folio Classique, 2012
Intrigue du mariage de M. le duc de Berry, GF Flammarion, 2005
La Confession d'un enfant du siècle, GF Flammarion, 2020
Les Années, Gallimard, Folio, 2010

L'* placé après un mot signale que ce mot figure dans le glossaire.

INTRODUCTION

LA DISSERTATION DE LITTÉRATURE AU CONCOURS D'ENTRÉE DES ENS

La BEL (Banque d'épreuves littéraires) propose aux candidats aux concours de l'ENS une épreuve de composition française sur programme, d'une durée de 6 heures, et de coefficient 3. Comme les textes officiels l'indiquent (BO n° 20 du 19 mai 2016), le programme d'auteurs (maximum cinq œuvres), est associé à deux axes d'études, eux-mêmes découpés en domaines :

Axe 1 : genres et mouvements

Domaine 1 : le roman

Domaine 2 : le théâtre

Domaine 3 : la poésie

Domaine 4 : les autres genres (essai, autobiographie, mémoires, histoire, etc.)

Domaine 5 : les mouvements littéraires (classicisme, romantisme, symbolisme, surréalisme, etc.)

Axe 2 : questions

Domaine 1 : l'œuvre littéraire, ses propriétés, sa valeur

Domaine 2 : l'œuvre littéraire et l'auteur

Domaine 3 : l'œuvre littéraire et le lecteur

Domaine 4 : la représentation littéraire

Domaine 5 : littérature et morale

Domaine 6 : littérature et politique

Domaine 7 : littérature et savoirs

Chaque année, le programme se présente donc sous la forme de plusieurs œuvres pouvant aller du Moyen Age au XIe siècle, d'un domaine de l'axe 1, et de deux domaines de l'axe 2, cet appariement donnant des indications sur la nature de l'épreuve et la manière de s'y préparer.

Il est clair que les axes proposés insistent sur la nécessaire contextualisation des œuvres au programme, qui ne peuvent se lire sans une forme de culture générale – si littéraire reste-t-elle. Il s'agit pour l'axe 1 de replacer les œuvres au programme dans une perspective générique, mais aussi de sortir les genres d'une vision anhistorique et essentialisée, et de les rendre à une évolution diachronique, dont les différentes œuvres sont des manifestations ; l'histoire des genres et des mouvements ne peut guère se faire sans une bonne connaissance des instances de production et de réception, autant dire sans de solides notions de théorie littéraire, mais aussi de sociologie de la littérature : un concours de ce type exige naturellement que le candidat, pour être un bon littéraire, soit aussi quelque peu historien et philosophe, et derrière les intitulés des domaines et des axes, se trouvent bien les compétences et domaines de savoirs attendus pour l'épreuve de composition française. Dans cette perspective, s'en tenir strictement aux œuvres définies par le programme peut se révéler insuffisant, et les axes qui entourent les œuvres invitent à élargir le champ de lecture et de réflexion à d'autres œuvres, et bien sûr à d'autres sémioses.

L'étude transversale des axes ne saurait faire oublier que cette épreuve reste une épreuve classique de dissertation française : la citation proposée à la réflexion du candidat devra donc s'appuyer sur une solide connaissance des œuvres au programme, qui doivent être constamment sollicitées – dans la mesure où le sujet le permet – aussi bien dans le détail de l'analyse, que dans des perspectives plus globales.

C'est pour répondre à ces attentes que le manuel propose pour chacun des auteurs au programme deux grandes entrées. L'entrée analytique – l'étude littéraire de l'œuvre au programme – domine, comme doit dominer dans la dissertation l'attention aux textes pour nourrir la réflexion. L'entrée thématique, traitant le domaine de l'axe 1, et les deux domaines de l'axe 2, vient ensuite : elle aide le candidat à contextualiser l'aspect analytique de l'étude, à intégrer le savoir interne à l'œuvre à un ensemble de savoirs extérieurs, de même qu'il importe dans le cours de la dissertation de se montrer capable de recourir à d'autres œuvres que celles du seul programme, et de faire montre de culture générale.

Pour terminer, les auteurs de ce manuel proposent pour chaque œuvre une bibliographie, un index, et des citations, outils succincts mais bien utiles pour l'étude des œuvres.

Si les œuvres au programme appartiennent toutes les quatre à une forme de panthéon littéraire, c'est cependant dans une forme de rapport à la tradition et à la littérarité chaque fois renouvelé, qui peut dérouter les étudiants. C'est particulièrement vrai ici pour *Le ravissement de Lol V. Stein*, de Marguerite Duras, à qui donc est accordé, pour des raisons pédagogiques, un traitement un peu plus long que les autres textes.

LETTRES DE L'ANNÉE 1671

DE MADAME DE SÉVIGNÉ

ÉTUDE ANALYTIQUE

REPÈRES

La femme et l'œuvre

• Le sous-texte biographique

Une correspondance ne peut se comprendre indépendamment de la vie de son auteur. En ce sens, la biographie de Mme de Sévigné n'est pas seulement un contexte utile à l'intelligence des lettres, elle en constitue souvent le sous-texte, un ensemble de savoirs présupposés chez le destinataire* et sans lesquels le texte épistolaire demeure largement lacunaire. Ainsi, pour comprendre les lettres 8 et 9 de notre édition (lettre à Bussy-Rabutin du 23 janvier 1671, p. 51-52 et lettre de Bussy-Rabutin du 1er février 1671, p. 53-54), certains éléments biographiques doivent être connus. Mme de Sévigné y mentionne "notre maison", évoquant le lien familial unissant les deux cousins, mais réduit l'écrit familial projeté par Bussy à une "petite histoire". Bussy ne s'y trompe pas en commençant sa réponse par l'espoir que sa cousine "louer[a] plus [s]on entreprise [qu'elle ne le fait]" (p. 53). En outre, la marquise poursuit sa lettre avec une historiette sur l'aventure d'un Rabutin se battant en duel avec un valet. Cette histoire revient à dégrader l'honneur nobiliaire attaché au nom Rabutin. La lettre se conclut ensuite sur une formule d'adieu qui, au lieu de tendresse, s'achève sur une nouvelle pointe : comme le Rabutin se battant en duel avec un valet, Bussy n'a pas fait "honneur à ses parents" (p. 52) puisque ses écrits satiriques lui ont valu l'exil en Bourgogne. Malgré une apparence décousue, la lettre a finalement une unité, unité trouvant sa source dans les souvenirs personnels des deux cousins, brouillés par la parution en 1665 de l'*Histoire amoureuse des Gaules* écrite par Bussy. Dans ce roman satirique, il offre de sa cousine un portrait "aussi ressemblant que malveillant" [CORDELIER, 1967, p. 24].

La marquise lui reproche encore en 1668 un "cruel portrait" [Sévigné, t. I, 1972, p. 93]. L'échange entre les cousins nécessite donc, pour être pleinement compris, une connaissance des tensions entre eux et de leur histoire familiale, qu'ils jugent tous deux essentielle, soulignant leur adhésion aux représentations nobiliaires de leur siècle : leur "amitié [...] ne saurait périr" car "le fond en tient à [leurs] os" (p. 52). La biographie n'est donc pas anecdotique dans la compréhension d'une œuvre épistolaire, bien au contraire.

• Une enfance heureuse et déterminante

Née Marie de Rabutin-Chantal le 5 février 1626, Mme de Sévigné appartient à la branche aînée des Rabutin, Bussy à la cadette. Le père de l'épistolière, Celse Bénigne de Rabutin-Chantal descend d'une vieille famille de la noblesse d'épée bourguignonne. Intrépide, il se bat régulièrement en duel et meurt en 1627 dans un combat contre les Anglais à l'île de Ré. La marquise se réfère très peu à cette figure paternelle : on en trouve l'une des rares mentions dans notre corpus à l'anniversaire de sa mort, le 22 juillet 1671 "jour de la Madeleine, où fut tué, il y a quelques années, un père que j'avais" (p. 251). Le passage par la proposition subordonnée relative plutôt que par le déterminant possessif "mon père" illustre le peu de proximité que la marquise ressent à son égard. Somme toute, la branche paternelle n'est évoquée dans la correspondance de Mme de Sévigné qu'à travers les références à un honneur nobiliaire bien fondé, et la figure, légèrement plus présente, de la grand-mère paternelle, Jeanne de Chantal, fondatrice avec François de Sales de l'ordre de la Visitation. Cependant, il s'agit là encore uniquement de tirer fierté de cette illustre ancêtre, car Jeanne de Chantal a, dès 1610, quitté sa famille pour se consacrer à sa vocation religieuse. Elle ne s'occupe ainsi pas de la jeune orpheline lorsque sa mère, Marie de Coulanges, meurt en 1633. Se chargeant uniquement du spirituel, elle laisse les Coulanges s'occuper de la jeune fille.

La correspondance porte davantage la trace de la famille maternelle de la marquise, les Coulanges. Celse-Bénigne s'était allié à eux car, bretteur et joueur invétéré, il lui fallait une épouse bien dotée. Or, les Coulanges étaient une famille opulente de financiers du Marais qu'une alliance avec la noblesse d'épée intéressait tout particulièrement, leur propre noblesse étant plus que récente. Le grand-père maternel de Mme de Sévigné fut en effet anobli en 1606 en achetant la charge de secrétaire du Roi. La même année, il fit construire un bel hôtel particulier place Royale (l'actuelle place des Vosges), témoignant de son ascension. À la mort de ses parents, la jeune Marie de Rabutin-Chantal vit déjà dans la maison de ses grands-parents, et y demeure. Son tuteur est d'abord son grand-père, Philippe Ier de Coulanges, puis son oncle, Philippe II de Coulanges. Elle grandit dans un foyer aimant, entourée de ses oncles affectueux, notamment l'abbé de Livry, "mon Abbé" (p. 276 par exemple), Christophe de Coulanges, dont elle vante si souvent l'habileté de gestionnaire à Mme de Grignan. L'abbé la protège et l'aide fidèlement tout au long de sa vie, l'accompagnant en Bretagne pour l'aider à gérer son domaine, puis à Grignan pour aider sa fille (projet mentionné dès 1671 : il prend "le jeton, dont [...] il s'aide parfaitement bien", p. 327), et fait même d'elle son héritière (p. 199). L'hôtel Coulanges abrite en outre Pierre de La Mousse, fils bâtard de Philippe II de Coulanges, abbé sans abbaye, et donc, sans revenu, qui accompagne toujours des membres de la famille dont il dépend. Le fils légitime de Philippe II de Coulanges, Philippe-Emmanuel, est le M. de Coulanges des lettres de l'année 1671. Cousin de la marquise, auteur de chansons burlesques, il est, avec son épouse, un ami fidèle et le destinataire de lettres amusantes, correspondant à son tempérament joyeux. Enfin, évoquons un dernier membre du clan Coulanges présent dans ces lettres : Mme de La Trousse, sœur de Philippe II et donc tante de Mme de Sévigné, à qui elle rend souvent visite lorsqu'elle est à Paris (on trouvera d'utiles arbres généalogiques au début du premier tome de la *Correspondance* éditée par Roger Duchêne dans la collection "La Pléiade").

De cette enfance joyeuse dans une famille soudée, Mme de Sévigné conserve donc un réseau de relations parisiennes centré sur le Marais, qui lui offre stabilité, solidarité et amusements. Ses lettres parisiennes en portent fortement la trace par la liste des visites qu'elle effectue :

> Mme de Verneuil, Mme d'Arpajon, Mmes de Villars, de Saint-Géran, M. de Guitaut, sa femme, la Comtesse, M. de La Rochefoucauld, M. de Langlade, Mme de La Fayette, ma tante, ma cousine, mes oncles, mes cousins, mes cousines, Mme de Vauvineux, tout cela vous baise les mains mille et mille fois. (p. 72)

Relations familiales, voisins et amis proches se trouvent mêlés dans cette accumulation visant à inscrire l'absente dans un réseau de sociabilité et ainsi lui éviter le sort redouté par les nobles obligés de demeurer en province : l'oubli.

En outre, grandir chez les Coulanges a offert à la future épistolière une éducation peu commune pour une jeune fille de la première moitié du XVIIe siècle. En effet, à l'époque, l'éducation des filles est encore peu systématique. Le concile de Trente la recommande, mais avant tout dans un but religieux. Les ordres enseignants n'en sont encore qu'à leurs débuts, alors que les collèges pour les garçons sont répandus. Même lorsqu'elles sont pensionnaires chez des religieuses enseignantes comme les Ursulines, les jeunes filles n'apprennent souvent que les rudiments, à savoir lire, écrire, compter et le catéchisme. Lorsqu'elles sont issues d'un milieu privilégié, elles n'accèdent souvent à la culture que plus tard, grâce à la fréquentation des salons par exemple. Or, Mme de Sévigné bénéficie d'une excellente éducation dès son plus jeune âge. Demeurant au sein du foyer affectueux des Coulanges, elle reçoit les enseignements de professeurs engagés par son grand-père puis son oncle, apprenant ainsi l'histoire, la géographie, l'italien, et développant son goût pour la littérature à travers de nombreuses lectures, aussi bien divertissantes que sérieuses. Elle tire de cette bonne éducation un certain orgueil, puisqu'elle rappelle à sa fille de pratiquer l'italien "pour entretenir noblesse" (p. 209), ainsi qu'une grande culture, visible à travers les multiples citations qui émaillent ses lettres.

• Une grand-mère ayant "achevé sa carrière"

En 1644, Marie de Rabutin-Chantal épouse Henri de Sévigné. Ce mariage, qui la "transplant[e]" (p. 51) parmi la noblesse d'épée bretonne, se révèle peu satisfaisant pour la jeune femme. Henri de Sévigné est un amateur de duels et de femmes : il la trompe régulièrement avant de mourir dans un duel, justement pour l'une de ses conquêtes, Mme de Gondran, en 1651. Dans notre corpus, Mme de Sévigné ne fait qu'une allusion, peu flatteuse, à cet époux à propos des aventures de Charles, son fils, avec Ninon de Lenclos : "Votre frère entre sous les lois de Ninon. Je doute qu'elles lui soient bonnes ; il y a des esprits à qui elles ne valent rien. Elle avait gâté son père" (p. 101).

À vingt-cinq ans, voilà donc Mme de Sévigné veuve avec deux enfants : Françoise-Marguerite, la future Mme de Grignan, née en 1646 et Charles de Sévigné, né en 1648. Or, être une veuve sous l'Ancien Régime, c'est bien souvent être libre. Aussi choisit-elle de le demeurer. Elle vit dès lors majoritairement à Paris, dans le Marais, malgré quelques séjours aux Rochers, en Bretagne, pour prendre soin de ses affaires avec l'aide de l'abbé de Coulanges. La vie sociale riche de la marquise, qui semble dans ses lettres aller de salons en salons (notamment chez Mmes de Lavardin et de La Fayette), et qui, en 1671, témoigne dans des lettres marquantes du destin de Lauzun (p. 41-44, p. 46-49), ne doit cependant pas faire croire aux lecteurs que Mme de Sévigné fut une femme de Cour accomplie. Au contraire, en partie par choix, le "tourbillon" de la vie curiale lui plaisant peu, en partie en raison de ses alliances, Mme de Sévigné se rend peu à la Cour. Alliés aux Gondi et aux Condé, les Sévigné se trouvaient en effet du mauvais côté de la Fronde. De plus, devenue veuve, la marquise est proche de Fouquet : la disgrâce de ce dernier souligne à quel point Mme de Sévigné n'a pas sa place à la Cour. Elle en est plutôt un satellite : reçue par quelques personnages importants, dont la Grande Mademoiselle, Anne-Marie-Louise d'Orléans, cousine germaine du Roi (p. 48), elle fréquente surtout la Cour lors des ballets royaux où danse sa fille. La beauté de Françoise-Marguerite y est remarquée, y compris par le Roi si l'on en croit la fable "Le Lion amoureux" que La Fontaine dédie à Françoise-Marguerite en lui reprochant son "indifférence". Ce détail biographique permet de mieux comprendre que Mme de Grignan reste insensible au charme des *Fables* (p. 172 et 182). Est-ce en raison de cette supposée froideur que Mme de Sévigné eut des difficultés à marier sa fille ? Toujours est-il que Françoise-Marguerite ne se marie qu'à vingt-deux ans, ce qui est assez tard pour une jeune fille dansant aux ballets royaux dès ses seize ans. Elle épouse au début de l'année 1669 François de Grignan, âgé de trente-six ans et déjà veuf deux fois (Mme de Grignan appelle ses précédentes épouses les deux "côtes rompues" du comte p. 129). Issu d'une famille d'ancienne noblesse, le comte est nommé plus tard cette même année lieutenant général du Roi en Provence, une charge prestigieuse qui en fait *de facto* le gouverneur de la province, le gouverneur en titre étant le duc de Vendôme, encore adolescent. Il doit dès lors vivre sur ses terres, et non à la Cour, ce qui obligera Mme de Sévigné à se séparer de sa fille.

Si le comte quitte Paris en avril 1670, la séparation entre mère et fille est retardée en raison de la grossesse de Françoise-Marguerite qui accouche en novembre 1670. Néanmoins, dès février 1671, la comtesse ne souhaite plus rester à Paris et rejoint son époux en Provence, laissant à sa mère la garde de sa fille Marie-Blanche. C'est le point de départ d'une correspondance conséquente puisque l'on conserve de Mme de Sévigné environ 1500 lettres dont 68 % sont adressées à Mme de Grignan d'après Roger Duchêne, l'éditeur de la correspondance dans la collection "La Pléiade". Cette œuvre épistolaire se trouve particulièrement influencée par les aléas de la vie de la destinatrice : correspondance privée, majoritairement échangée entre une mère tendre et sa fille, et composée pour l'essentiel à partir des quarante-cinq ans de la marquise, l'originalité de ces lettres réside dans leurs conditions particulières d'élaboration. En effet, Mme de Sévigné se dépeint en 1670 comme ayant "achevé sa carrière" [SÉVIGNÉ, t. I, 1972, p. 127]. Passé le temps de la prime jeunesse, de l'éclat dans les Salons, et du mariage de sa fille, la marquise peut donc se retirer des affaires et du monde, renoncer au personnage public qu'elle devait assumer tant que ses enfants n'étaient pas établis. Devenue grand-mère, elle savoure une vie privée et retirée, donnant lieu à une correspondance où les affaires ont bien peu de place.

Scindée en deux ensembles, les lettres écrites depuis Paris (décembre 1670-mai 1670, p. 41-192 ; puis décembre 1671, p. 370-388) et celles composées en Bretagne (mai 1670-décembre 1671, p. 193-369), la correspondance de l'année 1671 nous présente les deux facettes d'une même vie, caractérisée par son aspect privé. À Paris, quelques rares incursions à la Cour et récits de ce qu'il s'y passe ponctuent la peinture d'une sociabilité amicale dans le Marais autour des Coulanges, de Mme de Lavardin, et au faubourg Saint-Germain, autour de Mme de Lafayette et de M. de La Rochefoucauld. En Bretagne, malgré l'épisode de vie publique des États de Bretagne (les États provinciaux sont des assemblées locales, par opposition aux États généraux, réunissant les représentants de la noblesse, du clergé et du tiers état, décidant en particulier du paiement des impôts au Roi), c'est surtout la solitude et la quiétude qui priment, dessinant les contours d'une vie retirée, "loin du monde et du bruit" [BEUGNOT, 1996]. Cette vie privée correspond à un caractère que l'épistolière elle-même dépeint comme libre et indépendant, et, finalement, à une enfance au sein d'une famille au mode de vie bourgeois, peu rompue aux devoirs de représentations.

Correspondance privée et vie publique

En effet, la vie de Mme de Sévigné coïncide avec la montée d'un certain individualisme qui contrevient aux valeurs nobles existant alors. Vie publique et vie privée n'étaient guère différenciées avant la fin du XVIIe siècle, et plus la place occupée dans la société était élevée, plus la confusion des deux était présente. L'étiquette versaillaise et le Grand Couvert qui met en scène le Roi mangeant seul devant une foule de courtisans en sont l'exemple le plus flagrant. Ce parangon illustre la manière de vivre de nombreuses familles nobles. Ainsi, la définition du terme "politique" par le dictionnaire de Furetière ne distingue guère les sphères privée et publique, la "politique" étant aussi bien la "conduite particulière de chacun dans sa famille, dans ses affaires" que l'"art de gouverner et policer les États". À une moindre échelle, vies privée et publique se confondent pour les Grignan. Le comte occupe une fonction de représentation du Roi en Provence. Il donne donc régulièrement à dîner à de nombreux visiteurs, dépense somptuaire que déplore la marquise: "Je ne puis songer à tout ce qui mange à vos dépens, sans mourir de peur" (p. 259) ou encore "Vous avez donc, ma bonne, chez vous, présentement, toute la foire de Beaucaire. N'avez-vous point encore mis l'habileté de vous [défaire] des équipages dans le nombre des merveilles que vous faites en Provence? Nos pères avaient bon esprit de nourrir tous les trains! C'est une belle mode à présent, dont tout le monde s'est tiré" (p. 264). Bien que la marquise prétende que la coutume de loger, ou de faire loger à ses frais dans les auberges du village, les nobles se présentant au château de Grignan est passée de mode, il n'empêche que le lieutenant général du Roi en Provence ne peut s'en dispenser. Au contraire, en tant que simple particulière, Mme de Sévigné a beau jeu d'annoncer "[s']enfui[r] de peur d'être ruinée" (p. 212) à l'approche des États de Bretagne. Elle en a d'ailleurs conscience lorsqu'elle souligne les "devoirs de [la] charge" (p. 211) des Grignan. L'un des sujets récurrents des lettres de l'année 1671 est ainsi d'obtenir, malgré l'opposition de Monsieur de Marseille, l'évêque de cette ville, une gratification de 5000 livres pour le paiement des gardes de M. de Grignan, puisqu'il s'agit d'une dépense de représentation liée à sa charge. En effet, bien que lieutenant-général, M. de Grignan agit comme gouverneur en Provence sans en toucher les revenus, perçus par le duc de Vendôme. Après de nombreuses tractations, M. de Grignan obtient gain de cause en décembre 1671 et se trouve même félicité par le Roi d'avoir amené la Provence à payer la quasi-totalité des impôts demandés.

Il s'agit d'une "grosse pierre" (p. 386) ôtée du "cœur" de la marquise qui, dès le mois de mars conseillait à sa fille : "n'épargnez aucune civilité pour faire réussir [votre affaire]" (p. 103).

Ainsi, c'est par le biais des Grignan que la marquise s'insère encore dans le jeu politico-social de l'Ancien Régime. Dès le départ de la comtesse, sa mère peuple ses lettres de noms d'amis comme pour maintenir Mme de Grignan dans son cercle social : "Je dîne tous les vendredis chez Le Mans avec M. de La Rochefoucauld, Mme de Brissac et Benserade [...] Votre santé y est toujours bue, et votre absence regrettée" (p. 98). Les amis se liguent contre les médisances de Mme de Marans, qui a vraisemblablement insinué que la longue séparation du comte et de la comtesse dénotait un manque d'honnêteté de cette dernière. Surnommée *Mélusine*, "La Marans" "est bien confondue et bien méprisée" (p. 66) par le groupe d'amis, ce qui aboutit peu à peu à sa mort sociale (on refuse par exemple de la mener en carrosse rendre des visites, p. 132, et elle finit "dans un trou ; nous n'en entendons pas dire un seul mot", p. 129). Au contraire, en entretenant le réseau social de la comtesse à distance, Mme de Sévigné empêche un oubli qui pourrait avoir de sérieuses conséquences politiques, tant vies sociale et publique sont encore mêlées. La marquise juge ainsi fin mars que sa fille est "encore toute vive partout" (p. 125), alors que résider en province pouvait être synonyme de mort sociale. Les compliments que Mme de Sévigné demande souvent à sa fille pour telle ou telle personne ne sont ainsi pas qu'une question de politesse : ils déterminent la survie sociale du couple provençal : "J'ai distribué fort à propos tous vos compliments [...]. La Comtesse était ravie, et voulut voir son nom. Je n'ose hasarder vos civilités sans les avoir en poche, car quelquefois on me dit : 'Que je voie mon nom.' J'en ai pourtant bien fait passer que je trouvais nécessaires" (p. 107). Lorsqu'elle n'est pas aussi pressée par le temps, Mme de Sévigné demande donc des compliments écrits à montrer, ou rappelle à la comtesse d'écrire à des personnes d'importance comme le Coadjuteur de Reims auquel Mme de Grignan doit une réponse ("payez vos dettes", p. 111).

Dans cet univers où privé et public peuvent s'entrechoquer, le compliment à une amie a aussi tout son rôle. C'est par exemple le cas d'une lettre de la comtesse adressée à Mme de La Fayette qu'elle "flatt[e] très agréablement" (p. 155). Or, la lettre raconte juste après la manière dont le Roi reçoit Mme de La Fayette à Versailles pour "lui [en] montrer toutes les beautés" "comme un particulier que l'on va voir dans sa maison de campagne" (p. 155). Traitée en amie par un Roi-honnête homme, c'est-à-dire maîtrisant parfaitement la politesse, Mme de La Fayette constitue ainsi l'un des traits d'union que l'épistolière entretient entre les Grignan et la Cour. La lettre semble simplement juxtaposer la mention du compliment apprécié, puis ceux qu'échangent poliment le Roi et Mme de La Fayette. Or, c'est bien plus qu'un simple échange de civilités qui se joue: la composition de la lettre montre l'enjeu du commerce épistolaire pour vaincre une absence sur le plan politique. Aussi les Grignan ne sont-ils pas oubliés du couple royal. L'épisode de la traversée du Rhône, objet d'une belle narration de la comtesse reprise par sa mère ("ma bonne, quelle lettre ! quelle peinture de l'état où vous avez été !", p. 88), est diffusé dans le cercle social de la marquise à tel point qu'il finit par atteindre la Cour où tous "demand[ent] de [ses] nouvelles" (p. 126), en particulier la Reine, que la comtesse devra "distinguer" (p. 127) dans son commerce épistolaire. Lors de cette rare visite de la marquise à la Cour, celle-ci joue donc bien son rôle, "cont[ant]" à la Reine la "hardiesse" de sa fille et se trouvant heureuse de transmettre les "choses très obligeantes" (p. 127) que la Reine dit en retour. Ne prenons donc pas pour une futilité le commerce de noms qui agite de nombreuses lettres, rendant parfois leur compréhension plus ardue pour le lecteur moderne ("Chacun me demande: 'Ne suis-je point nommé?' [...] Par exemple, nommez-moi un peu M. d'Ormesson", p. 97). Il s'agit là du rôle premier de la lettre, correspondant à la fonction phatique du langage, qui permet aux absents de ne pas finir "dans un trou", comme *Mélusine*, d'être conservés dans les mémoires, dans les cœurs, mais aussi de réussir leurs démarches politiques, comme l'explique la marquise lorsque M. de Grignan obtient le paiement de 500000 livres sur les 600000 demandées par le Roi à la Provence: "il était content de M. de Grignan. [...] Soyez assurée, ma bonne, que tout ce qu'on a dit du zèle et de l'application de M. de Grignan pour le service du Roi n'a pas été inutile; cela s'est dit en bon lieu et a fait son effet" (p. 384-385). Il faut comprendre ici que le réseau de la marquise a fait la Cour de M. de Grignan à sa place et que de nombreux alliés parisiens sont une nécessité pour le lieutenant-général de Provence.

Mme de Sévigné, ou l'envers du "Grand Siècle"

• Une épistolière galante

Reste que, malgré cette inscription des lettres dans la vie publique, la correspondance de Mme de Sévigné marque le lecteur par son décalage vis-à-vis de l'image figée que l'on se fait du "Siècle de Louis XIV". Les principes cardinaux du classicisme, caractérisé par la recherche d'harmonie, le respect de règles et, pour nous, une image de dignité, se retrouvent peu dans cette correspondance soumise aux aléas d'une existence particulière. Les grands auteurs y sont ainsi représentés dans leur sphère privée. Mme de La Fayette, autrice de célèbres morceaux empreints de moralité, telle la mort de Mme de Chartres dans *La Princesse de Clèves*, se trouve ici médisante à souhait avec Mme de Marans : "Vraiment il faut que vous soyez folle ; mais savez-vous bien, madame, que vous êtes complètement ridicule ?" (p. 160). De même, La Rochefoucauld sort de sa dignité de "classique" lorsqu'il est dépeint "criant les hauts cris des douleurs extrêmes de la goutte" (p. 117) quand il ne plaisante pas Mme de Grignan sur des chanoines noirs en tenue d'Adam (p. 111-112) ou sur les "côtes rompues" du comte de Grignan (p. 129). Enfin, même le Roi se trouve dépeint en gentilhomme campagnard faisant visiter son jardin (p. 155).

Cet envers du Grand Siècle correspond au genre dans lequel il s'inscrit. En effet, l'épistolaire n'est alors qu'un genre littéraire mineur bien souvent assimilé à une pratique de dilettante. Non soumis à des règles strictes, il témoigne de la liberté que recherche une certaine partie de la population. La montée de l'État absolutiste après la Fronde, où la noblesse ne trouve plus de véritable fonction politique, rend cette élite plus disponible au champ littéraire. En d'autres termes, la liberté qui ne peut plus être exercée dans le domaine politique investit les belles-lettres. Loisir mondain, la littérature exprime cette recherche de liberté par une négligence propre à l'idéal de la galanterie*.

Atteignant son apogée dans les années 1640-1680 [Viala, 2008], l'idéal de la galanterie est étroitement lié à l'apparition d'une sphère mondaine privée générée par l'État absolu qui sépare de plus en plus privé et public. À l'opposé de la tradition scolaire qui a érigé certains des auteurs de la période en figures d'autorité, la galanterie se caractérise par une posture d'auteur sans autorité qui se place énonciativement au niveau de ses destinataires. Refusant la pédanterie et la fureur du poète inspiré, l'auteur galant se soucie avant tout de son public, et adopte, pour lui plaire, un ton enjoué, doux et complaisant. Le lien de cette esthétique à un groupe social est déterminant, car cet *ethos* est bien plus qu'une attitude auctoriale, il rejoint de façon plus globale une culture et un ensemble de comportements attendus dans les salons. Le "galant homme" est ainsi proche de "l'honnête homme" : il correspond à un idéal de civilité et de politesse raffinées au contact de la Cour (d'où les nombreuses moqueries à l'égard des provinciaux dans les lettres de Mme de Sévigné), mais aussi d'esprit : il s'agit bien d'associer la culture et la civilité afin de rendre la conversation de la personne aussi charmante, aussi "naturelle" que possible.

Or, Mme de Sévigné est considérée par la critique romantique du XIXe siècle, confondant biographie et œuvre, comme le parangon du "naturel", tant son style refléterait la nature de ses sentiments maternels. L'apparent manque de composition des lettres qui sautent souvent du coq à l'âne (par exemple du renvoi de Catau aux moustiques, p. 258), les affirmations réitérées de l'épistolière qu'elle écrit ce qui lui vient "au bout de [l]a plume" (p. 283), la forte propension aux néologismes et au mélange des tons participent à forger l'image d'un style naturel ne respectant pas les règles de la rhétorique. Or, ce style est parfaitement étudié (Méniel, "Mme de Sévigné et la rhétorique du naturel", *Exercices de rhétorique*, 2016). La preuve en est d'une part, que Mme de Sévigné n'écrit ainsi que quand elle le choisit. Par exemple, la lettre en deux parties adressée au comte de Guitaut et à son épouse respecte toutes les règles du genre : chaque moitié de la lettre commence par l'évocation d'une empathie entre les correspondants et se finit par des formules d'adieu classique ("je vous honore et vous estime de tout mon cœur" et "votre humble et très obéissante servante" p. 363). Bien que les Guitaut soient ses voisins et amis, Mme de Sévigné n'adopte pas la même négligence qu'avec sa fille puisqu'elle ne bénéficie pas de la même proximité, et donc de la même liberté avec eux. D'autre part, Mme de Sévigné souligne à de nombreuses reprises qu'elle cherche consciemment à éviter les règles de composition et les styles des manuels semblables à des "selles à tous chevaux" (p. 232), non adaptés aux correspondants. En inventant des mots, ou, comme ici, en reprenant des expressions usuelles imagées plutôt que d'employer un terme pédant pour analyser son écriture, Mme de Sévigné montre bien un effort conscient pour produire un style naturel, c'est-à-dire un style dont le but est justement de dissimuler la recherche dont il a fait l'objet.

• Plaisirs du travestissement burlesque

Outre le refus d'une autorité d'auteur, d'un style pédant et de règles de composition, l'esthétique galante suppose l'enjouement et le désir de plaire. Puisque ces écrivains mondains refusent de faire profession d'auteur, de se prendre au sérieux, leur écriture doit être un loisir, pour eux comme pour leurs destinataires. Mme de Sévigné note avec autodérision le rôle joué par le loisir dans sa pratique épistolaire: "Je suis bien folle de vous écrire de telles bagatelles; c'est le loisir de Livry qui vous tue" (p. 172). D'abord, Mme de Sévigné dévalorise dans cette lettre sa pratique littéraire: autrice "folle", ses écrits sont de peu d'importance. Or, ceux-ci sont générés dans un lieu en particulier: l'abbaye de Livry, possession du cher abbé. Le désœuvrement auquel convie le lieu retiré pousse à l'écriture et à la lecture (les bagatelles en question sont l'avis de l'épistolière sur les *Fables* de La Fontaine), au loisir lettré en somme. À rebours du contenu dévalorisant du message, le ton ironique employé doit non pas "tuer" la destinataire, mais bien l'amuser et lui faire partager ce loisir mondain. Ce ton enjoué, qui rapproche parfois la lettre de la comédie, repose sur une assimilation de tous les genres mondains au style de la conversation, qui, comme l'explique Méré dans *De l'esprit de la conversation* (1677), consiste à "communique[r] le plus agréablement", "à se divertir", à "rire" et "badiner" alors que parler d'affaires par exemple, n'est selon lui pas une "conversation" mais une "conférence". Ce modèle conversationnel invite donc l'auteur galant à toujours chercher à divertir et amuser, d'où un goût prononcé de Mme de Sévigné pour l'autodérision, l'ironie et le burlesque. Dans la lettre dépeignant l'incendie de la maison de Guitaut, l'élément tragique du drame est vite laissé de côté une fois la certitude que tous sont saufs. Mme de Sévigné peut alors se dépeindre ironiquement en train de "bayer comme les autres" et s'amuser de voir ses voisins, gens de qualité, "quasi nus" (p. 73) et la poitrine "blanche, grasse, potelée" (p. 75) du secrétaire de l'Ambassadeur de Venise. Le traitement comique de ces hauts personnages confère ainsi à la lettre une tournure burlesque propre à divertir sa lectrice. Nombre de lettres de Bretagne reposent sur le même effet burlesque, cette province ne semblant décidément pas propre à la dignité. L'épisode double de l'entrée manquée des Sévigné, arrivant en retard et réduisant à néant la "manière d'entrée" qu'avaient essayé de produire les habitants des Rochers, et de celle de Mme de Chaulnes prise pour une "bohème" et manquant de se faire “tirer” dessus parce que son carrosse se trouve coincé “entre deux rochers” (p. 251) donne le ton au séjour. Pour les nobles vivant à Paris, l’arrivée en Bretagne ressemble à une entrée dans la littérature burlesque. Aussi le séjour en Bretagne est-il peuplé de drôles d’oiseaux : Kerborgne, Kerqueoison (Croque-Oison de son vrai nom p. 254), Kerkivili (sûrement Mlle de Keringant de Quenec’hquivily p. 294) et Kerlouche (le surnom donné à Mlle du Plessis p. 251) se croisent dans ce pays d’où la dignité s’enfuit. Pour parachever le travestissement burlesque si goûté de ses contemporains (l’on songe au *Virgile travesti* ou au *Roman comique* de Scarron), Mme de Sévigné finit par y inclure Mme de Grignan : la voici devenue “Comtesse de Carignan” (p. 283) grâce à quelques Bretons avinés. À cet égard, les nombreux passages insistant sur le goût breton de la boisson (“Toute la Bretagne était ivre ce jour-là”, p. 282, “Il faut croire qu’il passe autant de vin dans le corps de nos Bretons que d’eau sous les ponts”, p. 277) contribuent également à ce décor de roman burlesque où se trouve égarée, pour son plus grand amusement, la mondaine du Marais.

Ainsi, la correspondance de la marquise porte fortement la trace du milieu socioculturel où elle s’est développée. Caractérisée par un idéal galant, elle s’appuie sur la conjonction de la politesse et de la liberté, du refus de la pédanterie et du désir de plaire, d’un plaisir d’être divertie et de divertir. Le contexte socioculturel des lettres ne fait donc pas que les influencer, il les modèle en profondeur.

PROBLÉMATIQUES

Une nouvelle esthétique épistolaire

• Développement des lettres familières

La question de la littérarité de la correspondance de Mme de Sévigné est intimement liée à celle du genre épistolaire. Considéré comme un genre littéraire mineur par la tradition, l'épistolaire peine à se voir reconnaître une dignité dans la mesure où sa première finalité – lorsqu'il s'agit de correspondances réelles – n'est pas esthétique mais pratique : il s'agit de maintenir le lien entre destinateur* et destinataire* ainsi que d'échanger des nouvelles, ce qui rejoint les fonctions phatiques et informatives du langage, mais *a priori* pas sa fonction poétique. Ainsi, même si les lettres de Mme de Sévigné ont tôt fait leur entrée dans des anthologies scolaires, elles étaient souvent données à titre de modèles pratiques pour apprendre à composer soi-même des lettres, et non comme œuvre dont on étudierait la poétique. De surcroît, la confusion entretenue par le style "naturel" de la marquise (qui est pourtant bien travaillé) a abouti à considérer la correspondance comme un ensemble de textes écrits sans art, de façon spontanée, et donc ne constituant pas une œuvre mais plutôt un document, un témoignage d'une personnalité hors du commun qui seule mériterait l'étude et l'attention de ses lecteurs.

Toutefois, le développement de l'épistolaire aux XVIe et XVIIe siècles va progressivement le constituer en genre bénéficiant de sa dignité. Sa réhabilitation commence avec les correspondances échangées par les humanistes : la qualité de l'écriture aussi bien que la profondeur des idées développées donnent une légitimité à la transmission à un public plus large de ce qui n'était qu'un échange privé. Dans la logique de l'humanisme, ces correspondances prennent un modèle antique : ce sera Cicéron, non pas le Cicéron des *Catilinaires*, modèle de rhétorique publique, mais le Cicéron des *Épîtres familières*, du *sermo* (parole persuasive douce et privée similaire à la conversation) et non de l'*oratio* (parole publique énergique). À partir de la fin du XVe siècle se multiplient donc des *Secrétaires*, c'est-à-dire des manuels enseignant l'art de ce *sermo*, de l'écriture des lettres. Dans son traité *De Conscribendis epistolis* (*De la manière d'écrire des lettres*) publié en 1522, Érasme théorise le genre de la lettre familière qu'il subdivise en plusieurs catégories : la lettre de nouvelles, de civilité, de remerciement ou encore la lettre enjouée (*jocosa*), qui sera la matrice des lettres galantes du siècle suivant. En effet, si le XVIe siècle commence à donner sa dignité à l'épistolaire en le théorisant dans des manuels et en y distinguant des sous-catégories, comme on le ferait pour un hyper-genre se subdivisant en sous-genres, ce sont encore les lettres sérieuses qui sont davantage mises à l'honneur, celles traitant des progrès de l'esprit ou de politique notamment. Beaucoup de lettres sont échangées, comme en témoigne le succès des manuels, mais pour que soient publiées ces correspondances, il faut que la dignité du sujet ou une tradition littéraire les légitiment. Elles sont d'ailleurs souvent remaniées en vue de leur publication. Si l'on publie de plus en plus les lettres des grands auteurs antiques, notamment celles de Cicéron et de Pline, jusqu'au milieu du XVIIe siècle, peu de correspondances ont été publiées par des auteurs français. Étienne Pasquier au XVIe siècle a fait paraître à la suite de *Rimes et proses* (1552) des lettres d'amour, genre légitimé par le succès des rééditions des *Héroïdes* d'Ovide, et Guez de Balzac remporte un succès mêlé de polémique avec la publication de ses *Lettres* en 1624 qui parlent avec éloquence de politique ou de philosophie. La correspondance privée et familière n'est pas encore considérée comme digne de publication.

• Enfin Voiture vint...

Tout va changer avec Vincent Voiture, auteur mondain par excellence, cité quatorze fois par Mme de Sévigné dans l'intégralité de sa correspondance. De ses premiers succès, dans les années 1620, à sa mort en 1648, Voiture écrit de nombreux textes qui ne sont cependant pas publiés. Familier du salon de Mme Rambouillet, ses lettres et courtes poésies galantes y divertissent l'assemblée. Œuvre de circonstance, adressée à un destinataire précis, sa correspondance n'était donc pas destinée à la publication. Or, en 1650, lorsqu'un de ses neveux publie ses *Œuvres*, composées aux trois quarts de lettres, le succès est immédiat. Parmi ses lettres, on ne dénombre que quelques lettres d'amour sur le modèle des héroïdes, et encore moins de lettres savantes. La majorité des lettres sont familières, et c'est là l'originalité de son succès. Elles vont former le moule à partir duquel s'écriront de nombreuses correspondances de la deuxième moitié du siècle. Voiture y manifeste une parfaite maîtrise de l'idéal de la galanterie. Il s'y montre volontairement négligent à l'égard des modèles de l'héroïde et de la lettre savante, joue des effets de rupture vis-à-vis des conventions et des bienséances, crée des décalages entre le contenu de ses missives et le ton employé... En somme, il dessine les contours d'un nouveau genre de lettres à la littérarité paradoxale : point de sérieux ni de tradition pour se donner une légitimité, au contraire, l'esthétique nouvelle consiste à rechercher l'écart par rapport à la norme.

Cette manière d'écrire devient rapidement le modèle suivi par l'élite sociale. Elle est un signe de ralliement des mondains, et explique par exemple que Mme de Sévigné établisse la connivence avec sa fille en raillant les styles n'ayant pas adopté cet art de la négligence. L'évêque de Marseille, par ailleurs adversaire politique de M. de Grignan, est ainsi souvent moqué pour son style ampoulé et guindé à l'opposé du style de Voiture :

> Vous verrez, par cette lettre de Monsieur de Marseille, que nous sommes toujours amis. Il me semble que j'ai reçu plus de dix fois cette même lettre ; <ce sont toujours les mêmes phrases.> Il ne donne point dans la *justice de croire*, mais il me prie fort d'être persuadée qu'*il est, avec une vénération extraordinaire, l'évêque de Marseille* – et je le crois. (p. 207)

Se moquant des formules toutes faites de l'évêque et recopiant avec ironie sa formule d'adieu grandiloquente, Mme de Sévigné revendique une supériorité esthétique, sur le modèle de Voiture, c'est-à-dire fondée sur la recherche de l'originalité et du décalage. Ainsi, face à l'éloge maladroit de Guitaut, elle refuse de "lui répondre sottement [qu'elle] *crain[t] bien de détruire cette bonne opinion*" (p. 232), formule toute faite dictée par la bienséance, et en prend le contre-pied en exprimant son espoir de voir l'estime de Guitaut augmenter lorsqu'il la "connaîtra mieux". Elle demande à la domestique de Mme de Grignan, qui pourrait se trouver chargée de lui transmettre des nouvelles, d'éviter "*la justice de croire* et [...] les *respectueux attachements*" (p. 182), autrement dit de ne pas donner dans les formules d'adieu stéréotypées dictées par les bienséances et les *Secrétaires*. Au contraire, une forme de désinvolture face aux conventions est goûtée. Ainsi, l'amitié croissante entre le Coadjuteur (frère de M. de Grignan) et l'épistolière se manifeste par la demande de ce dernier de ne pas faire de cérémonies et de ne plus le désigner par "Monseigneur", ce qui amène Mme de Sévigné à l'appeler "Pierrot" (référence à l'histoire d'un évêque en galante compagnie) ou "Seigneur Corbeau" (par référence à la fable). Au contraire, face à un destinataire lui important peu sur un plan personnel, tel l'évêque de Marseille qui continue de s'opposer à la demande de gratification des Grignan, elle se permet une fin de lettre donnant "quasi [...] dans la *justice de croire*" (p. 339), ce qu'elle justifie en expliquant que c'est "voilà justement où [elle] ne s'en soucie pas" (*ibid.*), c'est-à-dire qu'elle ne produit ses recherches stylistiques qu'avec les personnes comptant pour elle. Le style à la Voiture est donc une marque de proximité entre mondains partageant les mêmes codes esthétiques et les mêmes loisirs lettrés. Mme de Sévigné y manifeste à plusieurs reprises son attachement, par exemple en qualifiant fréquemment ses lettres de "bagatelles" (p. 301) ou en affirmant qu'elles "sont fort négligées" (p. 321).

• Une recherche d'originalité dans le style et la composition

Attention toutefois à ne pas attribuer à ces déclarations de négligence, chez Voiture ou Mme de Sévigné, une réalité dans la pratique. La négligence ici est un décalage conscient, souvent humoristique, visant à renforcer l'effet de la lettre qu'un discours trop stéréotypé rendrait peu remarquable. Mme de Sévigné en est consciente puisqu'elle affirme, après avoir qualifié ses lettres de "négligées" que ce style "fera autant d'effet qu'un autre plus ajusté" (p. 321). La négligence est un travail conscient de l'artiste visant à augmenter la valeur persuasive, voire esthétique, de son ouvrage. On la retrouve notamment dans l'humour vis-à-vis des conventions. Le décalage entre les niveaux de langage est aussi utilisé. Ainsi, le lexique familier et concret est souvent employé avec plaisir par la marquise, que ce soit pour que son fils se "ravigote" (p. 150) suite à ses déboires amoureux, pour se faire "un bouillon" de la *Morale* de Nicole (p. 347), ou pour se réjouir de l'originalité du compliment simple et familier de son jardinier à l'occasion de la naissance de son petit-fils: "Madame, je viens me réjouir, parce qu'on m'a dit que Madame la comtesse était accouchée d'un petit gars" (p. 360). L'irrévérence du discours galant touche même la religion, malgré la foi sincère de l'épistolière. Elle ne s'embarrasse ainsi de nulle pruderie sur le langage (contrairement, par exemple aux *Précieuses ridicules* de Molière), et désigne sa petite fille par l'expression "petites entrailles" (p. 285), en référence à la prière "Je vous salue Marie". Enfin, les genres de lettres jusqu'alors jugés plus légitimes, comme l'héroïde, sont pastichés et détournés dans cet esprit galant. Voiture (*Lettres amoureuses*, lettre 9) ironise par exemple sur le *topos* de la mort par amour:

> Quand je songe que demain vous ne serez plus ici, je trouve étrange qu'aujourd'hui je sois en vie, et je suis prêt d'avouer avec vous qu'il y a de l'affectation en cet amour que je fais paraître, quand je pense que je respire encore, et que ce déplaisir n'achève pas de me tuer.

De même, le *topos* de l'amante abandonnée et prête d'expirer sans les lettres de l'être aimé est repris avec ironie par l'épistolière :

> Enfin, ma bonne, je respire à mon aise. Je fais un soupir comme M. de la Souche ; mon cœur est soulagé d'une presse et d'un saisissement qui en vérité ne me donnaient aucun repos. Bon dieu ! que n'ai-je point souffert pendant deux ordinaires que je n'ai point eu vos lettres ! Elles sont nécessaires à ma vie ; ce n'est point une façon de parler, c'est une très grande vérité. (p. 216)

Ici, l'écart par rapport à la norme du discours amoureux est souligné de deux manières qui pourraient sembler contradictoires. D'un côté, l'ironie met à distance la figure d'une mère-amante éplorée par la référence au personnage d'Arnolphe (M. de la Souche) dans l'*École des femmes*. Arnolphe pousse ce célèbre soupir à la suite de la tirade du "le" quand il craint qu'Horace n'ait pris le pucelage d'Agnès alors qu'il n'a finalement obtenu qu'un "ruban". Or, nous savons par la controverse ayant entouré la représentation de cette pièce que Molière, qui jouait Arnolphe, s'est vu reprocher un jeu exagéré, les écrits contemporains soulignant notamment ses "soupirs" et "roulement d'yeux". La référence au soupir d'Arnolphe permet donc une double mise à distance par le comique du personnage et du jeu de Molière, célèbre dans ce passage. L'exclamation "Bon Dieu" semble aussi venir souligner ce décalage ironique. Mais, d'un autre côté, la marquise insiste à deux reprises sur la "vérité" de son propos. Il s'agit donc, paradoxalement, de redonner au discours tendre un sens plein, qu'une topique trop employée avait dévoyé, grâce aux détours d'un style galant qui, refusant les conventions et surjouant son décalage par rapport à la norme, se construit une esthétique "naturelle", plus proche de la vérité pour exprimer une tendresse topique, telle que la "promenade dans les cœurs" (p. 264).

Dans l'optique d'un effet "naturel", la composition de la lettre joue également un rôle important. Les *Secrétaires* recommandent une composition en trois étapes: prendre contact avec le destinataire, présenter et développer l'objet du message et prendre congé. Or, Mme de Sévigné n'a de cesse de souligner sa liberté vis-à-vis de ce modèle organisationnel. D'une part, même si elle commence bien certaines de ses lettres par une prise de contact classique, par exemple l'attestation de la réception des missives de son correspondant ("Enfin, ma bonne, voilà deux de vos lettres", p. 305), Mme de Sévigné commence souvent ses lettres *ex abrupto*, entrant directement dans le vif du sujet de sa lettre : "Quoi ! ma bonne, vous avez pensé brûler [...] !" (p. 277), ou "Mon Dieu, ma bonne, que votre ventre me pèse !" (p. 336). D'autre part, le contenu de la lettre se réduit rarement à un objet : soit, la lettre se transforme en "rapsodie" (p. 213), soit elle n'est sur rien, deux entorses au genre épistolaire qui se doit d'être utile et de ne pas ennuyer le destinataire. En l'occurrence, ces deux écarts sont autant de manifestations par Mme de Sévigné d'une relation particulière avec sa fille, qui justifie de ne pas se conformer aux normes. La lettre du 17 avril 1671 est ainsi écrite "sur la pointe d'une aiguille, car il n'y a point de réponse à faire, et [...] point de nouvelles" (p. 151). Toutefois, la lettre, tout en semblant passer du coq à l'âne (les nouvelles mandées par d'Hacqueville, l'amitié de ce dernier, la petite-fille, nouvelles de la maisonnée, dîner et emploi du temps de la marquise, vie dissolue de Charles, inquiétude sur une éventuelle grossesse, amitiés transmises de la part du cercle d'amis du faubourg Saint-Germain), repose sur un fil conducteur, à savoir l'expression de la tendresse de la mère pour sa fille : ainsi d'Hacqueville est aimé "comme un confident qui entre dans [s]es sentiments" (p. 152), Marie-Blanche serait "aim[ée]" par sa mère car mère et fille vont "du même pied sur ce chapitre" (*ibid.*) puis un passage d'une lettre écrite à Mme de La Fayette "va droit au cœur" (p. 155) de la marquise. La lettre sur rien, sans composition précise, tendant à s'étendre "à l'infini" (p. 213) est en fait composée et orientée de manière à exprimer une tendresse maternelle loin des stéréotypes. Enfin, les phrases d'adieu sont constamment l'objet d'une réinvention de manière, encore une fois, à exprimer la "vérité" du sentiment transmis, et non une convention : "Adieu, ma très chère enfant. Je suis si absolument et si entièrement à vous, qu'il n'est pas possible d'y ajouter la moindre chose" (p. 98) ou encore : "Aimez-moi ; quoique nous ayons tourné ce mot en ridicule, il est naturel ; il est bon. Et pour moi, je ne vous dirai point si je suis à vous, de quel cœur, ni de quelle tendresse naturelle" (p. 213). Dans les deux cas, la formule consacrée "Je suis tout à vous / bien à vous" est reprise et détournée, soit par le moyen d'une reconcrétisation du sens grâce au verbe "ajouter", ou par une prétérition. Interroger le sens du verbe "aimer" dans le deuxième cas nous montre bien qu'il s'agit pour l'épistolière de garantir le sens et la vérité de son message de tendresse en travaillant le langage contre les conventions.

Un genre féminin ?

Il n'est pas inutile de revenir à un lieu commun de la critique littéraire qui fait du genre épistolaire "naturel", sans règle, et manquant de définition, un genre particulièrement féminin. Ce cliché naît à l'époque de Mme de Sévigné et la lecture de la correspondance de la marquise comme l'expression d'une tendresse maternelle admirable n'y a pas peu contribué. Les femmes écriraient plus "naturellement" et plus tendrement que les hommes, sans se soucier des règles de rhétorique du fait de leur moindre éducation. Les hommes, au contraire, apprenant le latin et la rhétorique classique dans les collèges, seraient moins aptes à écrire agréablement sur le modèle de la conversation mondaine.

Or, si la correspondance de Mme de Sévigné a participé à la construction de ce lieu commun, il faut bien rappeler qu'il s'agit d'abord d'un effet de lecture. Au contraire, la correspondance de Mme de Maintenon (plus de 5000 lettres conservées) a pu être lue comme plus "masculine" parce que l'on conserve d'elle davantage de lettres d'affaires du fait de sa position sociale. Cette bipartition nous permet de constater à quel point l'*a priori* d'un genre féminin est lié à l'œil du lecteur. Ce n'est pas parce que nous ne conservons pas de lettres d'affaires de Mme de Sévigné qu'elle n'en écrivait pas. Au contraire, elle mentionne dans les lettres de l'année 1671 des missives adressées à Dubois, employé de la poste, avec lequel elle ne devait guère chercher la finalité esthétique. Compte tenu de sa position sociale retirée des affaires, personne, hormis les membres de sa famille, ne conservait les lettres de la marquise, aussi n'avons-nous plus à présent que ses lettres les plus intimes qui, à coup sûr, nous donnent une image d'elle tronquée.

Pourtant, les contemporains de la marquise emploient eux-mêmes ce lieu commun. Ainsi, La Bruyère note dans ses *Caractères* :

> Ce sexe va plus loin que le nôtre dans ce genre d'écrire ; elles trouvent sous leur plume des tours et des expressions qui souvent en nous ne sont l'effet que d'un long travail et d'une pénible recherche ; elles sont heureuses dans le choix des termes.

Les femmes écriraient donc de façon plus agréable et sans travail. Derrière ce cliché mondain se retrouvent en fait plusieurs idéologies. D'une part, l'idéal de la galanterie valorise la place des femmes dans les salons et leur jugement esthétique puisqu'elles sont plus imprégnées par la culture moderne que classique, du fait de leur éducation. En outre, ce manque de culture classique – réel quoique surjoué : Mme de Sévigné connaît tout de même Tacite – correspond à une volonté de se démarquer de la tradition propre à l'idéal galant. D'autre part, il est d'usage chez les théologiens ou les philosophes comme Malebranche de souligner une plus grande impressionnabilité du cerveau féminin qui ferait preuve de plus de souplesse. La valorisation du "naturel" féminin repose en fait sur une double dévalorisation : le manque d'éducation et de rigueur rationnelle des femmes leur permettrait une langue plus créative. Il convient donc de réfuter ce lieu commun, à la fois en rappelant que ce style de lettre s'émancipant de tout modèle prescriptif a d'abord été mis au goût du jour par un homme, que bien des femmes maîtrisaient la culture et la rhétorique classiques grâce à leurs échanges avec des hommes savants dans les salons, et qu'il se fonde sur une dévalorisation idéologique du sexe féminin répondant à une dévalorisation de la littérature épistolaire, encore considérée comme un genre mineur, où les femmes font ainsi mieux accepter leur présence. Plus qu'un style féminin, il s'agit donc d'un style mondain, dans lequel les femmes se sont effectivement plus épanouies que dans les exercices académiques, justement parce que sa position aux marges du champ littéraire leur laissait une plus grande liberté de s'y essayer.

Les lettres de l'année 1671 : une œuvre dans l'œuvre

• Une œuvre soumise aux circonstances

L'année 1671 constitue pour Roger Duchêne "la naissance d'un écrivain". Selon lui, le départ de Mme de Grignan entraîne la création d'un nouveau type de lettres dans la correspondance de Mme de Sévigné ainsi qu'un accroissement de sa production épistolaire. Toutefois, nous ne savons pas quelle était l'importance de la correspondance de la marquise adressée à d'autres destinataires. Il faut se méfier de l'effet de loupe causé par la conservation familiale des lettres de l'épistolière, d'autant plus qu'on en a parfois tiré des interprétations erronées. Ainsi, le style "naturel" de la marquise a parfois été compris à tort comme l'épanchement d'une âme causé par une écriture spontanée, et l'ampleur de la correspondance aurait prouvé que la marquise écrivait rapidement, donc "naturellement". Or, si l'ampleur de ces 1500 lettres nous impressionne de nos jours, c'est parce que nous avons perdu la plupart des correspondances du XVIIe siècle. Celle de Mme de Maintenon, récemment éditée, comprend quelques 5000 lettres conservées qui ne forment vraisemblablement que la partie émergée de l'iceberg, puisque l'épistolière prétend écrire dix ou douze lettres par jour. Son ennemie jurée, la princesse Palatine, avance un chiffre similaire pour sa propre correspondance. Gardons-nous donc de faire des lettres de Mme de Sévigné un monument d'amour maternel inégalé en raison de son ampleur. La pratique épistolaire est alors courante, et dynamisée par les réformes entreprises par Louvois.

En effet, même si son importance est à relativiser, la correspondance de la marquise n'aurait jamais pu prendre ces proportions quelques années auparavant. Ce qui rend les lettres de l'année 1671 exceptionnelles, c'est qu'elles coïncident avec un moment favorable de l'histoire. Contrairement à d'autres genres littéraires, l'épistolaire a ceci de particulier qu'il est soumis à des conditions matérielles dont nous trouvons souvent la trace dans le texte même. Mme de Sévigné a raison de s'exclamer: "Que c'est une belle invention que la poste" (p. 242), et d'"admirer l'honnêteté de ces messieurs les postillons qui sont incessamment sur les chemins pour porter et reporter nos lettres" (*ibid.*). Louvois a, dès sa nomination au poste de surintendant des postes en 1668, augmenté la fréquence des courriers et ouvert de nombreux bureaux de poste, notamment un plus proche de Grignan en 1670. Cette réforme permet à Mme de Sévigné d'écrire tous les jours pour envoyer des lettres de façon bihebdomadaire. Mme de Sévigné se réjouit ainsi souvent de la régularité des échanges: "J'ai reçu cette lettre [...] selon votre date, cinq jours après qu'elle a été écrite, de sorte que toute cette lettre est miraculeuse" (p. 296).

Mais, souvent, c'est le risque de perte de lettres qui est mentionné au contraire. Le motif de la lettre perdue devient ainsi l'un des débuts topiques de celles de la marquise: "Vraiment, ma bonne, il n'en faut pas douter: je perds toutes les semaines une de vos lettres" (p. 292). Mme de Sévigné harcèle presque sa fille pour que celle-ci tienne des comptes de leur correspondance afin de savoir quelle lettre s'est perdue: "[...] ayez soin de me mander si vous avez reçues [mes lettres]. Quand on est fort éloignés, on ne se moque plus des lettres qui commencent par *J'ai reçu la vôtre, etc.*" (p. 63). Mme de Sévigné remplit elle-même cette obligation de décompte en signalant quand elle reçoit une lettre, mais aussi quand elle envoie les siennes: "Je vous écrivis mercredi par la poste, hier matin par Magalotti, aujourd'hui encore par la poste" (p. 141). Cependant, Mme de Grignan paraît peu se plier à l'exercice, comme le montre cette demande sous forme de litote : "Je crois que vous recevez mes lettres réglément" (p. 298), qui constitue bien, sous la forme affirmative, une interrogation. Mme de Grignan semble s'être agacée de l'obsession maternelle de comptabilité épistolaire, puisqu'elle finit par plaisanter la notion de date, Mme de Sévigné répondant : "Pour vos dates, ma bonne, je suis de votre avis ; c'est une légèreté que de changer tous les jours" (p. 322). La correspondance régulière de Mme de Sévigné et sa fille se trouve donc permise par l'amélioration du système postal, tout en restant dépendante de ses aléas, entre lettres perdues et mauvais temps (puisque, au contraire, le beau temps permet une arrivée plus rapide des lettres, p. 133).

• Le roman d'une année

Les lettres de l'année 1671 permettent à la fois de montrer le rôle que joue la séparation d'avec Mme de Grignan dans la création d'un style épistolaire particulier, mais aussi qu'une Sévigné écrivaine existe avant. En faisant commencer notre corpus en 1670 par l'une des plus célèbres lettres de la marquise, l'éditrice Nathalie FREIDEL [2012] illustre la maîtrise des codes de la littérature mondaine* et l'habileté créatrice de Mme de Sévigné, alors que sa fille vit encore à Paris. Le corpus trouve ainsi une unité dans le roman de Lauzun, qui, en un an, passe du favori prêt à épouser la cousine du Roi au disgracié emprisonné (son "étoile" ne s'arrêtera pas là, et nous le reverrons dans les lettres de décembre 1688 et janvier 1689 faire passer la Manche *incognito* à la Reine d'Angleterre et ses enfants en fuite). Son histoire semble ainsi faire du cycle décembre 1670-décembre 1671 une unité à extraire de la correspondance. D'autres thématiques contribuent à donner une unité à cet ensemble. Évoquée dès le 20 février (p. 76), l'affaire de la gratification demandée par le comte de Grignan ne trouve sa résolution que le 30 décembre "à sept heures du soir" (p. 386), constituant un fil d'intrigue tout au long de cette année, métaphorisé en "une grosse pierre" sur le "cœur" (*ibid.*) de l'épistolière. Autre intrigue suivie du 6 mars au 29 novembre : la grossesse de Mme de Grignan, imagée cette fois en un "caillou" sur le "cœur" (p. 360). Des premiers soupçons de l'épistolière, qui s'enquière le 6 mars de la survenue des menstruations de sa fille ("si vous êtes malade, vous vous portez bien", p. 91) à l'annonce d'un heureux accouchement le 29 novembre, nous partageons les inquiétudes et l'impatience de la mère qui n'apprend les nouvelles qu'à contretemps, à cause de la distance, et tente de conjurer ses craintes par la mention obsessionnelle de toutes les fausses couches, avortements, accouchements heureux et malheureux dont elle entend parler. Ce "malheur" (p. 168) fait de la comtesse une héroïne devant se tirer du péril et transforme ainsi l'année 1671 en quête. Le futur voyage en Provence, vu comme une épopée pour "travers[er] la France" (p. 184) et "joindre [...] la Provence à la Bretagne" (p. 194), constitue l'autre potentielle geste héroïque de notre corpus.

Cette focalisation de notre épistolière-narratrice sur certains enjeux biographiques tend à assimiler cet ensemble de lettres à un roman [FREIDEL, 2012, p. 26]. Nous y discernons en effet des intrigues unificatrices, un déroulé linéaire, accentué par l'absence des lettres de Mme de Grignan ou des lettres à d'autres correspondants, qui évoque la conduite d'une histoire. De plus, la perméabilité du genre épistolaire aux autres genres et à une diversité de tons encourage cette assimilation. Les narrations, nombreuses et valorisées par l'épistolière, achèvent la parenté avec le roman. Comme dans un roman de l'époque, par exemple *Le Roman Comique* de Scarron, le roman de l'année 1671 contient des sous-intrigues qui pourraient correspondre aux nouvelles insérées dans l'œuvre de Scarron, à la différence que, chez lui, l'histoire globale est burlesque, tandis que les nouvelles insérées sont héroïques, alors que chez Mme de Sévigné on trouve plutôt l'inverse. Parmi les épisodes burlesques à relever, notons les déboires de Charles, du "dada demeur[é] court à Lérida" (p. 134) à la mention de son "cœur de citrouille fricassé dans de la neige" (p. 157) en passant par les "panérées de tétons" (p. 154), les étourderies de Brancas à Paris et de Pomenars, qui fonctionnent comme des *running gags*, et la comédie de Mlle du Plessis. Laure Depretto suggère ainsi de lire la "correspondance comme [un] feuilleton" dans un article de 2016, en raison des "passerelles" que le lecteur peut établir d'une lettre à l'autre, donnant une unité à un ensemble pourtant disparate et discontinu.

• "Une ample comédie à cent actes divers" (La Fontaine, "Le Bûcheron et Mercure")

Plus qu'une affinité avec le roman et le feuilleton, on peut aussi étudier les perméabilités génériques de la correspondance de Mme de Sévigné avec le théâtre, notamment la comédie. En effet, la récurrence de certains personnages secondaires comiques, la constante référence à Molière, et la tendance de la marquise à théâtraliser ses récits n'est pas sans évoquer ce genre. En lui donnant des prolongements modernes, nous pourrions même y trouver des affinités avec le genre télévisuel de la *sitcom* qui repose aussi sur le déroulé linéaire de la vie de personnages principaux rythmé par un comique de répétition assumé majoritairement par les personnages secondaires.

Avant de commencer la lecture des lettres, en lecteurs naïfs du XXIe siècle ayant une forte propension à idéaliser le "Grand Siècle", et ayant peut-être entendu parler de Mme de Sévigné comme de l'emblème d'un amour maternel blessé, nous nous serions plus attendus à une tragédie. D'ailleurs, l'épistolière s'assimile à Niobé (p. 97) ou à Cérès en déclarant: "J'ai beau chercher, cette chère enfant que j'aime avec tant de passion est à deux cents lieues de moi; je ne l'ai plus" (p. 120), et réactive ainsi le mythe de la recherche de Proserpine. Cependant, sans nier la quête de l'épistolière d'une langue intime susceptible de donner à voir sa tendresse véritable, on a trop eu tendance à négliger la tendance de la marquise au potin, au ragot, à la raillerie et, plus généralement à la comédie, comme le note Nathalie Freidel dans la préface de notre édition (p. 16).

Potins et bons mots: Mme de Sévigné la commère

En effet, les potins et ragots sont légion dans les lettres de l'année 1671. Le mariage du duc de Ventadour est ainsi la cible de moqueries récurrentes de la marquise en raison du contraste entre la laideur du duc et la beauté de sa future épouse, Mlle d'Houdancourt. D'abord, Mme de Sévigné ne fait que rapporter avec délectation les bons mots d'autrui comme ceux de l'abbé de La Victoire qui affirme qu'"il n'y a pas qu'apparence que [Mlle d'Houdancourt] refus[e] à d'autres ce [qu'elle] accorder[a] à M. de Ventadour" (p. 82). Mais, très vite, l'épistolière se met à participer à cette médisance collective et prend plaisir à rapporter ses propos à sa fille. Alors que l'on tarde à apporter un tabouret – privilège accordé aux duchesses en présence de la Reine – à la nouvelle duchesse de Ventadour, la marquise réclame: "Hélas ! qu'on le lui donne, il lui coûte assez cher" (p. 127). À côté des bons mots d'autrui (par exemple, la plaisanterie du duc de La Rochefoucauld sur les maris cocus, p. 76), les lettres multiplient les potins et médisances du cru de la marquise. Ainsi l'épistolière trouve-t-elle "étrange" de "coucher [...]

avec M. de Ventadour [...] ce monstre", rebondissant sur la plaisanterie burlesque qu'elle vient de construire au sujet de Mme de Ludres qui, devant "se faire jeter trois fois dans la mer" après avoir été mordue par un chien, "ressemble à Andromède [...] attachée au rocher" (p. 100), mais une Andromède à l'accent germanique. Qualifiés de "lanternes" (*ibid.*), ces ragots contribuent à donner leur tonalité comique aux lettres mais également un aspect théâtral: dans les exemples que nous venons de citer, la marquise rapporte les propos de ses amis au style direct, se met en scène en train de médire, ou construit un petit divertissement burlesque avec discours direct et imitation de l'accent de Mme de Ludres. Le but est de rapprocher la lettre de l'oralité, de la "scène" mondaine du salon où ces plaisanteries et travestissements burlesques s'échangent habituellement et cimentent les amitiés. Il s'agit vraisemblablement pour la marquise à la fois de divertir Mme de Grignan, mais aussi de consolider leur proximité par le rejet médisant d'autrui.

L'épistolière aime aussi la transmission des bons mots. La scène épistolaire s'anime ainsi de multiples discours transmis en Provence ou depuis la Provence, qui sont cités et répétés avec plaisir par Mme de Sévigné. Les trouvailles de Mme de Grignan sont ainsi reproduites, comme "les *étoiles fixes et errantes* de Mme du Canet" (p. 106), métaphore employée par la comtesse pour désigner les amants de la dame. La marquise aime à reprendre les formules de la comtesse, vraisemblablement pour la rassurer sur son esprit. En effet, Mme de Grignan écrit à sa mère qu'en sa présence elle se sentait comme derrière un "rideau" (p. 62), tant elle brille en société. Pour conforter sa destinataire et lui donner envie de poursuivre l'échange, Mme de Sévigné ne manque donc jamais une occasion de complimenter ses trouvailles "fricassée[s] dans du sel" (p. 203), et même de rebondir dessus. C'est Ninon de Lenclos qui avait, la première, utilisé l'image "fricassée" mais "dans de la neige" à propos de Charles de Sévigné ; Mme de Grignan rebondit sur le bon mot de Ninon ainsi que sur la lettre comique de sa mère à propos des déboires de Charles ; ici, Mme de Sévigné l'en félicite, et reprend l'image de la fricassée, cette fois "dans la crème fouettée" (p. 208) pour poursuivre cette chronique familiale humoristique au sujet de son fils, ce "trésor de folie" (*ibid.*). Mieux encore, la marquise prend soin de transmettre à sa fille l'appréciation d'autrui comme M. de Vindisgras qui se rappelle un "bon mot" (p. 174) de la comtesse au sujet d'un comte allemand ressemblant à M. de Beaufort mais "parl[ant] mieux français". Il faut dire que c'est une caractéristique du destinataire poli que de rebondir sur les belles trouvailles du destinateur. Aussi Mme de Sévigné n'hésite-t-elle pas à rappeler à l'ordre sa fille quand celle-ci néglige de réagir aux bons mots ou scènes plaisantes envoyées. Elle demande ainsi explicitement à sa fille si elle n'a "point ri de la rêverie naturelle [qu'elle] fi[t] à Vitré, en priant ce gentilhomme de basse Bretagne de nous faire vitement dîner" (p. 326). La gaffe de la marquise, qui a confondu un gentilhomme avec un serviteur, aurait dû, selon elle, entraîner une réaction, notamment rappeler à Mme de Grignan d'autres étourderies de sa mère, comme la confusion d'un "clerc d'un secrétaire du Roi" avec un couturier. Animée des bons mots de divers énonciateurs secondaires, la correspondance apparaît donc comme une comédie vivante où s'entrecroisent les discours. La finalité de ces échanges est le rire, et ils sont plus efficaces quand, comme pour les étourderies de la marquise, ils s'accompagnent d'une petite mise en scène.

Le but comique de la correspondance est en effet souligné dès le mois d'avril par la marquise. Tout en complimentant la comtesse d'une formule ("*cela mord-il?*", p. 148), l'épistolière la remercie également d'une "peinture du cardinal Grimaldi [...] excellente" et qui l'a "bien fait rire" avant de conclure "je vous souhaite de pareilles visions pour vous divertir": les caractéristiques comiques de la correspondance sont clairement énoncées. Nous y trouvons d'abord les trouvailles linguistiques que s'échangent mère et fille, ensuite, des "peintures", c'est-à-dire des descriptions précises de personnages ou de petites scènes à potentiel comique. Ces peintures satiriques de personnages ne sont pas sans évoquer *Les Caractères* de La Bruyère (1696) et, avant eux, la vogue des portraits à clefs mondains que l'on s'échangeait dans les salons ou insérait dans les romans – dans *Clélie*, de Mlle de Scudéry, Mme de Sévigné est dépeinte sous les traits de Clarinte. Cependant, chez la marquise, les personnages tendent souvent à être décrits en acte, dans le cadre d'une saynète au potentiel comique, ce qui la rapproche du théâtre. Les buts de telles "peintures" sont aussi évoqués: amuser destinatrice comme destinataire. On retrouve là l'idée d'un public théâtral uni dans le partage d'un rire commun. Ainsi, toujours dans cette lettre, Mme de Sévigné se félicite que l'une des domestiques de la comtesse "entend[e] [son] langage" (*ibid.*) de manière à partager la plaisanterie. C'est pourquoi Mme de Sévigné se désole au contraire d'assister seule aux folies de Mlle du Plessis: "je n'ai personne pour en rire" (p. 226).

Caractères comiques

Connue des deux épistolières, Mlle du Plessis devient au cours du séjour en Bretagne un personnage créé à quatre mains qui anime les lettres. Elle est ainsi "telle que [...] la représent[e]" (p. 226) Mme de Grignan, quoiqu'il faille encore renforcer son "impertinen[ce]", ce dont se charge Mme de Sévigné dans une lettre quelques jours après : "L'autre jour la biglesse joua *Tartuffe* au naturel" (p. 235) lorsque la marquise la prend à mentir, entraînant une réplique au fort potentiel comique par ses résonances littéraires pour les Parisiennes lettrées que sont les correspondantes, ce qui explique que la marquise ait soin de la citer au discours direct : "Ah oui, madame, je suis la plus grande menteuse du monde ; je vous remercie de m'en avertir" (*ibid.*). Les lettres insistent souvent sur le "jeu" de "la Kerlouche", notamment sa manière de parler, qui suscite l'ironie de la marquise : "Prenez son ton", souligne-t-elle avant de déplorer sa tendance à "copier" la mère et la fille "elle a retenu aussi certaines choses que vous disiez ici, qu'elle nous redonne avec la même grâce" (p. 206). L'antiphrase qui caractérise les passages consacrés à Mlle du Plessis donne le ton à la comédie dont elle est le personnage principal tandis que les épistolières se trouvent reléguées à la place du personnage "raisonnable" que l'on trouve toujours dans les pièces de Molière et qui observe mi-amusé, mi-affligé les ridicules du protagoniste joué par le dramaturge. Cette comédie est même prévue et annoncée par la marquise dès son départ : "Je vous parlerai à cœur ouvert de Mlle du Plessis et de Jacquine [domestique bretonne] : les jolies peintures !" (p. 193), et la demoiselle assimilée à un type de personnage : "N'avez-vous point quelque exagéreuse comme celle-là ?" (p. 246), demande Mme de Sévigné à sa fille. Ainsi, la marquise témoigne d'une sensibilité singulière à la comédie sociale, au point de créer des néologismes comme "exagéreuse" pour rendre compte de sa vision du monde, et souhaiter à sa fille des fous pour s'amuser au quotidien.

L'humour touchant Mlle du Plessis s'inscrit aussi dans une comédie plus développée, une sorte de travestissement burlesque* des *Tristes* qu'Ovide écrit en exil sur les bords de la mer Noire. L'exil est ici celui des Parisiennes cultivées en Provence et en Bretagne. L'amusement des deux correspondantes face aux provinciaux, notamment aux femmes, permet de solidifier leur connivence et d'expliquer que Mme de Sévigné en vienne paradoxalement à se sentir plus proche de sa fille en Bretagne qu'à Paris. Même si le départ en Bretagne rajoute de la distance et gêne le commerce épistolaire, Mme de Sévigné tend à ne le souligner que sur le mode du badinage: "Vous êtes allée à Marseille pour me fuir, et moi je m'en vais à Vitré pour le renvier sur vous" (p. 193). Par ailleurs, elle note d'emblée: "Ce départ me fait souvenir du vôtre" (p. 192), et, en effet, toutes deux "exilée[s]" (p. 219) en province, elles partagent désormais les mêmes expériences: les États, un climat contraire au "bon air" de "l'Île-de-France" (p. 293), soit par excès de chaleur, ou de pluie, et surtout le spectacle du ridicule de la province. Les "choses admirables" au sujet des "cérémonies de la Fête-Dieu" en Provence que mande Mme de Grignan à sa mère la "réjouir[ont]" (p. 217) lorsqu'elle en fera le récit à ses convives à table le soir même. En retour, sa mère lui décrit dans cette même lettre du 21 juin 1671 l'habillement et le nom des Bretonnes. D'un côté, Mme de Sévigné peut se plaindre des "civilités [...] ridicules" et des "femmes de ce pays si sottes" (p. 276), de l'autre Mme de Grignan est accablé de "femmes", sans même "avoir des fous [...] qui pourrai[ent] [la] divertir" (p. 295). Les écarts de langage trahissant la méconnaissance du "bel air de la Cour" par les provinciaux sont aussi souvent le sujet de moqueries: "*je vous demande excuse* à la mode du pays" (p. 213) ironise la marquise. Pomenars insiste également pour colporter ce genre de maladresses:

> Il conte qu'une femme, l'autre jour à Rennes, ayant ouï parler des *medianoche*, dit à quatre heures du soir qu'elle venait de faire *medianoche* chez la Première Présidente; cela est bien d'une sotte bête qui veut être à la mode. (p. 290)

Pomenars, gentilhomme breton, constitue justement un personnage récurrent de la comédie sévignéenne, non pour sa bêtise, mais pour sa folie: "Je n'ai jamais vu un homme si fou que Pomenars. Sa gaieté augmente en même temps que ses affaires criminelles" (p. 257). Fou de gaieté, Pomenars constitue le pendant breton de Brancas l'étourdi, personnage récurrent des lettres parisiennes. Quand Brancas demande à ceux qui se pressent pour le secourir après son accident en carrosse "ce qu'ils désir[ent] de son service" (p. 143) et s'agace d'attendre pour dîner une Mme de Sanzei partie sur ses terres depuis "cinq semaines" (p. 188), Pomenars refuse de se raser tant qu'il ne sait pas s'il sera condamné à mort (p. 207) et dîne chez le juge qui, le jour même, l'a condamné à être pendu en effigie (p. 351). La plupart de ces historiettes sont traitées sous la forme d'une saynète, hormis la première au sujet de Brancas: peut-être l'épistolière n'a-t-elle pas encore pleinement mis en place sa manière de traiter les sujets comiques au début de la correspondance avec sa fille. Cependant, un consensus semble s'être vite mis en place pour privilégier les petites scènes théâtralisées. L'attitude corporelle des personnages y est souvent notée afin de mieux les visualiser, et des répliques rapportées au discours direct dynamisent les passages. Brancas est "debout devant la table", puis "toujours debout" (p. 188), attitude suscitant un comique de répétition qui n'est pas sans évoquer quelques morceaux de bravoure chez Molière puisque Mmes de Sévigné et de Coulanges doivent chacune insister "Asseyez-vous donc", entraînant un "Parbleu !" (*ibid.*) du principal intéressé qui meurt de faim en attendant une absente. La découverte par Pomenars de son effigie pendue est également dramatisée :

> Il approcha. Il trouva que le peintre l'avait mal habillé ; il s'en plaignit. Il alla souper et coucher chez le juge qui l'avait condamné. Le lendemain il vint ici, pâmant de rire [...]. (p. 351)

Grâce à la parataxe* et au passé simple, Mme de Sévigné souligne le décalage entre les actions légères du personnage et la gravité de la situation. Le potentiel théâtral de cette scène a d'ailleurs retenu l'attention des lecteurs et donné lieu à une création dramatique : *Le Marquis de Pomenars* de Sophie Gay, parue en 1820 et ayant rencontré un certain succès. Parfois, Mme de Sévigné n'est pas seulement spectatrice, mais aussi actrice de ces saynètes. Outre ses étourderies, elle entre aussi dans les divertissements pensés par les autres qu'elle se charge ensuite de mettre en scène dans ses lettres. Ainsi en est-il de la blague de Pomenars qui fait entrer Mme de Chaulnes *incognito* dans la chambre de la marquise :

> Vous saurez donc qu'hier vendredi, j'étais toute seule, dans ma chambre, avec un livre précieusement à la main. Je vois ouvrir ma porte par une grande femme [...] cette femme s'étouffait de rire, et cachait derrière elle un homme qui riait encore plus fort qu'elle ; cet homme était suivi d'une femme fort bien faite qui riait aussi ; et moi, je me mis à rire sans les reconnaître et sans savoir ce qui les faisait rire. (p. 256)

À l'origine, l'idée de Pomenars place Mme de Sévigné en spectatrice, cependant, en réécrivant la scène, la marquise se transpose en personnage de la comédie qu'elle livre à sa fille, la nouvelle spectatrice à qui doit se communiquer le rire. Ainsi, la marquise se place en premier personnage présent sur scène, et se décrit ironiquement avec une attitude empruntée voire pédante, digne d'une *précieuse ridicule*. Elle est également la dernière à agir dans la scène grâce à la communication du rire “sans savoir”, qui en fait le personnage ridicule au sein d’un *quiproquo*. La marquise prête une attention particulière au dynamisme de sa scène grâce à la valeur sécante de l’imparfait, qui permet se placer au cœur de l’événement pour le visualiser, au présent de narration et à la prise en compte de la temporalité de la destinataire grâce au futur simple initial. En outre, on peut noter ici le “côté Dostoïevski” que Proust commente dans *La Prisonnière* :

> Il est arrivé que Mme de Sévigné, [...] comme Dostoïevski, au lieu de présenter les choses dans l’ordre logique, c’est-à-dire en commençant par la cause, nous montre d’abord l’effet, l’illusion qui nous frappe.

Ainsi, l’explication ne vient ici qu’après coup, c’est d’abord l’effet ressenti, l’amusement, qui doit être transmis à Mme de Grignan afin que toutes deux se retrouvent dans la lettre, par-delà la distance, en tant que spectatrices appartenant à un même public.

Accents tragiques

La référence théâtrale peut parfois être sérieuse. Ainsi, la dignité de la Grande Mademoiselle correspond à la tragédie, quand Mlle du Plessis ne peut être qu’un personnage de Molière. Après avoir traité de façon romanesque la destinée de Lauzun, Mme de Sévigné écrit plusieurs lettres davantage centrées sur Mademoiselle. Or, si l’ascension sociale “inouïe” (p. 41) d’un Lauzun justifie un traitement de personnage de roman à la destinée “brillante” (*ibid.*), la dignité de la fiancée, à qui Mme de Sévigné rend visite à deux reprises, nécessite une autre approche. C’est donc “Sévère dans *Polyeucte*” (p. 48) qui est cité par l’épistolière à Mademoiselle. La lecture de l’événement sous forme de roman ne suscitait guère que l’ébahissement (et rappelons qu’à l’époque le roman, s’il n’est pas burlesque, est caractérisé par son invraisemblance : Furetière dit qu’il s’agit de “livres fabuleux” pour “occuper les fainéants”). Sa lecture tragique, entamée dans la lettre du 19 décembre 1670 : “Voilà un beau sujet de roman ou de tragédie” (p. 44), et confirmée par la lettre du 31 décembre détaillant deux entrevues entre l’épistolière et Mademoiselle, permet au contraire un partage de l’émotion : “J’ai retrouvé dans cette occasion des sentiments qu’on ne sent guère pour des personnes d’un tel rang. Ceci entre nous deux et Mme de Coulanges, car vous jugez bien que cette causerie serait entièrement ridicule avec d’autres” (p. 49). Alors que les lettres faisant appel à une grille de lecture romanesque des événements étaient appelées à circuler parmi un public secondaire, leur lecture tragique, qui éveille l'empathie de la marquise et donc une forme d'identification envers les malheurs de ce personnage illustre, comme dans le cadre d'une fiction théâtrale, doit rester privée. Elle n'est donnée à voir qu'à deux amis choisis qui pourront partager avec elle ces émotions. Aussi la référence théâtrale et le traitement dramatique de certaines lettres permettent à l'épistolière de favoriser la transmission des émotions et donc de faire jouer à la lettre son rôle véritable : celui d'abolir la distance pour recréer un cercle de conversation privé voire intime.

Principal enjeu de la correspondance : abolir la distance

• Une distance insurmontable ?

Le corpus de l'année 1671 est marqué par le mouvement : départ de Mme de Grignan de Paris, départ de sa mère pour la Bretagne, déplacements dans les provinces, retours réels ou projetés à la capitale animent la correspondance. S'y ajoutent aussi les voyages imaginaires, celui qu'espère réaliser la marquise en Provence, celui, rêvé, du retour de sa fille à Paris, celui que réalisent les "sorciers" (p. 84), Mme de Sévigné et Coulanges, qui suivent la comtesse "pas à pas" (p. 80) grâce aux cartes, et tous ceux que la marquise fait faire à sa fille, transportée par un "tourbillon" de mistral (p. 220), un "sylphe" (p. 338), ou encore un "hippogriffe" (p. 244) aux Rochers. Ces inventions littéraires apparaissent comme autant de moyens de tromper la distance spatiale qui les éloigne. Elles révèlent cependant peut-être que les véritables retrouvailles dont rêve Mme de Sévigné ne peuvent se faire que sur le mode de l'imaginaire. La création littéraire semble préférée à l'anticipation des vraies retrouvailles qui se feront en 1672 et seront assez froides. Les correspondantes sont en effet conscientes d'avoir trouvé une "parfaite intelligence entre [elles]" depuis leur séparation. Malgré le plaidoyer pour ne pas donner à "l'absence [ce] mérite" (p. 176), mère et fille se trouvent bien réunies par leurs lettres. C'est donc que les lettres ont réussi leur mission première : celle de combler la distance physique entre les correspondants. Ici, on peut même émettre l'hypothèse qu'elles parviennent à détruire la distance psychologique.

Compte tenu des tensions anciennes entre mère et fille auxquelles les lettres font régulièrement allusion, on comprend que la mère déplore à ce point le départ de sa fille : elle pouvait craindre que cette séparation géographique mette un terme à leur intimité. Or, partir en Provence, ce n'est pas rien à cette époque, Mme de Sévigné a raison de dire à Bussy que sa fille "s'en va au diantre en Provence" (p. 52) : Mme de Grignan part en effet pour l'autre bout de la France. Il s'agit qui plus est d'un voyage assez périlleux : même si Mme de Sévigné en exagère les dangers, il n'y avait que peu de ponts sur le Rhône, et la traversée de celui-ci en bateau effrayait nombre des contemporains de la marquise, de même que le passage de la montagne de Tarare, comme le rappelle utilement une note dans laquelle Roger Duchêne se réfère à d'autres témoignages contemporains : "Au XVIIe siècle, beaucoup de gens partageaient l'horreur de Mme de Sévigné pour le Rhône, dont elle parle d'ailleurs par ouï-dire. [...] Quand Mlle de Scudéry et son frère revinrent de Marseille, la *Gazette* avait annoncé, le 16 octobre 1647, qu'ils étaient morts noyés dans le Rhône, à Valence ; il fallut démentir" [SÉVIGNÉ, t. I, 1972, p. 1011]. Mme de Sévigné pouvait donc à raison considérer cette séparation d'un point de vue quelque peu dramatique. À la distance physique bien réelle de "200 lieues", chiffre symbolique qu'elle répète souvent mais qui n'en recouvre pas moins plus de 750 kilomètres (soit près de vingt jours de trajet, même sans les étapes d'une ou deux journées que fait parfois Mme de Grignan) s'ajoutent les obstacles qui rendent le voyage peu commode et donc difficilement répétable.

• Des nouvelles contre l'exil

De plus, la distance est aussi symbolique que géographique. Pour Mme de Sévigné, sa fille est partie habiter un pays bien différent qui l'éloigne de la norme parisienne. Alors que sa mère et Mme de la Troche lui décrivent la nouvelle coiffure à la mode pour que son éloignement de la capitale ne la transforme pas en provinciale (p. 113-114), Mme de Grignan se trouve environnée de femmes coiffées selon une mode "Médicis". De même, cette distance signifie aussi son manque d'informations sur les nouveautés littéraires. Pour se les procurer elle doit se les faire envoyer. L'un des enjeux de la correspondance qui se met en place en 1671 est alors assez classique, il s'agit de transmettre à sa correspondante les dernières nouvelles afin qu'elle ne se trouve pas exilée dans l'espace mais aussi dans le temps en vivant en décalage par rapport à la Cour. Même si Mme de Sévigné participe elle-même fort peu à la vie curiale, elle se montre souvent partant en quête de nouvelles afin de remplir sa mission de correspondante parisienne : "Tantôt je vous manderai des nouvelles en fermant mon paquet" (p. 165), ce qu'elle fait en effet, en transmettant les premières informations glanées sur la fête donnée à Chantilly. L'adresse de cette seconde partie de la lettre du 24 avril prouve que les informations sont collectées ailleurs, ici chez M. de La Rochefoucauld.

Outre maintenir le lien social avec leurs amis, ces nouvelles ont avant tout pour but de transmettre aux Grignan les dernières nouvelles de la Cour afin de faciliter leur réinsertion à Versailles lorsqu'ils y reviendront pour leurs affaires. Par exemple, la première moitié de la lettre du 27 février est entièrement consacrée à diverses nouvelles de personnages en vue : Mme de Mazarin qui se sépare d'avec son époux, Mlle de La Vallière qui se rétablit à la Cour, le retard du mariage du duc de Ventadour qui a la fièvre, diverses gratifications du Roi, *etc.* Ces sujets correspondent parfaitement à la typologie des nouvelles qu'un Parisien doit fournir à ses relations provinciales d'après Donneau de Visé dans la première livraison du journal *Le Mercure Galant* en 1672, à savoir : morts, mariages, exploits guerriers, bienfaits accordés par le Roi, actualités judiciaires et littéraires et, éventuellement, les nouvelles de l'État qui peuvent cependant être laissées aux *Gazettes* (ancêtres de la presse écrite ; *La Gazette*, l'un des premiers journaux français, a été créée en 1631 par Renaudot). Cependant, le statut de la nouvelle est ambigu dans la correspondance. D'une part, comme le montrent de nombreux exemples, Mme de Sévigné remplit bien cette fonction attendue du correspondant parisien, mais, de l'autre, elle manifeste un certain dédain à son égard. Ainsi, la lettre du 27 février commence avec autodérision par "Rien ne dure cette année, pas même la mort de M. Vallot" (p. 81). Mme de Sévigné y corrige en effet une fausse information qu'elle a colportée dans sa lettre précédente. Cependant, l'erreur ne fait guère que l'amuser, elle plaisante sur la résurrection de l'homme et ne s'appesantit pas sur la bévue. Par ailleurs, Mme de Sévigné opère volontiers une sélection des nouvelles non dans un but informatif mais à des fins morales voire esthétiques. Par exemple, la mort du duc d'Anjou, qui représente un danger pour la dynastie, le Grand Dauphin se retrouvant seul héritier potentiel du trône, est vite escamotée au profit de Marie-Blanche : "ma petite enfant est fort jolie" (p. 245). Comme le fait remarquer Nathalie Freidel [2009, p. 39], il semble que Mme de Sévigné mêle toujours les "affaires publiques" aux "intérêts privés". De même, le remariage de Monsieur est éludé au motif que l'épistolière se lasse d'entendre la nouvelle répétée à l'encan: "la répétition du mariage de Monsieur me fait sécher sur le pied" (p. 337). Souhaitant d'abord conserver le lien avec sa fille et, pour ce faire, lui plaire, Mme de Sévigné ne veut pas participer elle aussi à ce potentiel accablement. Elle écrit donc plus loin dans la même lettre: "Quand quelque chose me plaît, je vous le mande, sans songer que peut-être je suis un écho moi-même ; si cela était, ma bonne, il faudrait m'en avertir par amitié" et marque son mépris pour les "*Renaudots*", c'est-à-dire les gazettes (p. 338). Une finalité esthétique se distingue donc dans le traitement de la nouvelle sévignéen: il faut plaire, se divertir dans l'écriture comme divertir son correspondant. Les nouvelles sur lesquelles insiste la marquise (le mariage manqué de Mademoiselle, la mort de Vatel) sont ainsi choisies pour l'effet de surprise et les réflexions qu'elles ont suscitées: elles sont l'occasion non pas de répéter l'événement, mais d'ouvrir cette "conversation entre absents" qu'est la lettre à de nouveaux sujets. L'épistolière tend donc à abandonner la fonction informative de la lettre à d'autres correspondants de la comtesse comme d'Hacqueville ("D'Hacqueville vous rendra bon compte de cette affaire" p. 55 ; "Je vous écris peu de nouvelles, [...] ; je me repose sur M. d'Hacqueville" p. 125), se réservant pour elle-même les nouvelles familiales et intimes:

> On ne se soucie point des choses publiques, on ne se réveille que pour les grands événements ; et de ceux que l'on aime, les moindres circonstances en sont chères et touchent le cœur. (p. 238)

• Une soif de "détails"

Mme de Sévigné se montre bien plus sérieuse et scrupuleuse concernant les "détails" attendus au sujet de certaines nouvelles. Les lettres de l'année 1671 témoignent en effet d'une appétence pour les "narrations" détaillées dès qu'il s'agit des nouvelles de la comtesse. Mme de Sévigné demande très souvent à sa fille de se montrer plus précise en ces débuts de correspondance. Dès son départ, Mme de Grignan est invitée à ne pas craindre les longueurs:

> Ma fille, je vous conjure de me bien mander tout cela, et de me parler de M. de Grignan et de Monsieur d'Arles. Vous savez que nous avons réglé que l'on hait autant les détails des gens que l'on n'aime guère qu'on les aime de ceux que l'on aime beaucoup ; c'est à vous à deviner de quel nombre vous êtes auprès de moi. (p. 85)

Plus on fournit de détails, et plus l'on est proche de son destinataire. Tout en se donnant ainsi une bonne raison d'écrire de si longues lettres, Mme de Sévigné invite sa fille à faire de même. Elle l'amène à se laisser aller aux détails et à ne pas essayer de la ménager parce qu'elle l'aime et que tout l'intéresse.

Mais ces détails ne sont pas seulement destinés à entretenir le dialogue épistolaire qui pourrait sans eux tomber dans le pur entretien d'une amitié un peu distante. Les détails permettent de nier l'absence car ils soutiennent l'imagination. Ils offrent au lecteur de la lettre la possibilité d'être encore en présence de l'être cher, et donnent un semblant d'emprise sur la vie de l'autre. Grâce aux détails qu'elles s'échangent, les deux femmes se réaffirment leur amitié, et font participer l'autre à leur vie, bien que ce soit sur le mode de la virtualité. Ils constituent la clé permettant de se représenter l'autre, la "voir" répète souvent Mme de Sévigné, et oublier un instant la distance, tant physique que morale: "Je ne vois goutte dans votre cœur. Je me représente et m'imagine cent choses désagréables que je ne vous puis dire ; [...] Mais je ne sais comme vous vous portez dans tout ce tracas" (p. 95). En l'absence de plus amples détails fournis par sa fille, l'imagination de la marquise peut donc errer jusqu'à des pensées sinistres. Elle ne réclame pas des détails par simple avidité, il s'agit surtout de contenir son imagination qui s'affole dans le manque de renseignements. Mme de Sévigné a besoin de détails pour s'imaginer sa fille en Provence. Pendant le voyage de la comtesse, elle réussissait à "voi[r] ce carrosse qui avance toujours", et était sur "les grands chemins" (p. 58) avec sa fille grâce aux informations des cartes géographiques. À l'arrivée de sa fille en Provence, elle souhaiterait continuer à partager sa vie, mais dépend pour cela totalement de ce que la comtesse voudra bien lui communiquer. Mme de Sévigné explique cette nécessité à sa fille dans une lettre des Rochers:

> Vous connaissez les Rochers, et votre imagination sait un peu où me prendre; pour moi, je ne sais où j'en suis. Je me suis fait une Provence, une maison à Aix, peut-être plus belle que celle que vous avez; je vous y vois, je vous y trouve. Pour Grignan, je le vois aussi, mais vous n'avez point d'arbres (cela me fâche), ni de grottes pour vous mouiller. Je ne vois pas bien où vous vous promenez. (p. 220)

Comme l'indique l'adresse de cette lettre, il s'agit d'une réponse aux lettres du 30 mai et du 2 juin de Mme de Grignan. Celle-ci a découvert Grignan en fournissant quelques éléments de description du château. Cependant, elle n'a vraisemblablement pas répondu à toutes les attentes de Mme de Sévigné en matière de renseignements. Craignant que sa fille ne juge pas utile de revenir sur la description du château, l'épistolière débute sa demande de plus amples informations en constatant une inégalité entre elles : sa fille peut à loisir se représenter sa mère et la vie qu'elle mène parce que les Rochers lui sont familiers. La moindre allusion de la marquise à tel lieu, consacré à telle activité lui montre sa mère en "mouvement", presque comme si elle était sur place. Au contraire, la marquise n'a jusqu'alors fait qu'inventer Grignan. L'emploi du présent dans la lettre du 21 juin comme la répétition obsédante du verbe de perception "voir" dénote l'enjeu qu'ont les détails pour l'épistolière. Ils lui permettent réellement de produire une image de sa fille. À la lecture de ses descriptions, et en se les remémorant, Mme de Sévigné se transporte en Provence, elle conjure l'absence et partage la vie de sa fille.

Au-delà, le cadre fourni par les détails lui permet de ne pas trop se laisser emporter en toutes directions par son imagination. En effet, elle ne dit pas qu'en l'absence de narration de sa fille elle ne peut plus la voir, mais plutôt qu'elle ne sait plus où donner de la tête, elle ne sait plus "où la prendre". De même, une fois sa fille à Lambesc, Mme de Sévigné doit demander de nouveaux renseignements puisqu'il "y a des ombres à [s]on imagination qui couvrent [Mme de Grignan] à [s]a vue" (p. 328). Mme de Sévigné est alors capable de se transporter en Provence grâce à l'écriture de ses lettres, qui sont porteuses d'une force de projection lui permettant d'envahir l'espace de sa fille à force de demandes de détails.

• Temporalités différées

L'abolition de la distance passe aussi par des effets non plus spatiaux, mais temporels. En effet, la séparation des épistolières n'est plus seulement géographique : à l'ère de l'absence de communication instantanée, Mme de Sévigné et sa fille font l'expérience d'une temporalité différée. Tout se passe comme si leurs vies se déroulaient en parallèle, mais avec un décalage rendant presque impossible de se réunir par l'écriture. La marquise explique notamment la souffrance causée par ce décalage au moment de l'accouchement de sa fille :

> Ma fille, n'admirez-vous point les erreurs et les contretemps que fait l'éloignement ! Je suis en peine de vous quand vous êtes en bonne santé ; et quand vous serez malade, une de vos lettres me redonnera de la joie. Mais cette joie ne peut être longue, car enfin il faut accoucher. (p. 353)

La communication différée de la lettre crée donc des discordances entre les émotions ressenties par les correspondantes au lieu de permettre leur communion : la mère s'inquiète de la santé de la fille en raison d'une lettre écrite dix jours plus tôt, inquiétude qui sera calmée par la lettre suivante, en un temps où la comtesse ira cependant peut-être à nouveau mal. Ce cycle sans fin de contretemps crée un trouble qui ne trouve presque aucun remède et illustre les limites du modèle conversationnel de la lettre.

Pour tenter de remédier à ces contretemps, Mme de Sévigné joue sur l'emploi des temps verbaux. Par exemple, le futur permet d'envisager la réception de la lettre :

> Ma chère enfant, en quel état vous trouvera cette lettre ! Il sera le 28 du mois ; vous serez accouchée, je l'espère, et très heureusement. J'ai besoin de me dire souvent ces paroles pour me soutenir le cœur. (p. 355)

Trois temps se mélangent en quelques lignes correspondant aux trois chronologies que la marquise essaie de réunir : le temps de la lecture de la lettre par la comtesse au futur simple ; le temps de l'accouchement au futur antérieur ; le temps de l'écriture de la lettre au présent d'énonciation. Chacun de ces temps a sa fonction dans l'élaboration de la relation entre mère et fille. Ainsi, la valeur de certitude du futur simple conjure la peur d'une mort en couches en s'assurant de la présence de la comtesse à la lecture de la lettre. Le futur antérieur permet de présenter l'accouchement (encore incertain pour la marquise même s'il a, dans les faits, eu lieu la veille) comme une épreuve déjà passée avec succès. Enfin, le présent d'énonciation rend vivant et visible le trouble de l'épistolière afin d'établir au mieux la communication des émotions avec sa lectrice qui peut ainsi vivre l'inquiétude passée de sa mère comme si elle l'avait en face des yeux. Les moments périlleux de la vie de Mme de Grignan sont particulièrement propices à susciter ce genre de jeu temporel chez la marquise. Ainsi le passage du Rhône déclenche le même type d'écriture : "Le Rhône, ma chère fille, me tient fort au cœur. Je crois que vous êtes arrivée heureusement, mais j'aimerais bien à le savoir par vous" (p. 83). Là encore, un temps composé permet de présenter l'obstacle surmonté et ainsi d'éloigner les craintes qu'un présent d'énonciation anime encore, bien qu'elles soient doublement passées : l'épistolière s'inquiète à contretemps et, quand Mme de Grignan recevra la lettre, sa mère aura déjà été rassurée. Le conditionnel associé à un infinitif permet enfin d'envisager une lettre future de la comtesse qui devrait apaiser les craintes de sa mère. Dans les deux cas, le Rhône comme l'accouchement, Mme de Sévigné sature en outre sa lettre de verbes modalisateurs qui mettent en avant l'incertitude causée par ces contretemps: anaphores de "il nous semble" (*ibid.*) dans la lettre du 27 février, et de "je crois" dans une lettre du 11 novembre (p. 350) au sujet des mesures à prendre pour l'accouchement.

Deux des enjeux de l'écriture épistolaire afin de surmonter la distance sont donc, d'une part, la capacité de l'épistolier* à se projeter dans le temps de la réception de sa lettre et, d'autre part, son aptitude à rendre son présent actuel pour son destinataire malgré le temps écoulé entre l'écriture et la lecture. Ainsi, après avoir appris l'heureux accouchement de sa fille, Mme de Sévigné lui écrit "comme à une femme qui sera dans son vingt-deux ou vingt-troisième jour de couche" (p. 361) et non comme à la fille qui, pour elle, a accouché depuis seulement cinq jours (la lettre date du 2 décembre et Mme de Sévigné n'a appris l'accouchement, qui a eu lieu le 17 novembre, que le 28). De même, pour que ses lettres semblent encore actuelles à la comtesse, l'épistolière abuse des présentatifs ("Voilà M. de Magalotti qui s'en va en Provence", p. 140: le présentatif semble redoubler le déplacement du personnage en Provence d'un autre voyage, effectué au moyen de la lettre), se décrit au présent de manière à rendre sa peinture vivante et donc visible pour Mme de Grignan ("Vous qui voyez tout, ne voyez-vous point comme je suis belle les dimanches, et comme je suis négligée les jours ouvriers ?", p. 250) et réactualise sa propre réception des lettres de sa fille en répétant leur contenu au présent ("Vous êtes en dévotion", p. 133 ; "Vous croyez ne me rien dire en m'assurant que vous aimez ceux qui vous parlent de moi", p. 299). Les lettres ont donc pour rôle de relier les épistolières, par-delà les distances spatiales et temporelles, telle la "chaîne des galériens" (p. 141), voire de l'abolir de sorte que Mme de Sévigné peut s'exclamer: "Mon Dieu, ma bonne, que votre ventre me pèse !" (p. 336).

Un pacte épistolaire à installer

• Pacte épistolaire et conventions

Cependant, une correspondance d'une telle ampleur et poursuivie sur tant d'années demande l'établissement de quelques réglages dans ses commencements afin de faire durer ce commerce et de le rendre satisfaisant pour le destinateur comme le destinataire. Les lettres de l'année 1671 sont ainsi doublement intéressantes. Bien que ne représentant que 110 des lettres conservées de la marquise, elles donnent un bon aperçu de cette correspondance majoritairement adressée à Mme de Grignan, et composée lors de périodes de séparation (huit périodes de 1671 à 1690 durant en moyenne un à deux ans) respectant en général une bonne alternance entre séjours parisiens et bretons. Or, c'est en 1671 que s'établissent les bases de ce commerce étendu sur près de vingt ans. Il est donc crucial d'étudier la manière dont Mme de Sévigné et sa fille négocient sa mise en place.

Le pacte épistolaire* est en fait double chez Mme de Sévigné. D'un côté, il comporte une part commune régie par les conventions épistolaires du temps, de l'autre il se démarque par une recherche d'innovation garantissant une sorte de "contrat d'exclusivité" [FREIDEL, 2012, p. 57]. Malgré sa volonté affichée de se détacher des conventions, Mme de Sévigné reste tributaire de certaines d'entre elles. La composition des lettres-réponses, c'est-à-dire du type de lettre le plus caractéristique d'une correspondance normale, est ainsi tout à fait codifiée. On peut en suivre les étapes dans la lettre du 13 mai 1671. Tout d'abord, le correspondant atteste de la bonne réception de la lettre ("Je reçois votre lettre de Marseille", p. 185), puis, il réagit point par point à son contenu. Normalement, l'épistolier y suit l'ordre établi par son correspondant, mais, en l'absence de lettres de Mme de Grignan, nous ne sommes sûrs de rien. Ici, la marquise réagit à la narration envoyée sur la ville de Marseille, à la santé de sa fille tout en demandant davantage de précisions. Puis on passe aux nouvelles de soi : l'articulation est marquée dans cette lettre par "Pour moi" (p. 187). Dans une lettre plus mondaine, ces nouvelles de soi seraient accompagnées de véritables "nouvelles", mais, étant sur le départ pour la Bretagne, Mme de Sévigné semble déjà se détacher de cette fonction de l'épistolier parisien. La lettre se finit enfin sur une formule d'adieu. Même si Mme de Sévigné s'y montre assez créative en rebondissant sur la notion de "consolation" évoquée par Mme de Grignan dans sa lettre : "mais de vous, ma belle, qui m'en consolera ?" (p. 189), elle respecte bien cette dernière étape usuelle. Aussi, alors même que l'on étudie les innovations stylistiques et la créativité épistolaire de la marquise, il faut garder à l'esprit qu'elle ne se détache pas non plus complètement d'un cadre partagé par ses contemporains et facilitant échanges et compréhension.

Toutefois, Mme de Sévigné crée bel et bien de nouveaux types de lettres. Principale innovation : la "lettre sur rien". "Cette lettre du vendredi est sur la pointe d'une aiguille, car il n'y a point de réponse à faire et, pour moi, je ne sais point de nouvelles" (p. 151) : alors que le commerce épistolaire naissant entre la mère et la fille se justifiait par le besoin de s'informer du déroulé du voyage de la comtesse et par la transmission de nouvelles, la lettre sévignéenne s'affranchit peu à peu de ces légitimations, ce qui trahit un infléchissement d'un pacte épistolaire commun vers un pacte plus intime. Peu à peu, grâce à un renforcement de la relation entre mère et fille et à la constatation de la réponse favorable de Mme de Grignan face à l'expression de l'amour maternel, Mme de Sévigné se permet un écart par rapport à la norme épistolaire. Or, l'enjeu est de savoir si Mme de Grignan ne sera pas agacée de cette tendresse maternelle qui connaît tellement peu de limites qu'elle s'affranchit des règles de la bienséance épistolaire. Les premières fois où Mme de Sévigné se permet cette incartade, elle l'entoure donc de précautions. On peut le constater dans la célèbre lettre du mardi saint écrite à l'abbaye de Livry le 24 mars 1671. Le contexte d'écriture de cette lettre est important : d'une part, Mme de Grignan est arrivée sans encombre en Provence, la montagne de Tarare et le Rhône sont passés, les fréquentes lettres de la mère ne sont donc plus justifiées par des inquiétudes légitimes. Mme de Sévigné peut craindre que sa fille, qui a diligemment écrit durant son voyage, juge à présent le commerce moins essentiel et le ralentisse. D'autre part, cette lettre est écrite en retraite*. La semaine sainte, semaine précédant Pâques, est en effet particulièrement recommandée à l'attention des chrétiens par les manuels de dévotion contemporains : on y prône une plus grande assistance à la messe, la lecture de livres pieux et un retrait des mondanités. Mme de Sévigné, conforme en cela à son désir d'une piété approfondie mais encore mal pratiquée, choisit de passer quelques jours à l'abbaye de son oncle pour "prier Dieu, y faire mille réflexions [...] jeûner" (p. 119). Dans ce cadre, elle n'a guère de nouvelles à transmettre, et ainsi rien qui légitime la lettre. De surcroît, l'écriture dans ce contexte pose question.

Alors qu'une retraite doit permettre de se recentrer sur son cheminement spirituel, et donc n'avoir pour objet que Dieu et sa présence dans l'âme du chrétien, Mme de Sévigné se montre plus occupée de sa fille, loin de suivre le modèle proposé d'une "petite Trappe" (p. 119), c'est-à-dire d'un monastère à la règle austère (amoindrie toutefois par l'adjectif antéposé). Cette lettre sur rien se démarque donc des compositions épistolaires usuelles: pas d'accusé de réception d'une lettre, pas de réponse, pas de nouvelles et, à vrai dire, pas de réel adieu non plus. La lettre sur rien est en fait l'occasion pour la marquise de mettre en mots sa tendresse pour sa fille, de chercher sa propre voie pour l'exprimer. Afin d'y parvenir, la religion est détournée ici. Après sa déclaration d'intention initiale de piété, la marquise admet que "ce [qu'elle] fer[a] beaucoup mieux que tout cela, c'est de penser à [Mme de Grignan]" (p. 119). La pensée continuelle à Dieu, consistant à lui dédier chacune de ses actions quotidiennes dans une oraison permanente est recommandée par tous les manuels de dévotions qui s'inscrivent dans la droite lignée de l'un des best-sellers de la littérature pieuse: *L'Introduction à la vie dévote* de François de Sales (1609). Cette pensée continuelle, proche de l'adoration réservée à Dieu, prend forme dans l'écriture à travers les visions de l'épistolière: "Je vous vois; vous m'êtes présente" (p. 120), visions suscitées par la mémoire des lieux que souligne l'énumération "Il n'y a point d'endroit, point de lieu, ni dans la maison, ni dans l'église, ni dans le pays ni dans le jardin, où je ne vous ai vue" (p. 120). Avant cette lettre (mis à part la lettre du 6 février suivant le départ de Mme de Grignan le 4 et celle écrite pour l'anniversaire du départ le 6 mars), l'expression de la tendresse de l'épistolière était plus contenue, limitée par le cadre habituel d'une lettre-réponse.

Or, en s'écartant de ce pacte épistolaire commun que les correspondantes avaient toutes deux accepté jusque-là, Mme de Sévigné en introduit un nouveau, plus intime. Pour y parvenir, il faut cependant l'assentiment de la destinataire. À la fin de cette expression débridée de tendresse maternelle, Mme de Sévigné se soucie donc de justifier la lettre:

> Je ne sais en quelle disposition vous serez en lisant cette lettre. Le hasard peut faire qu'elle viendra mal à propos, et qu'elle ne sera peut-être pas lue de la manière qu'elle est écrite. À cela je ne sais point de remède. Elle sert toujours à me soulager présentement [...]. Je vous prie de ne point parler de mes faiblesses, mais vous devez les aimer, et respecter mes larmes qui viennent d'un cœur tout à vous. (p. 120)

Bien qu'usuelle à cet endroit, cette expression finale de tendresse se montre originale et joue avant tout un rôle rhétorique de persuasion. Il s'agit moins d'assurer Mme de Grignan de sa tendresse, que de la lui faire accepter et de renégocier leur pacte épistolaire pour y autoriser la lettre "sur rien", laissant libre cours à l'expression des sentiments. Le contrat épistolaire est également renégocié par la demande d'une exclusivité dans la lecture de cette lettre. Alors que les lettres comportant de belles narrations (celle de l'incendie chez Guitaut pour Mme de Sévigné, celle de la visite de Marseille pour Mme de Grignan) sont appelées à circuler chez un public secondaire, Mme de Sévigné revendique l'exclusivité de la lecture de ses lettres plus intimes. Par ailleurs, les lettres sur rien finissent par rejoindre un autre type, la lettre "infinie" et la lettre "par provision" qui ressemblent assez à un journal. Ainsi, quand Mme de Sévigné affirme n'écrire sur rien, c'est souvent par "plaisir" (p. 251) d'écrire à sa fille et, dans le cadre d'une "disette de sujets" (p. 253), elle profite de la lettre pour exprimer une "tendresse" qui "va loin" (p. 254) et pour conter les menus détails de son quotidien. La composition de la lettre en atteste ainsi en tenant compte des différents lieux d'écriture: celle du 21 mars est commencée chez Mme de La Troche, puis continuée dans la chambre de l'épistolière, la suivant ainsi pas à pas dans sa vie. La lettre par "provision" relève quant à elle d'une sorte d'économie de la lettre qui n'est pas sans rappeler le pragmatisme bourgeois de l'épistolière lorsqu'elle gère ses comptes. Mme de Sévigné commence ainsi souvent ses lettres en avance, "trois jours avant qu'elle ne parte" (p. 145), constitue "un peu de provision" (p. 65) pour le lendemain, ce qui lui permet à la fois d'entretenir son "plaisir" d'écrire, mais aussi de se montrer prévoyante, la réception tardive d'une lettre pouvant limiter considérablement le temps disponible pour y répondre "cela [...] fait approuver les avances de provision" (p. 96).

• Pour un échange "vrai"

Ces types de lettres renvoient au nouveau pacte épistolaire que souhaite mettre en place Mme de Sévigné. Plus intime, il repose sur une relation privilégiée dans laquelle faire fi des bienséances trahit la proximité. Si les *Secrétaires** recommandent de ne pas allonger inutilement les lettres de détails qui pourraient ennuyer le destinataire, Mme de Sévigné les justifie dans le cadre de son nouveau pacte épistolaire:

> Je suis très obligée à Bandol de m'avoir fait une si agréable relation [sur l'arrivée de Mme de Grignan à Aix-en-Provence]. Mais d'où vient, ma bonne, que vous craignez qu'une autre lettre efface la vôtre ? Vous ne l'avez pas relue, car pour moi, qui les lis avec attention, elle m'a fait un plaisir sensible, un plaisir à n'être effacé par rien [...]. Vous contentez ma curiosité sur mille choses que je voulais savoir. [...] quelque aversion que je vous aie toujours vue pour les narrations, j'ai cru que vous aviez trop d'esprit pour ne pas voir qu'elles sont quelquefois agréables et nécessaires. Je crois aussi qu'il n'y a rien qu'il faille entièrement bannir de la conversation, et qu'il faut que le jugement et les occasions y fassent entrer tour à tour ce qui est le plus à propos. Je ne sais pourquoi vous nous dites que vous ne contez pas bien ; je ne connais personne qui attache plus que vous. (p. 122)

Ce passage négocie le pacte épistolaire sur plusieurs points. Tout d'abord, il œuvre pour le maintien de la régularité de l'échange en louant les lettres de Mme de Grignan et en la rassurant sur son style. Ensuite, il vante les narrations "agréables et nécessaires" dans certaines circonstances, soulignant que l'échange mère-fille échappe aux conventions. L'épistolière achève en faisant l'éloge du talent de conteuse de la comtesse pour l'inciter à d'autres narrations et nourrir l'échange de détails nécessaires à leur relation privilégiée. Mme de Sévigné rassure ainsi souvent sa fille : "Je n'ai jamais rien vu de si plaisant que ce que vous écrivez là-dessus" (p. 129), en précisant même après que le duc de La Rochefoucauld a lui aussi apprécié cette lettre. Par ailleurs, elle insiste beaucoup, en particulier alors que leur correspondance est encore débutante, sur un affranchissement nécessaire des règles de bienséances entre gens qui s'aiment : "Vous savez que nous avons réglé que l'on hait autant les détails des gens que l'on n'aime guère qu'on les aime de ceux qu'on aime beaucoup" (p. 85). Ainsi, l'épistolière pose ses attentes en matière de lettre et incite par une sorte de chantage affectif sa fille à s'y conformer : ne pas donner de détails revient finalement à ne pas aimer.

Les libertés prises par rapport aux conventions épistolaires ont donc pour objet de modeler un nouveau pacte épistolaire dont la liberté est la caractéristique. Mme de Sévigné ne souhaite pas que l'on s'oblige à "faire réponse" (p. 213), conseil mis en pratique par l'épistolière elle-même qui se dispense souvent de répondre à M. de Grignan (p. 81). Mme de Sévigné assure sa destinataire qu'elle est libre de la composition de ses lettres : "Parlez-moi au long de votre santé et de tout ce que vous voudrez" (p. 200), et elle-même compose de nombreuses lettres “infinies” ou “rapsodi[qu]es” qui ne se plient pas aux règles. La liberté touchant la longueur des lettres, et notamment leur longueur excessive, devient le signe d’une relation privilégiée supplantant même l’amour marital :

> N’allez pas prendre patron sur mes lettres ; <ma bonne, je vous en ai écrit depuis peu d’infinies.> Je n’ai que ce plaisir. Les vôtres sont d’une grandeur qui m’étonne déjà assez ; je ne sais quand je m’ennuierai en les lisant. Si M. de Grignan, qui dit qu’on ne peut aimer les longues lettres, avait jamais eu cette pensée quand il recevait les vôtres, je présenterais requête pour vous séparer [...] (p. 145)

L’aptitude à écrire de grandes lettres, même si Mme de Sévigné mesure prudemment ses attentes pour ne pas froisser sa fille par des demandes trop exigeantes, et à les lire, signale donc une relation d’autrice à lectrice privilégiée, un contrat épistolaire unique.

Or, si Mme de Sévigné souhaite à tel point mettre en avant l’originalité du pacte épistolaire construit avec sa fille, c’est pour signaler le caractère “vrai” de leur échange et de leur relation. En effet, le champ lexical de la vérité est fréquemment utilisé lors de la mise en place de la correspondance et revient pour louer les expressions de tendresse de Mme de Grignan et excuser celles de la mère, de manière à montrer qu’elles ne se réduisent pas à une pure politesse. Mme de Sévigné se félicite dès le début de l’échange que les lettres de sa fille soient :

> [...] très bien écrites, et de plus si tendres et si naturelles qu’il est impossible de ne les pas croire. La défiance même en serait convaincue. Elles ont ce caractère de vérité que je maintiens toujours, qui se fait voir avec autorité, pendant que le mensonge demeure accablé sous les paroles sans pouvoir persuader ; plus elles s’efforcent de paraître, plus elles sont enveloppées. Les vôtres sont vraies et le paraissent. (p. 61)

Alors que leurs relations étaient quelque peu tendues, la marquise se réjouit donc de découvrir des lettres tendres. Le critère de vérité qui justifie l’appréciation se trouve défini dans la lettre du 19 juillet :

> Il y a longtemps que je dis que vous êtes vraie. Cette louange me plaît : elle est nouvelle et distinguée de toutes les autres, mais quelquefois aussi, elle pourrait faire du mal. Je sens au milieu de mon cœur tout le bien que cette opinion me fait présentement. Ah ! qu’il y a peu de personnes vraies ! Rêvez un peu sur ce mot. Et vous l’aimerez. Je lui trouve, de la façon que je l’entends, une force au-delà de sa signification ordinaire. (p. 250)

À l'opposé des bienséances préservant autrui, la vérité, qualité "nouvelle" pourrait blesser, mais donne également toute sa valeur à l'amour exprimé qui ne se réduit ainsi pas à des mots. Mme de Sévigné se vante elle-même d'être "vraie" : "Je ne pense qu'à vous, ma bonne, et je ne souhaite et n'imagine rien que par rapport à vous ; cela est vrai, et vous le croyez" (p. 320). Le critère de vérité des lettres est donc essentiel à la bonne entente des épistolières. En outre, Mme de Sévigné soigne la véracité de ses lettres "par un respect des sensations, par une fidélité aux apparences" (Méniel, "Mme de Sévigné et la rhétorique du naturel", *Exercices de rhétorique*, 2016, p. 6) afin de mieux affirmer ce contrat épistolaire unique.

En soulignant sa volonté de s'écarter des normes et en prônant la vérité d'une écriture intime, Mme de Sévigné construit donc avec Mme de Grignan un pacte épistolaire mettant en valeur et élaborant une relation privilégiée. Les lettres deviennent plus que des échanges de nouvelles et plus qu'un dialogue des absents, elles permettent à l'épistolière de se connaître elle-même par des lettres-journal, de construire et améliorer sa relation avec sa fille, de trouver une manière acceptable de l'influencer et de la conseiller, et de s'adonner à une pratique esthétique lui procurant un plaisir quotidien.

ÉTUDE THÉMATIQUE

Lettres bien réelles données depuis le XVIIIe siècle comme des modèles d'écriture, les lettres de la marquise de Sévigné reposent sur un paradoxe : y a-t-il littérature sans intention de l'auteur de "faire œuvre" ? La question agite la critique littéraire depuis bien longtemps. On se la pose toujours à propos des correspondances d'écrivains : par exemple, les lettres de Flaubert à Louise Collet font-elles partie de son œuvre ou sont-elles seulement des documents l'éclairant ? Or, cette question ne se pose pas pour Mme de Sévigné : son œuvre, si œuvre il y a, ce sont ses lettres et rien d'autre. La détermination de leur statut rejoint ainsi celle de la littérature épistolaire en général, tout en soulevant d'autres problématiques : l'épistolier qui compose ses lettres sans intention de les publier et pour un destinataire unique est-il un auteur ? Et, une fois les lettres publiées, comment considérer ces nouveaux lecteurs que l'écriture n'avait pas prévus ? "Ainsi, interroger Mme de Sévigné, c'est peu à peu aboutir aux grandes questions. Qu'est-ce que la littérature ? Pourquoi écrit-on ? Pour qui ?" [CORDELIER, 1967, p. 13].

L'ÉCRITURE DE SOI

Käte Hamburger définit dans *Logique des genres littéraires* (1957), la lettre comme "un document historique qui témoigne d'une personne individuelle". Cette définition exclut de fait la lettre des "genres littéraires" puisque, pour cette héritière de la *Poétique* d'Aristote, la *mimesis* est constitutive de la littérature. Or, une correspondance réelle est "historique", on peut s'en servir comme "document", et elle "témoigne" dans la mesure où elle est vérité et non fiction. Cependant, cette approche permet bien peu de rendre compte d'un ensemble qui se développe considérablement du XVIIe siècle à nos jours, au point d'occuper une place centrale dans la production littéraire actuelle, à savoir l'écriture de soi. Dans ce type de textes, l'adéquation auteur-narrateur-personnage (base du pacte autobiographique proposé par Philippe Lejeune), variable selon le genre de production, met à mal des approches de la littérature proposées inductivement à partir du théâtre et du roman où la fiction est plus évidemment à l'œuvre. Cependant, si la fiction devait demeurer le seul critère à prendre en compte, il faudrait rappeler à quel point parler de soi donne lieu à une reconstruction proche de la fiction. Dans l'autobiographie et les mémoires, l'écriture rétrospective et l'éventuel but donné à l'entreprise infléchissent la vérité, réagencent les événements pour leur construire un sens, en somme élaborent une *mimesis* telle que la définit Aristote, pour qui la littérature apporte un surplus de sens à l'histoire. La littérature épistolaire peut-elle bénéficier d'un raisonnement analogue ? Au rebours des genres autobiographiques, la lettre témoigne peu d'un regard rétrospectif. Comme le montre le jeu des temps verbaux dans la lettre, celle-ci est plutôt tournée vers le futur du destinataire que le passé du destinateur. L'épistolier parle bien de lui, mais au présent. Toutefois, le regard de l'autre, cette présence d'un lecteur nécessaire toujours inscrite dans la lettre conduit nécessairement à des réagencements, à une réflexion autour de la manière de se présenter, et donc à une forme de fictionnalisation de soi. Cette invention d'une nouvelle manière de parler de soi dans les lettres de la marquise n'est cependant pas évidente en un siècle qui cherche à réprimer le plus possible l'amour-propre. Paradoxalement, le XVIIe siècle est à la fois celui du moi haïssable et du développement des littératures du for intérieur. Les conditions de création de la correspondance ont donc favorisé l'élaboration par Mme de Sévigné d'une langue à soi pour parler de soi.

Un plaisir à parler de soi paradoxal

• "Apprendre à se connaître est le premier des soins"

Mme de Sévigné est une grande admiratrice des moralistes*, notamment des moralistes jansénistes ou, du moins, augustiniens, contrairement à la rationnelle Mme de Grignan qui préfère Descartes et Bossuet ("Voilà votre fait", p. 308). "Jamais le cœur humain n'a mieux été anatomisé que par ces Messieurs-là" (p. 284) déclare l'épistolière après avoir loué Nicole et Pascal d'être "de la même étoffe [...] si belle". L'image de l'anatomie est topique pour qualifier les travaux des moralistes, elle témoigne de la sensibilité de lectrice de Mme de Sévigné pour l'aspect paradoxal de la littérature moraliste. Alors qu'elle enseigne que "le moi est haïssable" (Pascal, *Pensées*), que "l'amour-propre est le plus grand de tous les flatteurs" et que "nos vertus ne sont bien souvent que des vices déguisés" (La Rochefoucauld, *Maximes*), cette littérature encourage également la connaissance du cœur humain. Il s'agit de pénétrer ses replis, de disséquer les apparences afin de trouver la vérité dans "le fond du cœur", expression reprise par Benedetta Papasogli dans son ouvrage explorant les figurations de "l'espace intérieur" dans les écrits au XVIIe siècle. Pour La Fontaine, "Apprendre à se connaître est le premier des soins" (*Fables*, "Le Juge arbitre, l'Hospitalier, et le Solitaire"), cet impératif se trouve partagé par de nombreux contemporains et la littérature mise à profit pour y parvenir. Mme de Sévigné croit ainsi que la *Morale* de Nicole est un livre "fait à [s]on intention" pour "en profiter" car, selon elle, l'on n'est jamais "trop vieux pour [se] corriger" (p. 328).

Pourtant, à côté de ces louables intentions et d'une aspiration à la dévotion réelle – quoiqu'inconsistante à ce stade de sa vie – l'épistolière prend un plaisir à parler d'elle assez surprenant en ce qu'il ne s'agit pas tellement d'aboutir à une connaissance morale. Elle constate d'ailleurs à quel point l'humain "aime [...] à entendre parler de soi" (p. 317). Les lettres "sur rien", n'aboutissent pas qu'à des réflexions morales. Si dans celle du 7 octobre, elle souhaite "tous les jours travailler à [s]on esprit, à [s]on âme, à [s]on cœur, à [s]es sentiments", pensées dont elle "rempli[t] cette lettre" faute "d'autres sujets" (p. 328), bien d'autres lettres se contentent d'enregistrer un quotidien des plus banals : le plaisir des "promenades *toute seule tête à tête*" (p. 231), la "beauté" des allées aux Rochers (p. 222), les ongles arrachés du frère de Mlle du Plessis (p. 206) *etc.*, témoignent d'une attention portée au quotidien peu empreinte de réflexions. Même lorsqu'elle se recentre sur elle, l'épistolière accorde une importance à des détails qui n'ont rien de moraux, comme sa nourriture, des "petits œufs frais à l'oseille" (p. 153) à la "petite poitrine de tores" (p. 279) en passant par le feuilleton des effets du chocolat sur l'épistolière. Cependant, tout en étant bien éloignées d'une austère morale janséniste, ces nourritures disent quelque chose de leur consommatrice. L'adjectif "petit" peut se comprendre ici à la fois comme une indication quantitative illustrant la sobriété de la marquise, et comme un hypocorisme* témoignant de son lien privilégié avec ces aliments. Ils sont en effet le symbole d'une façon de vivre retirée “loin du monde et du bruit”, d’une éthique de vie simple et modérée. Parler de ces repas sobres, faits dans la sphère privée, en leur donnant autant d’importance que la description des “pyramides” de nourriture servies lors des repas officiels (p. 267) témoigne d’une montée en considération de l’individu par rapport au collectif et donc d’un infléchissement vers la littérature de soi. Il faut une œuvre aussi libre et personnelle que les *Essais* pour que son auteur puisse y déclarer sérieusement : “Je ne suis excessivement désireux ni de salades ni de fruits, sauf les melons” (Montaigne, *Essais*, III, 13) dans un effort pour se connaître.

Aussi, loin d’être une entreprise austère menant à la contrition, le cheminement vers une meilleure connaissance de soi de la marquise présente bien des similitudes avec celle de Montaigne. Mme de Sévigné enregistre sans honte, comme dans un journal, ses états d’âme et l’état de son corps. Aucune pudeur par exemple dans le récit circonstancié de la colique le 7 juin qui s’achève par une excuse prenant la forme de l’autodérision : “Voilà une belle narration bien divertissante et bien nécessaire, mais elle est vraie” (p. 205). Ces nouvelles des corps des correspondantes sont certes attendues dans des lettres familières où la santé a toute sa place. Néanmoins, l’attention précise qu’y porte Mme de Sévigné au nom de la vérité montre un soin de soi enjoué et assumé.

• Poétique de la solitude

En outre, la personne de Mme de Sévigné tend à occuper une place accrue dans les lettres lors du séjour en Bretagne. D’une part, la disette de sujets y pousse, mais, de l’autre, il semble que la marquise se réjouisse de cette occasion de parler un peu plus d’elle. Avant le séjour en Bretagne, les excursions à Livry avaient été l’occasion d’un discours déjà plus personnel. Il semble donc que la topique de la retraite, dont Bernard Beugnot a montré l’importance au XVIIe siècle, a joué un rôle important dans le développement d’une écriture de soi en dépit des bienséances. En effet, les manuels de littérature épistolaire et, au-delà, de civilité comme *Le Nouveau traité de la civilité* d’Antoine de Courtin (1671) recommandaient, tout en répondant à l’impératif de donner des nouvelles de soi, de limiter la présence du moi dans les lettres et de ne surtout pas le placer au premier plan. Cependant, tout en usant de quelques stratégies se rattachant à la littérature galante, la marquise aboutit bien à un discours sur soi qui devient prépondérant en Bretagne, comme le note Nathalie Freidel :

> En ce qui concerne le discours sur soi, la contrainte s'avère formidablement productive. [...] Le badinage en est une illustration parfaite : il dissimule et en même temps, dévoile. Sous le jeu, l'humour, l'ironie, on entend les interrogations, les émotions, le trouble existentiel. [...] Tout en respectant le principe de l'effacement du moi, la marquise parle très souvent d'elle-même. [Freidel, 2009, p. 525]

Cette propension à écrire sur soi s'accentue dans certains lieux, notamment ceux correspondant à la topique de la retraite, abbaye, campagne, ou même chambre, dans la mesure où ils permettent au sujet d'éviter les distractions pour "être à soi" (p. 279), ou encore y "être en liberté" (p. 287). La retraite offre la possibilité de se posséder à nouveau après, par exemple, le "tourbillon" des États de Bretagne : "Enfin, ma bonne, me voilà toute reposée, toute tranquille, toute contente d'être en repos dans ma solitude" (p. 302). Ce début de lettre relie étroitement l'action d'écrire à la solitude et au fait d'être à soi, que manifeste l'anaphore de "toute" : la retraite et l'écriture permettent de se recollecter et de se connaître. Comme parler de soi n'est pas une pratique évidente à l'âge classique, la démarche de l'épistolière semble, surtout en ces débuts de correspondance, être prudente : il s'agit de ne pas brusquer sa destinataire moins expressive, mais aussi d'admettre soi-même, petit à petit, qu'elle peut s'ouvrir ainsi dans ses lettres. C'est pourquoi les excuses sur la longueur des lettres, ou le peu d'utilité de leur contenu lorsqu'elle a parlé d'elle-même se font de plus en plus rares à mesure que l'usage rentre dans la *Correspondance*. Pour autant, le lieu d'écriture reste ce qui permet, et peut-être même suscite l'épanchement de soi. Ainsi, dès le 21 juin 1671, l'épistolière indique trois lieux qui semblent être les parangons de l'espace d'écriture et de lecture pour elle : "et au lieu de m'adresser votre lettre au pied d'un arbre, vous auriez pu me l'adresser au coin du feu, ou dans le cabinet de notre Abbé" (p. 219). Nous avons là trois espaces intimes, où Mme de Sévigné semble pouvoir se retrouver seule à loisir. L'intérieur et l'extérieur n'ont guère d'importance pour elle, et le feu lui est en hiver ce que les bois lui sont en été : un lieu de paix où elle est libre de faire ce qu'elle veut, notamment d'écrire ou de lire à loisir, sans être interrompue. Les lieux de l'intime ont donc plus que les autres une influence sur l'écriture, ils entraînent la marquise sur la voie de la découverte de soi et de l'approfondissement de l'image qu'elle transmet à sa fille. De la chambre au jardin, des bois au coin du feu, de l'abbaye aux Rochers, les lettres de l'année 1671 témoignent d'un goût allant croissant pour l'écriture de soi, qui l'inscrit dans la montée en puissance de la littérature du for intérieur au XVIIe siècle.

L’invention de la littérature du for intérieur

• Trois grands modèles

Les mémoires, les écrits familiaux et les écrits religieux sont trois grandes tendances qui accompagnent au XVIIe siècle le développement d’une écriture de soi et l’essor de l’individu. Les mémoires, souvent présentés comme l’ancêtre de l’autobiographie, constituent un genre plutôt masculin. Dans la correspondance de Mme de Sévigné, il est ainsi question des mémoires de Bussy-Rabutin. Il s’agit d’un genre d’écrits proche de l’autobiographie mais qui, au lieu de se concentrer sur la vie intérieure d’une personne, aborde sa participation au monde, par exemple à travers sa profession. Les militaires ont beaucoup écrit de mémoires, dans les siens, Bussy met ainsi en avant ses actions au service du Roi afin de plaider contre sa disgrâce :

> Peut-être que les actions de guerre, qui sont diversifiées d’autres événements, et tout cela conté avec des tours assez singuliers, divertira ce grand prince ; tant y a qu’en l’amusant je lui apprendrai, à n’en pouvoir douter, ce que j’ai fait pour son service, et c’est là mon principal dessein. (p. 78)

Le genre des mémoires consiste donc en un récit rétrospectif de la vie d’un auteur-narrateur-personnage, toutefois il n’est qu’une modeste intrusion dans le champ de l’écriture de soi dans la mesure où l’extérieur, c’est-à-dire les événements historiques, a plus d’importance que l’intérieur, c’est-à-dire la connaissance de soi, et de son intériorisation des événements. Parmi les mémoires féminins, plus rares, on peut mentionner ceux de Mme de La Guette, la “femme de Sucy” qui fournit une nourrice à Mme de Sévigné (p. 137). Mme de La Guette y développe un récit de vie plus privé, détaillant les sentiments qui lui ont fait passer outre la désapprobation de son père pour se marier, son amour pour son mari, ou encore la douleur ressentie à la mort de l’un de ses enfants. Toutefois, les événements historiques y ont aussi leur part, Mme de La Guette ayant participé activement à la Fronde. Cette version féminine des mémoires introduit tout de même certaines préoccupations que l’on trouve dans la correspondance sévignéenne, mais bien peu dans d’autres textes contemporains comme les accouchements, les soins apportés aux jeunes enfants et l’amour maternel.

Les autrices sont un peu plus présentes parmi les auteurs d'écrits familiaux. On regroupe sous ce qualificatif flou des types d'écrit assez différents. Il peut s'agir de faire l'histoire de famille de manière à mettre en valeur la noblesse de ses ancêtres (c'est le projet de Bussy p. 78), ou de faire l'histoire de ses parents et, en mêlant le récit de leur vie à celui de la vie de l'auteur, faire l'éloge de leur action éducative. C'est à ce dernier type de texte qu'appartient la *Généalogie de Messieurs du Laurens* écrite par Jeanne du Laurens en 1631. Les sentiments ont toute leur place dans ce genre d'histoire familiale, l'amour entre parents et enfants y étant particulièrement vanté. À cette catégorie, on pourrait également adjoindre le *Règlement* de Mme de Liancourt (1698) qui est adressé à sa petite-fille afin de la guider dans ses premiers pas de femme mariée. Tout en étant orienté vers le futur, cet écrit familial recueille l'expérience de la grand-mère et constitue une manière détournée d'aborder l'écriture de soi. Les écrits familiaux amènent ainsi leurs auteurs à parler de leurs vies comme des sentiments éprouvés à telle ou telle occasion, s'approchant ainsi de l'écriture de soi. En ce siècle qui juge sévèrement toute entreprise se rattachant à l'amour-propre, il n'est en effet pas facile de parler de soi, et de le faire directement, en se le donnant clairement pour but de son écriture. Il est encore moins facile de publier un tel texte. Parler de soi publiquement nécessite une forme de légitimation. Jeanne du Laurens publie sans crainte l'histoire de sa famille, car il s'agit pour elle d'un acte de piété filiale, et non d'amour-propre. Mme de Liancourt, très pieuse, n'a pas publié son *Règlement*, c'est l'abbé Boileau qui le fit pour elle après sa mort en légitimant son acte par le modèle de piété donné. Il s'inscrit ainsi dans une tradition de publication d'écrits du for privé* en raison de leur exemplarité religieuse.

Les écrits de soi dévots constituent sûrement l'un des plus grands jalons de légitimation de l'entreprise autobiographique. Le modèle des *Confessions* de Rousseau est en effet celles d'Augustin. Cécile Lignereux constate de même que Mme de Sévigné a intériorisé les images augustiniennes comme "un reflet fidèle de ses expériences intimes". "Les références et les allusions augustiniennes fonctionnent moins comme la preuve d'une allégeance à une doctrine théologique que comme celle d'une intériorisation de thèmes choisis pour leur adéquation à un vécu" [Lignereux, 2012a, p. 33]. On retrouve par exemple le thème de l'homme se détournant du créateur pour la créature (p. 120; p. 219). Mme de Sévigné est en effet amatrice des lectures pieuses et dévotes, goûte un sermon bien écrit (p. 129) et possède une culture religieuse intériorisée fournissant des moyens d'expression de ses sentiments. C'est d'ailleurs dans la littérature dévote que l'on a d'abord cherché les moyens stylistiques d'exprimer l'intérieur de l'homme. En effet, la Réforme catholique encourage une piété plus personnelle. Pour y parvenir, les directeurs de conscience enjoignent leurs dirigées (ce sont souvent des femmes) à décrire leurs états d'âme dans leurs lettres ou bien à rédiger des écrits autobiographiques centrés sur leur cheminement spirituel. Ainsi, *Le Livre de la vie* de Thérèse d'Avila, qu'elle compose vers 1566 à la demande de divers confesseurs, est publié en 1588 et traduit dans de nouvelles éditions en France tout au long du XVIIe siècle. Témoignant de son cheminement spirituel, ce livre s'apparente à une autobiographie et lance la vogue de ce genre d'écrits composés par des religieuses ou des femmes exemplaires à la demande de leur directeur de conscience. Cependant, écrits pour des clercs, ils n'étaient pas exempts d'autocensure de la part de celles qui les composaient.

• Une correspondance entre chronique familiale et cheminement spirituel

Tous ces modèles ont ainsi pu influencer l'écriture de soi chez Mme de Sévigné. Notons toutefois que la dimension mémorielle est bien peu présente dans ses lettres, d'une part en raison de son dédain marqué pour les événements publics, et, d'autre part, parce que l'écriture de la lettre n'est pas rétrospective. En revanche, les lettres de l'année 1671 peuvent à bon droit se lire comme une "chronique familiale" [FREIDEL, 2012, p. 75] et l'on y observe quelques frémissements de cheminement spirituel.

Tout d'abord, la chronique familiale se remarque d'emblée: comme dans les autres écrits de ce genre, elle aboutit assez rapidement à une mise en scène de la fierté de l'épistolière. La lettre du 8 avril est exemplaire à ce sujet puisqu'elle comporte deux narrations familiales. D'une part, celle des déboires sexuels de Charles et, de l'autre, celle concernant la nourrice de Marie-Blanche. Dans les deux cas, Mme de Sévigné s'y représente fièrement en matrone régissant la vie familiale. Elle souligne ainsi que son "fils vint hier [la] chercher du bout de Paris" (p. 134) pour accentuer l'importance de son rôle et, vraisemblablement surjouer la proximité avec Charles qui lui confie son impuissance passagère alors qu'à la même période Mme de Grignan rechigne à avouer à sa mère qu'elle est enceinte. Mme de Sévigné s'y donne une dignité en disant "un petit mot de Dieu" à son fils à l'occasion, mais la religion laisse vite place à une comédie "digne de Molière" (p. 134-135) donnant à la marquise le rôle de la matrone qu'elle continue ensuite de jouer au sujet de sa petite-fille qu'elle sauve d'une nourrice ayant peu de lait : "Me voilà une vraie commère ; je m'en vais régenter mon quartier" (p. 137). Dans les deux épisodes, tout en conservant une distance ironique, Mme de Sévigné montre avec fierté qu'elle remplit bien son rôle de mère et de grand-mère. Au fil des mois, les soins à apporter à Charles et à Marie-Blanche rythment les lettres et alternent avec les conseils prodigués à Mme de Grignan au sujet de sa grossesse et de son accouchement. Les lettres de 1671 donnent donc un assez bel aperçu de la vie de la famille de Mme de Sévigné et construisent l'image d'une mère prenant soin de ses enfants.

L'influence des "écrits du for privé" (expression proposée par Madeleine Foisil, dans *Histoire de la vie privée*) dévots sur la correspondance semble moins présente. L'épisode de Charles montre bien que la marquise ne s'embarrasse guère de morale religieuse pour raconter des histoires gaillardes. La religion est aussi souvent matière à dérision ("les Mères de l'Église", p. 99, les "petites entrailles", p. 285) pour celle qui semble en avoir une approche un peu trop esthétique : "Comment peut-on aimer Dieu, quand on n'entend jamais bien parler de lui ?" (p. 129). Cependant, 1671 marque le début d'une conversion de la marquise, peut-être favorisée par sa plus grande propension à écrire à propos de soi, par ses lectures morales et par sa vie plus retirée. Elle explique ainsi :

> Une de mes grandes envies, c'est d'être dévote ; j'en tourmente tous les jours La Mousse. Je ne suis ni à Dieu, ni au diable ; cet état m'ennuie, quoiqu'entre nous je le trouve le plus naturel du monde. On n'est point au diable, parce qu'on craint Dieu et qu'au fond on a un principe de religion ; on n'est point à Dieu aussi, parce que sa loi est dure et qu'on n'aime point à se détruire soi-même. Cela compose les tièdes, dont le grand nombre ne m'inquiète point du tout ; j'entre dans leurs raisons. Cependant Dieu les hait ; il faut donc en sortir, et voilà la difficulté. (p. 213)

Cette lettre témoigne des liens qu'entretient la lettre avec la relation de cheminement spirituel. Tout en rapportant sa "tiédeur" dans le cadre d'un pacte épistolaire permettant ses confidences ("entre nous"), la marquise y développe une réflexion personnelle à la fois sur le monde et sur elle, explorant sa foi et la manière dont elle la vit au quotidien. En outre, elle y témoigne d'une foi sincère, quoique pas assez présente, comme on peut le voir à propos de son "horreur" de la manière dont Ninon de Lenclos "dogmatise sur la religion" (p. 128). Ce libertinage d'esprit est "vivement" condamné par la marquise qui regrette que son fils s'y adonne. Le "principe de religion" (p. 213) est donc bon chez la marquise, mais son adoration de Mme de Grignan la détourne trop de Dieu : "si, par un miracle que je n'espère ni ne veux, vous étiez hors de ma pensée, il me semble que je serais vide de tout" (p. 138). C'est pourquoi Arnauld d'Andilly la "grond[e]", la traite de "jolie païenne" transformant Mme de Grignan en "idole" et l'invite à "songe[r] à [s]oi" (p. 170), c'est-à-dire à son salut. Écrits spirituels et familiaux influencent donc les lettres et les placent sur la voie d'une écriture de soi vers laquelle tend de toute façon la marquise afin de trouver une façon juste de parler à sa fille de ses sentiments.

Invention d'une langue de l'intime

Si le cheminement spirituel de la marquise la pousse encore peu à explorer son intériorité, son adoration de Mme de Grignan la met sur la voie d'une intériorité "païenne", pour reprendre le mot d'Arnauld d'Andilly. L'épistolière s'interroge ainsi sur la meilleure façon de mettre par écrit ce qu'elle ressent : "Il me semble que je fais tort à mes sentiments, de vouloir les expliquer avec des paroles" (p. 81). Il s'agit en effet d'atteindre la "vérité" recherchée par son pacte épistolaire et, pour y parvenir, de ne pas donner l'impression de composer une simple *portugaise* (p. 249), du nom d'un roman épistolaire composé des cinq lettres d'une religieuse portugaise délaissée par son amant et publié en 1669. La *portugaise* est caractérisée par un excès de tendresse : Mme de Sévigné s'amuse, en employant ce terme, d'une lettre de Brancas "si tendre", c'est-à-dire "trop" au regard de la simple amitié qui les unit. Le modèle de la *Religieuse portugaise*, et plus largement de l'héroïde, influence quelques lettres, par exemple celles qui déplorent des pertes :

> Quand j'ai su que vous m'écriviez deux [lettres par semaine], j'ai été, ma bonne, dans le désespoir ; j'ai eu des regrets et des douleurs de cette perte qui me faisaient perdre l'esprit. Je trouvais que vous étiez cruelle de ne me pas répondre. (p. 368)

L'emphase, la tonalité pathétique ainsi que le vocabulaire de la jalousie amoureuse ("cruelle") évoquent le modèle.

Cependant, Mme de Sévigné cherche plutôt à créer son propre langage intime, propre à exprimer sa tendresse pour sa fille. La correspondance s'accompagne donc d'une réflexion sur la manière d'écrire ce qui est au fond du cœur. Face à la difficulté à écrire les sentiments, Mme de Sévigné les partage grâce à un code intime. Les lieux jouent par exemple un rôle de symbole dans la relation mère-fille. Alors que l'espace est assez présent dans la correspondance en raison des déplacements de la marquise, il fait peu l'objet d'une description romantique ou même pittoresque. Comme le montre Nathalie FREIDEL [2012, p. 145], l'espace a une "valeur affective" chez Mme de Sévigné. La "terrible causerie" du 24 mars à Livry liste ainsi des lieux qui, soit trop vagues ("la maison", "l'église", "le jardin"), soit trop précis ("ce siège en mousse", "petite allée" p. 120), perdent le lecteur secondaire de la correspondance. Ils font en effet appel à la mémoire de la lectrice première et leur manque de précision, qui crée une vision floue chez nous, doit au contraire susciter une vision plus forte chez la destinataire, ainsi appelée à collaborer. Le déterminant démonstratif "ce" y prend une valeur déictique destinée à renforcer le partage d'expérience proposée par la lettre et à établir une connivence entre destinatrice et destinataire au moyen de ce code reposant sur leur mémoire partagée des lieux. On retrouve un écho de ces procédés lors de l'arrivée "dans ces pauvres Rochers" où "ces allées, ces devises, ce petit cabinet [...]" (p. 200) demeurent flous et imprécis pour les lecteurs secondaires (qu'ils soient contemporains de la marquise comme nés au XXIe siècle d'ailleurs), mais convoquent chez Mme de Grignan des souvenirs destinés à combler les lacunes et ellipses du texte. Le langage de l'intime utilise donc une lecture coopérative propre à établir la connivence grâce à un ensemble de codes, qu'il s'agisse de lieux signifiants pour les épistolières, de "devises" et noms codés donnés à des lieux comme "la Capucine" (p. 247), de référence à des moments passés marquants comme la gifle donnée à Mlle du Plessis (p. 257). Ce type d'écriture allusive est choisi sciemment par l'épistolière qui se félicite des capacités de lectrice de sa fille : "votre manière [style] est mille fois plus nette et plus facile que le galimatias dont je m'étais servie, et que vous aviez pourtant fort bien deviné ; il n'y en a guère d'impénétrable pour vous" (p. 189). La facilité de Mme de Grignan à comprendre le "galimatias" de sa mère est signe de leur bonne intelligence et de la qualité de leur relation, comme l'analyse Bruno Méniel ("Mme de Sévigné et la rhétorique du naturel", *Exercices de rhétorique*, 2016) :

En négligeant de s'expliquer ou de traduire sa pensée, l'épistolière manifeste une volonté délibérée d'accéder à un type de communication idéal, l'obscurité excluant les tiers et protégeant la relation merveilleusement transparente existant entre la mère et la fille.

Invention de soi

Poursuivons l'image du “galimatias” : Mme de Sévigné la réemploie en juillet lorsqu'elle mentionne le labyrinthe qu'elle a fait bâtir dans son parc aux Rochers. Pour une fois, le lieu est décrit (“il y a des tapis verts, et les palissades sont à hauteur d'appui”, p. 259), car il s'agit d'une création récente que n'a pas connue Mme de Grignan. Aussi, alors que les lieux qu'elles ont fréquentés toutes deux convoquent des souvenirs, ce nouvel espace engage l'épistolière à la rêverie sur ses sentiments. Elle déplore qu'“il n'y a guère d'apparence [qu'elle] y voie jamais [sa fille]” (p. 259), mais ne laisse pas de s'y promener comme dans un lieu favorisant la réflexion et la connaissance de soi :

> Je viens d'en faire un [voyage] dans mon petit *galimatias*, c'est-à-dire mon labyrinthe, où votre aimable et chère idée m'a tenu fidèle compagnie. Je vous avoue que c'est un de mes plaisirs que de me promener toute seule. Je trouve quelques labyrinthes de pensées dont on a peine à sortir, mais on a du moins la liberté de penser à ce que l'on veut. (p. 263)

Ce passage témoigne des nombreuses “rêveries” que produit Mme de Sévigné en Bretagne. La retraite bretonne, qui favorise promenades et solitude, procure à la marquise la satisfaction de penser librement, ce qu'empêche la vie en compagnie où la pensée doit toujours se tourner vers autrui. L'épistolière trouve en effet aux Rochers le bonheur d'être à soi, et les nombreux retours qu'elle fait à sa fille dans ce type de passage pourraient résulter d'une conscience un peu coupable du plaisir que lui procure cette liberté dont, d'ailleurs, Mme de Grignan ne jouit pas. Le traitement des espaces bretons, et particulièrement l'évolution du point de vue que Mme de Sévigné en a (en arrivant, elle les dépeignait comme de “pauvres Rochers”, p. 200), nous informent donc sur un processus d'intériorisation de ces espaces. En effet, on remarquera que le lieu labyrinthique est désigné comme un “galimatias”, à l'instar de l'écriture de la marquise. Or, ce labyrinthe correspond aussi à la forme de sa pensée, ce qui encourage à voir les lettres de la marquise comme le reflet, dans une certaine mesure, de sa réflexion. Les lieux des Rochers ont donc eu pour effet de favoriser une écriture plus personnelle, on comprend dès lors que Mme de Sévigné ait pu vouloir s'en justifier auprès de sa fille, notamment en invoquant l'influence de ces lieux provinciaux qui causent une disette de nouvelles. En ce début de correspondance, et alors qu'il n'est pas si évident de placer la dimension affective au premier rang des lettres, Mme de Sévigné pouvait craindre qu'elles soient mal reçues. Mais au fur et à mesure que sa fille les accepte, nous la voyons de plus en plus apprécier les Rochers, et se permettre de "jouir d'elle-même" (p. 277) comme elle le dit si bien.

L'intériorisation des lieux va de pair avec celle des événements par des réflexions morales alors appréciées dans les correspondances (la correspondance de Mme de Maintenon et de la princesse des Ursins témoigne d'un tel goût) et qui permettent à chaque épistolier de poursuivre sur la voie d'une meilleure connaissance de soi. Répondant à une lettre de sa fille, Mme de Sévigné commente ainsi : "Les réflexions que vous faites sur la mort de M. de Guise sont admirables ; elles m'ont bien creusé les yeux dans mon mail, car c'est là où je rêve à plaisir" (p. 287). La rêverie désigne chez Mme de Sévigné l'intériorisation de la réflexion dans une optique de développement moral personnel, elle creuse ainsi les yeux, comme pour mimer la réorientation du regard vers l'intérieur, réorientation favorisée par sa présence dans un espace personnel et retiré, comme l'indique l'emploi du déterminant possessif. Les rêveries des "postillons" (p. 242) et des "charpentiers" (p. 348) témoignent de cette intériorisation des réflexions morale et d'une meilleure connaissance de soi. Mme de Sévigné se rend compte que ces élaborations poétiques sont aussi parfois un moyen de se tromper elle-même. Celle des charpentiers intervient alors que l'épistolière s'inquiète de l'accouchement prochain de sa fille et se remémore sa fausse couche, deux "pensées qui égratignent la tête" (p. 347). L'image concrète employée pour traduire ses inquiétudes et ses souffrances témoigne des recherches de l'épistolière pour trouver une langue apte à refléter le for intérieur. En outre, elle dit clairement vouloir "passer" sur ces pensées avant de changer effectivement de sujet grâce à Nicole. Ce détournement conscient de son attention par l'écriture témoigne des progressions réalisées en termes de connaissance de soi grâce à l'écriture et donne à l'art épistolaire une valeur au moins aussi thérapeutique que la *Morale* de Nicole dont elle voudrait faire "un bouillon et l'avaler" (p. 347). Encore une fois, le passage par le concret permet à la marquise de traduire en mots le processus d'intériorisation des réflexions et de meilleure connaissance de soi à l'œuvre dans les lettres. Cette acceptation de la sensibilité dans la correspondance témoigne également de la proximité de la marquise avec le courant de réhabilitation des sentiments mené par une philosophie anti-stoïque, opposée également au rationalisme de Descartes, et proche du jansénisme*. En effet, la conscience de la faiblesse de l'homme entraîne les jansénistes vers un discours d'acceptation de sentiments qu'il serait vain d'essayer de contrôler.

Finalement, l'entreprise presque journalière d'écriture des lettres, qui les fait ressembler à un journal intime, genre caractérisé par sa périodicité, sa propension à la morale et l'épanchement spirituel ou sentimental du diariste, aboutit autant à rendre compte du tempérament de la marquise qu'à élaborer sa *persona*. Pour Bernard Beugnot, l'épistolier est ainsi "un artisan de soi". L'image de la marquise dans ses lettres n'est cependant pas fixe : Nathalie Freidel [2012, p. 158-159] suggère d'y voir un jeu de miroirs, assez instable, ce qui correspond bien à une perception moderne de l'individu comme processus en constante mutation. Tantôt tragique : "Me revoilà dans mes lamentations du prophète Jérémie" (p. 339), tantôt comique lorsqu'en "commère ; [elle s']en [va] régenter [s]on quartier" (p. 137), Mme de Sévigné ne donne pas une image d'elle fixe et digne, mais au contraire, à la manière d'un Montaigne, enregistre fidèlement et sans s'en attrister les contradictions de sa personnalité, que l'imitation ratée de Mlle du Plessis lui révèle cruellement en constituant "un miroir qui [la fait] ridicule" (p. 250).

La correspondance suivie de Mme de Sévigné et sa fille, reposant sur un pacte épistolaire privilégié, et influencé par un siècle invitant à la connaissance de soi, représente donc une modalité d'écriture de soi. Toutefois, il faut garder à l'esprit que certaines mises en scène d'elle-même produites par la marquise ont un but rhétorique, destiné à plaire à sa destinataire et à agir sur elle d'une façon ou d'une autre. Il est donc important de ne pas confondre totalement littérature épistolaire et journal intime, malgré leurs similitudes, car la situation d'énonciation particulière de chaque lettre infléchit nécessairement l'écriture et empêche de croire au mythe d'une parfaite transparence des cœurs, quand bien même la marquise fonde l'art épistolaire mis en œuvre avec sa fille sur un critère de "vérité". C'est pour cette raison qu'en proposant la catégorie d'"écrits du for privé" dans l'*Histoire de la vie privée* (1987), Madeleine Foisil n'y incluait pas la littérature épistolaire.

L'ŒUVRE LITTÉRAIRE ET L'AUTEUR

Un regard critique sur sa pratique

Les commentaires stylistiques que propose Mme de Sévigné tout au long de sa correspondance sur sa pratique ou sur celle de sa fille sont les principaux marqueurs d'une intention d'auctorialité. Certes, elle n'écrit que pour des destinataires précis, sans intention de publication (l'idée reçue selon laquelle la marquise aurait composé ses lettres en sachant qu'elles allaient être diffusées par ses destinataires est ainsi largement exagérée), néanmoins, elle n'écrit pas non plus dans une fonction purement informative. Les dimensions esthétique, orientée vers le plaisir procuré par leur style, et poétique de ses lettres, à travers son travail de création exercé sur le langage comme sur les représentations, hissent bien la *Correspondance* au rang d'œuvre et son écriture à la pratique auctoriale.

Pourtant, la correspondance souligne à quel point elle n'est pas l'œuvre d'une autrice. Mme de Sévigné appuie sur sa négligence à l'égard de ses lettres composées d'une traite, sans relecture et presque sans intention de l'épistolière : "Vous savez que je n'ai qu'un trait de plume ; ainsi mes lettres sont fort négligées" (p. 321) et elle ne "reprend guère [ses lettres] que pour faire plus mal" (p. 131). Pourtant, on remarque ici que, malgré un refus d'une posture d'autrice laborieuse, Mme de Sévigné vante la qualité de son premier jet, manifestant la posture paradoxale de l'auteur galant qui, tout en refusant une position de professionnel au profit d'une attitude de dilettante, s'enorgueillit tout de même de ses productions. En outre, il arrive souvent à l'épistolière de ne pas se présenter comme le sujet de l'écriture : "Il vient encore des aigreurs au bout de ma plume" (p. 67) écrit-elle pour s'excuser auprès de Bussy, et, de même, elle s'exclame auprès de sa fille : "Mais n'admirez-vous point où ma plume me jette ?" (p. 211), se positionnant en objet subissant l'écriture plutôt qu'en sujet qui la maîtriserait. Outre une posture galante, on peut voir dans ces formulations le résultat de la réhabilitation contemporaine des sentiments qui pousse la marquise à enregistrer et accepter un manque de contrôle sur ses émotions jouant son rôle dans l'écriture.

Cependant, la correspondance porte la trace de l'approbation de Mme de Grignan, qui semble même écrasée par le talent épistolaire de sa mère: “pourquoi les filles comme vous n’oseraient-elles louer une mère comme moi ? Quelle sorte de respect ! Vous savez si j’estime votre goût” (p. 160). L’approbation de la comtesse rencontre, malgré ses protestations d’incapacité galantes, les marques d’assurance et de fierté de Mme de Sévigné sur son style et sur son goût, sa capacité à juger de ce qui est bien écrit. Elle fait ainsi preuve d’une autorité d’autrice, peut-être en raison de son expérience et de la reconnaissance de son talent dans les cercles mondains en rassurant sa fille qui craint d’être encore dissimulée derrière le “rideau”:

> Elles [les lettres de Mme de Grignan] ont ce caractère de vérité que je maintiens toujours, qui se fait voir avec autorité, pendant que le mensonge demeure accablé sous les paroles sans pouvoir persuader. [...] Vos paroles ne servent tout au plus qu’à vous expliquer. (p. 61)

L’emploi du mode indicatif met en lumière son assurance et la position d’autorité depuis laquelle elle parle. Elle est aussi sûre du plaisir que procurent ses lettres, en témoigne le soin qu’elle accorde à l’organisation de leur éventuelle circulation. “J’écris au Coadjuteur sur sa bonne tête ; qu’il vous montre ma lettre” (p. 80). Même lorsqu’elle paraît se dénigrer, la marquise se montre sûre de son fait: “Que mes lettres sont sauvages ! Où est le temps que je parlais de Paris comme les autres ? C’est purement de mes nouvelles que vous aurez et, voyez ma confiance, je suis persuadée que vous aimez mieux celles-là que les autres” (p. 202). D’une part, ce passage évoque le pacte épistolaire des deux correspondantes et la construction d’une langue plus intime. Mais, de l’autre, on remarquera que l’assurance de la marquise quant au plaisir procuré par ses lettres est reliée à une distinction: elle n’est pas “comme les autres” et fait ainsi preuve d’une singularité d’auteur. La maîtrise d’un style esthétiquement plaisant est également mise en avant:

> Mais toujours vous dire que je vous aime, que je ne songe qu’à vous, que je ne suis occupée que de ce qui vous touche, que vous êtes le charme de ma vie, que jamais personne n’a été aimée si chèrement que vous, cette répétition vous ennuierait. (p. 77)

Mme de Sévigné commente ici de façon réflexive son style en soulignant malicieusement son objectif esthétique de variation par la prétérition. Or, c’est cet objectif qui justifierait une publication selon la marquise: “que vos lettres sont aimables ! Il y a des endroits dignes de l’impression ; un de ces jours vous trouverez qu’un de vos amis vous aura trahie” (p. 133). Le compliment s’inscrit certes dans une stratégie visant à rassurer la comtesse et ainsi favoriser la poursuite de la correspondance, mais il insinue aussi que, selon Mme de Sévigné, c'est aux premiers lecteurs, les amis, de décider de la valeur de l'œuvre et donc de son éventuelle publication. C'est en effet de la sorte que paraissent la plupart des œuvres d'auteurs mondains. La Rochefoucauld est "trahi" au moment de la parution des maximes par exemple. Laisser, volontairement au non, l'initiative de la publication aux lecteurs correspond à une auctorialité fondée sur le refus de la posture d'autorité de l'auteur. Aussi peut-on affirmer que Mme de Sévigné est autrice, non pas au sens moderne, mais dans le sens où elle-même et ses lecteurs donnent à l'œuvre une valeur esthétique.

Des autrices

Il est donc possible de considérer Mme de Sévigné comme une autrice à condition de garder en tête la conception de l'auteur dans l'idéal galant, à savoir celle d'un écrivain dilettante, non professionnel et refusant toute pédanterie au service du divertissement de son lecteur. Cette conception crée une figure d'autrice originale se distinguant de notre acception moderne, modelée par le romantisme. José-Luis Diaz le rappelle dans *L'Homme et l'œuvre* (2011), notre vision de l'écrivain provient de l'âge romantique et de l'essor d'une nouvelle critique littéraire à sa suite, qui, basée sur la biographie de l'auteur, révolutionne son approche. En effet, auparavant, l'auteur était jugé par la critique en fonction de son respect des règles des belles-lettres. Dans cette acception, Mme de Sévigné, Voiture et tous les auteurs galants se positionnent comme des anti-auteurs, ou, plutôt, des auteurs caméléons qui ont pris pour règle celle de se démarquer de toutes les autres pour toujours mieux s'adapter à leurs destinataires. Cela se conçoit aisément lorsque l'on se souvient que la littérature mondaine est influencée par le modèle conversationnel. Or, cette littérature orientée vers le lecteur s'oppose à la vision romantique qui se concentre sur l'auteur, personnalité hors du commun, d'où naît l'œuvre.

Pourtant, c'est l'âge romantique qui, en célébrant un amour maternel inégalé et une personnalité inouïe, a contribué à ériger Mme de Sévigné en autrice. Avec les romantiques, la vie de l'esprit exceptionnelle des créateurs est leur œuvre, aussi tout ce qui en provient, y compris leur correspondance, fera partie de l'œuvre. Or, si l'on se donne la peine de lire un ensemble significatif de la correspondance de la marquise – comme le corpus des lettres de l'année 1671 – et non seulement les grands morceaux des anthologies, on remarque d'une part que l'épistolière n'écrit pas que des lettres de tendresse maternelle comme celle du 6 février : après le départ de la comtesse, on découvre au contraire une Sévigné bien plus terre à terre et pragmatique, parlant de plantations, de ventes de terres, de nourrices et de coliques, et, d'autre part, qu'il n'y a pas qu'une Sévigné. En donnant une importance, peut-être démesurée, à la vie de l'auteur, les romantiques font de son œuvre la voix exprimant sa personnalité. Mais, parce qu'elle écrit d'abord pour des destinataires multiples, et dont l'humeur peut être changeante, la marquise multiplie les voix et les postures énonciatives. Dotée d'une écriture caméléon, l'épistolière fait ainsi preuve d'*aptum*, qualité particulièrement attendue selon les manuels de tous les épistoliers et, au-delà, de toute personne respectueuse des bienséances. Il s'agit de la qualité de s'adapter aux circonstances et aux personnes avec subtilité et rapidité. L'*aptum* détermine ainsi une poétique infléchie par le lecteur et pousse à une virtuosité stylistique résidant non pas dans une voix exceptionnelle, mais dans la faculté d'en adopter plusieurs.

Les quelques lettres à d'autres correspondants nous montrent une épistolière soucieuse de s'adapter. Ainsi, elle répond par une "méchante" lettre (p. 339), c'est-à-dire une lettre écrite dans un "style à cinq sols" à l'évêque de Marseille qui pratique lui-même ce style. Mme de Sévigné s'adapte donc aux attentes de son lecteur et s'imagine, d'après le style de l'évêque, qu'il apprécie ces formules de politesse toutes faites. Au contraire, l'enjoué cousin Coulanges bénéficie de lettres qui pastichent les genres mondains, ce qui correspond bien au style du chansonnier. La lettre du 15 décembre 1670 démarque ainsi le jeu de salon de la devinette. On peut parler de parodie tant la marquise exagère le procédé par l'énumération des superlatifs (p. 41), l'abondance des marques d'oralités (questions, exclamations, insertions de discours directs) et le jeu sur le titre de Mademoiselle. De même, dans la "lettre des foins", aussi appelée "lettre de la prairie" dans certaines anthologies, du 22 juillet 1671, la marquise pastiche... son propre style ! Le jeu est ici bien mieux compréhensible pour le destinataire de la lettre et son cercle d'amis (ces morceaux brillants étant réalisés pour circuler et amuser un petit public secondaire), que pour les lecteurs modernes. Nous y retrouvons des procédés d'oralité et d'exagération comme dans la lettre annonçant le mariage de

Mademoiselle : “Savez-vous ce que c'est que faner ? il faut que je vous l'explique. Faner est la plus jolie chose du monde, c'est retourner du foin en batifolant dans une prairie” (p. 255). Même s'ils sont Parisiens, Coulanges et sa cousine, en tant que propriétaires terriens, n'ignorent pas les réalités agricoles et la difficulté du fanage qui mobilise une main-d'œuvre importante durant de longues heures. Il y a donc une exagération un peu provocatrice à reprendre, au sujet d'un événement réel, une topique de la pastorale galante qui, n'ayant rien de réaliste, vient bien mal justifier la marquise de s'être emportée contre un domestique refusant de faire un travail qui n'est pas le sien. La fin de la lettre révèle cependant son intention parodique :

> Voilà l'histoire en peu de mots. Pour moi, j'aime les narrations où l'on ne dit que ce qui est nécessaire, où l'on ne s'écarte point ni à droite, ni à gauche, où l'on ne reprend point les choses de si loin ; enfin je crois que c'est ici, sans vanité, le modèle des narrations agréables. (p. 255)

Il convient de lire ce commentaire métatextuel de façon complètement ironique : l'histoire n'a pas été dite en peu de mots, la narration est partie dans tous les sens, passant du sujet, le renvoi de Picard, à la visite de Mme de Chaulnes, à la définition du fanage, pour enfin en venir à l'objet de la lettre. Mme de Sévigné souligne de surcroît dans le corps de la narration la manière dont elle contrevient aux règles d'une narration claire : “Vous croyez que j'extravague ?” (p. 254), “Vous n'y voyez encore goutte ?” (p. 255). En fin de compte, c'est sa propre manière de narrer en ménageant des effets de suspense et en dialoguant avec ses destinataires que la marquise parodie ici. Les lettres à Coulanges s'adaptent donc à leur destinataire et semblent poursuivre un jeu entamé dans l'enfance à l'hôtel de la Place Royale.

De même, les lettres à M. de Grignan ont leur style propre. Mme de Sévigné opte pour un badinage qui joue avec les codes de la galanterie afin de mieux faire passer des recommandations à un gendre pas beaucoup plus jeune qu'elle. “Approchez-vous, mon gendre. Vous voulez donc me renvoyer ma fille par le coche. Vous en êtes mal content, vous êtes fâché, vous êtes au désespoir qu'elle admire votre château [...]” (p. 236). Mimant une conversation orale réelle grâce à l'impératif initial et débutant par une suite d'antiphrases, le passage de la lettre adressé à M. de Grignan se montre donc badin et plaisant. Il instaure entre la destinatrice et son destinataire un rapport de places* complice, c'est-à-dire des positions énonciatives les incitant l'un l'autre à se montrer amicaux, ce qui permet à Mme de Sévigné de mieux faire accepter deux conseils plus sérieux: faire attention à la "santé de [s]a fille", c'est-à-dire veiller sur la grossesse de Mme de Grignan et à ce qu'elle ne tombe pas à nouveau enceinte juste après l'accouchement, et la laisser conduire les "affaires" (p. 237) des Grignan, autrement dit laisser Mme de Sévigné et l'abbé de Coulanges essayer, à travers Mme de Grignan, de rétablir la situation financière de la famille. De même, juste après l'accouchement, Mme de Sévigné opte à nouveau pour un mélange de sérieux et de badinage, afin de rendre son message plus acceptable:

> Écoutez, Monsieur de Grignan, c'est à vous que je parle: vous n'aurez que des rudesses de moi pour toutes vos douceurs. Vous vous plaisez dans vos œuvres; au lieu d'avoir pitié de ma fille, vous ne faites qu'en rire. Il paraît bien que vous ne savez ce que c'est que d'accoucher. [...] Pensez-vous que je vous l'aie donnée pour la tuer, pour détruire sa santé, sa beauté, sa jeunesse? Il n'y a point de raillerie. (p. 334)

L'oralité ("écoutez", "parle"), l'allusion gaillarde ("vos œuvres"), et le ton de dispute ironique forment un badinage plaisant, cependant, Mme de Sévigné souhaite également être prise au sérieux en expliquant qu'elle n'est pas en train de railler le comte, mais lui demande sérieusement que sa fille ne tombe pas à nouveau enceinte rapidement.

Quant à Mme de Grignan, on remarquera qu'elle est la seule destinataire à être toujours rassurée et fort peu raillée. Mme de Sévigné prend soin de préciser qu'elle s'est "moquée [d'une histoire] de La Mousse" mais qu'elle ne se "moque pas de celle [de sa fille]" (p. 335). La marquise doit également la rassurer en lui réaffirmant sa préférence. Ainsi, parce que dans sa lettre du 3 avril Mme de Sévigné parle deux fois de Mme de Brissac en vantant la manière dont elle "réjouit" la compagnie (p. 131), Mme de Grignan semble avoir ressenti de la jalousie: "Avez-vous bien peur que j'aime mieux Mme de Brissac que vous?" (p. 156). Suite à cela, Mme de Brissac est assez souvent critiquée dans les lettres à Mme de Grignan afin de s'adapter à la susceptibilité de la destinataire: nous la retrouvons par exemple "mal" coiffée (p. 183), et, peu après notre corpus, moquée d'avoir deux adorateurs "mais en tout bien et tout honneur" [SÉVIGNÉ, t. I, 1972, p. 416].

Adaptant son ton et sa posture énonciative à chacun de ses destinataires, Mme de Sévigné semble écrire en fonction d'un horizon d'attente inversé. Alors que dans la communication littéraire normale l'auteur ne sait pour qui il écrit, ni quand il sera lu, Mme de Sévigné contrôle ces paramètres, anticipe les attentes de ses lecteurs et tente de s'y conformer.

Cependant, la réussite ne peut être totale, la communication demeurant différée, et l'état d'esprit du destinataire au moment de la réception de la lettre inconnu. On pourrait donc considérer que la communication épistolaire est la matrice de la communication littéraire, une étape sur le chemin d'une interaction différée à la destination inconnue.

Autrice ou épistolière ?

Pour finir, la question de l'auteur est particulièrement pertinente dans le cas de Mme de Sévigné. Il est difficile cependant de la dissocier de celle du lecteur dans la mesure où les positionnements critiques quant à l'auctorialité de Mme de Sévigné dépendent de la façon dont elle est lue. Or, le débat sur le statut d'écrivaine de la marquise a fait rage dans le dernier tiers du XXe siècle. Aux XVIIIe et XIXe siècles, les éditions mettent en avant le modèle stylistique que constitueraient les lettres, mais aussi l'amour maternel hors du commun de la marquise. À côté, un certain nombre de lectures documentaires se développent, utilisant la correspondance comme une masse de renseignements sur le XVIIe siècle. Ces deux approches tendent à ne pas considérer la correspondance comme de la littérature, ni Mme de Sévigné comme une autrice. Au XXe siècle, la thèse de Roger Duchêne, *Mme de Sévigné et la lettre d'amour* fait de cette correspondance le produit de l'amour d'une mère pour sa fille. Distinguant l'épistolier, qui compose de véritables lettres sans intention de les publier, de l'auteur épistolaire, qui écrit des lettres réelles ou fictives dans l'intention de les faire paraître, Roger Duchêne, classe Mme de Sévigné parmi les "épistoliers". Pour lui, l'expression de Mme de Sévigné est spontanée, sans visée esthétique. Au contraire, Bernard Bray s'attache à démontrer que la correspondance entre mère et fille est empreinte d'une attention stylistique digne d'un écrivain. La position de Roger Duchêne peut sembler naïve dans la mesure où il fait du rejet des règles et du style naturel de la marquise des expressions spontanées, quand il s'agit en fait d'un idéal esthétique partagé par ses contemporains, ce que Fritz Nies a parfaitement étudié dans sa thèse *Les Lettres de Madame de Sévigné : conventions du genre et sociologie des publics*, traduite en 2001 en français, mais qui tend un peu trop à réduire la correspondance à l'horizon d'attente d'un groupe de lecteurs socialement homogène, ce qui tient peu compte des efforts de création réalisés par la marquise en raison de sa relation bel et bien privilégiée avec sa fille, ni de sa tendance à écrire pour soi. Bernard Beugnot a habilement arbitré le débat en proposant une troisième voie entre tenants de la vie de l'auteur (à une époque où le structuralisme et la *doxa* de la "mort de l'auteur" dominent la critique littéraire) et défenseurs d'une étude centrée davantage sur la stylistique du texte et sa réception. Pour BEUGNOT [1974], il est en effet possible de "dresser l'inventaire de ces matrices stylistiques ou formelles qui, sans nuire à la sincérité, aident le sentiment à trouver son expression", c'est-à-dire d'étudier la part de contrainte que font peser les conventions rhétoriques et la réception sur la création d'un texte sans que cela empêche qu'il puisse être le lieu d'une "libre expression de soi". C'est notamment la voie suivie par Nathalie Freidel, dont la thèse souligne l'invention dans les lettres de la marquise d'une sphère privée, voire intime, et de son langage correspondant. Pour Cécile LIGNEREUX [2012b, p. 16], au contraire, les "enquêtes" critiques portant sur "l'intime" ou "le for intérieur" dans les lettres de la marquise reposent sur "le présupposé d'un sujet préexistant à son énonciation", elle prône au contraire une étude centrée sur "la matérialité textuelle" et l'esthétique de la réception. On le voit, des débats entourent toujours l'œuvre de la marquise, son statut d'autrice, et le positionnement de la littérature épistolaire parmi les "écritures de soi". Les arguments avancés par les uns et les autres sauront toutefois nourrir la réflexion en confrontant par exemple l'étude de la poétique de l'intériorité chez Mme de Sévigné par Nathalie FREIDEL [2009, quatrième partie] et celle de la rhétorique habile de l'épistolière qui s'adapte à sa lectrice pour lui faire admettre ses conseils par Cécile LIGNEREUX [2010].

L'ŒUVRE LITTÉRAIRE ET LE LECTEUR

Rhétorique de la lettre

La rhétorique se définit moins par des règles précises et rigides apprises par les garçons dans les collèges, et donc non maîtrisées des femmes, que comme une composition attentive d'un texte dans le but d'avoir un effet sur son destinataire. En ce sens, les lettres de Mme de Sévigné recouvrent bel et bien des enjeux pragmatiques et rhétoriques, puisqu'il s'agit pour elle de rétablir une relation apaisée et durable avec sa fille tout en lui faisant admettre certains conseils, voire remontrances. En effet, comme l'explique Geneviève Haroche-Bouzinac dans *L'Épistolaire* (1995), même si la correspondance peut constituer un "autoportrait épistolaire", celui-ci demeure "écrit en présence-absence de l'autre, il semble le plus souvent subordonné à d'autres objectifs – éduquer, se faire pardonner, se faire accepter, peut-être même séduire –, toutes fins qui l'éloignent du mythe de la sincérité épistolaire" (p. 102). Aussi ne faut-il pas prendre pour argent comptant certaines déclarations de la marquise qui ont contribué au mythe d'une écriture spontanée et non concertée : "Quand je commence, je ne sais point du tout où cela ira, si ma lettre sera longue ou si elle sera courte ; j'écris tant qu'il plaît à ma plume, c'est elle qui gouverne tout" [SÉVIGNÉ, t. II, 1974, p. 506]. Au contraire, nombre de lettres apparaissent composées selon une stratégie argumentative.

La lettre du 25 octobre 1671 semble ainsi passer du coq-à-l'âne : d'abord, la marquise commente une missive qu'elle envoie à l'évêque de Marseille, composée dans un "méchan[t]" style, puis elle demande à sa fille de marquer les dates auxquelles elle reçoit les lettres, vante une lettre que Coulanges a composée alors qu'il se trouve en Provence avec Mme de Grignan, critique le chocolat, demande plus de tendresse dans le style de la comtesse, revient à la critique du chocolat, à la demande de marquer ses dates et à l'écriture d'un "petit mot" (p. 342), toujours pour aider les affaires des Grignan. La lettre se trouve ainsi composée de nombreux échos : la "méchante" lettre à l'évêque répond au "petit mot à M. Le Camus" qui ne "saurait nuire", la demande de marquer les dates revient symétriquement en deuxième et avant dernière position, et, au milieu, se trouve le message essentiel de la lettre, la comparaison des lettres de Coulanges et de la comtesse, entrecoupée de la chronique du chocolat. La symétrie parfaite de tous ces échos et la structure quasi chiasmatique de la lettre démentent une écriture "au fil de la plume". Au contraire, l'épistolière soigne la composition de la lettre et la manière dont elle s'y représente de manière à agir plus efficacement sur sa fille. En effet, Mme de Sévigné souhaite obtenir deux choses: un enregistrement plus fidèle des réceptions de lettres par sa fille, thème obsessionnel dans les lettres de l'année 1671, et un style plus tendre. Il n'est donc pas anodin qu'elle commence et achève sa lettre en se représentant en parente diligente qui prend soin d'écrire de nombreuses lettres et d'en tenir le compte pour aider les affaires de sa fille. Cela permet d'une part à Mme de Sévigné d'offrir un contre-exemple à la négligence de Mme de Grignan sur les dates et d'installer un rapport de places où sa position énonciative de mère attentive doit appeler une énonciation de fille reconnaissante et aimante. Le simple fait d'ouvrir et de fermer la lettre sur le portrait d'une mère fournissant des efforts pour entretenir des commerces épistolaires peu plaisants mais utiles à son enfant contraint Mme de Grignan à accéder aux demandes formulées au cœur de la lettre sous peine de passer pour une ingrate. Cependant, se sachant particulièrement exigeante sur le sujet des dates et craignant sûrement d'avoir déjà lassé sa destinataire à ce sujet, la marquise prend soin d'accompagner ses deux demandes de l'expression de son "désesp[oir]" (p. 340) et de la "noirceur de [son] chagrin" qui la poussent à "crie[r] comme [la mère] aigle" des *Fables* de La Fontaine (p. 341). La première demande représente la douleur de l'épistolière sur le mode tragique, invitant sa fille à fournir les efforts nécessaires pour soulager sa peine. La deuxième, qui risque d'être perçue comme une redondance exagérée, se termine aussi sur une mention de la douleur, mais avec quelque distance ironique puisqu'elle passe par une référence à la fable. En répétant sa demande avec variation, Mme de Sévigné s'assure donc d'une plus grande efficacité de son message en se présentant de deux manières différentes pour toucher au mieux sa fille.

Enfin, l'enjeu central de la lettre est une demande manifestant l'insatisfaction de la marquise. Coulanges lui a écrit une lettre "excellente" la faisant se "pâm[er] de rire" (p. 340), de laquelle elle prévoit de réétudier "tous les chapitres" l'hiver suivant avec l'épistolier de retour à Paris. Il remplit donc sa part du contrat épistolaire qui le lie avec sa cousine: l'un et l'autre s'écrivent pour se divertir. Or, le terme de "chapitre" est repris pour présenter une demande à la comtesse:

Mme de Sévigné "prendrai[t] plaisir à lire dans le chapitre de la tendresse" (p. 341), aussi demande-t-elle à sa fille de lui "en donner des marques" de manière plus "fixée". L'écho entre les plaisants chapitres de Coulanges et celui de la tendresse de Mme de Grignan peu satisfaisant compare un pacte épistolaire rempli de part et d'autre, et un autre dissymétrique. Mme de Sévigné semble penser qu'elle assure sa fille de sa tendresse bien plus souvent qu'elle n'en bénéficie en retour. Elle justifie d'ailleurs sa demande en dépeignant la "passion", l'"inclination" qu'elle éprouve et dont sa fille a conscience ("vous savez") puisqu'elle lui exprime régulièrement sa tendresse. La lettre est donc composée attentivement, et l'épistolière réfléchit à la manière dont elle s'y met en scène, pour obtenir un effet sur sa destinataire. Il est nécessaire, à la lecture de chaque lettre, d'identifier le but poursuivi par la marquise et la manière dont la composition ou la manière dont elle exprime ses sentiments peuvent y constituer un argument des plus persuasifs, voire contraignants.

L'œuvre d'une lectrice

• Goûts éclectiques

La correspondance de Mme de Sévigné constitue à bien des égards une œuvre de lectrice. Les références littéraires sont légion, que ce soit sous forme d'une citation (souvent approximative: "ça, courage ! mon cœur, point de faiblesse humaine", p. 378, pour "Allons, ferme, mon cœur ! point de faiblesse humaine" tirée de *Tartuffe*), d'une allusion ("Je fais un soupir comme M. de la Souche" dans *L'École des femmes* de Molière, p. 216) ou de la mention de lectures. La culture littéraire de la marquise est grande et s'étend de Molière à Corneille pour le théâtre (Racine, moins goûté, n'est que peu mentionné), de La Rochefoucauld à Nicole en passant par Pascal pour les moralistes, des romans héroïques comme *Cléopâtre* de La Calprenède aux contes grivois de La Fontaine, de ses *Fables* aux romans précieux de Mlle de Scudéry et même à Rabelais. On le voit, Mme de Sévigné lit de tout. Les auteurs modernes et les écrits faisant l'actualité, comme par exemple la critique de *Bérénice* (p. 310), y côtoient les auteurs latins comme Tacite et italiens comme Pétrarque et Le Tasse. L'habitude de Mme de Sévigné de rendre compte de ses lectures de façon critique et sa propension à mêler la littérature à la vie sont issues de la culture des salons où l'on lisait en commun en faisant des "applications", c'est-à-dire en établissant des points de passage entre romans et réalité, par exemple au travers de portraits de personnages fictionnels laissant deviner une personnalité bien réelle.

• Lire en commun

Les lettres de 1671 nous fournissent d'abord un document précieux sur la manière dont on lisait. La lecture peut en effet être solitaire comme nous la pratiquons de nos jours : ainsi la lecture – ou du moins la relecture – de la *Morale* de Nicole semble pratiquée selon cette modalité. Mais, bien souvent, Mme de Sévigné décrit une pratique de la lecture commune. Elle lit ainsi la *Jérusalem délivrée* du Tasse avec La Mousse, son "écolier" (p. 219) car la maîtrise de l'italien est plutôt féminine à l'époque. La présence de Charles au début du séjour aux Rochers infléchit les lectures vers le divertissement le plus franc, d'autant plus qu'il lit à voix haute avec un talent de comédien certain : "Mon fils nous lit des bagatelles, des comédies, qu'il joue comme Molière, des vers, des romans, des histoires. Il est fort amusant ; il a de l'esprit, il entend bien, il nous entraîne, et nous a empêchés de prendre aucune lecture sérieuse" (p. 219). Cette lecture commune et oralisée est elle aussi une pratique des salons. Avant le séjour aux Rochers, les mentions de lectures sont plus rares, mais l'on trouve notamment une louange commune des *Fables* de La Fontaine par le cercle d'amis de la marquise : "nous en étions, l'autre jour, ravis chez M. de La Rochefoucauld. Nous apprîmes par cœur celle du *Singe et du Chat*" (p. 172). La lecture en commun est appréciée par la marquise parce qu'elle permet de se forger une opinion plus précise sur les livres en en favorisant la compréhension. Ainsi, Charles "entend" les textes et rend à l'oral compte de cette intelligence au profit de ses auditeurs. Mme de Sévigné explique d'ailleurs à Mme de Grignan que celle-ci pourrait mieux apprécier certaines œuvres si elle les lisait avec des compagnons lui faisant remarquer certaines beautés du texte : "il y a bien de la différence entre lire un livre toute seule, ou avec des gens qui entendent et relèvent les beaux endroits et qui, par là, réveillent l'attention. Cette *Morale* de Nicole est admirable, et *Cléopâtre* va son train, sans empressement toutefois ; c'est aux heures perdues. C'est ordinairement sur cette lecture que je m'endors ; le caractère [l'impression] m'en plaît beaucoup plus que le style.

Pour les sentiments, j'avoue qu'ils me plaisent aussi et qu'ils sont d'une perfection qui remplit mon idée sur les belles âmes" (p. 245). À la théorie se trouve tout de suite jointe la pratique : Mme de Sévigné essaie dans les lettres à sa fille de recréer cette pratique sociale de la lecture en commun en "relevant" ce qui lui plaît dans différents ouvrages. Si Mme de Grignan ne va guère rentrer dans le jeu au sujet de *Cléopâtre*, elle s'y prêtera plus volontiers sur Nicole, ce qui permet à la mère et à la fille d'argumenter sur différents points du texte comme l'expression "l'enflure du cœur" (p. 317). Les discussions littéraires constituent ainsi un autre moyen de faire fi de la distance pour s'imaginer à nouveau pratiquer cette activité commune dans un salon.

• Les sources d'inspiration d'une lectrice

En prenant une telle place aux Rochers, où elle "soutient la vie" (p. 210), en particulier par temps de pluie, quand il n'y a rien d'autre à faire, la lecture investit de plus en plus les lettres de la marquise, y compris son style. La mémoire des livres lui permet d'inventer, de s'adonner à la création littéraire sur le modèle de ses œuvres favorites. La devise héroïque "*Da l'ardore l'ardire*" (p. 352), dont elle n'est pas peu fière, semble directement inspirée par sa lecture récente du Tasse, qu'elle cite d'ailleurs peu après. Les maximes de La Rochefoucauld stimulent également la créativité de la marquise qui en propose deux "l'ingratitude attire les reproches, comme la reconnaissance attire de nouveaux bienfaits" (p. 229) et "La grande amitié n'est jamais tranquille, MAXIME" (p. 309). Il s'agit ici d'une inspiration assez infidèle, ces maximes manquant l'aspect paradoxal que l'on trouverait chez La Rochefoucauld. D'ailleurs, Mme de Grignan critique la première, la réécrit puis en propose vraisemblablement une autre "il ne faut louer personne avant sa mort" que sa mère reprend et commente à son tour (p. 249). La lecture débouche donc sur la création littéraire et même sur une émulation stylistique entre les correspondantes.

Une œuvre lacunaire et participative

• Des collaborateurs réguliers

"Vous êtes bien plaisante Madame la Comtesse, de montrer mes lettres. Où est donc ce principe de cachotterie pour ce que vous aimez ?" (p. 96) accuse Mme de Sévigné. Malgré le contrat d'exclusivité qui lie les deux épistolières concernant leurs lettres intimes, certains passages, notamment les relations, pouvaient être montrés à quelques connaissances ou à des amis proches. Geneviève Haroche-Bouzinac les qualifie de lettres "ostensibles", autrement dit écrites à un destinataire porte-voix chargé de représenter ou de transmettre à un ensemble plus large, à un "groupe réuni par des intérêts convergents" et dans lesquelles :

> L'épistolier [...] sait qu'il sera lu par plusieurs regards ; cet aspect n'est pas sans accentuer la part de pose, de mise en scène déjà présente dans tout échange de correspondance intime, ni sans renforcer le rôle actif de cette censure intériorisée résultant de l'apprentissage des codes. [HAROCHE-BOUZINAC, 1995, p. 33-34]

Cependant, hormis quelques morceaux de bravoure comme la "lettre des foins", rares sont les lettres de la marquise à être intégralement "ostensibles". On trouve toutefois à l'intérieur divers passages qui sont destinés à plusieurs regards, d'autant plus qu'ils sont composés à bien plus que quatre mains. L'un des collaborateurs favoris de Mmes de Sévigné et de Grignan est le duc de La Rochefoucauld :

> M. de La Rochefoucauld [...] vous envoie [une histoire] au lieu de dragées. Le comte d'Estrées lui a conté qu'en son voyage de Guinée, il se trouva parmi des chrétiens ; qu'étant entré dans une église, il y trouva vingt chanoines nègres tout nus, avec des bonnets carrés et une aumusse au bras gauche, qui chantaient les louanges de Dieu. (p. 111-112)

L'histoire gaillarde installe l'échange entre Mme de Grignan et le duc dans une tonalité libre à l'égard de la religion qui se poursuivra avec les "côtes rompues" (p. 129) du comte de Grignan. Mme de Sévigné joue ici le rôle de secrétaire assurant la transmission des plaisanteries ainsi que leur réécriture. Un peu plus tard, elle commente avec fierté :

> Je dirai à M. de La Rochefoucauld toutes les folies que vous dites sur les chanoines, et comme vous croyez que *c'est de là qu'on a nommé le dévot sexe féminin*. Il y a plaisir à vous mander des bagatelles ; vous y répondez très bien. (p. 139)

On regrette particulièrement à cette occasion la perte de presque toutes les lettres de Mme de Grignan, qui, pour la plupart, ont été brûlées par Mme de Sévigné avant son dernier voyage en Provence (il s'agit d'une pratique courante témoignant non d'un dédain, mais au contraire du soin que l'on prend à conserver le secret de l'échange). La correspondance telle que nous la lisons est donc d'autant plus lacunaire que l'échange entre les épistolières ne se limite pas à un jeu de questions-réponses, mais se présente comme une co-création littéraire, menée à quatre mains, voire à six, destinée parfois à amuser un petit cercle de lecteurs secondaires. Les lettres portent la trace d'autres participations, comme celle de M. de Coulanges, qui compose avec Mme de Grignan en Provence une lettre qu'"on ne peut écrire plus agréablement", où "chacun [...] dit son mot très plaisamment" (p. 344). La lettre devait comporter une narration sur "Jacquemart et Marguerite", figures en bois de l'horloge du Beffroi à Lambesc évoquées par Coulanges dans une de ses chansons. On peut donc faire l'hypothèse que les deux correspondants ont consacré leur lettre à cette description sur laquelle la marquise rebondit en expliquant avoir l'impression d'être "avec vous tous" (p. 344). Lors de l'accouchement de Mme de Grignan, le comte se joint à l'échange, son épouse ne pouvant plus composer d'aussi longues lettres. Les plaisanteries se construisent ainsi à trois, par exemple sur l'amour maternel de Mme de Grignan pour son fils :

> Quelle folie ! est-ce qu'on aime cela ? Il est blond, c'est ce qui vous charme ; vous aimez les blondins. Voilà qui est bien honnête ! M. de Grignan fait fort bien d'en être jaloux. *Vous le quittez*, dit-il, *pour le premier venu ;* c'est pour le dernier venu qu'il veut dire. (p. 364)

La plaisanterie, fondée sur un badinage galant qui met en doute l'honnêteté de la comtesse, séduite par un "blondin" quand son époux est très brun, se construit à six mains grâce à la citation de M. de Grignan. En lectrice compétente, Mme de Sévigné rebondit sur les bons mots en suggérant de remplacer "premier" par "dernier". La lecture de lettres n'est donc pas une réception passive, mais une co-création active. Il est convenu qu'un bon lecteur doit au moins réagir aux lettres du destinateur, et même fonder sa propre pratique épistolaire dessus. La "promen[ade] dans [le] cœur" (p. 264) de Mme de Grignan fait ainsi l'objet d'un petit développement chez sa mère, or on imagine que la comtesse en est venue à cette formulation en réponse aux nombreuses promenades bien réelles que la marquise lui décrit dans ses lettres des Rochers. De même, de nombreuses lettres de Mme de Sévigné témoignent de sa demande de recevoir au moins l'approbation de sa lectrice ("Je suis bien aise que vous ayez approuvé [mes chansons]", p. 261), et la transmet aussi régulièrement ("Vous parlez de peinture ; vraiment, vous m'en faites une de l'habit de vos dames, qui vaut tout ce qu'une description peut valoir", p. 110).

• **Lecture et création**

Les lettres sont ainsi le produit d'une polyphonie, d'une écriture-lecture participative. Nous n'y trouvons pas notre conception moderne de l'auteur qui serait seul maître de son œuvre, mais plutôt un passage fluide du statut de lecteur/auditeur à celui d'auteur/créateur. Au public secondaire (la plupart du temps restreint aux cercles familiaux et amicaux) répondent les énonciateurs secondaires qui sont légion dans cette correspondance. Les lettres de l'année 1671 s'apparentent ainsi à une œuvre collective où règne une multiplicité de voix. En outre, cette co-création fait de la lecture compétente un enjeu pour rendre l'écriture effective. Ainsi, Mme de Sévigné prend garde à réagir aux belles formulations de Mme de Grignan, qu'il s'agisse de passages humoristiques ou d'expressions de tendresse : "Vous dites que vous voudriez bien me voir entrer dans votre chambre, et m'entendre discourir. Hélas ! c'est ma folie que de vous voir, de vous parler, de vous entendre" (p. 110). Au contraire, si elle félicite sa fille quand elle répond bien aux "bagatelles", elle n'hésite pas à la rappeler à l'ordre pour obtenir une réaction. Ainsi, dans la lettre du 9 août 1671, la marquise répète une plaisanterie qu'elle a trouvée : "Était-ce à vous que je mandais l'autre jour qu'il semblait que tous les pavés fussent métamorphosés en gentilshommes ?" (p. 272). En réalité, il semble que la marquise se trompe et ait adressé cette *lanterne* à un autre correspondant, puisque nous n'en trouvons pas de trace avant. Toutefois, la question trahit une impatience qui indique que la marquise attend, lorsqu'elle trouve une telle image, que son destinataire rebondisse dessus et poursuive la création. La même lettre vante d'ailleurs les compétences de lectrice de sa fille : "Ceci n'est-il point un peu labyrinthe ? l'entendez-vous ? Cela s'appelle des choses fines" (p. 272) à propos d'un persiflage sur le Coadjuteur qui mérite sa goutte par les excès auxquels il s'adonne. En concevant ainsi son texte comme une partition attendant d'être jouée correctement par une lectrice compétente, laquelle sera même capable de poursuivre la mélodie, Mme de Sévigné montre qu'il existe chez elle un aller-retour très fluide entre les statuts d'auteur et de lecteur. Cela la rapproche des théories de l'esthétique de la réception pour qui le lecteur reçoit les instructions de l'œuvre et les exécute de façon créative.

Le texte de la correspondance semble n'exister qu'à partir du moment où le lecteur le joue. Or, ce lecteur, ce n'est plus Mme de Grignan de nos jours. Toutefois, nous *jouons* toujours la partition proposée par la marquise – grâce notamment à l'aide des notes procurées par Roger Duchêne – et faisons revivre le texte à chaque lecture. Dans cette optique, nous pourrions presque lire la correspondance comme un roman constate Jean Cordelier :

> Depuis bien longtemps, la duchesse de Chaulnes est arrivée à Rouen, et l'a quitté. Depuis bien longtemps, l'ulcère à la jambe de notre marquise n'a plus à être soigné : il n'y a plus de jambe ni plus de marquise. Pourtant, à chaque fois que quelqu'un, et partout où quelqu'un lit les lettres de Mme de Sévigné concernant ces événements infimes, le miracle se produit. [CORDELIER, 1967, p. 163]

Au sujet de l'année 1671, nous pourrions paraphraser : Depuis bien longtemps, Mme de Grignan a échappé à l'affreuse montagne de Tarare, aux dangers du Rhône. Depuis bien longtemps, Louis-Provence est né heureusement et le Roi a accepté le “présent” de Provence. Pourtant, à chaque lecteur, le suspense, l'impatience et l'inquiétude demeurent. Nous partageons les joies, les peurs et les pleurs de ces “personnages” et, surtout, nous rions encore avec la marquise.

INTRIGUE DU MARIAGE DE M. LE DUC DE BERRY

DE SAINT-SIMON

ÉTUDE ANALYTIQUE

REPÈRES

Louis de Rouvroy, duc de Saint-Simon

Ce qui ressort de l'œuvre de Saint-Simon, c'est avant tout le rôle de courtisan de l'auteur. En tant qu'homme proche du pouvoir, il a eu le loisir d'approcher de très près la cour royale et les hautes sphères, si bien qu'il est à même d'en donner une vision dans son œuvre. Saint-Simon est un homme de deux siècles: il naît en 1675, au XVIIe siècle, alors que Louis XIV règne déjà depuis de nombreuses années, et il vit jusqu'en 1755. Il est ainsi témoin de la succession du Roi Soleil sur quarante ans. D'après Saint-Simon lui-même, sa famille serait originaire du Vermandois (Aisne) où elle est installée dès le Moyen Âge. C'est dans cette région que Marguerite de Saint-Simon aurait épousé Matthieu de Rouvroy en 1333. L'ancienneté de cette noblesse affirmée compense la récente promotion par Louis XIII de la branche des Saint-Simon en duché-pairie*. De ce fait, le père de Saint-Simon et l'auteur lui-même conservent une reconnaissance certaine et de l'admiration pour ce monarque, tandis que Saint-Simon entretient une relation plus critique à l'égard de Louis XIV, qui, depuis la Fronde, se défie considérablement des aristocrates, déchus de leur ancienne dignité en étant ravalés, de leur statut originaire de grands seigneurs guerriers, au rang de courtisans.

La naissance de Louis de Rouvroy, duc de Saint-Simon, se fait dans une famille réduite. Il est le fruit d'un second mariage, si bien que ses parents sont âgés lorsqu'il naît. Il a une demi-sœur aînée, mais il est dépourvu d'oncles, de tantes ou encore de cousins: il est dans son jeune âge voué à une certaine solitude qu'il ressent comme un malheur. Dans son enfance, Saint-Simon reçoit une éducation austère, ponctuée de nombreuses visites au monastère proche du château familial de La Ferté-Vidame, où il côtoie l'abbé de Rancé, que l'auteur considère comme son père spirituel, et dont l'influence explique les conceptions religieuses de Saint-Simon, catholique gallican*, compréhensif à l'égard du mouvement janséniste. Son ami d'enfance est Philippe d'Orléans, né quelques mois avant Saint-Simon. L'attachement entre les deux hommes est tel qu'il est l'un des éléments en toile de fond de *l'Intrigue*, et que les *Mémoires* ne se poursuivent pas après 1723, date à laquelle le Régent meurt. Alors qu'il est âgé d'à peine vingt ans, sa mère presse Saint-Simon de se marier. Il demande donc au duc de Beauvilliers la main de l'une de ses trois filles. Si le mariage ne peut se faire, une réelle amitié naît entre les deux hommes. Saint-Simon épouse alors en 1695 Marie-Gabrielle, fille du duc de Lorges, maréchal de France. Le couple est très uni, leur mariage est heureux et ils ont trois enfants. Saint-Simon, conformément à l'éthique aristocratique, reçoit également une éducation militaire, si bien qu'il participe à plusieurs batailles, mais il renonce assez tôt au régiment à compter de 1702, évoquant des raisons de santé pour masquer, semble-t-il, le dépit qu'il éprouve devant une carrière trop lente. Il devient donc courtisan et obtient rapidement un appartement à Versailles, ce qui lui permet d'observer de près la cour et de prendre part à ses intrigues. Il est témoin de questions étatiques d'importance, produit des écrits politiques et acquiert une certaine renommée, ce qui le conduit d'ailleurs à être la cible d'attaques. Il a également exercé une fonction de conseiller privé pendant la Régence de Louis XV, mais il a toujours refusé d'occuper des responsabilités officielles. Au retour de son ambassade d'Espagne en 1722, il cède sa pairie à son fils aîné, se désengage du monde et se retire sur ses terres, où il s'adonne à son œuvre mémorielle. Il est à noter que Saint-Simon est janséniste* : sa conscience religieuse l'oriente toute sa vie, quoiqu'il sache composer avec les jésuites.

Louis XIV et sa famille

Pour comprendre l'*Intrigue du mariage de M. le duc de Berry*, il paraît nécessaire, voire indispensable, de maîtriser la généalogie de la famille de Louis XIV. Celui-ci, d'un premier mariage avec Marie-Thérèse d'Autriche, a un fils, Louis, Grand Dauphin dit Monseigneur. Ce dernier est lui-même marié à Marie-Anne de Bavière. Tous deux ont trois enfants : Louis, duc de Bourgogne, longtemps pressenti pour succéder à Louis XIV ; Philippe, duc d'Anjou, puis roi d'Espagne ;

Charles, duc de Berry, sujet de notre *Intrigue*. Dans cette fratrie, alors que le duc de Bourgogne est pressenti pour succéder au Roi Soleil, c'est le duc d'Anjou qui est choisi pour monter sur le trône d'Espagne, ce qui lui interdit par la même occasion de succéder à son grand-père. Ainsi, comme à la mort de Louis XIV, aussi bien le duc de Bourgogne que le duc de Berry ne sont déjà plus, c'est le fils cadet du duc de Bourgogne et de Marie-Adélaïde de Savoie, le futur Louis XV, qui monte sur le trône pendant près de soixante ans.

Ce sont en réalité les bâtardes et les bâtards de Louis XIV et de Madame de Montespan, élevés par Madame de Maintenon, qui compliquent ce tableau général. Ces enfants illégitimes sont au nombre de six et le roi, en plus de les reconnaître, tente de les légitimer en les incluant dans sa famille directe. Ainsi, Louis-Auguste, fils aîné de l'union adultère, est duc du Maine. C'est de cette fratrie plurielle qu'est issue Mademoiselle de Blois, seconde épouse de Philippe, duc d'Orléans, ami d'enfance de Saint-Simon et futur Régent, lui-même fils de Philippe, duc d'Orléans, dit Monsieur, frère de Louis XIV, et de Madame, à savoir Charlotte de Bavière, princesse Palatine. Du mariage de leur fils, futur Régent, avec Mademoiselle de Blois naissent six enfants, parmi lesquels l'aînée, Marie-Louise, dite Mademoiselle, est l'épouse du duc de Berry. Toutefois, puisqu'une rivalité inhérente sous-tend l'*Intrigue*, il ne faut pas oublier l'existence de la branche des Condés, cousine des Bourbons. Le Grand Condé, cousin de Louis XIV, a pour petit-fils Monsieur le Duc, uni à Louise-Françoise, dite Madame la Duchesse, une autre fille illégitime du Roi Soleil. Elle forme avec son mari un couple dysfonctionnel et très ambitieux, si bien que tous deux ont une fille, Mademoiselle de Bourbon, que Madame la Duchesse aussi bien que Monseigneur, fils de Louis, souhaitent marier au duc de Berry, ce qui n'aboutit toutefois pas. Pour comprendre la position de Saint-Simon dans cette généalogie complexe, il faut retenir que sa position de duc et pair fait de lui un tenant de la tradition aristocratique. Travailler au mariage du duc de Berry avec Mademoiselle, c'est travailler à un mariage interne, qui respecte l'intégrité du royaume en cas de succession ; mais c'est aussi s'opposer aux ambitions de la branche issue des enfants illégitimes de Louis XIV. L'intrigue illustre donc, par-delà son goût pour le secret et la manipulation, les conceptions politiques de Saint-Simon.

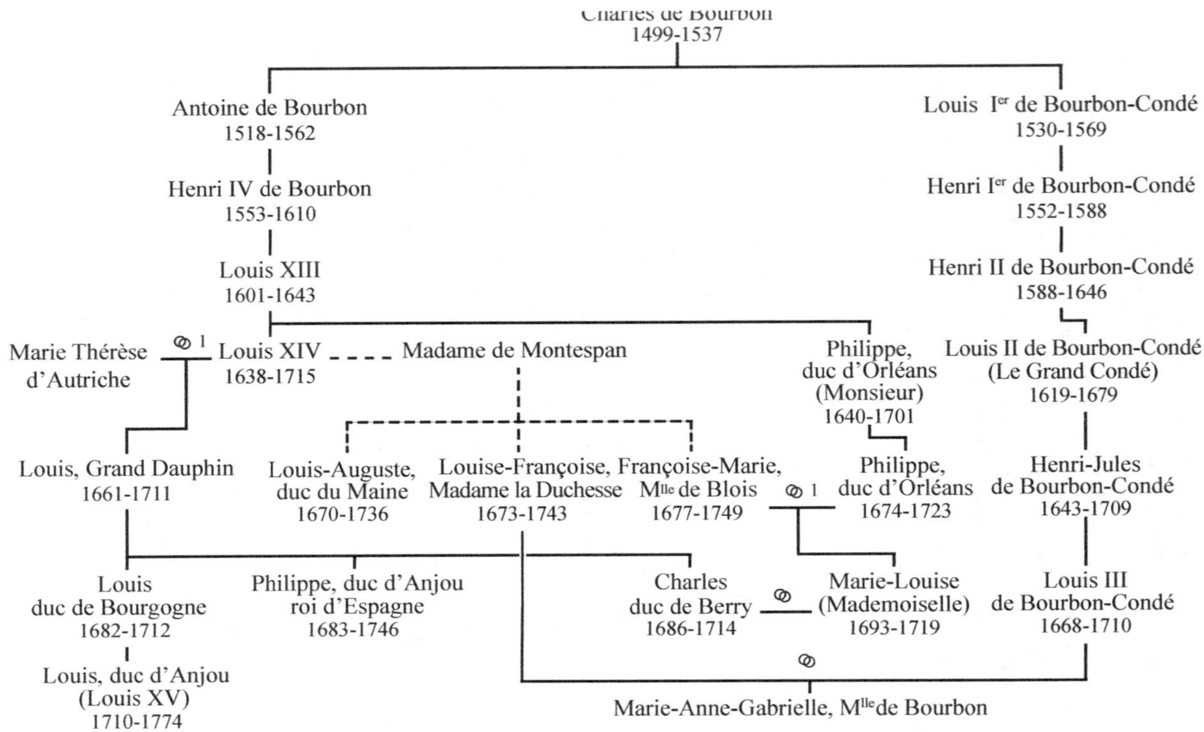

Charles de Bourbon
1499-1537
Antoine de Bourbon
1518-1562
Henri IV de Bourbon
1553-1610
Louis XIII
1601-1643
Louis Ier de Bourbon-Condé
1530-1569
Henri Ier de Bourbon-Condé
1552-1588
Henri II de Bourbon-Condé
1588-1646
Marie Thérèse d'Autriche
1
Louis XIV
1638-1715
Madame de Montespan
Philippe, duc d'Orléans (Monsieur)
1640-1701
Louis II de Bourbon-Condé (Le Grand Condé)
1619-1679
Louis, Grand Dauphin
1661-1711
Louis-Auguste, duc du Maine
1670-1736
Louise-Françoise, Madame la Duchesse
1673-1743
Françoise-Marie, Mlle de Blois
1677-1749
1
Philippe, duc d'Orléans
1674-1723
Henri-Jules de Bourbon-Condé
1643-1709
Louis duc de Bourgogne
1682-1712
Philippe, duc d'Anjou roi d'Espagne
1683-1746
Charles duc de Berry
1686-1714
Marie-Louise (Mademoiselle)
1693-1719
Louis III de Bourbon-Condé
1668-1710
Louis, duc d'Anjou (Louis XV)
1710-1774
Marie-Anne-Gabrielle, Mlle de Bourbon

Le contexte historique

• Autour de l'an 1710

Si l'*Intrigue* semble presque exclusivement centrée sur des affaires de cour d'intérêt privé et un mariage, il est important de comprendre la valeur politique de cette union et le jeu d'alliance qui en découle. Le mariage d'un descendant direct du roi est loin de mettre seulement en jeu des intérêts strictement privés, d'où la nécessité de maîtriser le contexte politique qui encadre le mariage du duc de Berry en 1710. Sur le plan international, tout d'abord, il est important de préciser qu'au moment du récit de Saint-Simon, l'Espagne n'est plus l'ennemie de la France, alors même que les Flandres espagnoles ont été l'objet d'une attention toute particulière de Louis XIV pendant son règne. C'est en effet le principal théâtre d'opérations militaires où il est présent, à la tête de ses armées, jusqu'en 1693. La première épouse du roi, Marie-Thérèse, est une Habsbourg, si bien que sa famille possède à la fois les territoires germaniques et l'Espagne. Louis XIV réclame donc pour son épouse des droits sur certaines villes et provinces flamandes. En parallèle, la technique militaire du roi consiste à faire des avancées, à s'emparer d'un large ensemble de territoires et à en restituer une partie, en échange de la conservation de certains autres. Une coalition européenne, dont fait partie l'Espagne, se forme contre la France jusqu'en 1700. Toutefois, par un jeu d'alliances matrimoniales, le successeur direct du roi Charles II d'Espagne est l'un des petits-fils de Louis XIV : il s'agit du duc d'Anjou, qui devient Philippe V d'Espagne. Cela renforce l'importance de la France en Europe et menace l'équilibre européen. C'est là un parfait exemple des enjeux matrimoniaux et de ce à quoi ils peuvent conduire. Le nouvel ennemi paradigmatique de la France, dans un affrontement de puissance et d'influence, est alors l'Angleterre, avec laquelle le royaume est en conflit durant une dizaine d'années. C'est essentiellement le traité d'Utrecht, signé en 1713, qui pacifie la situation : Philippe V renonce à ses droits sur la couronne de France, ce qui dissocie les deux territoires et permet d'estomper la crainte de les voir réunis en un même ensemble trop important, alors même que Louis XIV rend les territoires dont il s'était emparé au-delà du Rhin. L'Angleterre ne se sent alors plus menacée et ses relations avec la France s'en trouvent apaisées. Ces événements internationaux illustrent le fait qu'un mariage peut permettre la transmission d'un territoire extrêmement important à un descendant.

On comprend ainsi aisément pourquoi un mariage étranger n'est pas envisagé pour le duc de Berry. Au même titre, un conflit peut découler des possessions transmises par les droits de successions. Ainsi, le fait que le mariage du duc de Berry, successeur potentiel de Louis XIV (il est le troisième dans l'ordre de succession en 1710), soit le sujet d'une intrigue si importante est d'autant moins étonnant. Le fait qu'un tel événement soit pris à la légère le serait bien davantage.

Sur le plan national, afin de saisir le contexte dans lequel se déroule l'*Intrigue*, il est important de rappeler certains événements contemporains, parmi lesquels le "grand hiver", en 1709. L'époque est marquée par l'avancée des glaciers européens, ce qui est la cause de températures hivernales extrêmement fréquentes, avec des étés humides et frais. La situation s'améliore à compter de 1700, mais l'année 1708 s'avère terrible: fortes précipitations l'hiver, gelées tardives de mai, fréquentes pluies l'été et gels précoces d'automne. Les moissons s'en trouvent médiocres. Ce phénomène vient en partie de la terre, du fait de quatre éruptions volcaniques survenues en 1707 et 1708, dont les expulsions de poussières atmosphériques sont opacifiantes et diminuent l'irradiance du soleil sur la terre. En 1709, survient le "grand hiver" avec des températures allant jusqu'à - 20°C à Paris. S'enchaînent jusqu'à la mi-mars six vagues de froid qui détruisent le peu que l'année précédente avait épargné. Le sol gèle, les arbres fruitiers périssent. De la même manière, le bétail, le petit gibier et les autres animaux connaissent une importante mortalité. Le froid fait geler les puits, les étangs, les rivières et les bords de mer, où les poissons meurent. Le transport fluvial devient impossible et le ravitaillement jusqu'à Paris est particulièrement difficile durant plusieurs mois. L'activité économique se trouve suspendue et de nombreux décès sont enregistrés. Les pluies printanières qui s'ensuivent achèvent les maigres récoltes qui étaient à espérer: seul l'orge en réchappe. En outre, le dégel du printemps cause des inondations qui compromettent encore le ravitaillement. De fait, les denrées alimentaires sont rares et chères. Ainsi, des bandes affamées s'en prennent aux châteaux ou encore aux couvents, des émeutes éclatent et des enfants auraient même été dévorés sous l'effet de la faim, surtout dans les campagnes qui ne sont aucunement secourues. Sur les 22,5 millions d'individus qui peuplent la France à l'époque, on dénombre 600 000 décès du fait de la catastrophe climatique. Le roi n'ignore pas les malheurs du peuple: on rapporte que le vin gèle à sa table et que ses courtisans grelottent. Louis XIV encourage les riches à donner aux pauvres en rendant publics les noms des donateurs. En outre, une politique coercitive est mise en place : la vente de pain par jour et par personne est limitée et des lieutenants de police sont envoyés pour contraindre les paysans à semer afin de préparer les récoltes à venir. Dans ses *Mémoires*, Saint-Simon ne mentionne pas véritablement cet épisode climatique et nulle référence n'apparaît dans l'*Intrigue* alors qu'elle en est presque contemporaine. L'année 1710 en subit d'ailleurs encore les conséquences. En effet, la pression fiscale est alors élevée. Cette même année, comme la guerre s'intensifie, un impôt exceptionnel est créé. La récolte est en outre loin d'être excellente. On distingue ainsi un écart important entre les préoccupations que Saint-Simon exprime dans son œuvre et celles qui concernent la vie matérielle du royaume.

• La vie à la cour

Le lien entre aristocratie et pouvoir est complexe, et Louis XIV, qui a connu l'épisode de la Fronde, se méfie beaucoup du pouvoir des aristocrates, de leur volonté de jouer un rôle politique, et s'efforce de réduire ceux qui se considèrent encore comme des seigneurs au rôle de courtisans soumis à la volonté du Roi. Il bafoue par ailleurs la tradition aristocratique en faisant fi des hiérarchies établies par la distribution de titres, ou par la légitimation de ses enfants illégitimes, et en faisant de la participation à la vie de la cour, c'est-à-dire de la possibilité d'approcher le roi, une sorte de grâce arbitraire. C'est ainsi que, si le château de Versailles est accessible aux aristocrates, on ne peut en revanche se rendre à Marly que si l'on y est invité. Dans ce nouvel espace social, mais aussi politique, il est capital de se faire valoir et reconnaître, pour obtenir divers avantages (aussi importants que logements ou revenus) ; d'accéder au roi pour faire valoir tel ou tel point de vue (dont les retombées sont loin d'être seulement personnelles, et touchent à la politique) ; autant dire qu'il est capital de participer à des "intrigues" et "cabales", de repérer les camps et les alliances, de savoir se diriger dans ce champ de bataille dégradé qui s'offre à l'aristocratie. Les *Mémoires* sont en ce sens un aperçu saisissant du mode de vie des courtisans, entre fastes et mesquineries, entre exhibition permanente dans un espace qui semble en permanence ouvert, communicant, et des intentions secrètes, des conversations cachées ; entre comportements policés et soumis à l'étiquette et violence des passions souterraines.

On perçoit également combien, dans ce monde que l'on pourrait croire masculin, le rôle des femmes est essentiel : elles tiennent salon, elles influencent, autour d'elles et par elles circulent la parole.

Le contexte littéraire : autour de l'écriture des *Mémoires*

Le panorama littéraire du XVIIIe siècle est très varié et il est capital de le rappeler pour comprendre l'insertion des *Mémoires* de Saint-Simon dans ce contexte. Cela est d'autant plus important que, si les événements de l'*Intrigue* se déroulent en 1710, Saint-Simon, lui, rédige les *Mémoires* dans leur version définitive entre 1739 et 1749. Il est donc contemporain des influences littéraires de la première moitié du XVIIIe siècle, il hérite d'une tradition déjà instituée.

Admirateur de Rancé, Saint-Simon s'inscrit nettement, par certains côtés, dans une tradition moraliste liée à La Rochefoucauld, ou à La Bruyère. Si engagé qu'il soit dans la vie de cour et ses intrigues, si lucide et habile qu'il se montre dans ses agissements, la note finale du texte ne laisse pas de rappeler la vanité fondamentale des actions humaines, et de donner aux actions les plus fortes des allures de divertissement pascalien. De même les très nombreux portraits qui sont une caractéristique de la prose de Saint-Simon s'inscrivent dans cet art moraliste de styliser les comportements, et de faire ressortir motivations inavouables et incohérences.

Mais c'est surtout l'inscription dans une tradition d'écriture mémorielle que s'inscrit Saint-Simon, après Commynes (*Mémoires*, dont les premières éditions sont de 1524), Bassompierre (*Journal de ma vie, Mémoires du Maréchal de Bassompierre*, 1665), ou encore le Cardinal de Retz (*Mémoires*, publiés en 1717). Même lorsque les textes y mettent en scène le "je", il est clair qu'il ne saurait s'agir d'écriture autobiographique au sens où nous pouvons le comprendre aujourd'hui, tout simplement parce que le "moi" tel que nous l'entendons n'existe pas encore au XVIIIe siècle, et que raconter son histoire, privée, n'aurait absolument aucun sens. Il s'agit bien de raconter des événements publics, ou qui ont trait à la sphère publique, dans la réalité de leur déroulement, laquelle est précisément cautionnée par la proximité temporelle des événements, et par la qualité de témoin oculaire, de première main, du narrateur. Les faits racontés chez Saint-Simon relèvent d'ailleurs à ce point de la sphère publique qu'on peut remarquer l'absence totale de souci de contextualisation : le contexte est considéré comme connu, partagé – il est public – ; en revanche, les dessous secrets demandent à être exposés. Ce ne sont de ce fait pas véritablement des actions, des événements, que raconte Saint-Simon : ce sont bien plutôt les analyses qui précèdent les événements que tout le monde connaît, les conversations, les pensées intérieures, les motivations supposées, feintes, confirmées, infirmées, etc. Une différence notable apparaît par rapport aux mémoires antérieurs : les faits de guerre disparaissent, ou ne sont plus que métaphoriques. Chez Retz, la nostalgie de ce monde où l'aristocratie jouait encore son rôle de classe se fait très cruellement sentir, et Retz n'est écrivain que du fait de son désœuvrement, pour expliquer et justifier son implication dans la Fronde, comme le montre le sous-titre "ce qui s'est passé de plus remarquable en France, pendant les premières années du règne de Louis XIV" ; chez Saint-Simon, c'en est définitivement fini, et c'est bien la désaffection de l'aristocratie, le renversement des hiérarchies, le sentiment de l'absence de motivation de l'ordre social qui peut en émerger, qui est la toile de fond du texte.

Ses analyses ne relèvent donc pas seulement de la psychologie, ou de la pénétration des êtres ; ce sont aussi des considérations qui touchent aux mentalités, à la perception du roi et des formes du pouvoir : on voit bien là une forme de proximité avec une littérature d'idées en lien avec les Lumières, qui dénoncent, au nom de la Raison et des valeurs morales, les oppressions de l'époque en contestant notamment la monarchie absolue. Les Lumières défendent également la liberté de conscience et la tolérance, des idées que Saint-Simon a pu voir exprimées dans les *Lettres persanes* de Montesquieu (1721) ou encore dans les *Lettres anglaises* de Voltaire (1734).

Durant ce siècle, le développement du théâtre est également important : l'influence des grands dramaturges du XVIIe siècle persiste, mais des renouvellements apparaissent, comme avec les tragédies de Voltaire aux sujets peu classiques avec *Zaïre* (1732) ou encore *Mahomet* (1741). Se développent également les comédies de Marivaux qui associent la finesse de l'analyse du sentiment amoureux, la subtilité du verbe et un examen des problèmes de société. C'est encore durant ce siècle que le roman est renouvelé : le lectorat s'élargit, l'emploi de la première personne du singulier est de plus en plus courant, les auteurs font figurer des dialogues et diverses possibilités romanesques sont exploitées (questionnements du narrateur, confidences, etc.). Plusieurs sous-genres du roman apparaissent également, comme les romans réalistes, qui donnent une certaine image de la société qu'ils s'attachent à critiquer, à l'instar de Marivaux dans son *Paysan parvenu* (1735). Enfin, le XVIIIe siècle voit également naître la littérature proprement autobiographique avec de grandes œuvres postérieures à Saint-Simon, comme les *Confessions* de Rousseau (1782-1789). En tout cas, le genre des mémoires n'est pas particulièrement répandu au XVIIIe siècle, quoiqu'il faille garder à l'esprit l'idée que le mémorialiste puisse emprunter des usages aux différents genres littéraires de son époque. N'oublions pas que les *Mémoires* du Cardinal de Retz, écrits entre 1675 et 1677, sont publiés en 1717.

Structure et résumé de l'œuvre : l'*Intrigue*

Titres des manchettes	**Découpage synoptique* du récit**
Intrigue du mariage de M. le duc de Berry.	Annonce du récit enchâssé : objectif à atteindre (le mariage) et obstacles à surmonter.
Obstacles contre Mademoiselle.	
Causes de ma partialité sur ce mariage.	Éthos* du narrateur
Fondement de ma détermination de former une cabale pour Mademoiselle.	
Duc et duchesse d'Orléans.	Personnel dramaturgique de l'intrigue : adjuvants et opposants.
Duc et Duchesse de Bourgogne.	
Duchesse de Villeroi.	
Mme de Lévis.	
M. et Mme d'O par ricochet.	
Duc du Maine par ricochet.	
Ducs et duchesses de Chevreuse et de Beauvillier.	
Jésuites.	
Nœud intime de la liaison du P. Tellier avec les ducs de Chevreuse et de Beauvillier.	
Maréchal de Boufflers.	
Adresse de Mme la duchesse de Bourgogne ; mot vif de Monseigneur contre le mariage de Mademoiselle, qui y sert beaucoup.	
Tables réformées à Marly, où le Roi ne nourrit plus les dames.	Péripétie 1 : la vie de cour à Marly
Madame la Duchesse à Marly dans le premier temps de son veuvage, et obtient d'y avoir ses filles.	
Marly offert et refusé pour Mademoiselle.	

Titres des manchettes	Découpage synoptique du récit
Raisons et mesures pour presser le mariage.	Resserrement du temps de l'intrigue
Timidité de M. le duc d'Orléans, qui ne peut se résoudre à parler au Roi et s'engage à peine à lui écrire.	Péripétie 2 : lettre au roi et avancée significative de l'intrigue
Nul homme logé à Marly au château.	
Lettre de M. le duc d'Orléans au roi.	
Courte analyse de la lettre.	
Petits changements faits à la lettre et pourquoi.	
Difficultés à rendre la lettre au Roi.	
Étrange timidité de M. le duc d'Orléans.	
Succès de la lettre.	
Attaques de Mme la duchesse d'Orléans à moi pour faire Mme de Saint-Simon dame d'honneur de sa fille devenant duchesse de Berry.	Péripétie 3 : la place de dame d'honneur
Mesures prises pour éviter la place de dame d'honneur.	
Audience de Mme la duchesse de Bourgogne à Mme de Saint-Simon sur la place de dame d'honneur.	
Situation personnelle de Mme la duchesse d'Orléans avec Monseigneur, guère meilleure que celle de M. le duc d'Orléans.	Péripétie 4 : rapprocher les parties : détour par Mlle Choin et échec
Projet d'approcher M. et Mme la duchesse d'Orléans de Mlle Choin. Curieux tête-à-tête là-dessus, et sur la cour intérieure de Monseigneur, entre Bignon, ami intime de la Choin, et moi.	
Le Roi résolu au mariage ; contretemps de Mme la duchesse d'Orléans adroitement réparé.	
M. et Mme la duchesse d'Orléans éconduits entièrement de tout commerce avec Mlle Choin.	
Conférence à Saint-Cloud.	
Horreur semée sur M. le duc d'Orléans et Mademoiselle.	
Le Roi fait consentir Monseigneur au mariage.	Objectif atteint : mariage du duc de Berry, et victoire de Saint-Simon
Madame la Duchesse, etc., en émoi.	
Déclaration du mariage. Souplesse de d'Antin.	
M. et Mme la duchesse d'Orléans très bien reçus de Monseigneur, fort mal de Madame la Duchesse.	

Titres des manchettes	Découpage synoptique du récit
Mme de Blanzac, et sa rare retraite et son rare héritage ; fortune de ses enfants.	Digression
J'apprends la déclaration du mariage de M. le duc de Berry avec Mademoiselle ; spectacle de Saint-Cloud.	Objectif atteint (suite)
Vive, dernière et inutile attaque de Mme la duchesse d'Orléans à moi sur la place de dame d'honneur.	Péripétie 3 (suite) : la place de dame d'honneur
Oubli sur l'audience de Mme la duchesse de Bourgogne à Mme de Saint-Simon.	
Présentation de Mademoiselle à Marly.	
Consultation entre le Roi, Mme de Maintenon et Mme la duchesse de Bourgogne sur une dame d'honneur.	
Bruit à Marly sur Mme de Saint-Simon et mouvements.	
Le chancelier par l'état des choses change d'avis sur la place de dame d'honneur.	
Avis menaçant de nos amis.	
Mme la duchesse de Bourgogne nous fait avertir du péril du refus, et de venir à Versailles. Nous nous résolvons par vive force à accepter.	
Conspiration de toutes les personnes royales à vouloir Mme de Saint-Simon.	
Singulier dialogue bas entre M. d'Orléans et moi.	
Mme la duchesse de Bourgogne me fait parler sur le péril du refus. Droiture et bonté de cette princesse.	
Propos très franc de moi à M. et à Mme la duchesse d'Orléans sur la place de dame d'honneur.	
Motif de la volonté si fort déterminée de faire Mme de Saint-Simon dame d'honneur de Mme la duchesse de Berry.	
Menées pour empêcher que cette place ne fût donnée à Mme de Saint-Simon ; leur inutilité singulière.	
Mme de Cayus arrogamment refusée pour dame d'atours, par Mme de Maintenon, à Monseigneur.	
Je propose et conduis fort près du but Mme de Cheverny pour dame d'atours ; quelle elle était.	

Titres des manchettes	**Découpage synoptique* du récit**
Exhortations et menaces par le maréchal de Boufflers, avec tout l'air de mission du Roi.	Péripétie 3 (suite) : la place de dame d'honneur
Motifs qui excluent Mme de Cheverny. Mme de La Vieuville secrètement choisie.	
Inquiétude du Roi d'être refusé par moi.	
Le Roi me parle dans son cabinet et y déclare Mme de Saint-Simon dame d'honneur de la future duchesse de Berry ; sa réception du Roi et des personnes royales.	
Je vais chez Mme de Maintenon ; son gentil compliment.	
Assaisonnements de la place de dame d'honneur.	
La marquise de la Vieuville déclarée dame d'atours de la future duchesse de Berry ; sa naissance et son caractère, et de son mari.	
M. le duc d'Orléans mortifié par l'Espagne.	Péripétie 5 : la vie de la cour, entre guerres des alliances internationales et internes, et étiquette
Mouvements sur porter la queue de la mante. Facilité de M. le duc d'Orléans. Baptême de ses filles. Fiançailles.	
Mariage de M. le duc de Berry et de Mademoiselle.	Réalisation de l'objectif : la célébration du mariage
Festin où les enfants de M. du Maine sont admis, ainsi qu'à la signature du contrat, pour la première fois.	
Le duc de Beauvillier, comme gouverneur, est préféré au duc de Bouillon, grand chambellan, à présenter au Roi la chemise de M. le duc de Berry.	
Visite et douleur de la reine et de la princesse d'Angleterre.	
Mme de Marey refuse obstinément d'être dame d'atours. Quelle, son traitement. Causes de ce refus trop sensées ; tristes réflexions.	Conclusion : retournement de perspective

PROBLÉMATIQUES

Étude du titre

• Les *Mémoires* de Saint-Simon

C'est dans cette somme tout à fait énorme, dont le manuscrit comprend près de 3000 pages, que se trouve l'*Intrigue du mariage de M. le duc de Berry*. Avant d'observer le titre du récit précis qui nous occupe, il est intéressant de se pencher sur le titre général de l'œuvre, parue de manière posthume. Les titres *Mémoires* et *Mémoires de Saint-Simon* se font concurrence pour désigner l'œuvre. Il est particulièrement intéressant d'observer la seconde appellation parce qu'elle comporte le nom de l'auteur, ce qui indique et confirme un aspect essentiel de l'ouvrage: le duc de Saint-Simon en est à la fois l'auteur et le protagoniste. C'est presque comme s'il y avait, par cette association, une reconnaissance dès la première de couverture du fait que l'auteur et le personnage principal sont la même personne. Cela doit pouvoir être saisi d'emblée puisque c'est une caractéristique essentielle de cette entreprise d'écriture. En ce qui concerne le terme de "mémoires", celui-ci, au masculin pluriel, désigne à l'origine des matériaux consignés pour écrire l'Histoire. Il y a donc une valeur historique assumée mais également une dimension documentaire: Saint-Simon se présente comme témoin oculaire des faits de son temps et les rapporte. Par la position qui est la sienne, il peut être considéré comme témoin de son temps, produisant des documents qui servent la lecture de l'Histoire. Toutefois, dans le titre, le terme "mémoires" est affublé d'une majuscule, ce qui a toute son importance et singularise cette œuvre: elle n'apparaît pas comme un travail essentiellement documentaire, mais elle est signalée comme résultant d'une organisation et d'une réflexion certaines par le mémorialiste. Sur le plan étymologique, les "mémoires", de même que "la mémoire", se rapportent au latin *memoria*, c'est-à-dire "la mémoire, le souvenir". Il y a donc un lien évident avec le passé, qui se trouve convoqué *a posteriori* au présent par le sujet. C'est en effet la présence d'un sujet pensant que signale la présence de Saint-Simon dans le titre de son œuvre, laquelle atteste de sa qualité de témoin des événements. Les *Mémoires* ne remontent pas au-delà d'un passé extrêmement proche, personnellement vécu par le narrateur, et la subjectivité affichée y est moins un signe de partialité qu'un gage d'authenticité.

D'ailleurs, l'absence de déterminant et le nombre pluriel du substantif "mémoires" dans le titre ne permettent pas d'établir avec certitude qu'il s'agit d'un nom masculin. Si cela est bel et bien le plus probable, en lien avec le genre littéraire des mémoires – qui se trouve d'ailleurs signalé dès le titre, consistant lui-même en un rattachement générique –, on peut imaginer que le travail de Saint-Simon sur ses souvenirs, *a posteriori*, soit également convoqué et signalé dès cette première approche, illustrant ainsi certaines des particularités associées à l'ouvrage.

• L'*Intrigue du mariage de M. le duc de Berry*

L'*Intrigue du mariage de M. le duc de Berry* est le titre de la première manchette de l'ouvrage, titre donné par Saint-Simon lui-même. C'est également le titre du récit enchâssé qui nous occupe, récit extrait des *Mémoires* et constitué par les éditeurs contemporains en un ouvrage autonome, dans la mesure où il constitue à lui tout seul une somme comprenant son commencement et sa fin. Dans la première division de ce long récit, le mémorialiste s'attache à expliquer une "puissante intrigue" (p. 53). Il s'agit de l'introduction du récit enchâssé, qui en présente les dynamiques. Dans le titre de ce récit, on retrouve le "mariage" qui est bel et bien l'objet dont il est question, de son organisation à son arrangement. Le mariage est un ressort d'intrigue tout à fait topique et sa présence annoncée est en réalité assez peu surprenante an regard des intrigues de cour que Saint-Simon aborde dans ses *Mémoires*. Il s'agit en effet pour lui de peindre la vie de la cour de Louis XIV. Ainsi, s'attacher à l'intrigue qui entoure le mariage du petit-fils cadet du roi est en lien avec l'objet général de son œuvre. Le protagoniste du mariage est nommé : "M. le duc de Berry". On s'attendrait au demeurant à trouver l'identité de la mariée, mais cette précision n'apparaît pas. Son absence illustre le fait qu'elle n'est pas encore connue. On comprend donc, par le titre, que l'un des ressorts du texte est de faire connaître et de déterminer l'identité de la mariée. Avec la présence de "M. le duc de Berry" dans le titre, on pourrait s'attendre à ce que ce personnage occupe un rôle primordial dans l'œuvre. C'est en partie le cas puisqu'il est l'homme à marier, mais en même temps il n'a aucun rôle décisionnel dans son mariage et il intervient extrêmement peu dans l'œuvre : il est un excellent parti à prendre, il est régulièrement question de lui, on le voit apparaître par moments mais il n'a pas en soi de rôle particulier à jouer hormis celui d'être destiné au mariage. C'est enfin le terme "intrigue" qu'il convient de présenter. Ce substantif vient du latin *tricae*, c'est-à-dire "les vétilles, les ennuis". Il se rapporte par extension au verbe *tricare*, qui signifie "tricher", et au verbe *intricare*, c'est-à-dire "embrouiller". Par le biais du terme "intrigue" apparaît donc d'emblée l'idée de menées secrètes et subalternes pour arriver à ses fins, ce qui peut d'ailleurs être synonyme d'un certain danger, au vu de l'étymologie du terme lui-même. Ce terme oriente également vers l'idée d'une mise en intrigue par Saint-Simon lui-même du récit qu'il s'apprête à livrer. Enfin, le verbe "intriguer" signifie "obtenir quelque chose que l'on souhaite à la cour par le biais de manipulations". Cela signale donc la mise en œuvre de stratagèmes au sujet du mariage du duc de Berry. Ce sont les secrets inhérents à une telle intrigue qui s'apprêtent à être dévoilés à la suite du titre, il y a donc la promesse d'une certaine connivence avec le lecteur à l'égard d'intrigues de cour.

• **Sous-titre : *Mémoires, avril-juillet 1710***

Ce sous-titre, on l'aura compris, n'est pas donné par l'auteur lui-même : il est évident que Saint-Simon n'envisage pas l'édition autonome d'une infime part de son œuvre. Il ne projette pas l'écriture d'un récit enchâssé, plus accessible pour des étudiants qui préparent un concours, ou pour le lecteur qui souhaiterait découvrir Saint-Simon sans se pencher sur l'énorme somme des *Mémoires*. Au demeurant, cet ouvrage en donne un aperçu déjà très conséquent. Toutefois, si le sous-titre n'a pas été donné par l'auteur lui-même, il est intéressant au regard des éléments qu'il convoque et de ce qu'il révèle sur l'*Intrigue*. On remarque en premier lieu la présence du terme "*Mémoires*" dans ce sous-titre, ce qui rappelle inévitablement le fait que l'*Intrigue* est une part des *Mémoires de Saint-Simon*. C'est certainement pour le lecteur néophyte que figure cette précision, afin qu'il ait conscience que ce pan isolé s'intègre dans un tout dont il peut être une partie détachée sans pouvoir en être véritablement coupé. Il s'agit également d'une précision à destination du lecteur plus aguerri de Saint-Simon afin d'attirer son attention sur un aspect particulièrement important, à savoir le fait que dans la somme que constituent les *Mémoires de Saint-Simon*, connus pour leurs digressions, leurs apartés et leur manque de linéarité, une pièce particulière se détache, quoiqu'elle ait tout à voir avec l'œuvre en question, dont elle est une part. En outre, le terme "*Mémoires*" dans la première partie du sous-titre rappelle la dimension historique rattachée au récit de Saint-Simon, ce que la seconde partie précise : "Avril-juillet 1710". Ainsi, il est annoncé que l'intrigue s'étend sur quatre mois, dans un *locus* temporel clos sur lui-même. De fait, de même que le sujet, la période temporelle au cours de laquelle il s'étend est particulièrement délimitée. Si on s'attache à la somme plus générale des *Mémoires de Saint-Simon*, il apparaît que l'*Intrigue* est insérée à la suite du "Discours sur Monseigneur le duc de Bourgogne", en date du 25 mai 1710. À cet égard, afin que l'*Intrigue* débute en avril 1710, Saint-Simon revient en arrière par rapport au fil de son récit, ce qui est un mouvement temporel caractéristique de la prose de l'auteur dans les *Mémoires*, mais qui n'apparaît toutefois pas dans l'*Intrigue*. Saint-Simon remonte en effet le temps jusqu'à la mi-avril 1710, au moment du carême ("Vers la fin du carême", (p. 72)), et son récit court jusqu'au 6 juillet 1710, jour du mariage du duc de Berry et de Mademoiselle. La volonté d'unité est d'ailleurs affichée d'emblée par l'auteur : "Pour ne la pas interrompre par des mélanges de ce qui se passa cependant aux armées" (p. 53). Il semble donc qu'il y ait une véritable conscience de Saint-Simon d'écrire un tout autonome, comme le signalent et l'annoncent le titre et le sous-titre.

Le genre des mémoires

• Chroniques *versus* mémoires

D'après Marc Hersant [2014], "les *Mémoires* de Saint-Simon [sont] tendus entre le modèle de la chronique et des mémoires", ce qui signifie que bien que le titre de l'œuvre la rattache explicitement au genre des mémoires, ce n'est en réalité pas le seul genre littéraire qui se détache et que l'on soit en mesure de percevoir. Ainsi, dans le terme même de "chronique", on retrouve le substantif grec χϱόνος (*chronos*, "le temps") qui traduit le fait que dans la chronique apparaît un récit historique des faits classés par ordre chronologique. Cet aspect semble relativement bien correspondre à l'*Intrigue* de Saint-Simon, dans laquelle les événements débutent en avril et se terminent en juillet, selon une organisation somme toute linéaire. On peut en effet lire une prise en compte de la temporalité dans un récit marqué par la succession des actions : "Dans cet état des choses" (p. 78) ; "là-dessus" (p. 80) ; "le lundi 26 mai" (p. 112) ; "depuis le jeudi jusqu'au dimanche" (p. 119) ; "ce même lundi 2 juin" (p. 125) ; "un dimanche matin 15 juin"

(p. 156). Ces relevés sont intéressants par plusieurs aspects : on remarque tout d'abord la présence de dates précises qui, toutes, se succèdent, ce qui s'inscrit dans le sillage de la continuité caractéristique des chroniques ; on remarque encore des compléments circonstanciels de temps, comme "là-dessus", qui illustrent à la fois la linéarité du récit et le fait que les événements se succèdent l'un après l'autre, en plus du fait qu'ils découlent directement les uns des autres. Toutefois, l'une des caractéristiques majeures des chroniques est qu'un même poids est donné, dans ce genre, aux différents événements, tant historiques que locaux, contrairement aux autres genres littéraires qui peuvent exclure des faits que l'auteur considère comme moins importants. Or, Saint-Simon signale dès le début de l'*Intrigue* qu'il laisse de côté pour un temps "ce qui se passa cependant aux armées" (p. 53), signe que si le recueil est marqué par une certaine linéarité temporelle, elle concerne en réalité un unique objet, celui du mariage du duc de Berry, alors même que des événements de premier plan sur la scène internationale sont temporairement laissés de côté. En outre, toutes les actions abordées par Saint-Simon dans son œuvre ne sont pas traitées avec la même importance. Il n'y a qu'à observer les pages 116-117 et le poids donné à l'"Horreur semée sur M. le duc d'Orléans et Mademoiselle", un récit qui se trouve développé avec beaucoup de gravité : "Les cheveux m'en dressèrent à la tête". En comparaison, à la fin de la page 117, les événements s'enchaînent de manière très factuelle, alors même que le bas de la page est saturé par les noms des différents acteurs de l'*Intrigue*, convoqués rapidement en même temps que les actions s'accélèrent. De fait, l'*Intrigue*, si elle entretient des points communs avec le genre des chroniques, s'en détache à plusieurs égards.

En réalité, malgré la précision et le soin pris pour relater les événements dans une succession organisée, la place de l'auteur dans son œuvre semble assez importante pour que l'on distingue les interventions volontaires de sa part qui font tendre son œuvre vers le genre des mémoires. C'est certainement ainsi qu'il convient de lire l'*Intrigue*. En effet, Saint-Simon est mémorialiste : il rapporte, par le biais du témoignage, les événements qu'il a vécus en tant qu'acteur majeur de son temps et il les recompose d'après ses souvenirs. En témoigne le double rôle de l'auteur, qui assume la narration des *Mémoires* tout en étant également un personnage de premier plan : c'est par ses yeux que les différentes actions sont exprimées et perçues. En outre, contrairement aux chroniques, qui sont exposées pour elles-mêmes selon une organisation chronologique, les mémoires laissent une plus grande place à l'individualité du mémorialiste, lequel manie l'histoire comme un matériau afin de faire œuvre, par rapport à un objectif particulier. Il y a en effet un angle d'écriture – voire plusieurs – qui guide l'ensemble de l'œuvre et mérite d'être relevé. Saint-Simon le reconnaît dans ce célèbre passage des *Mémoires* qui n'est pas situé dans l'*Intrigue* mais semble nonobstant pouvoir lui être appliqué :

> Ainsi, pour être utile, il faut que le récit des faits découvre leurs origines, leurs causes, leurs suites et leurs liaisons des uns aux autres, ce qui ne peut se faire que par l'exposition des actions des personnages qui ont eu part à ces choses ; et comme sans cela les faits demeureraient un chaos [...] autant en serait-il des actions de ces personnages [...] si on ne faisait connaître quels ont été ces personnages, ce qui les a engagés à la part qu'ils ont eue aux faits qu'on raconte, et le rapport d'union ou d'opposition qu'il y a entre eux. Plus donc on a de lumière là-dessus, et plus les faits deviennent intelligibles, plus l'histoire devient curieuse et intéressante, plus on instruit par les exemples de mœurs et de causes des événements. C'est ce qui rend nécessaire de découvrir les intérêts, les vices, les vertus, les passions, les haines, les amitiés, et tous les autres ressorts tant principaux qu'incidents des intrigues, des cabales et des actions publiques et particulières qui ont part aux événements qu'on écrit, et toutes les divisions, les branches, les cascades qui deviennent les sources et les causes d'autres intrigues et qui forment d'autres événements. [Pl., t. 1, p. 6]

Ce qui ressort de cet extrait liminaire des *Mémoires*, c'est la mise en valeur, en tête, de ce qui semble être l'objectif premier du récit, avec l'exposition d'un ensemble de critères qu'il doit respecter "pour être utile". La fonction et l'intentionnalité président ainsi toutes deux à l'écriture de Saint-Simon. Par conséquent, l'exposition des faits n'est pas ingénue et l'auteur l'écrit : "les faits deviennent intelligibles", si bien que le matériau historique et mémoriel est loin d'être brut, il est travaillé dans un sens spécifique. En réalité, dans ce que Saint-Simon donne à lire, le traitement des données a déjà eu lieu et c'est sa propre lecture de l'Histoire que livre le mémorialiste, dans l'intention non pas de raconter sa vie, de donner une opinion personnelle, mais de concourir par sa réflexion, et par la mise à disposition des dessous qu'il dévoile, à une meilleure compréhension des choses, des êtres, et du monde. En cela, il s'agit bien d'une démarche historique.

• Écrire l'Histoire

Au vu des acteurs convoqués dans le texte, aussi bien Louis XIV et Madame de Maintenon que la reine Anne d'Angleterre en fin d'ouvrage (p. 171), un élément est tout à fait indubitable : c'est à la grande Histoire que touche Saint-Simon, celle des grands de ce monde et des figures tutélaires de son temps. L'auteur est un homme de cour et ce sont des histoires de cour qu'il aborde. On comprend en effet que le mariage du petit-fils cadet de Louis XIV, troisième en ligne de succession pour accéder au trône, soit d'importance, surtout lorsque l'on sait *a posteriori* jusqu'à quel âge le Roi Soleil a lui-même vécu, enterrant ainsi presque toute sa descendance. On peut au demeurant se questionner sur la valeur historique de la seconde partie de l'ouvrage, à savoir le choix de Madame de Saint-Simon comme dame d'honneur. Dans des mémoires, ce fait pourrait être évoqué en quelques mots, au regard des intérêts historiques qui pourraient être abordés en lieu et place. Or, Saint-Simon fait le choix de se concentrer sur ce qu'il considère comme la suite directe de sa cabale*, et le tableau synoptique proposé plus haut montre clairement la place démesurée au regard de l'intrigue principale que semble prendre cette péripétie, qui aurait dû s'achever une fois son objectif atteint, mais qui pourtant rebondit véritablement avec ce nouvel épisode. C'est que les deux éléments ont bien un point commun, qui ne relève pas du factuel, mais bien de pétitions de principe, et d'une vision de l'histoire. Dans les deux cas, il s'agit de se ranger derrière une vision traditionnelle, et de nature légitimiste, de la monarchie, de la hiérarchie, et de l'étiquette. Favoriser la branche légitime, revendiquer une place de premier rang (servir le duc de Bourgogne) plutôt que de second rang (le duc de Berry est plus éloigné dans le rang des successeurs potentiels) pour un duc et pair, c'est respecter une norme que le roi devrait protéger, et non laisser s'abîmer. Le mémorialiste s'attache ainsi à l'écriture de l'Histoire par rapport à la manière dont il l'a lui-même vécue, en qualité de témoin, et par rapport à ses conceptions philosophico-politiques. Qui plus est, son œuvre, intitulée *Mémoires de Saint-Simon*, n'a pas été nommée au hasard. L'écriture historique pratiquée est celle d'un homme de cour, proche des hommes d'importance de son temps, si bien que l'auteur est en mesure de relater les grandes histoires de cour qui ont agité son époque. En revanche, il n'a pas fait partie du conseil privé de Louis XIV, par exemple, ce qui l'éloigne nécessairement du cœur décisionnel du royaume et explique qu'il soit, pour l'année 1710 en tout cas, plus au fait d'un mariage que des décisions prises par le roi au sujet de la guerre. Au demeurant, en tant qu'homme de cour, Saint-Simon a appris à écouter et à prêter l'oreille : il entend nécessairement des bruits par rapport à ce qu'il se passe dans le royaume, que ces bruits soient avérés ou non. Une part du travail du mémorialiste consiste à prendre parti par rapport à ces rumeurs, telle celle qui concerne le duc d'Orléans et Mademoiselle, comme le rapporte l'auteur : "Elle m'apprit qu'il se débitait les choses les plus horribles de l'amitié du père pour la fille" (p. 116). Ainsi, le lecteur est informé que le bruit d'une relation incestueuse entre le duc d'Orléans et sa fille court. Il apparaît donc du rôle du mémorialiste de prendre position à cet égard, ce qui n'est pas explicite mais peut aisément être compris. Saint-Simon écrit en effet : "Nous déplorâmes ensemble le malheur d'avoir affaire à de telles furies" (p. 117), ce qui revient au rejet complet et sans appel de la rumeur convoquée. Le mémorialiste ajoute : "Ils partirent dans la ferme résolution de redoubler de force et de courage pour précipiter le mariage et de faire leurs derniers efforts pour une très prompte conclusion" (*ibid.*). Saint-Simon semble ainsi conclure que la rumeur a essentiellement été répandue dans l'objectif de nuire au mariage annoncé et qu'il ne faut pas faiblir à cet égard, bien au contraire. Saint-Simon prend donc position par rapport aux bruits de cour, mais cela concerne plus les relations entre les hommes et les affects que les affaires politiques qui ne sauraient être accessibles aux courtisans.

Un paradoxe évident se dégage ainsi de l'écriture historique telle que Saint-Simon la pratique : il s'attache aux puissants et tend donc vers la grande Histoire, mais dans ce contexte, c'est la petite histoire, celle des intrigues intimes et des échanges à la dérobée, qui retient son attention. Ainsi, le mémorialiste se situe à mi-chemin entre la grande Histoire et la petite histoire. Dans la manière même d'écrire l'histoire, Saint-Simon s'appuie sur les techniques d'écriture des historiens de l'Antiquité. C'est ainsi que Thucydide, au début du livre I de sa *Guerre du Péloponnèse*, retrace d'abord les causes anciennes et profondes, puis les causes immédiates de cette guerre. Saint-Simon procède de manière analogue lorsqu'il étudie les "Obstacles contre Mademoiselle" (p. 54). Il commence par retracer les causes profondes qui nuisent à l'établissement du mariage :

> En général, un temps de guerre la plus vive et la plus infortunée, la misère extrême du Royaume qui ôtait les moyens de fournir aux choses les plus pressantes, la dépense du mariage, l'apanage à fournir, une double maison à entretenir. (p. 54)

Ces causes sont profondes en ce qu'elles peuvent être invoquées pour tous les mariages de cour de l'époque, comme l'illustre d'ailleurs la locution adverbiale "en général", au début de l'extrait, qui ouvre l'énumération des obstacles. Ensuite, suivent les causes immédiates qui interviennent comme autant de circonstances contraires au mariage :

> En particulier, l'état personnel de M. le duc d'Orléans pour qui le Roi n'était point revenu à fond, à qui Mme de Maintenon ne pardonnerait jamais ce cruel bon mot d'Espagne, la considération du roi d'Espagne, toujours persuadé que, de concert avec les alliés, il avait voulu usurper sa couronne, l'idée du public et de la cour en France qui n'était point déprise de cette même opinion, et qui, déjà froncée de voir tous ses princes légitimes si mêlés avec les bâtards, le serait bien autrement d'un mélange qui remonterait si près du trône ; enfin il s'agissait du fils de Monseigneur et de son fils favori, de Monseigneur qui marquait sans cesse jusqu'à l'indécence sa haine pour M. le duc d'Orléans depuis l'affaire d'Espagne, qui était gouverné par les ennemis personnels de ce prince, et par des ennemis qui, ayant la même prétention au mariage de M. le duc de Berry, se porteraient à tout pour rompre celui de Mademoiselle par Monseigneur, malgré lequel il faudrait l'emporter. (p. 54-55)

À la généralité répondent les causes immédiates avec la locution adverbiale "en particulier". Il est également intéressant de remarquer, dans l'une et l'autre explication, des références à la guerre ("en temps de guerre" ; "alliés") et des échos au contexte international ("la considération du roi d'Espagne"). Cela contribue à illustrer que dans l'*Intrigue*, la grande Histoire est une part de la petite et non l'inverse, alors même que c'est une histoire mixte des relations et des personnes que donne à lire Saint-Simon ; mais il souligne ainsi sa philosophie de l'histoire : à travers de basses intrigues et des rivalités triviales, il s'agit pourtant bien du destin du royaume ; ce que l'on considère comme de la « grande histoire » se décide pourtant bien dans les jardins, dans les salons, dans les couloirs de la cour, poussé par des passions qui ne sont pas toujours avouables. En ce sens la grande intelligence des hommes dont témoigne Saint-Simon, et les métaphores guerrières qu'il emploie parfois, le placent bien dans la position rêvée de grand stratège.

• Une "nébuleuse de genres" [Garapon, 1995]

On l'a compris, si l'*Intrigue* se rattache indubitablement au genre des mémoires, elle peut également se rapporter au genre littéraire de la chronique du fait de son approche de l'Histoire. C'est une telle perméabilité qui conduit Jean Garapon à qualifier les mémoires de "nébuleuse de genres". En effet, diverses séquences hétérogènes se côtoient et apparaissent sollicitées tout au long de la lecture de l'*Intrigue*, notamment le récit de bataille : "M. le duc de Berry était une place que nous n'emporterions que par mine et par assaut" (p. 66). Outre la présence du lexique militaire avec les termes "mine" et "assaut", on voit avec le verbe "emporterions" l'idée d'une conquête préparée. En outre, la copule* établit une équivalence entre "M. le duc de Berry" et "une place". Le futur marié est présenté comme un lieu à conquérir. L'idée d'un Saint-Simon chef de guerre se dégage de cet extrait, en regard de la préparation de la conquête à laquelle il souhaite parvenir. Ainsi, l'auteur s'inscrit dans le sillage des écrits historiques sans pour autant pouvoir être rattaché exclusivement aux formes littéraires observées en ce sens. On peut également lire dans l'*Intrigue* une forme de récit ethnologique, convoqué à l'occasion de la narration du mariage avec l'épisode spécifique de la "mante"* (p. 167) :

> En ces cérémonies, il s'en pratique une qui s'étend jusqu'aux noces des duchesses, mais qu'elles ont laissé tomber depuis quelque temps : c'est que la fiancée porte une mante dont j'ai fait la description il n'y a pas longtemps, à l'occasion des accoutrements de veuve de Madame la Duchesse. La queue de cette mante est portée par une personne de rang égal lors des fiançailles ; et, quand il n'y en a point, par celle qui en approche le plus.

La généralisation initiale, marquée par le déterminant démonstratif "ces", attire l'attention sur l'éthopée* qui est établie. La seconde phrase de l'extrait, écrite dans un présent à valeur atemporelle, s'illustre par le biais de la description d'un procédé qui peut ne pas être clair pour tous, de prime abord. Saint-Simon procède ainsi à une description précise du rite, ce qui peut rappeler les récits de voyage dans lesquels l'explorateur côtoie des sociétés étrangères dont les codes ne sont pas forcément maîtrisés par ses lecteurs et qu'il convient donc d'expliquer. Une autre forme littéraire qui semble convoquée par l'*Intrigue* est le journal, soit un ensemble de notes datées par le biais desquelles l'individu relate *a posteriori* ce qu'il lui a été donné de voir.

Les nombreuses dates qui rythment le récit orientent vers cette lecture : "Le lundi 26 mai" (p. 112) ; "Ce même lundi 2 juin" (p. 125) ; "Un dimanche matin 15 juin" (p. 156). Sans que la présentation générale soit celle d'un journal, il semble bien que l'on retrouve un individu particulier qui, après avoir exposé la date, se livre au récit de ce qui s'est déroulé et de ce qu'il a vu, illustrant à nouveau la grande perméabilité générique des *Mémoires*. Ainsi, plusieurs séquences hétérogènes se trouvent juxtaposées au fil de l'*Intrigue*, ce qui présente la dimension plurielle de l'œuvre du mémorialiste, marquée à la fois par des procédés littéraires des XVIIe et XVIIIe siècles.

Il est par conséquent important de se demander si cette "nébuleuse de genres" ne subirait pas l'influence d'autres écrits de son époque, parmi lesquels la littérature d'idées. La réflexion de Saint-Simon en fin d'ouvrage semble tendre dans cette direction :

> Plus cette princesse se laissa connaître, et elle ne s'en contraignit guère, plus nous trouvâmes que Mme de Marey avait raison ; plus nous admirâmes par quel miracle de soins et de prudence rien n'avait percé, plus nous sentîmes à quel point on agit en aveugles dans ce qu'on désire avec le plus de passion, et dont le succès cause le plus de peines, de travaux et de joie ; plus nous gémîmes du malheur d'avoir réussi dans une affaire que, bien loin d'avoir entreprise et suivie au point que je le fis, j'aurais traversée avec encore plus d'activité, quand même Mlle de Bourbon en eût dû profiter et l'ignorer, si j'avais su le demi-quart, que dis-je ? la millième part de ce dont nous fûmes si malheureusement témoins. (p. 172-173)

En plus de constituer un triste épilogue à l'épisode du mariage, qui conduit presque à s'interroger sur les raisons de la narration du succès de la cabale au regard de ce que Saint-Simon laisse présager de Mademoiselle, apparaît une véritable réflexion sur les passions humaines, qui voit le jour avec un lexique associé à cette thématique : "passion", "sentîmes", "peines", "joie", "gémîmes". Par opposition, on peut observer l'isotopie de la raison, notamment avec le terme "prudence". C'est comme si, en fin de récit, Saint-Simon exposait une morale, dont la conclusion conduisait à constater l'emprise des passions sur la raison, un fait que le mémorialiste dénonce. Dans la mesure où la littérature d'idées des Lumières au XVIIIe siècle s'attache notamment à l'étude de la Raison, un lien évident entre l'œuvre de Saint-Simon et ce genre littéraire apparaît. Toutefois, les échos littéraires du mémorialiste ne se bornent pas à la prose, qu'elle soit celle des mémoires ou de la littérature d'idées. On peut en effet discerner un rapport intrinsèque entre l'*Intrigue* et le théâtre, voire plus spécifiquement la comédie telle qu'elle est pratiquée à l'époque de Saint-Simon par Marivaux. Ce dernier prend pour objet le sentiment amoureux, de même que le mémorialiste dans l'œuvre qui nous occupe. Qui plus est, la subtilité du marivaudage réside notamment dans l'art d'intriquer les actions dans des rouages secrets dont l'exposition n'éclate qu'en fin d'œuvre. Or, c'est exactement ce qui ressort de l'*Intrigue*, dont le *modus operandi* se trouve percé à jour par la sagacité du mémorialiste qui confie à son lecteur les jeux de cour auxquels lui et d'autres se sont livrés. Enfin, la comédie de ce siècle procède à un examen social. En comparaison, ne doit-on pas lire dans l'*Intrigue* l'archéologie d'une société de cour, de ses passions et de ses travers ? Cet aspect, caractéristique de la comédie, est également à mettre en lien avec la tradition des moralistes, des écrivains qui décrivent et critiquent les mœurs de leur époque pour développer une réflexion sur la nature et la condition humaines. Le fait que Saint-Simon soit sensible à la pensée janséniste et attache une grande importance à la morale l'influence certainement en ce sens.

Ainsi, l'œuvre de Saint-Simon, rattachée par son titre aux mémoires, tend au gré de la lecture vers d'autres genres et dimensions littéraires qui se succèdent, parmi lesquels la littérature d'idées ou encore la comédie, notamment. La diversité de ces influences présente les *Mémoires* comme un espace littéraire pluriel qui, comme Saint-Simon, se construit à cheval entre deux siècles.

Une poétique de l'écriture de l'Histoire

• Le *theatrum mundi*

La notion de *theatrum mundi* exprime le fait que les individus jouent tous un rôle, conscient ou malgré eux, sur la grande scène du monde et sont des pantins dont les ficelles sont tirées par un créateur. À travers une telle mise en scène, une certaine lecture du monde est proposée. La métaphore du *theatrum mundi* trouve son origine chez les penseurs grecs de l'Antiquité, notamment chez Épictète qui, dans ses *Entretiens*, introduit la notion de rôle à jouer pour l'individu dans le monde, avec l'idée qu'il ne doit pas outrepasser ce rôle qui constitue pour lui une forme de devoir envers les dieux. Ainsi, jouer un rôle revient à accomplir sa destinée dans un monde ordonné et harmonieux. Cette notion de *theatrum mundi* est récurrente à l'époque moderne, notamment dans les pièces de Shakespeare, comme à la scène 7 de l'acte II de *Comme il vous plaira*: "Le monde entier est un théâtre, / Et tous, hommes et femmes, n'en sont que les acteurs ; / Ils ont leurs entrées et leurs sorties, / Et un homme dans le cours de sa vie joue différents rôles". Un tel *topos* est encore présent au XVIIe siècle, voire au XVIIIe siècle, comme il semble que l'on puisse en identifier des résurgences sous la plume de Saint-Simon. Ainsi, dans l'*Intrigue*, l'un des exemples marquants de l'idée de répartition des rôles, selon ce qu'il revient à chacun, apparaît au sein des manchettes qui ajoutent des précisions sur la place qui doit être tenue par chacun: "Marly, où le roi ne nourrit plus les dames" (p. 74); "Nul homme logé à Marly au château" (p. 80). Des rôles sont ainsi fixés et il convient de les tenir puisque cela correspond à la fonction qui a été allouée à chacun. Toutefois, les rôles peuvent changer et évoluer au gré des circonstances. Par exemple, au mariage du duc de Berry, "les places de la duchesse de Lude et de Mme de Saint-Simon étaient égales" (p. 163), alors même que les dames d'honneur sont supposées se classer entre elles suivant le rang de leur maîtresse. Par conséquent, la duchesse de Lude, qui avait été la dame d'honneur de la duchesse de Bourgogne, aurait dû être au-dessus de Mme de Saint-Simon. Or, comme un accord a été conclu afin que celle-ci joue le rôle de dame d'honneur qui est attendu d'elle, la fonction prévue et les obligations associées sont en partie amendées. Un exemple analogue est le suivant: "[Le Roi] prit un soin marqué de nous former le plus agréable appartement de Versailles. Il délogea pour cela d'Antin et la duchesse Sforza, pour des deux nous en faire un complet à chacun" (p. 163-164). D'Antin, surintendant des bâtiments, se trouve ironiquement délogé au profit de Saint-Simon avec lequel il ne s'entend pas ; il s'agit d'une nouvelle marque du *theatrum mundi :* un rôle est assigné à chacun, avec des fonctions inhérentes, dont l'accomplissement peut faire l'objet d'une récompense ou d'une réévaluation du rôle initial par le grand horloger. Or, qui est ce dernier, dans l'*Intrigue*, si ce n'est Louis XIV ? C'est l'idée première que l'on peut avoir, puisque c'est lui qui fait et défait les individus et leur accorde une place dans sa société, comme cela s'est notamment déroulé avec ses deux filles illégitimes, Mademoiselle de Nantes et Mademoiselle de Blois, qu'il est parvenu à faire entrer, par le mariage, dans le champ de sa famille légitime. Dans le cas particulier de l'*Intrigue*, c'est du roi dont on cherche à obtenir l'accord afin qu'il consente à l'union souhaitée. Toutefois, le roi n'est pas le seul individu dont l'accord est requis, comme si, apparemment, il n'était pas l'unique grand ordonnateur. Cela apparaît notamment lorsque le roi ne semble pas être le seul décisionnaire en ce qui concerne le mariage, si bien qu'il est également nécessaire que Monseigneur, en qualité de père du futur marié, donne son accord, bien qu'il ne puisse le faire sans l'entremise de Louis XIV lui-même :

> Le Roi saisit enfin Monseigneur dans son cabinet, où, après un court préambule, il lui proposa le mariage ; il le fit d'un ton de père mêlé d'un ton de roi et de maître, qu'adoucit la tendresse avec une mesure si juste et si compassée, qu'elle ne fit que faciliter, sans donner courage à la résistance, manière rare, mais très ordinaire et facile au Roi, quand il voulait s'en servir. Monseigneur hésita, balbutia ; le Roi pressa, profitant de son trouble. (p. 118)

Ce qu'illustre cet extrait, c'est le fait que l'accord de Monseigneur, selon l'étiquette, est en réalité plus subalterne que nécessaire dans la mesure où il est soumis au roi de deux manières, comme l'illustre le parallélisme de construction "d'un ton de père" et "d'un ton de roi". Ainsi, dans ce *theatrum mundi*, le rôle de Louis XIV est de solliciter l'accord de son fils, alors même que ce dernier a pour rôle de répondre positivement à la sollicitation de son père. De fait, cet épisode apparaît comme une illustration claire du rôle prédéfini joué par chacun dans la société, rôle imposé et auquel il convient de se conformer, quitte à ce qu'une demande d'accord paraisse en réalité davantage comme une obligation, voire une contrainte à peine voilée. Le fait que "le Roi pressa", alors même que "Monseigneur hésita, balbutia" en est une illustration, soutenue par une apparente parataxe*. L'un est en effet clairement en position de force par rapport à l'autre : Louis XIV est le sujet d'un seul verbe parce qu'il est directif et n'attend aucune négociation. Son fils, quant à lui, "hésita, balbutia". Les deux verbes miment autant ses difficultés à s'exprimer que son incertitude. C'est finalement de manière analogue, dans une contrainte à jouer le rôle imposé par le grand horloger, que se retrouve le couple Saint-Simon. Une fois que Louis XIV a décidé que Mme de Saint-Simon serait dame d'honneur, toute tentative pour le faire changer d'avis est vaine. Il convient de se conformer au souhait du roi non seulement parce que les acteurs sociaux doivent jouer le rôle qui est le leur, mais également parce qu'il est important de se ranger à la prédestination qui est sienne, comme l'illustre Saint-Simon.

• Exposer les rouages secrets

Dans la poétique scripturale de Saint-Simon, à l'égard de la vision de l'Histoire qu'il expose, il semble que l'on puisse distinguer un objectif précis. En réalité, le mémorialiste ne vise pas seulement l'exposition des faits tels qu'ils se sont passés, objectivement, mais il met bel et bien en place un dévoilement. Ainsi, la poétique est celle de l'explicitation de différents secrets dans l'idée de les exposer. Il s'agit en effet, dans l'*Intrigue*, de procéder au récit des manœuvres de cour qui scellent le destin conjugal du troisième petit-fils de Louis XIV. De fait, Saint-Simon fait d'emblée appel à la sagacité du lecteur dont il sollicite une collaboration afin qu'il soit en mesure de saisir ce que l'auteur s'apprête à exposer: "C'est de toutes ces choses qu'il est nécessaire de se souvenir, pour bien entendre ce qui va être raconté" (p. 53-54). Il y a là un appel au lecteur en même temps que l'expression d'une forme d'obligation avec les termes "nécessaires" et "bien entendre". En outre, avec l'expression au futur proche "va être raconté", Saint-Simon signale le dévoilement qu'il s'apprête à mettre en place, presque sur le mode de l'annonce de plan. En tout cas, le fait de "se souvenir" apparaît comme corollaire de la bonne compréhension de ce que l'auteur s'apprête à exposer, signe que le mouvement de l'écriture s'apprête à s'appuyer, dès le seuil de l'*Intrigue*, sur des éléments parfois voilés ou en tout cas moins clairs, justement parce qu'il s'agit de s'immiscer dans des recoins insoupçonnés afin de les mettre au jour. Saint-Simon signale d'ailleurs le soin personnel qu'il emploie afin de dévoiler ce qui ne l'est pas: "Je mis toute mon application à bien examiner les choses" (p. 57). C'est une forme de plaisir du dévoilement qui apparaît de la part de Saint-Simon dans la totalisation qu'il met en place avec le terme "toute". Du point de vue sémantique, l'adverbe "bien" dans "bien examiner" signale une difficulté d'observation avec laquelle il est nécessaire de composer pour arriver à ses fins, alors même que ces dernières sont personnelles comme le signale la présence du "je". Saint-Simon ne manque pas d'insister sur cette dimension: "J'en examinai les divers genres, je les balançai, je les pesai à part et ensemble" (p. 58). L'écrivain se fait encore davantage enquêteur, en employant de nouveau, notamment, le verbe "examiner", mais également par le biais d'un rythme ternaire, qui illustre l'imbrication de la culture du secret exposé dans la poétique de l'œuvre. On remarque l'emploi de trois synonymes: "examinai", "balançai" et "pesai". S'il y a une gradation entre ces trois termes, celle-ci part de l'objectivité de l'observation des faits pour atteindre la subjectivité de l'analyse conduite par le mémorialiste. C'est malgré tout davantage la minutie du travail d'observation qui se trouve exposée et même soutenue, comme on le distingue avec la mise en valeur des différents niveaux d'attention qui sont portés : “À part et ensemble”. Cette antithèse exprime l'ampleur de l'examen auquel se livre le mémorialiste, qui se trouve en réalité en position de refléter tout et son contraire dans sa quête du dévoilement. Saint-Simon répond en effet à un véritable souci de clarté dans l'exposition qu'il souhaite mener : “Je le répète ici pour rendre les époques de toute cette grande intrigue plus certaines” (p. 74). On remarque l'emploi du verbe “répéter” dont le préfixe illustre une redite, ce qui n'est pas nécessairement positif en contexte littéraire. Au demeurant, Saint-Simon en explique les raisons avec un syntagme exprimant le but : “Pour rendre les époques [...] plus certaines”. Il s'agit donc, pour le mémorialiste, d'être le plus clair possible quant à l'“intrigue”. Il s'attache ainsi à préciser le dévoilement entrepris sans en préciser le destinataire, qui ne saurait toutefois être autre que le lecteur puisque c'est bien pour lui, quel qu'il soit, qu'est écrite l'*Intrigue*. En outre, le dévoilement et l'exposition des rouages passent aussi par l'explicitation des mécanismes de la société de cour : “Ce besoin général de tout le monde, et des plus proches du trône, de passer par Mme de Maintenon pour aller au Roi, et par Mlle Choin pour aller jusqu'à Monseigneur” (p. 109). Cette phrase illustre, d'une part, l'intention de Saint-Simon d'élucider les habitudes de la cour, au sein de laquelle les intermédiaires que peuvent être les compagnes ou les maîtresses paraissent d'excellents ressorts. D'autre part, on remarque l'alternance des prépositions “par” et “à”, ce qui contribue à illustrer une dimension non linéaire, mais plutôt alternative, des rouages et du secret. Différents interlocuteurs sont nécessaires et leur présence est successive. Enfin, ce mode de fonctionnement est signalé comme “besoin”, signe que les différents acteurs sont conscients de l'efficacité de ce *modus operandi*, ou en tout cas que c'est ainsi qu'il convient de procéder à la cour. De fait, c'est la culture du secret qui paraît primer à Versailles, une dimension qui touche jusqu'au roi : “Le Roi trouva bon que, sous ce même secret, il le lui dît aussi” (p. 119). On retrouve dans cette phrase la juxtaposition de deux aspects contraires, le “secret” et le “dît”, alors même qu'usuellement ces deux dimensions ne peuvent fonctionner de conserve. Or, “trouva bon” signale un jugement de la part du roi, comme si cela permettait de modifier la valeur du secret et de le concilier avec l'idée d'une transmission. On peut encore remarquer le terme "aussi" qui signale que le secret a apparemment déjà été répété préalablement, signe que dans une société de cour, le secret est un moyen d'action et de communication efficient, alors même que les secrets ne sont manifestement pas faits pour être conservés, bien au contraire, puisque Saint-Simon se charge lui-même de les révéler *a posteriori*. On comprend donc l'intérêt du mémorialiste pour l'observation du secret, qui semble être un moyen d'action et de communication répandu et usuel au sein du milieu dans lequel il évolue. Ainsi, son écriture traduit cette dimension et pratique le dévoilement, ce qui apparaît comme un moyen de refléter les usages de la cour tout en les pratiquant pour le bien de l'intrigue.

• Un texte romanesque ?

Le mélange générique à l'œuvre dans l'*Intrigue* semble à plusieurs égards toucher au romanesque, ne serait-ce qu'au regard du terme "intrigue" employé par Saint-Simon. On le retrouve dans l'expression "mise en intrigue", si bien que le récit en place dans un roman est essentiellement centré sur une intrigue que le narrateur s'attache à développer, quoiqu'il ne soit pas le seul acteur impliqué dans la réalisation de l'intrigue. D'après Paul Ricoeur [1990] : "Si la mise en intrigue peut être décrite comme un acte du jugement et de l'imagination productrice, c'est dans la mesure où cet acte est l'œuvre conjointe du texte et de son lecteur". La mise en intrigue est donc conçue comme un agencement des faits dans le récit, dont la réception favorise l'imagination du lecteur. Il y a donc, par l'emploi même du terme "intrigue", quelque chose de romanesque dans l'*Intrigue*. Il est à noter que dans la totalité de l'œuvre, le terme "intrigue" est présent cinq fois, alors que, par opposition, "affaire" revient à soixante-cinq reprises. Ce décalage dans le nombre d'emplois peut être expliqué assez simplement. Alors que le mot "affaire" attire l'attention sur la cabale et sa mise en œuvre, l'"intrigue" a bel et bien quelque chose de plus littéraire. C'est d'ailleurs certainement son lien sémantique avec le romanesque qui limite son emploi dans l'*Intrigue*. Ainsi, lorsque Saint-Simon mentionne une "puissante intrigue" (p. 53), on serait presque en peine de trancher pour savoir si l'auteur désigne alors sa cabale ou bien le récit littéraire qu'il s'apprête à développer. En conséquence, le terme “intrigue” semble pouvoir revêtir, sous la plume du mémorialiste, l’une et l’autre signification.

Sur le plan générique, les romans peuvent être définis comme “des histoires feintes d’aventures amoureuses écrites en prose avec art pour le plaisir et l’instruction du lecteur”, selon Huet dans son *Traité de l’origine des romans* (1670). Cette définition, contemporaine de Saint-Simon, semble entretenir des rapports tout à fait certains avec l’entreprise de l’auteur. Tout d’abord, les “aventures amoureuses” peuvent être rapportées à l’*Intrigue* qui a bel et bien pour sujet un mariage, et donc des affaires d’amour et de relations amoureuses, quoique les mariés et leurs échanges ne soient pas véritablement au centre de l’œuvre, qui s’attache davantage à exposer les ressorts de la cabale. Au demeurant, on pourrait questionner la dimension morale d’un récit qui expose les transports amoureux de membres de la famille royale. Malgré tout, l’*Intrigue* est close par le mariage du duc de Berry et de Mademoiselle, signe que ce sont bien les aventures amoureuses qui cimentent l’œuvre, l’organisent et la délimitent. Ensuite, selon Huet, les aventures amoureuses sont “écrites en prose”, ce qui correspond tout à fait à l’entreprise littéraire de Saint-Simon. En ce qui concerne l’affirmation “avec art”, on ne peut se risquer à exprimer un quelconque jugement, quoique le récit paraisse organisé et travaillé, comme le soulignent les interventions régulières du narrateur. Par ailleurs, selon Huet, l’objectif du roman n’est autre que “le plaisir et l’instruction du lecteur”. Si l’identité du lecteur de Saint-Simon reste à questionner, il paraît indubitable que l’*Intrigue* lui est destinée : c’est indéniablement pour lui que les rouages secrets de l’histoire sont dévoilés, pour sa connaissance aussi bien que pour sa distraction. Finalement, le seul élément de définition qui pose un problème dans cette comparaison de l’*Intrigue* avec les propos de Huet, réside dans l’expression “histoires feintes”. Le postulat originel des *Mémoires de Saint-Simon*, qu’il s’agisse ou non de l’*Intrigue*, est que le récit porte sur des faits historiques véridiques. Ainsi, l’œuvre étudiée a pour particularité d’être consacrée à une écriture historique, alors même que sont employés des procédés romanesques, ce que l’on peut s’attacher à montrer à travers l’étude d’exemples qui illustrent l’attachement de l’auteur à une forme de distraction.

À cet égard est particulièrement instructif le refus de Mlle Choin d’intervenir en faveur de l’intrigue et de vanter le mariage projeté par Saint-Simon auprès de Monseigneur, refus rapporté par Bignon, lequel avait été chargé par le mémorialiste de jouer les intermédiaires à cet égard. Ainsi, on lit :

> Je remerciai fort Bignon, qui ne désira point que je rendisse ce détail à M. et Mme la duchesse d'Orléans, mais bien que je leur disse clairement que Mlle Choin s'excusait respectueusement de les voir sur l'obscurité qu'elle recherchait, avec force beaux compliments, et que je leur fisse entendre que toute tentative était désormais superflue. (p. 113)

Apparaît alors un écart réel entre le "détail" livré par Bignon, qui concerne les faits qui se sont déroulés, et la réalité de ce que l'on demande à Saint-Simon de rapporter, dont le contenu se doit d'être bien plus enrobé et travaillé que la réponse qui a en réalité été prononcée par Mlle Choin. Ainsi, il est explicitement demandé au mémorialiste de livrer une histoire feinte, ce qui est caractéristique du romanesque. En outre, Saint-Simon vise le plaisir et l'instruction du lecteur et a pour souci de renseigner ce dernier en rapportant son entrevue avec Bignon, laquelle a une fonction diégétique* : faire connaître la véritable réponse de Mlle Choin. Le souci du plaisir du lecteur est à retrouver dans le décalage à venir entre la réalité des faits et ce qu'il revient à Saint-Simon d'inventer, un élément qui se trouve d'ailleurs en partie soufflé par Bignon ("respectueusement" ; "beaux compliments"). Cet écart ne peut que provoquer la délectation du lecteur qui est conduit à participer avec connivence à l'ironie du discours à venir. Au demeurant, Saint-Simon ne respecte pas exactement ce qu'il avait convenu avec Bignon au moment d'adresser son compte rendu au duc et à la duchesse d'Orléans : "Je ne leur dis point les détails que Bignon m'avait engagé à taire, mais je leur en dis assez pour leur faire bien sentir le tout" (p. 115). C'est le jeu des adverbes qu'il est intéressant d'observer en ce que l'"assez" est présenté comme moyen du "tout". De fait, la parole qui avait été donnée à Bignon n'a pas été véritablement trahie, ni véritablement tenue non plus. La complicité partagée avec le lecteur permet à ce dernier de saisir le paradoxe entre le "taire" et le "dis", alors même que la feinte préméditée ne se réalise pas vraiment, dans le tricot général de l'*Intrigue*. Ainsi, quoique le romanesque soit annoncé et côtoyé, le traitement de l'affaire redevient davantage historique et véridique.

L'art de la cabale

• L'Intrigue dans les *Mémoires* : un hapax ?

Ce qui est particulièrement surprenant dans l'*Intrigue*, au regard de la somme des *Mémoires*, c'est le fait que le lecteur dispose d'un récit suivi, continu et organisé, ce qui n'est pas le cas du reste de l'œuvre de Saint-Simon. En effet, dans la somme générale, l'auteur procède à des digressions, à de multiples analepses* ou prolepses*, ce qui n'est que très rarement le cas dans l'*Intrigue*, qui est organisée sur les plans chronologique et thématique. Dès le début de l'œuvre, Saint-Simon illustre les arrangements temporels fréquents auxquels il se livre dans les *Mémoires*. Il prévient ainsi d'abord qu'il lui faut "retourner beaucoup en arrière" (p. 53) : c'est l'art de l'analepse. Toutefois, cette manipulation diégétique initiale est salutaire. Elle doit pouvoir permettre à l'auteur de mener son récit d'une seule traite. Saint-Simon sous-entend que l'intrigue de la cabale est telle qu'il est préférable de l'exposer sans interruption, sans quoi la compréhension pourrait en être gênée. On note pour autant que l'auteur reste très enclin aux digressions, qu'il serait ravi de mettre en place, mais vis-à-vis desquelles il paraît se réfréner, comme lorsqu'il s'abstient d'épiloguer à propos de la duchesse de Villeroi, et préfère écrire : "Par tout ce que j'en ai raconté" (p. 63). Saint-Simon s'occupe alors de présenter la duchesse comme un atout et une aide potentielle dans la cabale. La présentation qu'il en livre est assez succincte parce qu'elle avait déjà été décrite auparavant. L'auteur se contente donc de proposer une très brève référence à son écrit préalable, enjoignant le lecteur à s'y reporter : "C'était une personne de fort peu d'esprit, mais de sens, de vues, de conduite, haute, courageuse, franche et vraie, fort altière, fort inégale, fort pleine d'humour, même volontiers brutale, qui aimait fort peu de personnes mais qui n'en était que plus attachée à ce qu'elle aimait." [Pl., t. III, p. 235]. Il semble que l'on puisse identifier deux raisons au refus incomplet d'une digression de la part de l'auteur. Il s'agit certainement pour Saint-Simon de répondre au projet initial qu'il s'était fixé et donc de ne pas dévier de son propos. On peut toutefois se demander si présenter des acteurs de la cabale serait une véritable digression : ne s'agirait-il pas plutôt de ne pas dire du mal d'une femme prête à l'aider dans son entreprise ? C'est à cette autre fin que Saint-Simon paraît restreindre son portrait dépréciatif, tout en suggérant une brève référence à un propos préalable, ce qui dit les difficultés du mémorialiste à mener un récit suivi.

Un cas de figure analogue se produit à nouveau lorsque Saint-Simon discute avec Mme de Fontaine-Martel. Il écrit ainsi : "Elle était fort de mes amies et très attachée à eux, comme je l'ai rapporté en son lieu, c'était elle qui m'avait relié avec M. le duc d'Orléans" (p. 116). C'est ici la mention "comme je l'ai rapporté en son lieu" qui attire particulièrement l'attention en ce qu'il s'agit d'un renvoi à un écrit antérieur, au sujet de l'année 1702. À ce propos, Saint-Simon ne fait pas référence à un portrait dépréciatif qui aurait été fait de Mme de Fontaine-Martel, mais plutôt à l'entremise qu'elle aurait jouée afin de favoriser les relations de Saint-Simon avec le duc d'Orléans. Ainsi, Saint-Simon ne procède pas de la même manière au sujet de Mme de Fontaine-Marel qu'il l'avait fait avec la duchesse de Villeroi : il ne s'agit nullement de s'abstenir de divulguer des propos dépréciatifs. On observe donc, de la part de l'auteur, une véritable volonté de ne pas tomber dans la digression et de respecter l'objet qu'il s'est fixé, celui de proposer un récit continu, sans écart. Au demeurant, le mémorialiste n'est pas capable de s'abstenir bien longtemps, comme on peut le lire de son aveu même : "Il me faut passer cette courte digression assez mal placée, mais dont je n'aurais su où placer mieux la singularité" (p. 126). Cette phrase clôture un développement sur Mme de Blanzac avec qui les Saint-Simon dînent à Saint-Maur le 2 juin 1710. Puisque cette femme intervient pour la première fois dans le récit des *Mémoires*, il convient que Saint-Simon la présente et livre quelques éléments la concernant, afin que le lecteur soit en mesure de saisir la situation dans laquelle elle se trouve au moment de l'écriture du récit. Saint-Simon a malgré tout conscience de ne pas avoir respecté son pacte initial, signalant lui-même une "courte digression", pour minimiser sa taille, et la désignant comme "assez mal placée", ce qui revient à un jugement de valeur vis-à-vis de l'organisation de son récit, sur ce point particulier. Ainsi, en reconnaissant ce tort, l'auteur présente en quelque sorte ses excuses, quoiqu'il fournisse tout de même une explication à ce sujet : "Dont je n'aurais su où placer mieux la singularité". De fait, de l'avis de l'auteur, même si cela s'apparente à une forme de fausse modestie, seuls des mauvais choix de localisation lui étaient accessibles. Il s'est donc rangé au meilleur. Nonobstant, Saint-Simon tient presque entièrement compte de l'objectif qu'il s'était initialement fixé au moment de l'ouverture de l'*Intrigue*, à savoir mener un récit suivi de sa cabale. Il s'agit en tout cas d'un hapax* dans la somme des *Mémoires*, ce qui est nécessairement lié à la complexité de l'affaire enchevêtrée qui est abordée et dont la compréhension peut être facilitée par un récit suivi.

• **Découvrir et révéler pour expliquer**

La cabale que mène Saint-Simon dans l'*Intrigue* le conduit à nouer des relations interpersonnelles avec certains individus, à profiter de l'entremise d'autres, à réfléchir aux personnalités qu'il convient d'impliquer, à faire des confidences, des projections et donc à prévoir, sur le plan de l'organisation, le déroulement de son entreprise afin qu'elle puisse être menée à bien. C'est comme si l'organisation finement projetée de la cabale se reflétait, par mimétisme*, sur le récit qu'en livre Saint-Simon, afin que le lecteur soit en mesure de bien saisir l'ingéniosité qui lui est attachée. Pour exposer cet art, le mémorialiste ne se satisfait pas d'un récit continu. Il a plaisir à dévoiler et à révéler les implications de sa cabale afin d'expliquer la manière artiste dont elle a été conduite, quoiqu'une part de ce qui en résulte ne lui convienne pas tout à fait dans la mesure où Mme de Saint-Simon est contrainte d'accepter la place de dame d'honneur qu'elle ne souhaite à l'origine pas occuper. À cet égard, l'entreprise du mémorialiste semble se retourner en partie contre lui, puisque la réussite de l'intrigue – obtenir que le duc de Berry épouse Mademoiselle – est accompagnée d'une déconvenue – le rattachement de la femme de Saint-Simon à ce couple de second rang -, alors même que l'organisation d'ensemble avait été finement travaillée, comme Saint-Simon s'attache par ailleurs à l'illustrer. Il ne manque d'ailleurs pas de signaler dans ses *Mémoires* qu'il a compris les nécessités et les implications des intrigues de cour, et de présenter l'acceptation finale de cette place comme une forme de compréhension supérieure de son devoir – la soumission au roi – mettant en avant davantage son sacrifice que les avantages certains qu'il en tire :

> Je me contentai de le prier de comprendre qu'on ne gagnait rien en place à ignorer tout ce qui se passait à la cour, les intérêts, les liaisons, les vues, les motifs, et de se persuader enfin que mon éloignement du rang, des prétentions, des vices, des personnes, ne me faisait point bâtir des chimères. Je convins avec lui, lors du fracas, qu'il était hors du vraisemblable ; mais je le priai de s'avouer aussi que les choses les moins croyables arrivaient plus souvent qu'on ne pensait, et n'étaient pas au-dessus de la prévoyance quand, au temple de l'Ambition, on ne captive pas son esprit jusqu'à méconnaître les ambitieux, et à se faire un scrupule de croire les gens capables de tout ce qu'elle leur inspire dans des places, dans une faveur et dans des apparences favorables à y réussir. [Pl., t. III, p. 221]

Saint-Simon illustre donc sa connaissance intime de l'art de la cabale, autrement dit de la vie de cour, qui nécessite aussi bien la prévision que l'organisation, et dont il a plaisir à expliquer ainsi qu'à révéler les procédés dans son œuvre. De fait, alors qu'il discute avec Bignon dans l'*Intrigue*, Saint-Simon ne se prive pas par exemple de dévoiler de quelle manière il parvient, par le biais de cet homme, à obtenir des renseignements au sujet de Mlle Choin :

> J'entrai donc avec docilité dans ce qu'il voulut, pour ne pas choquer un esprit plein et médiocre au plus, duquel seul je pouvais me faire un instrument. Par cette méthode, je le conduisis peu à peu à l'aveu de diverses choses, et singulièrement à la part entière que cette fille avait eue en tout ce que Monseigneur avait fait auprès du Roi contre Chamillart, sans quoi, me dit-il, ce ministre n'eût jamais été chassé de sa place. (p. 103-104)

On remarque, dans cet extrait, l'emploi du terme "méthode" : c'est bel et bien dans la maîtrise des relations sociales nécessaires à la cour que souhaite s'illustrer Saint-Simon, et c'est par cette maîtrise qu'il obtient des informations sur Mlle Choin et sur Monseigneur, acteurs importants de la cabale. L'auteur s'illustre alors avec toute l'ingéniosité dont il est capable dans son rôle. Ainsi écrit-il : "Je le conduisis", signe qu'il a l'intrigue en main et qu'elle se déroule de son fait, par des procédés qu'il orchestre et maîtrise. Pour autant, malgré la mainmise que Saint-Simon a sur la situation et la cabale qu'il met en place, il ne saurait avoir un parfait contrôle de tous les événements connexes qui sont d'une manière ou d'une autre reliés à son entreprise, ce qui le conduit parfois, de son propre aveu, à ne pas savoir exactement ce qui s'est déroulé, comme dans l'extrait suivant : "Tel fut le coup de foudre qui tomba sur Madame la Duchesse, si à coup au premier voyage de ses filles à Marly. Je n'ai point su ce qui se passa chez elle de ces étranges moments, où j'aurais acheté cher une cache derrière la tapisserie" (p. 122). Cette précision semble avoir plusieurs fonctions. Elle sert le portrait en acte de Madame la Duchesse, dont Saint-Simon contribue à donner une vision assez négative, ce qui est caractéristique de la réalité qu'il revient au mémorialiste de refléter. La précision "j'aurais acheté cher" contribue, par hyperbole, à mettre l'emphase sur la colère qui s'est apparemment emparée de Madame la Duchesse et ainsi à insister sur ce point, alors même que, comme il le confie, l'auteur n'y a pas assisté. Pourquoi donc révéler, de manière fugace, un élément qui est somme toute assez étranger à la personne de l'auteur ? Il y a un double intérêt à cela.

Comme Saint-Simon ne sait pas précisément ce qui s'est passé, il n'est pas obligé de le raconter en digressant, d'autant plus que cela n'intéresse pas directement l'intrigue de la cabale. Ainsi, l'auteur illustre ses priorités et se montre attaché à l'affaire qu'il expose. En outre, en se livrant à cette précision incomplète, Saint-Simon attise la curiosité et l'imagination du lecteur, qui est en mesure de se questionner sur l'ampleur du "coup de foudre", ce qui ne sert pas positivement l'image de Madame la Duchesse. De cette façon Saint-Simon, en plus de dévoiler les événements de son siècle, brosse le portrait des différents acteurs de son époque, dans une vaste entreprise de dévoilement. En effet, l'auteur décrit une situation où un membre de la famille royale laisse libre cours à ses sentiments et à ses passions, ce qui donne l'image d'une cour sujette aux affects. Exposer le contenu de la cabale est donc un moyen de livrer un portrait de ses acteurs, mais également d'exposer des vérités certaines sur les individus qui peuplent la cour. Il s'agit pour Saint-Simon de révéler sans dire, de relater sans s'exprimer, en laissant toute l'épaisseur des personnages se dévoiler d'elle-même, de la même manière que le feraient des personnages sur une scène de théâtre, sans que le dramaturge ait lui-même besoin de proposer une conclusion.

• La langue du dévoilement

Sans se livrer à une analyse stylistique véritable, on peut évoquer les deux traits qui s'imposent à la lecture de Saint -Simon, qui peuvent surprendre quiconque s'attend à trouver un texte qui répond aux canons "littéraires". Saint-Simon ne se soucie aucunement du "bien-dire", mais s'inscrit véritablement dans une optique de vérité, dont le gage serait l'indifférence à la recherche esthétique. Par ailleurs, le propos, comme nous l'avons dit plus haut, est plus analytique, réflexif, explicatif, que narratif : dans l'idée de remonter aux causes premières, il s'agit de représenter les pensées des différents protagonistes, leurs motivations intimes, d'évoquer des hypothèses. Or, la représentation de la pensée, comme celle des échanges dialogués, passe par le prisme syntaxique de la subordination, et des subordonnées conjonctives. C'est pourquoi tant de passages sont de longues accumulations de propositions subordonnées, dont l'enchâssement représente parfaitement – mais à nos yeux modernes lourdement – les étapes de la pensée, sa subtilité, et même dessine le processus cognitif, en son étagement et sa hiérarchisation.

Des emprunts à la dramaturgie classique

• Les unités

Les unités de temps, de lieu et d'action sont un principe bien connu de la dramaturgie classique, et sont ainsi rappelées par Boileau (*Art poétique*, III, v. 45-46, 1674) : "Qu'en un lieu, qu'en un jour, un seul fait accompli / Tienne jusqu'à la fin le théâtre rempli". Ces règles, qui se sont imposées dans le théâtre classique, sont elles-mêmes tirées de la *Poétique* d'Aristote, l'idée étant de faire coïncider le plus possible le lieu et le temps de l'action dramatique avec la durée et le cadre de la représentation théâtrale. La plus ancienne de ces trois règles, qui s'applique bien avant les deux autres, est l'unité d'action. Elle permet au spectateur de concentrer toute son attention sur la crise à l'œuvre et de ne pas être parasité par des nœuds d'intrigue secondaires, ce qui ne suppose pas forcément une action unique, mais sous-entend que de potentielles actions secondaires soient directement reliées à l'action principale. Ainsi, tous les éléments doivent influencer le déroulement de l'intrigue principale, et, de la même façon, il ne doit pas être possible d'en supprimer sans nuire à l'action de la pièce. On retrouve un tel procédé dans l'*Intrigue*, qui se centre essentiellement sur l'affaire du mariage du duc de Berry. Même si l'ouvrage peut être divisé en deux parties, dont la première porte véritablement sur la cabale du mariage tandis que c'est la place de dame d'honneur de Madame de Saint-Simon qui constitue le cœur de la seconde, cette dernière apparaît être en lien direct avec la première puisqu'elle permet l'avancement des préparatifs du mariage qui clôturent bel et bien le schéma narratif à l'œuvre dans l'*Intrigue*. En outre, dans le théâtre classique, les intrigues sont exposées au début de la pièce et se déroulent jusqu'au dénouement. On retrouve une dimension analogue chez Saint-Simon qui annonce d'emblée une "puissante intrigue" (p. 53). La dernière phrase de l'*Intrigue*, quant à elle, est la suivante : "Il est temps maintenant de remonter d'où nous sommes partis pour n'interrompre point la suite de ce mariage" (p. 173). La conclusion que livre le mémorialiste se rapporte au mariage, que l'auteur est conscient d'exposer en un récit continu. En outre, la précision "n'interrompre point la suite de ce mariage" signifie que l'auteur récuse le principe de la digression de telle sorte que l'intrigue puisse être menée à terme de manière continue, ce qui correspond exactement à la pratique qu'ont les dramaturges classiques afin que l'attention ne se focalise pas sur un épisode annexe. Sur le plan de l'action, il y a donc clairement un rapport entre l'*Intrigue* et la dramaturgie classique, ce qui est d'autant plus marquant que l'action est tout sauf unitaire en ce qui concerne la somme générale des *Mémoires*.

Pour ce qui est de l'unité de temps, les dramaturges classiques s'appuient sur le principe de la vraisemblance de façon à ce que la durée de l'action et celle de la représentation théâtrale se recoupent le plus harmonieusement possible. On présuppose qu'il n'est pas crédible que de nombreux événements et de multiples retournements de situation tiennent en deux ou trois heures de représentation. D'après Aristote, il s'agit de limiter le déroulement de l'action au temps d'une révolution de soleil, alors même que d'après Corneille, il est impossible de faire croire que toutes les actions qui composent l'intrigue d'une pièce tiennent en vingt-quatre heures. Ce débat est d'ailleurs le point de départ de la "querelle du *Cid*" qui met au jour un paradoxe évident: la vraisemblance interdit la multiplicité des actions et des rebondissements dans la même journée, mais la règle des vingt-quatre heures, et la nécessité de tension dramatique à l'égard des spectateurs présents dans la salle, imposent que toute l'action soit contenue en vingt-quatre heures. En ce qui concerne l'*Intrigue*, la succession des jours et des dates ne permet évidemment pas la mise en place d'une unité de temps aussi stricte que dans le théâtre classique. Pour autant, on ne peut que remarquer la concentration de l'action en quatre mois, ce qui est somme toute assez resserré au regard d'une intrigue qui concerne à la fois les accords prévalant à un mariage ainsi que ses préparatifs. Il semble donc que la condensation de cette action sur un temps court converge avec une forme d'unité de temps.

Dans sa *Poétique*, Aristote avait uniquement mentionné l'unité d'action et l'unité de temps: de ces nécessités découlent l'unité de lieu, mais également des obligations liées à la mise en scène, ce qui ne saurait s'appliquer à l'*Intrigue* qui n'est pas écrite pour être représentée, quoique les nombreuses conversations rapportées aux discours aussi bien direct qu'indirect pourraient tout à fait permettre une mise en scène. L'unité de lieu, invention de l'époque classique, connaît au départ une certaine tolérance, si bien que les déplacements des personnages dans une même ville ou dans une ville voisine sont dans les premiers temps autorisés. Ainsi, dans l'*Intrigue*, si l'on se concentre sur les principaux lieux évoqués, à savoir Marly, Versailles, Saint-Cloud ou encore Saint-Maur, il apparaît que tous sont situés dans la couronne périurbaine parisienne, ce qui permet de lire une certaine unité de lieu dans la mesure où l'action se borne à un espace géographique assez strictement établi, celui dans lequel évoluent la cour et ses membres. On retrouve donc une dimension théâtrale dans le jeu des unités mises en place dans l'*Intrigue*, ce qui ne semble pas entièrement lié à sa nature de récit enchâssé, dans la mesure où d'autres emprunts dramaturgiques sont à remarquer.

• Coups de théâtre

Le coup de théâtre désigne un imprévu qui marque un changement soudain dans l'action dramatique. Il s'agit par exemple d'un brutal retournement de situation qui permet de relancer l'intrigue et, en même temps, l'intérêt. On retrouve, dans l'*Intrigue*, deux perturbations soudaines qui interviennent comme des coups de théâtre et permettent de signaler les emprunts éminemment dramatiques de Saint-Simon. Le premier se produit au moment où la duchesse d'Orléans manifeste sa volonté de voir Madame de Saint-Simon devenir dame d'honneur de sa fille, ce à quoi le mémorialiste ne souhaite pas devoir se résoudre :

> Dès les premiers temps du moment effectif de ce mariage, Mme la duchesse d'Orléans me demanda, d'un ton trop significatif pour n'être pas entendu, qui on pourrait mettre dame d'honneur de sa fille si elle devenait duchesse de Berry. Je saisis donc incontinent sa pensée et lui répondis exprès, d'un ton ferme et élevé, de faire seulement le mariage, et qu'elle aviserait après de reste à une dame d'honneur, dont elle ne manquerait pas. Elle se tut tout court ; M. le duc d'Orléans ne dit pas un mot, et je changeai sur le champ de discours. De ce moment jusqu'à la grande force de l'affaire, elle ne me parla plus de dame d'honneur ; mais, deux jours avant que je fisse la lettre dont il vient d'être parlé, elle dans son lit, et moi tête à tête avec elle, au milieu d'une conversation très importante sur le mariage : "Pour cela, interrompit-elle tout à coup en me regardant attentivement, si cette affaire réussit, nous serions trop heureux si nous avions Madame de Saint-Simon pour dame d'honneur. – Madame, lui répondis-je, votre bonté pour elle vous fait parler ainsi. Elle est trop jeune et point du tout capable de cet emploi. – Mais pourquoi ?" interrompit-elle ; et se mit sur ses louanges en tout genre. (p. 90-91)

Ce qui, dans cet extrait, donne l'impression d'un coup de théâtre, c'est la soudaineté qui survient et qui se trouve signalée à plusieurs reprises avec les adverbes "incontinent", "exprès", "sur le champ" et “tout-à-coup”. Ceux-ci sont particulièrement importants parce qu’ils signalent ce qui apparaît comme une forme de surprise. D’une part, Saint-Simon avait comme objectif le seul mariage du duc de Berry et de Mademoiselle, et on pouvait croire que le récit s’arrêterait avec la résolution de cette “intrigue” ; d’autre part, la résolution de l’intrigue prouve l’habileté de Saint-Simon : que la conséquence de sa réussite soit pour lui négative est tout à fait inattendu. On lit donc dans cet extrait un coup de théâtre parce que cela contribue à relancer l’action, et cela de façon totalement inattendue. Alors que l’intrigue du mariage est en passe d’être résolue, l’intrigue secondaire qui tourne autour de la place de dame d’honneur donne un nouveau souffle à l’action et relance l’intérêt, de la même manière que le coup de théâtre dans son emploi dramaturgique. Le second coup de théâtre qui survient concerne le véritable tempérament de Mademoiselle, qui n’est révélé et connu qu’en fin d’*Intrigue* :

> Nous ne fûmes pas longtemps sans découvrir la cause de son opiniâtre résistance à demeurer auprès de Mme la duchesse de Berry. Plus cette princesse se laissa connaître, et elle ne s’en contraignit guère, plus nous trouvâmes que Mme de Marey avait raison. (p. 172-173)

Le coup de théâtre prend la forme d’une surprise, une découverte, et signale l’inattendu au terme d’une longue intrigue menée dans l’intérêt d’une personne apparemment peu appréciable. Toutefois, contrairement à l’effet traditionnellement produit par le coup de théâtre, l’intrigue n’est pas relancée mais clôturée puisque, dans la suite directe des *Mémoires*, Saint-Simon aborde des dimensions militaires et se recentre sur la guerre en cours. Ainsi, le coup de théâtre est un ressort de l’action dans l’*Intrigue*, et vient, à deux reprises, tempérer l’intérêt de l’action principale et la déplacer, du duc de Berry vers Saint-Simon la première fois ; des événements où Saint-Simon s’est montré maître dans l’art de l’intrigue vers la vanité de cette apparente maîtrise et la dénonciation des fausses victoires de l’amour-propre la deuxième fois.

• Des personnages archétypaux

C’est à se demander, au regard des évidents emprunts dramaturgiques de Saint-Simon pour écrire l’*Intrigue*, si les traits de caractère prêtés à certains personnages ne tiennent pas du genre théâtral, ce qui contribuerait à présenter ceux-ci comme archétypaux. On peut ainsi songer au personnage de Bignon, qui intervient au moment où Saint-Simon souhaite mettre en place une ambassade auprès de Mlle Choin, maîtresse de Monseigneur, dans l'objectif de faire fléchir ce dernier et de le voir consentir rapidement au mariage de Mademoiselle et du duc de Berry. Voici ce que Saint-Simon écrit tout d'abord au sujet de Bignon, lorsqu'il survient pour la première fois dans l'*Intrigue*:

> Je conçus donc le dessein de traiter cette matière, en la tâtant d'abord, puis en l'approfondissant plus ou moins selon que j'y verrais jour, mais sans m'ouvrir du tout sur le mariage, avec Bignon, intendant des Finances, le plus intime ami et confident qu'eût la Choin, et fort le mien, duquel je m'étais déjà servi utilement en contrepoison auprès d'elle. (p. 102)

C'est bel et bien au rôle dramatique traditionnel d'entremetteur qu'il semble que l'on puisse rattacher le personnage de Bignon, qui est d'ailleurs immédiatement réduit à sa fonction, celle d'intendant des Finances, ce qui le présente d'emblée comme sujet à une subordination certaine, dans ce cas précis, au roi. Le fait qu'il soit intendant montre qu'il a l'habitude de s'occuper d'affaires matérielles de façon surplombante. Ce poste lui confère un rang important et le présente comme étant à même de traiter avec des individus de premier ordre. En outre, Bignon est particulièrement bien choisi pour être entremetteur en ce qu'il est présenté comme "le plus intime ami et confident qu'eût la Choin et fort le mien". Alors que Saint-Simon n'apprécie pas Mlle Choin, comme le marque son refus de la nommer par son titre de "Mlle", Bignon, quant à lui, l'apprécie. Il s'entend également bien avec Saint-Simon. Ainsi, il incarne une forme de moyen terme ou de terrain neutre bienvenu dans l'intrigue plébiscitée par l'auteur. Il y a en outre une forme de méfiance sous-jacente, que suscite généralement le personnage de l'entremetteur. Celle-ci se trouve signalée par la précision "sans m'ouvrir du tout sur le mariage": Saint-Simon souhaite prendre son temps et ne pas précipiter une entremise périlleuse. En tout cas, Bignon est bel et bien réduit à sa fonction diégétique d'entremetteur puisque Saint-Simon écrit à son sujet: "Duquel je m'étais déjà servi utilement", ce que le pléonasme* "servi utilement" souligne encore, puisque la notion d'utilité semble alors particulièrement frappante. Bignon ne paraît pas avoir d'autre fonction, dans le récit, que celle de mener à bien l'entremise à laquelle il peut contribuer. D'ailleurs, on ne le voit plus intervenir dans l'*Intrigue* après que l'entremise a échoué, signe qu'il incarnait essentiellement un rôle, sans véritable profondeur, destiné, dans l'idée, à faire avancer l'action, de même qu'au théâtre. D'autres personnages semblent essentiellement incarner un rôle et être résumés à celui-ci. Par exemple, le duc de Berry est réduit à son statut de jeune homme à marier: il n'a pas d'épaisseur narrative particulière puisque tout ce qui concerne le mariage est décidé pour lui. Il évoque, en somme, les jeunes filles des comédies, comme Marianne dans *L'Avare* de Molière – quoique celle-ci exprime davantage sa pensée que le duc de Berry, bien qu'elle se voie imposer un mari sans pouvoir véritablement exercer une quelconque influence à ce sujet. D'ailleurs, le duc de Berry est l'un des rares personnages qui soient décrits: "L'âge et le naturel de M. le duc de Berry doux et craignant le Roi à l'excès, qui n'avait que vingt-quatre ans" (p. 54). Son portrait n'est pas très étoffé, mais, plus encore, à la manière du stéréotype de la jeune fille dans la comédie, le duc de Berry est caractérisé par sa jeunesse, sa douceur et sa soumission. Il est l'objectif à remporter et n'a pas besoin pour cela que son personnage dispose d'une véritable épaisseur diégétique puisque Saint-Simon expose d'emblée la soumission caractéristique du duc de Berry. Il est donc clair que celui-ci n'aura aucune peine à exécuter ce qui sera décidé pour lui. Ainsi, il incarne la clé de l'*Intrigue*, et il en est en même temps assez absent, physiquement. S'il s'agissait d'une véritable pièce de théâtre, on pourrait dire que le duc de Berry occupe les répliques des personnages mais pas la scène. D'ailleurs, il est assez marquant que les rares échanges que le jeune homme à marier ait dans l'*Intrigue* se produisent avec le roi: "Le Roi prit en particulier M. le duc de Berry le matin, et lui demanda s'il serait bien aise de se marier. Il en mourait d'envie, comme un enfant qui croit en devenir plus grand homme et plus libre, et en qui on avait pris soin des deux côtés d'en nourrir le désir" (p. 120). Le duc de Berry échange essentiellement avec Louis XIV parce qu'il lui est soumis, il a donc pour obligation de répondre, alors que le reste du temps, on ne s'embarrasse pas à lui donner la parole. Il est à cet égard évident que l'écriture de cet épisode des *Mémoires* est nécessairement intervenue après la succession de Louis XIV, puisque si le duc de Berry était devenu roi, il n'aurait aucunement pu être présenté ainsi par Saint-Simon. On remarque encore que les paroles du duc sont rapportées au discours indirect libre*: cet homme n'est pas véritablement digne de prendre la parole, si bien qu'il n'est pas fâcheux que son discours fasse l'objet d'une construction littéraire. Enfin, le duc de Berry répond parfaitement à la fonction maritale préparée pour lui, comme on le voit avec "mourait d'envie" ou encore “désir”. Il est réduit à son rôle de jeune homme à marier et ne semble pas représenter d’autres ressorts. Il apparaît ainsi, du fait de l’existence de personnages archétypaux dans l’*Intrigue*, mais également avec les différents emprunts à la dramaturgie évoqués, que le *theatrum mundi* s’incarne dans l’écriture de Saint-Simon, où les personnages reflètent les rôles joués dans la société de cour.

ÉTUDE THÉMATIQUE

L'ÉCRITURE DE SOI

Mise en scène de soi et récit de soi

Il convient de bien distinguer le genre autobiographique, encadré par la définition canonique qu'en donne Philippe LEJEUNE [1975] en tant qu'un "récit rétrospectif en prose qu'une personne réelle fait de sa propre existence, lorsqu'elle met l'accent sur sa vie individuelle, en particulier sur l'histoire de sa personnalité", de l'expression plus large de "récit de soi" qui désigne le fait que l'auteur se raconte, écrive sur lui dans un texte qui n'est pas assumé, en tant que tel, comme autobiographique. Philippe Lejeune rappelle toutefois que le genre des mémoires est voisin de celui de l'autobiographie, si bien qu'il peut être rattaché à l'écriture de soi. Pour autant, l'*Intrigue* n'est pas autobiographique et ne correspond qu'à une partie de la définition que donne Philippe Lejeune. Ainsi, l'ouvrage de Saint-Simon constitue bien un "récit rétrospectif en prose" et il est mené par une "personne réelle". Toutefois, c'est ici que se produit le point d'achoppement puisque, au vu du sujet choisi par l'auteur, celui-ci ne se concentre *a priori* pas sur "sa propre existence" et n'a pas pour objectif de mettre l'accent sur "sa vie individuelle", ni même sur "l'histoire de sa personnalité". En réalité, la différence entre les mémoires et l'écriture autobiographique tient au fait que le mémorialiste s'appuie sur sa propre expérience, sur son vécu pour rapporter les événements qu'il choisit de livrer, sans avoir pour objectif de se raconter. De ce fait, il y a une implication personnelle qui se détache pourtant du récit de soi tel que peut le mettre en place Jean-Jacques Rousseau dans le préambule de ses *Confessions*, parues en 1782 et postérieures aux *Mémoires*: "Je veux montrer à mes semblables un homme dans toute la vérité de la nature ; et cet homme, ce sera moi. Moi seul." L'insistance sur le "moi" est alors réelle du fait de la présence du pronom de la première personne du singulier au début de la première phrase, mais également en raison de l'anadiplose* en "moi. Moi" qui crée un véritable effet d'insistance. D'ailleurs, la phrase averbale "Moi seul." Illustre la tonalité que s'apprête à afficher Rousseau dans la suite de son œuvre, à savoir un récit uniquement centré sur lui-même, contrairement à l'entreprise de Saint-Simon dans ses *Mémoires*, qui est certes indubitablement partie prenante du sujet qu'il aborde mais qui ne manque pas de laisser une large place aux autres, c'est-à-dire aux acteurs et aux actrices de son temps, comme le duc et la duchesse d'Orléans, ou encore Louis XIV, en ce qui concerne l'*Intrigue*. Ce second niveau de lecture de la dimension personnelle des *Mémoires*, entre en résonance avec les propos de Catherine COQUIO [2015] pour qui l'écriture de soi peut être considérée non pas comme un genre littéraire, mais davantage comme un régime d'écriture, ce qui signifie que, d'après elle, tout écrit revêt une dimension personnelle. Isabelle GALICHON [2014], quant à elle, considère l'écriture de soi comme une pratique qui consiste en la transfiguration de la réalité, ce qui peut passer par un récit faisant écho à la situation *hic et nunc*. À cet égard, c'est cette situation *hic et nunc* qui est première chez Saint-Simon et que le mémorialiste s'attache à rapporter, quoiqu'il ne s'interdise pas, au fil de son récit, des échos appuyés au *moi*. Alors, l'*Intrigue* constitue-t-elle un récit de soi, dans le sens où l'auteur serait son propre sujet et s'attacherait à exposer sa vie ? S'il le fait pour les nécessités de son ouvrage et des sujets qu'il s'attache à exposer, il apparaît que là n'est pas la visée première de Saint-Simon, qui expose son sujet dès le début de l'*Intrigue :* "Expliquer une puissante intrigue" (p. 53). Pourtant, une dimension assez personnelle voit le jour dès le deuxième paragraphe de l'œuvre : "J'ai touché légèrement, à l'occasion de [...]" (p. 53). La présence appuyée du pronom de première personne du singulier, en tête de phrase, attire l'attention sur le fait que le mémorialiste, auteur et personnage de son œuvre, en est également le narrateur intradiégétique* et homodiégétique*, ce qui est le signe que, si l'intention affichée est celle de mener un récit qui ne concerne pas le *moi*, celui-ci est malgré tout présent et obéit à un critère définitoire du genre autobiographique, celui de l'identité assumée et affichée entre l'auteur, le narrateur et le personnage. En outre, au début de ses *Mémoires*, Saint-Simon ne manque pas d'exposer quelques informations factuelles sur lui-même : "Je suis né la nuit du 15 au 16 janvier 1675 de Claude, duc de Saint-Simon, pair de France, etc., et de sa seconde femme, Charlotte de L'Aubespine, unique de ce lit" [Pl., t. 1, p. 19]. Ainsi, alors que l'objet premier des *Mémoires* ne semble pas être le récit de soi, ce dernier n'en est pour autant pas totalement absent et peut parfois intervenir lorsque l'auteur choisit d'exposer quelques informations factuelles qui concernent sa vie personnelle. À ce titre, d'ailleurs, exposer sa naissance et son origine familiale est un ressort initial caractéristique du genre autobiographique. Au demeurant, il semble que, dans l'*Intrigue*, plus que le récit de soi, la mise en scène de soi intervienne plus couramment. Celle-ci revient à s'illustrer *soi* dans des situations particulières, comme le fait le mémorialiste dans des entretiens avec le duc et la duchesse d'Orléans, Bignon, ou encore Louis XIV. Dans ce cas, l'auteur ne dit rien de lui-même dans le sens où il ne s'exprime pas explicitement à ce sujet. C'est alors davantage la manière dont il est mis en scène qui est expressive et contribue à révéler des éléments sur le *moi*, sans que ceux-ci fassent l'objet d'une exposition claire et assumée par l'auteur.

Représenter son influence et ses pensées

Dans la mise en scène de lui-même que pratique Saint-Simon, une manière évidente de mettre en avant et de représenter son influence tient au fait que, dans l'*Intrigue*, Louis XIV sollicite un entretien privé avec Saint-Simon lui-même afin de s'assurer qu'il consente à ce que sa femme, Madame de Saint-Simon, soit la dame d'honneur de Mademoiselle au cours du mariage du duc de Berry. Ainsi l'auteur écrit-il : "En revenant de la messe, le Roi m'appela dans la galerie, et me dit qu'il me voulait parler, et de le suivre dans son cabinet" (p. 157). Le moment choisi par le roi est particulièrement solennel en ce qu'il se situe après "la messe". Un instant sacré vient de se dérouler, et le complément circonstanciel de temps, situé en tête de phrase, permet d'attirer l'attention sur ce point tout en donnant également une information claire sur la solennité de ce qui s'apprête à suivre. En outre, il est important de remarquer que l'entretien de Saint-Simon et du roi est à l'initiative de ce dernier en personne : "Le Roi m'appela". Le pronom personnel "me" est présent trois fois dans l'extrait observé, dont deux de manière extrêmement rapprochée : "<u>me</u> dit qu'il <u>me</u> voulait parler" (nous soulignons). Cela semble une manière d'exprimer une forme d'incrédulité à cet égard. Celle-ci est évidemment feinte *a posteriori*, lorsque le mémorialiste compose son récit bien des années après que les événements se sont déroulés, mais elle est crédible dans le déroulement rétrospectif et chronologique des actions peintes par l'auteur. En tout état de cause, en s'illustrant dans une situation où Louis XIV souhaite personnellement s'entretenir avec lui, Saint-Simon se présente comme un individu d'importance et d'influence, en mesure d'occuper une certaine position de force. La suite du récit, que constitue l'entretien du mémorialiste et du roi, contribue d'autant plus à mettre en valeur Saint-Simon que le roi brosse un portrait extrêmement élogieux de Madame de Saint-Simon en expliquant les raisons pour lesquelles il souhaite la voir devenir dame d'honneur. C'est comme s'il justifiait son choix afin de solliciter l'accord du mémorialiste. La position qu'occupe ce dernier est d'autant plus renforcée lorsque l'on compare cet entretien privé et celui que le roi avait eu avec le duc de Berry au sujet du mariage (p. 120). Il était alors clair, d'emblée, au vu de la soumission affichée par le duc, qu'il accepterait la décision et ne chercherait pas à la discuter. En comparaison, Saint-Simon écrit que la réponse qu'il fait à Louis XIV, qu'il ne reproduit toutefois pas, "lui laissait sentir ce que je sentais moi-même de la place" (p. 157). Ainsi, il apparaît avec évidence au roi que Saint-Simon n'est pas particulièrement satisfait par la demande qui lui est adressée. Contrairement à un membre de la famille royale, le mémorialiste est en mesure de manifester son désaccord et le fond de sa pensée au roi, ce qui, bien loin de le fâcher, le conduit à exprimer encore davantage de conviction à la réalisation de son projet. Louis XIV n'emploie pas la contrainte, ce qui insiste encore sur l'importance de Saint-Simon. Plutôt que d'interroger la véracité ou l'exagération présente dans le propos de l'auteur, il est important de se souvenir que le mémorialiste a un grand respect pour Louis XIII, tandis qu'il estime que son successeur, Louis XIV, a dans une certaine mesure dévoyé la fonction de roi, en acceptant que les aristocrates ne soient plus que des courtisans, et en laissant les cabales, intrigues, coteries tenues par des femmes devenir le haut lieu des décisions à teneur pourtant hautement politique. L'anecdote alléguée d'un Saint-Simon qui serait en mesure d'exprimer son désaccord devant le monarque en est certainement un marqueur.

L'influence dont bénéficie apparemment le mémorialiste est assez claire au vu de la manière dont il est en mesure de s'exprimer à son sujet: "Je continuerai à parler de moi dans la même vérité que je fais des autres" (p. 56). Ce qui est intéressant, outre la primauté du "je", c'est que la première personne du singulier est à la fois sujet ("je") et objet ("moi"). Il y a donc la conscience claire d'un récit de soi qui se trouve, par la même occasion, clairement assumée au nom d'un idéal de vérité. En effet, c'est l'objectif affiché du mémorialiste que d'être en mesure de refléter exactement ce qui s'est déroulé à son sujet, certes, mais également au sujet des autres. La stricte équivalence que Saint-Simon établit entre le "moi" et les "autres" avec "même... que" nous instruit à ce sujet. De fait, à bien observer, il apparaît que le mémorialiste signale l'objectif de son entreprise, quoique déjà connu puisque les *Mémoires* ne débutent pas avec l'*Intrigue*. En réalité, il ne s'agit pas pour Saint-Simon d'expliquer le sens de son écrit par rapport aux autres, mais plutôt ce qu'il en est dans le cas de l'intrigue qu'il s'attache à restituer précisément, par rapport au "moi". Ainsi, l'auteur, certainement conscient de la place que prend son rôle de courtisan et d'homme de cour dans l'*Intrigue*, signale de manière relativement préliminaire que s'il y a une mise en valeur particulière de sa personne, il s'agit essentiellement de refléter la vérité avec toute l'objectivité dont il est capable et qu'il aurait agi de manière analogue pour n'importe quelle autre personne. Ainsi, l'influence avec laquelle il se présente est consciente, assumée et revendiquée. Dans la continuité, Saint-Simon écrit: "Je ne pouvais pardonner à Madame la Duchesse ses procédés à mon égard sur l'affaire de Mme de Lussan" (p. 56). L'auteur est en effet vexé d'avoir perdu, en 1693, la succession de Mlle de Budos, tante de sa demi-sœur, au profit de Mme de Lussan. Il avait déniché d'autres héritiers plus proches, les Dizimieu, pour contester les droits de Mme de Lussan, mais celle-ci, qui avait pour cousins Monsieur le Duc et Madame la Duchesse, a reçu leur soutien et leur appui. Outre un intérêt informatif, il faut comprendre, derrière ce rappel, que Saint-Simon se présente en mesure de frayer avec les plus grands, même lorsque ceux-ci sont à la fois filles de Louis XIV et descendant de la famille de Bourbon-Condé. En plus de contribuer à illustrer l'influence de l'auteur, il semble également que ce rappel intervienne comme une forme de justification: si par le passé Saint-Simon a eu à traiter avec Monsieur le Duc et Madame la Duchesse, il en est tout aussi capable pour l'*Intrigue*. Il s'agit enfin, pour l'auteur, d'expliquer ses pensées personnelles, ses affinités et donc la raison pour laquelle il choisit de prendre le parti du duc et de la duchesse d'Orléans plutôt que celui de Monsieur le Duc et de Madame la Duchesse, avec qui il ne s'entend apparemment pas.

En conséquence, alors que Saint-Simon révèle des faits sur lui-même aussi bien que sur les autres, il apparaît que ceux-ci sont orientés par sa volonté personnelle, sa conception propre et ses affects. Il a donc un rôle prépondérant dans l'*Intrigue*, qu'il oriente au regard de sa position et qu'il écrit subséquemment, en conscience.

Se justifier et se dédouaner

Pourquoi Saint-Simon aurait-il besoin de se justifier et de se dédouaner au sujet d'une intrigue de cour dont il adopte la narration ? Certainement parce que son rôle ne se limite pas au récit et dépasse largement le cadre *stricto sensu* d'un témoignage extérieur. En effet, Saint-Simon lui-même est une part indéniable de l'*Intrigue* et celle-ci repose, en partie du moins, sur lui. Ainsi, dès les premières pages de l'ouvrage, le mémorialiste s'attache à conforter les convictions du duc et de la duchesse d'Orléans, dans l'idée que ceux-ci, comme lui, sont enclins à favoriser la mise en place de la cabale. Saint-Simon écrit donc : "Je leur mis vivement devant les yeux l'état des choses", ou encore : "Je leur fis sentir sans ménagement quelle serait leur situation", et même : "Je les piquai d'orgueil, de jalousie, de dépit" (p. 59). Il est alors évident que le rôle du mémorialiste dépasse celui du simple observateur. Il prend une part certaine à la cabale qu'il s'attache à déterminer, notamment en jouant sur les affects de ses interlocuteurs, comme on le constate avec le rythme ternaire et l'effet d'accumulation présents dans le dernier extrait cité. À ce titre, on peut imaginer la nécessité qu'éprouve l'auteur de justifier son rôle à l'égard d'actions qui pourraient lui être reprochées dès lors qu'elles seraient accessibles une fois mises par écrit. Une justification employée par Saint-Simon peut être, par exemple, celle d'un idéal de vérité strictement respecté : "Comme je disais effectivement la vérité, je ne craignis pas de la présenter toute nue et dans toute son âpreté" (p. 69). Cette précision intervient alors que le mémorialiste présente son ambassade auprès des Jésuites afin d'obtenir leur soutien dans la cabale. Ainsi, en même temps que l'auteur s'illustre comme une pierre angulaire de l'*Intrigue*, il s'exprime sur le contenu de ce qu'il révèle et conclut à une certaine "âpreté", ce qui peut s'entendre comme un reproche, voire un blâme formulé par Saint-Simon à son propre égard. Toutefois, l'auteur s'attache à justifier cette "âpreté" qui, bien loin d'être gratuite, est justifiée par la nécessité de la "vérité". En conséquence, il apparaît qu'au nom de celle-ci – qui n'a la plupart du temps d'autre réalité tangible que la parole de l'auteur – le mémorialiste peut parfois, dans ses propos, faire preuve d'une certaine rudesse: le lecteur comprend que là se trouve la nécessité du récit et qu'il se doit de la respecter. On note en outre l'emphase mise sur la vérité avec la précision "toute nue". Il apparaît alors que c'est parce qu'il s'agit précisément de ne rien cacher que la vérité peut apparaître dans son plus simple appareil, ce que Saint-Simon justifie au nom de son entreprise littéraire, qui en appelle à de tels procédés selon des nécessités affichées. Ainsi, à plusieurs reprises, Saint-Simon se présente comme la véritable tête pensante de l'*Intrigue*, maître d'œuvre qui oriente, en cachette, les différentes actions de chacune et de chacun, comme lorsqu'il précise: "Pour les d'O, jamais je ne leur fus nommé, mais je les dirigeais par la duchesse de Villeroi" (p. 65). Voit ainsi le jour une réalité toute machiavélienne, dans laquelle sont manipulés plusieurs individus, inclus dans la cabale, et sur lesquels Saint-Simon reconnaît avoir une emprise, en écrivant "je les dirigeais". Cette emprise est étendue parce que le mémorialiste est entouré de personnes qui l'épaulent. De fait, il peut apparaître, dans la première partie de l'ouvrage, comme un organisateur sournois ne se privant pas d'agir en considérant ses sentiments personnels, qui se trouvent être négatifs vis-à-vis de Monsieur le Duc et de Madame la Duchesse. Au contraire, la seconde partie de l'*Intrigue*, en plus de s'inscrire dans la continuité de la cabale, nuance l'influence de Saint-Simon et le présente comme sujet à des forces qui le dépassent et peuvent lui nuire. Cela contribue à le dédouaner d'avoir ourdi la cabale, notamment lorsqu'il se présente comme ayant lui-même été pris au piège par le duc et la duchesse d'Orléans:

> Nous sentîmes bien que cette dernière tentative était un concert entre elle et M. le duc d'Orléans, qui, me connaissant bien et comptant que je n'avais pas avec elle la même liberté qu'avec lui, et bien plus de mesure, je serais moins ferme et plus hors de garde, livré à un tête-à-tête avec elle; pour quoi de guet-apens ils m'avaient conduit de l'autre côté du jardin, où il n'y avait personne, et lui s'était aussitôt après retiré pour me laisser seul avec elle et me livrer à l'embarras, sans qu'il eût encore osé m'ouvrir la bouche de cette place de dame d'honneur. (p. 133)

On retrouve dans cet extrait l'idée d'un complot qui aurait été ourdi contre le mémorialiste, avec les termes "concert", "guet-apens" ou encore "embarras". En retraçant le fil de ce qui a été préparé, Saint-Simon laisse voir qu'après avoir orchestré une cabale, il est lui-même l'objet de préparatifs secrets, malgré lui, comme si ce qu'il avait préparé se retournait contre lui, contribuant ainsi à le dédouaner de ses agissements premiers. Toutefois, une telle perspective repose sur l'idée, défendue par l'auteur, que la place de dame d'honneur pour Madame de Saint-Simon n'était pas désirée en ce qu'elle consiste à occuper une place de second plan, alors qu'il aurait été préférable d'être dame d'honneur au mariage du duc de Bourgogne, fils aîné de Monseigneur et en excellente place pour succéder au roi. En effet, en 1710, ce mariage a déjà eu lieu et les Saint-Simon ne souhaitent pas occuper un second rang. Toutefois, comme le couple est contraint d'accepter ce qu'il s'est longuement évertué à refuser, l'*Intrigue* présente une forme de rétribution à l'égard de celui qui s'était attaché à orchestrer la cabale. Pour autant, Saint-Simon, grâce à la place de dame d'honneur occupée par sa femme, gagne une place à Versailles. On peut donc se demander s'il n'y a pas, de la part de l'auteur, une exagération du refus initial comme pour inciter à l'excuser des machinations orchestrées.

Un témoignage d'amour

Le fait que le mariage du duc de Berry et de Mademoiselle soit entièrement arrangé, sans qu'il y ait, dans le texte, de véritables interactions entre les deux personnages, permet de s'interroger quant à la possibilité d'associer leur relation à une histoire d'amour. On peut en revanche se demander si l'ouvrage de Saint-Simon ne constituerait pas en partie un témoignage d'amour de Saint-Simon à sa femme. Ce qui suscite cette question, c'est le fait que Madame de Saint-Simon occupe une large partie de l'*Intrigue*. Il est possible de l'expliquer par le fait que le mémorialiste et sa femme sont liés par le mariage et que la réputation de l'un rejaillit irrémédiablement sur l'autre, mais malgré tout, l'auteur œuvre pour protéger les intérêts de sa femme durant une large moitié de l'*Intrigue*, ce qui constitue en même temps pour lui l'occasion de vanter ses mérites. On retrouve cet aspect lorsque le mémorialiste retrace l'audience de Madame de Saint-Simon auprès de la duchesse de Bourgogne et évoque les raisons pour lesquelles elle ne peut pas assumer la fonction de dame d'honneur lors du mariage du duc de Berry :

> Madame de Saint-Simon se jeta sur la délicatesse de sa santé, sur les soins domestiques que je laisserais toujours rouler entièrement sur elle, sur l'âge de ma mère, qui, avec toute sorte de justice et de raison, demandait une assiduité auprès d'elle, incompatible avec celle de dame d'honneur d'une si jeune princesse. (p. 133)

Les raisons paraissent invoquées sur le mode de la gradation, comme pour nommer en dernier celle qui se trouve avoir le plus de poids. La première raison concerne la santé de Madame de Saint-Simon, apparemment jugée fragile et sur laquelle il n'apparaît pas plus de détails. La deuxième raison énoncée concerne les soins domestiques. Dans ce discours indirect libre, qui retrace une prise de parole à laquelle le mémorialiste n'a pas assisté, celui-ci se permet malgré tout une précision : il qualifie les "soins domestiques" avec une proposition subordonnée relative, assurant ainsi que se trouve exposé un détail particulier qui n'a pas été évoqué par Madame de Saint-Simon mais que lui souhaite voir stipulé par écrit. Il s'agit du fait que l'auteur "laisserai[t] toujours rouler entièrement sur elle" les soins domestiques. L'adverbe "entièrement" illustre que Madame de Saint-Simon a la pleine responsabilité de ces charges et qu'elle n'a de comptes à rendre à personne à ce sujet, ce qui est un signe évident de la confiance de Saint-Simon en sa femme et contribue à brosser un portrait tout à fait élogieux de celle-ci. Enfin, la troisième raison invoquée est celle de l'âge de la mère du mémorialiste qui, de ce fait, demande une attention particulière. Cela souligne la dévotion certaine de Madame de Saint-Simon à l'égard de sa belle-mère âgée, ce qui contribue à peindre un portrait très positif de la future dame d'honneur. Quoique ces paroles soient rapportées par le biais du discours indirect libre, elles sont en même temps écrites par le mémorialiste, qui vante les qualités de sa femme et semble ainsi lui témoigner une affection toute particulière.

Alors même que la véritable raison, invoquée par ailleurs par Saint-Simon, pour refuser le rôle de dame d'honneur est celle de la fameuse seconde place dont il ne saurait vouloir, ni pour lui ni pour sa femme, cette raison, pourtant véritable, n'est pas invoquée par Madame de Saint-Simon au cours de son entretien avec la duchesse de Bourgogne. Doit-on alors lire son discours comme fallacieux et comprendre que seuls des prétextes sont nommés ? La sincérité de Madame de Saint-Simon doit être questionnée, mais il est important de garder à l'esprit que la véritable raison du refus est elle-même donnée par l'auteur à plusieurs reprises dans l'œuvre. Prendrait-il le risque de représenter sa femme, qu'il peint si dévouée, en train de mentir par omission ? On peut également avoir dans l'idée que la duchesse de Bourgogne n'est pas l'interlocutrice idéale pour expliquer qu'on ne souhaite pas occuper un second rôle, alors que c'est exactement le mariage de cette même duchesse qui aurait permis d'occuper le premier rôle. Qui plus est, si Saint-Simon représentait sa femme occupée à choisir sciemment ses arguments en fonction de son interlocuteur pour lui plaire et ne pas le froisser, cela contribuerait à la présenter, en somme, comme une artiste de la cabale, au même titre que l'auteur. Or, on a vu que la juste rétribution de la machination orchestrée revenait, d'après Saint-Simon, à devoir occuper un rôle non souhaité, ce qui dit, le concernant, l'opinion intime qu'il a des cabales. Il ne semble pas, aux yeux d'un providentialiste* tel que Saint-Simon, que des faits positifs auraient rejailli si sa femme avait manqué de sincérité. En conséquence, l'auteur peint celle qu'il aime dans une forme de naïveté sociale qui l'éloigne des honneurs et des actions de cour. Madame de Saint-Simon apparaît en réalité, dans les écrits de son mari, comme le chantre de la sincérité, de l'honnêteté et de la dévotion, ce qui constitue en même temps un témoignage d'amour du mari envers sa femme. Cependant, on peut s'interroger sur un ultime aspect lié à l'entremise de Madame de Saint-Simon auprès de la duchesse de Bourgogne. N'y aurait-il pas, de la part d'un orfèvre de la cabale tel que le mémorialiste, une fonction politique du fait de vanter les mérites de sa femme, ce qui permettrait en retour, comme par effet de stricte équivalence, de se présenter comme un excellent homme, dans l'idée que les mérites de l'une rejailliraient nécessairement sur l'autre? Puisque Saint-Simon, dans l'*Intrigue*, ne s'attache pas à mener un récit de lui-même mais davantage à s'exprimer sur lui par la mise en scène d'éléments signifiants, cette interprétation semble tout à fait probable. Ce n'est pas, pour autant, qu'il n'y a pas une véritable sincérité dans les propos du mémorialiste. Ainsi, une dimension personnelle se trouve au centre de l'*Intrigue*, ce qui ne manque pas de rattacher cette œuvre au genre littéraire de l'écriture de soi, cousin de l'autobiographie sans qu'il puisse toutefois lui être totalement affilié.

L'ŒUVRE LITTÉRAIRE ET L'AUTEUR

Convaincre

• Le paratexte

Dans l'*Intrigue*, la présence de l'auteur est loin d'être anecdotique. Il y a en effet un lien fort et véritable entre Saint-Simon et l'œuvre littéraire qu'il compose. Ce lien tient certainement au travail important de l'auteur sur son œuvre. On sait en effet que Saint-Simon, à partir de ses seize ans, pratique une écriture régulière au sujet des grands événements de son temps. À partir de 1725, il rédige des notices sur les ducs et les pairs de la cour, puis entre 1739 et 1749, il procède à la rédaction des *Mémoires* dans leur état définitif. Cela signifie donc qu'il existait un premier état, apparemment sous forme de notes que Saint-Simon a mises en ordre *a posteriori* pour composer son œuvre. Il s'agit d'un premier niveau de travail de l'auteur sur le matériau littéraire, puisqu'il part d'une source abrégée et lacunaire pour composer un écrit complet, en convoquant également ses souvenirs. Le second niveau de travail consiste à mettre en évidence l'organisation et la cohérence des faits, à travers une structuration du récit, qui passe notamment par la présence d'un paratexte représenté par les manchettes en tête de paragraphes. Il apparaît ainsi que Saint-Simon décide de lui-même – peut-être au vu de la somme tout à fait impressionnante que constituent les *Mémoires* – de proposer non pas exactement un sommaire, mais en tout cas des titres de paragraphes très succincts qui facilitent la navigation dans l'œuvre. Une telle démarche, de la part de l'auteur, est loin d'être évidente parce qu'elle présuppose une conscience intime du fait que les *Mémoires* ne seraient pas lus dans leur totalité et puissent être résumés à des morceaux choisis. À l'inverse, on sait qu'Augustin d'Hippone, auteur latin tardif, père de l'Église, et écrivain des *Confessions* ou encore de la *Cité de Dieu*, a toujours refusé de proposer un quelconque sommaire pour ses œuvres, considérant que celles-ci ne sauraient être abordées autrement que dans leur ensemble. On peut toutefois expliquer la différence d'approches entre Saint-Simon et Augustin : ce dernier compose une somme philosophico-théologique qui développe un argument général construit tout au long de l'œuvre, si bien que seule une lecture complète peut permettre de l'aborder véritablement et de saisir le propos de l'auteur dans son ensemble, tandis que l'entreprise de Saint-Simon est davantage conçue comme historique. De fait, si certains récits sont suivis, ce n'est pas le cas de tous. En conséquence, la nature de son œuvre, en tant que somme historique, justifie que l'on puisse la consulter simplement et sommairement. Par ailleurs, le cardinal de Retz, dans ses *Mémoires*, ou encore Mademoiselle de Montpensier, dans une œuvre au titre analogue, ne proposent pas de titres de manchettes ou de sommaire particulier, signe que le choix de Saint-Simon ne relève pas d'une forme de tradition. Ces titres ont un effet proleptique*, à la manière des têtes de chapitre de Voltaire dans ses contes philosophiques, quoique cette pratique ne soit pas caractéristique d'une tradition spécifique. Ainsi, cela renforce la place de l'auteur dans son œuvre, laquelle obéit à une organisation déterminée et revendiquée.

Pour autant, cela ne signifie pas qu'il n'y a pas une forme d'argumentation suivie dans les *Mémoires*, et plus spécifiquement dans l'*Intrigue*. Cet aspect apparaît de manière évidente à travers les manchettes. Si l'on considère l'exemple de la manchette “Le Roi fait consentir Monseigneur au mariage” (p 118), celle-ci est strictement factuelle et descriptive. En sept mots, la conclusion de la scène est résumée, ce qui illustre, en même temps, le fait que ce n'est pas tant le résultat qui est important que la manière dont on y parvient. Dans l'*Intrigue*, et dans les *Mémoires* en général, Saint-Simon écrit, sous la forme d'une éthopée, les mœurs de la cour, ce que reflètent les différentes descriptions qu'il propose. Il n'en est pas autrement des manchettes qui orientent vers l'impression d'ensemble que Saint-Simon souhaite donner dans son récit, et qui ne sauraient donc être exclusivement descriptives, à la manière de celle qui se trouve à la page 141. Par exemple, la manchette “Singulier dialogue bas entre M. le duc d'Orléans et moi” est révélatrice à plusieurs titres. Tout d'abord, l'information selon laquelle il s'agit d'un “dialogue bas” est tout à fait instructive: il s'agit d'informer, avec l'adjectif “bas”, du fait qu'une certaine culture du secret continue d'être mise en place afin que les propos que tiennent des individus aussi proches que le duc d'Orléans et Saint-Simon ne soient pas entendus. En même temps, le fait de reproduire cet échange secret semble traduire une forme de sincérité, au moins de façade, de la part de l'auteur. En tout cas, une telle précision rappelle la notion de *theatrum mundi* selon laquelle un rôle est joué en société, alors qu'en privé, ou dans un “dialogue bas”, la véritable personnalité peut se révéler tout à fait différente. Ainsi, les manchettes permettent d'attirer l'attention sur l'argument général, de le rappeler mais encore d'annoncer son développement. Dans un second temps, dans la manchette observée, le terme "singulier" mérite d'être étudié. Ce mot évoque un caractère à la fois unique et inhabituel. Il constitue un jugement de valeur porté sur l'entretien que Saint-Simon s'apprête à exposer, si bien que les manchettes ne sont pas véritablement objectives mais synthétisent l'opinion du mémorialiste, comme une forme de jugement général sur les faits exposés, en plus de créer un effet d'attente dans le but de découvrir les raisons pour lesquelles l'échange peut être qualifié de "singulier". Le parcours du lecteur s'en trouve orienté et son opinion influencée. De la même manière, si l'on considère la manchette "Déclaration du mariage. Souplesse de d'Antin" (p. 121), la première partie paraît tout à fait factuelle, contrairement à la seconde qui témoigne d'une partialité du narrateur. Si la "souplesse" de d'Antin est soulignée dès la manchette, c'est en partie parce que cela est étonnant: un tel trait de caractère ne lui est pas habituel. Ainsi, l'opinion personnelle de Saint-Simon est suggérée, si bien que l'avis de l'auteur est présenté comme infusant le matériau littéraire, ce qui influence certainement la manière dont le contenu est reçu.

• Un discours à visée perlocutoire

De la même manière que les manchettes peuvent avoir une fonction annonciatrice et orienter la perception et le sens du texte, il semble que l'*Intrigue*, de manière générale, soit elle aussi porteuse d'une dimension perlocutoire*. La force de l'écriture du mémorialiste est de produire un effet sur le lecteur par le seul pouvoir de l'énonciation [Jousset, 2002]. Comme l'écrit Jousset, "écrire, c'est être", ce qui signifie qu'à travers son texte, l'auteur est présent auprès de son lecteur et le guide dans une direction spécifique. Philippe Jousset s'intéresse par exemple à l'affect et à la sensibilité du mémorialiste – certainement exposés dans l'idée d'une connivence – qui semblent apparaître de manière évidente dans l'œuvre, signe d'une présence forte de l'auteur, qui peut être revendiquée sans qu'elle le soit nécessairement. À cet égard, dans le préambule des *Mémoires*, Saint-Simon dépeint son rôle, qui s'apparente tout à fait à ce qui vient d'être évoqué, l'auteur se faisant démonstrateur. Démonstrateur rendu nécessaire car "nul événement général ou particulier historique n'annonce nécessairement ce qu'il causera", ce qui implique la présence d'un "maître continuellement [au] côté" de l'esprit qui veut comprendre l'histoire, et "qui conduise de fait en fait par un récit lié dont la lecture apprenne ce qui sans elle serait toujours nécessairement et absolument ignoré" [Pl., t. I, p. 5]. Dans cet écrit introductif, l'auteur explique que selon lui ses *Mémoires* ont pour fonction de favoriser une compréhension des faits, ce qui pour lui implique le dévoilement des éléments cachés, sans quoi les apparences seraient incohérentes et illisibles. Il met ainsi au jour ce qui était caché, révélant une vérité sans cela inaccessible. Les *Mémoires* visent à l'instruction du lecteur et y parviennent, d'après le mémorialiste. Pour ce faire, ce dernier se présente comme un "maître" qui "condui[t]". Il y a dans cette perception une dimension militaire, ou autoritaire : apparaît un chemin sur lequel le lecteur se trouve entraîné et qu'il est contraint de suivre, dans la mesure où les écrits de Saint-Simon sont composés d'après une idée particulière, contre laquelle le lecteur ne doit pas pouvoir aller. D'ailleurs, d'après Marc HERSANT [2009], les *Mémoires* sont une "autobiographie politique". La nature autobiographique de l'ouvrage repose sur le fait que Saint-Simon s'exprime à la première personne du singulier et s'attache à rapporter les grands événements de son siècle au prisme de sa propre perception. C'est, pour une part, le sens du terme "politique" : il ne s'agit pas de se confier sur son intériorité, mais plutôt sur sa vie à la cour, sa vie publique, avec les puissants. Toutefois, il semble également que le mot "politique" soit porteur d'un certain militantisme, dans le sens où, dans ses *Mémoires*, Saint-Simon aurait pour souhait de rapporter et de défendre une vision particulière, de manière perlocutoire, parce que le discours qu'il tient doit produire un effet immédiat sur la personne qui le lit. De fait, l'auteur part du principe qu'il produit un écrit vrai et qui doit être saisi comme tel pour que l'objectif affiché puisse être atteint. L'auteur doit être cru pour que son opinion se diffuse. Cet idéal de vérité, l'auteur ne manque pas de l'exprimer :

> Il me reste une observation à faire sur les conversations que j'ai eues avec bien des gens [...], sur ce que j'ai opiné et les avis que j'ai pris, donnés et disputés. Il y en a de tels, et en nombre, que je comprends qu'un lecteur qui ne m'aura point connu sera tenté de [les] mettre au rang de ces discours factices que des historiens ont souvent prêté du leur à des généraux d'armées, à des ambassadeurs, à des sénateurs, à des conjurés, pour orner leurs livres. Mais je puis protester, avec la même vérité qui jusqu'à présent a conduit ma plume, qu'il n'y a aucun de tous ces discours, que j'ai tenus et que je rapporte, qui ne soit exposé dans ces Mémoires avec la plus scrupuleuse vérité, ainsi que ceux qui m'ont été tenus, et que, s'il y avait

quelque chose que je pusse me reprocher, ce serait d'avoir affaibli plutôt que mortifié les miens dans le rapport que j'en ai fait ici, parce que la mémoire en peut oublier des traits, et qu'animé par les objets et par les choses, on parle plus vivement et avec plus de force qu'on ne rapporte après ce qu'on a dit. J'ajouterai, avec la même confiance que j'ai témoignée ci-dessus, que personne de tout ce qui m'a connu et vécu avec moi, ne concevrait aucun soupçon sur la fidélité du récit que je fais de ces conversations, pour fortes qu'elles puissent être trouvées, et qu'il n'y en aurait aucun qui ne m'y reconnût trait pour trait. [Pl., t. VIII, p. 665]

Le mémorialiste tient ce discours dans un objectif affiché: celui d'affirmer la vérité dans son écrit, si bien que la valeur perlocutoire produite reflète la croyance affirmée et assumée en les thèses exposées. L'argument qui engage à croire l'auteur est le suivant: "La mémoire en peut oublier des traits". Ainsi, Saint-Simon reconnaît que son travail de recomposition littéraire *a posteriori* est en partie faillible au regard des impressions et des sensations qui ont pu être ressenties par le passé ("on parle plus vivement et avec plus de force qu'on ne rapporte après ce qu'on a dit"). En conséquence, s'il y a eu oubli, bien loin d'altérer la vérité de son récit, la seule atteinte portée concerne la vigueur avec laquelle les souvenirs sont rapportés. En reconnaissant un défaut qu'il minimise bien vite, Saint-Simon prévient les reproches qui pourraient lui être faits et affiche une certaine objectivité qui enjoint à la confiance: c'est une réussite sur les plans argumentatif et perlocutoire. D'ailleurs, d'après Malina STEFANOVSKA [1998], Saint-Simon est un "historien des marges" en ce que les *Mémoires* sont en mesure d'intervenir comme un rempart contre le mensonge et de le corriger. Ainsi, l'idéal de vérité sert les propos du mémorialiste qui acquiert la confiance de son lecteur et peut défendre plus aisément son point de vue qui, lui-même, a plus de chance de toucher sa cible et d'accomplir sa visée perlocutoire, comme le projette l'auteur. On peut à cet égard évoquer l'entretien de Mademoiselle et de Saint-Simon, dans l'*Intrigue*, et citer deux extraits qui paraissent témoigner de cela: "M'apprenant que M. le duc d'Orléans lui contait tout à mesure" (p. 127) et "m'écrier sur la facilité de M. son père à lui faire de telles confidences" (p. 128). Il s'agit d'un portrait peu élogieux du duc d'Orléans, quoique ce portrait ne soit pas directement assumé par le mémorialiste, mais découle des conclusions du lecteur au regard des nécessités secrètes qui caractérisent une cabale. Ainsi, le mémorialiste en devient d'autant plus fiable, en ce qu'il respecte les mouvements et les attentes de l'intrigue qu'il mène. C'est la comparaison implicite avec le duc d'Orléans qui produit cet effet: alors que dans des entretiens avec sa fille, le père a procédé à des révélations, Saint-Simon, qui n'aurait pas souhaité le faire, s'en trouve bien étonné. En contrepartie, l'effet perlocutoire produit sur le lecteur est celui de présenter l'auteur comme particulièrement bien à propos dans son rôle de l'ombre. Les propos de Saint-Simon ont donc pour fonction d'attirer le lecteur dans le sens vers lequel il souhaite le conduire.

• Une écriture de la conversation

Dans l'*Intrigue*, Saint-Simon met en scène de nombreux entretiens, une trentaine environ, et il y participe presque toujours. Ces conversations peuvent être rapportées aussi bien au discours direct qu'au discours indirect. Ainsi, au cours de l'entretien qui a lieu entre l'auteur et la duchesse d'Orléans au sujet de la place de dame d'honneur, plusieurs paroles sont rapportées au discours direct, essentiellement celles de l'interlocutrice du mémorialiste: "Je repartis les mêmes choses, sur chacune desquelles elle me dit en m'interrompant: 'Mais c'est notre affaire à nous de voir si nous la voulons bien comme cela, et c'est la vôtre de voir si vous nous la voulez bien donner!'" (p. 131). D'autres paroles de la duchesse d'Orléans sont encore rapportées: "si bien qu'après m'avoir un moment regardé avec plus de tristesse: 'Je vois bien ce que c'est, me dit-elle, c'est qu'une seconde place ne vous accommode pas.'" (p. 131). Ce qui est frappant, c'est qu'entre ces deux prises de parole au discours direct ne figure aucune réponse du mémorialiste, qu'elle soit exprimée directement ou non. On voit d'ailleurs que la parole lui est refusée par son interlocutrice ("en m'interrompant"): elle est la seule à pouvoir s'exprimer. La conversation se transforme donc en un monologue qui illustre le caractère autoritaire de la duchesse d'Orléans, qui aspire à imposer ses vues à qui ne souhaite pas particulièrement les entendre ni les accepter. À cet égard, nul besoin pour Saint-Simon d'exprimer une quelconque parole ou de livrer un commentaire: la scène est en elle-même éloquente. Au vu du caractère perlocutoire de l'écriture, le lecteur est en mesure de se forger de la duchesse d'Orléans l'opinion que le mémorialiste souhaite exprimer. En conséquence, les conversations reproduites, en plus de refléter historiquement les joutes verbales qui ont pu se dérouler, ont une fonction à l'égard du lecteur qui, à terme, doit être aussi convaincu que l'auteur. On peut d'ailleurs se questionner sur l'identité réelle de l'interlocuteur de Saint-Simon : l'auteur ne souhaiterait-il pas avant tout convaincre le lecteur ? Un aspect reste toutefois à questionner : si le mémorialiste vante la sincérité de son écrit ainsi qu'un idéal de vérité, comment peut-il rapporter aussi précisément des discours, qu'il cite *in extenso* après tant d'années ? S'il les rapporte véritablement comme ils se sont produits, cela signifie que des notes très précises ont été prises au moment des événements. Saint-Simon avait donc déjà la volonté de rapporter les faits et les dires de ses interlocuteurs et d'en renvoyer une image particulière. Si toutefois le discours est recomposé et qu'il ne figure pas dans sa version initiale et véritable, c'est un signe supplémentaire que la conversation chez Saint-Simon fonctionne à la fois comme un exemple et un moteur de l'action. Il s'agit, dans le cas de la duchesse d'Orléans, d'un exemple du fait que celle-ci joue un rôle en société, alors que dans le privé elle n'est pas la personne qu'elle souhaite incarner, notamment lorsqu'elle tente d'imposer ses vues à ses adjuvants. La conversation est également un moteur de l'action : la domination que la duchesse d'Orléans essaie de mettre en place enjoint encore davantage Saint-Simon à refuser le rôle proposé pour sa femme, qui reviendrait à la rattacher encore davantage, par un lien de subordination, à la duchesse. Or, son comportement, tel que l'a illustré le mémorialiste, justifie la continuation du refus et la poursuite de la seconde partie de l'*Intrigue*. Ainsi, rapporter les conversations peut être un moyen pour Saint-Simon de convaincre son lecteur et de l'attacher à sa cause.

Le discours indirect est tout aussi révélateur, comme on le constate au cours de l'audience de Madame de Saint-Simon auprès de la duchesse de Bourgogne au sujet de la place de dame d'honneur :

> Après le premier compliment, Mme de Saint-Simon lui dit qu'étant toute sa ressource, et toujours sa ressource éprouvée, elle venait à lui demander une grâce avec confiance, mais avec instance de n'en être pas refusée ; qu'elle avait balancé longtemps, mais que la chose pressant et ne pouvant craindre de manquer à la fidélité du secret, puisqu'il s'agissait d'un mariage qu'elle-même désirait et faisait… À ces mots, Mme la duchesse de Bourgogne l'interrompit en l'embrassant avec empressement : "Le mariage de M. le duc de Berry, dit-elle, et vous voulez être dame d'honneur ? J'y ai déjà pensé. Il faut que vous la soyez. – C'est justement de ne la pas être que je viens vous demander !" (p. 93-94).

Outre le fait que l'auteur rapporte au discours direct des paroles qu'il n'est pas en mesure d'avoir entendues, précisément parce que c'est sa femme, et non lui, qui était présente à l'entretien – quoiqu'elle ait pu le lui rapporter, ce qui est intéressant dans cet extrait, c'est le discours indirect qui prend, par l'aposiopèse* "et faisait...", la forme du discours direct, comme si, au cours d'un dialogue écrit, la duchesse de Bourgogne coupait véritablement la parole à Madame de Saint-Simon. Or, la forme indirecte est maintenue, d'une part au regard de l'idéal de vérité, parce que l'auteur ne peut se permettre de rapporter au-delà du raisonnable et au discours direct, des paroles qu'il n'a pas entendues – cela doit rester succinct –, et d'autre part parce que la forme indirecte revient à une validation par le mémorialiste de l'argumentation menée par Madame de Saint-Simon et de l'obligeance initiale dont elle fait preuve. En outre, l'emploi du discours indirect, par l'auteur, pour représenter les paroles de Madame de Saint-Simon suggère que l'un et l'autre s'expriment d'une même voix, de manière univoque. En montrant que sa femme s'efforce de ne pas froisser son interlocutrice, le mémorialiste expose par la conversation le fait qu'il n'y a aucun ressentiment personnel dans le fait de ne pas désirer la place de dame d'honneur. Ainsi, l'écriture de la conversation mise en place permet à l'auteur d'exprimer ses opinions, de les justifier à souhait et de convaincre librement à travers son œuvre littéraire.

Auteur, narrateur, personnage

• Rythme et importance des événements

Au vu de la superposition de l'identité évidente, dans l'*Intrigue*, entre l'auteur, le narrateur et le personnage, il apparaît que l'auteur est en mesure de choisir, en connaissance de cause, l'attention qu'il souhaite apporter à chaque événement dans la mesure où il les a lui-même vécus. Il est ainsi capable de juger, de manière tout à fait personnelle, de l'intérêt de chaque action par rapport au récit qu'il souhaite mener, ce qui contribue à présenter une dimension chronotope* des *Mémoires* et de l'*Intrigue*. Cela signifie que le temps et l'espace poétique sont solidaires: la perception temporelle d'un événement organise la place qui lui est allouée. Ainsi, la perception *a posteriori* de l'auteur par rapport aux événements qu'il a vécus auparavant agit sur l'organisation du matériau littéraire qui se trouve en conséquence modelé d'après ces mêmes impressions personnelles. De fait, l'auteur retrace pour le personnage qu'il met en scène les événements qu'il a le souvenir d'avoir vécus, avec toute la subjectivité dont il est capable. La perception du personnage correspond donc, avec une stricte équivalence, à ce que l'auteur se rappelle avoir vécu au moment où il écrit. Il y a ainsi une très nette équivalence entre les deux instances que sont l'auteur et le personnage. Il reste à interroger la place du narrateur, qui prend en charge le récit tel que l'auteur le fait vivre au personnage. Quoique ces deux instances – le narrateur et le personnage – soient identiques, le narrateur se trouve malgré tout contraint entre le souvenir qu'un auteur impose et le personnage qui répond à ce souvenir. Le narrateur paraît constituer essentiellement une forme d'interface qui sert la communication entre l'instance auctoriale et le personnage. C'est comme si la présence du narrateur se trouvait subalterne, ou paraissait en tout état de cause beaucoup plus discrète, au profit d'une affirmation de la présence auctoriale qui paraît en mesure d'orienter le matériau littéraire à son gré et de le modeler comme elle le souhaite. Un indice du fait que l'organisation des événements et des pensées dépend de la perception personnelle de l'auteur tient au fait que certaines réflexions sont reproduites de manière cyclique dans les *Mémoires*. Ainsi, à la fin de l'*Intrigue*, Saint-Simon exprime une forme de désillusion d'avoir accompli une telle cabale pour Mademoiselle alors même que son comportement laisse à désirer. Une réflexion analogue apparaît à nouveau ultérieurement dans les *Mémoires :*

> Et voilà comme on travaille en ce monde la tête dans un sac, et que la prudence et la sagesse humaine sont confondues jusque dans les succès le plus raisonnablement désirés, et qui se trouvent après les plus détestables ! [Pl., t. IV, p. 93]

Ainsi, des pensées personnelles peuvent revenir cycliquement au sein de l'œuvre, selon le sentiment personnel de l'auteur, puisque c'est lui qui dicte le rythme du récit et son contenu aux instances qui le représentent littérairement, c'est-à-dire le personnage et le narrateur. Comparer le temps réel et le temps vécu est particulièrement évocateur à cet égard. Ainsi, le moment où le roi fait consentir Monseigneur au mariage du duc de Berry (p. 118) occupe une demi-page, c'est-à-dire à peu près autant que l'espace textuel accordé au récit du mariage lui-même (p. 169). Il est pourtant indubitable, si l'on considère le temps réel, que le mariage a duré plusieurs heures, contrairement à l'entretien du roi et de Monseigneur qui ne doit avoir duré que quelques minutes, tout au plus. Or, le temps vécu est différent du temps réel : comme le mariage était attendu, planifié et s'est déroulé sans heurt et sans qu'aucun événement inattendu se produise, la temporalité n'a pas subi la projection d'affects particuliers de la part de l'auteur. En conséquence, le récit du mariage n'est pas particulièrement étoffé, ce qui peut au demeurant sembler surprenant puisqu'il s'agit de l'aboutissement de la cabale, et donc de l'événement qui est particulièrement attendu tout au long de l'*Intrigue*. C'est d'ailleurs le signe que pour l'auteur, le déroulement est bien plus important que la conclusion. Par opposition, l'entretien du roi et de Monseigneur fait l'objet d'un récit plus étoffé parce qu'il y a une anxiété palpable à l'égard de la réaction attendue de la part du Grand Dauphin. En effet, les différentes personnalités directement impliquées dans l'affaire sont dans l'attente, alors même qu'il est on ne peut plus normal que le fils consente à la volonté du roi, son père. C'est aussi une manière de construire une forme de tension dramatique, sur le plan littéraire. On peut d'ailleurs comparer la demi-page consacrée à l'entretien du roi et de son fils avec les quelques lignes qui suivent et résument les événements des jours précédents :

> Or le jeudi fut le jour que Bignon me fit la réponse négative de Mlle Choin que je fus tout de suite porter le même jour à Saint-Cloud, et le dimanche suivant est le jour auquel le Roi parla à Monseigneur, et tira parole de lui pour le mariage. (p. 119)

Les événements sont alors rapportés de manière extrêmement brève : ils se résument à quelques mots. Ils consistent, comme l'entrée d'un journal, en une date et en la notation extrêmement synthétique des événements qui ont eu lieu à cette date. Pour autant, il est évident que c'est parce que ces événements avaient déjà été abordés que l'auteur peut les évoquer plus succinctement. Le fait qu'ils soient rappelés dit d'ailleurs, même brièvement, leur importance non seulement pour la cabale, mais également pour l'auteur. Au demeurant, le fait qu'ils puissent faire l'objet d'un résumé de quelques lignes illustre le pouvoir de la volonté auctoriale qui dicte au matériau littéraire et aux instances que sont le narrateur et les personnages l'importance des événements et le rythme qui doit leur être associé.

• **Une "écriture de l'ajout" [Garidel, 2005]**

Alors que l'auteur tâche d'éviter des digressions qui nuiraient à la linéarité de son propos, il n'est pas pour autant dans une démarche strictement descriptive ou narrative, qui consisterait en la simple présentation des événements vécus. En effet, des précisions émaillent le récit et l'étoffent, comme le font les digressions d'une centaine de pages sur le parlement de Paris ou encore sur le Tableau de la cour d'Espagne, que Saint-Simon ajoute aux *Mémoires* selon un idéal d'exactitude et d'élucidation. Un indice marquant en est le fait que l'*Intrigue*, bien loin de répondre d'emblée à des intérêts diégétiques, débute avec la présentation des différents acteurs à même de servir, ou non, le déroulement d'ensemble de la cabale, et donc de l'œuvre. Ainsi, Saint-Simon greffe à la trame narrative qui suit une présentation générale des individus qui pourraient être amenés à prendre part à la cabale. Ces informations, en plus de constituer un ajout, contribuent à dépeindre Saint-Simon en pleine réflexion, se questionnant sur les personnes à solliciter et en mesure de prendre part à l'affaire projetée. Ainsi, cet ajout préalable au récit, qui constitue une forme de prologue, permet également la présentation des différents protagonistes, comme le font une didascalie initiale au théâtre ou encore le prologue d'une comédie antique. Il s'agit en effet, par cet important ajout, d'orchestrer l'intrigue amenée à se jouer en permettant une identification aussi précise que possible de ses différents acteurs, avec une attention toute particulière accordée au lien qui existe entre eux, à leur rapport avec le personnage de Saint-Simon, mais également avec les individus qui sont la cible de la cabale, à savoir le duc de Berry et Mademoiselle. La manière dont le mémorialiste qualifie les personnages de son intrigue est tout à fait éloquente: "Je me tournai donc vers d'autres instruments plus propres, et qui eussent aussi leurs intérêts personnels en la préférence de Mademoiselle" (p. 62-63). En plus de rappeler l'objet de l'*Intrigue* en proposant une référence directe à la cabale et aux volontés individuelles qui la rythment ("intérêts personnels"; "Mademoiselle"), l'auteur emploie le terme d'"instruments". Ainsi, ses personnages, de véritables acteurs de l'Histoire, sont présentés comme des outils ou encore des pantins que l'auteur emploie à son gré dans son récit, et qu'il a également employés d'une manière analogue lorsqu'il conduisait sa cabale en 1710. Le rôle de l'auteur se trouve d'ailleurs ainsi mis en abyme dans le récit. En tout cas, le long ajout inaugural auquel procède Saint-Simon, après avoir présenté l'objet de l'*Intrigue*, prend la forme d'une appropriation du matériau littéraire par l'auteur pour faciliter la compréhension et illustrer le mécanisme de pensée du cabaleur. Toutefois, les ajouts sont bien loin d'être tous aussi conséquents dans le récit.

D'autres ajouts, bien plus brefs, sont également récurrents tout au long de l'*Intrigue*. Ils interviennent comme des précisions complémentaires qui servent autant la compréhension que l'exhaustivité du récit. C'est, d'une part, un moyen pour l'auteur de faire sien son texte, et, d'autre part, de signaler que celui-ci lui appartient dans la mesure où il est à même de l'exploiter comme il le souhaite. On retrouve un exemple d'ajout fugace dans la présentation que Saint-Simon livre du maréchal de Boufflers :

> Il y avait cela de commode avec le maréchal de Boufflers que promettre et tenir, et bien exécuter, était pour lui même chose, et qu'avec ses amis intimes comme je l'étais, il disait franchement ce qu'il pouvait, jusqu'à quel point, et comment, tellement qu'on ne prenait point avec lui de fausses mesures quand on était à cette portée avec lui, et qu'il faisait tant que d'en vouloir bien prendre. (p. 71)

Au milieu de tout ce développement, qui concerne le personnage que Saint-Simon est occupé à présenter, un ajout s'est glissé : il s'agit de "comme je l'étais". C'est le seul élément qui ne concerne pas le maréchal de Boufflers dans cet extrait, et qui constitue un contenu annexe par rapport à ce que l'auteur est occupé à développer. Quelle en est la raison ? Tout d'abord, il s'agit d'un moyen de préciser la manière dont le personnage de Boufflers s'inscrit dans l'*Intrigue*, mais également accepte d'y prendre part. Ensuite, c'est au nom de l'amitié qui les lie que l'auteur se charge de solliciter Boufflers et pense à lui en premier lieu. De fait, cette précision, en plus d'avoir une fonction strictement diégétique, permet à l'auteur d'attirer l'attention sur la légitimité qui est la sienne à procéder au récit de l'*Intrigue* et à l'avoir mise en place par le passé. Cela répond à une forme de logique parce qu'il est intime de plusieurs individus. Qui plus est, ces ajouts, qui constituent le signe de la présence de l'auteur, attirent l'attention sur la domination auctoriale, ce qui ne constitue pas pour autant leur seule fonction. Ainsi, lorsque Saint-Simon se rend à Saint-Cloud pour rapporter au duc d'Orléans l'échec de l'ambassade de Bignon auprès de Mlle Choin, il écrit : "Le Roi retourna à Marly le lundi 26 mai, et c'est le seul voyage que j'aie manqué depuis l'audience qu'il m'avait accordée" (p. 112). Ce qui peut sembler un ajout destiné à attirer l'attention sur le rôle que Saint-Simon est à même de jouer dans la société de cour a en réalité une véritable fonction diégétique et proleptique. L'auteur est un courtisan et se plaît en effet à la vie de cour. Il se rend donc régulièrement à Marly en même temps que le roi et cherche à obtenir des appartements à Versailles : il n'est donc pas commun qu'il manque un voyage du roi à Marly. S'il le fait, c'est parce qu'un événement plus important s'est présenté à lui. En conséquence, l'ajout proposé par l'auteur dramatise ce qu'il s'apprête à raconter par la suite, tout en attirant l'attention sur ce qui s'apprête à être dit. Ainsi, les ajouts ne constituent pas des précisions apportées sans conséquence mais, au contraire, servent la trame principale qu'ils contribuent à mettre en valeur, signe d'une composition fine du matériau littéraire par l'auteur.

• Qui est le héros de l'*Intrigue* ?

Au vu du titre, l'identité du héros ne semble pas faire l'ombre d'un doute, de prime abord. En effet, l'œuvre porte sur le mariage du duc de Berry, celui-ci est donc au cœur des tractations, si bien que l'on s'attend à ce qu'il soit un personnage majeur de l'œuvre. Or, il est relativement peu présent et subit essentiellement les manœuvres mises en place dans l'*Intrigue*. On aurait également pu s'attendre à ce que la jeune mariée occupe une place d'importance dans une affaire qui la concerne au premier chef : elle s'exprime davantage que le duc de Berry, prend plus de libertés, on la voit même en interaction, en tête à tête, avec Saint-Simon. La réflexion relativement pessimiste qui intervient en toute fin d'*Intrigue* est d'ailleurs exclusivement suscitée par elle et son comportement. Pour autant, il est difficile de dire qu'elle est l'héroïne de l'œuvre parce qu'elle n'est pas celle qui prend l'action en main. Si l'œuvre se résume à la cabale et à son corollaire, c'est-à-dire le débat qui intervient autour de l'identité de la dame d'honneur, il semble que trois individus majeurs occupent le devant de la scène et sont présentés comme les organisateurs : le duc et la duchesse d'Orléans, ainsi que Saint-Simon lui-même. Le trio se réunit régulièrement à Saint-Cloud ; les trois personnages sont présentés comme échangeant et prenant habituellement leurs décisions à trois. Il y a donc une certaine forme de centralité autour de ces trois individus. Or, leur désaccord sur la place de dame d'honneur brise cette union. Le duc et la duchesse d'Orléans s'en trouvent en outre présentés de manière assez négative, essayant de mettre en place ce que leur ancien allié ne souhaite pas. Ainsi, tout au long de l'*Intrigue*, Saint-Simon, au moyen du rôle central qu'il y occupe, ce que facilite le fait qu'il prenne en charge une narration à la première personne du singulier, est mis en valeur. Une précision qui intervient dans les dernières pages de l'œuvre ne laisse pas beaucoup de doutes à ce propos, lorsqu'il est question d'un épisode de coucher au sein de la cour royale :

> Le coucher ne fut pas long. Le Roi donna la chemise à M. le duc de Berry. M. de Bouillon avait prétendu la présenter comme grand chambellan ; M. de Beauvillier, comme gouverneur, eut la décision du Roi pour lui et la présenta. J'y tenais le bougeoir, et je fus surpris que M. de Bouillon ne s'en allât pas et vît donner cette chemise. (p. 170)

La précision "j'y tenais le bougeoir" semble intervenir comme un moyen de préciser la raison pour laquelle Saint-Simon est présent au cours de la scène qu'il raconte : il s'agit d'une forme de justification, qui est toutefois bien loin de se borner à cette seule fonction. Tenir le bougeoir du roi, à l'époque de Louis XIV notamment, était considéré comme un insigne honneur : cela signifiait une grande proximité avec le monarque car cela permettait d'assister de très près à la cérémonie du coucher. Ainsi, il est évident qu'au terme de l'*Intrigue*, Saint-Simon a acquis de véritables avantages, il est encore plus important à la cour royale et il se trouve indubitablement mis en valeur comme héros de l'œuvre. Un indice flagrant à cet égard tient à la récurrence des marques de la première personne du singulier, qui connaissent parfois une importante concentration :

> Telles furent les machines, et les combinaisons de ces machines, que <u>mon</u> amitié pour ceux à qui <u>j</u>'étais attaché, <u>ma</u> haine pour Madame la Duchesse, <u>mon</u> attention sur <u>ma</u> situation présente et future surent découvrir, agencer, faire marcher d'un mouvement juste et compassé, avec un accord exact et une force de levier, et que l'espace du carême commença et perfectionna, dont <u>je</u> savais toutes les démarches, les embarras, et les progrès par tous ces divers côtés qui <u>me</u> répondaient, et que tous les jours aussi <u>je</u> remontais en cadence réciproque. (p. 71-72, nous soulignons)

On observe, à travers ces quelques lignes, huit marques de la première personne du singulier, mais également une insistance certaine sur des affects personnels qui déterminent le fonctionnement de l'*Intrigue*. Ainsi, le rythme ternaire "mon amitié pour ceux à qui j'étais attaché, ma haine pour Madame la Duchesse, mon attention sur ma situation présente et future", qui se trouve doublé d'un parallélisme de construction, attire l'attention sur les raisons qui sous-tendent sa mise en place par Saint-Simon – qui n'est pas de la famille d'Orléans –, une fois que tous les acteurs de l'*Intrigue* ont été présentés. Il convient donc à l'auteur d'expliquer la raison pour laquelle il prend part à cette affaire, ce qui est l'occasion pour lui d'exploiter l'œuvre littéraire à son avantage : la mise en valeur du personnage principal sert les intérêts de l'auteur. Dans l'extrait observé, la dimension hyperbolique de l'affirmation "je savais toutes les démarches" ne peut que créer un effet d'insistance sur la place que souhaite se donner l'auteur dans son œuvre : celle d'un individu prépondérant, incontournable et autour duquel gravitent incontestablement les événements qu'il s'apprête à exposer dans la suite de son ouvrage. Cette mise en valeur est soulignée par Marc HERSANT [2009] dans une étude sur les *Mémoires* :

> On ne sait pas, à vrai dire, ce qui est le plus étonnant, de l'inlassable capacité de Saint-Simon à enchaîner les arguments, à les reprendre, à les résumer etc. ; ou de son égale envie de nous les restituer, de nous raconter ce qu'il a dit, de se montrer dans les *Mémoires*, avec une presque totale absence de distance dans ce rôle.

Ainsi, l'œuvre littéraire apparaît comme un terrain d'écriture acquis pour l'auteur. Celui-ci se sert d'ailleurs souvent des précisions qu'il donne pour mettre en avant le rôle qui a pu être le sien : "Les obstacles qui s'opposaient à ce mariage de Mademoiselle étaient également nombreux et considérables" (p. 54). L'emphase sur les obstacles attire l'attention sur la sagacité de Saint-Simon qui a su mettre en œuvre les moyens suffisants pour les surmonter. Le mémorialiste paraît donc conscient d'être le héros de l'*Intrigue* et il emploie, en tant qu'auteur, le matériau littéraire pour une valorisation personnelle.

L'ŒUVRE LITTÉRAIRE ET LE LECTEUR

Le lecteur comme confident

• Mensonge et corrections

Pour s'interroger sur la place et la fonction du lecteur chez Saint-Simon, il est au préalable important de se demander qui est le lecteur que vise l'auteur : pour qui écrit-il les *Mémoires* ? Le mémorialiste ne répond pas ouvertement à cette question puisque son texte n'est pas adressé à quelqu'un explicitement. S'il est tout à fait possible qu'il écrive pour lui-même, dans l'objectif de faire le bilan sur des faits passés, il est toutefois indubitable qu'il y a un destinataire supplémentaire des *Mémoires*. La présentation de soi et de son art de la cabale qui est mise en place dans l'*Intrigue*, par exemple, vise à mettre en valeur le mémorialiste, lequel peut essentiellement atteindre le lecteur tel qu'il est pris en compte dans le matériau littéraire comme "lecteur virtuel" [De Weerdt-Pilorge, 2003] ou "*lector in fabula*" [Eco, 1979]. Cela signifie que le lecteur n'a pas de réalité particulière dans le texte de Saint-Simon : il s'adresse à tout lecteur et présuppose dans son texte l'acte de lecture. Cette dimension apparaît de manière particulièrement évidente dans les corrections des mensonges que l'auteur s'attache à mettre en place dans l'*Intrigue*. Il ne s'adresse alors pas à un groupe particulier d'individus en leur demandant de cesser de colporter de fausses informations, mais il s'attache davantage à rapporter les propos mensongers qui se répandent et à les corriger. L'exemple le plus évident de l'*Intrigue* à ce sujet concerne les fausses rumeurs rapportées sur la relation supposée entre le duc d'Orléans et sa fille. Madame de Fontaine-Marel apprend ces bruits à Saint-Simon : "elle me dit confidemment qu'il ferait bien de hâter ce mariage s'il voyait jour à le faire, parce qu'il n'y avait rien d'horrible qu'on n'inventât pour l'empêcher, et, sans se faire trop presser, elle m'apprit qu'il se débitait les choses les plus horribles de l'amitié du père pour la fille" (p. 116). Saint-Simon ne procède pas à un démenti en bonne et due forme, c'est davantage sa réaction qui contribue à en illustrer la fausseté : "Les cheveux m'en dressèrent à la tête" (p. 116). Cette réaction épidermique et hyperbolique révèle la nature mensongère du propos énoncé. La conséquence de l'exposition de ce mensonge, et de sa contradiction immédiate par l'auteur, est la suivante : "Enfin ils partirent dans la ferme résolution de redoubler de force et de courage pour précipiter le mariage, et de faire leurs derniers efforts pour une très prompte conclusion" (p. 117). Ainsi, en plus et sous couvert de corriger un mensonge, Saint-Simon relance et précipite l'action. La visée est donc double: pour tout lecteur contemporain de l'auteur qui aurait entendu les fausses informations colportées, il s'agit de les corriger; pour le lecteur qui ne connaîtrait pas ces rumeurs, la précipitation de l'action se trouve justifiée, si bien que le lecteur apparaît en partie comme la cible de l'écrit du mémorialiste et comme son récipiendaire.

• Mise en scène de la Providence

Selon la vision historique et religieuse de Saint-Simon, Dieu est la cause finale dont chaque homme est l'instrument au moyen de sa liberté, ce qui signifie un libre arbitre pour chacun. L'auteur reste cependant conscient du fait que cette liberté est, quoi qu'il arrive, soumise à une incompressible dimension divine. Ainsi, le mémorialiste met en scène dans ses *Mémoires* l'idée de Providence divine, qui s'inscrit dans une profonde crainte des desseins de Dieu. On retrouve cette dimension dans les dernières phrases des *Mémoires*:

> Je n'ai songé qu'à l'exactitude et à la vérité. J'ose dire que l'une et l'autre se trouvent étroitement dans mes Mémoires, qu'ils en sont la loi et l'âme, et que le style mérite en leur faveur une bénigne indulgence. Il en a d'autant plus besoin que je ne puis le promettre meilleur pour la suite que je me propose. [Pl., t. XX, p. 130]

Outre les notions essentielles d'"exactitude" et de "vérité" que paraît viser Saint-Simon et qui sont à tel point cardinales qu'elles connaissent une résurgence en fin d'ouvrage, c'est la notion d'"indulgence" qui est particulièrement marquante. Si elle qualifie usuellement l'attitude d'une personne qui excuse et pardonne des fautes, s'abstient de punir ou le fait avec peu de sévérité, on peut alors en déduire que Saint-Simon s'adresse au lecteur dont il sollicite la bienveillance. Toutefois, l'"indulgence" a une implication religieuse: il peut s'agir de la rémission, totale ou partielle, des peines temporelles dues aux péchés déjà pardonnés et que peut accorder l'Église. Il est donc légitime de se demander si Saint-Simon ne sollicite pas alors autant l'indulgence du lecteur que celle de la Providence divine. En réalité, on peut se questionner sur l'identité du destinataire des *Mémoires*: ne serait-il pas double? Le lecteur, auquel l'auteur révélerait tout, constituerait ainsi, en quelque sorte, une préfiguration de la lecture divine qui pourrait être faite de la vie du mémorialiste.

Saint-Simon n'est donc pas avare de confidences avec son lecteur et révèle les détails qui entourent son rôle secret dans la cabale du mariage du duc de Berry, dans l'idée, notamment, de pouvoir être pardonné. D'ailleurs, avoir été contraint d'accepter la fameuse place de dame d'honneur, qui n'était en aucune manière souhaitée par les Saint-Simon, constitue une forme de pénitence imposée à la suite de la machination pour laquelle l'auteur a œuvré. Il défend ainsi sa cause devant le lecteur, ce qui constitue une préfiguration du tribunal divin. Par ailleurs, le renversement final, à travers lequel on apprend que celle qui pour qui Saint-Simon a tant œuvré est inconséquente, et que tant d'habileté a peut-être été déployée en vain, renverse totalement les jugements de valeur que la seule connaissance du moment présent permet d'émettre. Le temps passant, et avec du recul, le mémorialiste reconnaît la vanité de ce dont il était si fier, et se trouve d'une certaine façon dans la position du trompeur trompé. Ce retournement final entre tout à fait dans la perspective augustinienne et austère de l'abbé Rancé que Saint-Simon admirait tant.

Ad augusta per angusta

• Une histoire moralisée

La locution latine *ad augusta per angusta*, que l'on peut traduire par "Vers les sommets par des chemins étroits", signifie que l'on se dirige vers d'augustes honneurs après être passé par des chemins escarpés. C'est à se demander si l'*Intrigue* ne constituerait pas une illustration de cette expression, comme pour montrer au lecteur qu'il est possible, en empruntant des chemins sombres et détournés, de parvenir aux sommets. Cet aspect apparaît assez nettement dans le fait que la cabale et l'objectif fixé contraignent Saint-Simon, comme il l'illustre lui-même, à se diriger dans des voies parfois obscures, à influencer certaines personnes et à projeter des plans secrets, souvent par l'entremise de plusieurs interlocuteurs. Ce sont les *angusta*, parce qu'il ne s'agit pas d'une voie royale, sans accrocs et sans effort : Saint-Simon ne manque en effet pas d'insister quant à la difficulté de son entreprise afin que le lecteur, ainsi que lui-même, puissent ressentir une certaine angoisse à l'idée que le plan prévu n'atteigne pas les desseins projetés, c'est-à-dire, apparemment, contribuer au mariage du duc de Berry et de Mademoiselle, quoique le récit ne se borne pas à ce seul épisode.

En effet, une fois le mariage décidé, les *angusta* ne s'interrompent pas et les *augusta* ne sont pas encore advenues. Il faut que les Saint-Simon acceptent d'occuper la place subalterne qui les attend, en recevant un poste d'importance au mariage de celui qui n'est pas le fils aîné de Monseigneur. Toutefois, la résolution prise et la soumission à laquelle l'auteur accepte de se livrer sont salutaires parce qu'il s'en trouve récompensé : il obtient une place à Versailles et déloge d'Antin. C'est peut-être là que se situe le point de départ du rôle d'importance qu'il en vient à acquérir et qu'il sera en mesure d'exercer durant la Régence de Louis XV. Ainsi, en plus d'accomplir des percées dans l'intrigue projetée, les actions effectuées permettent à Saint-Simon d'obtenir de réels avantages, si bien que l'on peut se demander si ce processus, cette mise en avant de l'acquisition de privilèges grâce à ce que l'auteur présente comme un chemin de croix, ne constitue pas en réalité une leçon qu'il convient au lecteur de retenir. L'exemple le plus net en est la fin de l'*Intrigue* : alors que les *angusta* semblent éloignées du duc de Berry, le caractère fort désagréable de Mademoiselle est exprimé, signe que les *augusta* n'ont pas été atteintes. Le progrès réel, au terme de l'*Intrigue*, est donc celui de Saint-Simon, ce qu'il souhaite apparemment illustrer dans son œuvre, sans toutefois le revendiquer explicitement comme tel.

Doit-on alors comprendre que Saint-Simon encourage à accomplir des intrigues secrètes, expliquant qu'il n'y a rien de grave à cela dans la mesure où des avantages peuvent être obtenus *in fine ?* En réalité, cette rapide conclusion ne saurait être suffisante et le cheminement de l'*Intrigue*, de ce point de vue, n'est pas linéaire. Il ne s'agit en aucune manière d'une ode à la cabale et aux actions secrètes. Saint-Simon, en début d'œuvre, s'emploie pour autant à insister sur ce qui constitue l'envers du décor du rôle qu'il a pu jouer :

> Telles furent les machines et les combinaisons de ces machines, que mon amitié pour ceux à qui j'étais attaché, ma haine pour Madame la Duchesse, mon attention sur ma situation présente et future, surent découvrir, agencer, faire marcher d'un mouvement juste et compassé, avec un accord exact et une force de levier, et que l'espace du carême commença et perfectionna, dont je savais toutes les démarches, les embarras, et les progrès par tous ces divers côtés qui me répondaient, et que tous les jours aussi je remontais en cadence réciproque. (p. 71-72)

Deux champs lexicaux opposés se font face dans cet extrait : d'une part, celui du secret et des actions dissimulées (“machines”, “combinaisons”) et d'autre part celui de la révélation (“découvrir”), quoique ce dernier soit assez peu mobilisé. Le "carême" est à ajouter à cette dernière catégorie : il s'agit d'une période de méditation sur sa foi pour s'approcher de Dieu, soit de la grande révélation. Le terme de "levier" souligne le fait que Saint-Simon emploie en quelque sorte ses interlocuteurs comme des objets. Il n'hésite d'ailleurs pas à s'illustrer dans ses manœuvres dissimulées, qui plus est : "Je leur parlai de Madame la Duchesse et de d'Antin ouvertement leurs ennemis, et je sentis que je ne parlais pas à des sourds" (p. 67). Ainsi, l'auteur ne se borne pas à raconter, il propose des exemples concrets des actions qui ont été conduites et qu'il se charge de mener. Il est donc un maître dans l'art d'exploiter les relations humaines et les affects, n'hésitant pas à tirer profit des querelles préexistantes pour mener à bien sa propre entreprise. C'est ainsi, sous le jour d'un personnage presque machiavélien, que l'auteur s'illustre dans la première partie de l'*Intrigue*, celle qui concerne la mise en place de l'union à proprement parler. La seconde partie, qui concerne le choix de la dame d'honneur, est pour le moins très différente : les sommets qu'avait atteints Saint-Simon ne sont plus du tout les mêmes. Celui qui avait exploité ses relations interpersonnelles pour arriver à ses fins ne parvient pas à obtenir ce qu'il souhaite au sujet de Madame de Saint-Simon et se voit imposer ce qu'il espérait ne pas voir arriver. C'est un signe que la cabale n'est pas toujours avantageuse et qu'elle peut entraîner sur des terrains qui ne sont pas souhaités. En fin d'œuvre, dès que Saint-Simon consent à ce qui lui est proposé et ne cherche plus à orienter la situation à son avantage, il se trouve récompensé. Cela constitue un enseignement pour le lecteur, comme si l'*Intrigue* était un apologue* dont il fallait tirer une morale. En l'occurrence, Saint-Simon montre que le mieux arrive lorsque l'on s'y attend le moins, ou que l'on ne cherche pas à l'obtenir.

• Lecteur idéal et vérité

Le lecteur qui serait en mesure de comprendre la démonstration morale de Saint-Simon et d'accéder au sens précis que l'auteur souhaite communiquer pourrait être considéré comme un lecteur idéal. Le concept de lecteur idéal désigne celui que l'auteur imagine au moment de l'écriture, qui peut être à même de lire l'œuvre exactement comme l'auteur le souhaite, mais également de la comprendre selon les désirs et les aspirations de l'écrivain. Il s'agit, en somme, du lecteur qui croit lorsque cela est attendu de lui, qui doute quand il le faut et qui retire les enseignements et les informations lorsque le discours s'y prête. Le lecteur idéal est par exemple celui qui saisit les moments où le style de l'auteur recoupe le contenu qui est exposé. À cet égard, il est particulièrement pertinent d'examiner l'extrait qui suit, soit le récit au discours indirect de la duchesse d'Orléans, rapporté par Saint-Simon, au sujet de ce qui est pensé et en voie d'être décidé, en haut lieu, à propos de la personne vouée à occuper la place de dame d'honneur lors du mariage du duc de Berry et de Mademoiselle :

> Elle m'apprit qu'aussitôt que le mariage fut déclaré, Monseigneur avait parlé à Mme de Maintenon en sa faveur pour cette place, que Mme de Maintenon fut outrée de ce détour de sa nièce qui, au lieu de lui parler elle-même, avait cru l'emporter par une recommandation de ce poids en ce genre, et que, dans sa colère, il lui était échappé de dire qu'elle voulait bien que Monseigneur sût que, si elle eût voulu que Mme de Caylus eût une place, elle avait bien assez de crédit pour y réussir sans lui, mais qu'il ne lui arriverait jamais de la laisser mettre dans aucune après la vie qu'elle avait menée, pour se donner le ridicule de faire dire qu'elle mettait sa nièce auprès d'une jeune princesse pour la former à ce qu'elle avait pratiqué, et à ce qui l'avait fait chasser avec éclat. (p. 153, nous soulignons)

Cette période* est particulièrement marquante par sa longueur mais également par le nombre de subordonnants qui y figurent : les paroles sont rapportées d'une traite, et la syntaxe reproduit, par ce biais, les manipulations secrètes qui ont été mises en place. C'est un moyen employé par l'auteur pour souligner, à destination du lecteur idéal, la machination orchestrée. L'insistance mise en place sert la dénonciation souhaitée par l'auteur : bien loin de soutenir ce qui se déroule alors, il se retrouve en quelque sorte victime. Il convient apparemment au lecteur d'en être conscient.

Interroger le concept de lecteur idéal suppose de se demander quel est son rapport à la vérité telle qu'elle est présentée par l'auteur. Ce dernier exprime ce qu'il pense être vrai, ou en tout cas ce qu'il souhaite être perçu ainsi. C'est ensuite le rôle du lecteur que de recevoir cette vérité comme elle lui est présentée, pour ce qu'elle est, naïvement, sans remettre en cause ce qui est dit par l'auteur. Plusieurs éléments d'importance invitent à suivre cette voie, parmi lesquels le fait que Saint-Simon ait à cœur de déconstruire les rumeurs qu'il présente comme mensongères. Toutefois, il faut bien garder à l'esprit que l'auteur, dans un écrit qui le met explicitement en jeu, peut choisir de contredire ce qui le dérange particulièrement tout en laissant d'autres faits partiellement faux sans explication complémentaire. Rien n'interdit à l'auteur non plus d'arranger les faits et de les présenter comme il lui sied spécifiquement. La parade de Saint-Simon pour éviter les soupçons à cet égard consiste à reconnaître plusieurs torts. Il avoue en effet les manipulations auxquelles il a participé avec talent, non sans fierté, avant d'évoquer sa punition et sa rédemption. Cette apparente remise en cause est censée constituer une indubitable affirmation de vérité que le lecteur idéal n'est pas supposé questionner, s'inscrivant ainsi dans un mouvement de respect à l'égard de la stratégie littéraire de l'auteur. Pour autant, certaines affirmations du mémorialiste lui-même, sans qu'il soit besoin de mener une quelconque vérification historique, paraissent assez invraisemblables. Il en est ainsi de celle qui suit, qui constitue une réflexion conclusive de l'auteur sur son œuvre, à la fin de l'*Intrigue*:

> Le personnel a peu contribué à l'étendue que j'ai donnée au récit de l'intrigue de ce mariage, et à ce qui se passa sur le choix de Mme de Saint-Simon; le développement et les divers intérêts des personnes et des cabales, la singularité de plusieurs particularités et l'exposition naturelle de la cour dans son intérieur m'ont paru des curiosités assez instructives pour n'en rien oublier. (p. 164)

Ce qui ressort de ce commentaire de Saint-Simon sur sa propre œuvre est que, d'après lui, elle constitue surtout un portrait de la cour et de ses mœurs, ce que l'on ne peut pas contredire, bien au contraire. En revanche, l'affirmation "Le personnel a peu contribué à l'étendue que j'ai donnée au récit de l'intrigue" est assez discutable: il s'agit d'un véritable euphémisme, même pour le lecteur idéal. Saint-Simon ne dit certes pas qu'il ne s'exprime aucunement sur lui-même, mais il affirme tout de même que la dimension personnelle est assez absente de l'*Intrigue*, ou qu'elle occupe en tout cas un arrière-plan éloigné. À la lecture de cet extrait, tout lecteur doit être en mesure de remettre en question la vérité alléguée par l'auteur: il est évident que Saint-Simon s'exprime en grande part sur lui-même dans son œuvre. Toutefois, peut-être que le mémorialiste souhaite exprimer le fait que ce ne sont pas des motifs personnels qui ont dicté sa conduite au cours de la cabale, ce dont il pense que son récit est une illustration. Or, l'attitude qui a été la sienne au sujet du rôle de dame d'honneur qui était proposé pour Madame de Saint-Simon était de manière évidente mue par l'intérêt personnel. Il y a donc un indéniable écart entre la vérité que l'auteur pense que son lecteur idéal est à même de percevoir et celle qui est réellement perçue à la lecture, étant entendu que le lecteur réel s'approprie le texte et en mène une lecture personnelle qui ne reproduit pas nécessairement le sens qui avait été prévu et projeté par l'auteur. Ce dernier peut penser exprimer une vérité mais sa réception, en cette qualité, n'est en rien assurée.

La fabrique de l'œuvre

• Les rouages de l'écriture

On peut en venir à se demander, à la lecture de l'*Intrigue*, si l'auteur ne considèrerait pas le lecteur comme son complice. Ce qui justifie cette affirmation, c'est le fait qu'en plus d'apparemment tout révéler au lecteur, Saint-Simon ne lui cache nullement les rouages qui caractérisent son écriture. Au contraire, il les exploite largement et les énonce, comme s'il s'agissait d'une preuve supplémentaire du fait qu'il dit la vérité, ne dissimulant alors rien à l'instance lectoriale. Par exemple, lorsque le duc et la duchesse d'Orléans sont reçus par Madame la Duchesse, Saint-Simon écrit: "Je supprime le reste de cette belle journée pour M. et Mme la duchesse d'Orléans, mais cette visite à Madame la Duchesse m'a paru trop plaisante et trop curieuse pour ne la pas rapporter" (p. 125). L'auteur admet ici pratiquer des ellipses narratives* et ne se concentrer parfois que sur ce qui lui semble digne d'intérêt, ce qui peut être problématique. En effet, l'auteur prenant lui-même part à l'intrigue, peut-être trie-t-il les événements et choisit-il de ne pas en mentionner certains, alors même que cela pourrait intéresser son lecteur. En tout cas, les coupes que Saint-Simon pratique dans le récit sont clairement énoncées avec le terme "supprime". En plus de cela, il énonce un critère qui dicte son écriture et les choix qu'il opère: "trop plaisante et trop curieuse". Il y a donc une volonté du mémorialiste de plaire et de divertir. Son écrit ne constitue pas seulement une somme historique et il le reconnaît: il s'agit aussi de charmer par l'écriture. Cela n'est pas sans rappeler la définition du roman selon Huet, pour qui ce genre littéraire vise "le plaisir [...] du lecteur" (Huet, *Traité de l'origine des romans*, 1670). Au vu de la proximité des intentions littéraires qui existent entre Saint-Simon et un romancier, mais également du fait de la pratique de l'ellipse narrative par le mémorialiste, alors même qu'il s'agit d'un outil romanesque par excellence, il ne fait pas de doute que l'auteur entraîne le lecteur dans son atelier et lui dévoile à la fois les rouages de l'écriture et la fabrique de l'œuvre, dans un souci de complicité. Par ce biais, l'auteur s'assure une certaine proximité avec son lecteur, dans l'idée que ce dernier, inclus dans l'envers du décor, puisse être encore davantage enclin à se fier au mémorialiste.

En plus de s'attacher à révéler la manière dont il sélectionne le contenu de son texte, Saint-Simon expose également la manière dont il l'organise, comme dans l'extrait qui suit, où l'auteur explique que M. et Mme la duchesse d'Orléans lui "racontèrent tout ce qui s'était passé à Marly, et qu['il a] expliqué [...] pour conserver l'ordre du temps de chaque chose" (p. 130). Ainsi, l'auteur révèle les détails de l'organisation de son texte: afin de conserver une succession temporelle linéaire dans son récit, il a fait se succéder les événements de manière chronologique. Or, il ne les a pas vécus ni appris ainsi, puisque ce qui s'est passé à Marly lui a été rapporté quelque temps après le déroulement des faits. Le mémorialiste explique donc qu'il ne retrace pas ses explications de la même manière qu'elles lui ont été apportées. Il précise néanmoins ses sources et le moment où elles sont intervenues, ce qui favorise la confiance en l'auteur, prompt au dévoilement. Il est donc évident que le mémorialiste se soucie avec précision du lecteur et, en expliquant sa volonté de "conserver l'ordre des temps", il vise une compréhension qui puisse être la meilleure possible. En agissant ainsi, en exposant ses procédés, Saint-Simon avoue en même temps le soin particulier qu'il porte au lecteur dans son texte, ce qui est une manière de s'assurer de son indulgence. D'ailleurs, le souci de l'organisation temporelle est récurrent dans l'*Intrigue*, de telle sorte que celle-ci peut presque être suivie au jour le jour. Juste avant de décrire l'épisode de la présentation de Mademoiselle à Marly, Saint-Simon écrit: "Le mardi, qui était le lendemain de ce que je viens de raconter de Saint-Cloud, Mademoiselle alla dîner à Marly" (p. 135). Une nouvelle fois, c'est l'organisation chronologique à destination du lecteur qui prévaut et intéresse particulièrement l'auteur. On voit en effet mal à qui d'autre qu'au lecteur serait destinée cette précision, qui n'a d'autre objectif que de situer les faits dans le temps et d'illustrer leur succession, comme s'il s'agissait d'une entrée de journal, afin d'exprimer, voire de revendiquer, la dimension irrémédiablement historique de son œuvre. À ce titre, on observe la note de l'éditeur contemporain, dans l'édition au programme, qui cible le jour donné par Saint-Simon, "mardi", et précise "la scène suivante se déroula en fait le mercredi 4 juin". Ce détail serait intéressant si le mémorialiste avait tu un événement important entre les deux jours abordés. Or, si tel était le cas, on peut supposer que l'éditeur contemporain l'aurait précisé.

Celui-ci ne donne cependant pas de détail complémentaire. De fait, deux interprétations possibles conduisent à la même conclusion quant à cet échange de dates. Soit Saint-Simon s'est trompé malgré lui, ce qui illustre une conscience intime de la rapidité des événements et le conduit à se méprendre sur un jour, soit, pour insister encore davantage sur la rapidité des faits, il modifie la chronologie d'un jour, ce qui n'a d'autre incidence qu'une insistance accrue. Dans l'un et l'autre cas, l'effet produit est le même. C'est l'intention qui change, quoique le lecteur se trouve toujours invité à observer les dynamiques d'organisation et l'exposition des rouages, en tant que complice de l'auteur.

• La production d'annexes

Le mémorialiste, qui paraît vouloir faire œuvre de vérité et révéler à son lecteur tout ce qui peut corroborer sa version des faits, n'hésite pas à reproduire dans l'*Intrigue* ce qui tiendrait plutôt de l'annexe. Il en va ainsi de la lettre que le duc d'Orléans doit remettre au roi afin que ce dernier soit convaincu et consente au mariage du duc de Berry et de Mademoiselle. Toutefois, comme le rappelle Saint-Simon, le duc d'Orléans ne parvient pas à produire cet écrit comme il le faudrait. Saint-Simon en écrit donc lui-même une version, qu'il donne à lire au cœur de l'*Intrigue*. C'est celle-ci qui, après quelques changements ("j'ai inséré ma lettre ici en marquant ces changements" (p. 85)), est remise au roi par le duc d'Orléans. Il est assez surprenant que le cours de la narration soit interrompu dans un tel objectif, ce dont l'auteur est lui-même nécessairement conscient puisqu'il écrit que la lettre "n'est pas d'ailleurs assez longue pour être renvoyée aux Pièces" (p. 81), c'est-à-dire aux annexes. En plus d'insérer une réflexion sur la matérialité des *Mémoires*, l'auteur, tout en attirant l'attention par son besoin de se justifier sur le fait que la présence de sa lettre à cet endroit de l'ouvrage est assez inattendue, met en même temps l'accent sur cette étrangeté : le fait de le dire est une insistance supplémentaire. On peut donc se demander s'il s'agit véritablement de fournir au lecteur les éléments nécessaires à la compréhension de l'*Intrigue* tout en illustrant des qualités littéraires et argumentatives personnelles qui sont reconnues par la société de cour. La conclusion, qui intervient *a posteriori*, au sujet de la valeur de la lettre de Saint-Simon, ne se situe pas dans un tel sillage : "La mienne était égale à la leur" (p. 90). Pourtant, les objectifs que doit atteindre la lettre, tels qu'ils sont fixés en amont, sont assez élevés : “une lettre qui demeurait, et qui se pouvait relire plus d’une fois dans un intérieur de gens favorables” (p. 79). La lettre qui “demeurait” est supposée faire mémoire, marquer les esprits tant et si bien qu’elle puisse faire l’objet de plusieurs lectures. Cette précision *a priori* sert donc la valorisation par Saint-Simon de sa lettre à venir. D’ailleurs, quand l’auteur écrit au sujet du duc d’Orléans qu’il “le priai[t] de faire sa lettre et [lui] une autre ; qu’il choisirait après” (p. 80), il est assez évident que si la lettre de Saint-Simon a été choisie, c’est parce qu’elle était meilleure. Elle est toutefois la seule des deux à être reproduite, ce qui ne permet pas au lecteur d’en juger, mais le mémorialiste produit quand même une critique de sa propre lettre (p. 83). C’est certainement pour lui une manière de répondre aux nécessités d’une modestie certaine. Ainsi, sous couvert de montrer au lecteur tous les documents nécessaires à sa compréhension, Saint-Simon en profite pour mettre en valeur sa maîtrise littéraire ainsi que sa science de l’ambassade.

INDEX DES PERSONNAGES PRINCIPAUX

ANTIN (D') : fils du marquis et de la marquise de Montespan, demi-frère du duc du Maine, de Madame la Duchesse et de la duchesse d'Orléans. Il est à plusieurs reprises présenté comme le parfait courtisan et comme l'ennemi de Saint-Simon, qui est farouchement opposé à la branche illégitime à laquelle d'Antin appartient, et dont le rôle à la cour, et la place qu'il occupe, illustrent la déchéance des traditions, et les manquements du roi

BEAUVILLIER (DUC DE) : ministre d'État de Louis XIV, il s'est chargé de l'éducation du duc de Bourgogne, dont il préparait en coulisse avec Saint-Simon l'éventuelle accession au trône. La mort prématurée du duc de Bourgogne ruine tous ces espoirs.

BERRY (DUC DE) : troisième fils de Monseigneur, petit-fils de Louis XIV, il est le frère du duc de Bourgogne et de Philippe V, roi d'Espagne. Son mariage est l'objet de l'*Intrigue*. Par sa position de frère du duc de Bourgogne, il est placé après lui pour une éventuelle succession à Louis XIV, ce qui explique que la place de dame d'honneur de sa femme ne soit qu'une place de second rang, indigne donc d'un duc et pair.

BOUFFLERS (MARÉCHAL DE) : ami de Saint-Simon, il lui apporte son soutien à l'occasion de cette intrigue.

BOURBON (MADEMOISELLE DE) : fille de Monsieur le Duc et de Madame la Duchesse, elle est la rivale de Mademoiselle dans le projet de mariage avec le duc de Berry.

BOURGOGNE (DUC DE) : frère du duc de Berry, fils aîné de Monseigneur et petit-fils de Louis XIV, il suscite l'admiration de Saint-Simon. Mort avant Louis XIV, il n'accèdera jamais au trône.

BOURGOGNE (DUCHESSE DE) : épouse du duc de Bourgogne, elle a su, par la finesse de son esprit et son tempérament agréable, gagner petit à petit l'amitié du roi et de Mme de Maintenon. Elle est donc un atout majeur pour la cabale de Saint-Simon.

CHEVREUSE (DUC DE) : beau-frère du duc de Beauvillier et ministre secret de Louis XIV. Il est également très proche du duc de Bourgogne et entretient une grande amitié avec Saint-Simon.

CHOIN (MADEMOISELLE) : seconde épouse morganatique* de Monseigneur, à la suite d'une union secrète, elle aurait pu constituer une prise de choix pour Saint-Simon dans sa cabale. Elle se mêle toutefois moins que d'autres des intrigues de cour.

DUC (MONSIEUR LE) : Louis III de Bourbon-Condé, fils de Monsieur le Prince, et petit-fils du Grand Condé. Ennemi de Saint-Simon, il vient juste de mourir lorsque débute l'*Intrigue*. DUCHESSE (MADAME LA) : fille de Louis XIV et de Madame de Montespan, elle est l'épouse de Monsieur le Duc. Elle est très proche de Monseigneur et hostile au duc de Bourgogne. Elle désire faire de sa fille la future duchesse de Berry. Elle est donc la rivale de Saint-Simon.

MADEMOISELLE : ce titre désigne Marie-Louise Élisabeth d'Orléans, fille du duc et de la duchesse d'Orléans. Elle est celle que Saint-Simon souhaite unir au duc de Berry.

MAINE (DUC DU) : fils de Louis XIV et de Mme de Montespan, il a été élevé par Mme de Maintenon. Il est assez peu présent dans l'*Intrigue* et il est un grand ennemi de Saint-Simon.

MAINTENON (MARQUISE DE) : veuve du poète Scarron, elle a ensuite été l'épouse secrète de Louis XIV.

MONSEIGNEUR : Grand Dauphin, fils de Louis XIV, père du duc de Bourgogne et du duc de Berry, il est un personnage central de l'*Intrigue*. Ennemi du duc d'Orléans, il est d'abord opposé au mariage du duc de Berry avec Mademoiselle. Il désire au contraire privilégier une alliance avec Madame la Duchesse et favoriser un mariage avec Mademoiselle de Bourbon.

ORLÉANS (DUC D') : neveu de Louis XIV, qui désapprouve totalement son mode de vie et sa façon d'être, Philippe d'Orléans est le père de Mademoiselle. Il est Régent du royaume à la mort du roi en 1715.

ORLÉANS (DUCHESSE D') : fille de Louis XIV et de Mme de Montespan, elle est l'épouse de Philippe d'Orléans. En tant que mère de Mademoiselle, elle œuvre pour le mariage de sa fille et du duc de Berry, en accord avec son mari et Saint-Simon. Elle y voit deux avantages : une proximité accrue avec le roi par une insertion dans sa lignée directe et légitime, ainsi qu'une manière de piquer l'orgueil de sa sœur, Madame la Duchesse, qu'elle n'apprécie nullement.

TELLIER (LE P.) : père jésuite, confesseur de Louis XIV. Il est ainsi un homme influent dont le soutien est à ménager.

LA CONFESSION D'UN ENFANT DU SIÈCLE

D'ALFRED DE MUSSET

ÉTUDE ANALYTIQUE

REPÈRES

Biographie d'Alfred de Musset

Alfred de Musset, dont la naissance suscita chez les siens "autant de joie que celle du roi de Rome" — selon les mots de Paul de Musset (*Biographie de Alfred de Musset*, 1877), son frère et son premier biographe —, vit le jour à Paris, le 11 décembre 1810. Alfred est bien né : son père, Victor, est un aristocrate. D'ailleurs, son fils, non sans une certaine fierté, peut-être teintée d'ironique malice, se plaît parfois à signer "Vicomte de Musset". Par ailleurs, les belles lettres ne sont pas étrangères à sa famille : son père, dit "Musset-Pathay", est l'auteur de plusieurs ouvrages dont une biographie de Jean-Jacques Rousseau, auteur qu'il admirait et dont il édita les œuvres — on dit même que le couple Musset éleva ses enfants suivant les préceptes du philosophe ! Loin d'être un austère rat de bibliothèque, il est décrit comme un homme jovial et chaleureux. La mère de Musset a elle aussi reçu une brillante éducation : son père, Claude-Antoine Guyot-Desherbiers, était un fin lettré, proche des milieux littéraires des Lumières, auteur de poèmes, satires, traductions et aussi éditeur. On imagine aisément le tout jeune Musset, bénéficiant, si on en croit le témoignage de Paul, de la "mémoire prodigieuse" d'un grand-père maternel qui "s'amusait à réciter des comédies entières, jouant tous les rôles avec une verve et un talent qui faisaient le bonheur de son entourage, et surtout de ses petits-enfants". Tout naturellement, le jeune Alfred eut accès à de belles études : il entre au collège Henri-IV à l'âge de neuf ans, établissement qu'il quitte en 1827, quand il devient bachelier à seize ans et demi — avec, à la clef, un premier prix de philosophie. La suite de son cursus est moins linéaire : curieux de tout et peu soucieux, de toute façon, de faire carrière, il commence des études de droit puis s'essaie à la médecine, qu'il abandonne rapidement, traumatisé, comme il le rapporte dans *L'Anglais mangeur d'opium* (1828), par "le sang noir qui coulait lentement" après qu'il eut effectué sa première (et dernière !) incision dans un cadavre. C'est vers la peinture et le dessin que se tourne alors le jeune homme, avec, si l'on en croit Delacroix lui-même, des facilités certaines. Assisté d'un maître de dessin, Musset passe du temps au musée du Louvre, où il s'entraîne à dessiner. Mais, par lassitude peut-être, il abandonne cet art au bout de quelques mois. En parallèle de ces tâtonnements, Musset mène une vie peu rangée, en compagnie de son acolyte de beuverie et de débauche, Alfred Tattet. Mais une activité va retenir davantage son attention : la littérature, et plus spécifiquement, dans un premier temps, la poésie.

Musset déclare, dans *Le Poète déchu :* "À dix-huit ans j'hésitais encore sur l'état que j'embrasserais, lorsque le hasard me lia avec quelques jeunes gens qui s'occupaient de littérature". Le hasard ou le confort d'un art dans lequel il baignait depuis la prime enfance et lui demandait moins d'efforts que le reste ? En tout cas, ces "quelques jeunes gens" dont il fait la connaissance à la fin de l'année 1827, ce sont notamment les auteurs du Cénacle* — Hugo, Vigny, Sainte-Beuve, Mérimée, pour ne citer qu'eux — et de grands artistes de l'époque — Boulanger, Delacroix... Le jeune Musset adopte rapidement un regard critique sur ces réunions, dont il trouve certains aspects un peu ridicules. Deux ans plus tard, il a dix-neuf ans, après une publication d'un poème intitulé "Un Rêve" dans une revue, paraît son premier recueil de poèmes, *Contes d'Espagne et d'Italie*. Les Classiques vilipendent ces vers qu'ils trouvent affreux et même les Romantiques y décèlent une singulière désinvolture. Musset, d'emblée, est à part. Ses premiers pas au théâtre, en 1830, sont plus chancelants. Sa première pièce, *La Quittance du diable*, est éclipsée par l'affaire littéraire du moment : la préparation de la représentation d'*Hernani**, drame de Victor Hugo. La pièce du jeune Alfred n'est pas jouée, bien qu'elle fût reçue au théâtre des Nouveautés. La véritable catastrophe arrive à la fin de l'année, lors de la première représentation de sa nouvelle pièce, *La Nuit vénitienne :* une partie du décor fraîchement repeinte, la robe de l'actrice qui, par malheur, la touche ; et c'est le drame ! Le public, hilare, n'est plus vraiment disposé à s'intéresser à la pièce. Musset, écœuré, prend la ferme résolution de n'écrire plus que pour être lu : c'est la naissance du *Théâtre dans un fauteuil*, nom sous lequel il réunit ses pièces, de véritables chefs-d'œuvre, sommets de l'art dramatique de son temps. Pour exemples, on s'en tient à *On ne badine pas avec l'amour* et *Lorenzaccio*. Il ne revient "sur les planches glissantes du théâtre", selon l'expression de Théophile Gautier, qu'en 1847.

L'année 1832 est très certainement un moment charnière dans la vie de l'auteur. Son cher père est emporté par l'épidémie de choléra qui sévit alors. Musset, accablé par "une douleur sans larmes" perd alors son "soutien le plus nécessaire", comme il l'écrit dans une lettre qu'il envoie quelques semaines après la catastrophe. C'est l'année suivante, en 1833, qu'il rencontre celle qui donna probablement une inflexion nouvelle à sa vie et à son œuvre, Amantine Aurore Lucile Dupin de Francueil, nettement mieux connue sous son nom de plume: George Sand. Commence une passion tumultueuse, dont il est difficile, aujourd'hui encore, de retracer tous les rebondissements et toutes les subtilités, tant la fiction et la vie sont entrelacées, tant la légende a pris le pas sur l'histoire. Cette relation, complexe, ambiguë, mit Musset, grand jaloux, dans tous ses états. Le couple se sépare une première fois en 1834 puis définitivement en 1835. C'est en 1836 que Musset publie sa *Confession d'un enfant du siècle*, pensée, au tout début du projet, comme un autel littéraire érigé en l'honneur de son aimée et de leur relation. Sur le plan littéraire, Musset continue de publier dans *La Revue des deux mondes*, à laquelle il collabore depuis mars 1833: y paraissent bon nombre de textes, comme des poèmes (ses différentes *Nuits*, entre 1835 et 1837), des pièces de théâtre (*Les Caprices de Marianne*, en 1833; *Un Caprice*, en 1837), des extraits de sa *Confession*... Malgré tout, Musset a des problèmes d'argent que son poste de conservateur au ministère de l'Intérieur, obtenu en octobre 1838, ne résout que partiellement. Dès 1847, probablement pour régler ses déboires financiers, mais aussi, selon la formule qu'il utilise dans une lettre, parce qu'il est "enragé de théâtre", Musset décide de renoncer au fauteuil pour retrouver les sièges du théâtre. Son *Caprice* est joué à la Comédie-Française. Il crée d'autres pièces, calibrées, cette fois-ci, pour la scène, et n'hésite pas à reprendre d'anciennes pièces issues du *Spectacle dans un fauteuil* en les retaillant pour les planches. C'est le cas, par exemple, d'*André Del Sarto* et d'*Il ne faut jurer de rien*, publiées respectivement en 1833 et 1836, qui sont revues et jouées en 1848. De la même manière, c'est à cette même période que paraissent ses *Comédies et proverbes*, réunies dans une édition complète qui contient les textes revus pour la scène.

À la fin de sa vie, Musset connaît par ailleurs d'autres échecs, d'autres succès, aussi. Après la révolution de 1848, il perd son poste de bibliothécaire au ministère de l'Intérieur. Quelques années plus tard, il retrouve un poste similaire, cette fois au ministère de l'Instruction publique. Musset échoue également deux fois à l'Académie française (en 1848 et en 1850), avant d'être élu en 1852, soutenu notamment par Victor Hugo. Il est certes devenu "immortel", mais il est alors au crépuscule de sa vie. Quant à sa production littéraire, elle s'amaigrit considérablement. Il est usé depuis des années déjà par une vie d'excès qu'il ne ralentit guère. Extrêmement affaibli, il succombe à une tuberculose le 2 mai 1857, à Paris, après avoir écrit, peu avant, ce que l'on connaît comme ses derniers vers :

L'heure de ma mort, depuis dix-huit mois,
De tous les côtés sonne à mes oreilles,
Depuis dix-huit mois d'ennuis et de veilles,
Partout je la sens, partout je la vois.

Plus je me débats contre ma misère,
Plus s'éveille en moi l'instinct du malheur ;
Et, dès que je veux faire un pas sur terre,
Je sens tout à coup s'arrêter mon cœur.

Ma force à lutter s'use et se prodigue.
Jusqu'à mon repos, tout est un combat ;
Et, comme un coursier brisé de fatigue,
Mon courage éteint chancelle et s'abat.

Contexte historique

• L'épopée napoléonienne

Pour bien comprendre le contexte auquel Musset fait référence dans sa *Confession d'un enfant du siècle*, il faut remonter avant sa naissance, au 9 novembre 1799 : c'est le fameux coup d'État du 18 Brumaire. Napoléon, auréolé d'un grand prestige militaire, a tout de l'homme providentiel : non seulement, il s'est montré général de génie, mais il a aussi été reconnu pour sa fidélité aux grands principes révolutionnaires comme la liberté individuelle et l'égalité devant la loi et devant l'impôt. Il s'érige comme le garant des acquis essentiels de la Révolution. Balzac, dans *Les Chouans* (1829), évoque en ces termes l'arrivée de Napoléon au pouvoir :

> En apprenant que le général Bonaparte avait été nommé premier consul de la République, les militaires éprouvèrent une joie très vive : ils voyaient, pour la première fois, un des leurs arrivant au maniement des affaires. La France, qui avait fait une idole de ce jeune général, tressaillit d'espérance. L'énergie de la nation se renouvela.

En effet, quand Napoléon arrive au pouvoir, la France est fatiguée par dix ans de conflits. Il propose de restaurer une grande nation et d'apporter aux Français paix, ordre, stabilité et prospérité. Les gages de son séduisant projet ne se font pas attendre : grâce au Concordat* (1801), la paix religieuse, mise à mal depuis la Révolution, est rétablie. L'année suivante, c'est la signature du traité d'Amiens, conclu entre la France, l'Angleterre, l'Espagne et la Batavie. L'Europe entre alors dans une période de paix. Enfin, en 1804, les lois françaises sont unifiées par le *Code civil des Français*.

L'année 1804 marque évidemment une rupture dans l'exercice du pouvoir napoléonien : le 2 décembre, Bonaparte est sacré empereur, en grande pompe. Pendant dix ans, la légende napoléonienne se construit, de victoire en victoire — Austerlitz, Iéna, Wagram, respectivement en 1805, 1806 et 1809. L'Empire doit s'étendre, car c'est sur cette expansion, sur ces frontières toujours repoussées, que repose la grandeur de la France. Viennent enfin les Cent-Jours ou le crépuscule du règne de Napoléon, qui s'étend de son retour en France à sa seconde abdication après la défaite de Waterloo, le 18 juin 1815. Napoléon, exilé à Sainte-Hélène, meurt six ans plus tard, le 5 mai 1821. Il devient alors une figure littéraire, un véritable mythe, “une figure légendaire composée des lubies du poète", comme l'exprime Chateaubriand dans ses *Mémoires d'outre-tombe*. Si certains, comme l'auteur de *René*, sont plus nuancés, d'autres prêtent leur calame à la construction d'une véritable légende dorée de l'homme de pouvoir. Ainsi Hugo, dans *Les Orientales*, écrit un grand poème intitulé "Lui", panégyrique* aux accents parfois hagiographiques*, dont voici un bref extrait :

> À Rome, où du Sénat hérite le conclave,
> À l'Elbe, aux monts blanchis de neige ou noirs de lave,
> Au menaçant Kremlin, à l'Alhambra riant,
> Il est partout ! – Au Nil, je le rencontre encore.
> L'Égypte resplendit des feux de son aurore ;
> Son astre impérial se lève à l'orient.
>
> Vainqueur, enthousiaste, éclatant de prestiges
> Prodige, il étonna la terre des prodiges
> Les vieux scheiks vénéraient l'émir jeune et prudent,
> Le peuple redoutait ses armes inouïes ;
> Sublime, il apparut aux tribus éblouies
> Comme un Mahomet d'Occident.

• La Restauration

Après une première Restauration (1814) et la défaite de Napoléon, c'est Louis XVIII — qui n'est autre que le frère de Louis XVI — qui retrouve son trône, de façon définitive, cette fois-ci. Cette nouvelle ère politique est complexe, pétrie d'ambiguïtés et, de fait, marquée par une nette fragilité. D'un côté, le roi ne renie pas la Charte qu'il avait signée quelques mois plus tôt, lorsque la monarchie avait été rétablie une première fois, document qui fixe les contours de l'exercice du pouvoir du souverain et garantit les libertés fondamentales. Il ne s'agit donc pas d'une restauration de l'Ancien Régime, d'autant plus que les grands acquis révolutionnaires et le Code napoléonien sont conservés. Pour autant, Louis XVIII, "roi de France et de Navarre" (selon le titre officiel de l'Ancien Régime) est, comme son frère et ses prédécesseurs, déclaré *monarque de droit divin*. Devant ce régime bâtard, l'opinion est divisée : d'une part, il y a ceux qui trouvent que l'héritier de la couronne a fait trop de compromis et souhaitent un retour à l'Ancien Régime ; d'autre part, il y a ceux qui sont pour une application plus stricte de la Charte, avec un pouvoir épuré de tout ce qui pourrait rappeler de trop près celui dont on a coupé la tête et ses prédécesseurs.

Un événement fait basculer l'histoire : c'est l'assassinat du duc de Berry. Le neveu du roi est tué dans la nuit du 13 au 14 février 1820, alors qu'il sort de l'Opéra. L'auteur du crime est un certain Louvel, un ouvrier. L'opinion, déjà sensible, est ébranlée par ce crime qui risque de réveiller les élans antimonarchiques. En guise de réponse, le régime montre une plus nette rigueur : le duc de Richelieu, figure phare des conservateurs, reprend du service à la présidence du Conseil des ministres et vote des lois qui remettent en cause deux grandes libertés : la liberté individuelle et la liberté de la presse. Des réformes institutionnelles contribuent aussi à ce durcissement : le personnel électoral est réduit afin d'endiguer la progression des libéraux. La balance penche de plus en plus franchement du côté de l'Ancien Régime. En 1825, c'est le coup de grâce : Charles X, grand conservateur et défenseur d'un retour à l'ordre ancien, est sacré à Reims.

Toutes les grandes espérances qu'avait suscitées l'épopée napoléonienne, qui donnait l'impression d'une France triomphante, s'étendant à l'infini, semblent définitivement douchées. La jeunesse – c'est ce dont parle notamment Musset – se sent prise dans un monde rabougri, sans perspectives. Il est là, ce "mal du siècle". Le règne de Charles X est un franc retour en arrière, une négation de bien des acquis de la Révolution. On retiendra, comme symbole de cette politique ultra-réactionnaire, sa loi du "milliard des émigrés" qui permet d'accorder une généreuse indemnité à des nobles qui avaient été ruinés par la Révolution. Une opposition dynamique et déterminée se constitue, dont les rangs sont formés d'ouvriers, d'artisans, de bourgeois libéraux, d'étudiants républicains... C'est cette force d'opposition qui remporte l'élection législative de juillet 1830. Le roi et son ministre, le fameux Polignac, ne montrent aucun signe d'ouverture ou de compromis. Plus encore, non content de ces résultats, le souverain prend la décision de dissoudre la Chambre des députés. Mauvaise pioche : les résultats des nouvelles élections organisées dans la foulée lui sont moins favorables encore. Loin de s'incliner devant les urnes, le roi se crispe : il laisse Polignac à la tête du Conseil des ministres et annonce, le 25 juillet, les ordonnances de Saint-Cloud avec lesquelles il entend réaffirmer son autorité : liberté de la presse supprimée, Chambre dissoute une deuxième fois, augmentation du seuil minimum du cens nécessaire pour voter afin de réduire le corps électoral et d'en amputer bon nombre d'opposants. La rigueur de la Restauration atteint un sommet. La chute est proche.

• La révolution de Juillet 1830 et ses conséquences

"La France retombe en révolution par le fait même du pouvoir". Voilà en quels termes Armand Carrel, journaliste et figure politique de l'époque, réagit, dans *Le National*, à la riposte du pouvoir. Le ton est donné. Ce sont des étudiants qu'émergent les premières contestations, le 26 juillet. Les insurgés gagnent vite du terrain : le 29, ils ont mis la main sur le Louvre, les Tuileries. Ils prennent le Palais-Bourbon. Charles X, qui craint pour sa tête, accepte de renvoyer son ministre favori et de supprimer ses ordonnances. Mais il est trop tard : le temps des compromis est déjà passé et c'est au duc d'Orléans que les députés proposent le pouvoir le 30 juillet. Il accepte. Trois jours plus tard, Charles X abdique et part en exil. Le 9 août, le duc d'Orléans devient officiellement le roi Louis-Philippe Ier, "roi des Français" et non plus "de France et de Navarre". Ces jours de soulèvement, violents (dont la répression fait mille morts), sont appelés "Les Trois Glorieuses". Cette Révolution n'a pas abouti à une République, mais à un régime de compromis à la tête duquel se trouve un "roi-citoyen".

Les idéaux républicains, vifs chez un bon nombre d'insurgés, notamment chez la jeunesse, sont évidemment déçus. Les premières années de ce nouveau régime vont de pair avec une profonde désillusion politique. Les jeunes gens, qui rêvaient de mener leur propre 1789, se retrouvent encore avec un roi au pouvoir. C'est sur ce terreau que croît une génération désenchantée, accablée par ce qu'ils tiennent pour une lourde immobilité de l'histoire. Balzac, dans une chronique du 9 janvier 1831, perçoit bien cette sensibilité à travers quelques œuvres littéraires de l'époque : *La Psychologie du mariage* et *La Confession* de Jules Janin, *L'histoire du roi de Bohème* de Charles Nodier et *Le Rouge et le noir* de Stendhal. S'y expriment, selon lui, "le génie de l'époque, la senteur cadavéreuse d'une société qui s'éteint". En somme, l'impression que l'histoire n'avance plus. Il parle d'une "école du désenchantement", formule reprise plus tard par le critique Paul Bénichou. C'est sous cette bannière qu'il rassemble d'autres écrivains romantiques (Nodier, Musset, Gautier...), qui se distinguent nettement de leurs prédécesseurs, pétris encore d'idéaux et de spiritualité, comme Hugo et Lamartine, les fameux “mages romantiques”. La politique, symptôme d’une histoire à l’arrêt, dégoûte, elle est “cette prostituée de tous les trônes absolus”, selon la fameuse formule de Gérard de Nerval. C’est que cette révolution de 1830, “arrêtée à mi-côte” (Hugo, *Les Misérables*), met la bourgeoisie au pouvoir ; or elle ne se souvient guère de l’idéal républicain et beaucoup plus de son intérêt propre. Car “la bourgeoisie, explique le narrateur des *Misérables*, est l’intérêt arrivé à satisfaction. Hier c’était l’appétit, aujourd’hui c’est la plénitude, demain ce sera la satiété”.

Mais l’instauration de ce régime permet aussi une révision de la Charte de 1814. Le cens électoral est considérablement abaissé, le nombre d’électeurs accru. Se met également en place, en province, l’élection de conseils municipaux. Ces mesures tendent à politiser davantage le peuple et à donner plus de champ à l’affirmation des revendications républicaines. Cette grande agitation politique et ces bouleversements créent un terrain propice à la réflexion sur de grands concepts, renouvelés par des théories récentes : c’est en 1833 que Pierre Leroux forge le concept de “socialisme” par exemple. Notons également que Karl Marx est installé à Paris depuis 1843, et que ses idées se fraient un chemin et participent de ce contexte d’ébullition intellectuelle. La notion de “peuple” prend de plus en plus de place dans le champ de la réflexion. En parallèle, toutefois, le pouvoir en place ne semble pas sensible à ces mutations. Alors que des républicains et des socialistes souhaitent une modification des institutions, le pouvoir ne s’ouvre pas au compromis. La situation se tend d’autant plus qu’une crise économique éclate en 1846, crise mondiale qui entraîne de lourdes conséquences en France.

Le basculement a lieu en février 1848. Alors que l’opposition, faite de républicains et de socialistes, s’est réunie à l’occasion de plusieurs banquets à Paris pour envisager une réforme profonde des rouages politiques et institutionnels, François Guizot, le chef du gouvernement, prend la décision d’annuler le dernier banquet prévu. La contestation est immédiate, des ouvriers et des étudiants décident de se rendre vers la place de la Concorde. Même la Garde nationale se range du côté des contestataires qui scandent “Vive la Réforme” et réclament la démission de Guizot. Le roi, qui consent au départ de son ministre, de crainte probablement que les émeutes ne dégénèrent en révolution, n’obtiendra pas le calme attendu : le soir même, c’est sous ses fenêtres qu’il entend la foule hurler son mécontentement.

Les soldats ouvrent le feu, des émeutiers sont tués. La scène tourne vite au drame : la vue des premiers cadavres suscite l'indignation. La colère enfle et la foule des opposants se densifie. La journée du 24 est particulièrement violente : le château d'eau du Palais-Royal est incendié. Le roi Louis-Philippe Ier prend la décision d'abdiquer en faveur de son petit-fils, Louis-Philippe II. L'Assemblée (dont fait d'ailleurs partie Lamartine), suivant l'opinion publique, n'accepte pas ce nouveau roi. Jusqu'au 4 mai, c'est un gouvernement provisoire qui est en place. Il se donne pour mission de proclamer la IIe République et ne tarde pas à adopter plusieurs mesures fortes : abolition de l'esclavage dans les colonies, abolition de la peine de mort — laquelle avait été, à plusieurs reprises, dans plusieurs ouvrages, vilipendée par le grand Hugo —, remise en place de la liberté de la presse et élargissement sans précédent du corps électoral avec le suffrage universel masculin : tous les Français majeurs (21 ans à l'époque) peuvent voter, sans condition de revenus. C'est donc la fin du suffrage censitaire. "Vive la République ! Quel rêve, quel enthousiasme !", voilà ce qu'écrit George Sand, dans une lettre datée du 8 mars 1848. L'enthousiasme est palpable devant la réalisation d'un idéal républicain si longtemps déçu.

Mais la liesse est de courte durée. Le gouvernement provisoire peine à trouver une formule convaincante, qui puisse faire consensus. Les premières mesures concrètes, qui s'éloignent du programme qui avait été pensé par le socialiste Louis Blanc, déçoivent les ouvriers ; quant aux bourgeois, ils souhaitent tempérer les ardeurs initiales et mener une politique qui semble, aux yeux de beaucoup, trop timide. C'est le 4 mai que la République est finalement proclamée. Les tensions demeurent entre une gauche socialiste, soucieuse de mener une politique qui ne déçoive pas les attentes initiales des insurgés et une frange plus modérée, moins prompte aux grandes avancées démocratiques souhaitées. Le mois suivant, un climat de plus en plus contestataire s'impose dans le pays. Le peuple demande la mise en place d'une vraie république sociale, fidèle en tout point aux engagements originels. Les Ateliers nationaux, qui avaient été mis en place au début du gouvernement provisoire pour donner aux chômeurs du travail sont supprimés, car ils deviennent, aux yeux du gouvernement, un lieu où se structurent les contestations — comme, jadis, les banquets —. Ils sont supprimés le 21 juin, ce qui allume une véritable révolte. Pendant trois jours — du 23 au 26 juin —, la révolte s'enflamme. La répression est sans pitié, dirigée par le général Eugène Cavaignac : 1500 exécutions sommaires,

15 000 personnes arrêtées, condamnées à des peines de prison ou exilées en Algérie. Le bilan est sans appel: 4000 morts parmi les insurgés, 1500 parmi les forces de l'ordre.

Un nouveau gouvernement est alors mis en place le surlendemain et la marche arrière est nette: les conditions de travail, qui avaient été améliorées avec la journée à dix heures à Paris et à onze heures dans le reste du pays, repasse à douze heures, la liberté de réunion est limitée par des lois, de même pour la liberté de la presse populaire. "Silence aux pauvres !", voilà comment Lamennais, fervent opposant à cette république réactionnaire qui se met en place, résume cet ensemble de mesures. Le 4 novembre, la Constitution de la IIe République est proclamée et le 10 décembre, Louis Napoléon Bonaparte est élu au suffrage universel. Il prend son nom comme argument et comme gage de retour à la grandeur de l'Empire. La IIe République n'a donc rien à voir avec l'idéal républicain: c'est ce "fantôme à l'œil louche, à l'attitude oblique" dont parle Hugo dans ses *Choses vues*. Le poète ajoute encore:

> Tu n'as pas su donner l'honneur à nos drapeaux,
> Au peuple le travail, au pays le repos;
> Tu n'as point reconnu le droit des misérables;
> Tu n'as point su toucher à leurs maux vénérables.

L'heure, décidément, semble au désenchantement. L'histoire se répète et, comme dix-huit ans plus tôt, le soulèvement populaire n'aboutit pas à l'avènement de l'idéal républicain.

Dans les années qui suivent, le pouvoir n'a de cesse de se raidir. Le nouveau président, Napoléon, ne semble pas décidé à laisser le pouvoir. Or la Constitution ne prévoit pas de second mandat. Avant les élections de 1852, il plaide, dès le printemps 1851, pour une réforme constitutionnelle. Le projet est rejeté par l'Assemblée l'été suivant. Napoléon décide donc, le 2 décembre 1851 — date hautement symbolique: c'est l'anniversaire du sacre de son oncle et de la victoire d'Austerlitz — de faire un coup d'État. Une grande machine de propagande est lancée la veille, et sont publiées un peu partout des proclamations qui visent à obtenir l'assentiment de l'armée et du peuple. Évidemment, son entreprise ne se fait pas sans opposition: des républicains tentent de mobiliser le peuple qui se soulève dès le 3. Mais au regard des précédentes émeutes, le soulèvement est timide et les émeutiers sont promptement arrêtés. Un plébiscite est organisé et la nouvelle Constitution est promulguée le 14 janvier 1852. C'est une autocratie en bonne et due forme qui voit le jour, sans grande surprise. Pendant des mois, Bonaparte fait une grande campagne de propagande en province, si bien que le 20 novembre, le nouveau régime est accepté, par plébiscite, massivement. Douze jours plus tard, le 2 décembre, il est couronné empereur et devient Napoléon III. Il restera empereur jusqu'en 1870 et, contrairement à Hugo, "l'homme-siècle", notre Musset, déjà usé en 1852, ne verra pas, évidemment, le retour de la République.

PROBLÉMATIQUES

Étude du titre

• Confession

Le premier terme du titre rattache d'emblée l'œuvre d'Alfred de Musset à deux sommets de la littérature occidentale: *Les Confessions* d'Augustin et celles de Rousseau. Ce terme — est-il bien utile de le rappeler ? — renvoie directement à la religion. Dans la théologie catholique, il s'agit du sacrement qui consiste à avouer ses péchés à un prêtre, qui joue alors l'intermédiaire entre le pécheur et Dieu. C'est le sacrement de la Réconciliation. Réconciliation avec Dieu, dont le pécheur se coupe et à qui il demande pardon. Il s'agira ici de s'intéresser brièvement aux liens entre *Les Confessions* des deux auteurs cités plus haut et *La Confession d'un enfant du siècle* de Musset.

S'agissant d'Augustin, on sait que Musset, encouragé par George Sand, a lu ses *Confessions*. Quand on suit sa correspondance, comme le fait minutieusement Frank LESTRINGANT [1999], on constate que Musset évoque Augustin à peine plus d'un mois après avoir fait part à Sand de son projet d'écrire ce qui deviendra *La Confession d'un enfant du siècle*. C'est en des termes élogieux qu'il l'évoque dans sa lettre du 4 juin: "Saint Augustin est à mes yeux l'homme le plus vrai qui ait existé". Musset, on le sait, voue un culte à la vérité, à la transparence. On comprend donc son enthousiasme devant toute entreprise consistant à se mettre à nu, à se dévoiler. Saint Augustin est, à ses yeux, "le plus vrai" précisément parce qu'il est d'une honnêteté, d'une profondeur et d'une humanité qui ne laissent pas indifférent notre auteur. Mais il y a plus encore : ce que Musset admire chez Augustin, et il le dit immédiatement après la phrase citée plus haut, c'est l'expression franche de son doute. C'est en effet cette phrase d'Augustin que l'auteur retient : "J'ai nié et je crois". Expression ramassée, efficace du mystère de la foi, de l'itinéraire d'un homme qui s'est converti. Musset le cynique se rêve alors en nouvel Augustin : la lecture de son œuvre semble susciter en lui non pas peut-être la foi, mais du moins un intérêt vif et profond pour le mystère qu'elle représente pour lui. Dans certaines lettres, le vocabulaire qu'il emploie est même digne d'un bon chrétien. En somme, comme l'écrit malicieusement Lestringant, Musset semble "touché par la grâce" [LESTRINGANT, 1999]. Non seulement Augustin intervient pendant le processus de création, mais il n'est pas absent du produit fini. Dans le chapitre III de la première partie, Desgenais envoie, dans la nuit, sa maîtresse — dont Octave lui a vanté les atouts — à son ami. Octave refuse ce présent et renvoie la jeune femme, qui pleure, dans sa chambre. Cette attitude de Desgenais suscite une "méditation" (p. 153) rapportée au discours direct à la fin du chapitre (p. 153-156). Dans ce beau passage, Octave analyse l'attitude de Desgenais, qui souhaite que son ami Octave *désapprenne* à aimer. Il veut amputer en lui tout sens de l'idéal, car c'est ce qui le fait souffrir. C'est à la fin de ce passage qu'intervient la première référence à Augustin : "Oublie et apprends, voilà ta devise. Tu feuilletais des livres morts ; tu es trop jeune pour les ruines. Regarde autour de toi ; le pâle troupeau des hommes t'environne. Les yeux des Sphynx étincellent au milieu des divins hiéroglyphes ; déchiffre le livre de vie !" (p. 155). Il est difficile, ici, de passer à côté de la référence au père de l'Église qui rapporte, dans ses *Confessions*, ce moment où il a entendu ces deux impératifs juxtaposés, aujourd'hui célèbres : "*tolle, lege*" ("Prends. Lis."). Quand Augustin entend cet ordre, il a la Bible à portée de main. C'est ainsi qu'il découvre la parole de Dieu, livre qui changera sa vie à jamais. Puis vient une référence directe, une citation, au début du chapitre suivant (p. 156). Le narrateur cite un passage dans lequel Augustin dénonce les "faux plaisirs" du monde avant de qualifier l'auteur des *Confessions* d'"homme le plus homme qui ait jamais été". Alors qu'Octave est au cœur de la débauche, il pense à Augustin. Probablement rêve-t-il de conversion et de grâce. Le roman, toutefois, ne trace pas vraiment l'itinéraire d'un pécheur touché par la grâce. C'est même plutôt l'inverse, et l'itinéraire est bien davantage descendant qu'ascendant, si l'on veut poser cela schématiquement. Le héros de Musset est empêtré dans la débauche. Par ailleurs, l'intrigue entière est régie par la jalousie, péché capital qui caractérise Octave, lui colle à la peau et gangrène son âme.

Dans ses lettres à Liszt, Musset déclare : "Je n'ai jamais pu lire les *Confessions* de Rousseau sans dégoût". Le jugement est sévère. Or Musset doit beaucoup à Rousseau, et le titre de son ouvrage est moins une référence aux *Confessions* de Jean-Jacques qu'un signe vers l'ensemble de son œuvre, de sa vie et de son système de pensée. D'abord, Musset, dans *La Confession d'un enfant du siècle*, exalte le sentiment, qui l'emporte sur la raison. Il fustige sans ménagement les "hommes du siècle" qui lisent Voltaire, qu'il tient, comme Rousseau, pour un ennemi. Contre la froideur glaciale de ceux qui s'enorgueillissent de prôner la supériorité de la raison, Musset a, à la manière du narrateur des *Confessions*, des mots durs :

> Ô hommes de marbre, sublimes égoïstes, inimitables raisonneurs, qui n'avez jamais fait ni un acte de désespoir ni une faute d'arithmétique, si jamais cela vous arrive, à l'heure de votre ruine ressouvenez-vous d'Abeilard quand il eut perdu Héloïse. Car il l'aimait plus que vous vos chevaux, vos écus d'or et vos maîtresses ; car il avait perdu, en se séparant d'elle, plus que vous ne perdrez jamais, plus que votre prince Satan ne perdrait lui-même en retombant une seconde fois des cieux ; car il l'aimait d'un certain amour dont les gazettes ne parlent pas, et dont vos femmes et vos filles n'aperçoivent pas l'ombre sur nos théâtres et dans nos livres ; car il avait passé la moitié de sa vie à la baiser sur son front candide en lui apprenant à chanter les psaumes de David et les cantiques de Saül ; car il n'avait qu'elle sur terre ; et cependant Dieu l'a consolé. (p. 132)

Outre cela, au cœur de la *Confession d'un enfant du siècle*, on trouve aussi "l'évasion bucolique ressentie comme une délivrance et comme la reconquête de l'innocence perdue" [Lestringant, 2003, p. 20]. C'est ainsi, en effet, qu'est vécu le retour chez le père, ce père, d'ailleurs, qui adorait Rousseau et qui, comme lui, tenait un journal. Le journal du père peut évidemment rappeler les *Rêveries du promeneur solitaire :* on retrouve également ces longues promenades chez Musset. L'identification au père est aussi, en filigrane, une identification à Rousseau : là se dessine encore la filiation entre Jean-Jacques et Octave. Quant à Brigitte, elle est la figure maternelle et apaisante qui peut rappeler Madame de Warens, tout à la fois amante et "maman". L'imitation du père, toutefois, ne tient pas longtemps. Par ailleurs,

Octave n'est pas Saint-Preux, comme le note LESTRINGANT [1999, p. 271]: il ne peut pas résister à la passion, car il n'a pas la sagesse suffisante pour se tenir à l'écart. Saint Preux, lui, renonçait à posséder Julie et continuait de l'aimer d'une tendre et chaste affection après qu'elle se fut mariée avec M. De Colmar. Autre élément, chez Rousseau, c'est la mort qui met fin à l'idylle ; chez Musset, c'est la jalousie maladive, même si, à la toute fin du roman, il s'élève enfin en direction de Rousseau, son sublime modèle.

• Enfant

Évidemment, ce terme est à considérer avec son complément du nom – "du siècle" –, mais il ne faut pas passer trop vite sur cette notion d'enfance. Dans *La Confession d'un enfant du siècle*, nombreux sont les passages où il est question de la jeunesse d'Octave, inexpérimenté, étranger aux réalités du monde, de l'amour. Son cœur est pur comme celui d'un enfant, d'où sa souffrance lorsqu'il est confronté à la débauche. Octave n'est sorti que tard de l'innocence. La relation qu'il entretenait avec sa maîtresse le préservait des affres du monde. Comme un sanctuaire, ce premier amour permettait au jeune Octave d'être enfermé dans son univers idéal. La découverte de l'infidélité de sa maîtresse marque le début de l'intrigue et la fin de l'innocence. On assiste ensuite à l'errance d'un éternel enfant, incapable de se faire au monde et à la société qui l'entourent. D'ailleurs, les autres personnages du roman – du moins les plus essentiels, ceux avec qui Octave a une interaction – apparaissent comme des figures qui confortent Octave dans ce rôle d'enfant. Desgenais, d'abord, est un maître de débauche quelque peu désespéré par son élève, lequel est incapable de profiter des plaisirs qu'il met, bon enseignant, à sa disposition, incapable d'oublier sa première maîtresse et sa première déception, tache originelle qui le chasse du Paradis de l'Amour. Octave reconnaît que Desgenais lui parle comme un enfant et s'identifie d'ailleurs à "la jeunesse sans expérience" (p. 151). Les femmes qu'il fréquente sont également des figures maternelles qui renvoient à l'enfance dans ce roman où, d'ailleurs, la mère brille par son absence (v. Les figures féminines). Sa maîtresse, qui lui apparaît en rêve après le drame initial, l'interpelle en l'appelant "mon enfant" (p. 90). Après qu'il a rompu avec elle, Octave, désespéré, noie son chagrin dans l'alcool au cabaret. Il y rencontre "une fille très jeune et très jolie" (p. 126) qui lui adresse pour premiers mots: "Vous souffrez [...];

vous avez bu comme un enfant que vous êtes, sans savoir ce que vous faisiez. Restez sur cette chaise et attendez qu'il passe un fiacre dans la rue ; vous me direz où demeure votre mère, et il vous mènera chez vous" (p. 127). Ici, l'infantilisation du héros est évidente. La jeune femme pointe la conduite irresponsable du jeune homme qu'elle imagine avoir échappé à l'autorité de sa mère. Autre figure maternelle : Mme Pierson, qui renvoie également Octave à son rôle d'enfant. Il lui arrive de le "traiter presque en enfant" (p. 223). Brigitte elle-même, dans le long discours qu'elle adresse à Octave lors de leur promenade nocturne, insiste sur cette dimension : elle rappelle à son amant son attitude qui consistait à "[s]e vanter comme les enfants qui ne savent rien" (p. 255) de sa prétendue expérience. Peu après, elle utilisera deux fois encore ce terme : "Ô enfant !" et "Ah ! mon enfant" (p. 256) ; de la même manière, elle conclut une intervention en ces termes : "J'ai beaucoup d'orgueil, mon enfant" (p. 258). D'ailleurs, quelques lignes après, Brigitte reconnaît ce rôle maternel qu'elle a auprès de son amant : "Tu m'as dit, dans tes bons moments, que la Providence m'a chargée de veiller sur toi comme une mère. C'est la vérité, mon ami ; je ne suis pas votre maîtresse tous les jours ; il y en a beaucoup où je suis, où je veux être votre mère. Oui, lorsque vous me faites souffrir, je ne vois plus en vous mon amant ; vous n'êtes plus qu'un enfant malade, défiant ou mutin, que je veux soigner ou guérir pour retrouver celui que j'aime et que je veux toujours aimer" (p. 258). Et Octave de répondre : "Ô mon unique amie ! [...] ô ma maîtresse, ma mère et ma sœur !"

C'est que l'enfance est associée à la pureté. Ce motif revient à plusieurs reprises dans le roman. *La Confession d'un enfant du siècle* est l'itinéraire d'un homme au cœur d'enfant — donc au cœur pur — qui se sent gâté, menacé par la débauche qui l'environne et dans laquelle il s'enfonce. Ainsi, lorsqu'Octave se retrouve seul avec Marco, femme ambiguë qui exerce sur lui son attraction magnétique, le jeune homme semble peu enclin à la rejoindre dans son alcôve. Un tout autre spectacle l'occupe, le poussant à décliner les invitations de la jeune femme : le jardin du Luxembourg, qu'il aperçoit par la fenêtre. Ce paysage renvoie immédiatement Octave à son enfance :

> L'aspect des allées du Luxembourg me fit bondir le cœur, et toute autre pensée s'évanouit. Que de fois, sur ces petits tertres, faisant l'école buissonnière, je m'étais étendu sous l'ombrage, avec quelque bon livre, tout plein de folle poésie ! car, hélas ! c'étaient là les débauches de mon enfance.

> Je retrouvais tous ces souvenirs lointains sur les arbres dépouillés, sur les herbes flétries des parterres. Là, quand j'avais dix ans, je m'étais promené avec mon frère et mon précepteur, jetant du pain à quelques pauvres oiseaux transis ; là, assis dans un coin, j'avais regardé durant des heures danser en rond les petites filles ; j'écoutais battre mon cœur naïf aux refrains de leurs chansons enfantines ; là, rentrant du collège, j'avais traversé mille fois la même allée, perdu dans un vers de Virgile et chantant du pied un caillou. "Ô mon enfance ! vous voilà, m'écriais-je ; ô mon Dieu, vous voilà ici !" (p. 174-175).

Alors au cœur de la débauche, à deux doigts de consommer son désir, Musset est rappelé à son enfance bénie, qui contraste en tout point avec sa vie d'alors. Le chant des petites filles innocentes s'oppose à la voix lascive de Marco. L'enfance est le lieu de la pureté, de l'innocence, un sanctuaire, comme le souligne la fin de la citation. Ce qui est intéressant, c'est que la fin de ce chapitre préfigure l'annonce funeste qui arrive : Musset découvre un télégramme, reçu par Marco peu auparavant, annonçant la mort de sa mère. Dans le chapitre suivant, Octave reçoit lui aussi une triste nouvelle : son père vient de subir une crise d'apoplexie violente. On apprend, au début du livre suivant, qu'il en est mort. Orphelin, le jeune Octave est ramené avec une certaine violence à son enfance. L'effet d'écho est saisissant et tragique (v. Quelques remarques sur la composition du récit). Arrivé chez son père, à la campagne, Octave a, d'une certaine manière, une attitude d'enfant : il souhaite devenir son père. Découvrant son journal, le jeune homme se calque sur le descriptif des journées de son père pour organiser les siennes, avec une grande minutie. Ce mimétisme, poussé au plus haut point, n'est pas sans rappeler l'enfance : le jeune enfant, en grandissant, imite ses parents. Musset imite scrupuleusement son père et trouve, dans un premier temps du moins, une tranquillité et une paix auxquelles il n'était pas accoutumé.

L'enfance joue donc un rôle majeur dans l'intrigue. Cette dimension contribue à rendre le héros pathétique. Octave est un jeune homme qui ne parvient pas à être autre chose qu'un enfant. Grandir lui est impossible.

• Siècle

Le deuxième chapitre du livre I doit être connu de très près. Il faut le lire et le relire, d'abord pour lui-même — c'est un sublime poème en prose, aux beaux et grands accents épiques. Ensuite, il s'agit probablement d'une des expressions les plus magistrales de ce que l'on a appelé le mal du siècle. Mais il y a de la complexité, dans ce mal du siècle. Dans le chapitre II, Musset propose d'analyser dans le détail les facteurs de cette "maladie morale" : les jeunes gens nés "pendant les guerres de l'Empire" (p. 60) ont grandi pleins d'espérance. Ils ont fait leurs premiers pas dans une épopée qui a été stoppée net. Les espoirs ont été déçus. Les ardeurs éteintes. La jeunesse entravée dans ses aspirations et ses espoirs. Aucun doute : le narrateur parle magistralement de l'histoire de l'épopée napoléonienne et de ce qui s'ensuit — bien qu'il le fasse, évidemment, en poète, et pas en historien. Cette "fresque des lendemains qui déchantent", comme l'appelle Frank Lestringant, est brillamment paraphrasée par le critique dans sa présentation de notre œuvre :

> La *Confession d'un enfant du siècle* serait née d'une catastrophe : le million de soldats de la Grande Armée dissipé dans la neige de la Russie et la boue de l'Allemagne, depuis la Moskova jusqu'à Leipzig, les adieux de Fontainebleau et l'abdication de l'Empereur, et avec cela les lycées transformés en casernes, les écoles en hôpitaux, la France entière enrégimentée et saignée à blanc, avant de devenir un champ de bataille. — 1815 : le désastre de Waterloo répète et approfondit le deuil. C'est la marée montante des ténèbres, le retour des émigrés, les robes noires dans les campagnes, le glas des cloches et la chasse aux régicides. Dominant le tout, un ciel vide et bouché, l'absence d'avenir, la mort de Dieu et de la gloire. L'ennui s'installe avec la paix. Tel est le siècle dont nous parle Musset, renfermé aussitôt qu'entrouvert, avec ses enfants qui errent dans la nuit, désespérant du jour qui vient. [LESTRINGANT, 2003, p. 7]

Hugo a été sensible, lui aussi, à la singularité de ce "siècle" dont il est question chez Musset. En 1835, alors que notre auteur écrit sa *Confession d'un enfant du siècle*, l'homme-siècle publie ses *Chants du crépuscule*. Cette œuvre, qu'on ne connaît plus tellement aujourd'hui, comporte une préface dont les liens avec Musset sont saisissants. Ce qui caractérise le siècle, selon Hugo — c'est-à-dire, évidemment, *son* époque —, c'est ce sentiment profond d'indécision et d'inachèvement. C'est que les gens ont été, probablement, trop habitués aux espoirs et aux désespoirs les plus profonds :

> Tout aujourd'hui, dans les idées comme dans les choses, dans la société comme dans l'individu, est à l'état de crépuscule. De quelle nature est ce crépuscule ? de quoi sera-t-il suivi ? Question immense, la plus haute de toutes celles qui s'agitent confusément dans ce siècle où un point d'interrogation se dresse à la fin de tout. La société attend que ce qui est à l'horizon s'allume tout à fait ou s'éteigne complètement. Il n'y a rien de plus à dire.

Hugo tente, comme Musset, de dresser le tableau d'une certaine psychologie collective:

> Ce qui est peut-être exprimé parfois dans ce recueil, ce qui a été la principale préoccupation de l'auteur en jetant çà et là les vers qu'on va lire, c'est cet étrange état crépusculaire de l'âme et de la société dans le siècle où nous vivons; c'est cette brume au dehors, cette incertitude au dedans; c'est ce je ne sais quoi d'à demi éclairé qui nous environne.

On ne trouve pas, à ma connaissance, de trace, dans la correspondance de Musset, d'une quelconque lecture des *Chants du crépuscule*. Malgré tout, les points de contact sont nets, jusqu'à cette notion de crépuscule, qui donne son titre au recueil et qui est analysée dans la préface. Rappelons-nous, en effet, ce qu'écrit Musset dans son deuxième chapitre:

> Il leur restait donc le présent, l'esprit du siècle, ange du crépuscule, qui n'est ni la nuit ni le jour; ils le trouvèrent assis sur un sac de chaux plein d'ossements, serré dans le manteau des égoïstes, et grelottant d'un froid terrible. L'angoisse de la mort leur entra dans l'âme à la vue de ce spectre moitié momie et moitié fœtus; ils s'en approchèrent comme le voyageur à qui l'on montre à Strasbourg la fille d'un vieux comte de Sarverden, embaumée dans sa parure de fiancée. Ce squelette enfantin fait frémir, car ses mains fluettes et livides portent l'anneau des épousées, et sa tête tombe en poussière au milieu des fleurs d'oranger. (p. 67)

La différence de ton et de vocabulaire, entre les deux auteurs, qui appartiennent, si l'on veut, à la même école — le Romantisme — ne doit pas être éludée par cette belle convergence lexicale et conceptuelle. Le diagnostic est exprimé avec beaucoup plus de noirceur chez Musset, et ce dans tout le texte, d'ailleurs. Il y a, dans le diagnostic que posent les deux auteurs, de nets points communs, mais Musset recourt à un champ lexical de la mort, extrêmement médical: il dissèque le siècle avec dégoût. C'est que sa posture est tout autre: là où l'un parle de "désenchantement" et de "*désespérance*" (p. 74), l'autre réaffirme, dans une de ces phrases-paragraphes qui lui sont si chères, son espoir, à la toute fin de la préface: "Il est de ceux qui espèrent." Même siècle, certes. Même école, disions-nous — pas si sûr... —: il faut en effet ne pas oublier cette diversité qui sous-tend ce que l'on appelle *le* Romantisme. Et, sous cette commode étiquette, il faut distinguer plusieurs moments, plusieurs idéologies, un rapport différent au monde, à la création, à la transcendance et au sacré. Hugo fait partie de ceux que Paul Bénichou appelle "les mages romantiques" alors que Musset est à rattacher, dans sa typologie, à "l'école du désenchantement": désenchantement devant un siècle, non avare en maux, mais dont l'expression varie selon les moments et les auteurs. Le mal du siècle de Musset n'est pas exactement celui de Hugo, celui de l'homme-siècle n'est pas *stricto sensu* celui de Chateaubriand qui, dans *René*, paru en 1802, se livre à cette analyse :

> Plus les peuples avancent en civilisation, plus cet état du vague des passions augmente ; car il arrive alors une chose fort triste : le grand nombre d'exemples qu'on a sous les yeux, la multitude de livres qui traitent de l'homme et de ses sentiments rendent habile sans expérience. On est détrompé sans avoir joui ; il reste encore des désirs, et l'on n'a plus d'illusions. L'imagination est riche, abondante et merveilleuse ; l'existence pauvre, sèche et désenchantée. On habite avec un cœur plein un monde vide, et sans avoir usé de rien on est désabusé de tout.

Le siècle commence juste quand Chateaubriand écrit ces lignes. Il perçoit déjà cette attitude particulière. Il dépeint une jeunesse pleine de fougue, d'espoirs, qui a soif de grands moments politiques mais dont le cœur reste inassouvi. On voit comme ce mal, sous le calame de Musset, a pris, au fil des événements et des mutations, des aspects différents.

Quelques remarques sur la composition du récit

• Les cinq actes d'un drame ou d'une tragédie

Pour Musset, dramaturge accompli, écrire son premier roman en cinq livres n'est probablement pas anodin : le clin d'œil au théâtre est assez appuyé. Pour Frank Lestringant, l'ouvrage qui nous intéresse "comprend cinq parties bien distinctes, les cinq actes d'un drame ou d'une tragédie" [LESTRINGANT, 2003, p. 10]. Pour saisir les subtilités de la composition de ce roman, il faut brosser la trajectoire du héros et mettre en relief les effets saillants qu'elle imprime dans la composition de l'œuvre. Dans la première partie, Octave, trahi par sa maîtresse, est chassé du Paradis de l'Amour : coupé de son idéal, il se retrouve errant dans les affres du siècle. Dans la partie suivante, il commence, aux côtés de Desgenais, une retraite de débauche qui ne comble pas son cœur malade ; il en est tiré par la mort brutale de son père, qui le conduit à la campagne (c'est le début du livre III). Le tableau est radicalement différent ; le contraste, saisissant : à la débauche de Paris et des alentours s'opposent la vertu et la simplicité de la vie rurale. Là, il tente de commencer "une vie calme et régulière", en imitant pas à pas les journées et la vie de son père. Une rupture s'opère, à compter de cette partie : on passe du “poème en prose de la débauche et du vertige” à “la subite éclaircie de l’idylle campagnarde” [LESTRINGANT, 2003, p. 15]. Cette partie est un véritable diptyque : d’abord le soleil, ensuite, l’orage ; entre les deux, ce qui assure la transition d’un état à un autre : l’aveu. Comme en tragédie, l’aveu accélère la marche inéluctable du destin. La symétrie est trop frappante, trop nette pour ne pas être soulignée. Dans les cinq premiers chapitres, Octave retrouve une vie heureuse ; la rencontre avec Brigitte, femme simple et pure, figure qui suscite son admiration et son amour, le rend heureux. Dans le chapitre VI, c’est l’aveu par Octave de cet amour qu’il éprouve pour Brigitte depuis plusieurs mois. Dans les cinq derniers chapitres, l’équilibre est rompu — même la volupté de l’avant-dernier chapitre est “une volupté mélancolique” (p. 223), les choses ne sont plus aussi douces et simples — : Brigitte quitte le village avant qu’Octave ne la rejoigne. Mais leur relation est difficile : Brigitte évite Octave, se montre froide, ne souhaite plus le voir. Octave souffre de ce lien rompu. Mais, après leurs retrouvailles, à la fin du chapitre IX, Brigitte et Octave s’embrassent. Ce livre s’achève sur un véritable hymne à l’amour en l’honneur de Brigitte, divinisée aux yeux d’Octave. La partie suivante s’ouvre immédiatement sur ce qui va faire basculer la relation entre Brigitte et Octave vers le fiasco : c’est le retour des soupçons et de la jalousie. Avec la fin de la troisième partie se clôt définitivement ce “nid précaire logé au cœur du récit”, logé “loin de la ville corruptrice” [LESTRINGANT 2003, p. 17]. Cette troisième partie ouvrait des perspectives à Octave : perspective d’un amour enfin heureux, ou, même, perspective d’une vie paisible à la campagne. Ce ne sera qu’une parenthèse enchantée, car la jalousie le rattrape : la relation devient alors intenable, particulièrement pour Brigitte qui, accablée par les “accès de méchanceté et d’ironie” d’Octave (p. 271) pense à se suicider dans le dernier chapitre. Ce suicide évité n’est qu’une manière de renforcer, probablement, la mort de l’ancienne Brigitte, dont la tante, seul lien avec sa vie d’avant, meurt au chapitre IV. “Brigitte-la-Rose n’est plus de ce monde” (p. 266), voilà quel constat terrible elle fait au chapitre suivant. Ce désespoir de Brigitte ne fait que croître dans le livre suivant. La rupture avec la Brigitte d’avant, la Brigitte respectable et vertueuse, s’accroît encore lorsqu’elle apprend que sa famille se sent déshonorée par la relation qu’elle entretient avec Octave, vu comme un libertin. Cette dernière partie est celle du sacrifice : Octave se retire pour laisser sa place à Smith, homme vertueux dont Brigitte tombe amoureuse. Avant ce choix final, il renoncera à tuer Brigitte. On suit donc l'itinéraire d'un héros frappé par la trahison et la jalousie, en proie à ce qu'il appelle "le mal du siècle", la tragédie d'un homme incapable d'échapper à sa destinée de jaloux. Octave est enfermé dans son errance parisienne : le roman commence et se termine à Paris, le départ pour Genève ne reste qu'un projet. C'est l'immobilisme, en fin de compte, qui caractérise ce héros, qui n'évolue guère, ni dans la débauche et le plaisir, ni dans la vertu et le bonheur, deux voies qui se sont offertes à lui. Faire de Paris l'alpha et l'oméga du récit "renferme *La Confession d'un enfant du siècle* sur elle-même et le destin du narrateur sur le traumatisme initial." [LESTRINGANT 2003, p. 38] Point d'issue, donc, pour Octave. L'enfant du siècle est condamné à l'inertie, prisonnier de sa chair meurtrie. Il a contaminé Brigitte, porté son mal partout avec lui. La seule solution est donc, puisqu'il ne peut expulser le mal, de s'expulser lui-même [*ibid.*, p. 34], de se mettre en retrait de l'intrigue.

• Deux figures charnières

On remarque également, au cœur de cette trame dynamique et riche que nous venons de brosser, une grande rigueur de composition qui passe par des effets de symétrie, d'écho entre les différentes parties. Nous avons déjà souligné le lien entre le début et la fin de l'intrigue, qui marque cette circularité du destin d'Octave. Mais il y a de surcroît un élément qui structure très nettement le roman : il s'agit des figures féminines. C'est sur elles que repose l'essentiel des effets de construction du récit : elles se répondent, se complètent, se contredisent, se corrigent… Ainsi, ce sont deux figures féminines qui assurent deux transitions essentielles dans l'économie du roman que nous venons de brosser. D'abord, il y a la jeune fille rencontrée au cabaret (I, IX) qu'Octave ramène chez lui (I, X) : c'est par elle que s'opère, d'une certaine manière, la transition entre la première et la deuxième partie, entre l'errance d'Octave et son entrée dans le "vertige" de "l'apprentissage de la débauche" (p. 144). Dans cet épisode, Octave — dont les sens sont peut-être altérés par l'alcool — trouve soudain une ressemblance entre cette jeune fille de cabaret et sa maîtresse tant aimée. Il reçoit cette jeune femme chez lui, dans sa petite chambre, et se rappelle les jours bénis de sa liaison précédente :

> C'étaient alors des jours de fête pour ma petite chambre ; les fleurs y arrivaient, le feu s'allumait gaîment, les rayons poudreux voyaient se préparer un bon souper ; le lit avait aussi sa parure de noces pour recevoir sa bien-aimée. Souvent, assise sur mon canapé, sous la glace, je l'avais contemplée durant les heures silencieuses où nos cœurs se parlaient. Je la regardais, pareille à la fée Mab, changer en paradis ce petit espace solitaire où tant de fois j'avais pleuré. (p. 128)

Porté par la tristesse, la nostalgie et l'alcool, Octave décide, remarquant cette ressemblance, de demander à la jeune courtisane de reproduire certaines poses de sa maîtresse, pour revivre les temps bénis. Mais, malheur, lorsque le jeune homme se met à chanter une romance que sa maîtresse entonnait, la courtisane décide de faire entendre sa voix. Et quelle voix : "cette voix rauque et ignoble, sortant de cet être qui ressemblait à ma maîtresse, me paraissait comme un symbole de ce que j'éprouvais. C'était la débauche en personne qui lui grasseyait dans la gorge, au milieu d'une jeunesse en fleur" (p. 130). Octave a singé le culte de l'Amour, il a apporté le mal et la souillure au cœur du sanctuaire. Fait-il pour autant machine arrière ? Non : "Je la jetai sur mon lit et m'y étendis à côté d'elle, comme ma propre statue sur mon tombeau". Il s'agit là d'un "simulacre de suicide" et d'un "geste de profanation" qui "décide de toute la suite et commande l'infléchissement de la deuxième partie" [LESTRINGANT, 2003, p. 25]. De la même manière, c'est avec la figure ambiguë de Marco que va être assurée la transition entre la vie de débauche de la deuxième partie et la parenthèse de la troisième. Dans cet épisode, avant dernier de la deuxième partie, c'est Octave qui vient à Marco, alors que c'était la jeune courtisane qui était venue à lui dans le premier épisode. Marco, d'ailleurs, n'est pas une jeune courtisane, mais une femme "entretenue et presque mariée à M. De ***, ambassadeur à Milan" (p. 169). Alors que la jeune courtisane semblait espiègle, qu'elle chantonnait, pleine de vie, Marco, elle, est "sombre et voluptueuse" (p. 173), marquée par une lassitude et une nonchalance qui intriguent le jeune homme. Enfin, c'est elle qui le reçoit dans sa chambre, ce lieu d'où l'on voit le jardin du Luxembourg, qui ramène Octave à son enfance. Marco est une orpheline, comme l'apprend Octave en découvrant ce billet dans sa chambre, qui lui annonce la mort de sa mère, comme Octave quelques pages après. D'ailleurs, le lecteur, troublé, se demande même, immédiatement, si le début de ce papier qui décrit les derniers instants de la mère de Marco, ne parle pas de Marco elle-même. "Elle est morte hier.", voilà comment commence ce billet, juste après la description de Marco, femme qui renvoie à Octave une idée de mort qui le pétrifie: “Je me retournai. Marco s'était endormie, la lampe s'était éteinte, la lumière du jour avait changé tout l'aspect de la chambre ; les tentures, qui m'avaient semblé d'un bleu azur, étaient d'une teinte verdâtre et fanée, et Marco, la belle statue, étendue dans l'alcôve, était livide comme une morte” (p. 175). Encore une fois, la référence à la mort. Celle qui aurait pu être l'amante pour une nuit devient une statue, un cadavre. En tout cas, un être ambivalent: entre la vie et la mort, entre la chair et la pierre, entre l'homme et la femme. Cette fois, Octave fuit. Il ne couche pas avec Marco. Il attend qu'elle s'endorme et la quitte avant de quitter Desgenais et cette vie de débauche. Avec les teintes verdâtres de la chambre, c'est la débauche dans toute sa laideur qui apparaît à Octave. Au verdâtre succède le vert, avec la vie rurale qu'il entreprend dans la partie suivante.

• Un brusque changement de focale

Mais il y a un effet de construction qui surpasse tous les autres, qui surprend au-delà de tous et qui reflète toute l'économie de l'intrigue: le passage du chapitre II au chapitre III de la première partie. Quel saut spectaculaire ! Ou, plutôt: quelle chute ! Ce deuxième chapitre, morceau d'épopée au seuil du roman, belle fresque poétique, historique et psychologique, exposé brillant du diagnostic d'un mal collectif, est immédiatement suivi par une scène bien différente, qui se déroule “à table, à un grand souper”. Le contraste se densifie quelques lignes plus tard, lorsque le narrateur livre enfin la réponse à la question qu'il a posée au début du chapitre — “J'ai à raconter à quelle occasion je fus pris d'abord de la maladie du siècle” :

> Comme je me retournais pour prendre une assiette, ma fourchette tomba. Je me baissai pour la ramasser, et, ne la trouvant pas d'abord, je soulevai la nappe pour voir où elle avait roulé. J'aperçus alors sous la table le pied de ma maîtresse qui était posé sur celui d'un jeune homme assis à côté d'elle; leurs jambes étaient croisées et entrelacées, et ils les resserraient doucement de temps en temps. (p. 82-83)

Quoi ? Après nous avoir expliqué pendant des pages que le mal du siècle, le mal d'une génération, était lié à de grands bouleversements historiques, à la déception profonde des peuples, le narrateur nous rapporterait-il une banale histoire d'infidélité ? Quel rapport avec

Napoléon et les guerres de l'Empire ? Est-ce à dire que les femmes infidèles et les hommes cocus n'existaient pas avant Waterloo ? Il y a là, c'est le moins que l'on puisse dire "un changement brusque de focale" [LESTRINGANT, 2003, p. 14]. "On pense alors découvrir un personnage en proie à ce sentiment philosophique du vide de l'existence, au mal de vivre, dans la continuité du chapitre II. Mais il ne s'agit pas de cela" [CASTAGNÈS, 2009]. Bien au contraire, le lecteur se retrouve face à "un classique motif d'anecdote" [BÉNICHOU, 1992]. Comment, dès lors, interpréter cette grande chute ? ce contraste saisissant ? Est-ce à dire que le chapitre II, en fin de compte, n'est qu'une façade ? C'est la question que poste G. Castagnès au début de son article et à laquelle nous essaierons d'apporter des éléments de réponse. D'abord, Octave n'est pas René. Nous avons eu l'occasion de l'évoquer, mais la génération n'est pas la même. La déception est plus profonde, le romantisme de Musset est plus sombre. Plus encore, Musset a l'habitude de prendre certaines distances avec les clichés du romantisme, plus particulièrement avec le romantisme de ses aînés. Il est peu enclin à cette sublimation de la mélancolie. Il y a, chez Musset, quelque chose de plus cru, de plus charnel — c'est la chair qui saigne. Mais il y a plus encore. Dans ce lien surprenant, dans ce rapiéçage audacieux — d'aucuns diront téméraire — il y a la matérialisation, au cœur même du récit et de sa construction, de l'impossibilité de l'histoire — ou, si l'on veut, de l'Histoire. Cette transition, ce trébuchement du grand tableau épique au salon du souper, c'est l'illustration de ce que décrit Musset dans ce deuxième chapitre: *Voyez comme l'histoire aurait pu (dû ?) être grande ! Mais nous en sommes incapables*. Voilà ce qu'elle signifie, en somme, cette transition si abrupte. Pour dire la chute originelle, la fin de l'innocence, Musset parle de la chute d'une fourchette. Pour dire la découverte de la vérité, de la vérité crue, le dévoilement du mal, il évoque le soulèvement d'une nappe. Tout est bas, tout est prosaïque. Il y a un divorce entre la petite et la grande histoire, une impossibilité, pour une génération, de se rattacher à ce que l'histoire peut porter d'élans, d'idéaux, d'héroïsme. "Le drame cosmique, note Frank Lestringant, se restreint aux dessous d'une table, la formidable tension de l'Histoire se ramène à l'entrecroisement indécent de deux paires de jambes. Le raccourci a quelque chose de purement ironique, que souligne le contexte du carnaval." Et d'ajouter un peu plus tard: "Or si le roman parodie l'Histoire, c'est que l'Histoire se parodie elle-même. [...] Musset a parfaitement compris cette fatalité du siècle.

On ne peut que répéter sur le mode mineur la geste indépassable des aînés, et cette répétition au plan individuel a tous les traits de la dérision. Tel est le drame de la génération perdue de 1810: les fils étant à jamais indignes des pères et incapables d'atteindre à leur gloire, il ne leur reste qu'à les parodier, ou à se taire." [LESTRINAGANT, 2003, p. 14] Et, de fait, chez Musset, rien ne s'accomplit. Nous l'avons vu précédemment, il y a des éléments qui pourraient rappeler la tragédie. Mais même la dimension tragique est amputée. Voici ce que déplorait Sainte-Beuve au sujet de *La Confession d'un enfant du siècle*: "On n'a, en fermant le livre, la clef finale de la destinée d'aucun". Or, faut-il le déplorer, comme lui ? Faut-il y voir, comme il l'écrivait encore, "un défaut essentiel de toute œuvre d'art"? Non. Avec LESTRINGANT, nous prenons le parti de voir cet inachèvement comme une "singulière audace" de l'auteur qui "décrétait l'irrésolution comme la seule attitude lucide face à l'absurdité de vivre" [2003, p. 42]. Jusqu'à la fin, Musset met en scène l'impossible accomplissement des héros en tant que tels: même Brigitte, qui aurait pu être la figure la plus sublime de cette œuvre, se retrouve privée de la grandeur du sacrifice par la décision, assez inattendue, d'Octave. Aragon a bien raison d'écrire que tout Musset est dans "cette extraordinaire inégalité du préambule et du roman". Tout Musset, c'est-à-dire la mesure toujours plus douloureuse de l'écart entre l'idéal et la réalité, entre les valeurs et les actes, entre la littérature et la vie (v. L'écriture de soi et L'œuvre et son auteur).

Les figures féminines

• Octave et ses femmes

Exception faite de Brigitte, les figures féminines, dans *La Confession d'un enfant du siècle*, n'occupent pas, prises individuellement, un grand volume dans l'intrigue. Certaines, malgré le faible volume occupé dans l'économie du roman, exercent néanmoins une influence considérable: la maîtresse, par exemple, n'est pas nommée, elle apparaît somme toute assez peu, mais son souvenir est obsédant pour Octave, et c'est la trahison qu'elle lui a infligée au début de l'intrigue qui décide de la suite. D'autres apparaissent peu, mais jouent un rôle important et symbolique dans la construction du roman et dans l'évolution de l'intrigue: c'est le cas de la jeune courtisane de la première partie et de Marco. Nous ne reviendrons pas sur ces deux figures déjà étudiées (v. Quelques remarques sur la composition du récit). D'autres encore jouent un rôle plus secondaire et ne font véritablement que passer. On peut citer Mme Levasseur, qui tente de séduire Octave alors qu'il lui confie sa tristesse après la trahison de sa maîtresse (I, VI). C'est une déception supplémentaire, une étape de plus dans la perte de l'innocence: sa robe, qui se soulève de plus en plus alors que l'entretien avec Octave avance, symbolise, d'une certaine manière, ce siècle, cette société de débauche qui continuent de se dévoiler sous les yeux du jeune homme. Pour n'oublier personne, il faut aussi mentionner la jeune maîtresse de Desgenais. Ce dernier, après avoir entendu Octave lui faire l'éloge de cette jeune fille "admirable, tant par sa beauté que par son attachement pour lui [Desgenais]" (p. 152), décide de la lui offrir pour la nuit, comme "une sorte de cadeau à la turque" (*ibid.*). Cet épisode permet de mettre en évidence la cruauté du personnage de Desgenais (qui avait menacé la jeune femme), son profond cynisme, aussi; il est l'occasion d'un long développement d'Octave sur le rôle de Desgenais et sa redoutable stratégie de *désapprentissage* de l'amour. Chez ces gens-là, on n'aime pas: on consomme. On mettra de côté la tante de Brigitte, figure secondaire et qui, de toute façon, ne peut être l'objet d'amour ou de désir. De la même manière, on ne tirera rien de bien intéressant de Madame Daniel, que LESTRINGANT met lui aussi en arrière-plan: "simple silhouette", cette "Bovary au petit pied" est "le faire-valoir ridicule d'une Brigitte patiente et souffrante" [2003, p. 30]. Parmi celles qui ont été nommées, Octave a eu des relations sexuelles avec trois femmes: sa maîtresse, la jeune prostituée et Brigitte Pierson. Il s'est refusé à Mme Levasseur, à la maîtresse de Desgenais et à Marco. Toujours parmi celles qui ont été nommées, il n'a éprouvé du désir que pour sa maîtresse (on le devine), pour Marco (dans un premier temps) et pour Brigitte, la jeune prostituée étant un antre de dégoût dans laquelle il s'est réfugié par désespoir.

• Brigitte : celle qui reste

On a surtout affaire à des femmes de passage. Beaucoup sont anonymes — à commencer par la maîtresse, traîtresse originelle qui devient une ombre sans identité qui plane sur toute l'intrigue — ; pour Madame Levasseur (qui n'est pas d'une importance capitale, au demeurant), seul un nom nous est donné; Marco n'est qu'un surnom, masculin qui plus est. Il y a une exception, dans cette galerie de personnages, c'est Brigitte Pierson. Elle est la seule qui ait, en plus de son surnom "Brigitte-la-Rose", un nom et un prénom. Elle est le personnage féminin le plus complet du roman. Le seul qui soit développé, qui possède quelque épaisseur. Car, alors que toutes les autres femmes sont de passage, elle est la seule qui reste et s'installe durablement dans l'intrigue. Brigitte est même un personnage complexe car multiple, évoluant au fil de l'intrigue, selon les différents stades de la relation qu'elle entretient avec Octave et au gré du regard que le jeune homme pose sur elle, des misères qu'il lui inflige aussi. Nous l'avons souligné dans l'étude du titre, Brigitte est l'amante, la sœur, la mère. Mais il y a plus encore. En Brigitte se conjuguent "les diverses personnalités de la femme que le récit va disséquer avec une précision chirurgicale" [LESTRINGANT, 2003, p. 30]. Elle est d'abord une figure quasi-sainte, veuve pieuse qui passe son temps à faire du bien aux autres. Mais "l'ange perd ses ailes et son sourire, l'idole son vernis" (*ibid.*) quand elle devient la maîtresse d'Octave. La figure de Brigitte se ramifie, d'autres dimensions viennent se greffer: Brigitte, figure féminine quasi virginale qui allait dans les campagnes couverte d'un voile blanc devient plus androgyne avec sa "blouse bleue et ses habits d'homme" (p. 253). Octave voit alors en elle un "joli petit montagnard brave et alerte" (p. 254). La rosière n'est plus, "Brigitte-la-Rose n'est plus de ce monde", déclare-t-elle elle-même: cette partie d'elle s'est perdue dans sa relation avec Octave qui la surprend, au chapitre V de la partie IV, désespérée et en larmes dans son oratoire, brisant sa couronne de rose, symbole de sa vertu passée et de son identité perdue. Elle devient alors la "partenaire masochiste d'un amant dévoré d'orgueil et de jalousie" [LESTRINGANT, 2003, p. 31]. L'humiliation de l'amante cesse au début de la dernière partie et Brigitte redevient un objet d'adoration pour Octave. Mais, cette fois, c'est Brigitte, ébranlée par toutes les affres qu'elle a dû traverser, blessée en profondeur, qui n'est plus ouverte à l'amour d'Octave. Arrive en plus un tiers qui perturbe d'autant plus cette relation déjà compliquée: Henri Smith, homme admirable, dont Brigitte tombe amoureuse. Mais point de trahison: "naît la dernière incarnation de Brigitte: c'est l'amante renoncée et sublimée, la sœur." Finalement, "le personnage de Brigitte réorchestre toute la thématique féminine du roman. Elle est à elle seule toutes les femmes de l'imaginaire mussétien, première et dernière maîtresse, tour à tour ange et démon, sainte et prostituée, mère, amante et sœur" [LESTRINGANT, 2003, p. 32]. Lestringant va même plus loin dans sa belle analyse de la figure de Brigitte Pierson. Il distingue, dans *La Confession d'un enfant du siècle*, deux figures antagonistes de la femme, dans une vision empreinte de stéréotypes misogynes traditionnels, opposant la femme trop ouverte, incarnée par la jeune prostituée de la première partie, à la femme trop fermée, impénétrable, glaciale comme une statue, incarnée par Marco. Lestringant note que Brigitte parvient à incarner ces deux visions : à la fin de la quatrième partie, Octave, qui perd tout sens de la raison à cause de sa jalousie obsessionnelle, fait de Brigitte une prostituée, une "créature avilie". Au contraire, au seuil de la dernière partie, "c'est la femme close et insensible, l'idole murée dans sa chair énigmatique et froide." Octave va jusqu'à la comparer à "une Diane qui entre au bain" (p. 295), en faisant alors l'image de la vierge éternelle dont la nudité est interdite à quiconque. Et, Octave en vient même à vouloir tuer sa maîtresse, elle qui a fini par trop bien incarner ces deux irréconciliables figures de son imaginaire : "*Janus bifrons*", Brigitte est "une femme qu'il possède ou croit posséder, et qui lui échappe pourtant". Ainsi, Brigitte ne concilie pas les contraires mais "les juxtapose et les exaspère". Cette vision déformée qu'a Octave de son amante le pousse vers la voie de "la déchirure du viol ou du meurtre" [LESTRINGANT, 2003, p. 33].

• Le prisme de la jalousie

Un personnage féminin a sciemment été laissé de côté jusqu'alors : il s'agit de la servante de Brigitte, qu'Octave rencontre au seuil de la quatrième partie. Rappelons ici comment réagit Octave quand il la rencontre :

> Une impression d'horreur m'arrêta court. Cette servante était une vieille femme maigre et ridée, le dos toujours courbé comme les gens attachés à la glèbe. Je la trouvai remuant sa vaisselle sur un évier malpropre. Une chandelle dégoûtante tremblotait dans sa main ; autour d'elle des casseroles, des plats, des restes du dîner que visitait un chien errant, entré comme moi avec honte. Une odeur chaude et nauséabonde sortait des murs humides ; lorsque la vieille m'aperçut, elle me regarda en souriant avec un air confidentiel. Elle m'avait vu me glisser le matin hors de la chambre de sa maîtresse. Je frissonnai de dégoût de moi-même et de ce que je venais chercher dans un lieu si bien assorti à l'action ignoble que je méditais. Je me sauvai de cette vieille comme de ma jalousie personnifiée, et comme si l'odeur de sa vaisselle fût sortie de mon propre cœur. (p. 238)

On trouve la clef de cette description écœurée et écœurante de la vieille femme à la fin du texte : elle est la personnification de la jalousie du personnage, cette jalousie repoussante, à laquelle il se trouve confronté. Si elle est si vilaine, cette vieille femme, c'est parce qu'à travers son regard,

Octave prend conscience de son vice. Il est dans la même posture que le personnage sartrien surpris à regarder par le trou de la serrure dans *L'Être et le Néant*. Mais ce sentiment de honte est poussé au dégoût exacerbé de soi chez Musset. Par ce personnage, la jalousie est donnée à voir, jalousie pestilentielle qui gâte tout ce qu'elle rencontre et qui régit, depuis la trahison originelle, le rapport qu'Octave a aux femmes et plus singulièrement à Brigitte. On retrouve bien, comme le montre G. Castagnès, différents traits de la jalousie maladive dans le comportement d'Octave avec Brigitte. Menant une relecture minutieuse de *La Jalousie amoureuse* de Lagache, grand traité de psychologie, il montre comment, dans sa relation avec Brigitte, Musset correspond à toutes les caractéristiques du jaloux maladif : idéalisation excessive de l'autre et négation de son altérité par exemple. Mais G. Castagnès convoque également un passage essentiel de *La Vie sexuelle* de Freud ("Chapitre IV. Contribution à la psychologie de la vie amoureuse. I Un type particulier de choix d'objet chez l'homme") : c'est là que le père de la psychanalyse s'intéresse à un type d'amour paradoxal qui doit remplir deux conditions. La première : il faut un tiers-lésé, autrement dit, la femme choisie ne doit pas être libre. La seconde : la femme choisie doit être une délurée, une infidèle. Cette seconde condition, Freud l'appelle "l'amour de la putain". Il l'explique en ces termes : "la femme chaste et insoupçonnable n'exerce jamais l'attrait qui l'élèverait au rang d'objet d'amour ; seule l'exerce la femme qui d'une façon ou d'une autre a une mauvaise réputation quant à la vie sexuelle, celle dont on peut douter qu'elle soit fidèle ou digne de confiance". Marco correspond à cette description, la jeune prostituée aussi. Mais Brigitte ? Jeune veuve, elle est réputée pour sa vie vertueuse. C'est plutôt une sainte qu'une "putain". Or, par sa jalousie, Octave va se charger de créer les deux conditions de cet amour singulier : il introduit le tiers-lésé avec les soupçons qu'il dirige vers M. Dalens. Quant à la dégradation de Brigitte en femme de petite vertu, elle se produit de manière exemplaire lorsqu'Octave, pris dans son délire jaloux, réécrit l'histoire, en transformant l'activité hautement vertueuse de Brigitte (ses longues marches à la rencontre des nécessiteux) en un prétexte pour aller se donner à des hommes. Le lien entre l'analyse de Freud de ce type particulier d'amour, qu'il fait dépendre de la jalousie, ne s'arrête pas là. Il ajoute que ces femmes avilies-désirables sont aussi tenues "comme des objets d'amour de la plus haute valeur" : on retrouve là, précisément, l'attitude d'Octave qui divinise Brigitte après l'avoir dégradée dans son délire compulsif à la toute fin de la quatrième partie.

• **La disparition de la mère ?**

Tout développement psychanalytique entraîne, presque comme un réflexe, une question — Et la mère ? G. Castagnès, qui poursuit sa lecture comparée de Musset et de Freud, rappelle que le psychanalyste explique cet "amour de la putain" par un complexe d'Œdipe mal résolu : les amantes sont des images de la mère dont on a découvert la sexualité et qui a été désacralisée. La voici, la mère tant attendue ! Or, qu'en est-il chez Musset ? La mère est absente. Si l'on trouve des figures maternelles, la mère, la vraie, n'est pas là. Elle n'est que rapidement évoquée lorsqu'Octave fait le bilan admiratif de la vie de son père, à partir de ce qu'il trouve dans son journal :

> Ô homme juste ! m'écriai-je, homme sans peur et sans reproche ! quelle candeur dans ton expérience ! Ton dévouement pour tes amis, ta tendresse divine pour ma mère, ton admiration pour la nature, ton amour sublime pour Dieu, voilà ta vie ; il n'y a pas eu place dans ton cœur pour autre chose" (p. 189).

Seule évocation, extrêmement fugace. Ce que l'on peut remarquer, c'est que cet amour pour la mère est juxtaposé à l'amour de la nature, dans l'extrait cité. Et il s'avère que, dans le roman, la figure de la mère fusionne avec celle de la nature. C'est la traditionnelle mère-nature, plus exactement la terre nourricière, que l'on retrouve au début du texte, dans cet extrait du dernier paragraphe du deuxième chapitre :

> Ô peuples des siècles futurs ! lorsque, par une chaude journée d'été, vous serez courbés sur vos charrues dans les vertes campagnes de la patrie ; lorsque vous verrez, sous un soleil pur et sans tache, la terre, votre mère féconde, sourire dans sa robe matinale au travailleur, son enfant bien-aimé [...].

On peut remarquer à quel point "le complexe d'Œdipe est transparent" [Castagnès, 2009] : la mère sourit à l'enfant qui creuse son sillon en elle. Cette association de la nature à la mère désirée se confirme encore dans la première partie, lorsque le narrateur évoque un contact particulièrement intense avec la nature au moment de son adolescence :

> Il me sembla tout à coup que je sentais la terre se mouvoir, et que la force sourde et invisible qui l'entraîne dans l'espace se rendait saisissable à mes sens ; je la voyais monter dans le ciel ; il me semblait que j'étais comme sur un navire ; le peuplier que j'avais devant les yeux me paraissait comme un mât de vaisseau ; je me levai en étendant les bras, et m'écriai : "C'est bien assez peu de chose d'être un passager d'un jour sur ce navire flottant dans l'éther ; c'est bien assez peu d'être un homme, un point noir

sur ce navire ; je serai un homme, mais non une espèce d'homme particulière." Je jetai mes vêtements comme par un mouvement involontaire, et ainsi nu je me prosternai, en répétant : "Je serai un homme !" (p. 93)

Et de confesser, quelques lignes plus tard — juste avant, d'ailleurs, d'appeler la nature "ma mère chérie" — que "la nature, dans sa splendeur, avait toujours été pour [lui] le plus puissant des aphrodisiaques" (p. 94). Ici, tout freudien se frotte les mains, et il n'a pas beaucoup d'effort à faire pour trouver ce qu'il cherche ! Mais cette allégorie de la nature en mère ne remplace pas le *vrai* personnage de la mère. Si ces éléments peuvent effectivement être le signe d'un Œdipe mal résolu, source de la jalousie compulsive et du type d'amour singulier décrit par Freud et étudié précédemment, cela ne fournit pas, à nos yeux, une franche explication de l'absence de la mère dans le roman. L'auteur de ces lignes aura une hypothèse qui paraîtra probablement bien fade, après ces longs et subtils développements psychanalytiques. Toute simpliste qu'elle est peut-être, au moins n'est-elle pas fantaisiste ou déraisonnable. D'abord, il faut se demander sans détour où est la mère d'Octave. La vraie. Ou, plus exactement, le *vrai* personnage. Aucune indication n'est donnée : le mari décédé témoignait, dans son journal, de son amour envers son épouse dont rien d'autre ne nous est dit. Le lecteur déduit qu'elle est morte. Mais une remarque, une incidente, aurait suffi à éclaircir ce point. Octave, par exemple, lorsqu'il apprend que Marco est orpheline de mère, aurait pu avoir une pensée pour la sienne. La mère est tout simplement écartée du récit. Il faut rappeler que cette fiction est très généreusement inspirée de la vie de Musset : il n'est pas difficile de faire des liens entre l'œuvre et la vie, de retrouver les personnes derrière les personnages. Musset, comme Octave, a perdu son père subitement, lequel a succombé à l'épidémie de choléra qui sévissait alors. Mais la mère de Musset, elle, n'est pas morte. Elle survivra d'ailleurs à son fils et s'éteindra en 1864, âgée de 84 ans. Musset ne souhaitait probablement pas tuer sa mère dans cette fiction, somme toute trop proche de la réalité. Mais il n'était pas question non plus qu'elle apparût dans ce roman. La figure de la mère aurait complexifié l'économie de l'intrigue, pour commencer, et elle l'aurait même entravée : Octave n'aurait pas été seul, livré à lui-même. Or Musset n'essaie même pas de trouver un stratagème pour évacuer de façon cohérente la mère de l'intrigue. C'est qu'il était probablement soucieux de préserver sa mère de cet univers où la femme ne peut plus être pleinement sacrée.

Dans cette galerie de créatures ambiguës, la mère n'avait pas sa place, et il fallait l'écarter, discrètement, en silence, d'une intrigue dans laquelle elle ne pouvait pas décemment exister.

Religion et spiritualité

• Posture irrévérencieuse et critique du dogme

Musset, devant la religion, n'est pas particulièrement révérencieux. Ni, évidemment, très orthodoxe. On pourrait confirmer cela grâce à ces vers, issus de la dédicace de *La Coupe et les lèvres*, où la voix poétique déclare :

> Vous me demanderez si je suis catholique.
> Oui ; — j'aime fort aussi les dieux Lath et Nés.
> Tartak et Pimpocau me semblent sans réplique ;
> Que dites-vous encore de Parabavastu ?

Le catholique se nie, déclarant immédiatement aimer toute une batterie de divinités païennes. Musset provoque, Musset s'amuse. Il se plaît à mélanger les références spirituelles, comme lorsque, dans *La Confession d'un enfant du siècle*, évoquant saint Augustin, il cite, côte à côte, les Enfers, Dieu, le Léthé (v. Étude du titre). La religion n'est pas, pour Musset, une matière sacrée. Pour Octave non plus, qui utilise l'histoire sacrée pour la greffer à ses réflexions personnelles, à son imaginaire, quitte à blasphémer. On peut, pour exemple, se rappeler ce développement sur la tentation de saint Antoine, dans la première partie du roman :

> Les peintres qui ont représenté la tentation de saint Antoine ont oublié de lui faire subir une épreuve à laquelle il n'eût pas résisté. Ils nous le montrent entouré de démons, de femmes nues, qui s'efforcent en vain de le faire succomber par tous les moyens possibles ; cependant le saint en prières se courbe sur son crucifix. Il ne voit rien, n'entend rien ; il n'est pas là, il prie. Mais je voudrais qu'un démon plus rusé que les autres, un démon féminin, eût la pensée de se changer en Christ et de s'insinuer dans la statue du Rédempteur. Alors, au moment où le saint, pour échapper à la tentation, se précipiterait sur l'image de Dieu et la serrerait sur son cœur, je voudrais voir que le Christ lui-même, ouvrant ses bras de marbre, lui plantât sur les lèvres un baiser lascif et brûlant. (p. 110-111)

Au-delà de cette irrévérence, de cette franche et poétique provocation, on trouve, chez Musset, une critique de la religion ou, plus exactement, une critique de l'institution religieuse, du dogme.

On peut penser à la critique de l'abstinence imposée aux sœurs, dans *On ne badine pas avec l'amour* (II, 5), lorsque Perdican déclare à Camille :

> Sais-tu ce que c'est que des nonnes, malheureuse fille ? Elles qui te représentent l'amour des hommes comme un mensonge, savent-elles qu'il y a pis encore, le mensonge de l'amour divin ? Savent-elles que c'est un crime qu'elles font, de venir chuchoter à une vierge des paroles de femme ? Ah ! comme elles t'ont fait la leçon ! Comme j'avais prévu tout cela quand tu t'es arrêtée devant le portrait de notre vieille tante ! Tu voulais partir sans me serrer la main ; tu ne voulais revoir ni ce bois, ni cette pauvre petite fontaine qui nous regarde tout en larmes ; tu reniais les jours de ton enfance, et le masque de plâtre que les nonnes t'ont plaqué sur les joues, me refusait un baiser de frère ; mais ton cœur a battu ; il a oublié sa leçon, lui qui ne sait pas lire, et tu es revenue t'asseoir sur l'herbe où nous voilà. Eh bien ! Camille, ces femmes ont bien parlé ; elles t'ont mise dans le vrai chemin ; il pourra m'en coûter le bonheur de ma vie ; mais dis-leur cela de ma part : le ciel n'est pas pour elles.

On retrouve bien ici Musset : ces institutions qui imposent l'abstinence sont mortifères, elles ne savent pas ce qu'est l'amour. Dans *La Confession d'un enfant du siècle*, le dogme religieux est incarné par le prêtre Mercanson. Ce personnage est éminemment négatif, dès son entrée dans le récit (III, V) : "sa physionomie" note d'emblée le narrateur, est "de mauvais augure" (p. 199). La suite de la description est sans appel : "Il était à la fois gros et blême, chose qui m'a toujours déplu et qui en effet est déplaisante ; c'est un contresens qu'une santé maladive. En outre il avait une manière de parler lente et saccadée, qui annonçait un pédant. Sa démarche même, qui n'était ni jeune ni franche, me choquait ; quant au regard, on pouvait dire qu'il n'en avait pas. Je ne sais que penser d'un homme dont les yeux ne me disent rien. Voilà les signes sur lesquels j'avais jugé Mercanson, et qui, malheureusement, ne me trompèrent pas" (p. 199-200). Et de poursuivre : "Il s'assit sur un banc et commença à parler de Paris, qu'il appelait la Babylone moderne. Il en venait, connaissait tout le monde ; il allait chez madame de B***, qui était un ange ; il faisait des sermons dans son salon ; on les écoutait à genoux (le pire de la chose est que c'était vrai)." On croirait lire ici une page de La Bruyère qui, en quelques propositions minimales bien aiguisées, avec quelques pronoms indéfinis, met à nu la fatuité des fausses gens qui se pensent honnêtes. Mercanson, dans le roman, est celui qui apporte les mauvaises nouvelles. Plus tard dans cette même partie (III, IX), l'oiseau de mauvais augure est de nouveau tourné en ridicule par le regard impitoyable du narrateur. Ce qui frappe, dans ce passage, c'est que l'arrivée de Mercanson se produit précisément après un développement plein d'un fort sentiment religieux d'une pensée d'Octave au sujet de Brigitte : "Dieu vous a envoyée comme un ange de lumière, pour me retirer de l'abîme. C'est une mission sainte qui vous est confiée ; qui sait, si je vous perdais, où pourrait me conduire le chagrin qui me dévorerait, l'expérience funeste que j'ai à mon âge, et le combat terrible de ma jeunesse avec mon ennui ?" (p. 215). Après une telle envolée qui célèbre la femme lumineuse, angélique, céleste, la venue du petit homme d'Église, sombre, désespérément humain par sa vanité, contraste. Il y a beaucoup de la spiritualité de Musset dans cette dichotomie : s'il y a un Dieu, c'est dans celles qui suscitent l'amour que l'on trouve ses intermédiaires. Ceux qui croient, dans le cadre d'un dogme, incarner l'enseignement de Dieu, sont ridicules.

• Spiritualité d'Octave

Musset et son avatar Octave, nous venons de le voir, sont critiques vis-à-vis du dogme, parfois irrévérencieux et provocateurs avec la religion. Pour autant, Octave est très certainement un être spirituel, travaillé, comme Musset, par des questionnements sur la foi. Sa spiritualité, non dogmatique, est toute personnelle. En crise, il est difficile de la fixer, de la définir. C'est précisément cette crise spirituelle qui est mise en scène dans *La Confession d'un enfant du siècle*, cette errance d'un jeune homme qui se retrouve subitement chassé du paradis d'Amour. Voici ce que déclare Octave, au début du roman : "L'amour que j'avais pour ma maîtresse m'ayant, presque au sortir du collège, absorbé tout entier, avait été pour moi une sauvegarde contre la corruption prématurée à laquelle la jeunesse s'abandonne souvent dans la première joie de la liberté" ; et d'ajouter : "Si l'on m'avait proposé de devenir un libertin, tant que ma maîtresse m'était fidèle, les séductions les plus fortes et les raisonnements les plus pervers auraient été sans effet sur moi. Une courtisane me paraissait un être difforme. Tout d'un coup ma maîtresse, que j'adorais religieusement, était devenue pour moi comme une courtisane ; et tandis que je croyais fuir la débauche dans un sanctuaire impénétrable, je venais de m'apercevoir que c'était la débauche elle-même que j'avais dans les bras." Dès lors, le schéma est net, la tache originelle est là : il va falloir errer dans le monde. Cette errance ne sera pas sans spiritualité, cette spiritualité sera animée par le questionnement, le doute. Puisque la femme aimée, jusqu'alors sacrée, ne l'est plus, y a-t-il encore quelqu'un là-haut ? Que faire si l'amour, "la foi", "la religion du bonheur terrestre" (p. 108) chancellent ? C'est le doute, qui arrive. Et l'on trouve précisément, un peu plus tard dans ce premier livre, un épisode où ce doute spirituel est mis en scène. Le chapitre VII de la première partie fait penser à une belle lettre de saint Jérôme, dans laquelle l'auteur rapporte un moment de crise spirituelle. Ce qui frappe, à la lecture de cette lettre, c'est l'intensité de la dramatisation dans toutes les parties du texte : le péché, le châtiment, la repentance après le miracle. Le péché de Jérôme est profond, insinué jusque dans ses moelles, nous dit le texte. Il le ronge et — comme dans l'Évangile — prend la forme d'un mal physique. Le pécheur se voit mourir avec une pathétique impuissance. Jérôme mène, au début de cette lettre, une double vie : certes, il observe le carême en jeûnant, mais il s'adonne à la lecture de Cicéron dès qu'il en a l'occasion. Jérôme a un genou devant l'autel du paganisme et un autre devant celui du christianisme. Rongé par le péché, accablé par les larmes et les veilles, il ne trouve pas son réconfort auprès de Dieu et de sa parole sacrée, mais auprès de Plaute et de ses comédies ; il recherche le divertissement du monde pour pallier son mal spirituel, le rire futile pour soulager une douleur si profondément ancrée. Il sert deux maîtres ; plus encore, son christianisme, qui se réduit au jeûne du carême, n'est que formel, rituel, alors que son âme est toute tournée vers les lettres profanes. Cette lettre est célèbre, c'est un texte d'anthologie. Musset la connaissait-elle ? Il n'en demeure pas moins que le chapitre VII rappelle ce morceau de bravoure hiéronymien. Octave, dont une tante vient de mourir, découvre une caisse pleine d'ouvrages de l'ancien régime, véritables "catéchismes libertins" (p. 116). Il prend du plaisir à les lire, tout accablé de douleur qu'il est. Finalement, il finit par saisir "une vieille Bible" (p. 116) qu'il ouvre au hasard. Il finit par tomber sur un passage de l'Ecclésiaste, peu réconfortant. Et il s'écrie : "Ainsi donc, lui dis-je, et toi aussi, tu doutes, livre de l'espérance !" (p. 117). Après force interrogations sur l'amour et Dieu, Octave finit par demander au ciel : "Est-ce donc vrai que tu es vide ?" (p. 118). Octave a-t-il la foi ? En tout cas, pas de renonciation, il finit par s'en remettre à Dieu, à sa façon. Il le fait avec une certaine nonchalance, sur le mode du jeu, mais il se tourne tout de même vers la Bible puis vers le ciel. Obtient-il une réponse à sa question, lorsqu'il s'adresse au ciel ? Voici ce que dit le texte, immédiatement après les questions du héros au Ciel :

"Un profond silence régnait sur la place que dominaient mes croisées. Comme je restais les bras étendus et les yeux perdus dans l'espace, une hirondelle poussa un cri plaintif ; je la suivis du regard malgré moi ; tandis qu'elle disparaissait comme une flèche à perte de vue, une fillette passa en chantant" (*ibid.*). Cette fin aurait pu faire signe plus nettement vers l'absence de Dieu et le vide du ciel. Le vide ne triomphe pas, en l'occurrence. L'hirondelle au cri plaintif, tout droit, elle aussi, sortie de la Bible (Isaïe 38,14) — sans que le narrateur ne le mentionne — conduit le regard d'Octave vers une fillette qui chante. Une hirondelle ne fait pas le printemps, mais, ici, elle conduit le regard du narrateur sur un symbole de pureté et de joie. Elle fait écho à son innocence, et l'on peut voir ici un parallèle avec la fin de la deuxième partie, lorsque, méditant en regardant par la fenêtre (comme il le fait ici), le narrateur se revoit enfant au jardin du Luxembourg. Ce rappel de l'enfance apparaît comme un rappel de la pureté. De la même manière, Octave, immédiatement après avoir été confronté à la vilaine servante de Brigitte, sa jalousie personnifiée, autrement dit l'impureté qui le ronge, rencontre un enfant : "un enfant d'une de nos voisines, assis au fond de la bergère et enterré dans les coussins, se berçait à une de ses manches, et lui faisait, la bouche pleine de bonbons, dans son langage joyeux et incompréhensible, un de ces grands discours des marmots qui ne savent pas encore parler. Je m'assis auprès d'elle et baisai l'enfant sur ses grosses joues, comme pour rendre à mon cœur un peu d'innocence" (p. 238). On voit donc que la venue de ce petit être après le doute spirituel peut apparaître comme une réponse, le signe d'une pureté, d'une innocence à ne pas oublier. Le ciel n'est peut-être pas complètement vide.

• La figure du Christ

La religion n'est pas absente de *La Confession d'un enfant du siècle*. Octave est un individu particulièrement spirituel, ne serait-ce parce que c'est un idéaliste. Il n'est pas sensible au catéchisme de Desgenais, figure du mauvais ange qui ne parvient pas à le faire croire en la débauche. On retrouve souvent chez Musset — et Octave — cette spiritualité personnelle, originale, en question. Il y a une figure en particulier qui fascine Musset, qui plaît à sa sensibilité et qu'il insère dans son imaginaire spirituel et artistique : c'est la figure du Christ. Le Christ est très présent dans *La Confession d'un enfant du siècle*. Voici ce que dit le narrateur au sujet du moment où il finit par coucher avec la jeune courtisane, après une soirée alcoolisée : “La créature me regarda en souriant ; elle se pencha sur moi. Que Dieu me pardonne cette nuit ! j'y bus un plus amer calice que celui que les anges apportèrent au Christ, en détournant la tête, dans le jardin des Oliviers” (p. 130). Plus tard, quand Octave a le sentiment de retrouver une vie simple et rangée, loin de la débauche, et qu'il aperçoit pour la première fois Brigitte Pierson, il voit venir à elle “un chevreau blanc” (p. 190). Symbole de pureté — Brigitte aussi est vêtue de blanc —, de renouveau, on retrouve aussi la symbolique de l'agneau pascal, qui renvoie à la résurrection du Christ. Juste avant cet épisode, le narrateur confiait : “Pour la première fois de ma vie j'étais heureux ; Dieu bénissait mes larmes, et la douleur m'apprenait la vertu” (*ibid.*). La douleur est là, douleur qui purifie, qui sanctifie, même. Octave se rêve en martyr de l'amour, en Christ amoureux. Drôle d'expression du bonheur, tout de même, que de l'associer immédiatement aux larmes et à la douleur. C'est que le dolorisme est ce qui singularise le plus l'œuvre de Musset en général. Et ce dolorisme va de pair avec une identification au Christ que l'on retrouve à plusieurs reprises dans toute l'œuvre de notre auteur. Dans un texte sublime, trop méconnu des étudiants, intitulé *Le Tableau d'église*, Musset imagine une histoire surprenante dans laquelle le personnage (le récit est à la première personne), pris d'un élan de haine, saisit son épée et déchire une toile qui représente le Christ ressuscité. Après qu'il se fut endormi, le Christ lui apparaît, tout blessé, tout en sang. Son premier élan est de vouloir l'imiter, de saigner comme lui. D'ailleurs, il lui demande : “Jésus, Jésus [...] sommes-nous frères ? Oui, tu es sorti comme moi des entrailles d'une femme”. L'identification au Christ, on le voit, passe d'abord par la douleur. C'est le Christ souffrant qui fascine Musset, le Christ pathétique. Dans “La nuit de décembre”, le poète revient sur certains moments douloureux de son existence. Sur la mort de son père, on peut lire :

> Un an après, il était nuit,
> J'étais à genoux près du lit
> Où venait de mourir mon père.
> Au chevet du lit vint s'asseoir
> Un orphelin vêtu de noir,
> Qui me ressemblait comme un frère.

Ses yeux étaient noyés de pleurs ;
Comme les anges de douleurs,
Il était couronné d'épine ;
Son luth à terre était gisant,
Sa pourpre de couleur de sang,
Et son glaive dans sa poitrine.

On ne peut passer à côté de l'identification au Christ, avec la couronne d'épines, d'une part, et le glaive planté dans la poitrine, qui peut rappeler quant à elle la blessure faite par un soldat au côté, au Christ sur la croix. Qu'en est-il dans *La Confession d'un enfant du siècle ?* La douleur — "sainte et affreuse douleur" (p. 141) — sature le texte. Et nul besoin, d'ailleurs, que l'amour soit malheureux, chez Octave, pour qu'il soit lié à la douleur : *amor* et *dolor* fusionnent d'emblée, et ce alors même qu'Octave vit une idylle heureuse et sacrée avec sa première maîtresse. Voici comment le narrateur nous parle de son culte à l'amour, qui est d'emblée un culte doloriste :

> Quant à moi, je ne concevais pas qu'on fît autre chose que d'aimer ; et lorsqu'on me parlait d'une autre occupation, je ne répondais pas. Ma passion pour ma maîtresse avait été comme sauvage, et toute ma vie en ressentait je ne sais quoi de monacal et de farouche. Je n'en veux citer qu'un exemple. Elle m'avait donné son portrait en miniature dans un médaillon ; je le portais sur le cœur, chose que font bien des hommes ; mais, ayant trouvé un jour chez un marchand de curiosités une discipline de fer, au bout de laquelle était une plaque hérissée de pointes, j'avais fait attacher le médaillon sur la plaque et le portais ainsi. Ces clous, qui m'entraient dans la poitrine à chaque mouvement, me causaient une volupté si étrange, que j'y appuyais quelquefois ma main pour les sentir plus profondément. Je sais bien que c'est de la folie ; l'amour en fait bien d'autres. (p. 96-97)

Tout se lie, chez Musset : l'amour, la douleur, la passion amoureuse et la Passion, la chair désirante de l'amant et la chair souffrante du Christ. Syncrétisme peu orthodoxe, c'est le moins que l'on puisse dire. Musset aime les alliances blasphématoires, dans lesquelles il trouve probablement une puissance évocatrice et poétique exceptionnelle. *La Confession d'un enfant du siècle* est bien une réécriture de la Passion du Christ, dans laquelle "Octave accomplit donc à sa manière, sensuelle et sanglante, l'imitation de Jésus-Christ" [Lestringant, 2003, p. 34]. Cette lecture christique du roman est corroborée par la fin du récit, lorsqu'Octave, non loin de tuer sa maîtresse endormie, trouve un crucifix entre ses seins. Alors, la crise cesse :

> Je reculai, frappé de crainte ; ma main s'ouvrit, et l'arme tomba. C'était la tante de Brigitte qui lui avait, au lit de mort, donné ce petit crucifix. Je ne me souvenais pourtant pas de le lui avoir jamais vu ; sans doute, au moment de partir, elle l'avait suspendu à son cou, comme une relique préservatrice des dangers du voyage. Je joignis les mains tout à coup et me sentis fléchir vers la terre. "Seigneur mon Dieu ! dis-je en tremblant, Seigneur mon Dieu, vous étiez là !" (p. 344).

Ce Seigneur, recherché, au fond, pendant tout le roman, appelé désespérément à une fenêtre, se trouve sur la poitrine de la femme aimée. La fin du récit coïncide avec cette découverte du Christ, placé sur la chair nue et endormie de sa maîtresse. *Noli me tangere*, ne me touche pas, ordonnait le Christ fraîchement ressuscité à Marie-Madeleine. Ici, c'est le Christ qui, par son apparition inopinée où Octave ne l'attendait pas, interdit à Octave de profaner la chair sacrée de sa maîtresse. Il s'est opéré, comme le note très justement Frank Lestringant, une évolution dans l'œuvre de Musset : dans *Tableau d'église* (1830), le narrateur iconoclaste lacère la toile représentant le Christ ressuscité. Dans *Rolla* (1833), le personnage éponyme (prénommé Jacques), débauché patenté, a une relation sexuelle avec Marion, jeune prostituée ; et pourtant :

> La croix de son collier repose dans sa main,
> Comme pour témoigner qu'elle a fait sa prière,
> Et qu'elle va la faire en s'éveillant demain.

La profanation a lieu, dans les deux cas ; pas dans *La Confession d'un enfant du siècle*. Et d'ailleurs, aucun des deux amants ne meurt dans notre roman. Jacques Rolla, lui, se suicide. Octave a pensé au suicide, au début du récit ; Brigitte y a également pensé, par poison ; Octave a finalement pensé au meurtre. Mais, à la fin, il jure :

> Dors en paix, lui dis-je, Dieu veille sur toi ! Pendant qu'un rêve te faisait sourire, tu viens d'échapper au plus grand danger que tu aies couru de ta vie. Mais la main qui t'a menacée ne fera de mal à personne ; j'en jure par ton Christ lui-même, je ne tuerai ni toi ni moi. Je suis un fou, un insensé, un enfant qui s'est cru un homme. Dieu soit loué ! tu es jeune et vivante, et tu es belle, et tu m'oublieras. Tu guériras du mal que je t'ai fait, si tu ne peux le pardonner. (p. 345)

Octave finit, dans le dernier chapitre, par se retirer complètement de la vie de Brigitte : "Il a atteint le stade de sublimation" [Lestringant,

2003, p. 37]. Et c'est une date qui vient parachever ce tableau miraculeux : celle du 25 décembre, à laquelle Brigitte écrit sa lettre à Smith. Le miracle s'est donc produit dans la nuit du 24 au 25. Singulière veillée de Noël, non moins symbolique. Et c'est ainsi que *La Confession d'un enfant du siècle* se clôt sur cette manifestation aussi édifiante que provocatrice de l'enfant-Dieu.

ÉTUDE THÉMATIQUE

L'ÉCRITURE DE SOI

• Contours historiques et problématiques d'une catégorie complexe

Le moi — ou, si l'on veut, *le soi* — prend une place toute particulière dans la littérature du XIXe siècle. Le siècle du romantisme est le siècle de l'exaltation du moi, de la célébration de l'individu, de ses états d'âme. C'est le siècle, aussi, du sentiment, après le siècle de la raison, ce siècle des Lumières qui a pu sembler parfois un peu froid. Il est naturel, donc, qu'au XIXe siècle, on observe une grande variété et une grande complexité dans les modalités de l'écriture de soi. Jean-Yves TADIÉ, dans son bel essai intitulé *La Création littéraire au XIXe siècle*, a cette formule qui frappe l'esprit : “Le XIXe siècle tout entier parle à la première personne”.

Le programme de cette année propose une exploration intéressante de la question de l'écriture de soi, à travers des œuvres différentes. Cet intitulé du programme est celui de l'axe 1, c'est-à-dire de l'axe dit “générique”. Or, on le voit, l'écriture de soi n'est pas *stricto sensu* un genre (elle est d'ailleurs rangée sous la bannière plutôt lâche du domaine 4 : les “autres genres”). Le programme de cette année permet de s'en rendre compte : les différentes œuvres mises au programme pour explorer cet axe appartiennent à des genres différents : le genre épistolaire, le genre des mémoires et le roman (avec toute la souplesse et la plasticité qui caractérisent cette dernière catégorie). Or, pendant le siècle qui nous intéresse, l'écriture de soi passe par plusieurs canaux, soit par ceux qui sont déjà à sa disposition, en les modifiant en profondeur, soit par ceux qu'elle aura créés. La poésie, par exemple, est profondément renouvelée, revivifiée par l'écriture de la subjectivité.

“C’est l’intrusion du sentiment qui ressuscite une poésie morte au XVIIIe siècle”, écrit Tadié. Cela a le mérite d’être clair !

Essayons de situer Musset parmi les différentes formes de l’écriture de soi, en circonscrivant notre enquête au XIXe siècle et à la prose. Il y a d’abord le journal intime, “nouveau genre littéraire [au XIXe] dont on néglige trop souvent l’étude” [TADIÉ, 2011]. Rousseau et ses *Confessions* ont exercé une immense influence sur les écrivains du siècle suivant. Raymond Trousson résume cette influence et cette fascination en disant que *Les Confessions* ont “hypnotisé” les auteurs romantiques. Soucieux de pousser l’observation de soi à un niveau plus clinique, ces auteurs vont tenir un journal et rendre compte, quotidiennement, des observations qu’ils font de leur moi. L’écriture de soi est ici, pourrions-nous penser, à son état brut : la personne qui écrit n’a pas de projet d’ensemble et elle n’écrit que pour elle. On pourrait certes penser qu’il s’agit d’une posture : Rousseau, dans ses *Promenades*, exclut le lecteur en précisant qu’il n’écrit que pour son plaisir personnel. Concernant les journaux intimes du XIXe, toutefois, tous sont publiés à titre posthume, précise Tadié. Or il est intéressant de constater que, dans ce que nous pourrions appeler la subjectivité directe, l’écriture de soi crue et nue, celle-là même que l’on écrit pour soi, il y a de l’universel. La démarche elle-même renvoie à une attitude universelle, alors même qu’il s’agit d’une matière toute personnelle. Alain Girard (*Le Journal intime*, 1963, PUF), grand spécialiste du genre, explique que le journal intime est précisément le lieu où “convergent et se mêlent des tendances universelles : être frappé par ce qui n’arrive qu’une fois et en tenir registre, échapper à la fuite du temps, et faire revivre les souvenirs d’un passé toujours cher”. Surtout, loin d’être le lieu de la transparence immédiate à soi, de l’écriture de soi dans le sens de la *transcription* d’une identité préexistante qu’il s’agirait de consigner, de recopier dans un journal — j’écris ce que je suis —, le journal intime semble plutôt être un *medium* privilégié pour exprimer la crise, la complexité et le vertige du *soi*, de l’identité. Il s’agit, pour reprendre les termes de Girard, de “se chercher une identité à travers les méandres de la vie, se construire une personnalité conforme à l’idée qu’on se fait de soi-même”. Ce cas du journal intime est particulièrement intéressant parce qu’il exemplifie, me semble-t-il, beaucoup des problématiques qui sont celles de toute œuvre que l’on rattache à l’écriture de soi, surtout pour ce qui concerne le XIXe siècle : l’expression de l’identité va de pair avec une expression de la crise de soi ; l'expression de la subjectivité avec l'expression d'un universel. Maine de Biran, intimiste*, qui écrit sa vie entre la fin du XVIIIe siècle et le début du XIXe, a cette formule dense que cite TADIÉ [2011] : "C'est en nous-mêmes qu'il faut descendre, c'est dans l'intimité de la conscience qu'il faut habiter, pour jouir de la vérité et atteindre à la réalité de toute chose." Ce mouvement de la profondeur de l'intime à l'universel, autrement dit, pour le dire un peu vite peut-être, de la subjectivité à l'objectivité, cristallise bien la complexité qu'il faut saisir derrière ce concept d'écriture de soi, réalité pétrie de paradoxes.

Un autre genre, profondément renouvelé au XIXe siècle, permet d'identifier les contradictions qui parcourent cette catégorie littéraire mise au programme. Le mémorialiste romantique travaille différemment de ses prédécesseurs, il s'agit bien moins des commentaires ou des récits d'hommes ayant eu une place privilégiée dans l'Histoire que "les aventures, d'ailleurs souvent mêlées à l'Histoire, d'une subjectivité" [TADIÉ, 2011]. En romantisme plus qu'ailleurs, le mémorialiste tente de concilier "l'épopée de son temps" et "sa personne", comme le dit Chateaubriand dans ses *Mémoires d'outre-tombe*. On retrouve ici l'articulation qu'il y a chez Musset entre l'histoire d'un siècle et sa vie personnelle. Or rien de commun avec les mémoires de Chateaubriand : l'Histoire disparaît de *La Confession d'un enfant du siècle* au chapitre 3 de la première partie et, de toute façon, le narrateur confesse ne pas avoir vécu dès les premières lignes de l'ouvrage. *La Confession d'un enfant du siècle* n'est pas non plus un journal intime, ni une confession à la manière de Rousseau : si le récit est à la première personne, à aucun moment le narrateur ne nous signale qu'il va raconter *sa* vie, qu'il ne fait qu'un avec l'auteur. Plus encore, le personnage-narrateur s'appelle Octave et non pas Alfred. Enfin, si l'on peut trouver bon nombre de convergences entre la vie d'Alfred de Musset et l'itinéraire d'Octave, le filtre de la fiction est bien là, et cet ouvrage prend trop de distance avec la réalité pour être appelé autobiographie — ce que, de toute façon, il ne prétend être à aucun moment. Alors, posons frontalement la question : Qu'est-ce que *La Confession d'un enfant du siècle* ?

L'étiquette de roman autobiographique est bien commode. Mais ce n'est pas tant le nom qui nous intéresse ici, que ce qui est en jeu dans la forme d'écriture de soi à laquelle recourt Musset. Tadié, lui, range l'œuvre dans la catégorie du "roman personnel". Comme le mémorialiste, le romancier s'inscrit dans un processus de "reconstruction du passé" ;

il exprime aussi “l’impossibilité de se connaître soi-même”. Voici les caractéristiques que Tadié [2011] dégage pour ce genre. Le roman personnel, d’abord, “retrace “l’histoire” de l’auteur”. De même qu’Eugène Fromentin déclare, après la mort du modèle de Madeleine, vouloir “écrire [leur] histoire commune depuis le premier jour jusqu’au dernier”, Musset écrit à son Georgeot, alors qu’il formule le souhait d’écrire un roman qui deviendra *La Confession d’un enfant du siècle*: “Le monde saura mon histoire ; je l’écrirai [...]. Je ne mourrai pas, moi, sans avoir fait mon livre, sur moi et sur toi.” Deuxième caractéristique du roman personnel : il “raconte un drame, une crise où se dénoue la destinée de l’auteur”. Inutile de développer ici la crise existentielle d’Octave, déjà largement étudiée. Finalement, le projet de Musset est en adéquation avec ce que dit Maurice Barrès, dans son *Culte du moi*, paru en 1910, commentant les romans personnels de Constant et de Sainte-Beuve : “Notre morale, notre religion, notre sentiment des nationalités sont choses écroulées, il convient que nous nous en tenions à la seule réalité, au moi.” Toute *La Confession d’un enfant du siècle* est là, et même, plus précisément, tout ce basculement vertigineux entre le deuxième et le troisième chapitre du roman, entre cette fresque de psychologie collective aux accents épiques à une scène de tromperie dans un salon parisien. Musset s’en tient à la seule réalité : son moi, empêtré dans ses luttes entre ses idéaux et la réalité, ce moi en crise, avec lequel il prend des distances par le recours au récit qui dit bien, peut-être, la difficulté de la transparence à soi et la nécessité de faire intervenir l’art, la distance et la reconstruction pour s’écrire et même peut-être pour se trouver. Car l’écriture de soi est bien davantage, on l’aura compris, recherche de soi dans et par l’écriture.

L’ŒUVRE ET L’AUTEUR

• De la genèse d’une œuvre

Cette question de l’écriture de soi, dont nous venons de brosser brièvement les grandes problématiques, nous invite naturellement à nous interroger sur les liens entre l’œuvre et l’auteur. D’abord, à l’origine de l’œuvre, il y a, c’est indéniable, l’expérience de notre auteur, sa vie, sa relation si singulière avec George Sand et sa volonté ferme de l’écrire. Cette volonté s’exprime nettement dans sa lettre du 30 avril 1834 à celle qui fut probablement la femme de sa vie : "J'ai bien envie d'écrire notre histoire, il me semble que cela me guérirait et m'élèverait le cœur". Cette œuvre, notre auteur l'imagine donc comme une thérapie. Il la pense aussi comme une offrande : "Je voudrais te bâtir un autel, fût-ce avec mes os ; mais j'attends ta permission formelle". *Fût-ce avec mes os :* la mise à nu est ici poussée à son paroxysme. Avec cette formule, Musset hyperbolise le don de soi qu'il imagine faire dans ce projet d'écriture. L'œuvre : les os de l'auteur. Le cœur mis à nu pourrait même ne pas suffire à Musset... Il semble donc bien décidé à se livrer, corps et âme, ou, plutôt, corps et os. C'est la vie de l'auteur, son expérience qui feront l'intrigue de l'œuvre, comme dans une autobiographie. Mais Musset parle bien de "roman" dans sa correspondance, le 10 juillet 1834, il annonce, toujours à la même : "J'ai commencé le roman dont je t'ai parlé". Musset ne semble pas, jusqu'alors, avoir balancé sur le genre ; mais ce roman (cette fiction, donc) sera nourri par la vie. Pour faire son œuvre, l'auteur a besoin de se documenter avec précision sur cette *histoire* qu'il a vécue et qu'il souhaite écrire : dans cette même lettre, il demande à George Sand de lui faire parvenir ses lettres des trois mois précédents. Survient un moment délicat dans la vie de l'auteur dont les répercussions sur l'œuvre seront probablement non négligeables. Le 14 août, Sand arrive avec Pagello, son amant, et cela entrave ce processus d'édification de l'amante entamé par Musset dans cette œuvre : "L'imagerie édifiante patiemment constituée au fil de quatre et presque cinq mois ne pouvait survivre à l'épreuve des faits. Le temps, la lassitude, les cycles souterrains de la passion, et surtout la réunion du trio en plein Paris" [LESTRINGANT, 1999, p. 262]. Musset se retire donc en Allemagne, où il compte bien avancer son "roman".

À partir de là, difficile de savoir si c'est la correspondance qui inspire l'œuvre ou l'inverse, car le processus de composition est en marche. C'est que Musset est tout à sa *Confession*. On retrouve donc, dans sa correspondance, des réflexions, des phrases qui font écho au roman. Sont-elles tirées du roman ? Ou est-ce la correspondance, donc les réflexions plus brutes, si l'on veut, de l'auteur, qui est passée dans le roman ? En tout cas, la lettre que Musset écrit à George depuis Baden, datée du 1er septembre, contient deux éléments que l'on retrouve dans *La Confession d'un enfant du siècle* : "Qu'est-ce que c'est que cette chambre d'auberge ?, lance-t-il à sa correspondante, Ils disent que cela est beau, que la vue est charmante, la promenade agréable, que les femmes dansent, que les hommes fument, boivent, chantent, et les chevaux s'en vont galopant. Ce n'est pas la vie, tout cela, c'est le bruit de la vie". Et d'ajouter plus bas, au sujet de l'amour: "Les taureaux blessés dans le cirque ont la permission d'aller se coucher dans un coin avec l'épée du matador dans l'épaule, et de fuir en paix". Et voici en quels termes Octave s'adresse à Desgenais, à la toute fin du chapitre IV de la première partie: "Le reste me regarde; les taureaux blessés dans le cirque ont la permission d'aller se coucher dans un coin avec l'épée du matador dans l'épaule, et de finir en paix. Qu'est-ce que j'irai faire, dites-moi, là ou là? Qu'est-ce que c'est que vos premières venues? Vous me montrerez un ciel pur, des arbres et des maisons, des hommes qui parlent, boivent, chantent, des femmes qui dansent et des chevaux qui galopent. Ce n'est pas la vie tout cela: c'est le bruit de la vie. Allez, allez; laissez-moi le repos". La correspondance entre les lettres et la fiction permet de souligner les points de contact, déjà nombreux, entre Octave et Alfred, entre l'auteur et le personnage principal de sa fiction, si proche de lui, sans qu'il s'agisse de lui.

• L'œuvre: brouillage et superposition des expériences de l'auteur

De manière générale, les rapports entre l'auteur et son œuvre sont éminemment complexes chez Musset, et *La Confession d'un enfant du siècle* n'est qu'un exemple de ces dynamiques délicates, intéressantes et fécondes qui s'entretiennent entre les deux. Pierre Bénichou a cette phrase excellente, au sujet de Musset:

> On peut dire, à l'encontre d'un vers moderne, que dans la grande poésie romantique française, il n'y a pas d'amour malheureux, sauf chez Musset. Sa vie et sa poésie coïncident assurément en cela, quoiqu'on ne puisse dire que la seconde reflète la première; elle en est plutôt la légende, telle que le poète l'a construite et vécue en accompagnement de ses aventures réelles. Cette relation délicate demande à être examinée d'un peu plus près. [Bénichou, 1992, p. 1567]

Ce que Bénichou dit de la poésie de Musset — poésie à la première personne, qui se veut personnelle — peut s'élargir à *La Confession d'un enfant du siècle*. Suivons le raisonnement de Bénichou, et essayons de décortiquer encore davantage ce lien entre la vie et l'œuvre, entre l'auteur et son œuvre. L'œuvre est-elle le reflet de la vie de l'auteur? Question, en soi, toujours compliquée, nous l'avons vu — particulièrement peut-être dans le cas de Musset.

Dans *La Confession d'un enfant du siècle*, la trahison de la première maîtresse est la tache originelle. Et, si l'on en croit toute la poésie personnelle de Musset, cette trahison féminine est au commencement de la vie amoureuse d'Alfred. Son évocation hante ses vers. En 1833, Musset, au début de sa liaison avec George Sand, parle d'"Amour", cet "ange aux yeux d'azur" qui lui redonne ce "bien suprême que j'avais perdu". Dans *Les Nuits,* cette peine de cœur originelle est également évoquée. Ainsi, dans la "Nuit de mai", la Muse dit au poète : "Ah ! Je t'ai consolé d'une amère souffrance ! / Hélas ! bien jeune encore, tu te mourais d'amour." ; et dans la "Nuit de décembre", la voix poétique écrit : "À l'âge où l'on croit à l'amour, /J'étais seul dans ma chambre un jour/Pleurant ma première misère." C'est dans *La Confession d'un enfant du siècle* qu'un récit circonstancié de cette "première misère" nous est raconté. Faut-il s'y fier ? Le frère d'Alfred de Musset, Paul, rapporte l'histoire d'une femme qui aurait utilisé Alfred comme chandelier, c'est-à-dire comme intermédiaire pour séduire un ami. S'agirait-il de cette "première misère", de cette peine originelle qui hante la prose et les vers de notre auteur ? Peut-être. En tout cas, cette blessure originelle est essentielle à l'œuvre de l'auteur, qu'il s'agisse d'un "événement passé hantant la mémoire" ou de la "définition intime de l'aventure d'amour, constituée en littérature, c'est-à-dire en type de vérité, où la part de l'expérience et celle de la représentation sont difficiles à mesurer" [BÉNICHOU, 1992]. Fondement de la vie amoureuse et du pessimisme de l'auteur, cette "blessure" est ce qui nourrit l'œuvre. Ce cœur meurtri, souffrant, c'est ce qui permet à l'auteur de faire œuvre. D'ailleurs, que demande le poète à l'"ange aux yeux d'azur" qui allégorise l'"Amour", "bien suprême [...] perdu" ? Demande-t-il de le guérir ? Bien au contraire : "Mets la main sur mon cœur, sa blessure est profonde ; / Élargis-la, bel ange, et qu'il en soit brisé !" Le cœur ne peut être sain et entier, il doit être souffrant et en miettes. Se dessine ici l'image de l'identité problématique et fragmentaire que Musset met en scène dans toute son œuvre.

Après sa relation avec George Sand — qui a lieu de l'été 1833 à 1835 —, certains commentateurs ont tendance à rattacher la moindre mention de l'amour à ce moment, certes essentiel, de la vie de l'auteur. Mais il y a probablement d'autres femmes et de nouvelles *misères*. Et il y a, toujours ardent, ce souvenir lancinant de la "première misère" qui, comme dans *La Confession d'un enfant du siècle*, hante la vie de l'auteur et semble même la déterminer. Pour des raisons heuristiques, jouons un instant le jeu du biographisme*. Dans sa “Nuit de mai”, le poète évoque, nous l’avons vu, sa première blessure amoureuse ; mais, en l’occurrence, il a perdu l’inspiration, accablé par une rude souffrance amoureuse récente. Chronologiquement, cela coïncide avec sa rupture définitive avec George Sand : il est donc probable que l’auteur s’appuie sur ce dur revers pour nourrir son œuvre. Pour ce qui concerne la “Nuit de décembre”, l’affaire est moins aisée. Ici aussi, l’auteur raconte une rupture qui vient de se produire. Certains pensent à sa rupture avec Caroline Joubert qui rompit avec lui, fatiguée par ses crises de jalousie. Mais ne pourrait-il pas s’agir, une nouvelle fois, d’une évocation de la rupture avec George, présentée comme toute récente pour la faire coïncider avec l’ardeur, toujours aussi forte, de sa douleur, qui réveille cette séparation si difficile à accepter ? Cette interprétation n’a rien de fantaisiste. De toute façon, la poésie amène l’expérience personnelle à un autre niveau, à un niveau universel : si Musset avait voulu nous parler de telle ou telle aventure, il aurait nommé la belle, il aurait daté, il aurait circonstancié. La poésie de Musset s’élève au-delà de la circonstance et de l’anecdote. Poursuivons encore l’enquête pour voir comme tremble le bien-fondé d’une approche biographiste de l’œuvre, même personnelle.

Si l’on continue à s’intéresser à cette fameuse “Nuit de décembre”, composée en 1835, on remarque qu’il y reprend presque tels quels des vers issus du poème “À Laure”, daté de 1832 — donc avant George Sand et avant Mme Joubert ! —. Dans la “Nuit de décembre”, on peut lire :

> Ah ! faible femme, orgueilleuse insensée,
> […] Pourquoi, grand Dieu ! mentir à ta pensée,
> Pourquoi ces pleurs, cette gorge oppressée,
> Ces sanglots, si tu n’aimais pas ?

Dans le poème “À Laure” :

> Si tu ne m’aimais pas, dis-moi, fille insensée,
> Que balbutiais-tu dans ces fatales nuits ?
> Exerçais-tu ta langue à railler ta pensée ?
> Que voulaient donc ces pleurs, cette gorge oppressée,
> Ces sanglots et ces cris ?

Lien intéressant entre l'auteur et son œuvre ! Pour dire son expérience, le poète puise dans son œuvre, dans ses archives personnelles sur l'amour. C'est dans son œuvre du passé que le poète tire la matière nécessaire pour parler de son expérience présente, pour faire œuvre *maintenant*... Ce que Bénichou appelle "hybridation du passé et du présent" se retrouve particulièrement dans la "Lettre à Lamartine", parue peu après "La Nuit". Lettre en vers, lettre d'un poète à un autre poète, certes, mais lettre dans laquelle l'auteur entend partager avec son destinataire une expérience toute personnelle de sa vie : cette fameuse "première misère" :

> Tel, lorsque abandonné d'une infidèle amante,
> Pour la première fois j'ai connu la douleur,
> Transpercé tout à coup d'une flèche sanglante,
> Seul, je me suis assis dans la nuit de mon cœur.

Et de donner des précisions :

> Partout retentissait comme une joie étrange ;
> C'était en février, au temps du carnaval.
> Les masques avinés, se croisant dans la fange,
> S'accostaient d'une injure ou d'un refrain banal.

Avant d'évoquer une scène d'épiage, dans la rue :

> Ah ! toi, le savais-tu, froide et cruelle ami,
> Qu'à travers cette honte et cette obscurité,
> J'étais là, regardant de ta lampe chérie,
> Comme une étoile au ciel, la tremblante clarté ?
> Non, tu n'en savais rien, je n'ai pas vu ton ombre ;
> Ta main n'est pas venue entr'ouvrir ton rideau.

On retrouve là tous les éléments du récit qui nous est fait, dans *La Confession d'un enfant du siècle*, de ce jour fatal, dont le cadre est ainsi posé, au début du chapitre III :

> J'étais à table, à un grand souper, après une mascarade. Autour de moi mes amis richement costumés, de tous côtés des jeunes gens et des femmes, tous étincelants de beauté et de joie ; à droite et à gauche des mets exquis, des flacons, des lustres, des fleurs ; au-dessus de ma tête un orchestre bruyant, et en face de moi ma maîtresse, créature superbe que j'idolâtrais. (p. 82)

Apparaît ici le contexte festif du carnaval. On retrouve également la scène d'épiage, décrite plus tard dans notre roman, au chapitre IX de la première partie :

> J'avais écrit à ma maîtresse que je ne voulais plus la revoir ; je tenais en effet ma parole, mais je passais les nuits sous ses croisées, assis sur un banc à sa porte ; je voyais ses fenêtres éclairées, j'entendais le bruit de son piano ; parfois je l'apercevais comme une ombre derrière ses rideaux entr'ouverts. (p. 123)

Mais tout n'est pas si simple. Paul Musset, nous rappelle Bénichou, explique que la scène d'épiage sous la fenêtre dans la lettre à Lamartine fait référence à une attitude de son frère avec Mme Jaubert. Après tout, le jaloux compulsif était peut-être coutumier du fait... Autre difficulté : lorsque George et Alfred rompent définitivement, c'est au moment du carnaval également.

• Musset : l'auteur vampire de son œuvre ?

L'écriture correspond donc à un brouillage des repères. Il n'est pas aisé de relier, comme dans un jeu de points, telle expérience de la vie de l'auteur avec tel élément développé dans le poème ou dans l'œuvre. Il n'y a pas d'exception dans le récit qui nous intéresse et l'analyse biographiste ne permet pas d'aller bien loin. Car si on retrouve George Sand dans Brigitte, on la retrouve aussi peut-être dans la première maîtresse, dans le récit de cette trahison, de cette séparation traumatique que Musset devait digérer en écrivant son roman. Il ne s'agit pas, pour l'auteur, de transvaser son expérience dans l'œuvre. C'est précisément ce qui pousse Frank Lestringant à pointer, dans l'introduction à sa magistrale biographie de Musset, le paradoxe d'un tel sujet d'étude pour un biographe. Musset, pourrait-on se dire : facile ! Pour écrire sa vie, il suffit de lire son œuvre. Toute la vie de l'auteur *passe* dans l'œuvre. Mais LESTRINGANT explique que Musset est bien davantage le démon de la biographie que le sujet idéal, et que cette apparente facilité est "une illusion" [1999, p. 14], ce qui peut se vérifier en s'appuyant sur la *Correspondance*, puisque s'opère, chez Musset, "un constant chassé-croisé" entre sa correspondance et son œuvre, "l'une puisant dans l'autre et réciproquement". Un exemple : la lettre du souper chez Rachel, écrite à Mme Jaubert, sa marraine, sous forme dialogue, a été classée dans l'œuvre en prose, puis dans la correspondance. De la même manière, nous rapporte Lestringant, son "proverbe" ("Il faut qu'une porte soit ouverte ou fermée") serait, si l'on en croit Paul, son frère, la retranscription fidèle d'une conversation mondaine entre Musset et une belle marquise, veuve, à l'esprit affûté. Bien avant, des phrases issues de sa correspondance avec George sont reprises telles quelles dans ses drames ou poésies lyriques. Dans l'autre sens, dans sa correspondance avec Sand, il n'est pas rare que Musset cite à sa destinatrice des vers écrits par lui, lesquels ont parfois deux ou trois ans... Finalement, Lestringant conclut "qu'une telle fusion est en réalité la malédiction du biographe. L'œuvre, chez Musset, est parasitée par la vie, la création par l'anecdote". Car même la vie de Musset — que Lestringant qualifie de plutôt vide, "médiocre" — ne renforce pas l'œuvre, ne la nourrit pas. Ou, du moins, pas toujours. Ainsi, on a longtemps dit que Lorenzaccio était le fruit des étapes successives du voyage à Venise. On sait aujourd'hui qu'il n'en est rien. "Ainsi donc, ni l'ardente passion pour George Sand ni même la connaissance visuelle de l'Italie n'ont été d'aucun effet sur la seule pièce shakespearienne de notre littérature et l'une des très rares réussites du théâtre romantique." En fait, la pièce était en lecture chez un éditeur. "C'est donc, conclut Lestringant, la vie de Musset qui subsiste aux crochets de son œuvre. Musset a vécu aux dépens de cette dernière, la distribuant par fragments, la retouchant et l'amputant au cours d'une vieillesse poétique aussi prématurée qu'interminable." En fin de compte, Musset est le "père abusif d'une œuvre qu'il a vampirisée en des avatars médiocres".

Ces remarques de Lestringant sont édifiantes. On pourrait même dire que Musset se plaît à mettre en scène la crise d'une identité brisée, incertaine, éclatée. Toute l'œuvre de Musset crie l'impossible unité de l'être. Car l'être est souffrant, brisé, le moi ne peut se dire. Ce qui se dit, sans cesse, c'est la recherche désespérée d'une identité. D'où, chez Musset, la multiplication des doubles : Lorenzaccio, par exemple, personnage éponyme d'une de ses pièces, peut être vu comme une figure de l'auteur par sa souffrance toute corporelle – qui fait écho au dolorisme mussétien – (on insiste sur son teint pâle, sur sa débilité, sa fébrilité), mais aussi dans l'écart ô combien décevant entre ses aspirations – sauver Florence de la corruption – et la réalité – il a été corrompu par tous les vices de la haute société florentine. De la même manière, la thématique des masques est récurrente chez Musset : dans *Lorenzaccio*, les scènes de mascarades abondent : le héros, Lorenzo, déplore que son masque ait fini par lui coller tragiquement à la peau ; l'intrigue de la *Confession d'un enfant du siècle* s'ouvre après une mascarade ; Alfred prend le masque d'Octave. Blessé par sa maîtresse, Octave pose sur son visage le masque du débauché. Mais son cœur crie. Orphelin, il tente d'imiter son père à la virgule près. C'est un échec : l'amour frappe de nouveau à la porte de son cœur si vulnérable. Dissimulant son amour, il pose alors sur son visage le masque de l'amitié. Quand celui-là tombe, et que Brigitte et Octave s'avouent la réciprocité de leurs sentiments, Octave joue à de nombreuses reprises le cynisme outrancier et blesse sa bien-aimée, qu'il pousse presque au suicide. Tout fait signe vers ce qui, dans le moi, est problématique. Même dans ses poèmes, très personnels, Musset insiste sur le double : dans "La Nuit de décembre", l'auteur parle à son double, tantôt "pauvre enfant vêtu de noir", "jeune homme vêtu de noir", "convive vêtu de noir", "orphelin vêtu de noir", qui, systématique, note la voix poétique, "[lui] ressemblait comme un frère". L'hypertrophie du moi va donc de pair avec une dilatation du moi, moi en crise.

Dans *La Confession d'un enfant du siècle,* on remarque, en plus du pseudonyme, de la part non négligeable de fiction, du jeu de masques auquel s'adonne Octave au fil de l'intrigue, un procédé qui doit attirer notre attention et qui permet magistralement de mettre en scène la complexité de ce moi qui écrit. Comment ne pas être frappé par la fin de ce roman ? Quand Octave découvre le billet qui tombe accidentellement de la robe de Brigitte, le lecteur retient son souffle : il vient donc d'apprendre que Brigitte aime Smith, elle le lui avoue, mais qu'elle décide de ne plus le revoir, de se sacrifier pour ce jeune Octave à qui "[s]a destinée est liée" (p. 347). Le chapitre suivant détonne et le lecteur s'interroge un instant car ce chapitre est détaché du reste du récit : le narrateur n'est plus Octave, le personnage principal de ce roman, avatar de Musset. Il est extérieur à l'histoire, qu'il narre à la troisième personne. Le "je" s'est retiré du récit. Subitement, sans prévenir. C'est le "il", qui prend le relais. Le récit personnel, jusqu'alors pris en charge par le "je", passe à la troisième personne. Cela coïncide, tout d'abord, avec la décision d'Octave de se mettre définitivement en retrait de la vie de Brigitte. L'emploi de la troisième personne vient, d'une certaine manière, matérialiser, dramatiser cette mise à l'écart. On peut également y voir la mort (symbolique !) d'Octave : Octave, qui dit "je" depuis le début, meurt à lui-même. L'ancien Octave n'est plus : il a été transfiguré par la vision de ce crucifix, qui l'a poussé à prendre cette décision douloureuse et sage, à se sacrifier pour être, au moins une fois, à la hauteur de sa sublime Brigitte. Octave, l'enfant du siècle, aurait pris une décision d'adulte. En cette matinée ensoleillée de décembre, où tout fait signe vers la renaissance après cette intense nuit de la veille de Noël, Octave s'est fait homme. Le narrateur nouvellement extérieur à l'histoire, fait d'ailleurs cette remarque éloquente : "Qui eût de l'expérience, y eût reconnu l'enfant qui devient homme" (p. 348). Le "je", c'était celui de l'enfant du siècle : une fois devenu homme, il se dépouille de cette subjectivité. Il prend de la hauteur. Peut-on d'ailleurs y voir une mise en scène de la mort de l'auteur* ? L'auteur déserte-t-il son récit pour y laisser son texte et rien que lui ? Ou peut-on y voir, plutôt, une représentation de la prise de hauteur de l'auteur ? L'écriture de soi aurait donc permis à l'auteur de se trouver, de régler un certain nombre de comptes avec son identité, de faire advenir un "moi profond*" que seule la création artistique et littéraire peut permettre d'éveiller. Ce passage à la troisième personne aurait donc une résonance métalittéraire : il marquerait la fin réussie d'un cheminement de quête de soi. Après le "je" souffrant, problématique, douloureux, viendrait, à force de plongée vers le moi "profond", un "il" qui matérialiserait ce regard plus objectif sur soi, cette découverte du moi profond qui peut autoriser à parler de soi comme un autre. Il y a peut-être plus encore : nous parlions, en utilisant Lestringant, d'une vampirisation de l'œuvre par son auteur. D'un auteur qui se raccrochait de façon maladive à son œuvre, dans une espèce de ressassement compulsif et malsain, au détriment de la vie, même. Ici, l'auteur quitte son œuvre. Le vampire lève son emprise. Musset lâche prise. Jean-Yves Tadié [2011] écrit, au sujet de l'auteur de "romans personnels" qu'il "ne sort pas de lui-même" mais "règle son compte avec lui-même", fait entrer dans la fiction une partie de sa vie, de lui, et s'en détache après l'avoir examiné. Il y a peut être un peu de cela, dans ce passage soudain et inhabituel à la troisième personne. Frank Lestringant a peut-être raison de voir dans *La Confession d'un enfant du siècle* "une sorte de testament littéraire", écrit par le jeune Musset, à vingt-cinq ans seulement. Et d'ajouter :

> Jamais plus il n'ira au-delà, et Le Poète déchu, qui aurait dû en constituer la suite restera à l'état d'ébauche, et de surcroît sera supprimé. Alors que Sainte-Beuve voyait dans ce roman une esquisse prometteuse, il s'agissait en réalité de l'œuvre la plus ambitieuse jamais tentée par Musset, mis à part Lorenzaccio. Cette œuvre récapitulait une expérience où la littérature et la vie fusionnaient, pour porter à l'incandescence une douleur insupportable.

L'ŒUVRE ET LE LECTEUR

• Quel pacte de lecture ?

Le seuil d'une œuvre est toujours un moment essentiel. C'est le premier contact noué avec le lecteur. Ce seuil peut prendre la forme d'une préface, d'un avant-propos : c'est là que l'auteur va expliciter son projet au lecteur, lui donner des indications, des éléments déterminants au moment où il entre dans l'œuvre. On parle souvent de pacte de lecture, pour renvoyer à ces premières lignes, vitrine de l'œuvre littéraire. C'est-à-dire que l'auteur formule souvent un engagement tacite devant son lecteur, façonnant ainsi ses attentes. Ce pacte varie en fonction des œuvres, en fonction des genres, également. Pour ce qui est, par exemple, de l'œuvre autobiographique, le pacte de lecture est ce que Philippe LEJEUNE [1975] a appelé "pacte autobiographique" : l'auteur s'engage à parler de lui en étant sincère. Relisons, pour exemple, ce fameux préambule des *Confessions* de Jean-Jacques Rousseau :

> Je forme une entreprise qui n'eut jamais d'exemple, et dont l'exécution n'aura point d'imitateur. Je veux montrer à mes semblables un homme dans toute la vérité de la nature ; et cet homme, ce sera moi.

Moi seul. Je sens mon cœur, et je connais les hommes. Je ne suis fait comme aucun de ceux que j'ai vus ; j'ose croire n'être fait comme aucun de ceux qui existent. Si je ne vaux pas mieux, au moins je suis autre. Si la nature a bien ou mal fait de briser le moule dans lequel elle m'a jeté, c'est ce dont on ne peut juger qu'après m'avoir lu.

> Que la trompette du jugement dernier sonne quand elle voudra, je viendrai, ce livre à la main, me présenter devant le souverain juge. Je dirai hautement : Voilà ce que j'ai fait, ce que j'ai pensé, ce que je fus. J'ai dit le bien et le mal avec la même franchise. Je n'ai rien tu de mauvais, rien ajouté de bon ; et s'il m'est arrivé d'employer quelque ornement indifférent, ce n'a jamais été que pour remplir un vide occasionné par mon défaut de mémoire. J'ai pu supposer vrai ce que je savais avoir pu l'être, jamais ce que je savais être faux. Je me suis montré tel que je fus : méprisable et vil quand je l'ai été ; bon, généreux, sublime, quand je l'ai été : j'ai dévoilé mon intérieur tel que tu l'as vu toi-même. Être éternel, rassemble autour de moi l'innombrable foule de mes semblables ; qu'ils écoutent mes confessions, qu'ils gémissent de mes indignités, qu'ils rougissent de mes misères. Que chacun d'eux découvre à son tour son cœur au pied de ton trône avec la même sincérité, et puis qu'un seul te dise, s'il l'ose : je fus meilleur que cet homme-là.

Rousseau, ici, insiste sur plusieurs choses, qui sont constitutives du pacte de lecture — autobiographique, en l'occurrence — : le moi comme matière de son œuvre. L'auteur va parler de lui, rien que de lui. Il insiste également sur sa pleine et entière singularité. Enfin, il insiste sur l'exhaustivité de cet ouvrage : pas de péché par omission, comme dans une vraie confession, il faut tout avouer au prêtre — en l'occurrence, au lecteur — : les actes, les pensées, tout y est. Pour montrer d'emblée son honnêteté, il n'hésite pas à préciser qu'il n'est qu'un homme, et que sa mémoire peut lui faire défaut : pour le bien de la trame, il lui faudra peut-être combler des vides avec quelque artifice sans importance : que le lecteur ne s'inquiète pas, pas de mensonge pour autant. De la même manière, Chateaubriand insiste également sur sa sincérité et sa bonne foi, au début de ses *Mémoires d'Outre-Tombe*. Voici comment s'achève sa préface :

> Mais avec cette idée je vais me montrer meilleur que je ne suis ? J'en serai peut-être tenté : à présent je ne le crois pas ; je suis résolu à dire toute la vérité. Comme j'entreprends d'ailleurs l'histoire de mes idées et de mes sentiments plutôt que l'histoire de ma vie, je n'aurai pas autant de raisons de mentir. Au reste si je me fais illusion sur moi, ce sera de bonne foi, et par cela même on verra encore la vérité au fond de mes préventions personnelles.

En intitulant ainsi son ouvrage, Musset crée chez son lecteur, avant même que celui-là ne tourne la première de couverture, un horizon d'attente assez net : l'auteur va raconter sa vie. Le titre fait office de pré-pacte, lequel va être immédiatement mis en cause. Car ce qui ouvre la *Confession d'un enfant du siècle*, c'est cette phrase-paragraphe : "Pour écrire l'histoire de sa vie, il faut d'abord avoir vécu ; aussi n'est-ce pas la mienne que j'écris". *Circulez, il n'y a rien à voir !*, semble nous dire d'emblée l'auteur. Mais vient immédiatement la vision d'horreur qui justifie l'utilité de l'œuvre : celle-ci aura, pour ainsi dire, une fonction didactique. La matière de son livre ? Un membre gangrené. Le lecteur est alors, d'une certaine manière, assimilé à un de ces "élèves" qui doivent examiner le membre gangrené fraîchement amputé. Qu'est-ce qui motive l'œuvre ? Une vie ? Un membre pourri ? Non, c'est plutôt cette "maladie morale abominable" qui représente trois ans d'une vie de jeune homme, et qui a la particularité de ne pas être seulement celle de l'auteur : le public qu'il vise, si l'on s'en tient à la lettre de ce premier chapitre, ce sont "les gens du même âge" qui sont nombreux à "souffrir du même mal". L'auteur est clair : "j'écris pour ceux-là". Dans ce premier chapitre, l'auteur circonscrit son lectorat avant de douter : il écrit pour eux, "sans trop savoir s'ils y feront attention". À quoi bon écrire, alors, si ceux pour qui on écrit ne nous lisent pas ? L'entreprise n'est pas perdue pour autant : "dans le cas où personne n'y prendrait garde, j'aurai encore retiré ce fruit de mes paroles de m'être guéri moi-même, et, comme le renard pris au piège, j'aurai rongé mon pied captif" (p. 59-60). On est loin du faste et de la grandiloquence de l'auteur des *Confessions*. Ce singulier peut alors être lu comme un singulier d'humilité : l'auteur avertit son lecteur : pour confession, il n'a à lui proposer qu'un membre gâté par la gangrène, trois ans de sa vie. Qu'attend-il, lui, de ses lecteurs ? Pas grand-chose : il peut se guérir tout seul. D'ailleurs, le lecteur ne saurait le guérir : comment le ferait-il, puisqu'il est lui-même présupposé malade, souffrant du même mal ? Utilisant un traumatisme qu'il tire de ses années d'études en médecine, Musset fonde un pacte de lecture bien étrange, qui se base sur l'observation du mal et la communion dans le même mal, celui du siècle.

• Les adresses au lecteur dans l'œuvre

Dans ce premier chapitre, donc, l'auteur dit précisément pour qui il écrit. Le lecteur de Musset, dans La *Confession d'un enfant du siècle*, n'est pas un lecteur abstrait, qui pourrait être tout homme qui tombe sur son livre. Le chapitre II consiste précisément en une explication des causes de ce mal dont le narrateur se sent frappé, avec une génération entière, entre les mains de laquelle il imagine, peut-être, voir arriver son livre. Mais s'adresse-t-il à son lecteur à d'autres reprises au cœur du récit ? A-t-on, comme c'est le cas à moult reprises dans *Les Confessions* de Rousseau, des adresses au lecteur, qui thématisent, au cœur de l'œuvre, le lien entre l'auteur et son lecteur ? Ces moments, dans *La Confession d'un enfant du siècle*, sont très rares. On ne relève aucune adresse au lecteur avant la deuxième partie : "Mais, dira le lecteur, au milieu de tout cela, quelles femmes aviez-vous ? Je ne vois pas là la débauche en personne" (p. 162) et, quelques lignes après : "Lecteur, s'il faut parler des femmes, j'en citerai deux ; en voici une". Ici, Octave implique de manière assez classique le lecteur dans la méditation qu'il déroule, il anticipe ses questionnements et crée donc, au cœur du texte, un échange en faisant surgir le lecteur. De la même manière, dans la quatrième partie, à deux reprises, Musset apostrophe son lecteur, pour attirer sa pitié : "Tu souris peut-être, lecteur, en lisant cette page ; moi qui l'écris, j'en frémis encore. Les malheurs ont leurs symptômes comme les maladies, et il n'y a rien de si redoutable en mer qu'un petit point noir à l'horizon" (p. 230) et, peu après : "Lecteur, cela dura six mois ; pendant six mois entiers, Brigitte, calomniée, exposée aux insultes du monde, eut à essuyer de ma part tous les dédains et toutes les injures qu'un libertin colère et cruel peut prodiguer à la fille qu'il paie" (p. 270). Ici, anticipant une réaction du lecteur qui pourrait ne pas être celle qu'il escomptait, il s'adresse à lui en espérant obtenir sa compassion. Par ailleurs, Musset s'adresse à ses lecteurs dans la première partie :

> Je vous le demande, à vous, hommes du siècle, qui, à l'heure qu'il est, courez à vos plaisirs, au bal ou à l'Opéra, et qui ce soir, en vous couchant, lirez pour vous endormir quelque blasphème usé du vieux Voltaire, quelque badinage raisonnable de Paul-Louis Courier, quelque discours économique d'une commission de nos Chambres, qui respirerez, en un mot, par quelqu'un de vos pores, les froides substances de ce nénuphar monstrueux que la Raison plante au cœur de nos villes ; je vous le demande, si par hasard ce livre obscur vient à tomber entre vos mains, ne souriez pas d'un noble dédain, ne haussez pas trop les épaules ; ne vous dites pas avec trop de sécurité que je me plains d'un mal imaginaire, qu'après tout la raison humaine est la plus belle de nos facultés, et qu'il n'y a de vrai ici-bas que les agiotages de la Bourse, les brelans au jeu, le vin de Bordeaux à table, une bonne santé au corps, l'indifférence pour autrui, et le soir, au lit, des muscles lascifs recouverts d'une peau parfumée. (p. 130-131)

Ici, le narrateur interpelle des lecteurs qui ne sont pas initialement concernés par son ouvrage et qui, en principe, ne devraient pas le tenir entre leurs mains — tout cela, évidemment, est posture. Ce sont non pas les "enfants du siècle", mais "les hommes du siècle", contre lesquels le narrateur, dans l'extrait cité précédemment et ensuite, n'a pas de mots assez durs : "impassibles", "glacés", "hommes de marbre"... Le narrateur fustige ici les rationalistes, héritiers des Lumières, qui ne jurent que par Voltaire et pourraient mépriser un jeune homme qui exprime ses craintes et ses sentiments.

• Lire *La Confession d'un enfant du siècle* aujourd'hui

Mais alors, si Octave s'adresse à un lectorat tellement ciblé, à ces "enfants du siècle", dont les maux dépendent précisément d'un contexte donné, pourquoi lire la *Confession d'un enfant du siècle* aujourd'hui ? En quoi peut-elle intéresser les lecteurs de notre siècle ? Musset, quand il écrivait à George Sand au sujet de ce projet de roman, expliquait vouloir inscrire leur histoire d'amour dans la légende, pour la faire passer à la postérité, la rendre éternelle, faire de leur couple un couple mythique. Le projet, depuis ces vœux, a évolué, et le produit fini est plus complexe qu'une simple célébration du couple George-Alfred. Pour autant, Musset et Sand sont, cela ne fait aucun doute, un couple mythique de la littérature. Mais ce n'est pas cela qui fait le sel de la *Confession d'un enfant du siècle*, sa force. Ce n'est pas cela qui fait que l'arche demeure et que le lectorat de Musset est bien plus large que ceux qui retrouvent le prétendu mal d'un siècle. Ce qui touche et intéresse les lecteurs, encore aujourd'hui, c'est qu'il y a, dans cette *Confession d'un enfant du siècle*, de l'universel. Cette identité en crise d'un tout jeune adulte a quelque chose d'universel et, ce qui touche le lecteur, c'est l'expression franche, naïve et attendrissante de questionnements partagés, au-delà de la génération de Musset, questionnements qui ont traversé chacun d'entre nous : Y a-t-il quelqu'un dans le Ciel ? Comment aimer quand on a été trahi ? Puis-je parvenir à être quelqu'un en suivant une autre route que celle de mes parents ? Reste-t-il quelque chose de la pureté de mon cœur dans ce carnaval social vertigineux ?, etc. Musset parle avec une telle éloquence, évidemment, et une telle authenticité de ce malentendu éternel entre l'idéal et la réalité, qu'il n'est pas aisé de résister à la *Confession d'un enfant du siècle*. Même ce sentiment d'appartenance à une génération désenchantée semble sans cesse renouvelé à travers les siècles. Génération X, Y, Z... et l'alphabet recommencera. Chaque époque, chaque génération connaît et subit parfois son lot de grandes mutations, de grands progrès, de grandes espérances et de grands regrets. Voilà, peut-être, ce que la *Confession d'un enfant du siècle* dit de plus universel. C'est que l'"Histoire, avec sa grande hache" (Georges Perec, *W ou le souvenir d'enfance*), se répète malgré tout ; et, dans tout cela, l'individu, lui, se démène et essaie, comme il peut, d'exister.

LES ANNÉES

D'ANNIE ERNAUX

ÉTUDE ANALYTIQUE

PRÉAMBULE : DÉCOUVRIR ANNIE ERNAUX

Ces trois dernières années ont été particulièrement fastes pour Annie Ernaux ; deux de ses livres, *Passion simple* et *L'Événement,* ont été adaptés au cinéma, respectivement par Danielle Arbid en 2020, et en 2021 par Audrey Diwan, qui a reçu le lion d'or Berlin. Alors que l'écrivaine vient de présenter à la Quinzaine des réalisateurs de Cannes *Les Années super 8*, film tourné en collaboration avec son fils David Ernaux-Briot, voir aujourd'hui en 2022 *Les Années* au programme de la khâgne est une joie et une récompense suprêmes pour qui, depuis si longtemps, trouve dans les questionnements d'Annie Ernaux un écho intense et douloureux à ses angoisses ou à ses propres interrogations. Son œuvre nous invite en effet à nous pencher sur les fondements du *moi* et de l'écriture de *soi :* dans quelle mesure l'individu et, partant, l'autobiographe se construisent-il sciemment par leurs choix de vie, leurs études, leurs amours, leur métier, etc. ? Ne sont-ils pas plutôt le produit de leur caractère, de leur éducation familiale, voire d'une sédimentation socioculturelle déposée par l'Histoire, les générations traversées, ou plus impalpable, l'air du temps ? Comment parler de soi sans pathos ni complaisance, sans impudeur racoleuse ni volonté apologétique, de façon à la fois exhaustive et synthétique, pour suggérer au lecteur le sens de notre vie : une direction, une ligne de force essentielles à tracer dans le flux incontrôlé des événements, mais aussi une signification à construire ou reconstruire, fût-ce rétrospectivement et artificiellement – ou artistement ?

L'originalité absolue des *Années,* “autobiographie [curieusement] impersonnelle et collective”, tissant habilement la vie d'Annie Ernaux et le portrait des générations successives, des années 40 aux années 2000, ne se peut concevoir si on ne replace ce livre dans l'ensemble de son œuvre mais surtout si on n'y voit l'aboutissement, certes paradoxal mais prévisible, d'une démarche cohérente d'épurement du moi et de questionnement entêté sur l'interpénétration de l'intime et du social. Au fil des premiers romans, des récits autobiographiques et des journaux intimes, l'écrivaine creuse les mêmes sillons, nourrit le même débat intérieur. Comment trouver sa "place" dans une famille, une communauté, sociale ou amicale, dans sa génération, au cœur d'une époque ? Faut-il être soi-même ou naviguer à vue entre deux milieux, deux cultures ? Doit-on parler au risque de blesser, de porter à faux ou se taire au prix de la souffrance ou de la frustration ? Jusqu'à quel point peut-on parler de soi, entre pudeur et voyeurisme, entre cette petite musique intérieure que chacun voudrait donner à entendre et les grandes orgues que, trop souvent, nous faisons retentir ? S'exprimer simplement, voire sèchement, pour faire passer un message, une émotion – par un regard, par le silence – ou parler plus longuement, au risque du bavardage, de la complication, et, à terme, paradoxalement, de l'incommunicabilité ?

Comment faire découvrir ou redécouvrir Annie Ernaux "sans prendre le parti de l'art, ni chercher à faire quelque chose d'émouvant" – pour parodier l'intention, infra-littéraire, de *La Place*, son œuvre essentielle, en hommage à son père, reconnue, en 1984, par le prix Renaudot ? Refusant le réalisme laborieux comme le romantisme facile, son écriture, exigeante et sobre, humble et tendre, se tient au plus près de la vérité intime, dévoilée par ses journaux intimes ou son journal d'écriture, *L'Atelier noir :* elle la poursuit entre récit, autobiographie et chronique sociale - de la révolte adolescente de *Ce qu'ils disent ou rien* à l'épreuve presque réconciliée *d'Une Femme* (sur la mère de l'écrivaine) ou de *La Place* - en passant par la rage tranquille, implacable de *La Femme gelée*, sur son divorce. Des bouillonnantes *Armoires vides* (sur son avortement, repris plus tard dans *L'Événement*) au dépouillement affectif du *Je ne suis pas sortie de ma nuit* face à l'agonie de la mère ou de la chronique urbaine ou sociale du *Journal du dehors* et des *Années*, l'agrégée de lettres modernes l'a compris : l'écriture, inaugurée en 1972, obéit, comme l'enseignement ou l'éducation, à une douloureuse contradiction : s'effacer pour mieux donner à entendre soi-même, l'autre ou le monde ; et pourtant, s'exposer, inlassablement...

Cette contradiction, poussée jusqu'au déchirement, innerve son œuvre et palpite à chaque page, pour crier cette "douleur du vivant", assumée, revendiquée même dans l'épigraphe *d'Une femme*, tirée de Hegel :

"C'est une erreur de prétendre que la contradiction est inconcevable, car c'est bien dans la douleur du vivant qu'elle a son existence réelle" ; cette contradiction creuse toutes les séparations, amène toutes les ruptures : déchirements entre famille et école, enfance normande et villes nouvelles, milieu populaire et culture bourgeoise, fidélité aux parents et nécessaire trahison pour s'épanouir, bonheur et aliénation pourtant au sein d'une famille modeste, révolte et résignation... Ce déchirement oppose enfin l'insurmontable blessure du quotidien dont parle Michaux et la soif d'absolu – qu'il s'agisse de retracer au scalpel une "passion simple" ou de témoigner de l'impossible communication entre les êtres par-delà les préjugés ou les représentations mentales, les barrières sociales, les codes du langage. Écrire, pour Annie Ernaux, c'est dire, apaiser, presque soigner les déchirures - fussent-elles sources de "honte", comme cette scène de violence familiale entrevue par l'enfant... C'est choisir la vie ondoyante contre les rassurantes normes.

Aux bavards romantiques qui, selon le mot de Flaubert, "ne réussissent qu'à faire danser les ours quand on voudrait attendrir les étoiles" (*Madame Bovary*, 1857), le style dépouillé, l'écriture blanche et âpre d'Annie Ernaux, à l'image de son exigence littéraire et de son affrontement avec le réel, rappellent avec Aragon que "la vie est un étrange et douloureux divorce" (*La Diane française*, "Il n'y a pas d'amour heureux"). "Comme de l'amour séparé" [ERNAUX, *1983*]...

REPÈRES BIOGRAPHIQUES ET LITTÉRAIRES

Une enfance et une jeunesse normandes : de Annie D. à Annie E. (1940-1963)

Annie Ernaux voit le jour pendant la Seconde Guerre mondiale, le 1er septembre 1940, à Lillebonne en Normandie, dans une famille de petits commerçants, Blanche et Alphonse Duchesne, respectivement nés en 1906 et 1899 : son père, ancien ouvrier aux raffineries de pétrole de Rouen, auquel elle rendra hommage dans *La Place*, achètera avec son épouse un café-épicerie à Lillebonne en 1931 puis, en 1945, un café-alimentation à Yvetot, dans un quartier populaire, rue Clos-des-Parts ; travaillant à leur compte, les parents de la future écrivaine incarnent donc une forme de réussite sociale dans ces années d'après-guerre, même si sa mère, héroïne d'*Une femme*, n'oublie jamais ses origines modestes et ne fait nullement preuve de condescendance avec sa clientèle, qui appelle le père "patron". "Une femme toujours prête, aussi, à rendre service, à s'occuper des malades et des vieux du quartier, très généreuse, comme si elle se sentait redevable de s'en être 'sortie' mieux que les autres. Un mélange de catholicisme en acte, sincère, hors de tout embrigadement, et de violent désir de justice" – expliquera Annie Ernaux dans *L'Écriture comme un couteau*.

La jeune fille n'apprendra qu'assez tardivement un secret de famille qui pèsera lourdement sur l'affirmation de son identité personnelle et décidera indirectement de sa carrière littéraire, sans oublier sa fascination pour les photographies, "traces" récurrentes dans *Les Années* pour effacer les "taches", les trous de son vécu [BACHOLLE-BOŠKOVIĆ, 2011] : une sœur aînée était décédée à l'âge de sept ans, en 1938. Dans son entretien avec Frédéric-Yves Jeannet, Annie Ernaux revient sur ce "problème douloureux, au cœur de [s]a création" : "jusqu'à l'âge de sept ans, huit ans j'ignorais que j'avais une sœur. Des photos qui la représentaient bébé, on me disait que c'était moi. Sinon que c'était une cousine, je crois. Ma mère m'a appris l'existence de ma sœur en même temps qu'elle m'a raconté sa mort. Elle m'a raconté toute sa mort. Mes parents voulaient un seul enfant, je suis né trois ans après. J'ai compris que je devais ma vie à la mort de ma sœur. Mais ce n'est que bien plus tard que je me le suis dit, quand j'ai écrit *La Place*". La vie est ainsi faite de ces traumatismes fondateurs, telle cette scène de violence conjugale (son père menaçant sa mère dans la cave un dimanche) à laquelle elle a assisté en 1952 et sur laquelle elle reviendra dans *La Honte*, en 1997.

Annie Ernaux poursuit sa scolarité à Yvetot où ses parents sont revenus en 1945 après avoir vécu plusieurs années à Lillebonne: ce *Retour à Yvetot*, pour parodier le titre d'une conférence donnée en octobre 2012 par l'auteure sur les traces de son enfance, sera marqué par la vision contradictoire d'une ville quasiment détruite pendant le conflit, "image d'un chaos reçue le premier jour de [s]on arrivée" et d'une fête foraine pour la Saint-Luc, "sans doute la première après la fin de la guerre". Souvenir complexe et structurant là encore, entremêlant l'Histoire, avec sa "grande Hache", comme disait Georges Perec, la sociologie et la vie familiale ou intime: une annonce déjà des *Années*? Après le pensionnat Saint-Michel, elle va au lycée Jeanne-d'Arc de Rouen. Elle passe son bac philo, puis entre à l'École normale d'institutrices de peur de poursuivre ses études à l'université: elle-même parlera d'"auto-limitation" quand on est d'une classe populaire, tant "on est sûr qu'on n'y arrivera pas". Quatre mois après, elle change de route et décide de partir pour l'Angleterre où elle sera jeune fille au pair. Travaillant le matin, lisant et écrivant, déjà, un roman l'après-midi, elle se sent prête, à son retour, à intégrer l'université. Elle prépare le certificat de littérature tout en se remettant à l'écriture entre l'écrit et l'oral. Collée en littérature, elle doit travailler pendant les vacances. Reçue en octobre, aussitôt après, elle écrit un texte, inspiré du Nouveau Roman, refusé par Le Seuil en mars 1963. Ce premier roman, lyrique et sentimental, à la structure compliquée, mêlant le rêve, l'enfance et le présent, s'intitulait *Du soleil à cinq heures*.

Une femme mûre en Haute-Savoie: maternité, enseignement et écriture (1964-1974)

En 1964, Annie Ernaux se marie, événement tout autant social que privé pour la jeune femme qui, avec Philippe, cadre administratif, entre dans la bourgeoisie – devenant doublement une "transfuge de classe", une "immigrée de l'intérieur" en accédant au monde enseignant deux ans après. Deux enfants naissent de cette union: Éric en 1964 et David en 1968. Elle a passé les épreuves théoriques du Capes de lettres modernes en 1966 et les épreuves pratiques en 1967: en 1971, elle obtiendra l'agrégation de lettres modernes. Son père décède deux mois après, jour pour jour – épreuves mêlées en un télescopage mémoriel et une juxtaposition littéraire dignes des *Années*, au seuil même de *La Place*, le récit mi-biographique, mi-autobiographique qu'elle lui consacrera. Sa mère vient la rejoindre à Annecy après avoir vendu son commerce. De cette période en Haute-Savoie, l'auteure dira : "Annecy j'y suis entre 25 et 35 ans. C'est très complexe. Dans cette ville je suis entrée dans le rôle qu'on attendait de moi. Pendant cette époque j'ai pourtant préparé le Capes, l'agrégation, j'ai écrit *Les Armoires vides*. C'est en fait dix années de vie active intellectuellement, ce qui aurait pu aussi ne pas être le cas. Mais c'est très mutilant, d'avoir, dans la force de l'âge, toute son existence soumise à la transmission de la vie. Je suis heureuse d'avoir eu des enfants mais l'enfermement était total. Je ne savais pas comment je me sortirais de là. Quand je retourne à Annecy, je revois cette femme, un double souffrant. Car c'était une souffrance." (C.-L. Tondeur, "Entretien avec Annie Ernaux." *The French Review*, 1995).

L'entrée d'Annie Ernaux en littérature est tonitruante et subversive avec la publication en 1974 chez Gallimard des *Armoires vides*, rédigé en 1972-1973. Ce livre, qu'elle présente comme un roman malgré sa forte teneur autobiographique, met en scène une écorchée vive, Denise Lesur, écho de sa propre jeunesse. C'est un premier livre-choc, où Annie Ernaux donne déjà toute sa mesure et son style : elle y évoque son avortement clandestin en 1964, sur lequel elle revient avec *L'Événement* en 2000, et, hasard de l'Histoire ou volonté éditoriale, l'œuvre paraît l'année même où Simone Veil plaide à l'Assemblée nationale en faveur de la légalisation de l'IVG. Le livre est cru, révolté, très intime, son écriture éclatée et rageuse rappelant Céline en un curieux mélange de pudeur et d'impudeur. La question de la sexualité féminine et de la maternité (ou du refus d'enfanter) dans les années 70 scelle la rencontre insolite de la vie personnelle et de l'Histoire, qui préfigure *Les Années*, mais sur une pente autobiographique très accentuée. Se souvenant de ce livre et de sa joie d'être publiée pour la première fois, l'écrivaine évoque sa réception et l'état d'esprit, tout d'inquiétude et d'incrédulité, dans lequel elle se trouvait alors :

> Le premier article que j'ai lu sur *Les Armoires vides* a paru dans *Le Monde des livres* sous la plume de Jacqueline Piatier. Je l'avais attendu avec espérance et curiosité : qu'on me dise ce qu'était mon livre, car jamais je ne serai autant dans l'ignorance de ce que j'avais fait [...] Que ce qui a été écrit, jour après jour, un peu à l'aveugle, soit d'un seul coup appréhendé et chargé de sens dans sa totalité par une autre conscience est une expérience

bizarre [...] J'éprouvais une sorte de crainte de ne pas être à la hauteur de ce qui m'arrivait. (études réunies par François Thumerel, *Annie Ernaux. Une œuvre de l'entre-deux*, 2003)

Cergy-Pontoise : une écrivaine reconnue, une femme engagée (de 1975 à nos jours)

En 1975, Annie Ernaux déménage pour Cergy et obtient un poste dans un collège de Pontoise. Son métier la passionne car il lui donne le sentiment d'avoir prise sur le réel, dans l'espace restreint mais diversifié d'une classe, mais surtout dans la mesure où, en certains adolescents scolairement faibles ou de milieu populaire, elle reconnaît et retrouve la jeune fille socialement complexée qu'elle était à leur âge. Sa mère ne reste que quelque temps chez elle et repart vivre à Yvetot en janvier 1976. L'été est consacré à la rédaction de *Ce qu'ils disent ou rien*, "roman" là encore autobiographique, qui paraît en 1977, sur la révolte adolescente d'une jeune femme prénommée Anne : un été et une rentrée, les émois amoureux et une déception sentimentale, une écriture balbutiante, tout en ellipses et points de suspension, un monologue intérieur d'ado en butte à la parole inquiète ou moralisatrice de ses parents : "ce qu'ils disent ou rien", "je m'en fiche, en somme" !

Parallèlement, Ernaux devient professeur au Cned (Centre d'enseignement à distance), dans la section enseignement supérieur – activité qui lui laisse du temps libre pour écrire et nourrit cette culture littéraire si présente dans *Les Années* dans les jeux de l'intertextualité. Elle expliquera plus tard avoir pesté contre cet "accaparement" mais se félicitera de n'avoir pas eu à publier un livre tous les deux ans, de s'être sentie dégagée du "souci de plaire, de réussir, de vendre" autant que d'une "espèce d'autisme de l'écriture."

Le divorce qui couve et éclate en 1980 entre Annie Ernaux et son époux est en germe dans l'écriture et les thèmes de *La Femme gelée*, écrite en 1978 et 1979 mais publiée en 1981 : le titre de ce brûlot féministe, de rage froide, implacable, renvoie à la femme assignée par la tradition, par la société et l'Histoire, à un rôle sclérosant d'épouse, de mère ou de ménagère. Sa lecture est un choc, pour le sujet et pour le style, très littéraire et travaillé, assez atypique dans la production de l'écrivaine. C'est un livre très fort sur la souffrance du divorce, sur la difficulté de trouver sa place dans son couple, dans sa famille, sur le rôle qu'on attend de nous, de la femme, qui doit être mère et qui, pourtant, naturellement, peut ne pas se sentir telle, pas encore, pas tout de suite. Ce livre à la fois glacial et brûlant, est terriblement gênant et pourtant, ou pour cela, il éveille bien des échos en nous. Il aide à comprendre l'autre, faute de pouvoir se mettre à sa "place".

Cet examen de conscience à la fois personnel et générationnel, où une âpre soif de vérité et d'introspection pourrait laisser croire à un règlement de compte avec ses ex-beaux-parents, libère la parole familiale de l'écrivaine : en novembre 1982 commence la rédaction de *La Place*, qui s'achève en juin 1983. Entre autobiographie et biographie de son père, ce récit, qui demeure l'œuvre la plus connue et sans doute la plus étudiée de l'auteure, reçoit le prix Renaudot à sa parution en 1984, dix-sept ans après le décès de M. Duchesne – temps de l'accomplissement du deuil, temps de la maturation littéraire, temps surtout d'une décantation psychologique et morale pour une écrivaine souvent taxée d'impudeur ou d'indiscrétion par rapport à ses proches. Déchirée entre deux milieux, deux cultures, l'auteure livre un bel hommage au père, aux parents et en même temps suscite un malaise quant au portrait d'un homme modeste, sans "culture" classique – ouvrier puis propriétaire d'un café-épicerie. Le bonheur et l'aliénation d'une condition modeste. La fidélité aux origines, aux siens et le sentiment d'avoir trahi, d'être passé de l'autre côté : si son père était un "passeur entre deux rives", "de la maison à l'école", elle le lui rend bien par la transmission littéraire de son héritage familial, par la double médiation culturelle de l'écriture et de l'enseignement. C'est le livre fondamental, à lire en premier, pour entrer dans l'univers d'Annie Ernaux.

À cette époque, la mère d'Annie Ernaux est malade : souffrant de la maladie d'Alzheimer, elle est revenue vivre chez sa fille en juin 1983. Six mois plus tard, elle entre au service de gériatrie de l'hôpital de Pontoise et décède le 7 avril 1984. Annie Ernaux commence alors *Une femme*, qu'elle achève en février 1987. Le livre paraît en 1988. Cet hommage équivalent à la mère apparaît pourtant comme un livre plus apaisé, plus littéraire que *La Place*, une écriture moins âpre, moins elliptique – à l'image d'une relation plus confiante, plus complice avec la mère : emplettes, désir d'ascension sociale, goût plus marqué pour la culture...

Pendant la maladie de sa mère, Annie Ernaux a tenu un journal qu'elle publie dix ans après sous le titre *"Je ne suis pas sortie de ma nuit"*, phrase-leitmotiv prononcée par sa mère durant sa maladie. C'est un très beau livre sur la souffrance et l'agonie de la mère, qui rappelle *Une mort très douce* de Simone de Beauvoir. Elle tient d'ailleurs des journaux depuis l'âge de seize ans, en écho aux récits autobiographiques qu'ils préparent mais suivent dans la publication, comme pour mieux confronter deux écritures de soi et mesurer a posteriori le vécu brut à l'aune de sa transposition littéraire. De même, elle publiera en 2002 *Se perdre,* journal intime qui date de 1992, époque de *Passion simple,* livre un peu rude, évoquant la passion charnelle pour un diplomate russe rencontré après le divorce, désigné par la lettre "A.", les rendez-vous les week-ends sans enfant en 1989. L'avant-propos du récit donne le ton: la tension de l'écriture y est comparée à la pénétration. Ce texte surprend, dérange, choque même: bref, il fait scandale, nombre de critiques l'éreintant, contradictoirement, pour sa crudité sexuelle et son sentimentalisme de bluette. Dans l'avant-propos de son journal, *Se perdre*, l'auteure écrira: "Je me suis aperçu qu'il y avait dans ces pages une 'vérité' autre que celle contenue dans *Passion simple*. Quelque chose de cru et de noir, sans salut, quelque chose de l'oblation. J'ai pensé que cela aussi devait être porté au jour."

Le journal constitue bien, avec les "romans" initiaux et les récits autobiographiques, la troisième voie de l'écriture de soi qu'a explorée Annie Ernaux, à la fois comme un fil rouge de sa vie (en un photojournal publié en 2011) ou de sa carrière (dans *L'Atelier noir*, paru en 2011) et un contrepoint intime, une propédeutique scripturale aux transpositions littéraires avec *"Je ne suis pas sortie de ma nuit"* (1997) puis *Se perdre* (2001). L'originalité générique du photojournal tenu de 1997 à 2011 qui ouvre *Écrire la vie,* un recueil de ses œuvres chez Quarto Gallimard, témoigne non seulement de cette exposition iconographique de l'intimité mais surtout de la dimension sociologique et symbolique qui sera le propos même des *Années*: une vie traversée par les modes vestimentaires, attachée à des lieux d'habitation, emportée par le flux des générations, une vie collective aussi où la façon de poser devant le photographe, le regard caméra, le cadre choisi disent une époque, suggèrent des mentalités. De cette confusion ou fusion entre le moi et le monde – Annie Ernaux parlera même de "journal extime" (selon la formule de Tournier) pour son *Journal du dehors* – titre particulièrement symptomatique pour cette œuvre parue en 1993. "J'ai eu envie d'écrire sur les gens, explique-t-elle, tous les gens que je rencontrais dans la ville nouvelle, dans le RER. C'est ainsi qu'est né *Journal du dehors*". Elle précise: "mon écriture cherche à fixer ce qui passe, à laisser une trace de soi mais aussi des autres, à lutter contre le caractère fugace de l'existence, la rapidité du changement dans la vie contemporaine" (C.-L. Tondeur, "Entretien avec Annie Ernaux." *The French Review*, 1995). Cette chronique entre autobiographie et poème en prose sur les villes nouvelles, d'une objectivité froide en apparence, fait surgir la poésie insolite du quotidien, entre *Le Spleen de Paris* de Baudelaire et *Ce bel aujourd'hui* de Jacques Lacarrière. *La Vie extérieure*, en 2000, relève de la même intention esthétique et ontologique: dire le monde autant que soi-même, se tenir au plus près du réel, s'imprégner, s'imbiber du monde, au point que la vie et l'écriture semblent se confondre, comme le suggère le titre même du volume-somme paru en 2011 sous le titre *Écrire la vie*...

En 1997, Annie Ernaux publie *La Honte*, retour sur son enfance et à une forme "auto-socio-biographique" – livre impressionnant par la force de l'écriture et la gêne qu'il suscite chez le lecteur. S'il y a des livres fondamentaux, il y a aussi (surtout?) des événements fondateurs: une scène de violence conjugale, une scène primaire et première ineffaçable, que l'écriture est condamnée à ressasser pour l'exorciser – en vain: pour la blessure originelle, on pense aussi au bouleversant *Ô vous, frères humains* d'Albert Cohen, sur l'injure antisémite reçue en pleine enfance... La même année que *La Vie extérieure*, l'écrivaine livre un texte douloureux, *L'Événement*, centré sur son avortement clandestin mais envisagé avec plus de recul, de façon plus scientifique et sociologique.

Deux textes fondés sur des expériences amoureuses paraissent en 2001 et 2002: *Se perdre* et *L'Occupation*, texte centré sur la préoccupation, l'obsession amoureuses, la jalousie et le désir – crus et analysés – d'une femme qui a quitté son ami mais ne supporte pas l'idée qu'il puisse connaître et aimer une nouvelle femme. Le récit sera adapté au cinéma en 2008 par Patrick-Mario Bernard et Pierre Trividic sous le titre *L'Autre*, avec Dominique Blanc dans le rôle principal. En 2005, avec *L'Usage de la photo*, c'est encore la passion amoureuse, mais heureuse, qui est au cœur d'un nouveau texte rédigé après une épreuve: Annie Ernaux a été atteinte d'un cancer du sein dont elle évoque, parallèlement à son histoire d'amour avec Marc Marie, co-auteur du livre, les étapes de l'opération jusqu'à la guérison. Le livre est jalonné de photographies suggérant le cadre intime et matériel de la relation amoureuse, montrant, tels que découverts au réveil, “la table non desservie du dîner, les chaises déplacées, nos vêtements emmêlés, jetés par terre n'importe où la veille au soir en faisant l'amour.”

En 2008 paraissent *Les Années*, saluées par le prix Marguerite Duras. Rappelons enfin que *L'Écriture comme un couteau*, entretien avec Frédéric-Yves Jeannet mené sur un an et paru en 2003, sous la forme écrite de mails, offre une réflexion très riche sur “l'œuvre littéraire et l'auteur” et “l'œuvre littéraire et le lecteur”, déclinée en une vingtaine de chapitres traitant maintes questions stylistiques (les genres, le roman, l'autobiographie) ou socioculturelles (le transfuge, le féminisme, l'obscénité, le salut par l'écriture.) Ici comme dans *Retour à Yvetot*, conférence et retour aux sources de l'écrivaine, Annie Ernaux confirme la portée non seulement autobiographique mais critique et spéculaire de son œuvre, qui ne cesse de s'interroger sur la création littéraire, et nous invite à une archéologie de son écriture, comme *Les Années* à une “auto-socio-biographie”.

PROBLÉMATIQUES

Une œuvre multiforme et totalisatrice

• Complexité et foisonnement générique

La publication des *Années* en 2008 fut unanimement saluée par la critique et plébiscitée par le grand public, tant cet ouvrage semblait à la fois poursuivre, englober la quête autobiographique de l'auteure jusqu'alors centrée sur ses parents ou tel épisode marquant de son existence et en proposer un élargissement collectif, socioculturel et politique, totalement inattendu. Tout se passait comme si Annie Ernaux, dans un style plus littéraire, une écriture moins "plate", semblait se déprendre d'elle-même, pour, à partir de photos, livrer l'instantané de chaque époque évoquée tout en retraçant le film des générations, de l'après-guerre à nos jours, à travers les objets, les chansons, les débats de société – le lecteur ayant *in fine*, et paradoxalement, l'impression de mieux la connaître dans cet effacement, dans ce dépassement même. Premier au classement Datalib de la semaine du 6 février, et au classement des ventes de *Livres-Hebdo* du 17 février 2008, l'ouvrage totalisait déjà 150 000 ventes en grand format cinq mois après le début de sa commercialisation [Montémont, 2011]. Les journalistes littéraires évoquaient une "puissance d'évocation, qui peut-être jamais ne fut aussi flagrante", une "somptueuse autobiographie", un "roman total", un "aboutissement stupéfiant, "un livre éblouissant de maîtrise", un "fabuleux projet", "une impressionnante réussite". "Si vous avez eu la faiblesse de ne jamais comprendre ce que signifie exactement l'expression : tout est politique, *Les Années* vous l'apprendront", ajoutait Philippe Lançon dans *Libération*.

• Titre et couverture folio

Le titre paraissait d'emblée surprenant dans sa généricité et la fausse référentialité de l'article défini. D'un côté, en effet, le syntagme nominal "les années" suppose la vision surplombante et ordonnée d'une période considérée, pour un individu ou un peuple (on parle de nos jeunes années, des années fastes d'une existence, des années de plomb en Italie), d'un examen englobant et scriptural. Le terme même d'"annales" n'implique-t-il pas à la fois une scansion chronologique des événements et l'apparent retour du même, d'une génération à l'autre, la chronique de nos vies et de leurs subtiles modulations – les repas de famille, les chansons qui nous bercent, l'air du temps qui revient et se modifie ? Tel sera le projet, collectif, "impersonnel" d'Annie Ernaux dans *Les Années*, projet par rapport auquel ce titre crée une attente cataphorique et palpite d'incertitude sous une écorce définitionnelle, l'auteure ayant renoncé à intituler son livre plus explicitement "La Lumière des années" ou "La Lumière des dimanches" : s'agit-il des années passées ou de celles qu'il nous reste à vivre ? Des années de quoi ? de bonheur ou de galère, comme dans *Les Années-lumière* de Rezvani (1967) ? Serait-ce la génération des années 50 ou plutôt celle des années 80, à moins qu'il ne faille y voir une réflexion générale sur la fuite du temps ou une biographie synthétique, "'une sorte de destin de femme', entre 1940 et 1985, quelque chose comme (le roman) *Une vie* de Maupassant" (p. 166), livre-fétiche d'Annie Ernaux ? L'auteure, de fait, "s'aperçoi(t) que la mémoire s'organise en périodes et non, évidemment, en années." (*L'Atelier noir*, 2011). Notons avec Gérard Mauger qu'Annie Ernaux reprend ici à son compte le motif des "âges de la vie" [MAUGER, 2009], l'un des thèmes les plus fréquents de l'iconographie profane analysés par Philippe Ariès dans les gravures populaires.

D'un autre côté, cette expression implique un regard rétrospectif, empreint de nostalgie, de mélancolie, qui s'attacherait moins à un découpage temporel artificiel (en décennies ou générations) qu'au repérage de phénomènes sociaux ou sociétaux, comme l'explique Gérard Mauger : elle semble parée de connotations subjectives qui tirent l'ouvrage vers le regret des belles années – celles d'Annie Ernaux ? de l'espérance qu'incarneront les moments forts de mai 68 ou de l'arrivée de la gauche au pouvoir en mai 81 ? Sous la fresque historique transparaîtra sans doute une autobiographie éminemment personnelle, une subjectivité traversée par l'époque, répercutant le bruit du monde, le *Zeitgeist* (l'esprit du temps), s'en faisant "la chambre d'échos", selon la formule de Véronique MONTÉMONT [2015]... Michèle Bacholle-Bošković remarque ainsi qu'"on ne peut s'empêcher d'entendre dans le titre la similarité phonique avec son prénom, Annie Ernaux, qui réunit ici 'ces multiples images d'elle', ces Annie-s" au fil des photos, des époques, des repas rituels [BACHOLLE-BOŠKOVIĆ, 2011]. Un passage sur les commémorations, ou plutôt sur la fièvre commémorative des années 2000 – effet sans doute des peurs ou attentes millénaristes – nous semble symboliser tout particulièrement cette dualité, objective et subjective, des “années”: l’auteur ne se reconnaît pas dans cette célébration systématique et artificielle des anniversaires (lois, procès, catastrophe) et dans ce fractionnement décennal du siècle par les médias mais leur oppose son propre temps, “ses années.” “[Les médias] découpaient le temps en années yéyés, baba cool, sida, divisaient les gens en générations de Gaulle, Mitterrand, 68, baby-boom, numérique. On était de toutes et d’aucune. Nos années à nous n’étaient pas là” (p. 236). Cette dernière assertion n’annonce-t-elle pas la démarche autobiographique et collective de l’auteure, à savoir une réappropriation du temps en des tranches de vie cette fois librement définies qu’elle se revoit vivre pleinement et intensément, qu’elle revit à chaque étape de son parcours ?

La première de couverture de l’édition folio témoigne bien de cette imbrication de l’intime et du social, de cet entrecroisement d’une génération et d’une tranche de vie. Elle propose un tableau de Gérard Schlosser, *Ça sent bon*, réalisé en 1975 : ce spécialiste des collages et du pop art représente à l’arrière-plan l’avant d’une 2CV gris métallisé et au premier plan le bras gauche et le buste naissant d’une jeune femme allongée, en robe à fleurs bleues, sous un feuillage frémissant qui projette son ombre tremblante sur le véhicule. Les lignes douces, légèrement incurvées, du bras abandonné et la rondeur du sein viennent corriger la massivité de ce corps féminin sans visage qui, occupant la moitié inférieure de l’œuvre, semble à la fois écraser et appeler la perspective du véhicule aux formes arrondies, sur le capot duquel repose un tissu rouge et or, un bonnet à pompons ou une écharpe peut-être. Le décor des *Années* est ainsi planté, l’air du temps suggéré – tout d’espoir et de farniente : une présence mais comme effacée, une image paradoxalement privée de toute subjectivité met en valeur un cadre bucolique, un objet symbolique, l’atmosphère d’une époque... La symbiose estivale de la jeune fille et de la nature sous la lumière d’un objet emblématique renvoie bien sûr aux années 50 de la Reconstruction (la 2 CV apparaissant en 1948) ou plus largement aux Trente Glorieuses, de 1945 à 1975 qui culminent avec la libération de la femme, affirmée ici avec une force tranquille, une indolente sérénité. Le miroitement de la lumière enfin, la palpitation sensible des frondaisons et de la robe plissée n’augurent-ils pas de ce “récit glissant”, tout en images tremblées, comme l’émotion ou la mémoire, qu’Annie Ernaux appelle de ses vœux, d’un livre fluide comme “une coulée de lumière et d’ombre sur des visages” (p. 188) ?

Un projet polymorphe et polyphonique de connaissance de soi et de savoir d'une époque

- **Une structure stratifiée, une forme nouvelle, qui s'invente (photos, récits, blocs de texte, blancs) – une écriture du collage et de l'hétéroclite**

Structure des *Années* (10 niveaux thématiques – 11 décennies)

PÉRIODES ou DÉCENNIES / NIVEAUX, STRATES THÉMATIQUES	**STRUCTURE CYCLIQUE : IMAGES INITIALES (p. 11-19) // FINALES (p. 253-254)**	**I) ANNÉES 1940 ENFANCE (p. 21-35 : 13 pages)**	**II) ANNÉES 1950 ENFANCE (p. 35-55 : 19 pages)**
NIVEAU ICONOGRAPHIQUE		Annie Ernaux bébé à Lillebonne en 1941 ; 3 photos de la petite fille de 4 ans, 1944	petite fille sur une plage en 1949 Sotteville-sur-Mer ; cliché de la petite sœur morte, Ginette, en 1937
NIVEAU INDIVIDUEL ET STATUT SOCIAL	scène foraine // **petit bal, manège parc thermal** souvenir de Venise // cabinet au fond du jardin	assiduité à l'école, retour à la maison et à la langue originelle, des "paires de claques, de l'odeur de javel des blouses" (p. 34-35)	souvenirs d'école, vacances au bord de la mer mais plainte aux parents : "on ne va jamais nulle part" (p. 39) ; autres inégalités sociales : le logement et l'école
NIVEAU FAMILIAL, GÉNÉRATIONNEL (repas de famille)	**"nappes chargées de nourritures évanouies"** (p. 253)	"récit familial et récit social c'est tout un", "un héritage de pauvreté et de privation" (p. 29)	pas de repas de famille mais par-delà la distance morale et religieuse entre générations, le même désir de fête et de possession
NIVEAU MATÉRIEL (OBJETS)	pub vaisselle, picorette, slogans, graffiti	restrictions et ravitaillement de la guerre ; avant, galoche, poupée de chiffon	"rareté de tout" (p. 40), objets de récupération : casseroles, manteaux, puis nouveautés et réclames : télé, machine à laver, bic, gerflex, tergal, etc.

NIVEAU SOCIÉTAL	affaire Dominici 1952 : Elizabeth Drummond tuée	répertoire d'habitudes : manger en faisant du bruit, se débarbouiller la figure	Fascination pour Paris, désir d'exotisme, "le silence était le fond des choses" (p. 40), mortalité infantile, interdit et fascination du sexe
NIVEAU LINGUISTIQUE	Tournures, citations, bons mots, devinettes, vers d'une chanson (Félix Leclerc, Dalida), maxime (Mme de Staël)	"français écorché, mêlé de patois [véhiculant] croyances et prescriptions" (p. 32), "formule magique" (p. 33), *La vie te dressera*	slogans publicitaires : meubles Lévitan, huile Lesieur ; stéréotypes : *Il faut être de son temps*, les citations littéraires et scolaires
NIVEAU CULTUREL	*Une aussi longue absence* *Thérèse Raquin,* cinéma, Juliette Gréco, Scarlett O'Hara // **Cayatte, citation d'Anna de Noailles**	chansons "Ah le petit vin blanc", "Fleur de Paris" ; poésies de Richepin, dictées de Genevoix	Sportifs : Marcel Cerdan, Coppi, *Pierrot le fou* de Godard, l''empoisonneuse Marie Besnard, bibliothèque verte
NIVEAU POLITIQUE ET HISTORIQUE	expo à propos des camps de concentration, 11 septembre 2001 // **"femme de la photo du massacre de Hocine,** Algérie" (Benthala, GIA, 1997)	la guerre de 39-45 (mais la Shoah et Hiroshima occultés) ; guerre de 14-18 et même de 1870	Vincent Auriol, la guerre en Indochine, les nouvelles évoquées par la journaliste Geneviève Tabouis dans ses *Dernières nouvelles de demain,* la Reconstruction
NIVEAU PSYCHOLOGIQUE ET SPIRITUEL (L'AIR DU TEMPS)		horreur et "jubilation" à raconter l' "épopée flamboyante", "frénésie de la Libération" mais qui "s'estompait" (p. 26)	surveillance morale mais secrète "impudicité [des filles]" (p. 43), poids de la religion, scoutisme et service militaire ; "désir" des "choses" (p. 45) et culte du progrès, de la fête
NIVEAU MÉMORIEL ET (AUTO)-BIOGRAPHIQUE		"la mémoire des autres leur refilait (aux enfants) une nostalgie secrète pour cette époque" (p. 26) de la guerre	"joie diffuse" des jeunes : langage nouveau, parents vus comme des "croulants" (p. 45)

PÉRIODES ou DÉCENNIES / NIVEAUX, STRATES THÉMATIQUES	**III) FIN DES ANNÉES 1950 ADOLESCENCE (p. 55-77 : 21 pages)**	**IV) ANNÉES 1960 ÉTUDES (p. 77-101 : 24 pages)**	**V) FIN DES ANNÉES 1960 MATERNITÉ MAI 1968 (p. 101-123 : 22 pages)**
NIVEAU ICONOGRAPHIQUE	2 photos, 1955 et 1957 : pensionnat Saint-Michel et devant remise à Yvetot	photo de classe Terminale 1958-1959 ; photo cité universitaire 63	photo de la jeune mère avec son garçon, hiver 67
NIVEAU INDIVIDUEL ET STATUT SOCIAL	“écart” social / “filles chics” (p. 57) ou ouvrières ; scène parents → *La Honte* institutrice ; journal intime ; monitrice	1re expérience sexuelle goût du savoir, de la philosophie, de l’écriture (peur de la) grossesse honte, déchirement social	jeune mère à la fois comblée et insatisfaite (par son couple, sa maternité)
NIVEAU FAMILIAL, GÉNÉRATIONNEL (repas de famille)	repas de famille : “éloignement” (p. 61) / guerre mais discours colonialiste sur guerre d’Algérie et Arabes, peur diffuse de l’URSS (guerre froide)	repas de famille : - fascination de la TV - “monde clos” (p. 88) de la famille vs milieu étudiant - effacement des souvenirs de guerre : “reviviscence des émotions [...] disparu” (p. 89) “gloriole” = “radotage” (p. 100)	*rupture :* repas non familial mais soixante-huitard (estival, bucolique, “individus sans liens” (p. 120)) : discussions écologiques, sexuelles, existentielles ; tutoiement, vie communautaire
NIVEAU MATÉRIEL (OBJETS)	électrophone (jazz, negro spirituals), duffle coats, gazinière, formica, voiture – Dauphine ; “place sociale” (p. 68) : pas de frigidaire, de salle de bain	- marqueur social : daim (riches) vs suédine (Ernaux) - nouveautés : nouveau franc, yaourt, transistor, aspirateur, crédits - symboles nationaux : le France, le Concorde	société de consommation : débardeur, pantalon pattes d’éléphant, frigo 2 portes, appareils vidéos, reflets de soi et du monde : écran couleur, chaîne hi-fi, radiocassette, caméra Super 8
NIVEAU SOCIÉTAL	succès au bac, ivresse des colonies de vacances ;	exodes en tous sens vie sentimentale cachée (avortements, censure)	Hontes d’hier, tabous levés désacralisation des institutions

	discours moralisateur : "honte" et réputation sexuelles, attente droit avortement et union libre	vs apparition de la pilule, mariage, maternité, vie rangée et consumériste	mise en cause des hiérarchies, manifeste des 343 salopes vs retour de la morale (Gabrielle Russier)
NIVEAU LINGUISTIQUE	langage jeune : *falzar, aller au pieu ;* expressions toutes faites	langage intellectuel, estudiantin : *authenticité, transcendance, aliénation,* idées passe-partout	- Langage direct, virulent vs ton posé, oratoire vs Langue de bois politicienne (*mesures, consenti*)
NIVEAU CULTUREL	actrices : Hepburn, Bardot films culte *La Strada* vs films "interdits", feuilleton *Gens de Mogador*, Rimbaud, Sagan	*Only you,* mort d'icônes (Gérard Philippe, Camus) *À bout de souffle*, Bergman, Resnais ; Kafka, Woolf, Beauvoir, Nouveau Roman	Dorothea Tanning, *Anniversaire :* mise en abyme de la vie d'AE ; Bourdieu, Barthes, Vian, Ionesco, pédagogie Freinet
NIVEAU POLITIQUE ET HISTORIQUE	France : hiver 54 (abbé Pierre), verre de lait de Pierre Mendès-France, guerre en Algérie, attente de de Gaulle ; mort de Staline, chute de Diên Biên Phu, mur de Berlin	CEE, paix en Algérie (après attentats OAS, 17 octobre 1961, Charonne) - jeunesse révoltée (Mao, Vietnam) - indifférence à l'Histoire (décalage / Kennedy)	guerre au Vietnam (*Paravents* de Genet) **MAI 1968** - mort de De Gaulle (1970)
NIVEAU PSYCHOLOGIQUE ET SPIRITUEL (L'AIR DU TEMPS)	ennui, sentiment de vide – échos de "l'absurde" de Camus et de la "nausée" de Sartre et attente amoureuse et sexuelle	espérances, "grands desseins" (p. 80) : France, Concorde, CEE insatisfaction, désir de changement primauté du savoir	- De l'absence au monde à la politisation des esprits : classement, ostracisme grévistes mai 68 vs non-grévistes ; plaisir exalté - soif pureté, authenticité
NIVEAU MÉMORIEL ET (AUTO)-BIOGRAPHIQUE	- passé = "film muet" - écart générationnel (Brel, Brassens, Platters vs parents : *Mexico*)	- avenir = "expériences à reconduire" (p. 81) - fossé socio-culturel et générationnel	- journal intime : vie petite-bourgeoise, arrivée (avoir) vs droit à l'intériorité (être)

PÉRIODES ou DÉCENNIES / NIVEAUX, STRATES THÉMATIQUES	**VI) ANNÉES 1970 DÉCHIREMENT FAMILIAL (p. 123-145 : 22 pages)**	**VII) ANNÉES 1980 DÉCHIREMENT FAMILIAL – MAI 1981 (p. 146-162 : 16 pages)**	**VIII) FIN DES ANNÉES 1980 DIVORCE ET DÉSILLUSIONS (p. 162-182 : 20 pages)**
NIVEAU ICONOGRAPHIQUE	*rupture* : vidéo tournée en 72-73, Annie Ernaux filmée avec ses enfants	photo de vacances en Espagne : trio mère, mari, enfant saisi par le fils aîné	vidéo mettant en scène l'entretien d'Annie Ernaux avec une classe de seconde à Vitry en 1985
NIVEAU INDIVIDUEL ET STATUT SOCIAL	déchirement métier-famille "imposture" (p. 125) / métier d'enseignante et de rupture avec son monde d'origine, vie parisienne (Cergy)	"douleur conjugale", "délaissement" (p. 147), "déchirement" (p. 145)	- divorce ou liberté et adolescence retrouvées - rendez-vous avec amant - visites à sa mère hôpital
NIVEAU FAMILIAL, GÉNÉRATIONNEL (repas de famille)	AE entre 2 âges : le "temps des enfants" (p. 142), et non plus des morts : débats du repas sur permissivité, scolarité, jeux de rôle et heroic fantasy	repas de famille évacuant totalement le passé : contemporanéité enfants-parents + quête généalogique	*Vide générationnel peut-être lié à la solitude, à la souffrance du divorce*
NIVEAU MATÉRIEL (OBJETS)	ébullition vie parisienne, anonymat villes nouvelles : entrepôts, enseignes, centres commerciaux, inventaires d'objets (couple et divorce)	hypermarchés, prise péritel, magnétoscope, CD, télécommande, cassettes vidéo, minitel, walkman	
NIVEAU SOCIÉTAL	Société libérale avancée, Réformes de Valéry Giscard d'Estaing : loi de Simone Veil sur l'avortement 1975, divorce, vote à 18 ans	Jeunesse libérée, et militante Culte du corps (santé, procréation artificielle, sexe mais sida)	- urbanisation accrue et essor de l'automobile (mais peur de l'accident : film *Les Choses de la vie*) - femmes émancipées

NIVEAU LINGUISTIQUE	vocabulaire plus pragmatique et hédoniste (non plus moral) : *décontraction, gratification*	formule : *Je n'ai qu'une vie*, chiffres, réussite économique, verlan et langage cru des jeunes	- slogans publicitaires (Rhône-Poulenc) Langue de bois guerrière : *frappe chirurgicale*
NIVEAU CULTUREL	Simone de Beauvoir à la télé, *Charlie Hebdo*, Bory, Patrick Dewaere dans *Les Valseuses*, "savoir commun" (p. 138) de la télé, mort Brel, Brassens, J. Dassin	film *Cria Cuervos* (femme regardant des photos), *Wanda, Une histoire simple*, Coluche, culture jeune : Stephen King	mort de Romy Schneider (*Les Choses de la vie*), de Foucault, de Simone de Beauvoir, Jean Genet et Coluche
NIVEAU POLITIQUE ET HISTORIQUE	- élections présidentielles 1969 et 1974 : victoire VGE - printemps de Prague, Vietnam, attentat JO Munich, juntes en Grèce, coup d'État au Chili, révélation du goulag, - Brigades rouges et bande à Baader, Mesrine	- **MAI 1981 :** victoire de François Mitterrand (39 heures, 5 semaines de congés payés, peine de mort abolie) - retour du refoulé / Shoah (*Nuit et brouillard*, Primo Levi, Antelme)	Cohabitation Chirac puis réélection Mitterrand - Guerres lointaines (Iran-Irak) mais terrorisme ici Loi Devaquet : mort de Malik Oussekine ; SDF Tian'anmen vs chute du mur de Berlin
NIVEAU PSYCHOLOGIQUE ET SPIRITUEL (L'AIR DU TEMPS)	Accession à la propriété, culte de la vitesse, unanimisme urbain, peur de l'immigration, désenchantement /marxisme,	- retour de la dérision (Coluche) - idéalisme retrouvé (victoire de la gauche) et pourtant bientôt crise, rigueur en 1983 - Recul de la religion	Croyance en un nouvel ordre mondial pacifique libéré du stalinisme, avec l'Allemagne réunifiée mais retour de la guerre avec l'invasion du Koweït
NIVEAU MÉMORIEL ET (AUTO)-BIOGRAPHIQUE	"De romantique, sa mémoire devient critique", elle se "déshumilie" (p. 126)	proximité générations devoir de mémoire Shoah Quête mémorielle : généalogie	projet des *Années* : "sorte de destin de femme", "roman total" (p. 166) // *Une vie* de Maupassant

PÉRIODES ou DÉCENNIES / NIVEAUX, STRATES THÉMATIQUES	**IX) ANNÉES 1990 BILAN DES 50 ANS PROJET DES *ANNÉES* (p. 182-209 : 27 pages)**	**X) ANNÉES 2000 LE TEMPS RETROUVÉ (p. 209-243 : 33 pages)**	**XI) FIN DES ANNÉES 2000 L'ÉCRITURE SALVATRICE (p. 243-252 : 19 pages)**
NIVEAU ICONOGRAPHIQUE 17 PHOTOS	photo d'Annie Ernaux avec son chat dans son jardin en 1992	photo avec ses deux fils trentenaires sur une plage de Trouville 1999	photo avec petite-fille Noël 2006 //photo 1999 "coulée" des photos (p. 251)
NIVEAU INDIVIDUEL ET STATUT SOCIAL	plénitude de femme mûre et libre, souvenir de son amant russe →*Passion simple* et de sa mère, de son Alzheimer	- satisfaction et incrédulité face à ses enfants devenus hommes - sentiment de revivre avec son jeune amant	rupture avec son amant Mise à la retraite (// ménopause), cancer Jalousie amoureuse → *L'Occupation*
NIVEAU FAMILIAL, GÉNÉRATIONNEL (repas de famille)	repas de famille rituel où "le passé indifférait" (p. 190) : discussions sur les ordinateurs, sur le langage, mise à distance du monde	repas de fête familial, discussions sur le travail, la politique, les loisirs / temps (téléchargements, Wii, Nintendo)	transmission, filiation à travers sa petite-fille, sa réflexion sur le temps, sa contemporanéité avec Colette (aïeule // Hugo)
NIVEAU MATÉRIEL (OBJETS)	- inventaire des chambres de sa vie, avoir = "supplément d'être" (p. 207) - Hypermarchés - appareils mémoriels : répondeur, fax, ordinateur, code-barres, portable	- surconsommation : culte du corps, aliments allégés, "profusion" des "objets sans sujets" (p. 233), Langage totalisateur pub Lecteur DVD, numérique, baladeur MP3, Internet	chambres d'hôtel, sensations-palimpsestes
NIVEAU SOCIÉTAL	- nouvelle peur, du sida (après celle d'une grossesse non désirée) : mort d'Hervé Guibert, Freddie Mercury - Chômage et SDF	conscience de notre "identique précarité" (p. 220) et d'un basculement temporel : attentat tours jumelles à New York	"sensation collective", "signes spécifiques de l'époque" (p. 250), "temps commun" (p. 251)

NIVEAU LINGUISTIQUE	- langage populaire (mère) - Rocard la misère du monde - langage technocratique : *flexibilité, être pragmatique* - langage jeune : *j'hallucine*	- langage dévalorisant (Sarkozy) banlieues (*quartiers, karcher*) slogans 2002 anti-Le Pen réel devenu "discours"	"réentendre les paroles des gens, les commentaires sur les événements […] , [l]es discours flottants, cette *rumeur*" (p. 251)
NIVEAU CULTUREL	- magazines *Elle, Marie-Claire* - projet des *Années* entre *Autant en emporte le vent À la recherche du temps perdu*, Souchon, *Foule sentimentale*	projet autobiographique entre Molly Bloom et Stendhal ou Proust, mort de Bourdieu (2002) Duras, Debord, Dumont	Beauvoir, *Les Mandarins*, Joe Dassin (*L'Amérique*), Scarlett O'Hara, Vies Colette, Hugo // vies Ernaux et grand-mère
NIVEAU POLITIQUE ET HISTORIQUE	-tueries intégristes en Algérie Guerre en Yougoslavie Génocide au Rwanda - attentats terroristes à Paris Plan Juppé et grèves Mort de Mitterrand (1995)	guerre en Irak, violences à Gaza, en Cisjordanie, en Tchétchénie, Poutine Mort de Diana, Monicagate, coupe du monde de foot, euro **- 11 SEPTEMBRE 2001** 21 avril 2002 : Le Pen 2e tour	"dimension vécue de l'Histoire" (p. 251)
NIVEAU PSYCHOLOGIQUE ET SPIRITUEL (L'AIR DU TEMPS)	- peur de l'immigration, "associée" à l'insécurité - Oscillation entre "stagnation" / "mutation" (p. 205) - discours moral "valeurs" : vs parole minorités "honte"	attente et peur de l'an 2000 : "'bug' informatique" (p. 215), éclipse solaire, Apocalypse ? – désabusement années 90 // mélancolie an 2000	"changement des idées, des croyances et de la sensibilité" (p. 251) par-delà le recentrement autobiographique apparent
NIVEAU MÉMORIEL ET (AUTO)-BIOGRAPHIQUE	reflet dans un miroir projet développé des *Années* : "multiples images d'elle", "existence singulière", "mouvement d'une génération" (p. 187)	projet des *Années*, sensations-palimpsestes : "sauver" son passé (p. 254), "glissement d'années" (p. 215) Présent infini (Internet) "Marqueurs d'époque" (p. 235)	transmission temps figé "sentiment d'avenir" enfui vs "d'urgence" (p. 248) autobiographie impersonnelle : "arrêts sur mémoire" (p. 252), "récit glissant" (p. 251)

Les Années se présentent sous la forme étonnante d'une "coulée de texte", à l'image du "récit glissant" (p. 251) dont Annie Ernaux veut rendre à la fois le mouvement général et les scansions majeures, la succession des générations, d'un temps long (de 1940 à 2008) dont il faut faire sentir à la fois la fluidité, les constantes et les basculements, les caractères spécifiques: sept décennies dont quatre sont dédoublées, ou redoublées pour leur poids de vécu personnel ou leur importance collective (les années 1950, 1960, 1980 et 2000, d'où les 11 colonnes de notre tableau.) On remarque d'emblée l'absence totale de chapitres, si ce n'est le prologue des neuf premières pages, détachées en une série d'images multiples, relevant de tous les domaines, et une réflexion sur la fuite inexorable du temps, les souvenirs à préserver. Pour le reste, l'ascèse autobiographique et la dépersonnalisation du propos appelaient justement non point la division traditionnelle du récit en chapitres, étapes spatiotemporelles clairement définies, mais la continuité d'une évocation polyphonique jalonnée par des photographies, embrayeurs du souvenir et de l'analyse. On pourrait parler de blocs de texte, comme autant de surgissements et d'expansions de la mémoire, séparés du moment suivant par un blanc important, moment lui-même annoncé par l'apparition d'un nouveau cliché, commenté en deux ou trois paragraphes (p. 35, 55, 77, 101, 123, 146, 162, 182, 209 et 243).

Ces onze "âges de la vie", ces séquences de 23 pages en moyenne, ces explorations mémorielles et générationnelles au fil du récit dans sa successivité horizontale, se partagent elles-mêmes en images multiples et variées, à la fois organisées en dix à vingt paragraphes séparés par un simple blanc, après le saut à la ligne et souvent eux-mêmes éclatés, comme travaillés de l'intérieur par des fulgurations de la mémoire, et en quelques retours à la ligne sans alinéa ni majuscule, qui ne sont pas sans rappeler des vers blancs. Chaque paragraphe correspond à un étage du souvenir, à un subtil feuilletage – de l'individu à la collectivité – qui confère au récit une dimension verticale, évoquant la stratification de la mémoire. On peut discerner dix niveaux qui témoignent en même temps d'un élargissement du récit, du singulier au collectif, et d'un approfondissement de l'analyse – de la photo, source de l'anecdote, du souvenir personnels à la quête mémorielle, au projet littéraire d'une "autobiographie impersonnelle" (p. 252). On distinguerait ainsi la photo, le niveau individuel (les événements de la vie privée pour Annie Ernaux, ses ressentis d'alors, ses déchirements familiaux, socioculturels, amoureux), le niveau familial (autour du repas de famille, de la rencontre des générations), le niveau matériel (les objets nouveaux et symboliques d'une époque), le niveau sociétal (les phénomènes de société, les habitus, les affaires judiciaires, les idéaux de la jeunesse, la libération de la femme, l'urbanisation, l'immigration, les nouvelles peurs, etc.), le niveau linguistique par lequel s'exprime la société (jargons, langages spécialisés mais aussi sociolectes, expressions populaires autant que citations littéraires), le niveau culturel (chanson, cinéma, littérature), le niveau politique et historique (les événements nationaux et internationaux que le recul des années a érigés en moments fondateurs, en basculements civilisationnels), le niveau psychologique et spirituel, cet air du temps qui est à la fois l'origine et le produit du contexte général, et enfin le niveau mémoriel et autobiographique – soit le rapport d'Annie Ernaux au temps et son projet littéraire englobant.

Pour affiner son propos, Annie Ernaux, d'une séquence à l'autre, module et varie tant en termes de longueur que pour l'ordre d'apparition l'image ou le développement proposés, comme si son propos kaléidoscopique était moins concerté qu'il n'obéissait à l'émergence spontanée du souvenir, à une mémoire affective et labile. Si les années 40 débutent par un repas de famille (p. 22), les deux périodes suivantes s'ouvrent sur des souvenirs scolaires (p. 36 et 57) ; la fin des années 60, après le commentaire de la photo, est marquée d'emblée par l'atmosphère de l'époque, les prémices de mai 68 (p. 106) ; de même, les périodes successives se concluent de manière différente, les années 70, par exemple, par l'inventaire des objets marquant la séparation du couple (p. 145), la première évocation des années 80 par une réflexion sur l'effacement de la religion (p. 161-162), la fin de la décennie sur le bilan désabusé de l'émancipation féminine, toujours soumise au temps menstruel (p. 181).

Cette multiplication des niveaux, auxquels chaque lecteur peut se référer en fonction de sa sensibilité et de ses propres souvenirs, ces blocs de texte et de mémoire, cette variabilité des points de vue, privilégiant à telle étape l'approche culturelle sur le contexte historique, ou la vie individuelle sur le repas de famille, impliquent le refus d'une catégorisation artificielle du passé, d'une hiérarchie des souvenirs : la stratification évoquée renvoie plus aux cercles, aux sphères de l'intime et du social, – comme les ondes d'un courant, les harmoniques d'une musique – qu'à la valorisation d'un domaine sur un autre, qu'à un discours axiologique. La quantité, la totalité des expériences vécues priment sur une illusoire qualité, une norme justement refusée par Annie Ernaux.

L'écrivaine, nous le verrons, ne met pas seulement sur le même plan la culture populaire et la culture littéraire, parées d'une égale dignité, mais semble démystifier l'Histoire avec sa grande Hache (selon l'expression de Perec) au nom de l'anecdote, de l'histoire personnelle – la phrase même tirant des effets ironiques du rapprochement incongru d'expressions ou de domaines apparemment étanches. La rencontre entre le monde et l'intime peut ainsi revêtir la forme paradoxale d'un décalage entre l'événement et l'individu qui, par immaturité ou indifférence politiques, ou par le hasard de ses préoccupations personnelles, passe à côté de l'Histoire – absence au monde analysée, et rachetée en somme, par l'écriture. "Dans quelques mois, l'assassinat de Kennedy à Dallas la laissera plus indifférente que la mort de Marilyn Monroe l'été d'avant, parce que ses règles ne seront pas venues depuis huit semaines" (p. 92-93). L'actualité internationale et la nécrologie cinématographique des années 1962 et 1963 se rejoignent ici dans une ellipse audacieuse, mise en relief par le futur dans le passé et l'accélération du futur antérieur, et surtout un raccourci inattendu les associent de façon crue à l'intimité féminine, à la fois dévoilée par le terme réaliste de "règles" et emblématisée par la crainte générationnelle d'une grossesse non désirée. Quatre niveaux se trouvent ainsi réunis, l'individu, la famille, la culture et l'Histoire, avec la distance affectée du "elle", de la 3e personne du singulier. Le nivellement du politique et du médiatique, en l'occurrence la disparition spectaculaire du président de la plus grande puissance, ravalé au rang de l'individu dans ses sécrétions les plus organiques, peut choquer par la désinvolture apparente du constat – l'incertitude temporelle affectant les "quelques mois" qui séparent l'assassinat du suicide, là où le temps menstruel, avec l'absence des règles, se fait à la fois restreint et précis. Désinvolture apparente à l'image de nos vies, vécues dans l'équivalence aveugle des circonstances, le flux des petits et grands événements auxquels seuls le regard rétrospectif et la démarche autobiographique pourront donner sens et ordonnancement.

Pareille "désinvolture" stylistique, à l'instar de l'insouciance nouvelle des femmes libérées, des jeunes mères épanouies, réunit dans une même phrase des références hétéroclites, pourtant unifiées par l'air du temps, en ces années 60, et la nostalgie amusée de l'autobiographe. "Elles qui pensaient ne jamais ressembler à leurs mères en prenaient la relève, avec plus de légèreté, une forme de désinvolture que la lecture du *Deuxième sexe* et *Moulinex libère la femme* encourageaient, et déniant, à la différence de celles-ci, toute valeur à ce qu'elles se sentaient néanmoins tenues de faire sans savoir pourquoi" (p. 99). Le propos associe là encore quatre niveaux, l'individu (Annie Ernaux mère de deux garçons), la famille, où la prétendue émancipation féminine masque mal la transmission générationnelle, la culture (avec le livre-phare de Simone de Beauvoir, Bible des féministes) et le niveau linguistique (croisant du reste un phénomène sociétal, le développement de la publicité) avec le slogan de Moulinex: on savoure évidemment le télescopage syntagmatique de la pub et de la littérature, par quoi chaque domaine semble à la fois se déprécier et se valoriser, pour mieux dire la vérité contradictoire, paradoxale de l'époque – une libération existentielle qui recouvre aussi une aliénation consumériste.

Condensation encore plus saisissante, la phrase peut éclater dans sa syntaxe même et son énonciation sous l'effet des discours multiples qui l'habitent et la travaillent de l'intérieur, grâce à la parataxe, juxtaposition qui les explicite et les égalise hors de toute instance narrative en apparence, et au-delà (ou plutôt en deçà) de tout jugement moral. Un exemple particulièrement éclairant en serait justement la fin des tabous et la libération sexuelle qu'amène mai 1968: "Les hontes d'hier n'avaient plus cours. La culpabilité était moquée, *nous sommes tous des judéo-crétins*, la *misère sexuelle* dénoncée, *peine-à-jouir* l'insulte capitale" (p. 114). Ce passage offre un beau pot-pourri d'expressions d'autant plus frappantes qu'elles ne sont pas unifiées par un locuteur clairement identifié: si l'insulte "*peine-à-jouir*" vient sans doute de la catégorie des séducteurs, des garçons libérés (ou se voulant tels), la proposition en italique "*nous sommes tous des judéo-crétins*" sonne plutôt, au-delà du jeu de mots sur "judéo-chrétiens", comme un aveu et une revendication générationnels, une parole publique devenue citation-témoin d'une époque. On croit entendre dans ce métadiscours impersonnel la voix d'une génération, dans sa dimension provocatrice mais aussi plus subtilement culturelle, tandis que les propositions indépendantes "la culpabilité était moquée" et "la *misère sexuelle* dénoncée" se font signe par-delà le propos rapporté comme une analyse sociologique de l'auteure, que renforce le curieux parallélisme en suspens, poursuivi par l'ellipse du verbe "était": tout se passe comme si la phrase était interrompue puis reprise, avec le léger décalage des italiques – Annie Ernaux prenant ses distances avec l'expression "misère sexuelle" ou introduisant ici une connotation plus objective. La doxa de l'époque se manifeste donc tant dans l'invective que l'opinion ou le discours scientifique, égalisés ou renvoyés ironiquement dos à dos par la parataxe, à la limite de l'anacoluthe : toute une époque se donne à lire, à entendre dans sa spontanéité et sa cacophonie – la grammaire dût-elle être emportée par le flot égalisateur des propos.

• Un savoir total ou des éclats de savoir ?

Les Années offrent donc et mettent en scène un savoir multiforme, relevant de tous les domaines, le panorama le plus exhaustif qu'on puisse rêver d'une époque, d'une génération. Mieux : le savoir est véritablement thématisé, mis en abyme, à travers un certain nombre de procédés témoignant non seulement d'une volonté littéraire et mémorielle de totalisation (comme les listes, les inventaires) mais aussi d'un éclatement de la connaissance, perçue par bribes, de manière parcellaire et saisissante par l'individu ou la collectivité au sein de l'expérience vécue : la publicité, la modernité trépidante, le flux des générations induisent en effet une captation instantanée des messages, des stéréotypes, des informations, égalisent et nivellent les cultures, télévisuelle ou érudite, traversent littéralement les individus comme les sociétés – notre savoir nous appartenant moins qu'il ne nous échappe ou ne nous submerge.

Annie Ernaux évoque au cœur des années 60 un opuscule à succès, *Réflexions pour 1985*, célébrant l'avenir et la "profusion des choses" dont elle vient de donner une liste impressionnante : "tous les individus auraient accès à la culture et au savoir" (p. 94). Cette formule emblématise à la fois la démarche heuristique de l'auteure et le culte d'un savoir multiforme, démocratique, non hiérarchisé dans la société moderne, dite de consommation et de loisirs. L'écrivaine s'interroge ainsi sur la nature et le contenu du savoir, non plus seulement officiel, scolaire mais vécu, passé au filtre du souvenir, de la mémoire affective qui dépose des "traces", éveille des échos : "Qu'y a-t-il en elle comme savoir sur le monde, en dehors des connaissances accumulées jusque dans cette classe de quatrième, quelles traces des événements et faits divers qui font dire plus tard 'je me souviens' quand une phrase entendue par hasard les évoque ?" (p. 58). Et d'égrener une liste de ces " événements et faits divers" de l'année 1953 dans une présentation verticale – inventaire avec minuscule et retour à la ligne, mêlant le social et le politique, le fait brut, objectif ou les circonstances, le halo subjectif qui entoure sa réception sous le signe de Georges Perec et de son célèbre "Je me souviens" : "la grande grève des trains de l'été 53 /

la chute de Diên Biên Phu / la mort de Staline annoncée à la radio un matin froid de mars, juste avant de partir pour l'école / les élèves des petites classes en rang vers la cantine pour boire le verre de lait de Mendès France / la couverture faite de morceaux tricotée par toutes les élèves et envoyée à l'abbé Pierre, dont la barbe est prétexte à des histoires cochonnes." Images mêlées, factuelles ou plus personnelles, bref communiqué ou ressenti plus développé et non dénué de pittoresque... Tout est affaire de savoir – savoir politique, privé mais aussi générationnel, et donc relativiste, marqué par l'évolution des goûts et mentalités: "notre savoir des choses n'était plus en phase avec le monde autant que le leur" (p. 240), écrit Annie Ernaux à propos des séries américaines que ses enfants quadragénaires regardent et lui conseillent lors des repas de famille en ces années 2000.

Différents savoirs se constituent au fil des années, à tous les étages de la société, tirant de leur cohérence ou de leur nouveauté leur propre validité, hors de toute instance surplombante telles l'école ou la culture livresque: à l'image de l'énonciation dans notre ouvrage, les sources de ce savoir sont éclatées et multiples. Ici, à la fin des années 60, les parents transmettent "leur savoir des choses pratiques de la vie" (p. 97) sous le règne des objets de consommation courante ; là, dans les années 2000, c'est le "savoir prédictif d'almanach, qui permettait chaque jour de se réjouir ou de déplorer, cet inattendu et invariable à la fois de la météo" (p. 237). Trois autres savoirs, objets de fascination généralisée mais aussi d'une réflexion critique de la part d'Annie Ernaux, parcourent le texte: ceux respectivement de la télévision, apparue dans les années 50, d'Internet (dans les années 2000) et du commerce. Le savoir télévisuel, "savoir [commun] heureux et sans conséquence" (p. 138), offre un condensé impressionnant de distraction et d'information: il permet d'intérioriser le monde, rendu en somme présent à domicile (au point que la réalité non évoquée sur le petit écran semble ne pas exister), d'entourer l'individu "d'une constante et impalpable sollicitude" et d'unir les gens dans "les mêmes curiosités, peurs et satisfactions" (*ibid.*). Objet nouveau par excellence, la télé est donc l'instrument sociétal d'un savoir politique et culturel, ouvert à toutes les générations, apportant une présence affective, source d'une communion morale et mémorielle – kaléidoscope à l'image des *Années* dont elle offrirait ainsi une mise en abyme. Elle peut toutefois, comme une écriture de soi impudique et ressassée, tomber dans le voyeurisme avec la téléréalité, se perdre dans une profusion étourdissante de faits ou d'images nullement filtrés ou mis en perspective, s'enfermer dans l'auto-commentaire permanent des chaînes ou des journaux en continu et en boucle : elle délivre alors "un savoir qui n'apprenait pas grand-chose", "tournant dans les explications de soi délivrées inlassablement par Mireille Dumas, Delarue, etc." (p. 205) Internet poursuit et radicalise cette évolution dans les années 2000 : le "savoir commun" délivré par la télévision devient, avec les multiples sites et le clic instantané, non seulement "totalité des connaissances" dont "on pouvait s'emparer" immédiatement mais aussi "multiplicité des points de vue jetés sur les blogs" (p. 233). Non sans quelque ironie, Annie Ernaux ajoute : "Le grand désir de puissance et d'impunité s'accomplissait. On évoluait dans la réalité d'un monde d'objets sans sujets. Internet opérait la grande transformation du monde en discours" (p. 233). Ne croirait-on pas lire ici la définition moins du projet romanesque d'un auteur omniscient à la Balzac que de la démarche autobiographique et impersonnelle des *Années* où tous les points de vue sont évoqués, sans instance régulatrice apparente, où tous les domaines et niveaux narratifs sont abordés ? "Objet" inclassable et protéiforme sans "sujet" énonciatif clair ou unique, l'œuvre d'Annie Ernaux est peut-être moins récit de soi que "discours" sur le monde, et mise en scène polyphonique d'une parole collective multiple, mouvante et éclatée. Enfin, le savoir commercial, fondé sur un "monde d'objets", s'il prétend en apparence à la même totalisation de l'expérience vécue que la télévision ou Internet, mais relève de "la dictature douce et heureuse" (p. 229) de l'ultralibéralisme économique, n'en réussit pas moins un tour de force digne d'un grand romancier ou de l'autobiographie impersonnelle des *Années*. Certes, le propos n'est nullement littéraire mais mercantile mais on ne peut se défendre d'admirer, par-delà l'ironie de l'auteure, une "imagination commerciale [...] sans bornes", qui "annexait à son profit tous les langages, écologique, psychologique, se parait d'humanisme et de justice sociale, nous enjoignait de 'lutter tous ensemble contre la vie chère' [...] Elle était une morale, une philosophie, la forme incontestée de nos existences. *La vie. La vraie. Auchan*" (p. 228-229).

Cette formule commerciale atteste bien de ces éclats de savoir que délivrent *Les Années*, si ironiques soient-ils comme ici : le slogan elliptique, paratactique, euphonique, emblématise l'égalisation des discours, que l'on peut certes ressentir comme un nivellement consumériste, mais qu'Annie Ernaux présente comme un fait de société, un "marqueur d'époque". Allitérations et assonances, monosyllabes et dissyllabes – le commerce se pare des oripeaux de la poésie, en démystifiant et récupérant à son profit la fameuse formule de Proust dans *Le Temps retrouvé* sur "la vraie vie enfin découverte et éclaircie, la seule vie par conséquent réellement vécue", à savoir "la littérature" (et non pas "Auchan" !) Comme si la "vraie vie" était, pouvait être le commerce, ou le matérialisme – la vérité non point élaborée, recréée mais réduite au réalisme le plus plat ! Toute la subtilité d'Annie Ernaux réside dans cet art de l'hétéroclite, du bric-à-brac et de la juxtaposition paratactique où tous les discours semblent s'équivaloir, mais où le lecteur avisé perçoit le décalage ironique derrière le constat objectif : Fabrice THUMEREL [2012] souligne bien dans ce "discours rapporté" d'une "écriture factographique", consignant les faits sociaux, "l'intertexte idéologique" inavoué. Une autre pépite de savoir naît du rapprochement de la culture personnelle et de l'Histoire nationale (ou coloniale), plus exactement de la superposition de deux images : "les soldats morts dans les Aurès ressemblent au *Dormeur du val,* couché dans le sable *où la lumière pleut* avec *deux trous rouges au côté droit*" (p. 71). Cette association du poème de Rimbaud à la tragédie algérienne conclut l'inventaire des "sensations, sentiments et images" affectives en quoi se "sont réfractées [...] les informations qu'[Annie Ernaux] reçoit sur le monde" (p. 70). Il n'y a plus ici de solution de continuité entre le moi et le monde, ni même de prolongement concerté de l'un par l'autre mais une surimpression quasiment cinématographique, une "sensation palimpseste" (p. 214) inconsciente où l'italique, mieux que les guillemets, suggèrent un flux de conscience, une "mémoire seconde qui vient doubler la perception de l'Histoire" – selon le mot de Véronique MONTÉMONT [2015].

• Listes et inventaires, totalité foisonnante et éclatement temporel

Les listes et inventaires qui parsèment *Les Années* traduisent bien cette double dimension du savoir, englobant et parcellaire, en même temps qu'elles thématisent jusque dans la mise en page la réflexion sur le temps, aspect capital de l'œuvre. Il y a, rappelle Antoine Compagnon ("Désécrire la vie", 2009), de Rabelais à Céline, une "poésie de la liste, un plaisir de la litanie" qui relève de l'esthétique de la *copia*, de la diversification du discours, afin de rivaliser avec l'abondance et la variété qu'offre la nature. Annie Ernaux, par l'antonomase notamment, retrouve le pouvoir poétique, créateur et mémoriel du mot et du nom propre des objets (une centaine dans le livre), bientôt lexicalisé tant par l'usage linguistique que par l'utilisation matérielle en cette société de consommation des années 60. Toute une génération, née pendant la deuxième guerre, revit par la grâce des mots : son enfance renaît à l'ombre du Bulgomme, du Dunlopillo, du Gerflex, du Tergal, du Vélosolex ou du Formica. Jouant sur l'apparente sècheresse et sur la fantaisie hétéroclite du dénombrement, la liste laisse pourtant surgir l'émotion, car elle "évoque" l'esprit d'une époque, au double sens du terme : "il y avait le nouveau franc, le scoubidou, les yaourts aromatisés, le lait en berlingot et le transistor" (p. 81). Ces objets ou ces "marqueurs de génération" bien présents et tangibles ne comptent-ils pas autant que les idéaux sociétaux déclinés juste avant : "il y aurait le paquebot *France*, la Caravelle et le Concorde, l'école jusqu'à seize ans, les maisons de la culture, le Marché Commun, et, un jour ou l'autre, la paix en Algérie" (*ibid.*) ? La liste est imitation mais aussi appropriation du monde.

On est toutefois surpris de découvrir non seulement ces listes horizontales, insérées dans la linéarité du texte, pour dire l'abondance des objets ou la richesse des références culturelles dans un effort d'impossible exhaustivité, mais surtout des listes verticales qui informent une lecture rapide, voire précipitée et conjuratoire : celles-ci juxtaposent et accumulent des images, séparées par un blanc, sans alinéa ni majuscule – comme pour dire la fragilité de ces "amers mémoriels" [Montémont, 2015] et la nécessité de "sauver quelque chose du temps où l'on ne sera plus jamais" (p. 254). Ainsi, les mêmes objets énumérés au fil du récit – on pense au jeune couple des *Choses* de Perec montant son ménage – sont présentés verticalement, au moment du divorce et à la croisée des pages 144 et 145 comme pour rappeler que le mot "inventaire" signifie aussi triste décompte des pertes et profits lors d'une séparation, d'une faillite ou d'une succession.

Rappelons aussi que, significativement, les onze séquences ou décennies que comportent et embrassent *Les Années* sont encadrées par des listes verticales : un prologue de neuf pages énumère ces images hétéroclites, relevant de tous les domaines (cinéma, Histoire, sociolectes, etc.), réunissant tous les discours et typographies (italiques, guillemets, proverbes), et scandées par trois *memento mori* (p. 11, 15 et 19) – auxquels viennent répondre les photos et séquences suivantes. La démarche autobiographique répond à l'éparpillement de la liste, à la fuite du temps par les "arrêts sur mémoire" (p. 252), par l'exploration individuelle et collective du passé et des générations successives. De même, les deux dernières pages du livre (p. 253-254), après une ultime explicitation du projet littéraire, égrènent des souvenirs, des flashs plus personnels: un bal, un film, une affiche, une citation d'Anna de Noailles, etc. Ceux-ci sont toutefois insérés dans la dernière séquence, et doublement avec la mise en abyme autobiographique: car il s'agit de "sauver" du naufrage des moments marquants, de les intégrer au flux de conscience mémoriel, et non plus de les isoler dans un épilogue.

Une réflexion sur le temps, la mémoire et l'histoire

• Une rétrospection orientée (accélérée par des événements ou Internet, condensée ou figée par les balbutiements ou basculements de l'Histoire) ou diffuse (nostalgie, mélancolie, illusion et désenchantement, incrédulité) : imparfait, présent d'énonciation, futur antérieur

Les Années nous proposent en effet une réflexion subtile sur le temps, selon un double mouvement: une remontée dans le passé, des années 1940 aux années 2000, selon une perspective à la fois personnelle, autobiographique (une rétrospection) et collective (une rétrospective) ; mais aussi, plus intéressant, une saisie, dans chaque séquence, à travers une photo, l'événement politique ou le phénomène sociétal qui l'accompagne, du futur tel qu'on pouvait le vivre ou l'envisager alors – comme si l'auteure tentait de retrouver au futur antérieur le mouvement d'incertitude, d'emballement ou de stagnation, les sentiments d'espoir ou d'angoisse qui animaient à chaque arrêt sur image (arrêt sur mémoire) les individus et le corps social. Il s'agit en somme – plus encore que de rappeler, de retrouver ou recréer le passé - de renouer avec un "sentiment d'avenir" ou "d'urgence" (p. 248), de mesurer la pulsation du futur. Cette postulation contradictoire, ce retour et cette impulsion sont toutefois brouillés par une troisième temporalité, impalpable et cyclique, qui tantôt accélère le temps, tantôt le fige ou le condamne à une répétition absurde ou stérile – transcendance du temps historique ou commercial, relativisme du temps familial (le repas de famille), immanence du temps menstruel pour la femme. Cette triple temporalité – passée, future et cyclique – implique une perception diffuse du vécu personnel comme des événements sociohistoriques, perçus à travers un halo de sentiments d'époque qui les nimbent de nostalgie, de mélancolie, d'illusion et de désenchantement, ou encore d'incrédulité.

Le passé est évidemment "objet de désir" pour Annie Ernaux qui tente de le ressaisir à travers la collection et la collation des photos ainsi que dans le mouvement des générations dont elle remonte le cours. Mère épuisée et insatisfaite, puis femme divorcée, enfin libre de ses amours et de ses week-ends, loin de se projeter dans le seul avenir de ses enfants ou dans le futur immédiat du quotidien (des courses, du ménage), elle essaie de retrouver une seconde jeunesse: mieux, de renouer avec l'attente et l'angoisse amoureuse de l'adolescente qu'elle était. "Le passé et l'avenir, en somme, se sont inversés, c'est le passé, non l'avenir, qui est maintenant objet de désir: se retrouver dans cette chambre de Rome, l'été 63" (p. 104), écrit-elle en évoquant son couple et son statut social à la fin des années 60. Quand elle a franchi le pas, à la fin des années 80, de "la dépossession matérielle et de la liberté", "comme si le mariage n'avait été qu'un intermède, elle a l'impression de reprendre son adolescence là où elle l'avait laissée, retrouvant la même attente, la même façon essoufflée de courir aux rendez-vous sur ses hauts talons, d'être sensible aux chansons d'amour" (p. 164).

Le rapport au passé est également illustré et thématisé en creux, pour ne pas dire négativement, par le repas de famille qui met en abyme, au fil des décennies, l'oubli de la guerre 39-45 (et des précédentes, 14-18 ou 1870). Cette dernière disparaît peu à peu des discussions avec les nouvelles générations férues de technique, de vitesse et de consommation, et peu enclines à entendre parler de souffrance et de rationnement. Lors du premier repas de famille évoqué, "les jours de fête après la guerre" (p. 22), "[les convives] n'en avaient jamais assez de raconter l'hiver 42, glacial, la faim et le rutabaga, le ravitaillement et les bons de tabac, les bombardements" – effusion de paroles et envahissement du souvenir suggérés par la liste suivante: "les bicyclettes et les carrioles sur les routes à la Débâcle", "les sinistrés fouillant les décombres", "le Havre rasé", "les Boches en fuite" (p. 23). Lors du repas des années 50, si "la guerre finissait par revenir sur le tapis" avec "l'Exode, les bombardements, les restrictions de l'après-guerre", "dans le ton des voix, il y avait de l'éloignement. Quelque chose s'en était allé avec des grands-parents décédés qui avaient connu les deux guerres, les enfants qui poussent, la reconstruction achevée des villes, le progrès et les meubles à tempérament." (p. 61). Cet effacement de la guerre se traduit aussi par la brièveté croissante des notations la concernant et leur renvoi à la fin de l'évocation des repas ultérieurs : le passé, dans les années 60, semble d'autant plus lointain et désincarné qu'il est perçu par les jeunes trentenaires. "L'évocation de la guerre se rétrécissait dans la bouche des plus de cinquante ans en anecdotes personnelles, pleines de gloriole, qui paraissaient aux moins de trente ans du radotage" (p. 100). Après le repas soixante-huitard où la communauté des amis et des voisins semble avoir remplacé la famille (p. 119-121), un présent éternel le ressassement douloureux, la fin des années 70 marque un basculement temporel quasiment définitif du passé au présent : "le lien avec le passé s'estompait. On transmettait juste le présent [...] Le temps des enfants remplaçait le temps des morts" (p. 141-142). Le rapport linéaire, mémoriel au passé semble troublé par un temps générationnel, cyclique – comme si l'époque impliquait une nouvelle temporalité, indifférente à l'Histoire, purement subjective, centrée pour les jeunes mères libérées sur leur permissivité à l'égard de leur progéniture et la réussite scolaire attendue, sujets de discussion favoris lors de ces retrouvailles. Ce changement de paradigme, "au milieu des années quatre-vingt-dix", est scellé, au terme d'une longue phrase périodique, ponctuée de tirets et de parenthèses, sur des considérations culinaires, par une chute dont le laconisme et la sécheresse sonnent le glas des discussions d'antan : "le passé indifférait" (p. 198). Les années 2000 confirment et accélèrent cette perte, non seulement du temps de la guerre mais surtout du "passé le plus récent", accentuée par un emballement généralisé, social et générationnel, lié au temps médiatique (de la télévision, d'Internet) qui traverse et conditionne les individus, voués à l'impatience, à la fuite en avant : "L'évanouissement du passé le plus récent stupéfiait. Il n'y avait ni mémoire, ni narration, juste un rappel des années soixante-dix [...] Dans la vivacité des échanges, il n'y avait pas assez de patience pour les récits" (p. 241). L'exploration du passé épouse donc, au fil des repas de famille souvent situés en fin de séquence, sa disparition progressive et son remplacement par un présent infini ou un futur immédiat.

En effet, Annie Ernaux, en se replongeant dans ses souvenirs, en se replaçant à un moment précis daté par une des dix-sept photographies ou condensé en une séquence décennale, revit l'attente ou l'angoisse d'alors, "un horizon à la fois mouvant et d'une totalité uniforme" (p. 250) : elle met en scène ce futur dans le passé, dont le futur antérieur marquera l'accélération subite et la connaissance à la lumière du présent d'énonciation. Le rite du repas est là encore l'occasion d'un bilan – regard rétrospectif et projection vers le futur: "et nous, à l'orée de la décennie quatre-vingt, où nous atteindrions les quarante ans, dans la douceur lasse d'une tradition accomplie [...] on était saisi fugitivement par l'étrangeté de la répétition d'un rite où l'on occupait maintenant la place du milieu entre deux générations" (p. 142-143). De même, recréant l'atmosphère d'un autre repas familial, celui des années 1990, l'ordonnatrice de ce rituel se revoit embrassant ses enfants au moment du départ et, le soir même, repensant à cette journée si agréable – mais pour se projeter dans un avenir incertain: "dans cette inquiétude sans fond que nous avions pour eux, renforcée par la croyance que nous étions plus forts à leur âge, nous les éprouvions fragiles dans un avenir informe" (p. 200). Cette incertitude, cette inquiétude de l'avenir semble même contaminer une génération entière dans les années 70 lors de l'installation d'Annie Ernaux à Cergy-Pontoise, dans la région parisienne. Elle l'associe à un sentiment d'époque, de fascination unanimiste et de déperdition existentielle face à l'ébullition de la vie urbaine et à l'anonymat des villes nouvelles. Il lui semble entrer, et le monde avec elle, dans un nouvel espace-temps: "on était transplantés dans un autre espace-temps, un autre monde, celui de l'avenir probablement. C'est pourquoi il était si difficile à définir, on pouvait seulement l'éprouver en traversant la dalle au pied de la tour Bleue, au milieu de gens qu'on ne connaîtrait jamais et des planches à roulettes" (p. 133). À l'inverse, des moments de basculement politique et d'exaltation collective, tels mai 68 ou mai 81, sont placés sous le signe d'un avenir radieux, dont l'écrivaine revit les illusions et les désenchantements – dans une mise en scène en somme de l'avenir... au passé. Une bonne dizaine de pages et un jeu subtil sur les temps – le présent, le futur dans le passé (soit le conditionnel présent) et l'imparfait – donnent à revivre pour l'auteure et à ressentir pour le lecteur les prémisses de mai 68, sa vision *a posteriori* et l'événement même. Annie Ernaux évoque d'abord la chape de plomb qui pèse sur la société à l'époque pour mieux suggérer par une prolepse l'ébranlement qui va survenir. "Il y a toutes les choses sur lesquelles la société fait silence et ne sait pas qu'elle le fait [...] Silence qui est brisé un jour brusquement, ou petit à petit, et des mots jaillissent sur les choses" (p. 105). Elle se projette ensuite dans les commentaires à venir du moment révolutionnaire, en se replongeant à nouveau par une analepse dans un passé d'ennui et de censure pour y lire les signes de l'explosion vécue, va-et-vient incarné par les futurs dans le passé : "plus tard les journalistes et les historiens aimeraient se souvenir à l'envie d'une phrase de Pierre Viansson-Ponté dans *Le Monde* quelques mois avant mai 1968, *La France s'ennuie* ! Il serait facile de retrouver des images ternes de soi [...]" (p. 106). Enfin, le présent de l'événement surgit, dans un effet d'attente parfaitement maîtrisé, présent du moment passé bien sûr, traduit par l'imparfait dont Annie Ernaux fait un usage quasi exclusif, au détriment du passé simple et du passé composé (à l'exception du plus-que-parfait pour des faits antérieurs) : "c'était un printemps pareil aux autres [...] On avait suivi les Jeux olympiques d'hiver avec Jean-Claude Killy [...] Mais la Sorbonne fermait, les épreuves pratiques du Capes n'avaient pas lieu, il y avait des affrontements avec la police [...] C'était un autre temps" (p. 107).

On appréciera ici le recours systématique à l'imparfait qui revêt dans *Les Années* une triple fonction : narrative (paradoxalement) et descriptive (ou durative), mémorielle ou autobiographique et poétique, affective. La fin de l'ouvrage le dit explicitement : "ce sera un récit glissant, dans un imparfait continu, absolu, dévorant le présent au fur et à mesure jusqu'à la dernière image d'une vie. Une coulée suspendue [...] par des photos et des séquences de films..." (p. 251). Dévolue d'ordinaire au passé simple, la narration est ici menée à l'imparfait, qui n'en conserve pas moins une certaine valeur descriptive dans la mesure où, partant de photos personnelles, Annie Ernaux brosse le portrait d'une génération, et envisage sept décennies, de 1940 à 2000, dans toutes les dimensions – que nous avons vues, sociétale, culturelle, historique – panoramas auxquels convient ce temps duratif. Ajoutons que *Les Années* constituent moins un récit pur qu'une description continue, d'un état d'âme, de l'air du temps, où le fait le cède immédiatement à l'analyse, le vécu à l'impression. Là où le passé simple donnerait le sentiment de faits ponctuels et révolus, de sensations éphémères, d'une durée bornée, et le passé composé de procès inachevé, l'imparfait tout à la fois suggère le passage du temps, "cette coulée" scandée de photos ou arrêts sur images, et instaure une durée complexe à l'image de la mémoire : tranches de vie, expérience partagée avec le monde alentour qui nous forge et nous pénètre. "Ce qui compte pour elle – explique Annie Ernaux – c'est au contraire de saisir cette durée qui constitue son passage sur la terre à une époque donnée, ce temps qui l'a traversée, ce monde qu'elle a enregistré rien qu'en vivant" (p. 250). L'imparfait en effet a une valeur aspectuelle non bornée: il envisage l'action de l'intérieur du procès et de son déroulement, faisant ainsi disparaître toute conscience des limites de début et de fin, d'où cette dimension durative, descriptive, de permanence et de glissement. Le sentiment que se rejoue le film du passé, devant nous, dans notre présent de lecteur, est typiquement lié à cette valeur aspectuelle. Par ailleurs, l'imparfait raconte moins qu'il ne renvoie à "une sorte de répertoire de tous les récits possibles qui ont tissé la trame d'une existence collective" [RABATEL, 2013]. Michèle Bacholle-Bošković ajoute que l'emploi de l'imparfait conduit à un écrasement de la profondeur de champ, objets récents et objets anciens se fondant en un tout. "Ernaux emploie l'imparfait plutôt que le passé simple [...] pour permettre de regarder non pas *ce qui fut* – et qui est hors de soi par son objectivité – mais *ce qui était* – et renvoie à quelque chose de collectif et de subjectif à la fois – comme autant d'activités ou d'états partagés par tous" [BACHOLLE-BOŠKOVIĆ, 2011]. Le troisième aspect est d'ordre affectif et poétique: l'imparfait nimbe les souvenirs personnels ou l'air du temps d'un halo de nostalgie ou de mélancolie, suggère "une appréhension plus intériorisée de l'événement", instaure "un regard empathique mobile" [RABATEL, 2013] tout en créant un étrange effet de distanciation. Le passage cité sur mai 68 donne en effet une curieuse impression et de temps arrêté, suspendu à l'avènement de la révolution, et de défilement nuageux et tremblé du film des événements revu avec la tendresse ironique d'une dame de... soixante-huit ans. Cette impression est plus nette encore dans l'évocation de la victoire de François Mitterrand en mai 81, où la brièveté des phrases, multipliant ces imparfaits lyriques, suggère l'évidence de l'avenir rêvé et la prégnance de l'illusion: "Tout paraissait possible. Tout était nouveauté [...] L'air semblait léger, la vie plus jeune. Des mots revenaient, bourgeoisie, classe sociale. Le langage se débridait" (p. 151).

• Temps cycliques, temps collectifs et temps intérieurs; le rapport d'Annie Ernaux à l'Histoire (occultation, décalage, surimpression-télescopage, sidération, mythification)

Une troisième temporalité, ou plutôt une troisième série de temporalités, vient brouiller le regard rétrospectif et la pulsion d'avenir au risque de "déstabiliser le lecteur qui, n'ayant pas de jalons fixes auxquels se raccrocher" [BERRY, 2017], risque de s'y perdre: des temps cycliques, le plus souvent sociaux, parcourent l'histoire de ces soixante années, venant créer de nouveaux rythmes, susciter de nouveaux besoins ou désirs qui, si relatifs qu'ils soient, s'imposent pourtant aux individus comme une transcendance inexorable, avec ses à-coups et ses soubresauts.

> À chacune des "sphères" de la vie sociale (économique, politique, scientifique, littéraire, etc.) correspond non seulement sa propre histoire, son propre temps, mais à chacune de ces histoires correspondent aussi des périodisations multiples : le temps court (celui du chroniqueur, du journaliste, de l'histoire événementielle), le temps cyclique de l'histoire économique et sociale, la longue durée de l'histoire des structures (celle, d'ampleur séculaire, des cadres géographiques, économiques, mentaux, etc.) [MAUGER, 2009]

Nous mettrons à part le temps menstruel, temps personnel s'il en est, sans doute le plus inattendu du livre et le plus intime, et paradoxalement on ne peut plus social – véritable marqueur d'époque car il concerne une grande partie de la population, les femmes, dans les années 60 et 70, avec la hantise de la grossesse non désirée, les combats émancipateurs et la légalisation de l'avortement en 1975. "[Les filles] vivaient dans deux temps différents, celui de tout le monde, des exposés à faire, des vacances, et celui, capricieux, menaçant, toujours susceptible de s'arrêter, le temps mortel de leur sang" (p. 85) : ce terrible destin du sang et des règles, "l'obsession du sang menstruel qui ne coule plus" (p. 79), que raconteront *Mémoire de fille* et *L'Événement,* pesait sur les femmes au point qu'Annie Ernaux, évoquant "le manifeste des 343 (salopes)" en 1971, dans une superbe hypallage, écho sans doute du *Masque de la mort rouge* d'Edgar Poe, parle de la "mort rouge des femmes depuis des millénaires" (p. 117), liée à tant d'avortements clandestins. Cette "scansion régulière" du corps féminin finalement "[rassurante] qu'on pouvait maintenir jusqu'à la mort" (p. 181), ce temps indicible (morale ou pudeur oblige) rythme mais obère les étapes essentielles de la vie, rendant ainsi dérisoire, en cette année de Terminale, le langage de la philosophie et de l'abstraction censé comprendre et maîtriser le réel, "la lourdeur du vivant", "à force d'essence et d'impératif catégorique" (p. 79).

Le temps social est lié avant tout à la modernité, à l'urbanisation. Un paragraphe de vingt lignes offre ainsi un bloc de narration autonome pour suggérer l'attraction irrésistible sur l'auteure et ses contemporains de la capitale et des grands centres commerciaux, "le sentiment exaltant de faire partie de cette vie énorme et trépidante, comme une promotion individuelle" (p. 135). La frénésie du consommateur comme son égarement entre les rues parisiennes et les stations de métro instaurent une temporalité à la fois aléatoire, convulsive, rivée aux surprises ou rencontres, et dilatée aux dimensions d'un espace-temps incommensurable, "au fil des semaines et des circuits recommencés", loin de la province devenue irréelle: "la ville de Haute-Savoie qu'on avait quittée trois ans avant paraîtrait le bout du monde" (*ibid.*). Un autre temps, artificiel et médiatique, intervient avec les commémorations qui opposent au temps intérieur du souvenir une injonction mémorielle permanente: "le processus de mémoire et d'oubli était pris en charge par les médias. Ils commémoraient tout ce qui pouvait l'être, l'appel de l'abbé Pierre, la mort de Mitterrand et de Marguerite Duras, le début et la fin des guerres [...] Chaque jour avait son anniversaire, d'une loi, de l'ouverture d'un procès, d'un crime" (p. 235-236).

"Nous étions débordés par le temps des choses" (p. 231) – écrit Annie Ernaux, évoquant la surconsommation des années 2000 et l'accélération du temps induite par Internet et le numérique. Cette temporalité nouvelle, ce "temps commercial qui viol[e] de plus belle le temps calendaire" (p. 238) n'envahit pas seulement la sphère intime de l'individu et l'espace social: elle change radicalement notre rapport au monde, banalisant la "nouveauté" et le "progrès", emportant l'homme dans un vertige de désirs immédiatement satisfaits, instaurant la "possibilité illimitée de tout" – du "lifting arrêta[nt] le temps sur les visages" aux dons d'ovules ou utérus artificiels. Démiurge ou apprenti sorcier, l'homme se voit dépassé par sa propre création, bouleversé ontologiquement: "un équilibre tenu longtemps entre [l']attente et [l']apparition [des choses], entre la privation et l'obtention, était rompu" (*ibid.*). L'être semble définitivement sacrifié à l'avoir: l'auteure en veut pour preuve l'adultération des fêtes de Noël par une logique purement mercantile, obligeant dès la Toussaint à accumuler les cadeaux dans un devoir rituel de pur consommateur vidé de la magie festive et sacrée de l'événement, "comme si la vie entière aboutissait à un soir de Noël" (p. 239).

Ce "temps commun" replonge l'auteure dans "une sorte de vaste sensation collective, dans laquelle sa conscience, tout son être est *pris*": "il lui semble se fondre dans une totalité indistincte" (p. 250). Si, le plus souvent, l'emballement médiatique et la frénésie commerciale en accélèrent le rythme, Annie Ernaux n'en éprouve pas moins régulièrement le sentiment d'un décalage entre son temps intérieur et ce temps social. Ainsi, à la fin des années 50, entre le repas de famille chantonnant et l'achat d'un électrophone, un passage évoque "le temps infiniment lent des études" qui instille au cœur de la jeune femme un sentiment d'ennui, de vide existentiel, souligné par des marqueurs temporels dépréciatifs : "la sonnerie régulière des heures de cours, le retour des compositions trimestrielles, les explications interminables de *Cinna* et d'*Iphigénie*" (p. 64). Néanmoins, le récit rétrospectif et la dimension collective de l'autobiographie réinscrivent les états d'âme de l'adolescente dans un sentiment d'époque, nourri par la pensée philosophique de Camus et de Sartre – comme si ses tourments de lycéenne n'étaient que l'émanation de la société, ou qu'elle (se) jouât un personnage pour mieux coller à l'air du temps : "le sentiment de l'absurde et la nausée nous envahissaient. Le corps poisseux de l'adolescence rencontrait l'être 'en trop' de l'existentialisme" (*ibid.*). Où s'arrête l'intime ? Où commence le social ? – De cette impalpable imbrication de l'individu et du collectif, Annie Ernaux fournit une preuve *a contrario* dans un très beau passage sur l'évolution des mentalités en matière de morale sexuelle au début des années 60, reconnaissant paradoxalement, en une ultime concession, dans la lassitude des individus les signes avant-coureurs d'une imminente révolution sociétale : "personne ne se demandait combien de temps ça durerait, l'interdiction d'avorter et de vivre ensemble sans se marier. Les signes de changements collectifs ne sont pas perceptibles dans la particularité des vies, sauf peut-être dans le dégoût et la fatigue qui font penser secrètement 'rien ne changera jamais' à des milliers d'individus en même temps" (p. 77).

Enfin, le rapport à l'Histoire d'Annie Ernaux et des générations qu'elle a traversées témoigne bien de cette dialectique entre le temps individuel et le temps collectif : le texte des *Années* déploie tout un éventail d'attitudes allant de l'occultation à la mythification de l'Histoire en passant par le décalage, la surimpression-télescopage ou la sidération, dans un degré croissant de conscience ou d'implication dans l'événement. Nous avons déjà évoqué l'occultation progressive de la guerre dans les repas de famille mais ce phénomène lent, au fil des générations, ne doit pas faire oublier le tabou qui pèse sur l'évocation de la Shoah au sortir de la guerre : il faudra attendre les années 80 et la sortie de *Shoah* de Jacques Lanzmann pour qu'émerge enfin une prise de conscience de l'horreur nazie que le documentaire d'Alain Resnais *Nuit et brouillard* ou les témoignages de Primo Levi et de Robert Antelme sur les camps de concentration n'avaient pas suffi à provoquer (p. 158-159). Le temps psychologique nécessaire aux individus et aux sociétés pour accéder au "devoir de mémoire" et éprouver une "honte retardée" (*ibid.*) paraît bien long et l'on aurait du mal à imaginer, malgré les livres et reportages, que "les fours crématoires ou la bombe atomique se situaient dans la même époque que le beurre au marché noir, les alertes et les descentes à la cave" (p. 24).

Par ailleurs, le décalage entre temps individuel et temps historique tient au hasard de nos préoccupations du moment, pas forcément en phase avec le moment historique que l'on vit alors dans l'indifférence égoïste ou l'immaturité politique: "aucun rapport entre sa vie et l'Histoire dont les traces demeurent pourtant déjà fixées par la sensation de froid et le temps gris d'un mois de mars" (p. 92) – écrit Annie Ernaux à propos de l'année 1962, pourtant si riche en événements (grève des mineurs, mort de Jean XXIII, crise de Cuba). Ou plutôt l'Histoire s'est imprimée dans la conscience de la jeune femme bien plus qu'elle ne le pensait alors ou ne l'analyse à présent l'auteure, elle est contenue dans un fait anodin, une de ces "*circonstance[s]*" (p. 214) qui pour Freud fixent un souvenir d'enfance plus sûrement que l'événement tragique souvent occulté: "la coïncidence entre une nuit passée à un bal de l'Unef et le putsch des généraux, Salan, Challe, etc." (p. 92). "Ainsi *Les Années* proposent-elles, somme toute, une sorte de phénoménologie de la perception du fait historique, en montrant comment celui-ci vient se loger dans les interstices de la mémoire privée" [MONTÉMONT, 2011]: sous les grandes orgues de l'Histoire court le contrechant d'une petite musique intérieure.

À l'inverse, le temps personnel et le temps historique peuvent se rencontrer avec une telle intensité émotive qu'ils finissent par brouiller les repères, et créer un effet de surimpression qu'Annie Ernaux définit comme une "sensation palimpseste", images multiples d'elle-même ou superposition du moi et du monde (p. 213-214). *Les Années* sont ainsi parcourues par maintes images mentales qui mêlent faits historiques, morts de personnalités et souvenirs personnels – confusion plus encore que fusion de l'intime et du collectif. Les événements survenus entre 2002 et 2005 semblent ainsi se télescoper dans la mémoire affective au point que "l'immense été" 2003, dans sa torpeur de canicule, mélange comme dans le vertige d'une insolation les images de "soldats américains d'Irak renvoyés morts dans un sac plastique" et de "petits vieux clamsés de chaleur entassés dans des chambres froides aux halles de Rungis" (p. 237). La sensation produit ici une connaissance intuitive, synthétique, placée sous le signe de la mort alors que la phrase précédente énumérait de manière plus rationnelle les événements dans leur “surgissement”, comme autant d’“attentes” et de “peurs”: “il y avait eu le 21 avril, la guerre en Irak – sans nous heureusement – l’agonie de Jean-Paul II, un autre pape dont on ne retenait pas le nom et encore moins le numéro, la gare d’Atocha, le grand soir festif du non au référendum sur la Constitution européenne, les nuits rouges de flammes dans les banlieues, Florence Aubenas, les attentats de Londres, la guerre du Liban entre Israël et le Hezbollah, le tsunami, Saddam Hussein extirpé d’un trou, pendu on ne savait quand, des épidémies fuligineuses, le SRAS, la grippe aviaire, le chikungunya, etc.” (p. 236-237). Ce télescopage n’est pas l’effet d’une mémoire défaillante ou d’une sensibilité exacerbée au monde: il est le produit d’une sidération devant un événement inouï qui bouleverse le monde et ébranle les repères spatio-temporels de l’individu, l’attentat terroriste du 11 septembre 2001 contre les tours jumelles de New York. Le monde découvre avec effarement et incrédulité les images saisissantes des tours, symbole de la puissance économique des USA, qui s’effondrent, passant en boucle sur les chaînes d’information en continu: c’est un événement planétaire d’une nouveauté absolue par sa violence préméditée, son retentissement médiatique et surtout le nombre de victimes, plus de trois mille. Le temps semble alors figé et l’avenir, l’Histoire ne se diront plus que par rapport à cette date, à ce basculement effroyable qui crée un sentiment contradictoire d’identification aux victimes et de radicale perte de repères, comme si l’explosion à Manhattan impliquait une implosion des consciences individuelles: “dans cet ahurissement de la contemporanéité on saisissait la séparation des gens sur la terre et notre lien dans une identique précarité” (p. 220). Cet effondrement intérieur se traduit par la question lancinante et dérisoire du lieu où l’on était et de “ce qu'[on] était en train de faire” au moment de l’attentat, comme pour se raccrocher à une certitude purement matérielle et se donner le grand frisson d’une mort aussi horrible et immédiate. L’événement s’érige en mythe, comme aux “temps fabuleux” de la deuxième guerre mondiale (p. 25), “le temps se mondialis[e]” (p. 221): il y aura un “après le 11 septembre” comme il y a eu un “après Auschwitz” (p. 220). Le dernier rapport de l’individu à l’Histoire relève de l’exaltation mêlant espoir messianique et déploration tragique, avec par exemple le choc antithétique de la réunification de l’Allemagne et de l’invasion du Koweït par l’Irak: d’un côté “une rumeur d’eschatologie politique, [...] [d]’avènement d’un ‘nouvel ordre mondial’”, de “fin de l’histoire”, de "démocratie [mondiale]", de l'autre "un besoin de guerre, [...] un désir de renouer avec la vieille tragédie" (p. 178). Temps intime et temps historique paraissent se rejoindre dans l'effusion collective ou le sentiment tragique : *Les Années* ne s'ouvrent-elles pas par l'épigraphe de José Ortega y Gasset "nous n'avons que notre histoire et elle n'est pas à nous" ?

• "Sentiment d'avenir" ou "sentiment d'urgence" : l'angoisse de la mort. Scansions du temps historique : la disparition de personnalités (carnet de deuil)

Au cœur des *Années* se lovent pour Annie Ernaux la peur de vieillir, et pour chaque homme la hantise de la mort que l'entreprise autobiographique ne cesse de rappeler mais se donne mission de conjurer : cette dualité se traduit d'une part par l'organisation même du livre en unités temporelles, en sept décennies ou blocs de mémoire pour suspendre le temps l'espace d'une photo ou en mesurer le "glissement", d'autre part par la présence de la mort dans les images déroulantes du prologue et de l'excipit comme dans la disparition de maintes personnalités du monde politique ou culturel au fil du récit et de l'Histoire.

Dans les dernières pages de son livre, Annie Ernaux oppose ainsi (avec lors de son départ aux USA "*L'Amérique* de Joe Dassin dans la tête") "son sentiment d'avenir", "cette sorte de fond illimité sur lequel se projetaient ses gestes, ses actes, une attente de choses inconnues et bonnes qui l'habitait" au "sentiment d'urgence qui le remplace [à présent] et la ravage" (p. 248). La crainte de perdre la mémoire "au fur et à mesure de son vieillissement", qu'elle pressent dans son incapacité à mettre un nom sur le visage d'un ancien collègue ou élève, la hante et justifie sa démarche littéraire, à savoir "mettre en *forme* par l'écriture son absence future" (*ibid.*) – bel euphémisme pour la mort. En effet, ce rétrécissement du temps privé, loin de la réduire à la seule angoisse du trépas, conduit l'écrivaine à dilater le temps aux dimensions de l'Histoire en une prolepse où elle s'imagine en témoin de la guerre d'Algérie dans la saga familiale et la rumeur publique : "à mesure que le temps diminue objectivement devant elle, il s'étend de plus en plus, bien en deçà de sa naissance et au-delà de sa mort, quand elle imagine que, dans trente ou quarante ans, on dira d'elle qu'elle a connu la guerre d'Algérie comme on disait de ses arrière-grands-parents 'ils ont vu la guerre de 70'" (*ibid.*) L'épigraphe aux *Années*, d'Anton Tchekhov – "Oui. On nous oubliera. C'est la vie, rien à faire" – dit assez la vanité de toutes choses et le retournement des valeurs sous la faux du temps, l'essentiel pour nous s'avérant insignifiant au regard de la postérité ou, inversement, le banal, extraordinaire. Le futur monitoire du prologue proclame la vérité du destin comme dans une tragédie antique et suggère que si les noms mêmes, leur poids de chair, s'effacent des albums de photos ou des mémoires familiales, seule la littérature peut "sauver quelque chose du temps où l'on ne sera plus jamais" – selon la formule finale détachée comme un exergue. Ce leitmotiv de la perte y est mis en scène par le champ lexical de la disparition et l'accumulation d'images multiples et de notations nominales sans alinéa ni majuscule pour mieux suggérer à la fois le flux, la fugacité et le foisonnement de souvenirs et de sensations que des verbes conjugués et des paragraphes isoleraient et figeraient: "toutes les images disparaîtront" (p. 11); "s'annuleront subitement les milliers de mots qui ont servi à nommer les choses, les visages des gens" (p. 15); "tout s'effacera en une seconde. Le dictionnaire accumulé du berceau au dernier lit s'éliminera. Ce sera le silence et aucun mot pour le dire" (p. 19).

De même, le récit proprement dit, l'autobiographie impersonnelle sont scandés par un véritable carnet de deuil, la mort de nombreuses personnalités, à chaque séquence – comme si la décennie considérée trouvait là non seulement son achèvement douloureux mais surtout son accomplissement symbolique – "la mort transform[ant] la vie en destin", selon la formule d'André Malraux. À chaque fois, c'est un peu de notre mémoire qu'on arrache, une génération qui s'en va avec le rêve qu'ont porté, incarné un chanteur (Joe Dassin, Brel, Brassens), un acteur (James Dean, Gérard Philippe), un écrivain (Jean Genet), un humoriste (Coluche), un philosophe (Sartre, Michel Foucault, Simone de Beauvoir) ou un politique (Mitterrand) – si absurdes que soient les circonstances de la mort (Claude François), ou qu'en soit brouillé le souvenir (Jean Seberg et Aldo Moro "trouvés morts dans la même voiture", p. 139), amplifié (la princesse Diana) ou affaibli l'écho (de Gaulle)... Certaines disparitions effraient car on y voit l'image de nos peurs, de nos hantises, comme celle du sida qui fauche encore jeunes Freddie Mercury et Hervé Guibert (p. 194); d'autres, telle la mort de Mitterrand, provoquent une forme d'incrédulité, voire de sidération, comme si une génération tout entière disparaissait: "entre ce qui n'est pas encore et ce qui est, la conscience reste vide un court instant. On regardait sans comprendre l'énorme titre à la une du *Monde*, FRANÇOIS MITTERRAND EST MORT" (p. 203). Une mort célèbre, choquante pour les esprits, marquante dans le parcours d'Annie Ernaux, comme le suicide en 1982, à quarante-quatre ans, de Romy Schneider, actrice-fétiche des décennies 1950 à 1970, peut aussi donner lieu, à la fin de ces années 80 désenchantées, à une superposition d'images du "passé récent", voire de disparitions, équivalent affectif de la "sensation palimpseste" : "la mort de Michel Foucault, d'une septicémie selon *Le Monde*, fin juin, après ou avant la manifestation monstre de l'école privée avec d'innombrables jupes plissées et corsages blancs – celle, deux ans plus tôt, de Romy Schneider, si belle dans *Les Choses de la vie*, vue pour la première fois de façon entrecoupée dans *Les Jeunes Années d'une reine*, l'écran lui étant masqué par la tête du garçon qui l'embrassait, au dernier rang du cinéma traditionnellement dévolu à cet usage" (p. 166). Ici se conjuguent amour, politique et culture, souvenir personnel, gros titre d'un journal et réminiscences cinématographiques elles-mêmes surimprimées – la mémoire affective associant dans la même fébrilité tremblée le premier baiser avec un garçon dans une salle obscure à des images de film fusionnées ou intermittentes. Il n'est pas jusqu'à la vision des manifestantes pour l'école privée, avec leurs "jupes plissées" et leurs "corsages blancs", qui ne puisse évoquer la toilette somptueuse et froufroutante de *Sissi impératrice* dans la mémoire du lecteur... Plus fort encore, le suicide en septembre de Gabrielle Russier, jeune professeure de lettres amoureuse de son élève de seize ans, attaquée en justice par les parents de l'adolescent et "jet[ée] en prison" (p. 110) dans un retour d'ordre moral post-soixante-huitard, est vécu comme un véritable traumatisme sociétal et générationnel, doublé d'une parole politique et présidentielle pour le moins ambiguë, la preuve pour les femmes que leur libération sexuelle et amoureuse restait encore largement à venir : "le suicide de Gabrielle Russier nous avait bouleversées comme celui d'une sœur inconnue, et nous nous étions indignées de la roublardise de Pompidou citant un vers d'Éluard que personne ne comprenait pour éviter de dire ce qu'il pensait de l'affaire" (p. 115). Le pronom personnel "nous" renvoie bien ici tant aux femmes qu'à la génération de 1968 qui retrouvera intacte son émotion, son identification à une héroïne exemplaire avec le film d'André Cayatte, *Mourir d'aimer*.

Paradoxes et contrastes thématiques et stylistiques d'une œuvre-monde : déchirements socio-culturels, dévoilement de soi et du monde, dénudement de l'écriture

• Déchirements intimes et socioculturels – la "honte" ; repas de famille et fossé des générations

Les Années sont fondées sur un premier paradoxe ou contraste : Annie Ernaux, écrivaine sociologue marquée par la pensée de Bourdieu, ethnologue de son siècle et véritable anthropologue, femme d'une grande culture, met pourtant en scène une déchirure fondamentale, suscitant en elle un sentiment de "honte", familiale et socioculturelle, leitmotiv et *ethos* de toute son œuvre : "le fantasme de la honte – conscience malheureuse de l'écrivain, mais aussi forme particulière de sa lucidité – est souvent au cœur de la création littéraire", remarque Jean-Pierre Martin dans son essai *La Honte*. On se souvient que *La Place*, biographie du père de l'auteure et partant autobiographie indirecte, mettait en scène une "distance venue à l'adolescence entre lui et moi [...] comme de l'amour séparé." Son origine familiale modeste, ses études littéraires et son accession par le mariage et l'enseignement à une culture bourgeoise et élitiste vont engendrer un double sentiment de honte : celle de ses parents ouvriers puis cafetiers pourtant aimants et la poussant à étudier, et la honte de cette honte, car cette "aliénation" sociale était aussi son "bonheur" familial, qui la pousseront, dans un troisième temps, à dépasser par l'écriture cette blessure, cette "douleur sans nom, mélange de culpabilité, d'incompréhension et de révolte" [JEANNET, 2003]. Dans *L'Écriture comme un couteau*, l'auteure, parlant de son "écriture plate", plus proche, en apparence, de la langue populaire que du style littéraire, explique : "par et dans le choix de cette écriture, je crois que j'assume et dépasse la déchirure culturelle : celle d'être une 'immigrée de l'intérieur' de la société française". L'auteur des *Années*, comme l'analyse le sociologue Gérard Mauger, montre ainsi à travers son propre itinéraire, le passage d'une mémoire oralisée, liée au temps long et à la guerre, des classes populaires dont elle est issue, à une mémoire fondée sur de nouveaux supports écrits et médiatiques (comme la télévision ou Internet) dans la petite-bourgeoisie à laquelle elle accède : il faut "être dans le coup", s'intéresser à tout et surtout savoir parler de tout. Le dépassement de la "honte" est aussi un phénomène social. Rappelons enfin qu'un récit autobiographique, racontant l'expérience traumatisante d'une scène violente entre ses parents alors qu'elle avait douze ans, s'intitule symptomatiquement *La Honte*.

Cette sourde blessure, au confluent de l'esprit et du corps, de l'intime et du social, affleure également dans *Les Années*: mieux, elle innerve cette autobiographie impersonnelle pourtant si vibrante de vécu où Annie Ernaux, mesurant en 1955 "l'écart qui la sépare d'autres filles de la classe" (p. 57), cherche en 1957 "sa place sociale – il n'y a chez elle ni Frigidaire, ni salle de bains, les vécés sont dans la cour et elle n'est toujours pas allée à Paris" (p. 68). "Elle n'a pas envie de dire que ses parents tiennent un café-épicerie. Elle a honte d'être hantée par la nourriture, de ne plus avoir ses règles, de ne pas savoir ce qu'est une hypokhâgne, de porter une veste en suédine et non en vrai daim" (p. 80) – explique-t-elle en évoquant son année de terminale au lycée Jeanne d'Arc de Rouen et une forme de ségrégation sociale entre élèves. Paradoxalement, l'entrée dans le supérieur accroît le malaise éprouvé alors, revécu par l'écriture dans un présent de narration et d'énonciation alors que la huitième photographie du livre montre une jeune fille avec ses camarades en cité universitaire: "Elle ne se sent pas des leurs, plus forte et plus seule. À trop les fréquenter, à les accompagner dans les surboums, elle a l'impression de déchoir. Elle ne pense pas non plus avoir rien de commun avec le monde ouvrier de son enfance, le petit commerce de ses parents. Elle est passée de l'autre côté mais elle ne saurait dire de quoi, derrière elle sa vie est constituée d'images sans lien. Elle ne se sent nulle part, seulement dans le savoir et la littérature" (p. 90). Ce passage capital montre la difficulté d'Annie Ernaux à trouver sa "place", le sentiment de n'être bien nulle part, d'avoir "trahi" son milieu d'origine en traversant la frontière socioculturelle sans pour autant se sentir épanouie parmi ses condisciples ni pouvoir rebrousser chemin. Seuls le savoir et la littérature, ces deux domaines que mettent en œuvre *Les Années* à travers leurs multiples références intertextuelles, peuvent la "sauver", comme le suggère l'épigraphe de *La Place* "je hasarde une explication: écrire c'est le dernier recours quand on a trahi": il n'est pas indifférent que cette citation soit de Jean Genet, dont la mort en 1986, concomitante avec celle de Coluche et de Simone de Beauvoir, semble sonner le glas de l'espoir et de la révolte avec le retour de la droite au pouvoir et l'explosion de Tchernobyl.

Significativement, le repas de famille des années 1960, moment rituel et convivial et lien indéfectible entre les générations, semble fissuré par cette honte toutefois ici nimbée de tendresse filiale et d'indulgence quasi-ethnologique – les enfants de retour à la maison mesurant dans les usages parentaux à table leur éloignement socioculturel : "malgré soi, on remarquait les façons de saucer l'assiette, secouer la tasse pour faire fondre le sucre, de dire avec respect 'quelqu'un de haut placé' et l'on percevait d'un seul coup le milieu familial de l'extérieur, comme un monde clos qui n'était plus le nôtre" (p. 88). Faut-il rappeler que le premier titre envisagé pour *La Place* était *Éléments pour une ethnologie familiale*, titre qui pourrait également s'appliquer aux *Années* en l'élargissant aux sphères culturelle, politique et historique ? La chronique des repas familiaux contrebalance néanmoins et adoucit même le propos si l'on songe à d'autres rencontres, notamment au milieu des années 50, où l'"on se pénétrait de la douceur de la tablée festive où la dureté habituelle du jugement social s'atténue, se mue en molle aménité" (p. 61). Ainsi, Annie Ernaux tisse habilement ses "années" de femme et l'évolution des huit repas familiaux mis en scène qu'un mouvement dialectique anime, allant de la "honte", du complexe d'infériorité sociale de l'enfant transfuge de classe, jusqu'au rôle fédérateur de la grand-mère en passant par des ruptures générationnelles, avec l'oubli de la dernière guerre et les discussions sur les nouvelles technologies. Le repas des années 70 conjure les orages pressentis – divorce, posture et "imposture" enseignante – ou les questions trop clivantes "dans l'évitement instinctif des sujets réveillant les vieilles envies sociales, les disparités culturelles" (p. 140). Celui des années 2000 témoigne de la discrète et efficace présence d'Annie Ernaux devenue grand-mère et lissant d'avance toutes les aspérités possibles de la discussion, figure de la sagesse et de l'indulgence qui n'est pas sans rappeler la position omnisciente de l'écrivaine brossant sans rien hiérarchiser ni juger quiconque le portrait d'époques et de générations successives. "On écoutait, intervenait discrètement, soucieuse de tenir le rôle de modératrice, d'empêcher l'exclusion des 'pièces rapportées', en se plaçant au-dessus des connivences de couple et de filiation, attentive à détourner les prémices de discorde" (p. 241-242) : conjurer l'exclusion, la honte, la discorde.

Un autre passage essentiel, au centre de notre livre, dans les années 70, emblématise la honte en la reliant à la fois à la vie privée, familiale et professionnelle d'Annie Ernaux et à un triple engagement qui lui donne prise sur le monde – féministe, politique et littéraire. "Ressent[ant] déjà son métier comme une imperfection continuelle et une imposture – 'être prof me déchire', a-t-elle écrit dans son journal" (p. 125), l'autobiographe se retourne sur son passé moins avec la nostalgie de l'enfance qu'une "mémoire critique" sur son milieu familial : "ses années d'étudiante ne sont plus pour elle objet de désir nostalgique. Elle les voit comme le temps de son embourgeoisement intellectuel, de sa rupture avec son monde d'origine. De romantique, sa mémoire devient critique. Souvent, il lui revient des scènes de son enfance, sa mère lui criant *plus tard tu nous cracheras à la figure* [...] ses devoirs sur la table couverte d'une toile cirée grasse où son père 'fait collation' [...] les chansons de Mariano, des souvenirs de son excellence scolaire et de son infériorité sociale – l'invisible des photos –, tout ce qu'elle a enfoui comme honteux et qui devient digne d'être retrouvé, déplié à la lumière de l'intelligence" (p. 126). L'écriture et l'engagement, au moment où Annie Ernaux commence à ressentir le déchirement entre sa famille et son métier et songe sans doute déjà au divorce, apparaissent dès lors comme une réponse tant sociale que personnelle à ses doutes, une véritable rédemption de cette honte à la fois inhibitrice et inspiratrice : "au fur et à mesure que sa mémoire se déshumilie, l'avenir est à nouveau un champ d'action. Lutter pour le droit des femmes à avorter, contre l'injustice sociale et comprendre comment elle est devenue cette femme-là ne fait qu'un pour elle" (*ibid.*). Le caractère recherché, voire rare de ce verbe pronominal avec son préfixe négatif, connotant la cessation, "se déshumilier", traduit bien cette ascèse d'une personnalité, cette catharsis d'une (mauvaise) conscience qui est aussi retour à soi, réparation et réconciliation avec les siens, par-delà les "barrières humiliantes de notre condition" évoquées dans *La Place*. Quelques lignes plus loin, comme pour dire la honte surmontée et le passé réconcilié, lui revient "dans l'insoutenable de la mémoire, l'image de son père à l'agonie" (p. 127) qui ouvrait *La Place* avec l'obtention du CAPES.

La honte est aussi instillée par la société et la morale : elle sera alors d'autant plus redoutable que l'individu, en l'occurrence la jeune femme, amoureuse, enceinte puis divorcée, aura intégré ce sentiment, éprouvant une mauvaise conscience irrépressible, perdant comme tant de compagnes de sa génération toute confiance en soi et surtout toute estime de soi. Et auprès de qui trouver compréhension et consolation quand on est déjà déchiré entre deux milieux, qu'on ne se sent de nulle part face à une société moralisatrice, voire répressive ? "La honte ne cessait de menacer les filles : leur façon de s'habiller et de se maquiller, toujours guettée par le *trop :* la hauteur de leurs talons, leurs fréquentations, leurs sorties et leurs rentrées à la maison, le fond de leur culotte chaque mois, tout d'elles était l'objet d'une surveillance généralisée de la société. À celles qui étaient obligées de quitter le giron familial, elle fournissait la Maison de la Jeune Fille, la cité universitaire séparée de celle des garçons, pour les protéger des hommes et du vice. Rien, ni l'intelligence, ni les études, ni la beauté, ne comptait autant que la réputation sexuelle d'une fille" (p. 76). Cette honte sexuelle et sentimentale témoigne on ne peut mieux de la porosité entre l'individu et la société, en l'espèce d'une intimité traversée par le regard des autres, satirisé ici par l'adverbe "trop" en italiques, entre mauvaise "réputation" et "surveillance généralisée" : la personnification de la honte la convertie en une réalité normative et discrétionnaire, une "menace" invisible mais permanente, celle de la condamnation morale et, plus tangible, plus terrible, de la grossesse non désirée. La "déshumiliation" de mai 68 et l'émancipation féminine dans les années 70 n'en seront que plus fortes face au moment des "années de censure et de répression" ou de l'interdiction gouvernementale en 1965 de *La Religieuse*, le film de Jacques Rivette avec Anna Karina, adaptation du brûlot anticlérical de Diderot (p. 107). "[Les étudiants balançant des pavés sur les CRS] nous vengeaient de toute la contention de notre adolescence, du silence respectueux dans les amphis, de la honte à recevoir des garçons en cachette dans les chambres de la cité" (*ibid.*). La honte encore et toujours, qui peut prendre enfin une dimension politique ; évoquant la tardive prise de conscience concentrationnaire de la génération 80 grâce à *Shoah*, "l'effroi de la conscience devant l'étendue possible de sa propre inhumanité" (p. 159), Annie Ernaux écrit que *Nuit et brouillard* et les livres de Primo Levi et de Robert Antelme n'avaient suscité qu'une honte factice et tardive, étape à dépasser pour l'Histoire comme pour la morale sexuelle : "on croyait ressentir de la honte mais c'était une honte retardée" (*ibid.*).

• Une démarche littéraire intime et extime : entre hésitation, dévoilement intime et "exploration" clinique du réel

La démarche autobiographique et impersonnelle, ou plutôt transpersonnelle, d'Annie Ernaux oscille donc entre deux pôles apparemment contradictoires, le moi et le monde, explorés dans leurs limites les plus impalpables et improbables, celles d'une intimité souvent exhibée et celles d'une "extériorité intériorisée", dont elle donne à ressentir les échos et pulsations: l'esprit d'une époque, ses chansons ou films emblématiques, les mouvements sociaux, etc. À cet égard, l'auteure, qui refuse le plus souvent le "je" pour les pronoms de la 3e personne (le "elle" et le "on") ou le "nous" (v. L'œuvre littéraire et l'auteur), utilise le mot-valise d'"extime", formé sur "extérieur" et "intime", pour suggérer cette perméabilité de l'homme et du réel, et qu'elle a en quelque sorte mise en œuvre dans son *Journal du dehors* et *La Vie extérieure*, définies dans *L'Écriture comme un couteau* comme des "photographies de la réalité quotidienne, urbaine, collective".

Ce balancement entre le sujet et la société se traduit souvent par une pensée en mouvement, hésitante et tâtonnante que Romain BERRY [2017] apparente aux "tropismes", bien que ce terme renvoie chez Nathalie Sarraute à des sensations ou impressions fugaces, aux élans imperceptibles, souvent réprimés, d'un sentiment personnel, fût-il lié à autrui par un agacement, une impatience – là où Annie Ernaux donne à entendre l'écho d'une génération, ou le bruit du monde sociopolitique. "Ce piétinement de la pensée – écrit Romain Berry – se voit notamment par la façon dont la narratrice oscille entre deux sentiments contradictoires, attestant bien cette pensée en élaboration, comme s'il y avait une forme de simultanéité entre ce que la narratrice pense et écrit". Dans les moments marquants pour la conscience individuelle ou l'idéal collectif de 1968 ou de 1981, deux mois de mai prometteurs qui se répondent, la tristesse ambiante est remplacée par un enthousiasme soudain, lui-même suivi d'une profonde désillusion ou d'une atonie résignée: mais dans la mémoire, individuelle ou collective, les états d'âme de l'autobiographe ou l'humeur de l'époque semblent se chevaucher, voire se confondre. Au "mal-être solitaire" ou à "toutes les choses sur lesquelles la société fait silence" (p. 105) succède la croyance "en un avenir violent" fort hypothétique – "une question de mois, un an tout au plus" (p. 110) – alors même que les pavés ont été remis en place début juillet 68 et que la vie a repris tranquillement son cours. Est-ce le regard rétrospectif de l'autobiographe qui égalise tout ou les événements ont-ils été vécus dans un tel tourbillon que la jeune trentenaire et les acteurs de l'époque ont éprouvé les sentiments les plus confus au point de perdre toute notion du temps ? "Il semblait qu'il s'était produit plus de choses en deux mois qu'en dix ans mais on n'avait pas eu le temps de faire quoi que ce soit. On avait manqué quelque chose à un moment, mais on ne savait pas lequel – ou bien on avait laissé faire" (*ibid.*).

Plus loin pourtant, évoquant l'effervescence politique (avec les trotskystes) et intellectuelle de mai 68 autour de Bourdieu, Barthes, Lacan, etc., Ernaux revient au plus-que-parfait sur cette impression extraordinaire d'accélération et de suspension du temps au contact des idées nouvelles, "des langages inédits ou des "positions sexuelles" du *Kama-Sutra :* "en un mois on avait rattrapé des années" (p. 111). Sentiment d'avoir vécu un instant historique mais d'être passé à côté de l'Histoire. La même oscillation mais plus ramassée, plus convulsive, de la pensée et du discours marque l'évocation de la victoire de François Mitterrand aux élections présidentielles de mai 1981 : l'"espace illimité" de sa jeunesse l'été 80 (p. 148) que revoit l'autobiographe, la joie mêlée d'incrédulité en découvrant sur le petit écran "l'étrange visage en pointillés" du nouveau chef d'État semblent aussitôt ternis par le regret d'avoir perdu son temps, gâché sa vie les vingt-trois années précédentes, sous la droite – à moins qu'il ne s'agisse, là encore, du regard rétrospectif de l'auteure désabusée écrivant en 2008. "Puis on réalisait que toute notre existence d'adulte s'était passée sous des gouvernements qui ne nous concernaient pas [...] On en éprouvait de la rancune comme si quelque chose de notre jeunesse nous avait été volé". Nouveau mouvement de balancier, cette "rancune" laisse toutefois immédiatement place à l'espoir retrouvé, à la révolution de 68 recommencée en 81 : "on revenait dans l'Histoire avec une cohorte de gens, les jeunes, les femmes, les ouvriers, les profs, les artistes et les homos, les infirmières, les facteurs, et on avait envie de la faire à nouveau. C'était 36, le Front populaire des parents, la Libération, un 68 qui aurait réussi" (p. 150).

L'exploration et l'expression du monde peuvent revêtir une forme plus incertaine encore – le vertige du langage mimant alors le trouble du sujet face à un réel insaisissable et incommensurable : on pense aux passages des *Années* sur l'urbanisation galopante des années 80 finissantes et sur les villes nouvelles, l'auteure s'étant désormais installée à Cergy-Pontoise. L'impression d'accélération infinie du temps et de perte des repères individuels est restituée sur le mode de l'indicible et selon un point de vue à la fois interne et omniscient : la nouvelle citadine se sent à la fois désemparée au milieu du "huit aérien" des autoroutes (p. 172), des "dalle[s] piétonne[s]", des "lotissements" sans fin (p. 132) et fascinée par cette modernité, ivre d'une vitesse étourdissante qui rend Paris presque irréelle (p. 133) et le "présent cotonneux" (p. 134). Cette double sensation est rendue par l'évocation de l'automobile, objet symbolique par excellence du monde moderne, qui donne une impression de "liberté" individuelle, de "maîtrise complète de l'espace, d'une certaine manière, du monde" (p. 72) mais renvoie aux dangers du réel, emblématisés par l'image télévisuelle des "pantins effondrés dans un accident" (p. 172) ou au début du film de Claude Sautet, *Les Choses de la vie*, où un "obstacle", un "pneu qui éclate" (p. 173) entraîne la lente agonie de Pierre, joué par Michel Piccoli, déroulant le fil de sa vie en un véritable flux de conscience. La voiture est à la fois intimité, dans son habitacle douillet et rassurant, et extériorité, extimité dans la mesure où elle nous projette dans le monde, au milieu des autres – silhouettes entrevues, voire "êtres sans corps" (p. 172) – où elle nous procure l'ivresse de la vitesse et l'illusion d'un nouvel espace-temps parfaitement maîtrisé dont un accident nous fera pourtant brutalement sortir. Sans surinterpréter le texte, ne pourrait-on voir dans le conducteur, acteur et témoin du monde poursuivant sa route et immergé dans un monde inquiétant et tentaculaire, une image d'Annie Ernaux elle-même, écrivant son autobiographie et "la vie énorme et trépidante" (p. 135) de la société, des générations successives entre les années 1940 et 2000? Par-delà la simplicité et la précision réalistes des termes désignant cet espace urbain, cette réalité profuse et inouïe semble indicible, comme si l'on ne pouvait qu'en donner le vertige, en restituer l'ébranlement, à travers des listes de grandes enseignes et le vocabulaire de la dépossession: "habiter la région parisienne, c'était: / être jeté sur un territoire [...] ne pouvoir échapper au spectacle de la marchandise conquérante..." (p. 133). Plus haut, une question, introduite au style direct par la tournure orale "est-ce que", et intégrée au récit comme un monologue intérieur au style indirect libre, donne à sentir l'angoisse et l'aspiration de la ville: "est-ce qu'on ne pénétrerait jamais dans ce qu'on se représentait comme une cuvette grondante et survoltée, dont on sentait déjà l'aspiration à partir de Dijon" (p. 131). Significativement, l'excipit des *Années* reprend en une subordonnée comparative l'image totalisante de l'autoroute pour prolonger et redéfinir le projet "auto-socio-biographique" d'une "totalité indistincte", d'"une sorte de vaste sensation collective dans laquelle sa conscience, tout son être est *pris*": "de la même façon que, en voiture sur l'autoroute, seule, elle se sent prise dans la totalité indéfinissable du monde présent, du plus proche au plus lointain" (p. 250). L'antithèse entre l'adjectif "seule", isolé au cœur de la phrase, et le participe passé "pris[e]", répété du projet au trajet, suggère à la fois la maîtrise et la dépossession auctoriales, le metteur en scène omniscient et le témoin emporté par le flux des événements, le tourbillon de son époque.

Néanmoins, l'exploration intime de sa projection dans le monde et "extime" du monde en elle se traduit le plus souvent chez Annie Ernaux par une "écriture au couteau", pour parodier le titre de l'entretien accordé à Frédéric-Yves JEANNET [2003] : en cela, l'écrivaine s'inscrit délibérément dans l'héritage du réalisme, voire du naturalisme tant par les sujets abordés (le corps, les objets, les habitus sociaux) que par le style toutefois plus expressif, plus "littéraire" que dans un récit antérieur comme *La Place* – on songe à l'écriture "au scalpel" de Flaubert, qui vise au cratylisme, à l'adéquation du mot et de la chose. L'auteure aime aussi à évoquer Michel Leiris qui compare son écriture, dévoilement sans complaisance, mise en danger personnelle, à une "corne de taureau" dans *De la littérature considérée comme une tauromachie*. Face au "rôle déréalisant" de la culture scolaire et élitiste de la bourgeoisie, et pour retrouver la sobriété stylistique des lettres purement factuelles qu'elle échangeait avec sa mère – explique-t-elle en un beau chiasme dans *L'Écriture comme un couteau* – elle ne veut "plus faire quelque chose de beau d'abord, mais d'abord de réel, et l'écriture était ce travail de mise au jour de la réalité: celle du milieu populaire d'enfance, de l'acculturation qui est aussi déchirure d'avec le monde d'origine, de la sexualité féminine". Symboles de la société de consommation, marques d'un "ajuste[ment]", notamment vestimentaire, véritable ou fantasmé, à son époque (p. 123), instruments enfin d'une ascension ou d'une reconnaissance sociale, les multiples objets inventoriés dans *Les Années* témoignent de cette volonté réaliste: matériaux nouveaux, appareils électro-ménagers ou équipements de loisir électroniques balaient tout le spectre de la réalité et célèbrent l'inscription de l'homme dans les choses, comme si l'être ne se mesurait plus que par l'avoir, "l'acquisition des choses" devenant "un supplément d'être" (p. 207). Là encore, le lien avec le réalisme de Flaubert ou le naturalisme de Zola ou Maupassant s'impose dans une même volonté documentaire, totalisatrice mais surtout politique. Comme les frères Goncourt voulant, selon la préface de *Germinie Lacerteux*, faire entrer "les basses classes" dans le roman, Annie Ernaux entend dans *L'Écriture comme un couteau* "bouleverser les hiérarchies littéraires et sociales en écrivant de manière identique sur des 'objets' considérés comme indignes de la littérature, par exemple les supermarchés, le RER, l'avortement, et sur d'autres, plus 'nobles', comme les mécanismes de mémoire, la sensation du temps, etc., et en les associant". Cette ascèse scripturale, refus socio-littéraire de toute hiérarchisation ou normativité dans le choix des sujets, se traduit par une écriture sobre et exigeante que Frédéric-Yves JEANNET [2003], dans sa préface à *L'Écriture comme un couteau*, définit superbement en ces termes: "j'admire [...] son écriture qui ne ment pas, décapée jusqu'à l'os, mettant à nu la douleur, la joie, la complexité d'exister. J'admire qu'[...] elle parvienne à extraire l'essence dans des livres resserrés à l'extrême [...]. J'aime ses phrases sans métaphores, sans *effets*, leurs silex affûtés qui tranchent dans le vif, écorchent [...] par une exploration de plus en plus risquée, d'une précision d'entomologue". De cette écriture sobre, parfois qualifiée de "plate" ou "blanche", quoique moins essorée que dans *La Place* par exemple, un certain nombre de caractéristiques se font jour: des phrases souvent brèves, un style paratactique, une mise en page éclatée avec des listes verticales, le refus des adjectifs trop descriptifs ou inutilement pittoresques, la restitution d'un sociolecte en italiques ou entre guillemets, des infinitifs restituant "un répertoire d'habitudes", "une somme de gestes façonnés", par exemple, "manger en faisant du bruit", "se débarbouiller seulement la figure chaque jour", "parler fort et de façon grondeuse en toutes circonstances", (p. 31-32), une fusion enfin du récit, de la description et de l'analyse qui donne ce sentiment d'un flux narratif, sans recherche littéraire ni commentaire évaluatif...

Un exemple frappant de cette volonté d'aller jusqu'au bout de la connaissance, de cette exploration des "confins de ce qu'il est accepté de dire, de ce qu'on dit ou ne dit pas", [JEANNET, 2003], nous est fourni p. 116: Annie Ernaux y établit crument un lien entre la morale sexuelle et le domaine matériel autour de la question jugée alors scandaleuse de l'avortement clandestin et des objets du "délit", avec leur cortège de manifestations pro et anti-IVG, sur fond d'Histoire – la clandestinité "renou[ant] avec la Résistance" – voire de mythe, "la mort rouge des femmes depuis des millénaires". L'auteure écrit: "une Cocotte-Minute pour la désinfection du matériel et une pompe à vélo au mécanisme inversé suffisaient: le Dr Karman avait simplifié et sécurisé le geste des faiseuses d'anges" (p. 116-117). Un tel passage relève plus d'une soif de vérité, autorisée par l'expérience vécue, que d'une volonté de déranger, de céder à on ne sait quelle obscénité sociale, sexuelle et littéraire souvent reprochée à cette transfuge de classe, osant dire le plaisir et ses servitudes, et refusant surtout la romance, la bluette féminine ou bourgeoise comme le misérabilisme populiste des romans de gare. Les séquences des *Années* antérieures à 1968 offrent ainsi un tableau fidèle et complet du moralisme ambiant et du comportement sexuel inavoué des Français – onanisme, adultère, etc. – qui se nourrissent l'un de l'autre dans un lien réversible de cause à effet. Le réalisme d'Annie Ernaux, choquant pour celui-là seul qui aura peur des mots et des choses et ne saura ou voudra se replonger dans l'atmosphère de l'époque, associe une indétermination adjectivale fort suggestive à une liste non moins troublante d'injonctions ou d'interdits moraux et d'incitations perverses illustrant l'hypocrisie d'une certaine morale puritaine travaillée par l'obsession sexuelle sous couvert de dénonciation bien-pensante : d'un côté, le mystère d'"un territoire informe, gluant, contenant des mots et des objets, des images et des comportements", de l'autre un inventaire hétéroclite et pittoresquement scandaleux : "les filles mères [...] les capotes anglaises, les mystérieuses publicités pour 'l'hygiène intime, discrétion assurée' [...] les enfants de l'amour, les attentats à la pudeur [...] l'adultère, les mots lesbienne, pédéraste, la volupté [...] l'union libre, à l'infini" (p. 51-52) Plus loin, dans une parodie de réalisme, l'auteure reproduit un article de dictionnaire, la définition de l'onanisme dans le Larousse, avec la réprobation morale qui s'attache à cette pratique et la liste scientifique des supposés remèdes ! La phrase suivante, détachée en un bref paragraphe autonome de l'ordre du proverbe, à la manière d'un constat sociologique et d'un démenti cinglant de la morale par le réel, assène symboliquement l'image antithétique et littéralement invraisemblable du plaisir solitaire et d'une vision morale ; elle transforme paradoxalement la société répressive en voyeuse invisible mais toute-puissante : "dans le lit ou les vécés, on se masturbait sous le regard de la société entière" (p. 53). Là est le vrai réalisme, dans la continuité des grands romans de la deuxième moitié du XIXe siècle : le monde selon Ernaux est discours, rumeur, fantasmes personnels et représentations sociales – et, inversement, le mot charrie un poids terrible de non-dit, de désir ou de condamnation. On est ici au cœur de la démarche "auto-socio-biographique" explicitée à la fin des *Années* : "s'efforcer de réentendre les paroles des gens, les commentaires sur les événements et les objets, prélevés dans la masse des discours flottants, cette *rumeur* qui apporte sans relâche les formulations incessantes de ce que nous sommes et devons être, penser, croire, craindre, espérer" (p. 251). L'italique de *"rumeurs"* ne pointe pas seulement les ragots ou l'opinion commune, mais le bruit du monde, l'esprit d'une époque, dans ses "formulations" multiples (sociales, politiques, etc.) et multiformes (italiques, guillemets, titres de films ou de chansons, etc.).

- **Une écriture saturée de paroles et de savoir, mais sobre et éclatée, intertextuelle et métatextuelle (italiques, guillemets et citations, parenthèses), entre ironie, refus du lyrisme et émotion contenue, indicible**

Œuvre de déchirement et de réconciliation socioculturels, oscillant entre déchirement intime et exploration du monde social, *Les Années* offrent un troisième contraste, incarné dans l'écriture même, entre la saturation et l'ineffable, la volonté d'exhaustivité, d'épuisement du réel et le sentiment que l'essentiel demeure indicible, et ne se donne que dans le décalage ironique ou l'émotion contenue d'un lyrisme discret et désenchanté faisant de ce récit total un "tombeau d'illusions", selon la formule de Romain Berry [2017].

L'indicible est en quelque sorte thématisé, mis en abyme par un passage central (p. 162-163) mettant en scène une vidéo tournée en février 1985 en seconde, dans un lycée de Vitry-sur-Seine, dont les filles maghrébines ou antillaises lui rappellent le sentiment de honte ou d'exclusion sociales qu'elle a pu éprouver lors de sa propre scolarité : "débordée (comme l'écrivaine unanimiste qu'elle deviendra ?) par la nécessité de tout prendre en compte", elle insiste non sans humour sur son évocation hésitante de la condition féminine, et sur une gêne digne de l'adolescente complexée qu'elle était, avec son "petit rire gêné", "résidu incontrôlé d'une adolescence populaire ricaneuse, d'une attitude de midinette admettant son insignifiance". Symptomatiquement, le sujet qu'elle aborde en tant qu'enseignante de lettres est "l'écriture et [...] la vie" : la discussion qui suit son intervention met en scène un sentiment d'impuissance à traduire son – ou plutôt une – "expérience de femme, entre seize et quarante-quatre ans", à tout le moins une inadéquation entre des mots, dérisoires, et un vécu inexprimable. La professeure insatisfaite dont la caméra, mieux qu'une photo, restitue le trouble et les effets de voix, n'anticipe-t-il pas l'auteure des *Années* s'interrogeant sur l'ampleur et la validité de son entreprise ? "Sans doute dans cette 'situation de communication' éprouve-t-elle du découragement en mesurant son inaptitude à transmettre autrement qu'avec des mots en circulation et des stéréotypes l'étendue d'une expérience de femme, entre seize et quarante-quatre ans" (p. 163). "Seize ans", c'est bien sûr l'âge de l'adolescence avec lequel elle renoue dans ce présent de narration (quand elle "bouge ses mains") et d'énonciation, recréant dans *Les Années* le déroulement des années et le moment passé dont elle "éprouve" à nouveau la fragilité et la prégnance avec le recul du temps, et par la grâce de l'écriture. Le plus étonnant toutefois est que la pédagogue d'alors regrette d'user de ces "mots en circulation" et de ces "stéréotypes" que l'écrivaine réinvestit justement dans son œuvre-somme pour les arracher à leur banalité langagière et leur redonner leurs lettres de noblesse – de paroles sociales, d'habitus révélateurs.

L'indicible – mais c'est sans doute affaire autant de réception que d'écriture (v. L'œuvre littéraire et le lecteur) – se noue et se résout aussi dans l'émotion que suscitent telle évocation de souvenirs, telle référence culturelle, notamment lors des repas de famille nimbés par une forme de lyrisme mélancolique, entre remémoration nostalgique de l'autobiographe, reviviscence du "sentiment d'avenir" éprouvé alors et réécriture amusée, vaguement satirique, du moment familial. L'écriture d'Annie Ernaux nous paraît alors touchée par la grâce : en ces instants où une musique, une chanson entendue à la radio et réécoutée cent fois sur un vieil électrophone, puis sur nos lecteurs de CD, lui rappelle un amour, une promenade, ou un évènement majeur, l'auteure se sent plus qu'émue : bouleversée. La fin des années 80, marquées par le divorce et les désillusions politiques, amène un bilan en demi-teinte, doux-amer, sur les luttes féministes et une érotisation consumériste, pourtant, du corps féminin – la libération sexuelle certes mais toujours cette "scansion" menstruelle – : "en entendant *Only you* ou *Capri, c'est fini*, sur Radio Nostalgie, une jeune douceur nous envahissait, le présent s'agrandissait jusqu'à nos twenties" (p. 181). L'écoute de ces deux tubes, des Platters (1954) et d'Hervé Vilard (1966), suscite un mouvement pluriel de dilatation du temps, d'expansion du réel et de recentrement sur soi par la magie de la mémoire affective, soulignée ici par l'hypallage "une jeune douceur", doublée de l'abstraction poétique avec l'article indéfini "une".

L'évocation des repas de famille exhale également cette impression de douceur – Annie Ernaux éprouvant à la fois la nostalgie frémissante du passé heureux avec ses enfants qu'elle découvre si vite grandis, la sourde inquiétude de leur avenir incertain comme de son propre vieillissement, et la joie mêlée de fierté d'être le témoin, le metteur en scène de ces retrouvailles régulières, et à l'occasion aussi une sage médiatrice dans les querelles potentielles ou discussions trop animées. Cette "douceur lasse d'une tradition accomplie" (p. 142) baigne parfois d'irréalité, ou de "réalité […] immatérielle" (p. 153) le repas de fête qui se construit dans son déroulement inattendu comme dans le souvenir recréé : “et quelque chose de l’enfance se rejouait ici. Une scène ancienne et dorée, avec des gens assis aux figures brouillées, dans une rumeur indistincte de voix” (p. 242). Tableau doré, scène picturale, moment de grâce – “réplétion” des convives et “chantonnement” de l’enfant (p. 101) – suspension du temps qui ne sont pas sans rappeler le bouleversant *Un dimanche à la campagne* de Bertrand Tavernier. Et toujours ce sentiment d’étrangeté face à ses enfants ou à sa propre évolution : “on s’étonnait de se trouver ici, d’avoir eu ce qu’on avait désiré, un homme, un enfant, un appartement” (p. 101) ; “et regardant, écoutant ces enfants devenus adultes, on se demandait ce qui nous liait, ni le sang, ni les gènes, seulement le présent de milliers de jours ensemble, des paroles et des gestes, des nourritures, des trajets en voiture, des quantités d’expériences communes sans trace consciente” (p. 200).

Une sourde ironie travaille pourtant *Les Années*, dans ces listes hétéroclites, décalages inattendus ou rapprochements incongrus déjà évoqués – comme si Annie Ernaux, dans cette “autobiographie impersonnelle” voulait se déprendre de soi et se garder d’une émotion facile qu’elle souhaite moins imposer comme un acteur expressif ou surjouant son rôle qu’instiller au détour d’une phrase, par la grâce d’un souvenir. “Je n’ai pas le droit de prendre d’abord le parti de l’art, ni de chercher à faire quelque chose de ‘passionnant’ ou d’‘émouvant’”, écrivait-elle déjà dans *La Place*, où elle rendait compte sobrement de la vie de son père “soumise à la nécessité”. Un dessein comparable semble guider l’écriture des *Années* d’où, certes, la “poésie du souvenir” n’est pas bannie mais mise en scène, élargie à l’échelle de la société et dont la “dérision jubilatoire” [Ernaux, 1983], modulée par le lyrisme mélancolique, tranche davantage avec la sobriété un peu sèche de la biographie paternelle. L’ironie légère des *Années* offre en somme un point d’équilibre, à mi-chemin d’un lyrisme contrôlé et du réalisme dru, “au couteau”, que nous avons pu y discerner : l’illusion lyrique de mai 1981 est ainsi modulée par le rappel réaliste des réformes par lesquelles la droite détricote les réformes de la gauche et le décalage sarcastique entre le propos apparent et la pensée profonde de l’auteure évoquant “la sommation de voter Chirac” (p. 226) contre Le Pen au deuxième tour des présidentielles de 2002, la “belle âme” des électeurs ou “l’unanimisme vertueux et grondant” des manifestants du 1er mai.

Associant des notions sans lien ou antithétiques dans un magma verbal, la liste hétéroclite témoigne satiriquement d’un nivellement opéré par le langage, ou la mode, là où l'auteure entend plutôt, dans l'ensemble des *Années*, donner une égale dignité aux différentes cultures. L'ironie, comme le diable, se niche dans les détails. Pour se moquer dans les années 2000 de la prétention heuristique d'un langage abstrait et psychologisant ou de la volonté de discuter de tout, d'avoir un avis sur n'importe quoi – comme ailleurs de la phraséologie commerciale totalisatrice – Annie Ernaux, après "l'addiction", "la résilience", "le travail de deuil" tenus à distance par les guillemets, égrène les maux de l'époque: "dépression, alcoolisme, frigidité, anorexie, enfance malheureuse, rien n'était plus vécu en vain" (p. 232). Dans ce "brassage de concepts", tout est mis ici sur le même plan, alors que "l'enfance malheureuse" recouvre une période de la vie, un drame personnel et social étrangers à la maladie. Surtout, la fin de la phrase, l'apodose, semble réduire la protase, accumulation de malheurs, à un fructueux sujet de réflexion pour intellectuels nombrilistes ou psychiatres patentés; la relation de cause à effet est viciée avec une ironie toute voltairienne, tout se passant comme si les gens souffraient exprès pour qu'on écrive doctement sur eux, et non qu'on réfléchisse véritablement pour comprendre et soigner le mal !

Deux derniers exemples de décalage ironique attestent d'une dérision plus mordante, d'une critique plus pamphlétaire renouant avec la veine gauloise de l'anticléricalisme: évoquant la célébrité et le charisme du nouveau pape polonais, Jean-Paul II, "héros politique de la liberté occidentale", Annie Ernaux le décrit "bais[ant] la terre en descendant d'avion" pour démystifier cet acte symbolique en "show" médiatique, et qui plus est en le comparant au "lancer de culotte des concerts de Madonna" (p. 161-162) ! Plus iconoclaste encore, mais non moins pontifical, le passage sur la condamnation à mort de l'écrivain indien Salman Rushdie par une fatwa iranienne de l'ayatollah Khomeiny, associée en une parenthèse fort désinvolte et mordante à une autre condamnation à mort, certes par défaut, indirecte plus qu'intentionnelle, anonyme et non personnalisée, morale et non physique, avec l'emploi absolu du verbe "condamner": "(le pape aussi condamnait à mort en interdisant la capote, mais c'étaient des morts anonymes et différées)" (p. 175).

L'originalité stylistique véritable des *Années* réside pourtant sans doute ailleurs: dans l'intertexte culturel, saturé de références à des événements de tous ordres (sociaux, politiques, artistiques, littéraires, cinématographiques, musicaux, etc.) dont le texte est tissé et, plus subtilement, dans la démarche métatextuelle qui relie le texte-matrice (l'autobiographie proprement dite, les jalons de l'histoire personnelle d'Annie Ernaux et les événements historiques théoriquement en arrière-plan) aux huit niveaux de ces paroles multiples, soit un savant feuilletage de dix strates si l'on y ajoute les photos-sources du texte, et l'étage mémoriel, la réflexion "auto-socio-biographique" surplombant l'édifice (v. Tableau proposé en structure). Cette réflexion, si commode qu'elle soit, n'en demeure pas moins trompeuse dans la mesure où *Les Années* entremêlent ces différentes approches, ces zooms ou mises au point dans un même texte hybride, une même phrase multiforme où se superposent et se fondent le fait et son commentaire, le langage recherché et le sociolecte populaire, la culture scolaire et la culture télévisuelle, etc. Deux procédés typographiques et un mode de citation illustrent cette esthétique quasi-cinématographique, qui combine des plans généraux sur l'Histoire ou les évolutions sociales, des plans d'ensemble sur le repas de famille, des gros plans sur un film, une chanson ou une personnalité disparue, et des inserts métalinguistiques attirant l'attention sur un dicton, une formule ou un stéréotype, avec les guillemets, l'italique et le style indirect libre. Pour en analyser la forme socioculturelle et l'efficacité littéraire, nous nous appuierons largement sur l'étude de Véronique Montémont [2011], "*Les Années*: vers une autobiographie sociale", et plus spécifiquement sur les discours rapportés.

"La qualité énonciative du texte d'Annie Ernaux est accentuée par sa perméabilité à une multiplicité de discours rapportés" qu'on peut répartir en trois catégories: les paroles privées, regroupant le chœur familial (phrases entendues dans la famille, le voisinage), le sociolecte de l'école et de l'adolescence (les phrases des amants, les citations du journal intime, les légendes des photographies) ; les paroles publiques, contenus culturels partagés et diffusés par les médias (citations littéraires, extraits de journaux, de magazines, d'émissions de radio ou de télévision, de chansons) ; enfin le "troisième secteur", selon l'expression de François Le Lionnais, et qui comprend les faits divers, règlements, programmes, modes d'emploi, tracts...

> Tous ces éléments sont intégrés au fil de l'écriture grâce à une technique proche de celle du flux de conscience: une agglomération de la parole exogène et de la parole endogène, mais à des degrés divers d'explicite. [Montémont, 2011]

En cela, est à souligner le rôle des guillemets, lesquels sont dotés d'une triple fonction: la première est de relayer des expressions que le récit a figées dans leur historicité, et dont il donne à voir la charge connotative : par exemple, les scouts sont là "pour [...] préparer 'des chics types' et 'des filles bien, claires et droites'" (p. 51). Les journaux parlent des "'nids de fellaghas'" (p. 62) pendant la guerre d'Algérie ; ensuite, on manifestera "toujours autant de crainte, au mieux d'indifférence, à l'égard des 'Arabes'" (p. 222) ou des "'jeunes des quartiers'" ou des "'tournantes'". Le système lexical produit par le discours médiatique autour des banlieues "construi[t] avec constance la partition entre nous et eux" (p. 223) : c'est dire la fonction axiologique de la langue, qui déjà durant l'enfance, était l'outil qui "hiérarchisait, stigmatisait" (p. 33). "Chaque terme ainsi mis en relief permet de reconstituer les présupposés sociaux qui sous-tendent leur emploi : diabolisation de la sexualité, valorisation des préceptes moraux, préjugés politiques, ostracisme, racisme" [Montémont, 2011].

La deuxième fonction des guillemets, plus directement métalinguistique, pousse cette dynamique à son terme en identifiant comme spécifique un vocabulaire qui va jouer un rôle d'intégrateur social, permettant de transcender les barrières de classe ou d'âge. L'adolescence consiste, en partie, à apprendre la maîtrise de ces codes langagiers. "Les jeunes des classes moyennes [...] organisaient des surpats entre eux, inventaient un langage nouveau, disaient 'c'est cloche', 'formidable', 'la vache' et 'vachement' dans chaque phrase" (p. 55). Mesurant son infériorité sociale au regard de ses camarades de classe, la jeune Annie se console "dans la mesure où elle est pour celles-ci 'marrante' et 'relaxe', dit 'ma piaule' et 'j'ai les pétoches'" (p. 68). Plus tard, la mère emboîtera le pas à la génération de ses enfants en mimant leur vocabulaire : "j'hallucine grave", "un truc de ouf" (p. 190).

> La troisième fonction des guillemets consiste à insérer dans le texte des fragments entiers de discours rapportés : syntagme, phrases, expressions figées. Ils sont entendus dans leur intégrité, et en même temps, explicitement désignés comme provenant d'une source énonciative externe : extraits du manuel de géographie, expressions médiatiques ("société des loisirs"), titres d'articles de magazines ("les femmes ne sont fécondes que trois jours par mois"), sujets de rédaction ("les bienfaits de l'électricité"), slogans publicitaires ("l'hygiène intime, discrétion assurée") mais aussi répliques parentales, jeux de mots rituels entre copains d'école ("raconte pas ta vie, elle est pleine de trous"). Dans ce cadre, les syntagmes sont des effecteurs de mémoire collective, des mots clefs de la vie sociale. [Montémont, 2011]

Quant aux caractères italiques, outre leur fonction de marqueur ordinaire des titres, ils jouent également ce rôle, en réduisant encore la distance entre l'énoncé premier et l'énoncé rapporté, souvent juxtaposés dans le même mouvement syntaxique. Soulignant les phrases, dictons, expressions issues de la culture familiale, ils apparaissent surtout au début du livre: "obéir aux parents et recevoir des calottes, *il aurait fait beau répondre*" (p. 30), "l'orgueil et la blessure, *c'est pas parce qu'on est de la campagne qu'on est plus bête que d'autres*" (p. 34). D'autres expressions, provenant de la culture littéraire ou médiatique, viennent aussi se greffer directement dans la phrase: "en faisant ses devoirs, elle écoute les chansons du poste dont elle écrit les paroles dans un carnet et qu'elle porte dans la tête des journées entières en marchant, en suivant les cours, *toi qui disais que tu l'aimais qu'as-tu fait de ton amour pour qu'il pleure sous la pluie*" (chanson de Jean-Claude Darnal, p. 57). Parallèlement à ces références différenciées et distinguées typographiquement, d'autres allusions culturelles s'intègrent dans le discours de la narratrice. Par exemple, les termes "surpat", "surboum", tombés en désuétude aujourd'hui, sont utilisés tels quels, tout comme du vocabulaire relatif à la vie rurale: "locher des pommes" (expression normande), et certains termes d'argot comme le fameux "lapin décarpillé".

Enfin, le discours indirect libre convient tout particulièrement au projet et à l'écriture d'Annie Ernaux: il crée une ambiguïté énonciative entre le récit et l'analyse, le narrateur et le personnage et se prête à merveille à la superposition, voire à la confusion des discours multiples rapportés: "la religion seule était la source de la morale, conférait la dignité humaine sans laquelle la vie ressemblait à celle des chiens" (p. 47); "l'entreprise était la loi naturelle, la modernité, l'intelligence, elle sauverait le monde" (p. 154). "L'ambiguïté de l'attribution énonciative peut ici renvoyer aussi bien à un énonciateur externe qu'à la narratrice elle-même, qui tantôt s'inclut dans le discours rapporté, tantôt prend ses distances avec lui. Elle court-circuite ainsi tout point de vue surplombant ou jugement de valeur, en revendiquant la confusion temporaire entre la parole sociale qui l'a façonnée et sa subjectivité propre, ce qui donne tout son prix au geste de s'en démarquer" [MONTÉMONT, 2011] (v. L'œuvre littéraire et l'auteur). Certains discours rapportés, enfin, suppriment purement et simplement les marques du discours direct, soulignant à l'occasion le caractère invasif de la parole de l'autre, comme dans le passage rapportant une parole de garçon bien peu romantique lors du premier acte sexuel : "sur les mots qu'on aurait voulu oublier aussitôt après les avoir entendus, prends ma queue, suce-moi, il fallait mettre ceux d'une chanson d'amour" (p. 76). L'énonciation dans *Les Années* montre comment Annie Ernaux a su réduire la distance entre parole individuelle et parole collective, la première étant façonnée, modelée par la seconde. On comprend mieux en quoi la dimension explicitement polyphonique des repas de famille, définirait l'ensemble du livre, "agrégat de voix tour à tour inclusives et exclusives, de discours hospitaliers ou hostiles, au milieu desquels se façonne la conscience de soi" [MONTÉMONT, 2011].

ÉTUDE THÉMATIQUE

L'ÉCRITURE DE SOI

Une autobiographie inclassable, "impersonnelle", une "auto-socio-biographie"

• Un projet mis en abyme, s'élaborant dans le texte même plutôt qu'un pacte autobiographique explicite, mis en scène dans un seuil (préface, avis au lecteur)

"Les choses me sont arrivées pour que j'en rende compte. Et le véritable but de ma vie est peut-être seulement celui-ci : que mon corps, mes sensations et mes pensées deviennent de l'écriture, c'est-à-dire quelque chose d'intelligible et de général, mon existence complètement dissoute dans la tête des autres" : en 2000, à la fin de *L'Événement*, récit de son avortement, Annie Ernaux envisageait sa vie d'un point de vue littéraire, comme une écriture de soi, évoquant l'intrication profonde de sa vie et de son œuvre. Plus surprenant, à travers l'expérience si intime de l'avortement, elle témoignait de la souffrance des femmes et des générations antérieures à 1975, inscrivant son écriture même dans une démarche collective. Dès lors, on ne s'étonnera pas qu'une œuvre aussi personnelle ait pu être suivie par *Les Années*, à ceci près que le projet semble s'être inversé : parler des autres, à ses lecteurs pour mieux se connaître et se dire. La genèse de ce projet s'inscrit dans le texte même : aux deux tiers du récit, à la fin des années 80, son divorce et ses rencontres avec son amant lui inspirent le désir de conjurer le temps et libèrent sa parole :

> L'idée lui est venue d'écrire "une sorte de destin de femme" entre 1940 et 1985, quelque chose comme Une vie de Maupassant, qui ferait ressentir le passage du temps en elle et hors d'elle, dans l'Histoire, un "roman total" qui s'achèverait dans la dépossession des êtres et des choses, parents, mari, enfants qui partent de la maison, meubles vendus. (p. 166)

Le bilan de ses cinquante ans, dans les années 90, entrelace une réflexion personnelle sur la femme mûre qu'elle est devenue, s'observant nue dans le miroir de sa salle de bains (p. 184) puis contemplant dans "les silhouettes imprécises de femmes" entrevues à la caisse d'un hypermarché, avec ou sans enfants, diversement vêtues, "comme des images d'elle, détachées, désemboîtées les unes des autres à la manière des poupées russes" (p. 186). Cet effet de miroir qui relie son propre reflet à la silhouette des autres femmes, ou plutôt à l'image que celles-ci lui renvoient de ses "années" passées ou à venir, met son projet en situation et surtout en abyme au cœur du texte.

Ces deux extraits spéculaires, qui entrelacent le moi et le monde, n'étaient-ils pas annoncés dès la fin des années 60 par une référence picturale au tableau *Anniversaire* de Dorothée Cunning, vu dans une exposition à Paris et représentant "une femme à la poitrine nue, et, derrière elle, une enfilade de portes entrebâillées" (p. 104) ? Déjà se superposaient en une sensation palimpseste des images des chambres de sa vie renvoyant à des moments-clés de son existence, à des souvenirs de voyages ou de vacances, comme autant de reflets de soi-même. Significativement, ces images affluaient à un moment d'accomplissement pourtant miné par le doute: la femme trentenaire, mariée, mère, installée dans une vie bourgeoise, commençait à avoir le sentiment de ne plus s'appartenir, de ne plus avoir "droit à l'intériorité" (p. 103), d'où cette volonté de collecter des traces d'elle-même, de se retrouver: "être" pleinement quand on "a" déjà tout ! La femme nue du tableau dont les "portes entrebâillées" représentent autant de virtualités inaccomplies, d'"années" inexplorées, n'est-ce pas l'autobiographe se dévoilant au regard du lecteur, habitée par un désir non plus d'avenir, mais de ce passé que la femme divorcée puis à nouveau amoureuse tentera de revivre, de recréer ? On voit ici que le projet autobiographique s'articule à une réflexion sur la condition féminine, de l'aliénation à l'émancipation, puis de l'accomplissement apparent du mariage à la liberté retrouvée de la femme séparée. Ainsi, la "sensation palimpseste" (p. 213), "ouverture" rêvée de son "projet d'écriture", que lui procure le demi-sommeil auprès de son jeune amant, si intime soit-elle, lui paraît elle-même "relever de l'histoire, des changements dans la vie des femmes et des hommes", comme la rencontre entre une femme déjà âgée et un homme plus jeune (p. 214). Toutefois, cette sensation, qui apparente sa démarche au fonctionnement de la mémoire affective chez Proust, ne contrarie-t-elle pas, en "aboliss[an]t la sensation du temps qui passe" (p. 235) dans un instant confus ou extatique, l'autre postulation d'Annie Ernaux à l'exhaustivité – "tout sauver dans son livre" (p. 214) – d'où l'élargissement historique de la perspective ?

La dimension à la fois "auto" et "sociobiographique" s'affirme ainsi explicitement au fil du récit et jusqu'à la longue explicitation finale du projet personnel et mémoriel des six dernières pages : tout se passe comme si, paradoxalement, la démultiplication des reflets, le travail de réflexion sur soi (au double sens du terme), loin d'enfermer Annie Ernaux dans la pure subjectivité et le solipsisme, l'ouvrait aux autres et au monde, dans une "transsubstantiation" du moi – pour reprendre une expression de Michèle Bacholle-Bošković. Liant sa vie à l'Histoire, "l'intime de cette femme" à "une fresque de quarante-cinq années" (p. 187), elle se pose également des questions techniques, méthodologiques, hésitant pour l'énonciation entre les pronoms "je" et "elle" :

> Elle voudrait réunir ces multiples images d'elle, séparées, désaccordées, par le fil d'un récit, celui de son existence, depuis sa naissance pendant la Seconde Guerre mondiale jusqu'à aujourd'hui. Une existence singulière donc mais fondue aussi dans le mouvement d'une génération. Au moment de commencer, elle achoppe toujours sur les mêmes problèmes : comment représenter à la fois le passage du temps historique, le changement des choses, des idées, des mœurs et l'intime de cette femme, faire coïncider la fresque de quarante-cinq années et la recherche d'un moi hors de l'Histoire, celui des moments suspendus dont elle faisait des poèmes à vingt ans, Solitude, etc. Son souci principal est le choix entre "je" et "elle". (*ibid.*)

Ce faisant, Annie Ernaux s'inscrit moins dans le pacte autobiographique cher à Philippe Lejeune, et qui donne son titre à l'essai fondateur écrit en 1974 – pacte implicite, conclu avec le lecteur, de sincérité et de vérité, d'authenticité de la démarche et d'adéquation à l'expérience passée – qu'elle ne semble expliciter pour elle-même, au fil du texte, une démarche pourtant élargie aux dimensions de la société et de l'Histoire. On remarquera du reste que *Les Années* n'offrent ni "avis au lecteur" comme les *Essais* de Montaigne ni "préambule" comme *Les Confessions* de Rousseau. Suprême paradoxe : il ne s'agit ni de se dire ou de se parer dans une singularité témoignant immédiatement de "l'humaine condition", ni de jouer familièrement avec le lecteur – encore moins de se justifier ou d'en appeler à la postérité. Annie Ernaux se situe dans un entre-deux entre le moi et le monde et semble nous dire : je vous parle de moi, je multiplie ou plutôt je "démultiplie" les images de mon existence, de mes "années" – mais c'est de vous autres femmes, de vous tous lecteurs, même si je ne vous interpelle ou ne vous prends apparemment pas en considération – que je ne cesse de (vous) parler... Je me fonds – ou plutôt "elle", nous le verrons, se fond – dans une "sensation collective", "dans une totalité indistincte" (p. 250). Et ce jeu de reflets dans lequel je semblais me perdre, mais sans complaisance ni solipsisme, est aussi le vôtre, dans le creusement et la stratification de la "mémoire collective" dont je compte recouvrer la fraîcheur, ou plutôt effeuiller chaque page, à chaque niveau – dans la reprise (la couture ?) du souvenir, le redoublement inquiet des mots, une ponctuation heurtée ou différée : "pour, en retrouvant la mémoire de la mémoire collective dans une mémoire individuelle, rendre la dimension vécue de l'Histoire" (p. 251).

• Une autobiographie manifeste mais indirecte et insolite, à l'énonciation déconcertante

Dans son *Pacte autobiographique*, Philippe Lejeune [1975] définit l'autobiographie dans une formulation devenue canonique : "récit rétrospectif en prose qu'une personne réelle fait de sa propre existence lorsqu'elle met l'accent sur sa vie individuelle, en particulier sur l'histoire de sa personnalité." On perçoit aisément les trois composantes essentielles du genre et l'originalité profonde de la démarche mise en œuvre par Annie Ernaux. La rétrospection (pour saisir un instant passé, mesurer le passage du temps, conjurer l'angoisse de la mort, etc.) est évidemment au cœur des *Années* (v. Une réflexion sur le temps, la mémoire et l'histoire). Elle apparaît à des étapes importantes qui constituent autant de bilans : ainsi, au début des années 2000, alors qu'Annie Ernaux a atteint la cinquantaine, elle songe à la retraite et à son projet d'écriture, auquel elle se sent prête à sacrifier des années de préparation de cours. Elle "[tombe alors] sur une phrase du début de *La Vie de Henry Brulard*" de Stendhal, modèle d'autobiographie : "je vais avoir cinquante ans, il serait bien temps de me connaître" (p. 215).

La deuxième caractéristique de l'autobiographie, à savoir un jeu sur l'identité des trois instances narratives (l'auteur, le narrateur et le personnage) quoique présente dans notre œuvre, est traitée de manière pour le moins surprenante : elle est évidemment postulée, à la source et à l'horizon du livre, car on ne peut nier qu'Annie Ernaux, auteure qui explicite et met en scène son projet, ne soit la narratrice de ses (et de nos) tranches de vie individuelles, de ces "années" qu'elle met en perspective dans le savant étagement analysé, dans leurs ondes répercutées. Toutefois, le jeu permanent sur les pronoms semble brouiller ce schéma classique, mais c'est sans doute plus affaire de réception, d'accommodation de notre regard, que de mise en cause d'une énonciation claire et indistincte des trois personnes. L'on peut concevoir l'omniprésence du "on" et du "nous" pour parler du collectif, comme un moyen de dépeindre une génération. Tout se passe comme si le livre était le fruit d'une réflexion transpersonnelle, ou plus exactement d'une génération, d'une collectivité (les femmes, les soixante-huitards, les jeunes des années 80, etc.) qui raconteraient leur propre histoire, leurs rêves et désillusions – l'équation de Philippe Lejeune: auteur = narrateur = personnage devant s'entendre virtuellement au pluriel : auteurs = narrateurs = personnages.

En revanche, le choix du pronom "elle" au lieu d'un "je" ou généralisant ou dévolu au journal intime surprend davantage, produisant le même effet d'étrangeté du côté de l'auteure que pour le lecteur devant le "vous" de Michel Butor dans *La Modification*, parangon du Nouveau roman. Là où l'autobiographie postule d'ordinaire un effort pour retrouver le passé, un va-et-vient incessant, pour abolir ou du moins réduire la distance, entre le vécu et l'écriture, le moi empirique et le moi reconstruit, il semble plutôt qu'Annie Ernaux s'installe dans le passé, dont elle veut rendre la sensation et le glissement, les moments-clés et le passage. Elle porte certes sur sa vie un regard rétrospectif, suggéré par l'alternance entre les photographies commentées au présent et un récit le plus souvent à l'imparfait, mais ce regard semble absorbé par le passé, par des blocs de mémoire individuelle ou collective sur lesquels elle jette des coups de sonde, ou desquels semble émaner une lumière parfois vive, parfois diffuse. Pour parodier le titre d'une œuvre-somme, Annie Ernaux "écrit la vie" bien plus qu'elle n'écrit sa vie.

- **Une interrogation du monde et une quête indirecte de soi plutôt que l'histoire d'une personnalité, transcendant les enjeux et limites habituels de l'autobiographie**

L'avant-propos d'*Écrire la vie* [Ernaux, 2011] aide à mieux comprendre en quoi l'on ne retrouve pas vraiment dans *Les Années*, ou alors en filigrane, la troisième fonction que Philippe Lejeune [1975] assigne à l'autobiographie : "mettre l'accent sur sa vie individuelle, en particulier sur l'histoire de sa personnalité". L'auteure ici semble moins préoccupée, comme un Rousseau ou un Michel Leiris, de retracer un cheminement intérieur, si ce n'est celui de son projet d'écriture, de renouer tous les fils d'une personnalité construite et éprouvée par les rencontres, les lectures, les échecs aussi, pour comprendre la femme qu'elle est devenue, que de proposer à et sur chaque moment-phare de sa vie et des générations 1940 à 2000 un éclairage kaléidoscopique : celui-ci du reste vise moins l'éclaircissement d'un caractère ou d'une vie entière, que le reflet régulier d'une image périodique, fût-elle hésitante, multiple ou brouillée. Ernaux ne cherche pas à remonter le temps vers l'origine d'une individualité, ou à raconter la genèse d'un manque, d'un traumatisme ou d'une relation aux autres, au monde qui informerait son propos, lui donnerait un terme ou un but. Pas de reconstruction du passé pour expliquer le présent ou éclairer l'avenir, pas de téléologie mais une phénoménologie…

> "Je n'ai pas cherché à m'écrire, à faire œuvre de ma vie – dit-elle dans Écrire la vie – : je me suis servie d'elle, des événements, généralement ordinaires, qui l'ont traversée, des situations ou des sentiments […] comme d'une matière à explorer *pour saisir et mettre au jour quelque chose de l'ordre d'une vérité sensible […] Mais la vie ne dicte rien. Elle ne s'écrit pas d'elle-même. Elle est muette et informe. Écrire la vie en se tenant au plus près de la réalité, sans inventer ni transfigurer*".

On perçoit mieux dès lors ce qui fait la force des *Années* face à l'autobiographie dite classique : cette œuvre ne semble guère justiciable des reproches ou soupçons d'ordre psychologique, esthétique ou éthique qui s'attachent généralement au genre – le défaut de mémoire, l'esthétisation déformante ou lacunaire et l'insincérité potentielle d'une démarche qui afficherait trop sa prétendue exhaustivité, sa véracité vécue et son authenticité créatrice pour être tout à fait honnête. On sait depuis *Les Confessions* de Rousseau à quelles distorsions ou contorsions peut conduire le souci permanent de la vérité autobiographique, dans quelle apologétique laborieuse ou autojustification sans fin il enferme l'écriture de soi. Contre Sainte-Beuve, Ernaux, lectrice de Proust, sait bien que l'écriture de la vie, si elle est la vie même, n'en est pas moins une reconstruction, non une pâle copie. *Les Années* se donnent ainsi pour une œuvre de recréation, donc de création, une fiction reconstituant certes des états d'âme, des époques, des générations mais avec tout le travail de mise en relation, de contextualisation nécessaire des souvenirs personnels et collectifs : l'exhaustivité ou du moins la vision panoramique de ce livre en constituent en quelque sorte le seul mais vrai gage d'authenticité. Si je ne me souviens pas de toute ma vie, des mobiles de mes actions, de la source de mes paroles, je vous offre toute la vie autour, je vous offre mille vies.

La vérité littéraire des *Années* réside donc largement dans son caractère “auto-socio-biographique” mais aussi dans son rapport au temps, moins rétrospectif que concomitant, qui explique largement l'impression de fluidité procurée par sa lecture, sans le malaise éprouvé parfois face aux regrets ou remords d'un autobiographe ou le sentiment d'une reconstruction artificielle, qui ordonne, hiérarchise, transfigure les étapes ou les expériences d'une vie. On nous opposera la mélancolie, la nostalgie, le sentiment d'urgence qui polarisent le temps vécu et l'affectent de lourdes connotations affectives et morales: mais, nous l'avons vu, le regret de mai 68 et 81 ou encore le basculement moral et planétaire du 11 septembre 2001 ressortissent à un sentiment d'époque, ou plutôt on ne saurait faire vraiment la part de la réaction d'Annie Ernaux et de l'air du temps tant ils sont imbriqués. Et surtout, se situant et nous replongeant dans sa narration au moment même de l'événement pour en retrouver les circonstances et les vibrations, l'auteur n'éprouve pas et ne nous donne pas à éprouver un sentiment rétrospectif, travaillé par le doute, le regret ou une volonté de parade.

Elle peut bien avoir des trous de mémoire ou mélanger parfois les souvenirs: elle ne connaît pas cette hantise coutumière de l'autobiographe, qui va dès lors transposer, inventer, combler cette carence du souvenir, s'excuser aussi de la non-coïncidence possible de la vie et de l'écriture... A-t-elle des trous de mémoire ? Elle se cherchera à travers les “multiples images d'elle-même” qu'offrent ses différentes “années” ou assumera cette confusion dans la fusion d'une sensation palimpseste. Se sent-elle parfois étrangère à elle-même ? C'est plus affaire de quête de soi que de sincérité à l'égard d'un lecteur auquel ne la lie aucun pacte liminaire. Garde-t-elle d'un repas de famille une image confuse ou affaiblie ? Elle ne cherchera pas à en rendre la totalité ou la complexité – car peu nous importe la composition exacte de la famille ou des menus – mais elle en traduira l'écho, captera des instants fugaces, constatera l'évolution des discussions, de la dernière guerre aux nouvelles technologies. Et si elle n'a pu saisir tous les regards, tous les propos, en divinité tutélaire elle aura au moins préparé et mis en place ce repas, et l'écrivain qu'elle est devenue en raconte, en met en scène aujourd'hui la beauté et l'émotion… Mieux, si les autobiographes cherchent souvent à combler des lacunes de la mémoire ou du récit par des raccords, ou des ficelles narratives (des ellipses, des prolepses ou des analepses trop systématiques), rien de tel ici : Annie Ernaux assume les oublis ou les silences. Elle en fait même une esthétique, avec les blancs qui séparent les blocs de narration, les différentes décennies, ou, dans chaque séquence, les épisodes, les sensations, les angles d'attaque à chaque étage du souvenir. La vérité autobiographique naît de la contextualisation permanente d'une vie individuelle, des ondes qui se propagent d'une sphère à l'autre dans un tremblement, une vibration impressionnistes. Au vertige des villes nouvelles elle pourra toujours opposer la magie du Quartier latin, en rêvant d'"aller boire un café crème à Saint-Germain comme Reggiani" (p. 132) reprenant la superbe chanson *Il suffirait de presque rien*. Et aux amours ou illusions perdues à la fin des années 80 "*Only You* ou *Capri, c'est fini* sur Radio Nostalgie" (p. 181).

Une autobiographie hybride : autres écritures de soi pressenties mais finalement refusées

Les Années ne témoignent pas seulement d'une dépersonnalisation apparente et d'un élargissement socio-historique de l'autobiographie qui en renouvelle la forme et en remotive les enjeux pour en dépasser les apories traditionnelles. Parallèlement au panorama collectif qu'il met en œuvre et en scène, le livre déploie en effet un véritable éventail d'écritures de soi, virtuelles ou effectives, dans les formes les plus diverses : il flirte avec les mémoires, pour s'en distinguer radicalement ; il inclut, entre parenthèses, au fil des photos ou du projet autobiographique, un journal intime ou d'écriture qui accompagne l'œuvre intégrale d'Annie Ernaux mais en refuse l'immédiateté et la quotidienneté ; plus clairement et concrètement, il inscrit dans le texte des photos et surtout des commentaires de photos donnant lieu à un semblant de photo-journal, à des esquisses d'autoportraits, qui sont moins l'occasion d'une introspection que le point de départ d'un récit collectif ou d'une analyse sociologique. En somme, l'autobiographe joue avec tous les schémas de l'écriture de soi pour inventer sa propre esthétique.

• **Mémoire de femme et non mémoires**

Peut-on rattacher *Les Années* au genre des mémoires dès lors que la démarche d'Annie Ernaux se veut à la fois mémorielle et collective, puisqu'il s'agit, encore une fois, d'écrire un "roman total" (p. 166), "une fresque de quarante-cinq années" (p. 187), de "retrouv[er] la mémoire de la mémoire collective", de "rendre la dimension vécue de l'histoire" (p. 251) ? Ce livre-mémorial par ses multiples entrées socioculturelles et historiques, cette encyclopédie vivante par ses inventaires réguliers et kaléidoscopiques, ne relèvent-ils pas d'une volonté documentaire, d'une démarche photographique et cinématographique, aussi, de documentariste par le brassage des références, par les images déployées, la culture exhibée ? L'auteure n'a-t-elle pas souvent elle-même entretenu la confusion, appelant ainsi, il est vrai au singulier, *Mémoire de fille* l'évocation de ses premières amours de jeune monitrice, expérience fondatrice dans une histoire purement personnelle mais emblématique ?

Si la parenté semble évidente et autorisée par l'énonciation plurielle du "on" ou du "nous" pour mieux rendre compte des époques ou des générations, le projet est pourtant fondamentalement bien différent : si impressionnant que soit le travail de recherche préliminaire de l'écrivaine, la documentation préalable ne paraît pas ici nourrir une création littéraire qui l'utiliserait comme une illustration à la manière d'un roman réaliste de Balzac ou naturaliste de Zola, ni même la transposerait ou la transfigurerait dans le creuset de l'inspiration ; on a au contraire le sentiment que c'est la littérature, la démarche autobiographique qui produit cette culture mémorielle, faite d'"habitus" ou de "mythologies" (pour reprendre les mots de Bourdieu ou de Roland Barthes), qui attire à soi tant de sociolectes, de citations, de titres de films ou de chansons, vibrant et scintillant d'une conscience kaléidoscopique du monde et du temps. Par ailleurs, là où les mémoires témoignent de la trajectoire exemplaire ou exceptionnelle d'un homme public, d'une personnalité marquante (tel le général de Gaulle avec ses *Mémoires de guerre*), Annie Ernaux ne se pose ni en actrice, ni même en témoin privilégié de l'Histoire. Alors qu'elle a mené dans les années 70 avec le MLF des combats féministes auxquels renvoie un indéfini "on" discret et pudique et signe par la suite de nombreuses pétitions en militante de gauche convaincue, elle ne se met pas en scène comme intellectuelle, ni même, plus étonnant – nous le verrons –, comme écrivaine bâtissant son œuvre à chaque nouvel opus, s'inscrivant à ce titre dans le paysage culturel français, et pour la postérité. L'*ethos* d'Annie Ernaux est donc aux antipodes de la posture d'un Chateaubriand, qui, à la fin de ses *Mémoires d'outre-tombe*, déployant l'allégorie de l'Occident et de l'Orient, vient "s'asseoir au bord de [s]a fosse" pour "descendr[e] hardiment le crucifix à la main, dans l'éternité". Nulle pose ni tutoiement de Dieu ou lutte avec l'ange chez Annie Ernaux, si prégnantes soient les images multiples qui encadrent son récit, si farouche la volonté de "sauver quelque chose" des griffes du néant (p. 254). On retrouve là évidemment le refus de hiérarchiser les points de vue, de se mettre en scène comme écrivaine, ou témoin de son temps et de la condition féminine pour donner un sens à l'Histoire, ne serait-ce que pour proposer une vision surplombante des événements relatés : inversement, elle ne décrit pas son parcours pour mieux l'insérer dans un tableau d'époque, comme un peintre travaillerait ses arrière-plans pour faire ressortir ses personnages. Le moi et le monde sont au contraire subtilement entrelacés, moins pour célébrer l'homme ou la société, que pour suggérer l'intrication de l'intime et du public, qu'elle se manifeste par l'indifférence, l'absence à l'Histoire (Annie Ernaux ne se rappelant que d'hommes urinant contre un mur lors du déclenchement de la guerre d'Algérie) ou encore par un humour iconoclaste, avec la figure tutélaire de de Gaulle associée au "Bonne nuit les petits" de Nounours à la télé... Un mémorialiste serait bien trop sérieux, bien trop épris de lui-même ou de l'Histoire pour se laisser aller à pareils décalages ironiques !

> À aucun moment l'auteure ne se pose en mémorialiste ni en chroniqueuse de l'Histoire, même si de fait elle l'est. Au contraire, à plusieurs reprises, elle souligne l'absence de conscience du fait historique au moment où il se produit. [Montémont, 2011]

• Un journal intime en filigrane

Par ailleurs, *Les Années* jouent avec la virtualité du journal intime à double titre, malgré la double dimension rétrospective et collective qui semble l'en éloigner, puisque cette écriture de soi postule une coïncidence, au jour le jour, entre l'énonciation et l'expérience, entre le temps de la narration et celui du récit, pour une évocation introspective centrée sur un sujet livrant ses sensations et ses états d'âme dans une immédiateté et une transparence supposées. Or, ici, Annie Ernaux tente de retrouver chaque moment marquant de sa vie, chaque décennie fondatrice d'une conscience et d'une génération, comme si elle les revivait dans le présent d'alors, sur le mode du journal intime, effet accentué par l'album de famille qu'elle semble feuilleter au fil des dix-sept photos évoquées : remontant à tel épisode, tel film ou chanson, tel événement historique, elle s'y transplante pour reprendre le cours du temps au moment choisi ; si l'imparfait suggère le glissement et le mystère des années, les mises au point photographiques qui ouvrent chaque séquence semblent confondre présent de narration et présent d'énonciation.

Enfin, et c'est le plus original, l'auteure, qui a écrit par ailleurs *L'Atelier noir*, journal d'écriture et un *Journal du dehors*, se revendique aussi diariste intime et "extime" et met en scène au fil des *Années* son journal intime, comme un accompagnement et une mise en abyme de sa démarche "auto-socio-biographique". La disparition de toute allusion à cette forme, au-delà de la page 163, quand le projet final s'est enfin affirmé, semble mimer la transfiguration d'un moi égocentrique ou du moins autocentré en un moi transpersonnel, voire universel – comme si le côté un peu adolescent ou juvénile du journal intime le cédait à une conscience de femme et une appréhension du monde. La première occurrence du journal intime apparaît à la fin des "années" 50, pour marquer l'indifférence au monde, en l'espèce à la guerre d'Algérie, d'une lycéenne dissertant en classe sur *Polyeucte* de Corneille mais lisant Françoise Sagan, alors même que l'air du temps associait les "soldats morts dans les Aurès" au "Dormeur du val" de Rimbaud : "il n'y a rien de tout cela dans le journal intime qu'elle a commencé de tenir, où elle décrit son ennui, son attente de l'amour dans un vocabulaire romanesque et grandiloquent" (p. 71). Étudiante dans les années 60, elle consigne dans son journal ses impressions mêlées : d'ascension sociale, d'émancipation féminine grâce à l'école mais aussi d'"accablement" presque physique et de conformisme culturel devant l'étendue du savoir (ou plutôt de l'ignorance) et les stéréotypes de la pensée. Étonnamment, elle renvoie dos à dos dans une nostalgie un peu ironique les concepts littéraires (telle l'union libre d'un poème de Breton) et sa propre quête d'un langage pur et inconnu qui lui inspire de ces citations ou maximes dont tous les jeunes Musset nourrissent leur "confession d'un enfant du siècle" : "les mots, une petite broderie autour d'une nappe de nuit" ; "je suis un vouloir et un désir" (p. 91). Tout se passe comme si le journal intime, brassant voix personnelles et collectives, préfigurait "l'auto-socio-biographie", en constituait la genèse, jusque dans ses silences ou ses réticences : ainsi, à la fin des années 60, son malaise de jeune mère accaparée par la vie familiale et de bourgeoise sacrifiant l'être à l'avoir s'épanche avec une lucidité amère dans le journal intime "qu'elle ouvre très rarement comme s'il constituait une menace contre la cellule familiale" en témoignant de ses peurs ou en affirmant son irrépressible "droit à l'intériorité" (p. 104). Propédeutique au projet autobiographique, le journal intime en constitue aussi la mauvaise conscience, et la mauvaise foi : elle ne renoncera jamais à sa vie extérieure, à son bonheur familial – du moins le croit-elle alors – pas plus qu'à son métier d'enseignante au sujet duquel elle note plus tard sur le même support le sentiment d'une "imperfection continuelle et d'une imposture" (p. 125). L'adieu tout relatif au journal intime de la page 163 en signe aussi l'accomplissement, ou la fusion à venir dans "l'auto-socio-biographie", comme si ce mode d'écriture de soi en constituait la matrice et le modèle auxquels se référer pour son authenticité vécue, son sentiment du passé : la même enseignante, devant une classe de seconde en février 85, surmonte ainsi les limites du langage professoral et l'expérience de l'indicible en se ressourçant à son journal intime d'alors. Qu'on ne se fie pas à la parenthèse, qui dit bien ici l'essentiel avec le préfixe verbal "re", du retour et de la reviviscence à un passé intime mais aussi collectif, nourri de chansons et de culture scolaire : "(il faudrait replonger, stagner longtemps dans des images d'elle en classe de seconde, retrouver des chansons et des cahiers, relire le journal intime)" (p. 163).

- **Aux confins de l'autoportrait et du photojournal.**
  De l'usage de la photo : la photographie et la vidéo, aide-mémoires (images d'une vie individuelle et collective) et tremplins de la narration (par le commentaire de photos) ; photos culturelles et historiques (photo de presse, de guerre, photogramme de cinéma)

Les Années enfin reposent sur un troisième mode, récurrent, d'écriture de soi, l'autoportrait – chaque séquence étant ouverte par une description de soi – mais avec une double singularité, artistique et littéraire. D'une part, l'image de soi ainsi livrée métaphoriquement part d'une image iconographique concrète, à savoir d'une photographie au fil d'un album de famille ou plutôt de dix-sept photos d'identité (à tous les âges) qu'Annie Ernaux ne reproduit pas, ne donne pas à voir dans son texte mais à imaginer en les commentant, un peu comme un écrivain critique d'art, tel Diderot ou Baudelaire en leurs *Salons*. Signalons toutefois que dans le photojournal d'*Écrire la vie*, deux photos sont reproduites :

la petite fille sur une plage de galets (p. 35) et la jeune femme devant la porte d'une remise (p. 68). D'autre part, alors que l'écrivaine montre des photos d'intérieurs ou de vêtements prises après l'amour dans *L'Usage de la photo* co-écrit avec Marc Marie pour garder des traces de la volupté et d'une aventure amoureuse promise à un certain oubli, la description de photo dans *Les Années* donne une image curieusement flottante de la fillette, de la lycéenne, de la femme mariée, de la mère de famille, de la femme divorcée, de la grand-mère – différents statuts au fil des "années" dont témoigne notre tableau sur la structure du livre : là où Montaigne ou Leiris tenteraient de figer une image, esquisseraient un portrait physique (une prosopographie) ou moral (une éthopée), Annie Ernaux veut donner d'elle-même, à chaque étape de sa vie, ce sentiment d'étrangeté qu'on éprouve souvent en feuilletant les photos jaunies, au cadrage serré, aux figures compassées, d'un album de famille. Significativement, Annie Ernaux est rarement photographiée seule mais entourée de ses enfants ou petits-enfants, de camarades de classe au pensionnat en 1955, ou à la cité universitaire en 1963. C'est moins, paradoxalement, à une reconnaissance de soi qu'à une quête de soi sur fond de méconnaissance que nous invite l'auteure, de différence à soi au double sens où l'entend le philosophe Jacques Derrida : ce qui est différent et ce qui est différé dans le temps. Il s'agit dès lors de recollecter les identités, de recomposer la globalité d'une vie, un ensemble d'"années", dans leur contexte générationnel : la photo personnelle est ici prétexte à une reconstruction familiale, à une reconstitution historique. "La photo participe de cette construction, installe la 'petite famille' dans une durée dont elle a constitué le gage rassurant pour les grands-parents de l'enfant qui en ont reçu un exemplaire", écrit Annie Ernaux (p. 102).

Interactives, ces photos offrent certes des "images démultipliées" mais incomplètes ou artificielles, comme le suggèrent la pose des personnages en vacances ou la mise en scène du cliché par le mari, la copine du fils, etc. – comme s'il s'agissait de jouer un rôle, de composer un émouvant tableau familial. À l'inverse, photographiée seule, bébé (p. 21-22), petite fille (p. 35) ou femme divorcée et épanouie dans les années 90 (p. 182-183), Annie Ernaux semble moins poser. La plupart des photos sont au contraire présentées comme "séparées, désaccordées" (p. 187), "détachées, désemboîtées les unes des autres à la manière des poupées russes" (p. 186) – on notera les préfixes privatifs ("se" ou "dé(s)") : paradoxalement, cette incertitude et ce brouillage identitaires, cet effet-gigogne permettent d'interroger le monde qui vient se loger dans les interstices d'un moi éclaté pour l'investir, le recomposer et lui donner sens. Le sujet serait une collection d'identités multiples et provisoires que le réel compléterait et éclairerait de toutes ses facettes kaléidoscopiques, sociale, culturelle, politique, etc. "Notre moi n'est pas entièrement à nous", écrit Annie Ernaux dans son *Journal du dehors*, ajoutant dans un beau parallélisme que "notre mémoire est hors de nous, dans un souffle pluvieux du temps": nous n'existons que dans et par le monde qui nous construit et nous (re)crée à chaque instant – et l'écriture de soi se fait sous la lumière et la dictée du réel.

Bien que statiques, les photos jouent donc moins le rôle d'amorce d'un récit autobiographique en fait différé, incomplet ou refusé (puisque découpé en séquences kaléidoscopiques d'une vingtaine de pages interdisant une écriture de soi individuelle et linéaire) que de déclencheur du souvenir, de porte ouverte sur une mémoire que nous qualifierons de plurielle plutôt que de collective: car la mémoire collective suppose une conscience sociale ou historique, comme dans le devoir de mémoire, et le regard surplombant d'un énonciateur omniscient. Or Annie Ernaux met en scène un "temps incorporé", selon l'expression de Bourdieu, une mémoire plurielle qui la traverse, dont elle n'est qu'un témoin et un vecteur, si privilégiés qu'ils paraissent. Le corps emprunté de l'adolescente, le regard fatigué de la mère de famille, la sérénité de la femme divorcée ou de la grand-mère dessinent une archéologie du corps féminin, libéré ou en souffrance, qui épouse les fluctuations de la condition féminine: à la série bourgeoise et catholique des *Brigitte* de son enfance, contes et romans de Berthe Bernage, Annie Ernaux oppose une iconographie à la fois toute personnelle et sociale, libératrice.

Certes, les photographies marquent bien le passage du temps ou la prescience de notre disparition et il n'est pas indifférent qu'Annie Ernaux traque à chaque nouveau cliché les signes du vieillissement ou les stigmates de la mort qui pourra se lire aussi dans les photos de presse émaillant le récit: les photos de déportés aux "faces pétrifiées" (p. 14) exposées au palais de Tokyo, la photo en 1972 de la petite fille brûlée au napalm, "courant dans une rizière dont le poster ornait nos murs" (p. 135-136) ou, dans les dernières lignes du récit, "la femme de la photo du massacre de Hocine en Algérie, qui ressemblait à une pietà" (p. 254), dite la madone de Bentalha, cliché pris en 1997 pendant les massacres islamistes en Algérie.

La photo essentiellement, comme le journal intime, accompagne et double l'autobiographie sociale des *Années* et met en abyme le projet mémoriel, assurant une porosité permanente entre la vie, l'histoire familiale de l'auteure et l'Histoire de 1940 à 2008, des affiches de cinéma, avec les visages de Simone Signoret ou de Romy Schneider, à "l'étrange visage en pointillés de François Mitterrand" (p. 150) le 10 mai 1981. L'œuvre est saturée d'images de plus en plus mouvantes, à l'image de la fuite du temps, deux vidéos (avec ses enfants, ou une classe de seconde) remplaçant du reste les photos personnelles à la fin des années 70 et 80, tandis que la télévision, les CD et bientôt Internet envahissent l'espace médiatique. L'absence même se traduit en image, ainsi de cette photo comme volée au secret de famille, "floue et abîmée d'une petite fille devant une barrière, sur un pont" (p. 41), assortie d'une description sèche et d'un commentaire minimal : la petite sœur Ginette décédée en 1937. Tout est donc image et commentaire d'images, jusqu'aux images mentales ou sensations palimpsestes qui superposaient et "confondaient" par exemple en juin 1989 Michael Chang, vainqueur à Roland-Garros et l'étudiant chinois lors du massacre de Tian'anmen (p. 176).

Pour conclure, une photo de la jeune Annie Ernaux, en juillet 1955 au pensionnat Saint-Michel avec une fillette blonde, avec l'autoportrait et son commentaire, nous paraît traduire au mieux cette ambivalence et cette complexité du cliché –image arrêtée et fluidité du temps, sentiment d'étrangeté physique et identité reconquise par l'esprit, souvenir flou et sensation retrouvée par la magie de l'écriture :

> À droite, une brune aux cheveux frisés, courts, des lunettes sur un visage plein au front haut, traversé par la lumière, un pull foncé à manches courtes, une jupe à pois [...] Même si on ne reconnaît pas dans la brune la petite fille à nattes de la plage, qui pourrait aussi bien être devenue la blonde, c'est elle, et non la blonde, qui a été cette conscience, prise dans ce corps-là, avec une mémoire unique, permettant donc d'assurer que les cheveux frisés de cette fille provenaient d'une permanente, rituelle en mai depuis la communion solennelle, que sa jupe avait été taillée dans une robe de l'été d'avant, devenue trop étroite, et le pull tricoté par une voisine. Et c'est avec les perceptions et les sensations reçues par l'adolescente brune à lunettes de quatorze ans et demi que l'écriture peut retrouver quelque chose qui glissait dans les années 50, capter le reflet projeté sur l'écran de la mémoire individuelle par l'histoire collective. (p. 55-56)

L'ŒUVRE LITTÉRAIRE ET L'AUTEUR

"Une défection m'a surpris dans *Les Années*, celle de l'écrivain [...] *Les Années* font comme si leur auteur n'était pas un écrivain qui avait beaucoup publié depuis plus de trente ans, comme s'il ne s'agissait pas d'elle", note Antoine Compagnon dans "Désécrire la vie". Peut-être cette "défection" délibérée tient-elle précisément au souci qu'"il ne s'agisse pas d'elle", à une tentative d'"autobiographie impersonnelle" (p. 240).

Énonciation démultipliée et parole éclatée : une ou des instances narratives ?

• Jeux de la 1re personne, en filigrane, diluée, faussement absente : désinscription auctoriale et investissement narratif

"Son souci principal est le choix entre 'je' et 'elle'. Il y a dans le 'je' trop de permanence, quelque chose de rétréci et d'étouffant, dans le 'elle' trop d'extériorité, d'éloignement" (p. 186-187). "Aucun 'je' dans ce qu'elle voit comme une sorte d'autobiographie impersonnelle – mais 'on' et 'nous' – comme si, à son tour, elle faisait le récit des jours d'avant" (p. 252), écrit Annie Ernaux s'interrogeant sur l'énonciation et ses choix pronominaux d'auteure au fil de son projet autobiographique.

Paradoxe suprême pour une autobiographe qui utilise ou préfère, en schématisant, le "je" pour les autres et le "elle" pour soi-même, tout en jouant également sur un "on" et un "nous" transpersonnels, paradoxe qui, pourtant, réduit la distance, inhérente au genre, entre le narrateur et le personnage, entre le vécu, souvent revisité, et l'écriture, qui déforme ou enjolive plus ou moins.

> L'utilisation de la troisième personne a le mérite de lever l'ambiguïté du "je" autobiographique en grande partie fictif : le "je" de l'enfance ne se confond pas avec le "je" de l'adulte qui raconte cette enfance. La troisième personne ici marque la distance entre la narratrice et ce qu'elle a été et montre cette tentative d'objectivation et de mise à distance. [Strasser, 2012]

Le projet "auto-socio-biographique" des *Années*, à mesure qu'il se précise, pose donc la question centrale du point de vue, de l'énonciation choisis, et du statut de l'auteur-narrateur qu'Alain Rabatel [2013] définit à la fois comme un "investissement narratif" total et "une désinscription" auctoriale non moins surprenante – comme si l'écrivaine était à la fois le metteur en scène du récit et un personnage comme les autres, traversé par le collectif, n'accédant à la connaissance de soi et du monde qu'avec le recul du temps et par l'écriture de soi. "Ni surplomb narratologique, ni infériorité phénoménologique" – ajoute le critique: l'auteure se replonge dans sa vie et ses "années" sans donner l'impression d'un regard omniscient de mémorialiste, réorganisant l'expérience vécue avec tous les artifices de l'art, ni du point de vue interne d'un personnage perdu ou ignorant (tel Fabrice à Waterloo dans *La Chartreuse de Parme* de Stendhal), enfermé dans ses émotions ou une vision partielle et partiale du réel. Annie Ernaux nous propose un moyen terme: elle invente un personnage transpersonnel, traversé, sinon toujours éclairé, par le monde alentour et les multiples influences socioculturelles qui le nourrissent, qui se fait narrateur, conteur même de soi et du réel, pour rejoindre l'auteure qu'elle est devenue, l'auteure *in fine* des *Années*. Cette écriture de soi relèverait d'une sorte d'autobiographie inversée, qui semble rédigée par le personnage ou plutôt les "multiples images" (p. 187) du personnage et de ses "années", pour construire un auteur d'abord étranger à soi-même, en quête de soi, fruit d'une lente maturation, des générations et des époques traversées.

Et de fait, la lecture de cette œuvre procure au lecteur l'étrange impression d'une auteure omniprésente et omnisciente dans la mesure où celle-ci met en œuvre un énorme matériau culturel et en scène de multiples voix collectives qu'elle brasse et coordonne tel un chef d'orchestre ; mais, dans le même temps, l'écrivaine paraît s'effacer totalement de l'énonciation même, car le pronom "elle", personne grammaticale la plus fréquente, surtout dans la description des photos, ne référant jamais explicitement à Annie Ernaux, est comme déconnecté de l'auteur-narrateur-personnage. Seuls l'effort du lecteur et sa connivence avec l'auteure dans un pacte autobiographique tacite lèvent le doute qui pourrait s'installer si le déroulement des "années" ne permettait de reconnaître le parcours et les œuvres de la célèbre écrivaine. Dans les images du prologue, la première série de souvenirs fonctionne d'ailleurs comme une récapitulation implicite de l'œuvre antérieure, faisant des *Années* le livre héritier de tous les autres: allusion au russe appris pour l'amant de Passion simple (p. 18), à la "dame majestueuse, atteinte d'Alzheimer" (p. 12) de *Je ne suis pas sortie de ma nuit*, au nouveau-né "brandi en l'air comme un lapin décarpillé" (p. 13) qui utilise le même comparant que *La Femme gelée*.

Le “je” en effet est pourtant étonnamment absent pour une autobiographie, si sociale qu’elle se veuille, au point de recouvrir de manière totalement transpersonnelle une conscience universelle dans l’exemple sans doute le plus frappant du récit, celui des attentats de New York. La perte de repères induite par une telle catastrophe et le basculement moral et psychologique dans l’horreur absolue semblent susciter à la fois une empathie profonde pour l’humanité et une identification immédiate à des victimes pourtant lointaines. Seul le “je”, et un “je” universel, celui de la mort la plus violente qui soit, imaginée et comme vécue par procuration, peut rendre l’interrogation angoissée sur l’endroit où Annie Ernaux était, où chacun d’entre nous nous trouvions le 11 septembre 2001, au moment de l’effondrement des tours jumelles.

> Et chacun d’entre nous cherchait ce qu’il était en train de faire juste à ce moment où le premier avion avait touché la tour du World Trade Center, que des couples s’étaient jetés dans le vide en se tenant par la main. Il n’y avait aucun rapport entre les deux, sinon d’avoir été vivant en même temps que les trois mille êtres humains qui allaient mourir mais l’ignoraient le quart d’heure d’avant. En nous souvenant, j’étais chez le dentiste, sur la route, chez moi à lire, dans cet ahurissement de la contemporanéité on saisissait la séparation des gens sur la terre et notre lien dans une identique précarité. Et l’ignorance où l’on était en regardant un tableau de Van Gogh au musée d’Orsay de ce qui se passait à cette seconde à Manhattan était celle du moment de notre propre mort. (p. 220)

La contemplation d’un Van Gogh au musée d’Orsay est-elle une allusion autobiographique, quoique voilée, d’Annie Ernaux (le souvenir de l’endroit où elle était précisément) ou un autre possible de cette conscience universelle dans le bouleversement d’une ubiquité totale et immédiate ?

En réalité, “on peut relever cinquante occurrences du pronom de première personne, toutes prises dans des contextes spécifiques” [Montémont, 2011] qui donnent à entendre des voix multiples et intenses, comme si le “je” conférait à chaque personnage évoqué plus de force expressive et d’intériorité, à chaque parole sociale plus de fantaisie et d’authenticité. La plupart relèvent du discours rapporté: “Les phrases des hommes dans le lit la nuit, Fais de moi ce que tu veux, je suis ton objet” (p. 16) ; certaines sont des citations de textes, de prières, de titres: “*Je me souviens des beaux dimanches*” (p. 27). “Dans certains cas, la première personne explicite est mise en abyme par le dispositif autobiographique: ainsi le *je* dont la référence renvoie cette fois à l'auteure apparaît-il dans le cadre d'une auto-citation – écritures antérieures, journal intime – ce qui est une manière de le tenir à distance" [MONTÉMONT, 2011].

> Elle rêve d'écrire dans une langue inconnue. Les mots lui sont "une petite broderie autour d'une nappe de nuit". D'autres phrases contredisent cette lassitude : "Je suis un vouloir et un désir". Elle ne dit pas lesquels. (p. 91)

C'est tout le travail du texte que de positionner le pronom dans l'entre-deux du singulier et du pluriel, de passer d'un "je", "double décollé d'elle-même" (p. 92) à un "elle" englobant. "Elle", dans *Les Années*, c'est d'abord le sujet de l'énonciation : des constructions comme "Elle pense que ce tableau représente sa vie" (p. 104), "elle est passée de l'autre côté, mais ne saurait dire de quoi" (p. 90), postulent une connaissance de l'intériorité qui ne peut être que celle d'une romancière omnisciente ou de l'autobiographe. Dans le même temps, cette connaissance est marquée par un sentiment d'étrangeté à soi-même d'autant mieux rendu par la troisième personne : "à cette 'sans cesse autre' des photos correspondra, en miroir, le 'elle' de l'écriture" (p. 252).

• L'énonciation impersonnelle, collective (catégorielle et paradigmatique), sans référent explicite : IL(S), ELLE(S), ON, NOUS ; point de vue et cohérence de l'énonciation ?

Ainsi, la pronominalisation se fait aussi plurielle et collective : le "elle" a souvent une valeur "générique et genré[e], paradigmatique ; une 'vision féminine' – féministe – des années 1970" (la peur de l'arrêt des règles, de l'avortement, du mariage, du travail, du divorce). "Le 'on' et le 'nous' sont aussi des relais privilégiés de la première personne, qu'ils contiennent. Comme le rappelle Benveniste : ''nous' n'est pas un 'je' quantifié ou multiplié, c'est un 'je' dilaté au-delà de la personne stricte, à la fois accru et au contour vague. [...] Le 'nous' annexe au 'je' une pluralité indistincte de personnes.'" [MONTÉMONT, 2011]. Mais le pronom pluriel, chez Annie Ernaux, n'est pas plus référentiel "que le 'elle', laissant au lecteur le soin de deviner quelle catégorie de personnes est incluse [ou supposée incluse] dans le pronom. Son utilisation (au besoin modalisée) peut désigner la première personne, se rapprochant parfois du *nous* de modestie ('quand nous penserons à des faits que, après hésitation, on situera en 2001' (p. 221) ou au contraire élargie à la totalité d'une collectivité

(‘Nous étions débordés par le temps des choses’ (p. 231). Le *on* présente la même ambivalence, surtout lorsque les adjectifs possessifs semblent renvoyer à un sujet particularisé. *On* peut ainsi recouvrir à la fois moi Annie Ernaux et les femmes de ma génération : “on se retournait sur son histoire de femme [...] On se persuadait que son homme à soi n’était pas un phallocrate ni un macho” (p. 115-116) Mais la forme est aussi transpersonnalisée pour désigner un ensemble plus large, non sexué, une génération tout entière, celle des années 80, de la victoire de la gauche, des années 2000, de l’Internet ou plus lointaine, la génération des années 50, marquée par le manque et le désir d’ascension sociale : “on avait le temps de désirer les choses, la trousse en plastique, les chaussures à semelles de crêpe, la montre en or” (p. 45).

Enfin, le texte est émaillé par des substantifs génériques, fonctionnant comme des pronoms, qui montrent la société comme un ensemble : “les gens”, le “groupe” (et la “photo de groupe” du repas de famille), la “tribu”, la “bande”. Ce système se divise en sous-groupes, parfois antagonistes : “les garçons”, “les filles” ; “les enfants”, “les parents” ; “les jeunes”, “les adolescents”, souvent en désaccord avec “les vieux” quant au rapport au passé, à la guerre, aux goûts musicaux ou vestimentaires ; “les jeunes des classes moyennes”, les “riches”, les “pauvres”, etc. Cette appartenance, parfois évolutive, à un groupe rappelle que la conscience d’être soi, chez Ernaux, consiste d’abord à se définir régulièrement comme acteur d’un milieu social donné ou par rapport à celui-ci. Cette énonciation dilatée et ce jeu sur les pronoms permettent d’éviter les deux écueils redoutés par Annie Ernaux, le “‘je’ [...] rétréci et étouffant” comme “l’extériorité” froide et objective du “elle” (p. 187-188).

Nous retrouvons ici le pacte autobiographique tacite évoqué : le récit, plus documentaire que fictionnel, se réfère à une masse importante d’événements attestés dans la réalité extratextuelle, ce qui l’inscrit bien entre l’autobiographie, les mémoires et le témoignage d’une expérience subjective, singulière, que l’auteure offre en partage dans un jeu subtil et déconcertant sur les pronoms.

Le statut ambigu de l'écrivain

• Un écrivain s'inventant au fil de la plume, loin du créateur singulier, du "mage romantique"

N'évoquant directement ni ne citant jamais ses autres œuvres, Annie Ernaux ne se pose donc pas en écrivain bâtissant son œuvre au fil des années, en auteur investi d'une autorité plus ou moins augurale, divine si l'on se réfère à l'étymologie possible du mot "auteur", "augura", d'une auctorialité qu'incarnerait le romancier omniscient ou l'autobiographe mettant en scène sa vie de manière plus ou moins ostentatoire, dans un pacte explicite de sincérité ou d'exhaustivité. Au statut de narrateur-démiurge surplombant l'action, adoptant le point de vue de Dieu, ou de "mage romantique" éclairant les hommes et engagé dans les grands combats de la société, de voyant hugolien ou rimbaldien, elle préfère celui de l'écrivain en son atelier d'écriture, qui retrace la genèse de son œuvre et se laisse imprégner par le monde pour mieux se dire et se comprendre.

Il n'y a là toutefois aucun désir de pittoresque dans la reconstitution d'un parcours ou d'une époque, dans le portrait ou le repas de famille, aucune pose littéraire dans la construction d'une conscience féministe ou militante ni surtout de complaisance romantique dans les affres de la création. À l'inverse, l'évocation du journal intime, tout en préparant et justifiant la démarche autobiographique, crée une distance à la fois tendre et ironique avec les phrases toutes faites, citations d'auteur ou maximes sentencieuses d'étudiante dont se repaissait la jeune femme "à la recherche d'un autre langage" (p. 91) – de même que les paroles collectives insérées dans le récit (proverbes, sociolectes, titres de films ou de chansons, etc.) nous apparaissent autant comme des stéréotypes souvent risibles que comme les témoins fidèles et émouvants d'une époque. Tout se passe comme si chaque époque, chaque génération écrivait ses "années" dont Annie Ernaux se ferait le dépositaire et l'ordonnatrice : *Les Années* mettent en scène un savoir et une subjectivité partagés, sensibles et intellectuels.

Un passage essentiel, à la fin du livre, oppose ainsi "l'autobiographie impersonnelle" achevée à la vision naïve et romantique de la littérature qui était celle de la jeune étudiante mais qu'une double expérience ou prise de conscience a corrigée et dépassée au fil des années : celle de la transfuge sociale découvrant un nouveau milieu, bourgeois et cultivé, celle de l'enseignante apprenant au contact de classes nombreuses ou difficiles la rudesse du monde et la sobriété du langage. Dans les deux cas, ce n'est plus seulement à la genèse d'un projet autobiographique que nous assistons, mais à une véritable ascèse linguistique et morale, un épurement du langage doublé chez l'adulte mûr et l'écrivain averti d'un sens aigu de la vie –qui n'est pas un lit de roses, qui est tout sauf littérature. Au fond, la même exigence esthétique et éthique porte *La Place*, biographie "au couteau" de son père, et *Les Années*, œuvre certes multiple et foisonnante, mais qui semble se fonder sur le même refus de la littérature comme absolu ou langage supérieur et de l'auteur comme poète lyrique. Annie Ernaux retrouve ici le langage de ses origines et proclame sa fidélité à l'enfance comme un acte militant et mémoriel. L'auteur n'est-il pas étymologiquement celui qui crée et garantit l'authenticité de sa création, ici du pacte de lecture et du témoignage générationnel ?

> Aucun "je" dans ce qu'elle voit comme une sorte d'autobiographie impersonnelle [...] Quand elle désirait écrire, autrefois, dans sa chambre d'étudiante, elle espérait trouver un langage inconnu qui dévoilerait des choses mystérieuses, à la manière d'une voyante. Elle imaginait aussi le livre fini comme la révélation aux autres de son être profond, un accomplissement supérieur, une gloire – que n'aurait-elle pas donné pour devenir "écrivain" de la même façon qu'enfant elle souhaitait s'endormir et se réveiller Scarlett O'Hara. Par la suite, dans des classes brutales de quarante élèves, derrière un caddie au supermarché, sur les bancs du jardin public à côté d'un landau, ces rêves l'ont quittée. Il n'y avait pas de monde ineffable surgissant par magie de mots inspirés et elle n'écrirait jamais qu'à l'intérieur de sa langue, celle de tous, le seul outil avec lequel elle comptait agir sur ce qui la révoltait. Alors, le livre à faire représentait un instrument de lutte. Elle n'a pas abandonné cette ambition mais plus que tout, maintenant, elle voudrait saisir la lumière qui baigne des visages désormais invisibles, des nappes chargées de nourritures évanouies [...] Sauver [...]. (p. 252-253)

• L'auteur enseignant et augmentant le patrimoine littéraire : intertextualité et champ littéraire

Ce statut ambigu de l'auteure et ce rapport d'amour-haine à la littérature (refusée comme effusion lyrique, pathos ou pittoresque mais retrouvée dans la sobriété de l'écriture et une démarche quasiment sociologique ou ethnologique) se traduisent également par l'omniprésence d'un champ littéraire à la fois valorisé par la professeure de lettres qu'est Annie Ernaux et banalisé par le brassage indifférencié des références où le sociolecte, les proverbes ou les stéréotypes côtoient et valent (bien) les noms d'auteurs ou titres d'œuvres. À l'absence de références aux autres œuvres de l'écrivaine, moins par modestie que par volonté de s'oublier en tant qu'auteure au profit du champ littéraire d'une époque ou d'une génération, répond un non moins étonnant effacement en tant qu'enseignante de lettres. On ne voit la professeure au milieu de ses élèves que pour marquer le caractère décevant et formaliste de son intervention ou la difficulté à exprimer l'ineffable de son expérience d'adolescente et de femme (p. 162-163). Ailleurs, l'enseignement des lettres, loin d'offrir le moindre contenu didactique ou littéraire – découverte d'un écrivain avec une classe, commentaire d'un texte – évoque le contact de classes rudes et nombreuses (p. 252) ou, sur un mode plus personnel mais non moins négatif, le rangement, voire l'oubli de tant de cours préparés au moment de faire valoir son droit à la retraite. L'enseignement de la littérature apparaît comme une activité professionnelle comme les autres, sans magie ni vocation – comme si la littérature elle-même n'était qu'un produit culturel parmi d'autres, non le lieu d'une émotion, le creuset d'un style, l'apprivoisement et l'appropriation d'un univers singulier: cette impression semble confirmée par les souvenirs cornéliens de la lycéenne qui relèvent du par cœur ou de la citation mal assimilée (tel vers d'*Horace* (p. 49), la lecture de *Polyeucte* (p. 71)).

Pourtant, les références littéraires abondent dans *Les Années*, tissant un réseau intertextuel d'une rare richesse, fourmillant de titres majeurs (*Le Deuxième sexe* de Simone de Beauvoir, *La Nausée* de Sartre, *Les Paravents* de Genet, etc.), de noms d'auteurs, de mouvements littéraires ou philosophiques tels le surréalisme, l'existentialisme, le Nouveau roman, le structuralisme et les sociologues des années 60 et 70. Mais certains noms revêtent une valeur non seulement symbolique mais surtout mémorielle: on pense à *La Recherche du temps perdu* pour la démarche mémorielle ou la sensation palimpseste, ou pour la fresque romanesque, à *Autant en emporte le vent* de Margaret Mitchell et aux *Vagues* de Virginia Woolf pour une récréation littéraire marquée par la mémoire affective ou le monologue intérieur. L'écriture de soi oscillerait ainsi entre Margaret Mitchell et Virginia Woolf, entre la fiction, le roman plus ou moins autobiographique et une démarche plus spéculaire et intériorisée.

À cette liste s'ajouterait le long cortège des écrivains morts de l'année ou plutôt des "années" dont la disparition, moins spectaculaire sans doute que celle des vedettes de la chanson ou du cinéma, semble marquer la fin d'une époque, sonner le glas de l'espérance, comme les décès de Sartre, de Foucault ou de Genet. Cette nécrologie comme ces références scandant la mémoire générationnelle d'Annie Ernaux apparaissent toutefois dans l'économie générale des *Années* comme dans la pratique pédagogique de l'écrivaine-enseignante comme des "marqueurs d'époque", des habitus socioculturels assortis au *Zeitgeist* de la période et aux états d'âme du personnage-auteur-narrateur : tout se passe comme si la nausée chez Sartre ou l'absurde chez Camus ou dans le théâtre de Ionesco étaient moins des sentiments littéraires fondateurs que le prolongement d'un état d'âme chez la jeune Annie Ernaux en proie à l'ennui et au mal de vivre à la fin des années 50 ; inversement, la lecture de Beauvoir pourra bien éveiller la conscience féministe d'Annie Ernaux, elle ne l'en ramènera pas moins cruellement à la réalité physiologique, au "malheur d'avoir un utérus" (p. 85)...

La littérature serait une grille de lecture sociologique parmi d'autres, que l'écrivaine n'érige pas ou plus en absolu, mais ravale parfois au rang de mode ou de caprice, s'étant elle-même "abreuvée d'existentialisme, de surréalisme [...] également éperdue de nouveauté" (p. 91). Elle n'en offre pas moins au lecteur un vaste répertoire de références, "augmentant" notre connaissance de ce domaine et enrichissant notre patrimoine de sa propre auto-socio-biographie, authentifiée et cautionnée par deux prestigieuses épigraphes en tête du livre, de José Ortega Y Gasset et Anton Tchekhov. Rappelons que le terme "auteur" vient du latin "augere", qui signifie : augmenter.

L'ŒUVRE LITTÉRAIRE ET LE LECTEUR

• Le lecteur perturbé, dérangé, "choqué" ?

Le premier contact avec *Les Années* pour un lecteur peu averti de son œuvre précédente, de son écriture sobre, de son réalisme cru en matière de morale sexuelle ou d'émancipation féministe, peut être difficile et l'on sait quels *a priori* moralisateurs et idéologiques ont pu entacher le jugement porté sur une auteure qui joint à la difficulté d'être femme la souffrance d'une transfuge sociale et l'audace d'une auteure hors normes, sans concession pour quiconque ni complaisance pour soi-même, à l'écriture tranchante "comme un couteau". Pour reprendre la formule célèbre de Hans Robert Jauss dans son *Esthétique de la réception*, ce livre ne peut dans un premier temps que perturber "l'horizon d'attente" du lecteur, habitué à une autobiographie par essence personnelle, à une énonciation pronominale claire, distinguant le "je" et le "il", le temps de la narration et surtout du récit. Pas de pacte autobiographique explicite avec le lecteur, pas de préface ni d'avis au lecteur, pas d'interpellation ou de prise à témoin du lecteur mais une convocation permanente de sa culture, une transmission, un don à l'autre... Plus encore, la chronologie du récit et la linéarité même de la lecture semblent mises en cause par la stratification ou plutôt l'imbrication des mémoires, à tous les niveaux de la vie sociale – au point qu'à la démarche naturellement progressive, successive, de la lecture semble se superposer une dimension verticale ou pour mieux dire transversale car il n'y a pas hiérarchie des voix mais brassage des paroles. L'auteure n'entend pas imposer une grille de lecture ou privilégier un niveau spécifique : ainsi, un lecteur associera les années 80 à une chanson, un autre à un film, ou un événement politique. C'est au "lecteur modèle", selon la formule d'Umberto Eco, d'actualiser toutes les virtualités offertes par le faisceau multicolore qui éclaire chaque décennie, et lui donne sens selon que nous étions alors hommes ou femmes, jeunes ou adultes, de droite ou de gauche, etc. C'est une communauté implicite de lecteurs que convoque cette autobiographie sociale, par-delà le choc ou le "dérangement" que peuvent occasionner les décalages ironiques du texte (de Gaulle et Nounours p. 95, Kennedy et les règles de la jeune femme, p. 92-93), les changements d'ordre et de perspective dans les séquences et leurs différents plans, ou encore les sujets abordés : on peut être gêné par la place accordée à la masturbation, aux images des films X, à l'insistance de l'écrivaine sur ses règles, son "temps menstruel" devenant la mesure de toutes choses, voire au combat pour l'avortement si l'on est ou si l'on était de conviction catholique ou droitière dans les années 1975 ou aujourd'hui encore. On peut éprouver une sensation de vertige face à la vitesse, à la modernité trépidante des villes, au foisonnement des objets, à cette saturation des références. Il y a chez Annie Ernaux une rudesse, une âpreté non seulement dans le style mais dans les thématiques traitées : le refus de la littérature que nous avons évoqué est refus de l'esthétisation artificielle du réel, du lyrisme romanesque ou populacier. Dans *L'Écriture comme un couteau*, l'écrivaine parle d'un "dérangement [du lecteur] à [s]es yeux nécessaire".

• Le lecteur convoqué, instruit, plongé dans une œuvre-monde

Et pourtant sans doute est-il peu d'œuvres qui parlent autant à la mémoire et à l'émotion du lecteur que *Les Années*, tant le foisonnement des références (films, chansons, livres, événements politiques) et la mise en scène générationnelle de cinquante ans d'histoire relèvent d'une connivence culturelle permanente de l'auteure avec son public et éveillent des échos multiples et insoupçonnés dans nos trajectoires de vie et nos consciences sociales. "Et tant de gens m'ont dit, m'ont écrit, l'importance que l'un ou l'autre de mes livres avait eue dans leur vie, leur sentiment de ne plus être seul après l'avoir lu..." – explique Annie Ernaux [Jeannet, 2003]. À ce titre, le livre fonctionne sur le principe de la reconnaissance, comme si la connaissance individuelle et collective et le savoir acquis à l'école et par l'expérience se diffusaient dans la vie sociale et se réfractaient en chacun de nous tel un kaléidoscope miroitant dans le plaisir de la réminiscence et scintillant au prix de surprises sans cesse renouvelées. On ne cesse en effet de découvrir de nouveaux aspects à la lecture ou à la relecture de cette œuvre dont les points de vue se multiplient, où les portes d'entrée se croisent, où les niveaux sociétal, moral ou culturel interfèrent.

• La place du lecteur : vers un lecteur modèle, idéal ou quotidien, sans compétence particulière ?

Évoquant au cœur de son livre le suicide de Gabrielle Russier, véritable commotion générationnelle et ses propres lectures féministes à la fin des années 60 (*La Femme eunuque* de Germaine Greer, *La Politique du mâle* de Kate Millett, etc.) qui la "réveill[ent] de sa torpeur conjugale" et suscitent en elle une conscience de femme à la fois individuelle et collective (p. 115), Annie Ernaux a ces mots superbes sur la lecture qui, au-delà du combat de ces années-là, prend évidemment une valeur générale, voire universelle. Ils nous renvoient à notre expérience intime de lecteur faite de bonheur douloureux, d'évidence déchirante : le grand auteur n'est pas seulement celui qui nous parle, qui provoque en nous un curieux mélange d'émotion ; il est celui qui incarne l'informulé en nous, ce que nous ne parvenions intellectuellement ou n'osions moralement nous dire, nous avouer – et il le fait avec une telle force, une telle luminosité que nous lui en voulons presque de l'avoir dit avant nous, pour nous, parfois aussi contre nous, contre nos peurs ou réticences. À son tour, Annie Ernaux suscite ce "sentiment d'exaltation et d'impuissance que procure la découverte d'une vérité pour soi dans un livre" (p. 115). Une vérité pour soi autant qu'une vérité pour tous, assimilée, intériorisée en chacun d'entre nous, vérité de la lecture qui serait infusion des âmes, vie exaltée : "la vraie vie, la vie enfin découverte et éclaircie, la seule vie par conséquent pleinement vécue, c'est la littérature", proclamait Proust, modèle d'Annie Ernaux, dans *Le Temps retrouvé*. Ce bonheur sensible et cette puissance nouvelle de vie à quoi nous fait accéder la littérature ne s'incarnent-ils pas dans ces maximes, ces formules qui émaillent notre texte comme autant de joyaux littéraires, de "vérités pour soi" sur la mémoire, la lecture, le désenchantement : "on s'étonnait de se trouver ici, d'avoir eu ce qu'on avait désiré, un homme, un enfant, un appartement" (p. 101) ; "il y avait une exaltation à se penser en termes collectifs" (p. 112) ; "on éprouvait de la rancune comme si quelque chose de notre jeunesse nous avait été volé" (p. 150) ; "la honte ne cessait pas de menacer les filles" (p. 76) ; "la répétition comble le vide et confère l'illusion d'un accomplissement" (p. 213) ; "la mémoire [d'Internet] était devenue inépuisable mais la profondeur du temps [...] avait disparu. On était dans un présent infini" (p. 234) ; "sauver quelque chose du temps où l'on ne sera plus" (p. 254) ? Avec l'écrivaine, elle-même lectrice du monde et relectrice de ses “années” à travers tant de filtres culturels, linguistiques ou politiques, nous décryptons les signes car nous savons que tout est texte, ou intertexte, ou encore palimpseste, qu’une publicité même un peu simpliste, que les “trois petites notes de musique” chères à Montand ou Belmondo “à bout de souffle” dans le film de Godard comme la génération 70 nous parlent ou nous émeuvent. Chaque lecteur, tous types de lecteurs pourront s’abreuver à cette œuvre-monde, se nourrir de cette lecture palimpseste, ne fussent-ils pas de fins littéraires ou des sociologues érudits. Nous interpellant sans cesse dans le jeu kaléidoscopique des pronoms, du “on” et du “nous”, amenant un questionnement universel sur tant de problématiques personnelles et mémorielles (trouver sa place, retrouver l’adolescent qu’on était, renouer avec l’esprit d’enfance), Annie Ernaux vérifie le propos de Danièle Sallenave dans *Le Don des morts. Sur la littérature*: “non seulement la littérature conjure la perte mais elle l’assume en la dépassant [...] Le mouvement profond de la littérature est l’espérance d’une résurrection des corps dans le corps glorieux des mots”. Annie Ernaux “produit son propre corps glorieux, transcende toutes les pertes qu’elle a vécues pour atteindre cette perte sublime” [Bacholle-Bošković, 2011]. Par elle, avec elle et en elle, nous sommes sauvés.

OUTILS

BIBLIOGRAPHIE

MADAME DE SÉVIGNÉ

La correspondance de Mme de Sévigné :

Mme de Sévigné, Correspondance, Roger Duchêne (éd.), Paris, Gallimard, collection “Bibliothèque de la Pléiade”, t. I, II et III, 1972, 1974 et 1978.

Au sein de cette immense correspondance, on conseille en particulier à la lecture :

- Les arbres généalogiques au début du premier tome
- La brouille entre les cousins au sujet de l'*Histoire amoureuse des Gaules* (I, p. 88-129)
- Le passage du Rhin lors de la guerre contre la Hollande (I, p. 546-548)
- La visite de Marseille (I, p. 572)
- Les réflexions sur la religion (I, p. 458-459 et p. 649-650)
- La révocation de l'édit de Nantes (III, p. 242)
- La célébration des Rochers comme un lieu idéal (III, p. 698-699 et p. 875).

On feuillettera aussi utilement une anthologie comme :

Mme de Sévigné, *Lettres choisies*, Nathalie Freidel (éd.), Paris, Gallimard, 2016.

Biographies

CORDELIER J., *Mme de Sévigné par elle-même*, Paris, Seuil, 1967.

MALTÈRE S., *Madame de Sévigné*, Paris, Gallimard, coll. “folio biographies”, 2013.

Ouvrages et articles critiques

BEUGNOT B., “Débats autour du genre épistolaire : réalité et écriture”, *Revue d'Histoire littéraire de la France*, 74e année, n°2, 1974, p. 195-202.

BEUGNOT B., “Madame de Sévigné telle qu'en elle-même enfin ?”, *French Forum*, 1980, vol. 5, n°3, p. 207-217.

Ces deux articles de B. Beugnot arbitrent le débat entre B. Bray et R. Duchêne sur le statut d'autrice de Mme de Sévigné et proposent un utile survol des différentes positions s'affrontant ainsi que des propositions de solutions.

BEUGNOT B., Le Discours de la retraite au XVIIe siècle. Loin du monde et du bruit, Paris, PUF, 1996.

Un ouvrage démontrant l'importance de l'idéal de la retraite au XVIIe siècle et son influence sur une réorientation de la littérature vers l'écriture de soi.

FREIDEL N., La Conquête de l'intime. Public et privé dans la Correspondance de Madame de Sévigné, Paris, Champion, 2009.

Thèse majeure sur la *Correspondance* qui propose d'y voir l'invention d'une nouvelle manière de parler de soi. On lira en particulier la quatrième partie intitulée : “Écrire l'intime”.

FREIDEL N., Madame de Sévigné. Lettres de l'année 1671, Neuilly, Atlande, 2012.

Manuel très complet composé à l'occasion de la mise au programme de l'agrégation des *Lettres de l'année 1671*. Les parties “repères” et “problématiques” seront plus utiles dans le cadre du programme de khâgne que celle sur “le travail du texte”.

GRASSI M.-C., *Lire l'épistolaire*, Paris, Armand Colin, 2005.

HAROCHE-BOUZINAC G., *L'Épistolaire*, Paris, Hachette, 1995.

Deux manuels utiles pour faire le point sur l'histoire et les enjeux du genre épistolaire.

LIGNEREUX C., "La déformalisation du dialogue épistolaire dans les lettres de Mme de Sévigné", *Littératures classiques*, 2010, n° 71, p. 113-128.

Un article étudiant précisément la manière dont Mme de Sévigné joue avec les normes épistolaires dans le but d'agir sur sa destinataire.

LIGNEREUX C., À l'origine du savoir-faire épistolaire de Mme de Sévigné. Les Lettres de l'année 1671, Paris, PUF, 2012a.

Manuel composé à l'occasion de la mise au programme de l'agrégation des *Lettres de l'année 1671*. On se reportera en particulier au chapitre IV "L'apprentissage d'une communication authentique".

LIGNEREUX C.(dir.), Lectures de Madame de Sévigné, 2012b.

Ouvrage regroupant divers articles sur les lettres de Mme de Sévigné. Ceux d'A. Brunn, S. Gruffat, L. Depretto et C. Pagani-Naudet proposent des études précises de quatre lettres pouvant servir d'inspiration pour l'épreuve de l'explication de texte.

VIALA A., La France galante. Essai historique sur une catégorie culturelle, de ses origines jusqu'à la révolution, Paris, PUF, 2008.

Ouvrage de synthèse sur le concept de galanterie. Les chapitres "Le Grand Siècle en lettres galantes" et "Les belles manières" permettront de mieux comprendre le contexte socioculturel des *Lettres de l'année 1671*.

SAINT-SIMON

Œuvres de Saint-Simon

Intrigue du mariage de M. le duc de Berry. Mémoires, avril-juillet 1710, éd. P. Dandrey et G. Gicquiaud, Paris, GF Flammarion, 2005.

Édition au programme à laquelle nous renvoyons lorsque la citation se trouve dans les limites du programme.

Mémoires, édition établie par Yves Coirault, Paris, Gallimard, "La Pléiade", 1983-1988, 8 vol. [indiquée dans le texte par Pl. suivi de la tomaison et de la pagination].

Il s'agit de l'édition complète des *Mémoires* à laquelle on peut se reporter au gré des extraits indiqués dans cette étude.

Études critiques

COQUIO C., *La littérature en suspens*, Paris, L'Arachnéen, 2015, p. 178-181.

Les pages indiquées développent une vision contemporaine de l'écriture de soi.

ECO U., *Lector in fabula*, Paris, Grasset, 1979.

La théorie générale et majeure du lecteur s'y trouve exposée.

GALICHON I., "Récit de soi", *Témoigner. Entre histoire et mémoire*, n° 117, 2014, p. 150.

Cette page expose une vision contemporaine et politique de l'écriture de soi.

GARAPON J., "Les Mémoires du XVIIe siècle, nébuleuse de genres", *Le Genre des mémoires, essai de définition*, actes du colloque Littérature et politique sous l'Ancien Régime (dir. Madeleine Bertaud et François-Xavier Cuche), Paris, Klincksiek, 1995.

Il s'agit d'un essai de définition du genre des mémoires.

GARIDEL D. (de), *Poétique des* Mémoires *de Saint-Simon, cours et détours du récit historique dans les* Mémoires, Paris, Honoré Champion, "Lumières Classiques", 2005.

Cette étude s'intéresse à la dimension historique des *Mémoires* de Saint-Simon.

HERSANT Marc, “Saint-Simon lecteur du cardinal de Retz”, *Littératures classiques*, n° 57, 2005, p. 177-195.

Une comparaison intéressante des écrits de deux mémorialistes contemporains.

HERSANT M., *Le Discours de vérité dans les* Mémoires *de Saint-Simon*, Paris, Honoré Champion, “Lumières Classiques”, 2009.

On retrouve un développement sur le concept de vérité dans l’œuvre de Saint-Simon.

HERSANT M., “Chronique et autobiographie dans les *Mémoires* du duc de Saint-Simon”, *Frontières de la chronique*, 2014.

Cet article présente un développement intéressant sur la vision historique de Saint-Simon, croisé avec une réflexion sur l’écriture de soi que pratique le mémorialiste.

JEANNELLE J.-L., Écrire ses Mémoires au XXe siècle : déclin et renouveau d’une tradition, Paris, Gallimard, 2008.

L’auteur propose une distinction générique des mémoires ainsi qu’une réflexion historique.

JOUSSET P., *La Passion selon Saint-Simon*, Ellug, Grenoble, 2002.

Ce texte aborde notamment le plaisir de la lecture des *Mémoires* de Saint-Simon.

LEJEUNE P., *Le pacte autobiographie*, Paris, Seuil, 1975.

La théorie générale et majeure de l’autobiographie s’y trouve exposée.

RICOEUR P., *Soi-même comme un autre*, Paris, Seuil, 1990.

Une importante étude philosophique sur le concept d’“identité”. Plusieurs thèses défendues peuvent être intéressantes pour les khâgneux.

STEFANOVSKA M., *Saint-Simon, un historien dans les marges*, Paris, Honoré Champion, “Les dix-huitièmes siècles”, 1998.

Stefanovska interroge la valeur historique des *Mémoires* de Saint-Simon et le rôle d’historien que s’arroge l’auteur.

WEERDT-PILORGE M.-P. de, *Les* Mémoires *de Saint-Simon. Lecteur virtuel et stratégies d’écriture*, Voltaire Foundation, Oxford, 2003.

On retrouve une étude du rôle et de la fonction du lecteur dans les *Mémoires* de Saint-Simon.

ALFRED DE MUSSET

Note générale - Cette bibliographie se veut volontairement très sélective. Il ne s'agit pas de se disperser dans la critique. On lira et relira avant tout *La Confession d'un enfant du siècle*. Pour accompagner ces multiples lectures, on étudiera avec soin la présentation qui précède l'édition au programme, d'abord, qui met en évidence des enjeux majeurs de l'œuvre. On pourra ensuite s'intéresser à d'autres présentations, dans d'autres éditions de l'œuvre : deux ont été citées ci-dessous. On peut donner la priorité à celle de Frank Lestringant qui donne plus de matériau que celle de Claude Roy, savoureuse, mais nettement moins académique. Cette même édition, préfacée par Claude Roy, peut aussi être consultée pour sa commode notice, en fin d'ouvrage, et ses riches et stimulantes notes. Ensuite seulement, on pourra piocher dans d'autres travaux, plus spécifiques ou plus périphériques.

Autres éditions de *La Confession d'un enfant du siècle* :

Musset, *La Confession d'un enfant du siècle*, préface de Claude Roy, notes de Gérard Barrier, Paris, Gallimard, 1973.

Musset, *La Confession d'un enfant du siècle*, préface et notes de Frank Lestringant, Paris, Le Livre de Poche, 2003.

Études critiques

BÉNICHOU P., *L'École du désenchantement*, Paris, Gallimard, 1992.

Une réflexion claire, structurée et illustrée sur Musset et ses camarades de ce que Bénichou appelle "l'école du désenchantement". On pourra aussi utiliser, pour avoir des connaissances fermes et assurées sur le romantisme, les autres volumes publiés par le même auteur : *Le Sacre de l'écrivain* (1973), *Le Temps de prophète* (1977), *Les Mages romantiques* (1988). Ces différents travaux ont été réunis en trois tomes, dans la collection Quarto, chez Gallimard (2004) sous le titre *Romantismes français*.

CASTAGNÈS G., "La Confession d'un enfant du siècle : un romantisme de façade ?", *Musset, un romantique né classique* (collectif), *Littératures 61*, 2009, p. 87-102.

Article tout à fait intéressant qui interroge le sens de l'articulation entre le deuxième et le troisième chapitre du roman. Une étude approche psychanalytique stimulante de la jalousie de Musset. On pourra, selon ses besoins, aller voir les autres articles sur Musset, avec lesquels celui-là a été compilé.

CHARTON A., *Alfred de Musset*, Paris, Gallimard, 2010.

Courte biographie de Musset, illustrée d'extraits sélectionnés avec soins, très structurée, construite et donc commode.

LESTRINGANT F., *Musset*, Paris, Flammarion, 1999.

Une somme sur l'œuvre et la vie de Musset (près de 800 pages !). Une immersion profonde, complète et très richement documentée dans l'existence de l'auteur, notamment grâce à sa correspondance. Rien d'aride, toutefois, dans ce beau et vaste travail, très minutieux : le déroulement de la vie de Musset est également une réflexion pénétrante et dense sur les liens si complexes entre la vie et l'œuvre de l'auteur.

MEIER F., "La 'Mort de l'auteur' dans l'écriture autobiographique romantique : à propos du 'jeune' François-René de Chateaubriand (*René*) et d'Alfred de Musset *(La Confession d'un enfant du siècle)*", *French Studies*, vol. 67, Issue 3, 2013 (juillet), p. 323–339.

Une étude minutieuse et précise qui, partant de la théorie de Barthes et Foucault, montre comment, dans les textes cités, le "je" est mis à distance voire mis à mort.

TADIÉ J.-Y., *La création littéraire au XIXe siècle*, Paris, Armand Collin, 2011.

Un essai à la fois pédagogique et profond, qui ne gomme rien de la complexité de la vaste question abordée.

ANNIE ERNAUX

Autres œuvres d'Annie Ernaux citées ou conseillées

Récits (auto)biographiques

Écrire la vie, Paris, Quarto Gallimard, 2011, volume de 1088 pages, quasi-œuvres complètes comportant tous les récits (auto)biographiques écrits avant cette date – *La Honte* (1997), *L'Événement* (2000), *La Place* (1983), *Une femme* (1987), *Passion simple* (1992), *L'Occupation* (2002), etc. – et, pour la diariste, 100 pages de photos personnelles accompagnées d'extraits du Journal intime inédit et le *Journal du dehors*: une somme alliant l'intime au social et au politique, propédeutique aux *Années* qui viennent conclure cette somme préfacée par Annie Ernaux.

Ouvrages critiques

L'Écriture comme un couteau, entretien avec Frédéric-Yves Jeannet, Paris, Stock, 2003 : réflexion passionnante et très éclairante pour la compréhension des *Années* sur toutes les problématiques de la création littéraire et les motifs récurrents dans l'univers d'Annie Ernaux (le beau ou le réel en littérature, genres de l'écriture de soi, l'écriture blanche au scalpel, "comme un couteau", sensation et souvenir, la honte et le déchirement socioculturel, le féminisme, une prétendue impudeur ou obscénité, etc.)

Retour à Yvetot, éditions du Mauconduit, 2013, conférence donnée par Annie Ernaux dans la ville de son enfance à l'occasion de laquelle l'écrivaine revient sur ses expériences fondatrices: les ruines (de la guerre), le territoire d'expérience (fractures et ségrégation sociales), aller à l'école, lire et écrire – suivie d'un entretien avec Marguerite Cornier, professeure documentaliste et auteur d'une thèse sur Annie Ernaux, et d'un échange avec le public.

Études critiques

BACHOLLE-BOŠKOVIĆ, M. *De la perte au corps glorieux*, Presses Universitaires de Rennes, coll. "Interférences", 2011.

Étude des pertes et des taches marquant la vie de l'auteure (sœur décédée, virginité, avortement, mort des parents, mari, amants, etc.), conjurées par l'écriture, qui se fait recherche des traces et fascination pour les photos, intrication de l'intime et du socioculturel, avec la religion dans le dernier chapitre. Ce livre est essentiel pour comprendre le cheminement littéraire vers *Les Années*, notamment dans le chapitre II ("Ce qui a été: photos, traces et taches, les pages 85-89 intitulées "*Les Années*: l'usage palimpseste") et chapitre III ("Ce qui sera: la religion selon Annie"), les pages 160-166 intitulées "*Les Années*: le corps glorieux".

BERRY, R., *Les Années* d'Annie Ernaux, étude analytique et thématique, *Clefs concours khâgnes littéraires 2017-2018*, Neuilly, Atlande, 2017.

MAUGER, G., "Âges de la vie et temps de l'histoire", Savoir / Agir 2009/1 (n° 7), pages 133 à 142 (article disponible sur le site Cairn. Info, matières à réflexion)

MONTÉMONT, V., "*Les Années*: vers une autobiographie sociale" Danielle Bajomée, Juliette Dor. Annie Ernaux. *Se perdre dans l'écriture de soi*, Paris, Klincksieck, pp. 117-132, 2011.

MONTÉMONT, V., "La chambre d'échos", p. 153-164, in *Annie Ernaux : L'Intertextualité*, sous la direction de Robert Kahn, Laurence Macé et Françoise Simonet-Tenant, Presses Universitaires de Rouen et du Havre, 2015.

RABATEL, A., "La fictionnalisation des paroles et des gestes, *Les Années* d'Annie Ernaux", Le Seuil, "Poétique", 2013/1 n° 173, pages 105 à 123 (article disponible sur le site Cairn. Info, matières à réflexion)

STRASSER, A., "L'énonciation dans *Les Années*, quand les pronoms conjuguent mémoire individuelle et mémoire collective", *Roman* 20-50 2012/2 (n°54), p. 165-175.

THUMEREL, F., "Écrire contre pour écrire la vie: *Les Années* (texte, métatexte, intertexte et avant-texte)", *Roman* 20-50 2012/2 (n°54), p. 177-190.

GLOSSAIRE

MADAME DE SÉVIGNÉ

Auteur épistolaire/Épistolier : distinction notamment mise en avant par Roger Duchêne. L'épistolier écrit des lettres à un correspondant réel sans intention de les publier. L'auteur épistolaire écrit soit des lettres à un correspondant réel en ayant l'intention de les publier, soit des lettres fictives dans le but de proposer un roman épistolaire.

Burlesque : effet stylistique reposant sur le contraste des tons, c'est-à-dire le traitement de sujets nobles dans un registre bas et familier. On parle parfois aussi de burlesque pour le traitement de sujets vulgaires ou familiers dans un registre élevé, mais le terme exact est dans ce cas **héroï-comique**.

Destinataire/Destinateur : en littérature épistolaire, on qualifie l'épistolier qui a composé la lettre étudiée de destinateur (destinatrice quand il s'agit d'une femme) tandis que le correspondant auquel il écrit est le destinataire. Dans une correspondance suivie, les épistoliers sont tour à tous destinateurs et destinataires.

Dramatiser : en grec, "drama" signifie action. La dramatisation de textes ne signifie ainsi pas leur infléchissement vers le tragique, mais qu'ils possèdent un dynamisme, une tension et une force de visualisation similaires à l'art théâtral.

"Écrits du for privé" : l'expression "écriture du for privé" a été proposée par Madeleine Foisil dans l'*Histoire de la vie privée* dirigée par Philippe Ariès et Georges Duby (1987) pour qualifier les mémoires, journaux et écrits familiaux (aussi appelés livres de raison). Jean-Pierre Bardet et François-Joseph Ruggiu ont repris l'expression d'écrits du for privé, qu'ils définissent comme "[d]es textes produits hors institutions, témoignant d'une prise de parole personnelle d'un individu, sur lui-même, les siens ou sa communauté". Ces écrits n'ont ni visée littéraire, ni l'ambition d'être publiés. L'un des points communs des genres rassemblés dans cette catégorie est la subjectivité. Alors que la définition de M. Foisil excluait les correspondances, on considère désormais qu'elles font partie de cette catégorie.

Fonctions du langage : le linguiste Roman Jakobson distingue six fonctions possibles pour un acte de communication : la fonction expressive, qui met en évidence l'affect du locuteur ; la fonction conative, qui cherche à influencer l'allocutaire ; la fonction dénotative, qui transmet des informations ; la fonction métalinguistique, qui permet à l'énoncé de se commenter lui-même ; la fonction phatique, qui vise à établir la communication ; et la fonction poétique, qui recherche un effet esthétique.

Galanterie : en littérature, le terme désigne un idéal de comportement en société apparu au XVIIe siècle. Rattachée aux idéaux de civilité et d'honnêteté, la galanterie est un art de plaire grâce à de belles manières, un esprit vif et cultivé. Les œuvres rattachées à cet idéal (des lettres de Voiture aux *Fables* de La Fontaine en passant par les romans de Mlle de Scudéry ou *La Princesse de Clèves*) se caractérisent par un style tendant au mélange des genres et à l'atticisme (style simple et sans emphase) appelé alors "style naturel" ou "style moyen", évitant à la fois la vulgarité et la pédanterie savante. La galanterie se caractérise aussi par une attention fine portée à l'analyse des sentiments et par le désir de plaire à son public, notamment en respectant les bienséances.

Hypocorisme : diminutif ou appellation familière dénotant la tendresse.

Littérature mondaine : la littérature mondaine se définit d'abord par son public. Les divers genres qui la composent se développent en effet pour divertir le lectorat socialement et culturellement homogène de la noblesse parisienne qui, après la Fronde, se trouve désœuvrée du point de vue politique. Ce public élitiste se caractérise par son goût pour des "petits" genres, en marge des grandes théories littéraires et son dédain pour toute écriture pédante. Portraits, romans (genre alors déprécié), fables, contes, madrigaux et lettres connaissent ainsi un succès grandissant dans les salons, tel le salon bleu de Mme de Rambouillet. Ces divers genres se trouvent unifiés dans un ton, celui de la conversation galante, telle qu'elle était pratiquée par ce groupe social.

Moralistes : terme désignant divers écrivains de la fin du XVIIe siècle ayant pour caractéristique commune de décrire les comportements et les valeurs de l'homme en société. Les mœurs y sont souvent commentées de façon critique mais non prescriptive. La littérature morale se singularise également par son recours aux formes brèves, telles que la maxime, la sentence, le fragment ou le portrait.

Pacte épistolaire : contrat tacite passé entre les épistoliers déterminant la nature de leur échange (forme et ton des lettres), sa valeur (authenticité) et son but (informer, divertir, construire une relation, *etc.*). Ce pacte n'est cependant pas figé : chaque lettre peut être l'occasion d'une renégociation. Dans les lettres de l'année 1671, on peut observer la mise en place d'un pacte épistolaire fondé sur la "vérité", la "tendresse", et le rire entre Mmes de Grignan et de Sévigné, tandis que Bussy-Rabutin renégocie avec sa cousine un pacte moins querelleur.

Parataxe : effet stylistique de rapidité et de dynamisme obtenu en juxtaposant ou coordonnant les différentes propositions d'une phrase plutôt qu'en les subordonnant (la hiérarchisation des éléments de la phrase par un grand nombre de subordonnées s'appelle au contraire **l'hypotaxe**).

Rapport de places : terminologie proposée par François Flahault dans *La Parole intermédiaire* (1978) pour étudier la constitution de l'identité du locuteur à travers l'énonciation et à son positionnement vis-à-vis de son allocutaire. Le couple locuteur/allocutaire évoquant le couple destinateur/destinataire, cette notion se révèle fructueuse pour étudier la littérature épistolaire. Il s'agit d'étudier la manière dont le destinateur se positionne et place et son destinataire dans l'échange et la façon dont ce positionnement construit les identités des épistoliers de façon dynamique au cours de l'échange. Par exemple, en adoptant l'énonciation d'une mère tendre, Mme de Sévigné se construit une identité correspondante et convie sa fille à adopter une énonciation de fille dévouée, ce qui est plus propice à l'amener à répondre aux demandes de sa mère.

Retraite : idéal de vie dont B. Beugnot a étudié la vogue au XVIIe siècle. À l'origine religieuse, la retraite prend au fil du siècle une coloration plus profane. Si l'éloignement "du monde et du bruit", selon l'adage consacré, doit en effet permettre au sujet de renouer avec Dieu, la retraite est aussi souvent perçue comme un repos des intrigues et affaires et une occasion de s'occuper de soi, de vivre plus librement qu'en société. Tout en répondant à une préoccupation spirituelle, la retraite rencontre donc la montée de l'individualisme et de la sphère privée au XVIIe siècle. Elle est souvent associée à un lieu naturel plaisant (*locus amoenus*), au loisir lettré (*otium*) et à la compagnie d'un petit cercle d'amis triés sur le volet.

Secrétaire : manuel prescrivant des règles pour bien composer ses lettres selon les occasions et donnant plusieurs modèles.

Sous-texte : contenu implicite d'un texte.

SAINT-SIMON

Anadiplose : figure de style qui consiste à reprendre le dernier mot d'une proposition au début de celle qui la suit.

Analepse : retour en arrière au sein de la diégèse.

Apologue : court récit visant à illustrer une leçon de morale.

Aposiopèse : interruption brutale du discours qui suspend le sens d'une phrase. Elle est souvent matérialisée par des points de suspension.

Cabale : complot ourdi par un groupe de personnes autour d'un projet secret.

Chronotope : matrice spatio-temporelle où se développe l'action d'un récit. L'espace et le temps sont solidaires et modèlent le récit à leur image. Ce concept a été forgé par Mikhaïl Bakhtine dans son article "Formes du temps et du chronotope dans le roman", paru en 1937.

Copule : verbe qui relie le sujet à un constituant qui est son attribut. Il s'agit souvent du verbe "être".

Dame d'atours : elle était chargée de présider à l'habillement et à la toilette de la reine et des princesses.

Diégétique : relatif à la diégèse, c'est-à-dire l'espace-temps dans lequel se déroule l'histoire racontée.

Discours indirect libre : les propos des personnages y sont rapportés sans aucune indication par le narrateur. Il n'y a pas de verbe de parole, pas de guillemets, pas de tiret.

Duché-pairie : il s'agit d'une seigneurie dont l'honneur se transmet de père en fils-aîné.

Ellipse narrative : le narrateur (et donc ici l'auteur) passe volontairement sous silence certains épisodes de l'histoire.

Éthopée : figure de style qui revient à une peinture de mœurs et de coutumes.

Éthos : manière d'être d'un individu, souvent envisagée dans sa relation sociale à l'Autre.

Gallicanisme : doctrine religieuse qui reconnaît au pape une primauté spirituelle et juridictionnelle, qu'elle cherche à limiter fortement, au bénéfice notamment des souverains dans leurs États.

Hapax : emploi dont on ne peut relever qu'un exemple, dans un corpus donné.

Homodiégétique : se dit d'un narrateur qui est présent comme personnage dans l'histoire qu'il raconte.

Intradiégétique : qualifie tout ce qui est situé à l'intérieur de la narration, qui en fait partie, qui a une incidence sur le cours de l'histoire.

Jansénisme : doctrine catholique et morale austère qui se fonde sur la grâce et la prédestination. Les Jansénistes sont opposés aux Jésuites.

Mante : étoffe d'or ou d'argent attachée derrière la tête qui se rattache sur les épaules.

Mimétisme : phénomène de ressemblance et/ou d'identification plus ou moins volontaire à un modèle.

Morganatique : qualifie un mariage contracté par un prince et une femme de condition inférieure. Cette dernière ne jouit normalement pas de toute la reconnaissance sociale due à une épouse de même condition.

Parataxe : juxtaposition de propositions, sans mot(s) de liaison.

Perlocutoire : l'effet perlocutoire est l'effet produit par un énoncé sur son énonciateur ou sur son destinataire. Il est possible d'observer une modification de celui-ci du fait de l'adresse. Par exemple, en disant "j'ai froid", le destinataire peut être enclin à fermer une fenêtre ouverte.

Période : longue phrase complexe caractérisée par l'agencement harmonieux de ses propositions.

Pléonasme : figure de style qui consiste en l'expression renforcée d'une même idée par l'emploi de plusieurs mots synonymes.

Prolepse : anticipation de la diégèse qui revient à raconter en amont un événement qui s'est déroulé bien après.

Providentialisme : croyance selon laquelle la volonté de Dieu est visible et évidente en chaque événement.

Récit enchâssé : récit qui se trouve à l'intérieur d'un récit principal.

Synoptique : désigne ce qui donne une vue générale.

Bataille d'*Hernani* (la) : la bataille d'*Hernani* a lieu le soir de la première représentation de la pièce de Victor Hugo, *Hernani*. Ce soir-là, Hugo compte bien mettre en pratique la théorie de sa réforme théâtrale développée dans la préface de *Cromwell*. Théophile Gautier raconte ainsi cette soirée décisive : "25 février 1830 ! Cette date reste écrite dans le fond de notre passé en caractère flamboyant : la date de la première représentation d'*Hernani !* Cette soirée a décidé de notre vie ! [...] Il suffisait de jeter les yeux sur ce public pour se convaincre qu'il ne s'agissait pas là d'une représentation ordinaire ; que deux systèmes, deux partis, deux armées, deux civilisations même, ce n'est pas trop dire étaient en présence, se haïssant cordialement, comme on se hait dans les haines littéraires, ne demandant que la bataille, et prêts à fondre l'un sur l'autre." Les autres, ce sont les Classiques, ceux qui défendent les anciennes règles du théâtre et qui sont tout prêts à huer les réformes audacieuses mises en œuvre par Hugo.

Biographisme : approche littéraire préconisée par Sainte-Beuve, qui consiste à expliquer l'œuvre par la vie de l'auteur, à traquer, dans l'œuvre, la vie de l'auteur. Cette démarche est profondément remise en cause par Proust : tout ce que l'on sait d'un auteur, c'est son "moi social" ; or ce n'est pas ce moi-là qui s'exprime, en principe, dans l'œuvre.

Cénacle (le) : réunion de jeunes artistes et de jeunes gens de lettres. Ils se réunissaient dans l'appartement de Charles Nodier puis de Victor Hugo, à Paris, rue Notre-Dame des Champs. Ce nom est tiré du roman de Balzac, *Le Cénacle*, paru en 1819, dans lequel le romancier réaliste dépeint un petit groupe d'intellectuels. Le cénacle est considéré, à juste titre, comme un cercle de camaraderie littéraire ; mais il est arrivé qu'il comprenne de grands noms de la littérature, de la peinture et de la musique : le décloisonnement des arts était à l'œuvre. L'année 1830 marque la fin du Cénacle, à cause de rivalités entre certains auteurs, tant personnelles que littéraires. En 1830, se compose le "Petit-Cénacle", qui regroupe notamment Baudelaire et Gautier : ce groupe, qui revendique un esprit bohème et une absence de prise au sérieux, ne dure pas même un an.

Concordat : le Concordat est un accord passé en 1801 entre des représentants de France et des représentants de l'Église ; pour le dire plus vite, entre Napoléon et le pape Pie VII. Il a pour but de mettre fin à de profondes tensions religieuses qui sévissent en France depuis la Révolution. Ce Concordat prévoit que la religion catholique va bénéficier de la liberté au sein de la république française. C'est le chef de l'État qui proposera des noms au pape pour la nomination des évêques. En échange, c'est l'État qui rémunère le personnel religieux.

Hagiographie : genre littéraire qui consiste à écrire la vie des saints, en mettant évidemment en avant leurs hauts faits - miracles, actions vertueuses...

Intimiste : c'est ainsi qu'il est d'usage d'appeler un auteur de journaux intimes.

Moi profond : dans son *Contre Sainte-Beuve*, Proust théorise une opposition entre le "moi profond" et le "moi social". Le "moi social", c'est notre moi, pour ainsi dire, spontané. Ce "moi" que l'on porte tous les jours, comme un masque, sans même s'en rendre compte. L'œuvre, toutefois, permet à l'artiste d'accéder à son "moi profond" : c'est lui qui s'exprime dans l'œuvre littéraire.

Mort de l'auteur : théorie issue initialement d'un article de Roland Barthes ayant pour titre "The Death of the Author", publié en 1967. La conséquence de cette mort de l'auteur est une approche du texte comme matériau autonome, indépendant de toute intention d'un auteur.

Panégyrique : initialement, dans l'Antiquité, c'est un discours d'éloge, en l'honneur d'un général victorieux, par exemple, à l'époque romaine. Mais, par extension, on parle de panégyrique pour évoquer un éloge sans réserve de quelque chose ou quelqu'un.

ANNIE ERNAUX

Aliénation : état de l'individu qui, par suite des conditions extérieures (économiques, politiques, religieuses), cesse de s'appartenir, devient esclave des choses.

Anacoluthe : rupture de construction.

Analepse : retour en arrière dans un récit.

Antonomase : figure de style dans laquelle un nom propre, ou bien une périphrase énonçant sa qualité essentielle, est utilisé comme nom commun, ou inversement, quand un nom commun est employé pour signifier un nom propre (exemple : un "harpagon" pour une personne avare).

Apologétique : volonté autobiographique de justification de soi, de ses actes ou de son passé – sur le modèle théologique de défense de la religion chrétienne.

Archéologie : étude de l'être humain et des civilisations à travers ses vestiges matériels – terme applicable à la démarche sociologique et ethnologique d'Annie Ernaux recherchant les traces d'une époque ou d'une génération (objets, habitus, films ou chansons favoris, etc.).

Asyndète : suppression du terme de liaison logique entre des mots ou des propositions qui se trouvent cependant dans un rapport de coordination.

Axiologie : système de valeurs.

Cataphore : figure de style consistant à employer un mot pour un autre qui n'est pas encore cité explicitement. À l'inverse de l'anaphore, la cataphore peut prendre la forme d'un pronom personnel ou démonstratif et annonce un objet (ou une personne) désigné plus tard. Par exemple, dans l'expression "je n'aime pas ça, le pain complet", "ça" est cataphorique.

Épigraphe : citation placée en tête d'un écrit, en particulier un livre ou une partie d'un livre, pour en suggérer le contenu ou l'esprit, et donner ainsi une idée des intentions de l'auteur.

Ethos : manière d'être sociale d'un individu ou d'un groupe (vêtement, comportement) témoignant de leur position dans la société ; image que l'orateur ou que l'énonciateur en général donne de lui-même et de ses qualités morales dans et par son discours.

Excipit : derniers chapitres ou dernières lignes d'un texte ou d'une œuvre.

Exergue : inscription placée dans une œuvre d'art (tableau, médaille) ou en tête d'un texte, synonyme d'épigraphe.

Factographique (écriture) : écriture qui consigne des faits de société et semble relever plus de la sociologie ou de l'ethnologie que de la littérature. Elle peut aussi emprunter au photomontage.

Hypallage : figure de style qui consiste en la construction de mots où deux termes sont liés syntaxiquement alors qu'on s'attendrait à voir l'un des deux rattaché à un troisième. C'est un procédé de caractérisation insolite, qui attribue à un mot ce qui conviendrait logiquement à un autre (exemple : "la chambre est veuve", Apollinaire, *Alcools*, "Hôtels")

Hypostasier : considérer abusivement (un concept, une idée, une abstraction) comme une substance, une réalité.

Introspection : observation, analyse de ses sentiments, de ses motivations par le sujet lui-même. Cette réflexion, ce retour sur soi, entre examen de soi et examen de conscience, est évidemment le propre de l'autobiographie.

Métatexte : ensemble de commentaires relatifs à un texte, qui invite à une prise de conscience critique de lui-même ou d'autres textes. La métatextualité appelle l'attention du lecteur sur le fonctionnement de la fiction, sa création et sa réception. (Les parenthèses ou citations des *Années* en relèvent)

Memento mori : (locution latine signifiant : "souviens-toi que tu vas mourir") œuvre sculptée ou peinte destinée à inspirer la méditation sur la mort, notamment par la représentation d'un crâne humain.

Mise en abyme : réflexion d'une œuvre sur elle-même, sur les conditions de sa création dans une partie, un chapitre, un extrait qui en est le reflet symbolique ; effets de miroir d'une œuvre.

Monitoire : qui a valeur d'avertissement, moral notamment.

Ontologique : qui concerne l'être et la réflexion sur l'essence.

Paradigme : ensemble des termes substituables en un même point du discours (verticalité du langage). En épistémologie et dans les sciences humaines et sociales, représentation du monde, manière de voir les choses, modèle cohérent du monde qui repose sur un fondement défini.

Parataxe : mode de construction par juxtaposition de phrases ou de mots sans mot de liaison explicitant les rapports syntaxiques de subordination ou de coordination entre ceux-ci. La parataxe est la systématisation de l'asyndète à une phrase entière ou un paragraphe.

Prolepse : anticipation dans un récit.

Propédeutique : se dit de connaissances qui préparent à une étude plus approfondie.

Référentialité : fait qu'une œuvre d'art fasse référence à d'autres productions ou courants artistiques et par extension un pronom à un nom dans une phrase.

Sociolecte : forme langagière propre à un groupe social.

Spéculaire : se dit d'une œuvre ou d'un texte qui se réfléchit et se reflète dans une partie de l'ensemble.

Stratification : image en littérature de ce qui semble être constitué de niveaux successifs (on parle par exemple de stratification des souvenirs).

Syntagme : groupe de morphèmes ou de mots qui se suivent avec un sens déterminé (exemple : "relire, sans s'arrêter") ; unité sémantique et syntaxique ainsi formée à l'intérieur de la phrase.

Transfuge de classe : individu ayant vécu un changement de milieu socioculturel au cours de sa vie.

FLORILÈGE DE CITATIONS

MADAME DE SÉVIGNÉ

Citations issues des *Lettres de l'année 1671*

"Hélas ! de quoi ne me souviens-je point ? Les moindres choses me sont chères ; j'ai mille *dragons*. Quelle différence ! Je ne revenais jamais ici sans impatience et sans plaisir ; présentement j'ai beau chercher, je ne vous trouve plus. Mais comment peut-on vivre quand on sait que, quoi qu'on fasse, on ne retrouvera plus une si chère enfant ?" (p. 71)

"Tantôt, à table chez Monsieur du Mans, Courcelles [cocu notoire] a dit qu'il avait eu deux bosses à la tête, qui l'empêchaient de mettre une perruque. Cette sottise nous a tous fait sortir de table, avant qu'on eût achevé de manger du fruit, de peur d'éclater à son nez. Un peu après, d'Olonne [autre mari trompé] est arrivé. M. de La Rochefoucauld m'a dit : 'Madame, ils ne peuvent pas tenir tous deux dans cette chambre', et en effet, Courcelles est sorti." (p. 76)

"Il n'y a rien de si aimable que d'être belle, c'est un présent de Dieu qu'il faut conserver. Vous savez comme j'aime votre beauté. Mon amour-propre m'y fait prendre intérêt ; je vous la recommande pour l'amour de moi. Il me semble qu'on me va trouver bien habile en Provence d'avoir fait un si joli visage, et si doux et si régulier. Vous êtes fâchée que votre nez ne soit pas de travers, et moi, qui suis rangée, j'en suis ravie ; je ne comprends pas ce que peuvent faire, avec moi, mes paupières bigarrées [Mme de Sévigné avait les yeux vairons]." (p. 84).

"Je me repens de vous avoir écrit mes douleurs ; elles vous donneront de la peine quand je n'en aurai plus. Voilà le malheur d'être éloignées. Hélas ! Il n'est pas seul." (p. 216)

"Ce serait une belle chose si je remplissais mes lettres de ce qui me remplit le cœur." (p. 241)

"La morale chrétienne est excellente à tous les maux, mais je la veux chrétienne ; elle est trop creuse et trop inutile autrement. Ma Mousse me trouve quelquefois assez raisonnable là-dessus, et puis un souffle, un rayon de soleil emporte toutes les réflexions du soir." (p. 313)

Citations critiques sur les *Lettres de l'année 1671*

"Une lettre n'est autre chose qu'une espèce de conversation par écrit entre deux personnes absentes. Toute la différence qu'il doit y avoir, c'est que dans la conversation on n'a pas toujours le temps de mettre dans un ordre exact tout ce qu'on dit sur une matière, au lieu que dans une lettre l'on a tout le temps de retrancher ce qui n'appartient pas au sujet." (*Le Secrétaire du Cabinet*, manuel anonyme, 1763)

"Les qualités prêtées à Mme de Sévigné dans la conversation, sa finesse de vue, sa belle humeur, sa grande liberté de ton se retrouvent dans sa correspondance. 'Conversation à distance', la lettre s'est peu à peu imposée comme une forme de sociabilité particulière qui poursuit, complète et amplifie l'échange mondain. Le genre, mineur, a ses règles, codifiées depuis des siècles : dans la lettre, on s'informe de son correspondant, on partage avec lui les nouvelles du moment et on parle de soi ; on n'omet pas de soigner un style qui se doit d'être *naturel*, c'est-à-dire voisin, autant que faire se peut, du ton que l'on adopterait en société. Avec Mme de Sévigné toutefois, la lettre fait davantage, elle devient grand art : la maîtrise du récit adressé est remarquable, et de même le rythme de la phrase, la combinaison des idées, la diversité du propos ; tour à tour légère ou profonde, sérieuse ou drôle, sa plume va son chemin avec une vivacité exceptionnelle." (Martine Reid, "Présentation", *"Je vous écris tous les jours...". Premières lettres à sa fille*, Paris, Gallimard, 2009, p. 8-9)

"Le naturel, au XVIIe siècle, n'est pas le résultat de la spontanéité, de l'abandon, d'une facilité immédiate, mais procède d'un travail sur le langage, d'un art d'écrire. C'est l'effet de la culture la plus raffinée." (Bruno Méniel, "Mme de Sévigné et la rhétorique du naturel", *Exercices de rhétorique*, n°6, 2016, p. 3)

“La gageure est de taille car rien ne prédisposait la lettre, figée dans un système de conventions par la tradition humaniste puis érigée en art de la communication par la culture mondaine, à devenir l’instrument privilégié d’un recentrage sur soi. L’effet de surprise, le coup de théâtre de la *Correspondance* est là: c’est au cœur de ce défilé continu de personnalités, de relations et de connaissances, entre le carnet mondain et la rubrique familiale, que s’impose, triomphante, la personnalité de la marquise. [...] C’est à une véritable réforme du langage que nous assistons dans l’œuvre de Mme de Sévigné, ce qui nous amènera à examiner les enjeux rhétoriques de la distinction public/privé.” (Nathalie Freidel, *La Conquête de l’intime. Public et privé dans la* Correspondance *de Madame de Sévigné*, Paris, Champion, 2009, p. 18)

“À propos des innombrables autobiographies de religieux qui fleurissent au XVIIe siècle, retraçant des itinéraires spirituels invisibles aux yeux du monde, C. Belin expose le dilemme majeur auquel s’est trouvée confrontée la littérature méditative. Traduire l’expérience chrétienne intérieure en se risquant à l’épreuve de la publication supposait en effet qu’on résolve au préalable la question du langage susceptible de rendre compte d’une intimité si bien gardée, [...]. Ainsi, dans tout type d’écrit, la question de l’intériorité s’accompagne immanquablement d’une réflexion sur l’écriture. L’idéal de ‘sobriété’ prôné par Fénelon est en effet à la mesure de la tâche à accomplir. Il ne s’agit pas de simplicité mais d’une économie de mots et d’effets destinée à suggérer, plutôt qu’expliquer, la complexité du monde intérieur, même si l’on se sait condamné à ne jamais divulguer toute l’étendue du secret.” (Nathalie Freidel, *La Conquête de l’intime. Public et privé dans la* Correspondance *de Madame de Sévigné*, Paris, Champion, 2009, p. 584-585)

“La rêverie, sorte d’exil intérieur, espace de bonheur où l’esprit inventorie sa demeure, peut en être considérée comme le versant profane [de la retraite spirituelle]. S’ouvre là pour les moralistes, et pas seulement les spirituels, tout un champ d’exploration, le ‘fondo del cuore’ si justement analysé par Benedetta Papasogli. L’être n’est plus seulement la somme de ses rôles ou de ses façades sociales, ni celle des visages contradictoires que lui prête le regard des autres [...], mais une réalité plus intime et secrète où chaque individu trouve sa singularité et son repli, quant à soi ou for intérieur.” (Bernard Beugnot, *Le Discours de la retraite au XVIIe siècle. Loin du monde et du bruit*, Paris, PUF, 1996, p. 180)

“À ‘l’invention de la liberté’ (J. Starobinski) qui a polarisé le devenir collectif du XVIIIe siècle, répond une invention de l’individu, soucieux de sa liberté intérieure, hors de l’emprise des institutions sociales, politiques, voire religieuses [au XVIIe siècle].” (Bernard Beugnot, *Le Discours de la retraite au XVIIe siècle. Loin du monde et du bruit*, Paris, PUF, 1996, p. 263)

“L’évolution sociopolitique l’ayant [la noblesse] de plus en plus condamnée à l’inutilité au sein de la société, sans fonction spécifique en temps de paix, sans véritables devoirs ni responsabilités, elle tend alors de plus en plus vers un idéal de comportement de désengagement enjoué, une conception hédoniste de la vie. La disposition extrême de l’aristocratie à prendre la vie pour un jeu amusant, pour un enchaînement de divertissements se manifeste dans la place grandissante que prennent la chasse et la danse, de même que dans l’extension épidémique des jeux de hasard. [...] L’art, la littérature, le théâtre acquièrent une importance croissante dans cette agglomération de jeux et de divertissements.” (Fritz Nies, *Les Lettres de Madame de Sévigné : conventions du genre et sociologie des publics*, Paris, Champion, 2001, p. 93)

“De fait, affirmer que l’écriture épistolaire fut pour Mme de Sévigné une manière de satisfaire une vocation d’écrivain revient non seulement à prêter à l’épistolière des désirs et des intentions invérifiables mais encore à recourir à des notions anachroniques. Centrer le propos sur le savoir-faire qui s’essaie et s’affirme tout au long de l’année 1671, c’est prendre acte de la tension constitutive, sans cesse commentée par Mme de Sévigné elle-même et au cœur des débats sur l’art épistolaire au XVIIe siècle, entre l’expression d’une subjectivité et l’adéquation à des idéaux socioculturels.” (Cécile Lignereux, *À l’origine du savoir-faire épistolaire de Mme de Sévigné. Les Lettres de l’année 1671*, Paris, PUF, 2012, p. 13-14)

“Nul genre littéraire ne contient sans doute plus d’allusions à sa propre lecture et aux décalages qui peuvent se produire entre ce qui est voulu par l’épistolier et ce qui est reçu par le destinataire. [...] dans le dialogue épistolaire, on envoie un message, et c’est un autre qui est compris. On est triste quand on écrit, et le destinataire lit la lettre au moment où il est heureux. [...] L’existence de ce décalage, apparemment paradoxal puisque le texte épistolaire a précisément été écrit pour un lecteur privilégié, se double d’une autre surprise. Le texte de la lettre peut garder un sens quand il est lu par une ou plusieurs personnes auxquelles on n'avait pas pensé en l'écrivant. De cette lecture inattendue, il reçoit même une existence nouvelle, fondée sur un autre type de rapport que celui qui paraissait programmé dans le texte par celui qui l'avait écrit pour un destinataire précis" (Roger Duchêne, *Écrire au temps de Mme de Sévigné, lettres et texte littéraire*, Paris, Vrin, 1982, p. 238)

SAINT-SIMON

"Saint-Simon ne pense pas l'individu dans son isolement et ce n'est pas un hasard si l'un des plus grands textes de la sociologie moderne est né, pour une part, de sa lecture: c'est pourquoi j'aborde complémentairement la capacité remarquable de cette écriture à exprimer en permanence la tension entre individu et société et à offrir l'équivalent langagier d'un monde humain dans sa proliférante totalité. Ce qui rattache l'individu à l'univers social est un système de signes dont Saint-Simon est le lecteur passionné. Le style des *Mémoires* est à l'écoute de ce 'monde' dont ils prétendent être l'équivalent. Paradoxalement, cette œuvre qui va jusqu'au bout du singulier exprime pleinement son époque et le rang de celui qui la produit en allant tout aussi bien jusqu'au bout de sa négation." (Marc Hersant, "Le discours de vérité dans les *Mémoires de Saint-Simon*", *L'Information littéraire*, 2005)

"Le brouillage post-moderne suscite une indifférence généralisée à l'égard de la fiction aussi bien qu'à l'égard de l'histoire qui se dissolvent dans le statut de 'produits', une perte dramatique de leurs pouvoirs respectifs. Réduite à des stéréotypes ou à des constructions ironiques interchangeables, la 'fiction' multiplie les œuvres 'jetables'. L'histoire 'sérieuse' semble parfois proposer ses 'vérités' avec une ironie oulipienne. L'acte humain de 'raconter une belle histoire', celui de 'dire la vérité' sur le passé, renvoyés dos à dos, semblent perdre tout sens et ne laisser que des 'textes' pâles et anémiés à peine plus sérieusement distincts qu'une succession d'annonces publicitaires. Il n'est pas surprenant que, loin de cette indifférence suspecte et mortifère, les Mémoires de Saint-Simon offrent beaucoup plus de prise à celui qui cherche dans le texte, justement, les signes visibles d'un projet historique en acte: les théoriciens feraient peut-être mieux de s'occuper de tels objets que de ceux, prévisibles, que la post modernité leur donne en pâture trop facile pour ronger les limites." (*ibid.*)

"L'océan textuel des *Mémoires* interroge donc de manière particulièrement intéressante ce qu'il est convenu d'appeler 'chronique' par une place saisissante donnée au 'moi' aussi bien comme expression de la subjectivité du mémorialiste que comme personnage important de l'œuvre, qui n'est pourtant pas entièrement consacrée au récit de son destin personnel. Cette tension explique qu'entre la merveilleuse routine de la chronique à proprement parler et le surgissement intempestif de la mémoire sensible, l'œuvre ne choisit pas, et associe en permanence, sans que la logique de cette articulation soit toujours évidente, les formes les plus codifiées de la mémoire collective et l'expression la plus enflammée de la mémoire individuelle. Il est fascinant de se représenter le mémorialiste au travail, à la fois dans sa compilation méthodique de faits, dans l'espèce de rigueur qu'il s'est imposée, et dans sa capacité constante à réagir émotionnellement en réglant en quelque sorte l'intensité de sa passion sur ce que lui présente chacun d'entre eux. Il est remarquable surtout d'observer que sur ces deux plans, l'écriture n'enveloppe pas le réel, et se laisse en quelque sorte structurellement déborder par lui, ce qui est perceptible dans le flottement du sujet de l'œuvre dans ses grandes lignes aussi bien que dans la merveilleuse confusion de son détail." (Marc Hersant, "Chronique et autobiographie dans les *Mémoires* du duc de Saint-Simon", *Frontières de la chronique*, 2014)

"Il est particulièrement frappant de voir que si les scènes de conversation sont racontées au temps du récit, les manchettes qui les présentent sont dans un présent à la valeur ambiguë, historique ou d'énonciation : ce télescopage des temps donne effectivement l'impression que Saint-Simon revit ces scènes de conseil, alors que tout est déjà joué depuis longtemps [...]. Les scènes de délibération ont une autre vocation que de simplement exposer les opinions politiques du mémorialiste, elles servent également à affirmer la permanence des valeurs de Saint-Simon, 'immuable comme Dieu' (VI, 587). En se mettant en scène en conseiller véritable, pourvu d'une parole libre, courageuse et authentique, Saint-Simon appelle le lecteur à le considérer aussi de fait comme un historien véridique : l'*ethos* du conseiller nourrit l'*ethos* de l'historien qui, dans l'introduction, est celui d''un homme droit, vrai, franc, plein d'honneur et de probité, et fort en garde contre les pièges du sentiment, du goût et de l'imagination' (I, 7). Les scènes de délibération et de conseil ont donc pour fonction de souligner la parenté éthique entre le conseiller du prince et l'historien, ce qui fait que le combat politique pour le bien rejoint l'écriture du vrai dans un même élan de lutte contre la tragédie des temps." (Camille Kerbaol, "Les scènes de conseil et de délibération dans les *Mémoires* de Saint-Simon : une tragédie de la parole politique", *Dramaturgies du conseil et de la délibération*, 2016).

“Son plus grave défaut, c’est d’étendre, enfler, exagérer de petites choses éphémères, en abrégeant, rapetissant des choses vraiment grandes et durables. [...] Il tourne la lorgnette et tour à tour regarde par un bout ou par l’autre, mais presque toujours pour grossir l’infiniment petit.” (Jules Michelet, *Correspondance générale*, t. XI, 1866)

“Comme le souligne M. Hersant, Saint-Simon ne fut pas dépourvu de vie personnelle, d’amitiés, ni d’amour, loin s’en faut. Il eut même un commerce particulièrement développé avec les gens de sa société, si l’on en juge au nombre de personnages qu’il côtoya, à cette foule de gens qui renaît sous la plume du mémorialiste.” (Claire Quaglia, “La sauvagerie aristocratique : Saint-Simon”, *Acta fabula*, 2017)

“Il n’est de vérités sans vérités, de celles ‘que les autres ne voient pas, et dont ils ne perçoivent même pas la nature de signes’ [Pl, t. 1, p. 282]. C’est à la cour que le duc et son lecteur vont les poursuivre d’anecdote en anecdote, selon un procédé appelé à perdurer.” (François Raviez, compte-rendu de Marc Hersant, “Le Discours de vérité dans les *Mémoires de Saint-Simon*”, *Cahiers Saint-Simon*, 2010)

“Les Mémoires jouent de ce qu’Yves Coirault a appelé ‘une causalité à divers paliers qui relance indéfiniment l’explication’ (Yves Coirault, *L’Optique de Saint-Simon : essai sur les formes de son imagination et de sa sensibilité d’après les* Mémoires, Paris, Armand Colin, 1965, p. 342-343.) Ils racontent en détail le tout de la cour, mais ce tout enveloppe le rien, et ce ‘néant du monde’ lui-même n’est peut-être pas le dernier mot, mais l’indication d’un mystère plus profond dont la méditation est laissée par le mémorialiste en héritage à ses lecteurs d’outre-tombe. Le corps du texte de Saint-Simon procède ‘pli selon pli’.” (Jean-Yves Vialleton, “Saint-Simon ‘pli sur pli’ : à propos de la nature exacte de la lettre donnée par Philippe d’Orléans à Louis XIV en mai 1710”, *Méthodes*, 2011)

ALFRED DE MUSSET

Citations issues de *La Confession d'un enfant du siècle*

Livre premier

"Pour écrire l'histoire de sa vie, il faut d'abord avoir vécu; aussi n'est-ce pas la mienne que j'écris." (I, p. 59)

"Alors il s'assit sur un monde en ruines une jeunesse soucieuse. Tous ces enfants étaient des gouttes d'un sang brûlant qui avait inondé la terre ; ils étaient nés au sein de la guerre, pour la guerre." (II, p. 63)

"Toute la maladie du siècle présent vient de deux causes ; le peuple qui a passé par 93 et par 1814 porte au cœur deux blessures. Tout ce qui était n'est plus ; tout ce qui sera n'est pas encore. Ne cherchez pas ailleurs le secret de nos maux." (II, p. 80)

"Mon seul trésor, après l'amour, était l'indépendance. Dès ma puberté, je lui avais voué un culte farouche, et je l'avais pour ainsi dire consacrée dans mon cœur." (IV, p. 93)

"Cette espérance, que rien n'avait flétrie ni corrompue, et que l'amour avait exaltée jusqu'à l'excès, venait tout à coup de recevoir une blessure mortelle. La perfidie de ma maîtresse l'avait frappée au plus haut de son vol, et lorsque j'y pensais, je me sentais dans l'âme quelque chose qui défaillait convulsivement, comme un oiseau blessé qui agonise." (IV, p. 95)

"La perfection n'existe pas ; la comprendre est le triomphe de l'intelligence humaine ; la désirer pour la posséder est la plus dangereuse des folies." (V, p. 101, discours de Desgenais)

"Une courtisane me paraissait un être difforme. Tout d'un coup ma maîtresse, que j'adorais religieusement, était devenue pour moi comme une courtisane ; et tandis que je croyais fuir la débauche dans un sanctuaire impénétrable, je venais de m'apercevoir que c'était la débauche elle-même que j'avais dans les bras." (VI, p. 110)

"Et vous, leur disais-je, rêveurs insensés qui n'apprenez qu'à souffrir, misérables arrangeurs de paroles, charlatans si vous saviez la vérité, niais si vous étiez de bonne foi, menteurs dans les deux cas, qui faites des contes de fées avec le cœur humain, je vous brûlerai tous jusqu'au dernier." (VII, p. 116)

Livre deuxième

"L'apprentissage de la débauche ressemble à un vertige ; on y ressent d'abord je ne sais quelle terreur mêlée de volupté, comme sur une tour élevée. Tandis que le libertinage honteux et secret avilit l'homme le plus noble, dans le désordre franc et hardi, dans ce qu'on peut nommer la débauche en plein air, il y a quelque grandeur, même pour le plus dépravé." (II, p. 144)

"Ô créatures qui portiez le nom de femmes, et qui avez passé comme des rêves dans une vie qui n'était elle-même qu'un rêve ! que dirai-je de vous ? Là où il n'y a jamais eu l'ombre d'une espérance, est-ce qu'il y aurait quelque souvenir ? Où vous trouverai-je pour cela ? Qu'y a-t-il de plus muet dans la mémoire humaine ? qu'y a-t-il de plus oublié que vous ?" (IV, p. 162-163)

Livre troisième

"Le grand fauteuil de cuir dans lequel s'asseyait mon père était auprès de la cheminée ; sa table, ses livres placés de même ; je respectais jusqu'à la poussière de ses rayons, qu'il n'aimait pas qu'on lui dérangeât pour les nettoyer. Cette maison solitaire, habituée au silence et à la vie la plus tranquille, ne s'était aperçue de rien." (II, p. 186)

"Les larmes de ses yeux sont sœurs de la rosée ; les feuilles des saules sont elles-mêmes des larmes. C'est en regardant le ciel, les bois et les prairies que je compris ce que c'est que les hommes qui s'imaginent de se consoler." (II, p. 187)

"Pour la première fois de ma vie j'étais heureux ; Dieu bénissait mes larmes, et la douleur m'apprenait la vertu." (II, p. 190)

"Oui, à travers tous ces orages, toutes ces forêts, toutes ces montagnes, elle va et vient, simple et voilée, portant la vie [là] où elle manque, dans cette petite tasse fragile, caressant sa chèvre en passant. C'est de ce pas silencieux et calme qu'elle marche elle-même à la mort. Voilà ce qu'elle faisait dans cette vallée, pendant que je courais les tripots : elle y est sans doute née, et on l'y ensevelira dans un coin du cimetière, à côté de mon père bien-aimé." (III, p. 193)

"J'avoue que ces existences à part, qui sont comme enfouies çà et là dans les villes, sous des milliers de toits ignorés, m'ont toujours effrayé comme des espèces de citernes dormantes ; l'air ne m'y semble pas viable ; dans tout ce qui est oubli sur la terre, il y a un peu de la mort." (V, p. 197)

"Ô insensés qui vous croyez des hommes et qui osez raisonner de l'amour, l'avez-vous vu, pour en parler ? Non, vous l'avez senti." (VI, p. 203)

"L'espace renfermé entre les quatre murs de votre jardin est le seul lieu au monde où je vive ; vous êtes le seul être humain qui me fasse aimer Dieu. J'avais renoncé à tout avant même de vous connaître. Pourquoi m'ôter le seul rayon de soleil que la Providence m'ait laissé ?" (VIII, p. 211)

"Ange éternel des nuits heureuses, qui racontera ton silence ? Ô baiser, mystérieux breuvage que les lèvres se versent comme des coupes altérées ! ivresse des sens, ô volupté ! oui, comme Dieu tu es immortelle !" (XI, p. 224)

Livre quatrième

"J'ai à raconter maintenant ce qui advint de mon amour et le changement qui se fit en moi. Quelle raison puis-je en donner ? Aucune, sinon que je raconte, et que je puis dire : 'C'est la vérité.'" (I, p. 227)

"Dieu m'est témoin que je ne suis pas né tel que vous me croyez ; je n'ai jamais été de ma vie ni soupçonneux ni défiant. On m'a perdu, on m'a faussé le cœur. Une expérience déplorable m'a conduit dans un précipice, et je n'ai vu, depuis un an, que ce qu'il y a de mal ici-bas." (I, p. 241)

"Une espèce d'inertie stagnante, colorée d'une joie amère, est ordinaire aux débauchés. C'est une suite d'une vie de caprice, où rien n'est réglé sur les besoins du corps, mais sur les fantaisies de l'esprit, et où l'un doit toujours être prêt à obéir à l'autre." (II, 243)

"Comme le zinc, ce demi-métal, tiré de la veine bleuâtre où il dort dans la calamine, fait jaillir de lui-même un rayon du soleil en approchant du cuivre vierge, ainsi les baisers de Brigitte réveillèrent peu à peu dans mon cœur ce que j'y portais enfoui. Dès que je me trouvai vis-à-vis d'elle, je m'aperçus de ce que j'étais." (II, p. 244)

"Ah ! mon enfant, c'est là le plus cruel. J'aime mieux te voir, injuste et furieux, me reprocher des crimes imaginaires et te venger sur moi du mal que t'a fait ta première maîtresse, que de trouver sur ton visage cette affreuse gaîté, cet air de libertin railleur qui vient tout à coup à se poser comme un masque de plâtre entre tes lèvres et les miennes." (III, p. 256)

"Dieu merci, depuis cette soirée, nous ne sommes jamais retournés à cette roche. C'est un autel qui est resté pur; c'est un des seuls spectres de ma vie qui soit encore vêtu de blanc lorsqu'il passe devant mes yeux." (III, p. 259)

"Je me croyais dans le cœur un trésor, et il n'en était sorti qu'un fiel amer, l'ombre d'un rêve, et le malheur d'une femme que j'adorais." (IV, p. 261)

"Insensé que je suis ! je pense à la quitter lorsqu'il faut lui consacrer ma vie, expier mes torts, lui rendre en bonheur, en soins et en amour, ce que j'ai fait couler de larmes de ses yeux !" (IV, p. 263)

Livre cinquième

"J'ai vu le saint Thomas du Titien poser son doigt sur la plaie du Christ, et j'ai souvent pensé à lui; si j'osais comparer l'amour à la foi d'un homme en son Dieu, je pourrais dire que je lui ressemblais." (I, p. 277)

"Quand je surprenais ces signes de douleur, je me levais et courais m'enfermer. 'Et qu'est-ce donc? qu'est-ce donc?' répétais-je. Puis je joignais les mains pour supplier… qui? je l'ignore; peut-être mon bon ange, peut-être mon mauvais destin." (III, p. 298)

"Qu'elle était pâle ! Ses longues paupières, entourées d'un cercle bleuâtre, brillaient encore, humides de larmes; sa taille, autrefois si légère, était courbée comme sous un fardeau; sa joue, amaigrie et plombée, reposait dans sa main fluette, sur son bras faible et chancelant; son front semblait porter l'empreinte de ce diadème d'épines sanglantes dont se couronne la résignation." (VI, p .331)

"Faire le mal ! tel était donc le rôle que la Providence m'avait imposé ! Moi, faire le mal ! moi à qui ma conscience, au milieu de mes fureurs mêmes, disait pourtant que j'étais bon !" (VI, p. 333)

"Sa gaîté était douce et calme comme l'est toujours celle du bonheur. Qui eût eu de l'expérience, y eût reconnu l'enfant qui devient homme, et dont le regard plus confiant commence à raffermir le cœur." (VII, p. 349)

Citations critiques sur *La Confession d'un enfant du siècle*

"Ces sortes d'ouvrages, intéressants ou non, sont en dehors de l'art, il me semble, pas assez vrais pour des mémoires à beaucoup près, et pas assez faux pour des romans ; le lecteur doit chercher en vain l'attrait d'une réalité qui lui échappe à chaque instant, tandis que le pauvre auteur, tout nu derrière un manteau trouvé en mille endroits, sent la critique au vif et reçoit les estocades, précisément là où il se découvre." (Musset, *Correspondance*, "Lettre à Franz Liszt", au sujet de sa *Confession*)

"Œuvre expiatoire en même temps qu'auto-analyse, *La Confession* n'est pas exactement une autobiographie. Comme il est dit aux toutes premières lignes : 'Pour écrire l'histoire de sa vie, il faut d'abord avoir vécu.' Le livre ne contiendra donc que des aveux partiels. Pour reprendre une macabre comparaison qui sera censurée dès la seconde édition, c'est un membre gangrené que l'on ampute sur un organisme sain pour le 'faire circuler sur la place publique, afin que les gens du même âge palpent et jugent la maladie'. Or, par une sorte de paradoxe, cette confession incomplète, mutilée, est en même temps universelle. Elle est l'allégorie d'une génération entière, l'image en raccourci d'un siècle sur lequel pèse une malédiction originelle. De sorte que *La Confession* ne saurait se réduire, comme on le fait souvent, à la perspective autobiographique des amours de Venise. D'emblée elle s'élève à la dimension du mythe. L'originalité de *La Confession* réside dans la liaison entre la destinée individuelle, en l'occurrence la médiocre existence de viveur d'Octave, le héros, et le mouvement général de l'Histoire." (Préface de Lestringant dans son édition de *La Confession d'un enfant du siècle*, p. 10)

"L'âme frustrée se tourne contre soi, partagée entre le Bien qu'elle ne cesse de rêver et le Mal auquel elle s'adonne, et vouée au supplice de leur confusion. Dès lors, le héros de Musset, happé par la débauche, a beau protester de son incapacité d'être un débauché véritable, c'est-à-dire un débauché heureux de l'être : cette protestation, loin d'annuler sa déchéance, la souligne. Ce mécanisme destructeur se reproduit inévitablement d'une aventure d'amour à l'autre, au moins en ce qui a trait à la jalousie persécutrice" (Paul Bénichou, *L'École du désenchantement*, p. 1583-1584)

“À quoi sert la vie, si elle n’est plus le support de l’œuvre, sa toile de fond et sa condition de possibilité ? Or chez Musset, c’est l’inverse qui se produit. Par une formidable explosion d’énergie, dont Rimbaud, peut-être, offre le seul autre exemple dans la littérature, cette œuvre s’est peut-être tout entière écrite en l’espace de cinq à six ans, au sortir de l’adolescence et au seuil d’une existence monotone et décevante, qui, durant deux longues décennies, s’est acheminée, lentement mais sûrement, vers une quasi stérilité. C’est donc la vie de Musset qui subsiste aux crochets de son œuvre. Musset a vécu aux dépens de cette dernière, la redistribuant par fragments, la retouchant et l’amputant au cours d’une vieillesse poétique aussi prématurée qu’interminable.” (Frank Lestringant, *Musset*, p. 15).

“*La Confession* témoigne de l’incapacité pour toute une génération d’accéder à l’Histoire, de faire l’Histoire ou simplement de la vivre.” (Préface de Lestringant dans son édition de *La Confession d’un enfant du siècle*, p. 15).

ANNIE ERNAUX

Citations issues des *Années*

• Sur l'écriture de soi et le projet auto-socio-biographique d'Annie Ernaux

"Parce que dans sa solitude retrouvée elle découvre des pensées et des sensations que la vie en couple obnubile, l'idée lui est venue d'écrire 'une sorte de destin de femme', entre 1940 et 1985, quelque chose comme *Une vie* de Maupassant, qui ferait ressentir le passage du temps en elle et hors d'elle, dans l'Histoire, un 'roman total' qui s'achèverait dans la dépossession des êtres et des choses, parents, mari, enfants qui partent de la maison, meubles vendus. Elle a peur de se perdre dans la multiplicité des objets de la réalité à saisir. Et comment pourrait-elle organiser cette mémoire accumulée d'événements, de faits divers, de milliers de journées qui la conduisent jusqu'à aujourd'hui." (p. 165-166)

"Elle voudrait réunir ces multiples images d'elle, séparées, désaccordées, par le fil d'un récit, celui de son existence, depuis sa naissance pendant la Seconde Guerre mondiale jusqu'à aujourd'hui. Une existence singulière donc mais fondue aussi dans le mouvement d'une génération. Au moment de commencer, elle achoppe toujours sur les mêmes problèmes : comment représenter à la fois le passage du temps historique, le changement des choses, des idées, des mœurs et l'intime de cette femme, faire coïncider la fresque de quarante-cinq années et la recherche d'un moi hors de l'Histoire, celui des moments suspendus dont elle faisait des poèmes à vingt ans, *Solitude*, etc. Son souci principal est le choix entre 'je' et 'elle'. Il y a dans le 'je' trop de permanence, quelque chose de rétréci et d'étouffant, dans le 'elle' trop d'extériorité, d'éloignement. L'image qu'elle a de son livre, tel qu'il n'existe pas encore, l'impression qu'il devrait laisser, est celle qu'elle a gardée de sa lecture d'*Autant en emporte le vent* à douze ans, plus tard d'*À la recherche du temps perdu*, récemment de *Vie et destin*, une coulée de lumière et d'ombre sur des visages. Mais elle n'a pas découvert les moyens d'y parvenir. Elle espère, sinon une révélation, du moins un signe, fourni par le hasard, comme la madeleine plongée dans le thé pour Marcel Proust." (p. 187)

"La forme de son livre ne peut donc surgir que d'une immersion dans les images de sa mémoire pour détailler les signes spécifiques de l'époque, l'année plus ou moins certaine dans laquelle elles se situent – les raccorder de proche en proche à d'autres, s'efforcer de réentendre les paroles des gens, les commentaires sur les événements et les objets, prélevés dans la masse des discours flottants, cette rumeur qui apporte sans relâche les formulations incessantes de ce que nous sommes et devons être, penser, croire, craindre, espérer. Ce que ce monde a imprimé en elle et ses contemporains, elle s'en servira pour reconstituer un temps commun, celui qui a glissé d'il y a si longtemps à aujourd'hui – pour, en retrouvant la mémoire de la mémoire collective dans une mémoire individuelle, rendre la dimension vécue de l'Histoire. Ce ne sera pas un travail de remémoration, tel qu'on l'entend généralement, visant à la mise en récit d'une vie, à une explication de soi. Elle ne regardera en elle-même que pour y retrouver le monde, la mémoire et l'imaginaire des jours passés du monde, saisir le changement des idées, des croyances et de la sensibilité, la transformation des personnes et du sujet, qu'elle a connus et qui ne sont rien, peut-être, auprès de ceux qu'auront connus sa petite fille et tous les vivants en 2070 [...] Ce sera un récit glissant, dans un imparfait continu, absolu, dévorant le présent au fur et à mesure jusqu'à la dernière image d'une vie. Une coulée suspendue, cependant, à intervalles réguliers par des photos et des séquences de films qui saisiront les formes corporelles et les positions sociales successives de son être – constituant des arrêts sur mémoire en même temps que des rapports sur l'évolution de son existence [...] À cette 'sans cesse autre' des photos correspondra, en miroir, le 'elle' de l'écriture. Aucun 'je' dans ce qu'elle voit comme une sorte d'autobiographie impersonnelle – mais 'on' et 'nous' – comme si, à son tour, elle faisait le récit des jours d'avant." (p. 250-252)

• **Sur l'œuvre littéraire et l'auteur :**

"Sans doute dans cette 'situation de communication' [avec une classe] éprouve-t-elle du découragement en mesurant son inaptitude à transmettre autrement qu'avec des mots en circulation et des stéréotypes l'étendue d'une expérience de femme, entre seize et quarante-quatre ans. (Il faudrait replonger, stagner longtemps dans des images d'elle en classe de seconde, retrouver des chansons et des cahiers, relire le journal intime)." (p. 163)

"C'est maintenant qu'elle doit mettre en *forme* par l'écriture son absence future, entreprendre ce livre, encore à l'état d'ébauche et de milliers de notes, qui double son existence depuis plus de vingt ans, devant couvrir du même coup une durée de plus en plus longue. Cette forme susceptible de contenir sa vie, elle a renoncé à la déduire de la sensation qu'elle éprouve, les yeux fermés au soleil sur la plage, dans une chambre d'hôtel, de se démultiplier et d'exister corporellement dans plusieurs lieux de sa vie, d'accéder à un temps palimpseste [...] Ce qui compte pour elle, c'est au contraire de saisir cette durée qui constitue son passage sur la terre à une époque donnée, ce temps qui l'a traversée, ce monde qu'elle a enregistré rien qu'en vivant. Et c'est dans une autre sensation qu'elle a puisé l'intuition de ce que sera la forme de son livre [...] lorsqu'à partir d'une image fixe du souvenir [...] il lui semble se fondre dans une totalité indistincte [...], un à un, les éléments qui la composent, coutumes, gestes, paroles, etc. Le minuscule moment du passé s'agrandit, débouche sur un horizon à la fois mouvant et d'une tonalité uniforme, celui d'une ou de plusieurs années. Elle retrouve alors, dans une satisfaction profonde, quasi éblouissante – que ne lui donne pas l'image, seule, du souvenir personnel –, une sorte de vaste sensation collective, dans laquelle sa conscience, tout son être, est *pris*." (p. 249-250)

"Quand elle désirait écrire, autrefois, dans sa chambre d'étudiante, elle espérait trouver un langage inconnu, qui dévoilerait des choses mystérieuses, à la manière d'une voyante. Elle imaginait aussi le livre fini comme la révélation aux autres de son être profond, un accomplissement supérieur, une gloire – que n'aurait-elle pas donné pour devenir "écrivain" de la même façon qu'enfant elle souhaitait s'endormir et se réveiller Scarlett O' Hara. Par la suite, dans des classes brutales de quarante élèves, derrière un caddie au supermarché, sur les bancs du jardin public à côté d'un landau, ces rêves l'ont quittée. Il n'y avait pas de monde ineffable surgissant par magie de mots inspirés et elle n'écrirait jamais qu'à l'intérieur de sa langue, celle de tous, le seul outil avec lequel elle comptait agir sur ce qui la révoltait. Alors, le livre à faire représentait un instrument de lutte. Elle n'a pas abandonné cette ambition mais plus que tout, maintenant, elle voudrait saisir la lumière qui baigne les visages désormais invisibles, des nappes chargées de nourritures évanouies, cette lumière qui était déjà là dans des récits des dimanches d'enfance et n'a cessé de se déposer sur les choses, aussitôt vécues, une lumière antérieure. Sauver..." (p. 253)

• **Sur l'œuvre littéraire et le lecteur :**

"L'image qu'elle a de son livre, tel qu'il n'existe pas encore, l'impression qu'il devrait laisser, est celle qu'elle a gardée de sa lecture d'*Autant en emporte le vent* à douze ans, plus tard d'*À la recherche du temps perdu*, récemment de *Vie et destin*, une coulée de lumière et d'ombre sur des visages. Mais elle n'a pas découvert les moyens d'y parvenir. Elle espère, sinon une révélation, du moins un signe, fourni par le hasard, comme la madeleine plongée dans le thé pour Marcel Proust." (p. 188)

"On se retournait sur son histoire de femme [...] La rumeur du MLF venait à la province. *Le torchon brûle* se trouvait au kiosque, on lisait *La Femme eunuque* de Germaine Greer, *La Politique du mâle* de Kate Millett, *La Création étouffée* de Suzanne Horer et Jeanne Socquet avec le sentiment d'exaltation et d'impuissance que procure la découverte d'une vérité pour soi dans un livre." (p. 115)

Citations critiques sur *Les Années*

• **Sur l'écriture de soi : la mémoire, la relation complexe entre les démarches autobiographiques respectives d'Annie Ernaux et de Marcel Proust**

"Les Années sont précisément animées par la tension dynamique entre ces deux références intertextuelles majeures qui ressortissent à deux sphères culturelles antithétiques : la fresque romanesque (culture populaire) et la quête expérimentale (culture savante). Au reste, la relation d'Annie Ernaux au monument proustien sera constamment ambivalente, oscillant entre admiration et subversion. D'une part, elle en est à ce point imprégnée qu'elle cherche un équivalent de La Recherche en situant celle-ci dans un milieu dominé. D'autre part, Proust lui servira souvent de repoussoir, dans la mesure où, anti-essentialiste, elle ne vise pas à restaurer son passé, mais à faire ressentir ou ressortir la succession de ses présents, de ses 'moi' [...] Nulle réminiscence possible pour qui pose que 'le passé n'existe pas en soi' et que la mémoire, comme 'la sensation du temps qui passe', 'n'est pas en nous'." (Fabrice Thumerel, "Écrire contre pour écrire la vie : *Les Années* (texte, métatexte, intertexte et avant-texte)", p. 177-190)

• **Sur l'œuvre littéraire et l'auteur : la désacralisation d'une culture diversifiée et foisonnante**

"C'est peut-être là que se situe la force de rupture des *Années*, et que s'incarne avec le plus d'évidence l'audace du projet autobiographique qui porte l'ensemble de l'œuvre : la construction, l'emboîtement délicat, parfois imperceptible, dans l'écriture, du discours propre et du discours cité, faisant la preuve de l'inéluctable hétérogénéité du capital culturel d'un être. Mais le livre montre surtout que loin d'obéir à un processus de décantation qualitative, les expériences successives, et les mots qu'elles nous apprennent, déposent leur limon aléatoire de discours et d'images, en un mouvement de concentration et de tourbillon, que déplie justement le texte. La langue de l'enfance, d'Yvetot, ne peut être effacée par celle de Proust ; les discours qui nous ont construits, intimement, socialement et intellectuellement, parfois se croisent, parfois se recouvrent, mais jamais ne s'annulent." (Véronique Montémont, "La chambre d'échos", p. 153-164, in *Annie Ernaux : L'Intertextualité*, sous la direction de Robert Kahn, Laurence Macé et Françoise Simonet-Tenant, Presses Universitaires de Rouen et du Havre, 2015)

• **Sur l'œuvre littéraire et le lecteur : le titre et le "corps glorieux" d'Annie Ernaux et des lecteurs :**

"Mais dans ce texte qu'elle considéra intituler 'Jours du monde', 'La Lumière des années', 'La Lumière des dimanches' avant d'opter pour la version simplifiée *Les Années*, où on ne peut s'empêcher d'entendre dans le titre la similarité phonique avec son prénom, Annie Ernaux, en réunissant 'ces multiples images d'elle', ces Annie-s, va bien plus loin, elle transcende le 'je', invite le lecteur à la communion eucharistique, se répand en lui comme le Christ en ses fidèles et l'absout de ses péchés et le sauve. Comme avec *Une femme* elle avait le sentiment d'avoir produit le corps glorieux de sa mère, elle avait opéré l'assomption de sa mère, avec *Les Années* elle rejoint ces propos de Sallenave (dans *Le Don des morts, Sur la littérature*) : 'Non seulement la littérature conjure la perte, mais elle l'assume en la dépassant [...]. Le mouvement profond de la littérature est l'espérance d'une résurrection des corps dans le corps glorieux des mots', Ernaux produit son propre corps glorieux, transcende toutes les pertes qu'elle a vécues pour atteindre à cette perte sublime. Par elle, avec elle et en elle, nous sommes sauvés." (Michèle Bacholle-Bošković, *De la perte au corps glorieux*, "*Les Années* : le corps glorieux",

p. 160-166, Presses Universitaires de Rennes, coll. “Interférences”, 2011, chapitre III “Ce qui sera: la religion selon Annie”, “*Les Années*: le corps glorieux”, p. 160-166)

• Sur l’écriture de soi ainsi que l’œuvre littéraire et le lecteur

“Magistrale chambre d’échos d’une époque, le livre ne se borne pourtant pas à en être le tableau clinique, malgré la distance que s’impose Ernaux: il émeut, profondément. Parce qu’un nom propre, un détail, le titre d’une émission, un slogan, réactive un pan entier de notre mémoire personnelle, fait défiler devant nous des images d’enfance que l’on avait pensé perdues. Il peut être lu comme un dictionnaire de la France de l’après-guerre, mais un dictionnaire sensible, auquel le choix de la forme transpersonnelle donne toute sa densité existentielle. Comme un choral aussi, dont l’écriture polyphonique, malgré son minimalisme strict, libère une puissance lyrique somptueuse. À l’heure où l’autobiographie est fortement suspectée de se replier sur des formes égotistes et vaine, Ernaux démontre avec *Les Années* comment l’écriture de soi peut transcender la perception individuelle pour en faire le point de ralliement d’un partage lumineux.” (Véronique Montémont, *Les Années : vers une autobiographie sociale*, Danielle Bajomée, Juliette Dor. Annie Ernaux. *Se perdre dans l’écriture de soi*, Paris, Klincksieck, p. 117-132, 2011)

Éditions Atlande
F - 92200 Neuilly
www.Atlande.eu

Achevé d'imprimer sur les presses de Laballery
à Clamecy (Nièvre) en septembre 2022.
Numéro d’impression : 208469

Dépôt légal octobre 2022.